edition
tingeltangel

Die Handlung und alle handelnden Personen in diesem Kriminalroman sind frei erfunden. Ähnlichkeiten zu Geschehnissen mit Bezug auf reale Personen, Persönlichkeiten des öffentlichen Lebens oder Institutionen wären rein zufällig.

Covergestaltung unter Verwendung zweier Fotos
von lassedesignen/Fotolia.com (Straße)
und trendobjects/Fotolia.com (Lkw)

Foto Gasse in Verona: marcel/Fotolia.com
Foto Auspuff: Ingo Bartussek/Fotolia.com
Foto Marta Donato: Thomas Endl

Italienisches Lektorat: Maria Volo

Herstellung: Booksfactory.de, PRINT GROUP Sp. z o.o.
ul. Księcia Witolda 7, PL - 71-063 Szczecin

Originalausgabe (2018)
Zweite Auflage: 2021
ISBN 978-3-944936-40-6

Marta Donato

Flucht über den Brenner

Fontanaros & Breitwiesers
dritter Fall

Ein Italien- &
Bayern-Krimi

1

Sonntag, 15.11.2015

Verona, 19.30 Uhr

Wo blieb Franco? Ungeduldig kontrollierte Renata Mancini die Zeitanzeige auf dem Display ihres Laptops. Heute sollte er sich wahrlich nicht verspäten! Es blieb ihnen nicht viel Zeit! Sie hob den Kopf, ihr Blick war dabei auf das Fenster und hinaus in die stockdunkle Nacht gerichtet. Konzentriert bemühte sie sich, die letzten Geräusche des Museumsalltags richtig zu deuten. Der Palazzo Contini, in ihm war das *Museo Civico d'Arte* von Verona untergebracht, hatte eine enorme Ausdehnung über drei Stockwerke. Das riesige Treppenhaus mit Stufen aus Veroneser Marmor übertrug jeden Laut vielfach und deutlich. Der typische Lärm, den die Besucher beim Verlassen des Hauses machten, ebbte allmählich ab. Noch klapperten Schlüssel an die Blechtüren der Schließfächer, hallten Schritte schwerer Schuhe im hohen Gewölbe des Treppenhauses wider. Renata hatte ihr Büro im Erdgeschoss, die Tür zum Gang war nur angelehnt, und so hörte sie Gelächter und Kinderweinen, die Rufe der Museumsdiener im Vestibül, die die Besucher wenig freundlich anwiesen, sich zu beeilen. Eine lange Woche lag hinter ihnen. Das Museumspersonal wechselte zwar fast täglich durch, dennoch war die Luft am Sonntagabend endgültig raus. Studenten der Kunstakademie oder kunstinteressierte Senioren, die sich ihre kärgliche Rente durch einige Stunden Aufsicht aufbesserten, hatten an allen Tagen der Woche Dienst. Sie wollten einfach nur noch nach Hause. Und Renata Mancini bildete keine Ausnahme.

Der Erfolg ihrer Ausstellung über italienische Barockmalerei tat ihr gut. Der prächtige Renaissancesaal im Erdgeschoss, nicht weit entfernt von ihrem Büro, war jeden Tag überfüllt von Besuchern. Doch als Kuratorin der Ausstellung ließ sie es sich nicht nehmen, täglich mehrere Führungen zu machen, die sie Kraft und Zeit kosteten und sie ermüdeten. Nach vier Wochen, so lange dauerte die Ausstellung inzwischen schon, hasste sie ihren vielfach abgespulten Text und die immer gleichen Fragen der Besucher. Jeder Tag lief mehr oder weniger vorhersehbar ab. Und abends fühlte sie sich ausgelaugt und übellaunig.

Renata holte einen kleinen Spiegel aus der Handtasche, die in der untersten, jetzt weit geöffneten Schublade des Schreibtisches lag, und kontrollierte ihr Make-up. Franco war sehr erpicht darauf, dass ihn ein rot geschminkter Mund küsste, ihr Gesicht puppenhaft zurechtgemacht war. Sie hatte nicht vor, ihn zu enttäuschen. Zu viel stand für Renata auf dem Spiel. Sie war fünfunddreißig Jahre alt, hatte ein langwieriges Studium der Kunstgeschichte hinter sich und vor vier Jahren den Kuratoren-Posten für italienischen Barock am Museum bekommen. Diese Stelle war ihr wahrlich nicht in den Schoß gefallen. Zwei weitere Kandidaten hatten sich auf den begehrten Job Hoffnungen gemacht.

Sie lächelte ihrem Spiegelbild zu und legte glänzend roten Lippenstift auf. Ein junger Kunsthistoriker, der erste Museumserfahrungen aus Mailand mitgebracht hatte, war an seinem offenkundigen Karrierestreben gescheitert. Franco Risi hatte keine Lust gehabt, sich bereits mit fünfundfünfzig Jahren einen kompetenten und ehrgeizigen Nachfolger ins Haus zu holen. Die zweite Kandidatin, Renatas ehemalige Kommilitonin Giulietta

Ricchi, hatte doch tatsächlich geglaubt, sie könnte die Stelle ergattern. Doch Museumsdirektor Risi stand nun mal nicht auf vollschlanke Frauen. Dagegen hatten die blonden Haare von Renata es ihm augenblicklich angetan. Keineswegs ihre natürliche Haarfarbe, aber Franco hatte dafür keinen Blick. Giulietta wollte mit ihrem hervorragenden Studienabschluss punkten. Aber weit gefehlt. Für Franco galten andere Werte. Risi war weniger am Intellekt der Bewerberin interessiert, sondern hatte ein Auge für weibliche Reize. Es war nicht schwer für Renata gewesen, den Museumsdirektor zu durchschauen und ihn im Bett von ihren Qualitäten zu überzeugen. Anschließend war es ein Leichtes gewesen, ihn um den kleinen Finger zu wickeln, ihn glauben zu lassen, was für ein toller Hecht er doch immer noch war.

Allein seine Gattin aus noblem Haus, Contessa Claudia Di Primavera, machte ihr Kopfzerbrechen. Sie hatte in der Ehe entschieden die Hosen an und stand Renatas geplantem Familienglück empfindlich im Wege. Deshalb hatte sie sich für diesen Abend fest vorgenommen, mit Franco ein ernstes Wort zu reden. Er musste sich endlich von seiner Frau scheiden lassen. Was wollte er noch von ihr?

Renata Mancini schob den Spiegel wieder in ihre Handtasche und konzentrierte sich erneut auf die Geräusche im Haus. Endlich Ruhe, Stille im Museum. Jetzt konnte es nicht mehr lange dauern und Franco würde sie noch rasch besuchen, bevor er zu dem blöden Empfang im Palazzo Primavera zurückmusste, den seine Frau anlässlich seines 60. Geburtstags geben wollte. Auch Renata hatte dort pünktlich zu erscheinen, um die seriöse und erfolgreiche Kuratorin zu spielen, die Gäste, die aus der Kunstszene Veronas kamen oder von reichen Industriellen- und Bankiersfamilien oder aus der Politik stammten, mit Charme zu umgarnen. Es galt, ihnen Honig ums Maul zu schmieren, damit sie Spendengelder locker machten. Das Museum musste endlich Ankäufe tätigen, damit es für die Besucher interessant blieb, damit sie einen Grund hatten, wiederzukommen. Franco Risi hatte betont, man möge auf Geschenke zu Gunsten von Spenden für sein Museum verzichten. Er tat ganz so, als gehörte es ihm persönlich. Alles war eingeladen, was Rang und Namen in der Stadt hatte – und was vor allem reichlich Geld besaß.

Doch bevor sie beide sich dem beruflichen Aspekt der Feier widmeten, hatte er sich von Renata ein ganz besonderes, sehr persönliches Geburtstagspräsent gewünscht. Sie war für ihn immer wieder ein unverhofftes Glück, ein Quell steten Hochgefühls. So würde er sie in wenigen Minuten aus ihrem Kostüm schälen, als wäre sie eine zerbrechliche, kostbare Vase aus Muranoglas, ein Geschenk, das in einem kunstvoll verpackten Karton ruhte. Er liebte das verzögerte Vorspiel, genoss die Freude auf ihren Körper in Zeitlupe. Für Renata war das weniger aufregend, vielmehr Mittel zum Zweck. Sie zog den Rubinring ab, den ihr Luca, ihr Verlobter, geschenkt hatte, und steckte ihn in ein Schmucketui, das sie immer in der Handtasche bei sich trug. Luca hatte doch tatsächlich die Stirn gehabt und ihr verboten, an der Party ihres Chefs teilzunehmen. Er hatte ihr eine regelrechte Szene gemacht und ihr mit Entlobung gedroht. Was bildete sich dieser Hungerleider ein? Ihr verbot man nichts! Soweit kam es noch! Sie ließ das Schmucketui zuschnappen und in der Handtasche verschwinden.

Stattdessen steckte sie sich den Brillantring an, den sie vor wenigen Wochen von Franco bekommen hatte mit dem Versprechen, sie bald zu heiraten. An dieses Versprechen wollte sie ihn an diesem Abend einmal mehr erinnern.

Wieder lauschte Renata in die Nacht. Und endlich hörte sie auch sehr leise Schritte. Weshalb schlich sich Franco an? Ein wissendes Lächeln glitt über ihr Gesicht. Sicherlich wollte er sie überraschen. Seine Geheimniskrämerei hatte manchmal schon kindische Züge, aber sie würde ihm den Spaß nicht verderben, sich nicht umdrehen. Ein letztes Mal fuhr sie sich ordnend mit den Fingern durch die blonden Haare. Ein Luftzug sagte ihr, dass die Tür in ihrem Rücken weit aufgeschoben wurde. Wirklich albern, das Ganze!

»*Finalmente*, Franco. Ich dachte schon, du hast mich vergessen! Wir haben nicht viel Zeit, sonst wird deine Frau böse!« Sie warf den Kopf in den Nacken und lachte hell auf. In diesem Moment spürte sie, wie ein Tuch um ihren Hals geschlungen und von hinten fest zusammengezogen wurde. Eisenhart legte es sich auf ihre Kehle, drückte unnachgiebig auf die Luftröhre und nahm ihr den Atem. Verzweifelt versuchte Renata, mit den Händen das Tuch vom Hals zu zerren. Sie riss den Mund dabei weit auf, in dem vergeblichen Versuch, mehr Luft zu bekommen. Doch anstelle einer kurzen Erleichterung wurde ihr ein Lappen in den Mund gestopft, der sie endgültig in Panik versetzte. Je verzweifelter sie sich wehrte, desto mehr würgte es sie. Wild schlug sie um sich. Doch es half ihr nichts. Mit einem letzten, entschiedenen Ruck, der ihren Kopf nach hinten riss, wurde das Tuch zusammengezogen. Renata verlor die Besinnung. Ein letztes Röcheln, ein letztes wildes Aufbäumen, dann sackte die schöne blonde Frau in sich zusammen.

2

Etwa zur gleichen Zeit hantierte Commissario Antonio Fontanaro mit einem großen Zangenschlüssel herum. Er lag verrenkt auf dem gefliesten Küchenboden und kämpfte mit dem Wasserabsperrhahn unter dem Spülbecken. Eine nagelneue Geschirrspülmaschine, ein deutsches Qualitätsprodukt, wie er seiner Frau Marissa strahlend erklärt hatte, stand mitten im Raum und wartete darauf, endlich angeschlossen zu werden. Deshalb versuchte Antonio, das Wasser abzusperren, damit es ihm beim Abklemmen des Schlauches nicht entgegensprudelte, sich über den Küchenboden ergoss, ihn klatschnass machte und die Einrichtung ruinierte.

Einen solchen Wasserschaden hatten sie gerade hinter sich, weil das alte Gerät undicht geworden war und einen Schwall schäumendes Spülwasser in die Küche geschickt hatte. Nach dem Aufwischen hatten sie einige Mühe gehabt, die Seifenschmiere von den Bodenfliesen und den üblen Geruch aus dem Raum zu bekommen.

»Es klemmt, oder?« Marissa stand schon geraume Zeit hinter ihm und beobachtete skeptisch sein Treiben.

»Was heißt ›klemmt‹?« Antonio hatte einen hochroten Kopf und denkbar schlechte Laune. Kommentare bei den ungeliebten Heimwerkertätigkeiten mochte er gar nicht. Vorsichtshalber hatte er den Hahn aus Chrom mit einem Tuch umwickelt, damit er keine Schrammen und Kratzer bekam, und versuchte, ihn zuzudrehen, aber der Hahn saß fest. Er bewegte sich keinen Millimeter. Resigniert gab Antonio auf und rappelte sich mühsam hoch. Er wollte es nicht wahrhaben, aber zu allem Überfluss schmerzte ihn sein Kreuz.

»Und jetzt?«

»Nichts ›und jetzt‹!« Antonio klopfte seine Jeans aus, als hätte er am Strand gelegen und Adriasand abbekommen. »Ruf morgen Alfredo an, er soll die verdammte Maschine anschließen. Ich gebe es auf!«

»Ha …, Alfredo, Alfredo! Du bist ja nicht da, wenn mir der alte Mann zum hundertsten Mal seine Lebensgeschichte erzählt. Ich kenne sie inzwischen in- und auswendig! Außerdem muss ich ins Büro!«

Marissa war alles andere als einverstanden. Der Pensionist Alfredo war Hausmeister der Anlage, in der die Fontanaros ihre Eigentumswohnung hatten. Schon lange in Pension, verdiente er sich etwas dazu, mähte den Rasen und schnitt die Sträucher im Gemeinschaftsgarten, wechselte Glühbirnen, kümmerte sich um tropfende Wasserhähne und sorgte dafür, dass seine Frau für ihn das Treppenhaus putzte. Marissa unterstellte, dass er seiner Frau keinen Euro für diese Arbeit abgab, die eigentlich er machen sollte. Aber Putzen war ganz eindeutig unter seiner Würde. War er erst einmal in der Wohnung, um irgendetwas zu reparieren, bekam man ihn nicht wieder los. Er redete und redete, wartete auf eine Tasse *caffè* und schwatzte dann weiter.

»Warum hast du die Maschine nicht einfach komplett mit Montage bestellt? Jetzt kann ich mich darum kümmern und den alten Alfredo bekomme ich als Dreingabe.« Nun war auch Marissas Gesichtsfarbe gerötet.

Antonio blieb ihr die Antwort schuldig. Er hatte sich die 100 Euro Montage sparen wollen. Denn sonst wäre der gute Preis für diese deutsche Wertarbeit dahin gewesen. Marissa wusste das natürlich auch. Außerdem hatte er unterstellt, dass es ein Kinderspiel sein würde, diese blöde Maschine anzuschließen. Wäre es ja auch gewesen, wenn der Hahn nicht festgesessen hätte. Antonio ließ seine Frau wortlos stehen und trat auf den Gang. Er wollte sich im Bad die Hände waschen. Auf halbem Weg dorthin läutete das Festnetztelefon. Immerhin nicht sein Diensthandy, dachte Antonio erleichtert. So war es nicht die Questura, die sich meldete. Das wäre Wasser auf die Mühlen von Marissa gewesen, wenn er jetzt auch noch zu einem Fall gerufen worden wäre.

»*Pronto!*«

»*Ciao*, Tonio. Wie geht es euch?«

»Ah, *Babbo*, wie nett, dass du dich meldest.« Er richtete einen fragenden Blick auf Marissa, die am Rahmen der Küchentür lehnte. Entschieden schüttelte sie den Kopf. Ein längeres Telefonat mit ihrem Vater zu führen, dazu hatte sie keine große Lust. Sie lachte Antonio frech an. Das war ihre Revanche für sein handwerkliches Unvermögen.

»Danke, *Babbo*, alles in Ordnung. Und was macht ihr heute am Sonntagabend? Seid ihr eingeladen?«

»Was du immer glaubst. Nein, wir haben zu tun. Ich ruf nur an, weil ihr uns heute und morgen nicht erreichen könnt. Die alte Dienststelle hat mich zurückgeholt.«

Antonio glaubte, sich verhört zu haben. Sein Schwiegervater Danilo Angelotti, ehemaliger Commissario Capo in Bozen, inzwischen 67 Jahre alt und seit mehr als fünf Jahren in Pension, herzkrank zudem, sollte alles machen, nur nicht wieder arbeiten.

»Wie meinst du das? Sie haben dich zurückgeholt?«

»Liest du keine Zeitung? Weißt du nicht, was bei uns los ist?«

Antonio hatte keinen blassen Schimmer, worauf Danilo anspielte.

»*No, mi dispiace, Babbo*!«

Ging ein Serienmörder in Bozen um? Brauchten sie alle verfügbaren Kräfte, um ihn zu stellen? Aber sein Schwiegervater war nicht fit. Für Observationen oder gar Verfolgungen völlig ungeeignet. Sollte er etwa in der Questura die Stellung halten, am Telefon ausharren? Aber das konnte doch nicht sein. Niemand käme ernsthaft auf die Idee, pensionierte Kommissare in die tägliche Polizeiarbeit einzubinden. Egal, wie knapp bemessen das Personal inzwischen war. Obwohl, der Staat musste sparen. Keine Frage. Aber soweit war es doch noch nicht gekommen, oder?

»Wir haben riesige Probleme am Bahnhof von Bozen. Täglich kommen Hunderte von Flüchtlingen an. Sie wollen alle weiter nach Deutschland. Aber bevor uns die Österreicher den Brennerpass absperren, müssen wir wenigstens einige von ihnen aufhalten. Ich helfe der *polizia di stato* am Bahnhof bei der Organisation. Die armen Leute werden aus den Zügen geholt und in Unterkünfte gebracht. Inzwischen haben wir schon keine freien Turnhallen mehr.«

»Ihr nehmt aber keine Afrikaner bei euch im Haus auf, *Babbo*?«

Antonio kannte die gastfreundliche Einstellung seiner Schwiegereltern. Er spürte, wie eine leichte Panik in ihm aufstieg. Marissa war blass geworden und kam näher.

»Hältst du mich für senil, Tonio?« Danilos Stimme klang empört und beleidigt zugleich. »Natürlich nicht. Deine Schwiegermutter kocht in einer Turnhalle Tomatensauce in einem Zehnlitertopf und Spaghetti bis zum Abwinken.«

»Wie lange macht ihr beiden denn das schon?«

Danilo lachte am anderen Ende der Leitung.

»Du hörst dich leicht panisch an, mein Lieber. Wir machen das nur dieses Wochenende und wenn nötig auch das nächste. Wir haben uns einer ehrenamtlichen Bürgerinitiative angeschlossen. Die organisiert zusammen mit der *polizia* die Einsätze. Wir passen schon auf uns auf. Ist meine Tochter auch in der Nähe?«

Antonio kam gar nicht dazu zu antworten. Marissa riss ihm förmlich den Telefonhörer aus der Hand.

»*Babbo*, bist du auch warm genug angezogen? Auf dem Bahnhof von Bozen zieht es immer. Es ist November!«

Antonio schüttelte sprachlos den Kopf. Seine Frau und ihre Eltern! Ein *dream team*, das er liebte und das ihn manches Mal absolut verzweifeln ließ. Er ging ins Bad und wusch sich endlich die Hände. Dann griff er in die Tasche seiner Jeans und holte sein Handy heraus. Er würde seinen beiden Frauen eine Freude machen. Giulia, seine Tochter, würde einen Luftsprung vollführen, da war er sich sicher.

»*Pizzeria Napoli?* ... Ja, bitte drei *Capricciosa!* ... Wann kann ich die *pizze* abholen? In 15 Minuten? Super, *grazie, a dopo!*« Antonio schob das Handy in die Hosentasche zurück. Marissa würde nicht völlig einverstanden sein. Denn er würde Giulia erlauben, die Pizzastücke mit der Hand und direkt aus dem Karton zu essen. Das war normalerweise absolut verboten. Bei den Fontanaros herrschten strenge Tischsitten. Doch in Anbetracht der kaputten Geschirrspülmaschine war Marissa sicherlich dazu zu überreden, einmal eine Ausnahme zu machen.

Als Antonio aus dem Bad und in den Gang trat, legte seine Frau den Telefonhörer auf.

»Was sagst du dazu? Was hältst du von den Aktivitäten meiner Eltern?« Ihr Blick war ängstlich. Was erwartete sie jetzt für eine Antwort von ihm?

»Deine Eltern sind erwachsene Leute, sie werden wissen, was sie tun. Ich habe höchsten Respekt vor ihrem Einsatz.«

Sofort verfinsterte sich Marissas Miene. Ganz falsche Antwort. Eigentlich war das klar gewesen. »Und sie sind nicht allein. Es gibt eine ganze Reihe ehrenamtlicher Helfer, die mit ihnen gemeinsam am Bahnhof stehen oder in der Turnhalle kochen oder Essen verteilen. Ich kann daran nichts Schlimmes finden.«

»Nein, nein, schlimm ist das nicht. Es ist großartig, dass die beiden das machen. Aber was ist, wenn sie krank werden, sich übernehmen, was machen wir denn dann? Hast du dir das mal überlegt?«

Nein, natürlich nicht! Antonio neigte schon von Berufs wegen dazu, die Dinge erst dann wahrzunehmen, einzuordnen, anzupacken, wenn sie tatsächlich passiert waren. Was halfen ihm prophylaktische Sorgen? Mörder konnten erst gefasst werden, wenn sie zugeschlagen hatten. Alles andere war für ihn unsinniger Aktionismus. Er trat an die Garderobe und zog seine warme Lederjacke mit Innenfutter an. Der November in Verona war feucht und kalt. Spaziergänge nachts waren manches Mal kein Vergnügen. Zur Sicherheit holte er sich aus der Schublade der Kommode seine Lederhandschuhe heraus und zog sie an. Alarmiert beobachtete ihn seine Frau.

»Was soll das werden, Tonio? Wo gehst du hin?«

»Ich hole uns *pizze*, damit meine beiden Damen nicht verhungern müssen. Bin gleich wieder da.« Er zog die Haustür auf, gab ihr noch rasch einen Kuss auf den Mund und war im nächsten Moment verschwunden.

3

21.00 Uhr

Ein schwarzer Fiat Ducato Easy mit blinden, lackierten Scheiben im Laderaumbereich näherte sich dem *Museo Civico d'Arte*. Gianni Canali hatte die Scheinwerfer ausgeschaltet, und so glitt das Fahrzeug wie ein Schatten, von Norden kommend, den *Lungadige* entlang. Es gab kaum Verkehr. Kein Fußgänger ging auf dem Gehsteig entlang. Niemand nahm Notiz von dem Lieferwagen. Gianni spähte durch die Windschutzscheibe. Der dunkle Asphalt schluckte das spärliche Licht der Straßenbeleuchtung. Nebel kam in Schwaden von der Etsch herauf. Er hüllte Gebäude, Straßen und Plätze ein und legte sich als nasser Film auf die Windschutzscheibe.

Gianni betätigte die Scheibenwischer, damit er die Abzweigung nicht verpasste. Der Palazzo Contini stand an einer Straßenecke. Urplötzlich tauchte das wuchtige Renaissancegebäude mit seiner rustizierten Fassade im Nebel auf. Fast wäre er daran vorbeigefahren. Nur durch ein heftiges, wenig elegantes Manöver schaffte er es gerade noch, in die Seitenstraße abzubiegen. Er hörte die Männer, die im Laderaum hockten, schimpfen und fluchen. Gianni Canali grinste in sich hinein. Sollten sie ruhig ein wenig hin- und hergeworfen werden. Ihm war die ganze Sache suspekt. Und er verfluchte sich, dass er wieder einmal nicht nein gesagt hatte und wider besseres Wissen mitmachte. Eines nicht so fernen Tags würde die Polizei sie alle verhaften und einsperren.

Auf der Rückseite des Palazzo war in die hohe Mauer ein Metalltor eingelassen, das, wie verabredet, offen stand. Canali lenkte den Transporter durch die Einfahrt und hielt dicht an der Hauswand in unmittelbarer Nähe einer Eingangstür, die in die rückwärtigen Räume des Museums führte. Er stellte den Motor ab und wartete. Er sah zum Seitenfenster hinaus und beobachtete durch das offenstehende Tor die Straße. Eine kleine Laterne über dem Mauerbogen spendete spärlich Licht. Die wenigen Läden und Handwerksbetriebe, die sich in der Nebenstraße befanden, waren am Sonntagabend längst geschlossen. Privatleute wohnten kaum in dem Viertel und Touristen kamen nur untertags vorbei, um sich die Ausstellungen des Museums anzusehen. Für den schwarzen Transporter interessierte sich keine Menschenseele.

Gianni öffnete die Wagentür, stieg aus, umrundete den Transporter und entriegelte die rückwärtige Tür zum Laderaum. Sofort sprangen drei schwarz gekleidete Gestalten heraus. Sie trugen, genauso wie Gianni Canali, Overalls und Turnschuhe. Ihre Gesichter waren zum größten Teil von Sturmmützen bedeckt. Nur für Augen und Mund gab es Schlitze. Mit wachsamen Blicken kontrollierten die Männer die Umgebung. Ihre Hände hatten sie in Handschuhe gesteckt. Es war schwer, die drei dunklen Gestalten voneinander zu unterscheiden. Ihre Kleidung war identisch und sie waren ähnlich groß gewachsen. Gianni lehnte die Türen zum Laderaum des Transporters nur an, damit sie ihn später ohne Lärm und ohne Probleme öffnen konnten. Dann trat er zu den anderen, die schweigsam beieinander standen. Neben ihnen hatte er immer ein mulmiges Gefühl. Er war der Kleinste und Zierlichste, das war ihm schmerzlich bewusst. Im Ernstfall würde er sich gegen einen Angriff von nur einem von ihnen nicht wehren können. Er durfte keine Fehler machen, sonst war er geliefert. Gianni sah zum Gebäude, damit seine Kumpel ihm das Unbehagen nicht ansahen. Im Museum war alles dunkel.

»Auf was warten wir noch?« Vittorio Todisco, der Anführer und Boss der vier, gab den Startschuss. Er griff in seine Hosentasche und zog einen dunklen, flachen Gegenstand heraus, den er Gianni hinhielt.

»Klemm den Magneten zwischen die beiden Flügel der Metalltüren der Einfahrt, damit die Tore nicht zufallen, es aber so aussieht, als wären sie geschlossen! *Capisci?* Wir wollen nicht, dass uns jemand Gesellschaft leistet. Und dann setz' deine Mütze auf oder willst du unbedingt erkannt werden?«

Gianni fühlte, wie er rot wurde. Vittorio Todisco behandelte ihn immer, als könne er nicht bis drei zählen. Und genau deshalb unterliefen ihm Fehler, die dem anderen recht gaben. Wortlos ging er zur Einfahrt, befestigte den Magneten und lehnte die Tore behutsam aneinander. Ein letzter Blick die Straße entlang zeigte ihm, dass alles ruhig war, niemand spazieren ging. Dann holte er die Mütze aus der Seitentasche des Overalls und stülpte sich das Wollteil über. Als er wieder zum Wagen zurückging, hörte er, wie Vittorio kommandierte:

»Lasst uns die Sache rasch erledigen!«

»Verdammt kalt!«, bemerkte Livio Ferrari, der Mann für Spezialaufträge, und rieb die Handschuhe aneinander. Seine dunklen Augen, die durch die Schlitze der Wollmütze spähten, sandten einen prüfenden Blick auf seine Mitstreiter. Ein ziemlich zusammengewürfelter Haufen war das.

»Dann mach ich mich mal an die Arbeit!« Ferrari drehte sich um und ging auf den Hintereingang zu. Entlang der Gebäudemauer verlief eine mäßig hohe Buchsbaumhecke. Livio Ferrari machte unter den Blicken der anderen genau drei gleich lange Schritte und griff dann ins Gebüsch. Ein kurzer, banger Augenblick, in dem Gianni Canali hoffte, dass das Unternehmen genau jetzt sein Ende fand, verstrich und Livio zog eine Plastikkarte zwischen den kleinen Blättern hervor. Er hob sie hoch, wie zum Beweis, dass es nun losgehen konnte. Die Kumpel blieben reglos stehen und warteten wie verabredet.

Livio Ferrari hielt die Chipkarte an einen roten Sensorknopf, der sich zum Schutz vor der Witterung hinter einer kleinen Glasscheibe befand. Gleichzeitig zog er an der Tür des Hintereingangs, die sich anstandslos öffnen ließ. Livio schlüpfte hinein und die Tür fiel ins Schloss. Jetzt mussten sie abwarten. Vittorio Todisco sah alle Augenblicke auf die Uhr.

»*Merda!*« fluchte er schließlich leise vor sich hin.

Warum dauerte das so lange? Gianni hatte kein Zeitgefühl. Er zwang sich, nicht auch immer wieder auf die Armbanduhr zu sehen. Livio musste dort drinnen die Kameras und die Alarmanlage ausschalten, alles vorbereiten, damit sie ungestört im Museum arbeiten konnten. Der Komplize war bekannt für seine Gründlichkeit. Er ließ sich die Zeit, die er brauchte, damit es zu keiner Panne kam. Gianni war ihm dankbar dafür. Endlich öffnete sich die Tür erneut und Livio Ferrari winkte ihnen.

Gemeinsam betraten sie das Museum. Livio hielt eine lange Stableuchte in der Hand und ging voraus in Richtung Vestibül.

»Gianni, du bleibst hier!«, wandte sich Vittorio Todisco wieder an den Fahrer, der Schmiere stehen sollte. So hatten sie es am Abend zuvor besprochen. Beute machten die anderen. »Hast du mich verstanden? Du gibst uns ein Zeichen, wenn sich hier was tut. Wenn irgendwer auftaucht, den wir nicht gebrauchen können.« Streng musterte er Gianni. »Das wirst du ja wohl hinbekommen, oder?«

Der Fahrer presste die Lippen zusammen und unterdrückte einen Kommentar. Er war von Anfang an gegen die ganze Aktion bei Nacht und Nebel gewesen. Und das wusste Vittorio Todisco nur zu gut. Bisher hatte Gianni nur kleine Diebstähle begangen oder ein bisschen mit Koks gedealt. Das, was Todisco und die beiden anderen vorhatten, war entschieden eine Nummer zu groß für ihn. Aber er hatte doch gar keine andere Wahl. Er brauchte das Geld, das ihm Vittorio Todisco versprochen hatte. Für sich, für seine Eltern und Geschwister, die in Neapel lebten und oftmals nicht wussten, wie sie über die Runden kommen sollten.

Gianni war in der Hoffnung nach Verona gegangen, Arbeit zu finden, ein Auskommen zu haben, das ihm und seiner Familie endlich ein besseres Leben ermöglichte. Doch nun war er schon fast zwei Jahre da und er war noch keinen Schritt weiter. Todisco, der einen Handwerksbetrieb für Elektroinstallationen besaß, gab ihm hin und wieder Gelegenheitsjobs. Obwohl Gianni gelernter Elektriker war, wollte Todisco den ›dahergelaufenen‹ Neapolitaner, wie er ihn scherzhaft nannte, nicht anstellen. Der Scherz hatte inzwischen einen Bart, und Gianni konnte das dumme Gerede um seine Herkunft nicht mehr hören. Es war schon lange kein Geheimnis mehr, dass die Norditaliener unter sich blieben, keine gut bezahlten Stellen für die Süditaliener hergaben. Da musste schon jemand ein ausgewiesener Spezialist sein, dass er Fuß fassen konnte. Oder er brachte genügend Geld mit und machte sich selbstständig. Doch Gianni kannte niemanden aus seiner Heimatstadt, dem das gelungen wäre.

Die beiden anderen, die bei dem Coup noch mitmachten, stammten aus dem Umland von Verona. Emanuele Marchi war Hilfsarbeiter bei Todisco, hatte dafür aber ein riesiges Mundwerk. Livio Ferrari, der Bodybuilder war und über eine beeindruckende Fitness verfügte, hatte eine Ausbildung zum Elektroniker gemacht. Während Gianni nur mit Stromleitungen etwas anfangen konnte, war Livio durchaus in der Lage, Alarm-, Klima- und Telefonanlagen zu programmieren. Er war ein cleverer, stiller Zeitgenosse, der genau wusste, was er wollte – und der Kopf ihrer Aktion. Ihm hatten sie die Planung zu verdanken.

Gianni Canali ließ die anderen ziehen und stellte sich an die Hintertür. Sie war aus Stahl und mit fünf Bolzen versehen. Wer keine Chipkarte hatte, kam hier nicht hinein. Wen bitte schön, sollte er hier aufhalten? Es war Sonntagabend. Alle Museumsangestellten waren längst zu Hause. Keiner würde Lust verspüren, nochmals nach dem Rechten zu sehen. Weshalb auch? Wer die Chipkarte für sie hinterlegt hatte, wusste Gianni nicht. Und es interessierte ihn auch nicht.

Direkt neben dem Eingang befand sich ein Standaschenbecher, der offenbar von allen Rauchern, die im Museum arbeiteten, genutzt wurde. Zumindest war er randvoll mit Kippen. Ungläubig starrte Gianni Canali auf das Grab der vielen Glimmstängel und fragte sich, wann es das letzte Mal geleert worden war. Unwillkürlich hielt er den Atem an. Sein nervöser Magen rebellierte, als er den widerlichen Geruch schließlich doch einatmete! Das fehlte gerade noch, dass er sich hier übergeben musste. Dann hatte er bei Vittorio endgültig ausgespielt. Dieser hatte mit Zigarettenqualm überhaupt kein Problem, rauchte er doch selbst wie ein Schlot. Gianni drückte sich die rechte Hand auf die Nase, um dem Nikotingestank zu entgehen. Er lehnte sich an die Wand und wartete. Nur die Schritte der Kumpel waren zu hören, als sie über den Steinboden in Richtung Vestibül und Ausstellungsräume gingen.

»Verdammte Scheiße!«, tönte es von drinnen. Vittorio gab sich gar keine Mühe, leise zu sprechen. »Bist du des Wahnsinns, Livio? Deshalb warst du so lange beschäftigt?«

Gianni Canali löste sich von der Wand und ging auf Zehenspitzen in den Gang. Als er das Vestibül erreichte, linste er um die Ecke.

Rechts von ihm befand sich der große Ausstellungsraum, in dem die wertvollen Gemälde des italienischen Barock aufgehängt waren. Doch bis dorthin würde er gar nicht kommen. Die drei Männer vor ihm standen breitbeinig wie eine Wand nebeneinander und versperrten ihm die Sicht. Ihre Köpfe waren angespannt nach vorne gebeugt, sie schienen etwas am Boden zu studieren. Gianni schlich sich noch näher heran, auch wenn ihm ganz und gar nicht wohl war in seiner Haut. Er sollte doch unter keinen Umständen seinen Platz am Hinterausgang verlassen. Lautlos ging er in die Hocke und spähte zwischen den O-Beinen der anderen hindurch. Gut, dass sie alle Fußball spielten. So hatte er beste Sicht. Und dann hielt er sich schnell den Mund zu, damit nicht auch er einen überraschten Ruf ausstieß. Niemand schien ihn zu bemerken. Zu sehr waren seine Kumpel über ihren Fund erschrocken. Am Boden lag eine junge blonde Frau mit eingeschlagenem Schädel. Blut hatte sich um ihren Kopf herum verbreitet und eine dunkelbraune Lache gebildet, die auf dem hellen Marmorboden ekelhaft deutlich sichtbar war. Gianni kämpfte nun ernsthaft mit Brechreiz und schluckte mehrmals schnell hintereinander.

»*Merda!*«, stieß Todisco nochmals hervor. Sein Wortschatz war definitiv eingeschränkt. »Du willst uns wohl hier die Show vermasseln?«

»Du glaubst doch nicht im Ernst, dass das auf mein Konto geht?«, fragte Livio Ferrari gefährlich ruhig. »Für wie blöd hältst du mich?«

»Wenn dir die Braut in die Quere gekommen ist, fragst du doch nicht lange, ob das blöd ist, ihr den Schädel einzuschlagen? Oder wolltest du vielleicht mit ihr verhandeln?« Vittorio Todisco lachte trocken auf. »Was machen wir jetzt mit ihr?«

»Nichts machen wir mit ihr!« Livio hob den Kopf und sagte sehr bestimmt: »*Aspetta!* Niemand fasst die Frau an, verstanden! Wir holen uns die vier Bilder wie abgemacht. Eines nach dem anderen. Wir steigen über die Leiche. Keinesfalls treten wir in die Lache. Habt ihr das verstanden? An unseren Schuhen darf kein Blut kleben.«

Vittorio Todisco ließ ein unterdrücktes Knurren hören. Er war sichtlich nicht begeistert von dieser Lösung.

»Niemand zieht die Handschuhe aus!«, kommandierte Livio Ferrari weiter. Die anderen nickten nur, wohl dankbar, dass einer die Initiative ergriff. Gianni Canali trat den Rückzug an, verschwand hinter der Mauerecke, spähte aber gleich wieder ins Museum, damit ihm ja nichts entging. Er sah Vittorio Todisco dabei zu, wie er seine Stableuchte, die er mit einer Schlaufe an seinem Gürtel befestigt hatte, losmachte und Fotokopien der Bilder, die sie auftragsgemäß stehlen sollten, aus der Hosentasche zog. Im hellen Schein seiner starken Leuchte verschwanden die Männer im Ausstellungssaal. Die Lampe von Livio lag am Boden und beleuchtete die tote Frau. So konnten sie alle sehen, wohin sie treten durften und wohin nicht.

Gianni Canali kehrte auf leisen Sohlen zurück. Er hatte noch nie eine Leiche gesehen und so besah er sich die Tote genau, fühlte dabei eine Mischung aus Faszination und Ekel. Die Frau musste sehr hübsch gewesen sein. Das konnte man noch erkennen, obwohl ihr Schädel zertrümmert war. Hatte wirklich Livio diese ungeheure Tat ausgeführt? Mit einer solchen Brutalität? Ihm schauderte. Mit welchen Leuten hatte er sich eingelassen? Blut und Knochensplitter hingen in den langen, blonden Haaren der Toten. Giannis Blick glitt weiter über ihren Körper. Dabei fiel ihm ein blitzender Gegenstand auf. Ihr linker Arm ruhte auf ihrem linken Oberschenkel. An der Hand lachte ein Brillantring Gianni geradezu an. Hingerissen starrte er darauf und fragte sich, was das Schmuckstück wohl wert war. Wie viele Euro er wohl dafür bekäme? Sicherlich mehr als die 3.000, die Todisco ihm für den Einsatz in dieser Nacht versprochen hatte. Noch war gar nicht ausgemacht, ob sich sein Chef an die Vereinbarung halten würde. Außerdem musste Gianni noch einen weiteren Auftrag später in der Nacht ausführen, der ihm schwer im Magen lag und den er liebend gern verweigert hätte. Doch er wusste jetzt schon, dass ihm dazu der Mut fehlen würde.

Aus dem Ausstellungsraum drangen Geräusche und Gianni hörte weitere Flüche. Davon hatte Vittorio mehr auf Lager, als Gianni sich merken konnte. Es würde nicht mehr lange dauern und zwei seiner Kameraden würden das erste Gemälde herausschleppen. Dann musste er seinen Posten an der Tür wieder bezogen haben. Ungestüm riss er sich den Handschuh von der rechten Hand und zog blitzschnell das Schmuckstück vom linken Ringfinger der Toten. Dann drehte er sich um, eilte den Gang entlang, schob dabei den Brillantring in die Hosentasche seiner Jeans, die er unter dem Overall trug, und erreichte gerade noch rechtzeitig seinen Platz, als er Schritte über den Steinboden kommen hörte. Dann erschienen auch schon Emanuele und Livio mit dem ersten Gemälde, einem Porträt, wenn Gianni das richtig sah. Beflissen öffnete er für die beiden die Hintertür zum Innenhof und beobachtete, wie sie das Kunstwerk in den Laderaum des Transporters schoben.

4

Montag, 16.11.2015

Kiefersfelden/Kufstein, 2.00 Uhr

Kommissar Georg Breitwieser lehnte an der Wand im Büro der Grenzstation Kiefersfelden/Kufstein und starrte blicklos in den mit alten Möbeln und Stahlschränken eingerichteten Raum. Die Hände hatte er in seine graumelierte Wollhose geschoben, denn irgendein Witzbold hatte die Heizung gedrosselt. Nachtabsenkung! Sonntagsbetrieb! Sparmaßnahme! Georg fror, war hundemüde und sein Magen meldete sich knurrend und immer nachdrücklicher. Er kam sich vor wie in seiner Anfangszeit als junger Kriminalbeamter in München, als er sich in der Ettstraße mit drei Kollegen einen spartanisch eingerichteten Raum teilte und dem Hauptkommissar der Mordkommission zuarbeitete. Mit Dienstzeiten jenseits des Normalen. Damals hatte er noch geglaubt, dass wenig Schlaf und viel Arbeit nur Anfängern zusetzen. Er hatte auf spannende Fälle gehofft, auf wichtige Einsätze und spektakuläre Festnahmen. Doch es gab Wochen, da war er so müde und erschöpft nach zwölf und mehr Stunden, dass er sich wie ein uralter Mann vorkam. In der Hauptsache verbrachte er damals die Zeit beim Warten im Auto bei Observationen, bei Schreibtischarbeit mit langweiligen Formularen und erkennungsdienstlichen Aufgaben. Das war wenig aufregend und brachte weder Ruhm noch Ehre ein. Die Arbeit hatte sich verändert, klar, er hatte mehr Festnahmen hinter sich, als er zählen konnte, sehr viel mehr Verantwortung, weniger Mitarbeiter als sein damaliger Vorgesetzter und überhaupt keinen Dienstplan mehr.

Seit Freitagabend waren Oberinspektor Florian Huber und er in Kiefersfelden abgestellt, Sondereinsatz zur Absicherung der Grenze nach Österreich. Georg schüttelte resigniert den Kopf und drehte sich nach seinem Kollegen um. Florian Huber saß auf einem der unbequemen Holzstühle in der ansonsten verwaisten Amtsstube, hatte die Arme schützend vor der Brust verschränkt, offenbar war auch ihm kalt, und schnarchte leise, aber hörbar vor sich hin. Er hatte der Müdigkeit nachgegeben und war vor über einer Stunde eingenickt. Georg konnte es ihm nicht verdenken. Es gab Vergnüglicheres, als Wache zu schieben.

Als Kriminaloberrat Alois Pfaffenrieder am Freitagvormittag in Georgs Büro gestürzt war, selbstverständlich ohne anzuklopfen oder sich gar vorher anzukündigen, hatte ihm schon nichts Gutes geschwant. Immer, wenn sein Vorgesetzter auf der Bildfläche erschien, gab es Ärger, Arbeit oder beides zusammen.

»Kollege Breitwieser«, polterte Pfaffenrieder auch sofort los, »wir haben Order vom Bundesinnenministerium.«

Das allerdings kam eher selten vor. Georg wappnete sich. Den Ordner, den er gerade aus der Regalwand zog, schob er wieder zurück und setzte sich vorsichtshalber auf den Stuhl hinter seinem Schreibtisch. Es war immer gut, ein schützendes Möbel zwischen sich und den Kriminaloberrat zu bringen.

»Die Lage an den österreichischen und bayerischen Grenzen ist dramatisch. In Reichenhall und Passau geht seit Tagen schon nichts mehr. Das Ministerium fordert alle Dienststellen auf, sich an der Aufnahme und Registrierung der Flüchtlinge zu beteiligen. Vor allem ist auf Schlepperbanden und unkontrollierten Grenzübertritt zu achten.«

Georg schloss genervt die Augen. Pfaffenrieder tat ganz so, als wäre das Problem fünf Tage alt und er müsste nun seine Beamten auf neues, völlig unerwartetes Terrain vorbereiten. Tatsache war, dass Florian Huber und Georg schon in den vergangenen Wochen zusätzlich Dienst in Bad Reichenhall gehabt hatten und aktiv daran beteiligt waren, die nach langen Fußmärschen an der bayerischen Grenze gestrandeten Flüchtlinge zu kontrollieren und in die Aufnahmeeinrichtungen weiterzureichen. Ihm lag der letzte Einsatz von vor drei Tagen noch im Magen, als sie einen Krankentransport für eine hochschwangere Frau aus Syrien organisiert hatten. Georg hatte in der darauffolgenden Nacht kein Auge zugetan. Kein Leichenfund in seiner langen Dienstzeit hatte ihn nachts derart beschäftigt wie die Bilder der traumatisierten, völlig verängstigten Frau, die mit zwei weiteren Kindern frühmorgens um 3 Uhr mitten in einem Pulk Syrer in Reichenhall über die Grenze gestolpert war, sich unter den Schmerzen der einsetzenden Wehen vor ihm gekrümmt hatte und dann unvermittelt zusammengebrochen war. Wenn er nur daran dachte, hörte er erneut ihr Stöhnen und das Weinen ihrer Kinder, als stünden sie neben ihm.

Umso mehr regte er sich über die Wichtigtuerei Pfaffenrieders auf, der so tat, als wüsste Georg nicht ganz genau, was da erneut auf ihn und seinen Kollegen zukam, ganz so, als hätten sie diese Sonderdienste noch nie geleistet.

Georgs abwehrender Blick ließ Pfaffenrieder unwillkürlich einige Schritte zurückweichen. Doch dann legte der Kriminaloberrat richtig los: »Breitwieser, kommen Sie mir jetzt nicht mit Dienstplänen, Vorschriften und Arbeitszeiten, verstanden! Die Lage erfordert unseren vollen Einsatz.«

Wann tat es das nicht? »Habe ich irgendetwas gesagt? Ich jedenfalls hab nichts gehört!«

»Sie brauchen gar nichts zu sagen, Breitwieser, Ihr Blick genügt mir vollständig. Und werden Sie nicht spitzfindig. Das mag ich nicht!«

Georg konnte es nicht verhindern, dass sich nun doch ein kleines Lächeln auf sein Gesicht stahl. War ja großartig, wenn er den Kriminaloberrat mit einem Blick verunsichern konnte.

»Sie werden mit Oberinspektor Huber heute ab 18 Uhr in Kiefersfelden an der Grenzstation gebraucht. Außerdem stellen wir zwei VW Busse und einen Streifenwagen mit vier Polizeibeamten zur Verfügung, um die Flüchtlinge zu uns nach Traunstein in die Polizeiinspektion zu bringen und um erste erkennungsdienstliche Maßnahmen zu ergreifen. Sie alle bilden, unter Ihrer Leitung, Breitwieser, eine Einsatztruppe mit dieser Spezialaufgabe. Vorzugsweise ist auf Schlepper, die in privaten PKWs, LKWs und Kleintransportern Geflüchtete über die Grenze bringen wollen, zu achten.«

Na, das ist ja auch etwas ganz Neues, dachte Georg genervt und fühlte, wie sein Puls an Geschwindigkeit zulegte. Es war nicht die Aufgabe an sich, die ihn ärgerlich machte, sondern die Art und Weise, wie Pfaffenrieder sich bei der Auftragsvergabe gebärdete. Inzwischen stützte sich sein Vorgesetzter schwer auf dem Schreibtisch ab. Auf seiner Stirn stand der Schweiß. Das hatte Georg kommen sehen. Deshalb lehnte er sich so weit wie möglich in seinem Schreibtischstuhl zurück. Der Geruch von Pfaffenrieder war ihm zuwider. Wie üblich war der Mann für die beheizten Diensträume viel zu warm angezogen. Ohne Trachtenjoppe aus festem Walkstoff sah man den Kriminaloberrat in der zweiten Jahreshälfte nie. Und die dichte, graue Wollhose gehörte seit Monaten schon zum festen Outfit für dessen Alltag in der Polizeiinspektion Traunstein. Gott sei Dank verpasste ihm Frau Pfaffenrieder wenigstens jeden Tag ein frisches Oberhemd.

»Sie wissen, was zu tun ist?«

»Ich nehme an, das Gleiche wie vor einer Woche in Bad Reichenhall, und vor zwei Wochen und vor drei Wochen. Oder irre ich mich?«

Pfaffenrieder richtete sich wieder zur vollen Größe auf und musterte Georg mit seinen kleinen Augen, die unter schweren Oberlidern lagen.

»Selbstverständlich! Und wenn möglich mit mehr Erfolg, wenn ich bitten darf. Die Beute an Schleppern war ja gering, wenn ich mich recht erinnere. Das kann doch nicht so schwierig sein, diesen Leuten das Handwerk zu legen. Wir müssen das Übel an der Wurzel packen.«

Die Wurzel des Übels lag, Georgs Meinung nach, in Syrien, im Irak, in Libyen und den nordafrikanischen Staaten. Wer es einmal bis nach Italien, Griechenland oder an die serbische Grenze geschafft hatte, brauchte keine großen Schlepperorganisationen mehr. Zur Not ging es auch tagelang zu Fuß oder mit der Eisenbahn weiter. Wie das aussah, konnte jeder Interessierte täglich am Fernseher beobachten.

Doch Georg hatte keine Lust und keine Ausdauer mehr gehabt, sich auf eine weitere Diskussion mit Pfaffenrieder über die Flüchtlingsproblematik einzulassen. Schwerlich hatten sie da die gleiche Auffassung.

So warf er jetzt einen letzten Blick auf Florian Huber, der seine Lage auf dem Holzstuhl nicht verändert hatte und weiter leise vor sich hin schnarchte. Die Beute, wie sich Pfaffenrieder ausgedrückt hatte, war auch in Kiefersfelden bisher eher mäßig. Einige Privatleute hatten sie dabei erwischt, wie sie, von ihrer Urlaubsfahrt nach Südtirol oder vom Gardasee kommend, den einen oder anderen gestrandeten Flüchtling einfach mitgenommen hatten. Georg hatte in allen Fällen davon abgesehen, polizeiliche Maßnahmen zu ergreifen. Er sah seine Aufgabe vor allem im humanitären Bereich, versuchte den Geflüchteten ein Dach über dem Kopf zu organisieren und sie zu den Erstaufnahmestellen zu bringen. Anzeigen zu schreiben oder gar Strafverfahren einzuleiten, gehörten seiner

Ansicht nach nicht zu den vordringlichen Polizeiaufgaben, wenn Geflüchtete die Grenze überschritten. Pfaffenrieder hatte dazu selbstverständlich eine andere Ansicht.

Georg sah auf die Uhr. In wenigen Minuten mussten er und Florian Huber wieder hinaus in die Novembernacht und den spärlich strömenden Verkehr kontrollieren. Georg verließ seinen Fensterplatz, ging zu seinem Kollegen und rüttelte ihn sanft an der Schulter.

»Is' scho so weit?« Der Oberinspektor rieb sich die Augen, streckte seine verkrampften Glieder und erhob sich vom Stuhl.

Beide zogen sich warme, dunkle Dienstmäntel an, verließen die Amtsstube und waren wenige Augenblicke später am Kontrollpunkt der Autobahn, der vor einigen Wochen provisorisch eingerichtet worden war. Das Bundesinnenministerium hatte Mitte September die Regelungen des Schengener Abkommens vorübergehend aufgehoben. Für wie lange war ungewiss.

Kommissar Breitwieser stand neben Oberinspektor Huber am Fahrbahnrand, versuchte Hunger und Kälte zu ignorieren und sich vollkommen auf seine Aufgabe zu konzentrieren. Er beobachtete die sich langsam nähernden PKW und blickte in übermüdete Gesichter, die ihn ergeben, verärgert oder auch erschrocken durch die Windschutzscheiben ansahen. Er wusste, dass die Fahrer damit rechneten, den Kofferraum öffnen zu müssen oder dass die Kontrolleure gar im Fond des Wagens mit Taschenlampen nach illegalen Passagieren suchen würden.

Florian schien sich schon aufs Durchwinken festgelegt zu haben, als ihm ein sich rasch näherndes Fahrzeug auffiel. Mit ausgestrecktem Arm deutete er irritiert darauf und fragte halblaut: »Was wird des, wenn's fertig ist?«

Auch Georg hatte den schwarzen Fiat Kombi entdeckt. Der Transporter kam viel zu schnell heran und erweckte den Eindruck, dass er das Durchwinken lieber gar nicht abwarten wollte. Georg trat beherzt auf die Fahrbahn, hob seine Kelle und bedeutete mit der linken Hand, der Fahrer solle vom Gas gehen. Er konnte ein junges, männliches Gesicht hinter der Windschutzscheibe erkennen. Mehr nicht. Der Mann war allein und trat im letzten Moment kräftig auf die Bremse, womit er den Wagen nur wenige Meter vor Georg zum Stehen brachte.

»Das war knapp, Chef!« Florian Huber war neben Breitwieser getreten und sah auf das Nummernschild. »Ich fürchte, das ist deine Baustelle, Schorsch. Der Mann kommt aus Italien.«

Georg warf dem Kollegen einen ärgerlichen Blick zu. Für eine unerwartet vertrauliche Anrede war, weiß Gott, jetzt nicht der richtige Zeitpunkt. Doch Florian Huber grinste ihn nur frech an. Georg trat zum Wagen und klopfte an die Fensterscheibe der Fahrertür.

5

Gianni Canali starrte zu den beiden Polizisten hinaus und wusste, jetzt hieß es, die Nerven zu behalten. Er hoffte inständig, dass die beiden Polizisten froren und sie nicht allzu genau kontrollierten. Vittorio Todisco war nicht zimperlich. Wenn Gianni schuld daran sein sollte, dass der Raub aufflog, dann brauchte er gar nicht mehr nach Verona zurückzukehren. Und seine Entlohnung von 3.000 Euro konnte er sowieso vergessen. Er blickte in das Gesicht eines großen, breitschultrigen Mannes, dessen Augen ihn unter einer Polizei-Schirmmütze kritisch, konzentriert, aber nicht feindselig durch die Scheibe der Fahrertür musterten.

Gianni Canali fühlte sich alles andere als wohl in seiner Haut. Unter dem prüfenden Blick des Polizisten beschleunigte sich sein Herzschlag und zeigte ihm, wie groß seine Angst war. Egal, wie die Sache ausging, durchfuhr es ihn, in allererster Linie musste er seine eigene Haut retten. Was gingen ihn die drei anderen Kumpel an? Wer würde sich denn im Zweifel für ihn einsetzen? Er brauchte nicht lange zu überlegen, er wusste, dass sie ihn bei erstbester Gelegenheit fallen lassen würden. Der Polizist klopfte an das Seitenfenster des Transporters. Gianni ließ ergeben die Scheibe herunter.

»*Passaporto, per favore!*«

Der Neapolitaner war einigermaßen überrascht. Dass der Polizist ihn auf Italienisch ansprechen würde, hatte er nicht erwartet. Er holte seinen Pass aus dem Handschuhfach und reichte ihn hinaus. Gleichzeitig lauschte er nach hinten. Er konnte nur hoffen, dass sich alle ruhig verhielten und dass es ihnen noch gutging. Die Fahrt von Bozen über die Brennerpassstraße bis Kiefersfelden hatte knapp drei Stunden gedauert. Oben am Brenner hatte er Glück gehabt. Heftiger Schneefall hatte die Grenzer davon abgehalten zu kontrollieren. Er hatte niemanden gesehen. Und er war mehr oder weniger allein auf der Landstraße unterwegs gewesen. Bei Innsbruck war er auf die Autobahn gefahren. Seither hatte der Verkehr zugenommen. Trotz der Kälte sollte die Fahrt für seine Passagiere bis hierher keine Probleme bereitet haben.

Seine Fracht war wertvoll. Sehr wertvoll. Und er wurde in weiteren zwei Stunden kurz vor Bad Reichenhall auf einem Autobahnparkplatz erwartet. Diesen Termin sollte er tunlichst nicht verpassen. Vittorio Todisco saß sicher schon zu Hause mit dem Mobiltelefon in der Hand und wartete darauf, dass Gianni die erfolgreiche Übergabe bestätigte.

»Wohin fahren Sie?«, fragte ihn der Polizist.

»*Monaco di Baviera!*«

»Nach München?«

»*Sì!*«

»Was haben Sie geladen?«

»*Niente!* Nichts. Der Wagen ist leer.« Gianni Canali versuchte, ein unschuldiges Gesicht zu machen, was ihm offensichtlich misslang.

Denn der Polizist schüttelte den Kopf und sagte: »Steigen Sie bitte aus und öffnen den Laderaum Ihres Wagens.«

Gianni zog mit zittrigen Händen den Schlüssel ab, öffnete die Wagentür und stieg aus. Er wusste, dass seine Fahrt hier und jetzt zu Ende war. Er umrundete den Transporter und öffnete die Tür zum Laderaum.

Verängstigte Augenpaare, fünf an der Zahl, blickten aus dem Dunkel des Wagens. Flüchtlinge mit Rucksäcken, Tüten und Taschen lehnten, mit nur leichten Regenanoraks, Jeans, T-Shirts oder Hemden bekleidet, an der Wagenwand oder kauerten am Boden und sahen den beiden Männern, die in der kalten, nebligen Nacht standen, furchtsam entgegen. Gianni Canali blickte zu Boden und kam sich zum ersten Mal im Leben wie ein echter Verbrecher vor. Was hatte er nur getan? Was konnte, musste er erzählen, damit die Sache für ihn doch noch ein gutes Ende nahm? Ob er so viel Wagemut und Phantasie hatte? Der Polizist neben ihm schien vollkommen ruhig und nicht im Mindesten überrascht von dem, was er im Wageninneren vorgefunden hatte. Er zog ein Handy aus der Hosentasche und sprach kurz und schnell mehrere Anweisungen hinein. Innerhalb weniger Augenblicke erschienen vier jüngere Polizeibeamte, bereit, die Flüchtlinge in Empfang zu nehmen.

»Alle aussteigen bitte. Ganz langsam. Es geschieht Ihnen nichts«, sprach der Polizist, der Gianni angehalten hatte, die Menschen im Laderaum auf Englisch an. Ein Kleinkind, von einer jungen Frau fest in den Armen gehalten, wachte auf und fing zu weinen an. Der Polizist half den beiden beim Aussteigen. Dicht auf ihren Fersen folgte ein älterer Mann, der die Hand der jungen Frau kaum loszulassen wagte. Danach kam ein Paar mittleren Alters. Sie zogen schwere Reisetaschen, auf denen sie gesessen hatten, über die Bordwand des Transporters und blieben dicht neben ihrem Gepäck mit hängenden Schultern stehen. Die Köpfe hatten sie gesenkt, die Schultern hochgezogen. Es sah aus, als erwarteten sie Schläge. Hinter ihnen sprang noch ein junger Mann heraus, der einen Rucksack bei sich hatte.

»Folgen Sie meinen Kollegen zu dem VW Bus weiter vorne. Sie werden zu einer Polizeistation gebracht, damit wir erste erkennungsdienstliche Maßnahmen durchführen können. Es besteht überhaupt kein Grund zur Besorgnis.« Der Polizist wandte sich an seinen jüngeren Kollegen, der bislang nur danebengestanden war und kein Wort gesagt hatte, und gab irgendeine Anweisung auf

Deutsch. Der Jüngere nickte und wandte sich den anderen Autos am Übergang zu. Es hatte sich schon eine kleine Schlange gebildet.

Die Gruppe der Flüchtlinge und zwei der Polizisten bestiegen die bereitstehenden VW Busse. Ein weiterer junger Kollege nahm Gianni Canali am Arm und führte ihn zu einem Streifenwagen, der nahe der ehemaligen Grenzstation stand, forderte ihn auf, im Fond des Wagens Platz zu nehmen, und setzte sich ans Steuer. Sein älterer Kollege, der die ganze Aktion geleitet hatte, nahm auf dem Beifahrersitz Platz. Es war 3 Uhr morgens, als sich die Wagen Richtung Salzburg in Bewegung setzten, hinein in die dunkle Nebelnacht.

6

Traunstein, 5.00 Uhr

Georg Breitwieser hielt eine große Tasse Kaffee in der Hand und reichte auch dem Italiener, der laut Pass Gianni Canali hieß, einen Becher.

»Espresso haben wir hier leider nicht!« Georg lächelte ihn entschuldigend an und hoffte, der junge Mann würde darauf reagieren, aber der saß stocksteif auf seinem Holzstuhl im Vernehmungsraum der Polizeiinspektion Traunstein, starrte auf seine Hände, die er im Schoß verkrampfte, und schwieg. Den Becher Kaffee würdigte er keines Blickes. Bei der hellbraunen Brühe, die der Automat draußen auf dem Gang produzierte, war das keine verblüffende Reaktion. Georg nahm ihm gegenüber Platz und schob ihm ein Brotkörbchen hin, in dem Butterbrezen glänzten. Diese waren zumindest frisch und schmeckten ganz ausgezeichnet. Doch der Italiener reagierte auch nicht auf diese Einladung. Georg hatte schon zwei davon verdrückt, denn mit leerem Magen wollte er kein Verhör führen. Wenn ihm der Magen knurrte, wurde er leicht aggressiv. Und das konnte er sich nicht leisten.

Er hielt den Pass des Italieners in der Hand und las vor: »Geboren am 25. Mai 1994 in Neapel. Ist das richtig?« Als der junge Mann nicht antwortete, stellte Georg die nächste Frage: »Besitzen Sie den Fahrzeugschein zum Fiat Ducato?« Und als ihm weiter Schweigen antwortete: »Wir müssen wissen, wem der Wagen gehört, mit dem die Geflüchteten transportiert wurden. Wieviel Geld haben Sie für den Transport der Personen kassiert?« Nun hatte Georgs Stimme deutlich an Schärfe zugenommen. Nachdrücklich sah er dem Italiener ins Gesicht. Der hatte aufgeschaut, als er nach dem Geld gefragt wurde, und erschrak nun sichtlich, als er in die ärgerliche Miene des Kommissars blickte. Georg beugte sich ihm entgegen und schlug energisch mit der flachen Hand auf den Tisch.

»Machen Sie endlich den Mund auf, Signore! Ich bin sicher, dass wir von den Geflüchteten genau erfahren, wo Sie die Leute aufgegriffen und wieviel Geld Sie ihnen abgeknöpft haben. Das wird kein Geheimnis bleiben. Besser Sie reden jetzt mit mir, als dass wir Ihnen später alles mühsam aus der Nase ziehen, weil belastende Zeugenaussagen vorliegen.«

Gianni Canali saß weiter schweigend da und starrte auf seine Hände in seinem Schoß. Er rang mit sich, wusste weder ein noch aus. Nervös rieb er die Handflächen aneinander, dann verschränkte er die Finger wieder so fest ineinander, dass es laut knackte. Ein Profi sah in Georgs Augen anders aus. Er fragte sich, wann der unerfahrene Mann die Nerven verlieren und endlich zu sprechen beginnen würde.

»Ich hab Zeit, Signore. Kein Problem! Wir können auch die italienischen Kollegen fragen, was gegen Sie vorliegt. So lange werden Sie in jedem Fall hierbleiben müssen. Und Sie wissen ja selbst, wie schnell Ihre Landsleute in den Behörden arbeiten.« Georg gestattete sich ein Lächeln. »Das kann dauern.«

Überraschend griff der Italiener nach einer der Brezen und biss gierig hinein. Er schien einen Entschluss gefasst zu haben, denn er lehnte sich in seinem Stuhl zurück und sah Georg zum ersten Mal richtig an. Gianni Canali hatte ein schmales Gesicht, dunkelbraune Augen und krauses, braunes Haar. Obwohl es Ende November war, hatte er noch eine gebräunte Haut und wirkte insgesamt gepflegt und auf sein Äußeres bedacht. Seine Jeans waren gewaschen, sein blaurot kariertes Flanellhemd sauber. Es sah aus, als wäre es noch kaum getragen. Interessanterweise hatte er kein Gepäck bei sich. Nur noch einen dunkelblauen Steppanorak, den er neben sich auf einem Stuhl abgelegt hatte. Sie würden ihm wohl für den weiteren Aufenthalt in der Polizeiinspektion Traunstein Klamotten besorgen müssen. Da bekam seine Sekretärin Arbeit, die ihr sicher gar nicht schmeckte. Georg amüsierte die Aussicht auf das verkniffene Gesicht von Brigitte Hufnagel, seiner Perle, die er von seinem Vorgänger Staudinger übernommen hatte. Das war jetzt fast fünf Jahre her. Warm waren sie miteinander immer noch nicht geworden.

Erwartungsvoll sah er Gianni Canali an, der inzwischen seine Butterbreze aufgegessen und auch dem Kaffee zugesprochen hatte. Respekt, dachte Georg, wer Durst hat, trinkt auch anstandslos unseren Kaffee. Er empfand durchaus Sympathie für den jungen Burschen.

»Es stimmt, ich bin in Neapel geboren.«

»Wohnen Sie auch dort?«

»Nein. Zurzeit wohne ich in Verona!«

Georg glaubte sich verhört zu haben. Mit Antonio Fontanaro über das weitere Vorgehen in diesem Fall sprechen zu können, beflügelte ihn.

»Und was machen Sie in Verona? Haben Sie Arbeit?«

Gianni Canali presste die Lippen aufeinander. »Ja, manchmal!«

»Sie bringen sich also mit Gelegenheitsjobs durch?«

Canali nickte.

»Und dieses Mal lautete Ihr Auftrag, Flüchtlinge über die Grenze nach Deutschland zu bringen?«

Canali schüttelte entschieden den Kopf. »Nein, ich habe die Leute auf der Brennerlandstraße mitgenommen. Sie saßen am Straßenrand im Schnee und wussten nicht weiter. Mein Wagen war leer, also habe ich nicht lange überlegt und sie einfach einsteigen lassen. Wem schadet es denn schon, wenn ein paar Flüchtlinge mehr nach Deutschland kommen?«

Im Prinzip hatte der Mann recht, musste Georg zugeben. Aber eben nur im Prinzip.

»Sie haben kein Geld von ihnen genommen?«

»Nein, definitiv nicht. Fragen Sie sie.«

»Das werden wir. Macht es Ihnen etwas aus, mir Ihre Brieftasche zu zeigen?«

Gianni Canali bekam einen roten Kopf. Georg konnte nicht beurteilen, ob er sich schämte oder zornig wurde, weil er ihm nicht traute. Ungestüm fuhr sich der Italiener in die enge Tasche seiner Jeans, knapp unter dem Gürtel und zerrte seine Geldbörse förmlich heraus. Gleichzeitig fiel etwas mit einem hell klingenden Ton zu Boden. Die beiden beugten sich unter den Tisch, um nachzusehen, was das war. Nicht weit von Georgs Schuhen lag ein Brillantring auf dem grauen Linoleumboden, der im Schein der Neonröhren aufblitzte.

»Was haben wir denn da?« Georg stellte seinen Fuß schützend vor den Ring, damit der Italiener das Schmuckstück nicht aufheben konnte, griff seinerseits in die Hosentasche, zog ein Taschentuch heraus, beugte sich ganz nach unten und hob den Brillantring damit auf. Dann legte er ihn sich zusammen mit dem Stofftuch in die linke Handfläche und betrachtete ihn aufreizend interessiert. Mit einem lauten Platsch warf Gianni Canali seine Brieftasche auf den Tisch und sah Georg böse an.

7

Verona, 8.00 Uhr

Commissario Antonio Fontanaro und Ispettore Enrico Brandino parkten den Dienst-Alfa am Straßenrand des *Lungadige* und betraten hastig, mehrere Stufen auf einmal nehmend, die Eingangshalle des *Museo Civico d'Arte.* Laute Stimmen hallten durch das Vestibül, das in ein breites Treppenhaus überging. Vor ihnen lag dunkel und verlassen der Museumsshop. Davor standen zwei Kollegen der *polizia di stato* und nahmen die Personalien von ein paar Leuten auf, die zur Putzkolonne gehörten. Zumindest nahm Antonio das an, da sie entsprechende Kleidung trugen. Rechts zweigte ein Gang ab und führte an einigen Zimmertüren vorbei. Dort waren Kollegen der Kriminaltechnik in hellblauen Plastikoveralls tätig. Sie stellten Absperrungen auf, die den Zugang in den Verwaltungsbereich des Museums verhindern sollten. Und während der Commissario noch überlegte, ob er einen davon nach ihrem Chef fragen sollte, tauchte Silvano Petrelli im Gang auf und kam zielstrebig auf ihn zu.

»Auch schon auf?«, lautete Petrellis freche Begrüßung. Dazu setzte er ein spitzbübisches Lächeln auf, als träfe man sich zum gemütlichen Frühstück und nicht zur Besichtigung eines Tatorts. Antonio schaute ihn mürrisch an. Silvano ignorierte die schlechte Laune des Commissario. »Immer rein in die gute Stube! Ich darf schon mal vorausgehen.« Ganz der zuvorkommende Gastgeber. Nun musste Antonio doch lächeln.

Zusammen mit Enrico folgte er dem Kollegen nach links und wenige Schritte später standen sie vor einer weiteren Absperrung. Grelle Scheinwerfer auf Ständern waren dort aufgestellt und beleuchteten den Tatort. Auch hier waren Petrellis Kollegen in Dienstoveralls schon mitten in der Arbeit. Ein geschäftiges Hin und Her. Keiner seiner Mitarbeiter hielt sich erschrocken zurück. Alle sprachen durcheinander und jeder machte Lärm.

Silvano griff sich Latexhandschuhe aus einem Arbeitskoffer, dessen geöffneter Deckel an einer Wand lehnte, und reichte sie an Antonio und Enrico weiter. »Ihr seid natürlich wie üblich ›ohne‹ unterwegs! Wie oft muss ich euch eigentlich noch dieses unerlässliche Arbeitsutensil ins Büro schleppen, damit ihr es auch dabei habt, wenn ihr zum Tatort gerufen werdet? Das kann doch nicht so schwierig sein!«

»Silvano, nerv nicht!« Antonio streifte sich die Handschuhe über. »Hast ja immer welche dabei von den Dingern.« Er hasste das Gefühl der engen Plastikhandschuhe auf der Haut und noch mehr hasste er ihren Geruch. Ohne weiter zu murren, zog er sich auch Füßlinge über seine Schuhe. Der Boden rund um den Tatort sollte möglichst unangetastet bleiben. Antonio war gedanklich bereits mit dem Opfer beschäftigt und versuchte, sich ausschließlich darauf zu konzentrieren.

»Erzähl uns, was genau vorliegt!« Er ging in die Hocke und betrachtete aus etwa zwei Metern Entfernung die weibliche Leiche. Näher kam er aufgrund der Absperrung nicht heran. Und er wusste nur zu gut, wie allergisch Silvano reagierte, wenn man die Absperrung ignorierte. Der Anblick, der sich ihm bot, verursachte in seinem leeren Magen ein ziehendes Gefühl. Es fehlte nicht viel und ihm würde übel werden. Gewaltsam Getötete waren kein Anblick, an den er sich jemals gewöhnen würde. Die junge Frau, die vor ihm am Boden lag, war durch einen heftigen Schlag auf den Kopf regelrecht entstellt worden. Ihr blondes Haar hatte sich durch reichlich Blut großflächig bräunlich verfärbt. An dem eleganten blauen Kostüm erkannte Antonio, dass er es mit einer leitenden Museumsangestellten zu tun hatte oder mit einer gut gekleideten, vermutlich italienischen Besucherin. Hier musste ihnen Dottoressa Di Silva, die neben der Toten kauerte und erste Untersuchungen vornahm, mit der Bestimmung des Todeszeitpunkts weiterhelfen. Nach einer ausländischen Touristin sah sie eher nicht aus. »Weiß man schon, wer die Tote ist?«

Silvano Petrelli gab bereitwillig Auskunft. »Ihr Name ist Renata Mancini. Sie war die Kuratorin der aktuellen Barockausstellung italienischer Malerei. Eine Frau von der Putzkolonne hat sie um 7 Uhr morgens hier gefunden. Wie lange sie schon auf dem kalten Steinboden liegt, ist schwer zu sagen.« Bedeutungsvoll sah er zu Dottoressa Di Silva. Doch die Pathologin war zu sehr beschäftigt und gab keine Antwort. »Wir wissen auch noch nicht, wer das Opfer zuletzt hier im Museum lebend gesehen hat. Das übrige Personal trifft erst gegen 9 Uhr ein. Um 10 Uhr wird das Museum normalerweise geöffnet. Der Museumsdirektor ist inzwischen verständigt worden. Wir erwarten ihn jeden Moment. Dann sehen wir weiter.«

»Hat das Museum nicht montags ohnehin geschlossen?«, fragte Enrico Brandino.

»Nein, dieses hier nicht. Die aktuelle Ausstellung soll durch keinen Ruhetag unterbrochen werden. Man benötigt die täglichen Einnahmen von den Touristen. Der November ist nicht gerade ein idealer Monat für Ausstellungen. Deshalb müssen wir uns mit den Untersuchungen auch beeilen. Ich hoffe, im Laufe des Nachmittags das Museum wieder freigeben und euch zum Tathergang und zum Todeszeitpunkt mehr sagen zu können.« Wieder blickte er hinüber zur Dottoressa Di Silva. Und dieses Mal hatte er Glück.

Die Pathologin erhob sich aus der Hocke. Antonio folgte ihrem Beispiel. Sie streifte ihre Arbeitshandschuhe ab, was zumindest das vorläufige Ende ihrer Untersuchung bedeutete, und warf sie mit einer energischen, ja ärgerlichen Handbewegung in den Alukoffer, der ihr Handwerkszeug enthielt. »Was für eine gottverdammte Verschwendung!« Auch ihr ging die Tatsache, dass eine junge Frau ihr Leben lassen musste, weil sie irgendjemandem gehörig im Wege gewesen war, offenbar an die Nieren.

Die Dottoressa fasste die wenigen bisher festgestellten Fakten für ihre Kollegen zusammen: »Der Tod des Opfers ist gestern Abend, irgendwann zwischen 19 Uhr und 22 Uhr eingetreten. Ihre Körpertemperatur lässt im Moment noch keine genauere Eingrenzung zu. Der Steinboden, auf dem sie wohl die ganze Nacht gelegen hat, hat den Rückgang ihrer Körpertemperatur sicherlich beschleunigt, sodass es vermutlich nicht später als 21 Uhr 30 war, als sie verstorben ist.

»Ist das hier auch der Tatort?«, wollte Antonio wissen.

»Nicht unbedingt«, schaltete sich Petrelli wieder ein. »Wir haben Spuren entdeckt, die von einem der Arbeitszimmer hierher führen. Noch wissen wir nicht, ob sie dort verstarb, ob sie es noch schaffte, auf allen Vieren bis hierher zu kriechen, um Hilfe zu finden, oder ob der oder die Täter die Frau erst hierher geschleift und dann endgültig umgebracht haben. Es wird dauern, bis wir das genau wissen.«

Petrelli hob entschuldigend die Schultern und drehte die Handflächen nach oben, um seine Ratlosigkeit zu demonstrieren.

»Da die Tote auch Strangulationsmale am Hals aufweist«, fuhr die Dottoressa fort, »wissen wir nicht, in welcher Reihenfolge man sie attackiert hat. Sehr wahrscheinlich hat man versucht, sie mit einem Tuch, so sehen die Male für mich aus, zu erdrosseln. Als das nicht gelang, hat man sie mit einem Gegenstand, den wir noch finden müssen, erschlagen. Und zwar genau an diesem Ort. Der finale Schlag auf den Kopf ist hier ausgeführt worden.« Die Dottoressa klappte ihren Alukoffer zu und wandte sich zum Gehen. »Bericht folgt. Wir sehen uns, meine Herren.« Sie drehte sich um und begab sich Richtung Haupteingang des Museums.

Antonio verlor keine Zeit und konzentrierte sich wieder auf Silvano Petrelli. »Gibt es sonst noch Auffälligkeiten, die wir wissen sollten?« Er hoffte nicht, denn die Leiche genügte für eine umfangreiche und zeitaufwendige Ermittlung.

»Allerdings!«, zerstörte Petrelli seine aufkeimende Hoffnung. »Komm' mit.« Der Kollege ging an der Absperrung vorbei und betrat den Ausstellungssaal, der sich unmittelbar dahinter öffnete. Schon beim ersten Blick in den Raum war klar, was Silvano meinte. Fehlende Gemälde hatten hässliche Lücken an den Wänden zurückgelassen.

»So wie es aussieht, haben professionelle Diebe zugeschlagen. Ohne noch mit den Verantwortlichen gesprochen zu haben, würde ich sagen, es fehlen mindestens vier Werke. Die anderen Säle haben wir uns noch gar nicht genauer angesehen.« Silvano deutete auf Täfelchen an der Wand, die Bilder beschrieben, die nicht mehr vorhanden waren.

Antonio trat heran und las: Guido Reni »Muttergottes mit Kind«, Giambattista Tiepolo »Sacra Famiglia«, Domenico Guardi »Scuola di San Rocco« und Angelo Trevisani »Portrait des Conte Visardo«. Eine schöne Auswahl hatten die Diebe getroffen. Von Trevisani hatte Fontanaro noch nie gehört. Alle anderen Maler sagten ihm etwas, aber er konnte nicht beurteilen, ob die fehlenden Exponate die wertvollsten der Ausstellung waren. Dazu benötigte er eindeutig die Unterstützung des Museumsdirektors. Die Kuratorin konnten sie ja nicht mehr befragen. War es ein Zufall, dass ausgerechnet sie die Räuber überrascht hatte und dies mit dem Leben bezahlen musste? Oder hatte sie selbst mit dem Raub etwas zu tun? In diesem Fall hätte man eine unliebsame Zeugin und Mitwisserin ausgeschaltet.

»Gibt es Hinweise darauf, wie die Räuber ins Museum gelangten? Was ist mit der Alarmanlage?« Er blickte nach oben in die

Ecken des Ausstellungsraums und sah, was er vermutet hatte. »Was ist mit den Kameras?«

»Immer die Ungeduld in Person. So weit sind wir noch nicht, Commissario. *Pazienza!* Geh erst mal frühstücken, Tonio. Ich bin sicher, du hast noch nichts im Magen!« Antonio musste widerwillig lächeln. Silvano kannte ihn wirklich gut.

Petrelli sah auf die Uhr. »In zwei Stunden kannst du mit ersten Ergebnissen von uns rechnen – wenn du uns nicht vorher mit Fragen nervst und von der Arbeit abhältst. Wir treffen uns im Besprechungsraum bei dir auf dem Stockwerk. Einverstanden?«

»*D'accordo!*« Wie sollte Antonio auch nicht einverstanden sein? Die unverhoffte Aussicht auf einen starken Espresso bei Signora Baldessarini gefiel ihm.

»*Madre Santa!*«, ließ sich eine tiefe Stimme in Antonios Rücken vernehmen. »Was ist hier passiert?«

Antonio drehte sich um und sah sich einem Mann von beachtlicher Größe und kräftigem Körperbau gegenüber. Das erdfarbene Sakko spannte über der Leibesmitte und der offene Hemdkragen zeigte einen kurzen, dicken Hals. Die dunklen Augen des Mannes waren verquollen und rotgeädert. Sein Gesicht von bleicher Hautfarbe verschwieg nicht die Anzeichen eines genussvoll gelebten Lebens. Sein volles Haar war eisengrau, doch vermutlich einmal sehr dunkel gewesen. Er hatte beide Hände vor den Mund geschlagen und schaute erst ungläubig auf Antonio, dann entsetzt auf die tote Frau. Er brauchte einige heftige Atemzüge, um sich zu fangen. Mehr oder minder gefasst kam er Antonio entgegen und reichte ihm die Hand. Sie war überraschend kalt und schlaff und strich unmittelbar nach diesem kaum spürbaren Händedruck über seine sorgenvoll gerunzelte Stirn.

»Franco Risi, Museumsdirektor«, kam es über seine blassen Lippen. Dann, über die Schultern von Antonio hinweg, fiel sein Blick auf die Hauptwand des Ausstellungsraums und damit auf die leeren Flächen. Ihm entfuhr ein unartikuliertes Stöhnen, bevor er wie ein angeschossenes Wild planlos von einer Seite des Ausstellungsraums zur anderen hin und her lief. In fassungslosem Entsetzen hob er beide Arme in die Höhe, um dann ganz nah an eine der Wände heranzutreten, so als traue er seinen Augen nicht, so als wäre das Ergebnis bei näherer Betrachtung ein anderes. Fassungslos deutete er schließlich mit seinem ausgestreckten linken Arm auf die Wand. Gleichzeitig sah er Antonio an, als könne dieser ihm eine allumfassende Antwort auf die stumm gestellte Frage geben.

»Wir können zum Tathergang noch nicht viel sagen, Direttore. Vielmehr sind wir auf Ihre Erläuterungen angewiesen zu den fehlenden Gemälden, ihrer Bedeutung und ihrem jeweiligen Wert.«

»È *un disastro!*«, war alles, was er zunächst hervorbrachte. Antonio wartete ab, ließ ihn den unerwarteten Verlust erst einmal verarbeiten. »Unermessliche Schätze sind hier verloren!«, presste der Museumsdirektor hervor. Seine vormals blasse Gesichtsfarbe war einem hochroten Kopf gewichen. »Ich fasse es nicht. Das ist eine Katastrophe, Commissario. Eine nicht wieder gutzumachende Katastrophe.«

Antonio war neben ihn getreten und beobachtete interessiert, wie sich auf der Stirn des Mannes Schweißperlen bildeten und an den Schläfen herabrannen. Der Diebstahl der Gemälde schien ihn mehr zu schocken als die tote Frau wenige Schritte von ihnen entfernt.

»Wie viele Gemälde fehlen denn, Direttore?«

Der Museumsdirektor drehte sich abrupt um und stürzte förmlich in den nächsten Ausstellungsraum. Antonio folgte ihm dicht auf den Fersen. Auch die folgenden zwei Räume durcheilten sie hintereinander. Dann blieb Risi stehen und sagte schwer atmend, als hätte er einen anstrengenden Berglauf hinter sich: »Wenn ich richtig gezählt habe, fehlen vier Gemälde, Commissario. Vier! Aber was für welche! Das sind unsere Glanzstücke. Die wertvollsten Exponate der Ausstellung. Meisterwerke allesamt!«

»Können Sie den Wert der Bilder in etwa angeben?«

Franco Risi schüttelte seinen mächtigen Kopf.

»Ihr Wert ist in Euro gar nicht zu beziffern, Commissario! Das sind Raritäten, einmalige Schöpfungen des Barock. Nicht auszudenken, welch Verlust es wäre, wenn Sie die Gemälde nicht wieder beschaffen könnten.« Ein durchdringender Blick traf Antonio. Es war klar, was Risi von der Polizei und speziell von ihm erwartete. Antonio Fontanaro blickte zu Boden, um zu signalisieren, dass er nachdachte, nach Lösungen suchte. Doch sein Blick nach unten sollte vor allem seine Ratlosigkeit kaschieren. Er hatte noch nie mit einem Kunstraub zu tun gehabt. Er war immer nur für die Mordkommission tätig gewesen. Auch in Bozen schon, als ihn sein Schwiegervater Danilo ausbildete, nachdem er auf der Polizeiakademie gewesen und einige Jahre Jura studiert hatte. Er ging gern mit Marissa ins Museum, wenn sie irgendwo Urlaub machten. Aber er hatte von Kunst keine große Ahnung. Er konnte den Marktwert der gestohlenen Bilder nicht einmal grob abschätzen. Er kannte den Schwarzmarkt für gestohlene Gemälde nicht, wusste nicht, wo im Moment die Hehler für eine derart heiße Ware zu suchen waren, wohin sie das Diebesgut bringen und am besten verkaufen würden. Und er kannte auch keinen Kollegen in der Questura von Verona, der sich in diesen Fragen auskannte. Es gab nur eine Ermittlergruppe in Rom, die sich mit nichts anderem beschäftigte als Kunstraub und Delikten im Bereich der Kulturgüter. Von dort hatten sie noch nie Unterstützung angefordert. Und er würde einen Teufel tun, an dieser bewährten Tradition etwas zu ändern. Mit den Behörden und Kollegen in Rom hatte man besser nichts zu schaffen!

Vincenzo Mauro, der von ihm mehr gemiedene als geschätzte Staatsanwalt, war vor einigen Jahren aus Rom nach Verona versetzt worden. Das reichte völlig aus, um sein gefestigtes Feindbild von der Hauptstadt und den dortigen Verhältnissen zu bestätigen. In Rom hatte sich Mauro mit Wirtschaftskriminalität beschäftigt. Es war nicht anzunehmen, dass er sich im Sonderdezernat für Kunst und Kulturgüter auskannte. Antonio wunderte sich ohnehin, weshalb Vincenzo Mauro nicht schon längst eingetroffen war und unnütze Fragen stellte. Aber so früh am Morgen war der gnädige Herr sicherlich nicht gern auf den Beinen.

»Sie werden sich doch der Sache annehmen, Commissario? Vorrangig? Ausschließlich?« In Franco Risis Stimme hatte sich unüberhörbar ein aufgeregtes *tremolo* eingeschlichen. Er bangte um seine Bilder. Antonio konnte es ihm nicht verdenken. Doch der gute Risi hatte noch ein ganz anderes Problem.

»In allererster Linie werden wir versuchen, herauszufinden, wer Ihre Kuratorin Renata Mancini auf dem Gewissen hat.« Antonio blickte dem Museumsdirektor wieder voll ins Gesicht. Das wollte er ihm doch ins Gedächtnis rufen.

»Selbstverständlich! Natürlich!«, ruderte Risi zurück, um dann jedoch vorwurfsvoll hinzuzufügen: »Aber es ist ja vollkommen klar, dass der gemeine Mord an unserer hochverdienten Mitarbeiterin auf das Konto der Räuber geht. Wenn Sie die Räuber haben, haben Sie auch die Mörder. Sozusagen zwei Fliegen mit einer Klappe. Oder sehen Sie das anders?«

»Im Moment kann ich dazu noch nicht viel sagen! Wir warten auf die Ergebnisse der Kriminaltechnik und der Obduktion. Dann können wir erst richtig mit den Ermittlungen beginnen.«

»Aber Sie werden doch jetzt nicht wichtige Zeit verstreichen lassen?«

»Nein, sicherlich nicht. Können wir uns in Ihr Büro zurückziehen, Direttore, um uns in Ruhe zu unterhalten?«

Diese Bitte schien den Mann zu überraschen. Er machte keine Anstalten, sich aus dem Ausstellungsraum fortzubewegen.

»Auf dem Weg dorthin hätte ich mir gern auch den Arbeitsplatz von Dottoressa Mancini angesehen, wenn das möglich ist.«

»Aber ja, natürlich!« Der Museumsdirektor kam nun doch in die Gänge. Gemeinsam durchquerten sie die Ausstellungsräume, bis sie wieder am Tatort und der Leiche anlangten.

Eine Frau in schwarzem Kostüm sah auf die sterblichen Überreste der Kuratorin. Die Signora schien von dem Anblick magisch angezogen, denn sie nahm keine Kenntnis von Risi oder Antonio, die am Kopfende der Leiche standen und darauf warteten, dass die Frau etwas sagte. Schließlich war es Risi, der die Stille unterbrach.

»Ein schreckliches Unglück ist geschehen, Claudia. Ich bin vollkommen fertig mit den Nerven.«

Ein undurchdringlicher Blick aus nussbraunen Augen traf ihn. »Wann bist du das nicht?«

Einen kurzen Moment schien es so, als wollte Franco Risi darauf mit einer entsprechenden Bemerkung reagieren. Stattdessen sagte er: »Commissario, darf ich Ihnen meine Frau vorstellen? Claudia Di Primavera. Sie leitet hier den Museumsshop und konnte Renata Mancini nicht leiden.« Nun hatte er doch noch zum Gegenschlag ausgeholt. Seine Frau reagierte darauf mit einem dünnen Lächeln und hielt Antonio eine warme Hand hin. Der Händedruck war überraschend fest für die schlanke Dame, die alles daran setzte, einen eleganten und distinguierten Eindruck zu hinterlassen. Antonio Fontanaro hatte schon des Öfteren mit den alten Adelsfamilien von Verona zu tun gehabt. Die Familie Di Primavera war ihm natürlich ein Begriff. Sie gehörten zu den Unterstützern zahlreicher sozialer Projekte. Enrico Brandino bekäme hier ein reiches und sicherlich lohnendes Recherchefeld.

Er sah sich nach seinem Ispettore um, den er zwischendurch ganz vergessen hatte, und entdeckte ihn am Haupteingang des Museums. Er verhandelte mit einem Typen in Jeans und Daunenjacke, der eine

Kamera um den Hals trug und eine weitere kleinere in der Hand hielt. Ohne jeden Zweifel versuchte sein Ispettore, die Presse zu verscheuchen. Antonio fragte sich immer, wie diese Leute es schafften, rechtzeitig vor Ort zu sein und, ehe man sich's versah, die ersten Fotos ins Netz zu stellen. Heute brauchte niemand mehr auf das Erscheinen einer Zeitung zu warten. Minuten nach dem Ereignis konnte jeder in den sozialen Netzwerken oder den Online-Zeitungen nachlesen, was sich irgendwo in der Welt ereignet hatte.

»Nachdem Sie beide für das Museum arbeiten und ganz offensichtlich die Tote gut kannten, wäre ich Ihnen dankbar, wir könnten uns an einem ruhigen Ort ungestört unterhalten.«

»Ich habe Renata Mancini gekannt! Von gut kann keine Rede sein«, stellte Signora Di Primavera sofort richtig. »Da wenden Sie sich besser an meinen Mann. Er hatte häufig mit ihr zu tun.«

»Zunächst würde ich aber gern das Arbeitszimmer von Dottoressa Mancini sehen.«

»Folgen Sie mir, Commissario!« Franco Risi übernahm die Führung durch das Erdgeschoss des Museums, durchquerte das Vestibül und wurde dann forsch und unmissverständlich von Silvano Petrelli aufgehalten.

»Halt. Keinen Schritt weiter, Signori! Hier gibt es Spuren, die Sie nicht verwischen dürfen.« Antonio hatte gehofft, Petrellis Leute wären schon mit der Spurensicherung fertig. Aber da hatte er sich getäuscht.

»Das gilt auch für den Commissario. Wenn wir hier fertig sind, gebe ich Bescheid.«

»Haben Sie schon gefrühstückt, Commissario?« erkundigte sich Signora Di Primavera.

»*No, Signora*. Leider nicht!«

»Dann kommen Sie doch mit zu uns nach Hause. Wir wohnen nur wenige Straßenzüge weiter. Wir waren noch im Bett, als uns Nada anrief.«

»Wer ist Nada?«, fragte Antonio Fontanaro sofort nach.

»Nada Kravanja leitet die Putzkolonne im Museum. Sie hat die Leiche von Renata Mancini gefunden.« Claudia Di Primavera strebte dem Haupteingang zu und verließ das Museum, ohne sich darum zu kümmern, ob ihr die beiden Männer folgten. Sie war es sichtlich gewohnt zu dirigieren und ging davon aus, dass andere widerspruchslos taten, was sie wollte. Die Signora bog nach rechts in die Seitenstraße, die in den Ostteil des Viertels führte.

8

Chieming, 8.30 Uhr

Georg Breitwieser saß in der Küche und trank in kleinen Schlucken seinen dritten Espresso. Es wurde Zeit, dass er endlich wach wurde. Gedankenverloren klickte und wischte er sich durch sein Smartphone auf der Suche nach Neuigkeiten aus Verona. Die Befragung von Gianni Canali war nicht sehr ergiebig gewesen. Sie hatten ihn erst einmal dabehalten, weil die Zeugenaussagen der Geflüchteten, die er in seinem Transporter mitgenommen hatte, noch ausstanden. In der Nacht hatten es wieder mehrere hundert Flüchtlinge bis zum Grenzübergang Bad Reichenhall geschafft und die Aufnahmeeinrichtungen waren überfordert. Erst wenn die fünf Personen – das Kleinkind zählte nicht –, die er in Kiefersfelden aufgegriffen hatte, zur Registrierung anstanden, wollten sie Georg dazurufen. Das konnte noch ein paar Stunden dauern. So lange musste sich auch Gianni Canali gedulden. Außerdem wurde der Transporter noch untersucht. Es gab keine Papiere zu dem Wagen, was Georg enorm stutzig machte.

Canali behauptete, sein Chef, ein gewisser Vittorio Todisco, wohnhaft in Verona, hatte ihm die Autoschlüssel in die Hand gedrückt und ihm gesagt, er solle den Wagen möglichst rasch nach München bringen. Dort hätte er dann eine spezielle Klimaanlage einladen und umgehend damit zurück nach Verona fahren sollen. Das Klimagerät wurde für ein neues Hotel gebraucht und sollte eigentlich noch am gleichen Tag eingebaut werden. Es war alles in höchster Eile geschehen, sodass er, Canali, gar nicht daran gedacht hatte, nach Papieren zu fragen. Er hatte einfach die Schlüssel genommen, sich in den Transporter gesetzt und war losgefahren. Sein Chef schätzte es nicht, wenn man zu viele Fragen stellte. Außerdem war er froh gewesen über den unverhofften Auftrag von Todisco. Mehr war aus Canali nicht herauszubringen gewesen.

Er händigte Georg einen Zettel mit einer Münchner Adresse aus, die Georg nicht viel sagte, obwohl er sich in München gut auskannte. Diese Adresse wollte er als Nächstes recherchieren. Aber zuallererst wollte er mit Antonio Fontanaro telefonieren und ihn um Mithilfe bei der Bestätigung der Personalien des jungen Italieners bitten. Er trank den inzwischen kalt gewordenen Espresso aus, als die polnische Pflegerin Maria Georgs Mutter im Rollstuhl in die Küche schob.

»Ja, was machst du noch so spät in der Küche? Hast du heute keinen Dienst?« Demonstrativ sah Katharina Breitwieser auf ihre Armbanduhr.

Immer erfrischend offen, seine Mutter.

»Ich war noch gar nicht im Bett!«

»Ah so? Was ist denn los? Maria, mach uns doch noch zwei Espressos, bitte.« Georg musste schmunzeln. Seine Mama und die neumodischen Kaffeesorten! Sie trank regelmäßig die kleinen Schwarzen, die er mit seiner Siebträgermaschine für sie beide machte. Auch Maria konnte damit ganz gut umgehen. Als die Pflegerin verschwunden war, fügte Katharina Breitwieser lächelnd hinzu: »Du packst doch auch noch einen?«

»Das glaub' ich jetzt eher nicht. Ich hab' schon drei gehabt!«

»Ja, sag! Was ist denn los? Du kannst ruhig schon mal anfangen zu erzählen. Bis die Maria zwei Espressos fabriziert hat …«

»Mama, das heißt *espressi!*«

»Schmarrn! Und jetzt sag: Was gibt es denn so Pressantes, dass du nicht ins Bett gekommen bist?«

»Neugierig bist du ja gar nicht?«

»Aber nein. Interessiert bin ich halt. Kannst mir auch noch ein Käsebrot machen? Mit Camembert bitte.« Sie deutete auf die Käseplatte, die vor Georg stand.

Er griff sich eine Scheibe vom dunklen Bauernbrot, beschmierte sie reichlich mit Butter und belegte sie mit dem gewünschten Käse.

»Darf's noch was sein, gnädige Frau? Oder hammer's jetzt?«

»Passt. ... Also, was ist los? Ich seh's dir doch an, dass dich was beschäftigt. Und wenn du in der Früh schon mit deinem Telefon rummachst und nicht im Bett warst, dann kenn ich mich aus.«

Georg seufzte, berichtete ihr dann aber von den Flüchtlingen und dem Italiener aus Verona, der sie über die Grenze gebracht hatte.

»Und was wird jetzt aus den armen Leut'? Die haben doch nichts mehr! Und der nichtsnutzige Italiener hat sich bereichert an der Not von den Flüchtlingen, ihnen den letzten Groschen abgenommen, oder?«

»Das weiß ich noch nicht. Er behauptet, nein. Deshalb muss ich bald mit den Flüchtlingen sprechen und mich mit dem Toni in Verona unterhalten.«

»Das ist aber auch ein Pech, dass du den Toni immer wieder brauchst!«

Sie lachten beide. Dann wurde Katharina Breitwieser ernst.

»Du weißt schon, dass die Anna Berger Leute brauchen könnt. Also Hilfe auf dem Hof.«

Georg nickte bedächtig und schob seiner Mutter beide Espressotassen hin, die Maria inzwischen gebracht hatte.

»Setz dich her zu uns, Maria, und nimm auch einen.« Die Espressotasse wanderte weiter um den Tisch herum. Katharina ging einfach davon aus, dass das Geheimnis des Sohnes nicht so geheim war, dass Maria nicht zuhören durfte.

»Ja, das hast du schon mal erzählt, dass sie seit dem Tod von ihrem Mann kaum über die Runden kommt mit dem Hof. Aber ob die Leute aus Syrien oder dem Irak so eine Arbeit machen können oder wollen? Außerdem geht das alles seinen Weg über die Dienststellen.«

»Du und deine Dienststellen. Wo landen sie denn dann? In alten Hotels, die schon lange keine ordentlichen Touristen mehr bekommen, weil seit Jahren nicht investiert wurde. Die spekulieren alle darauf, dass ihnen jetzt der Staat die Komplettsanierung für die maroden Hotels bezahlt. Eine Schweinerei ist das. Und die Anna hat das ganze obere Stockwerk von ihrem Bauernhof leerstehen. Die Kinder sind ausgezogen. Der Mann ist tot, aber im Kuhstall stehen fünfzig Kühe. Und Kartoffelfelder und Gemüse hat sie auch noch. Außerdem geht sie halbtags im Hofladen aushelfen, damit sie ein bisserl was von ihrem Gemüse an den Mann bringt.« Fast schwappte der Espresso über den Rand der Tasse, die sie während ihrer Tirade in der Hand hielt. Erschrocken nahm sie einen Schluck. Versöhnlich fügte sie hinzu: »Fragen kostet doch nichts.« Fast erwartete Georg, dass sie ihm gleich noch aufmunternd die Hand tätscheln würde. »Wer weiß, was die Syrer zu Hause gemacht haben. Es sind doch nicht alles Hochschulprofessoren und Ärzte, wie die Regierung immer behauptet. Das ist doch ein großer Schmarrn. Da sind ganz normale Leut' dabei. Ich bin sicher, dass es da welche gibt, die gern mithelfen, damit sie nicht den ganzen Tag sinnlos herumsitzen und grübeln. Was glaubst, was die den ganzen Tag denken, wenn sie nichts zu tun haben? Seelische Grausamkeit ist das, dass sie nichts machen, nichts arbeiten dürfen.«

Seine Mutter hatte sich schon wieder in Eifer geredet. Ganz rote Bäckchen hatte sie bekommen. Sie mochte ja seit ihrem Schlaganfall nicht mehr mobil sein, aber der Geist war wach wie ehedem.

»Also, wennst mit den Flüchtlingen sprichst, fragst sie dann, was sie gemacht haben zu Hause und ob sie sich vorstellen könnten, auf einem Hof zu arbeiten? Du musst ihnen halt erklären, was das bedeutet, verstehst?«

Georg lachte: »Ich versteh dich vollkommen, Mama, keine Sorge. So, und jetzt geh ich in mein Büro und telefonier' mit dem Toni in Verona.«

Er verließ die große Wohnküche im Erdgeschoss und stieg, immer zwei Stufen auf einmal nehmend, hinauf in den ersten Stock und betrat sein Reich. Bevor er sich an den Schreibtisch setzte, trat er ans Fenster und schaute hinaus. Es war ein selten klarer, frostiger Novembermorgen. Der Nebel, der in der Nacht über der Grenzstation Kiefersfelden gehangen war und die Sicht auf die Fahrzeuge erschwert hatte, hatte sich hier am See komplett verzogen. Silbrig glänzte der Chiemsee durch die kahlen Äste der wenigen Birken, die an der Uferpromenade standen. Das Buschwerk mit seinen braunen Blättern versperrte die Sicht auf den Strand. Aber weiter draußen sah er die leicht gekräuselte Wasseroberfläche. Es war fast windstill. Kein Boot auf dem See. Kein Vogel im Wasser, soweit er das vom Fenster aus feststellen konnte. Winterliche Ruhe, wie er es so gerne hatte.

Georg setzte sich an seinen Schreibtisch und tippte erneut auf sein Handy ein. Nochmals checkte er die Nachrichten bei *24ore*, der Online-Zeitung der Italiener, gab Verona ein und überprüfte, ob er zur Flüchtlingsfrage und zur Schlepperproblematik irgendwelche Schlagzeilen fand. Nach wenigen Augenblicken wurde er fündig. Allerdings auf andere Weise als vermutet. Das Online-Magazin meldete einen Kunstraub. Vier Gemälde aus dem *Museo Civico d'Arte* von Verona waren in der Nacht von Sonntag auf Montag entwendet worden. Von den Tätern fehlte jede Spur. Bei dem Raub hatte es auch ein Todesopfer gegeben. Die Kuratorin der Ausstellung »Gemälde des italienischen Barock« war im Museum morgens um 7 Uhr erschlagen aufgefunden worden.

Nachdenklich ließ Georg das Handy auf die Schreibtischplatte gleiten. Das waren keine guten Nachrichten. Antonio war mit einem hochbrisanten Fall beschäftigt und würde sicherlich keine Zeit finden, sich um einen kleinen Schlepper zu kümmern. Unschlüssig schaute Georg sein Telefon an. Sollte er vielleicht gleich nur Fausto Castillio, den Vice Capo Commissario, anrufen und fragen? Der ältere Kollege von Antonio war zwar nicht immer im Büro, sondern mit seiner kleinen Landwirtschaft beschäftigt, aber jetzt im November sollte er eigentlich weniger damit zu tun haben. Georg erwog noch einige Augenblicke das Für und Wider und entschloss sich dann doch, Antonios Nummer zu wählen. Wie erwartet, antwortete ihm lediglich die Mailbox. Antonio Fontanaro war zu beschäftigt, um an sein Telefon zu gehen.

Also klappte Georg seinen Laptop auf und gab die Münchner Adresse ein, die Gianni Canali hätte anfahren sollen. Auch diese Suche lief ins Leere, ergab keinen Treffer. Warum wunderte ihn das jetzt nicht?

9

Verona, 8.30 Uhr

Etwa zur gleichen Zeit nahm auch Antonio Fontanaro ein verspätetes Frühstück ein, dafür immerhin im Palazzo Primavera, einem herrschaftlichen Adelssitz aus der Renaissance. Die *prima colazione*, die Franco Risi und dessen Frau Claudia hatten auftischen lassen, erwies sich dagegen als sehr bescheiden, dem Ambiente wenig angemessen, aber typisch italienisch. Immerhin gab es frische *cornetti* und für jeden eine Tasse Cappuccino mit viel Milch und wenig Espresso. Vielleicht mussten die beiden Museumsleute schon auf ihre Herzen achten und sparten mit dem Koffein? Er jedenfalls würde von diesem Cappuccino nicht wach werden. Franco Risi und Claudia Di Primavera schwiegen in trauter Zweisamkeit, die Antonio gezwungen vorkam, und rührten in ihren Tassen, bis der schöne Milchschaum in sich zusammengefallen war.

Der Palazzo der beiden lag drei Straßenblöcke vom Museum entfernt in einer engen Seitenstraße. Antonio war schon mit dem Wagen daran vorbeigefahren und hatte sich gefragt, wer wohl in dem mächtigen Gebäude mit seiner vom Verkehr verschmutzten Fassade wohnte. Dreistöckig, über einem langgestreckten Grundriss in Form eines »L« erbaut, bot er mit Sicherheit mehr Platz, als zwei Personen benötigten. Eine breite Einfahrt führte in eine dunkle Vorhalle, von der rechts und links Eingänge ins Innere des Gebäudes führten. Rechts waren Messingschilder angebracht, die die Namen einer Anwaltskanzlei, einer Arztpraxis und einer Ballettschule nannten, die alle in diesem Trakt des Gebäudes untergebracht waren. Links verwies bereits im Erdgeschoss das Namensschild auf Di Primavera. Auch der 1. Stock darüber – das *piano nobile* – mit den höchsten und repräsentativsten Räumen, die traditionell am besten ausgestattet waren, trug ihr Namensschild und das von Franco Risi. Eine Flucht von pompös eingerichteten Zimmern erwartete Antonio, als er den beiden über die Treppen eines großzügig angelegten Stiegenhauses folgte und im besonders beeindruckenden Ballsaal, der auch in diesem Palazzo nicht fehlte, erst einmal innehielt. Er verfügte über restaurierungsbedürftige Wandfresken und eine sichtlich gealterte, aber elegant bemalte Holzbalkendecke, die ein chaotisches Durcheinander überspannte. Bistrotische waren mit weißen Tischdecken drapiert, deren Säume den Terrazzoboden berührten. Vor sich hinwelkende Blumenbouquets zeugten noch von vormals geschmackvoller Tischdekoration. Stühle aus Chrom und Leder standen vereinzelt oder in Gruppen beieinander. Manche waren sogar umgekippt und erweckten bei Antonio den Eindruck, dass sich die Gäste wenig Mühe gegeben hatten, sich der vornehmen Umgebung anzupassen. In einer Ecke hatte man geleerte Wein- und Schnapsflaschen gesammelt. Vormals sicher exakt gebügelte Servietten aus Damast lagen zerknüllt am Boden und auf den Tischen und warteten auf eine ordnende Hand. Dem Raum hätte es gut getan, wenn die Fenster geöffnet worden wären. Noch hing abgestandene Luft, die von Alkohol, Parfüm und Schweiß gesättigt war, dick im Raum. Sie ließ ahnen, dass hier bis in den Morgen eine Gesellschaft ausgelassen gefeiert hatte. Kein Wunder, dass die Eheleute nun stumm, beinahe apathisch am Frühstückstisch saßen. Die Ereignisse der Nacht hatten sie in zweifacher Hinsicht erschüttert.

Das kleine Esszimmer, das von einer Stehleuchte mit Seidenschirm nur mäßig erhellt wurde, ging auf die Gartenseite hinaus. Die Spitzen hoher, alter Zypressen und die weit ausladenden Äste einer Zeder sahen durch hohe Fenster herein. Zwischen den Bäumen schimmerte ein grafitgrauer Himmel. Signora Di Primavera, die Antonios Blick folgte, meinte: »Genieren Sie sich nicht, Commissario, werfen Sie einen Blick in unseren Renaissance-Garten, der unser ganzer Stolz ist.«

Antonio ließ sich nicht zweimal bitten. Der Ausblick war grandios, sogar an einem so tristen Novembertag. Ein Team von Gärtnern musste hier tätig sein, um die Buchsbaumhecken, die in Ornamenten angelegt waren, stets niedrig zu halten. Dazwischen formten schmale Kieswege die Gartenfläche zu symmetrischen Rechtecken. Weiße Figuren aus Stein saßen und standen in der Mitte von Brunnenbecken, und Zitronenbäumchen in Terrakottatöpfen vervollkommneten die mediterrane Bepflanzung. Ein Gärtner war dabei, mit einer Sackkarre einen Zitronenbaum aufzuladen und wegzuschaffen. Die Winter in Verona waren zu kalt, um Zitrusgewächse im Freien zu erlauben.

Zum Ende des Grundstücks hin stieg der Garten steil an und wurde von einer Wand aus Tuffstein begrenzt. Ein großes, dämonisch grinsendes Gesicht war darin eingelassen, aus dessen Mund im Sommer sicherlich reichlich Wasser floss. Von dichtem Moos überwuchert, wirkte es verwunschen wie ein Geschöpf im Märchenwald. Antonio drehte sich um und nahm seinen Platz am Esstisch wieder ein.

»Sie haben allen Grund, Signora, auf diesen Garten stolz zu sein. Das ist ein Kleinod in unserer, wenn auch von reichlich Grün umgebenen Stadt. Fast beneide ich Sie um Ihren Ausblick, um die Möglichkeit, im Sommer darin spazieren zu gehen. Um die Arbeit, die dieser Garten macht, beneide ich Sie allerdings nicht.«

Ein erstes, kaum sichtbares Lächeln huschte über das ernste Gesicht der Frau. Antonio hatte keinen Zweifel, dass er sich im Familiensitz der Signora befand. Seine Zusammentreffen mit ihr hatten sich bislang auf wenige gesellschaftliche Anlässe beschränkt. Und er war sich sicher, dass sie von ihm vor heute Morgen noch nie Notiz genommen hatte. Nur um nicht stocksteif dazusitzen und abzuwarten, ob einer der beiden von sich aus das Gespräch eröffnen würde, nahm er mit spitzen Lippen einen weiteren kleinen Schluck von seinem Cappuccino. Heiße Milch mit einem Hauch von Kaffee. Ungenießbar. In diesem Moment fiel einige Räume weiter mit lautem Krach Geschirr zu Boden, sodass sich Antonio erschrocken umdrehte. Er sah förmlich vor sich, wie die Splitter des Porzellans über den Fliesenboden spritzten.

Der Mund der Signora wurde zu einem noch schmaleren Strich. Sie hielt den Kommentar, der ihr zweifellos auf den Lippen lag, zurück. Es fiel ihr nicht leicht.

Flüche in einer für Antonio unverständlichen Sprache kommentierten den Lärm unmittelbar, sehr laut und sehr deutlich. Nun sah sich die Frau des Hauses doch genötigt, eine Bemerkung zu machen.

»Wir hatten gestern Abend Gäste. Mein Mann hat mit Freunden und Geschäftspartnern seinen sechzigsten Geburtstag gefeiert. Unser Hausmädchen ist noch damit beschäftigt, Geschirr und Gläser zu spülen und in der Küche wieder Ordnung zu schaffen.«

»Hoffentlich sind nicht Teile des guten Familienporzellans zu Bruch gegangen.« Antonios mitfühlender Kommentar wurde mit einem bösen Blick aus dunklen Augen bedacht.

»Hoffen wir es.«

Ihr Blick blieb kalt, zeigte keinerlei Empathie mit ihrer Angestellten, die sich vermutlich in diesem Moment ans Ende der Welt wünschte. Selbst Antonio fühlte sich unter ihren Augen unbehaglich. Um die Situation zu entspannen, entschloss er sich zu einer Charmeoffensive.

»Haben Sie herzlichen Dank, Signora, für Ihre Einladung zum Frühstück. Das tut gut. Ich habe heute noch kein warmes Getränk bekommen und das bei dieser Kälte«, fügte er noch vielsagend hinzu und vollkommen sicher, dass sie seine Anspielung nicht verstand.

Ihre Antwort fiel entsprechend aus: »Unser Frühstück ist nicht besonders üppig, Commissario.«

Er würde ihr sicherlich nicht widersprechen.

»Wir beide, mein Mann und ich, müssen ein wenig auf die Figur achten.« Sie lachte hart. Ihre hagere Gestalt strafte sie Lügen. Und Risi machte nicht den Eindruck, als wäre seine Figur für ihn von vorrangigem Interesse.

Antonio nahm einen weiteren zaghaften Schluck vom Milchschaum und betrachtete gedankenverloren die Aussicht auf die Wipfel der Zypressen. Marissa wäre regelrecht entzückt. Er würde ihr ausführlich davon erzählen müssen. Erneut setzte er an, um endlich seine Befragung zu beginnen, als er unterbrochen wurde.

»Contessa, möchten Sie noch etwas haben?« Eine junge Frau, die eine fleckige Schürze über Jeans und schwarzem T-Shirt trug, erschien unvermittelt auf der Bildfläche. »Signore?« Ein kleines, fragendes Nicken in Richtung Hausherr war alles, womit sie Franco Risi bedachte. Es war unschwer zu erraten, dass sie die Unglückliche war, die das Geschirr auf den Boden hatte fallen lassen. Doch nichts an ihr drückte Niedergeschlagenheit aus. Von einem schlechten Gewissen ganz zu schweigen.

»Oder vielleicht für Ihren Besuch?« Sie lächelte Antonio an.

»Commissario, können wir Ihnen noch etwas bringen?«

Antonio verneinte sofort und entschieden. Eine weitere Tasse des Gebräus würde ihn umbringen.

»Kümmere dich um die Küche, Tamara, aber ohne dass du unseren Hausrat komplett zertrümmerst.«

»*D'accordo!*« Die junge Frau lachte ungeniert und fügte hinzu: »Nur ein kleines Malheur, Contessa, nicht der Rede wert.«

Selbstsicher machte sie auf dem Absatz kehrt, um rasch zu verschwinden. Schon im Hinausgehen rief sie ihnen noch zu: »Ein Mann hat angerufen, er wird jeden Augenblick hier sein.«

»Hat der M a n n auch einen Namen, Tamara?« Die Stimme der Contessa war scharf, ihr Ton schneidend. Sie gab sich keine Mühe mehr, ihren Unmut zu verbergen.

»Er hat zu schnell gesprochen. Ich habe ihn nicht verstanden.« Tamara verschwand endgültig durch die Tür in den dunklen Gang.

»Nicht nur, dass sie neugierig ist wie eine Dreijährige, sie hat auch den entsprechenden Verstand. Ordentliches Personal ist nicht mehr zu bekommen, Commissario. Das sind schlimme Zeiten!«

In Anbetracht der gestohlenen Gemälde und der toten Renata Mancini, für die diese schlimmen Zeiten unwiderruflich ein Ende hatten, war diese Bemerkung zumindest gedankenlos. Antonio fühlte, wie auch ihm der Kamm schwoll. Er verspürte keine Lust, dieses nichtssagende Gespräch fortzuführen, und wechselte abrupt das Thema.

»Wann hat denn Ihre Geburtstagsfeier, Direttore, gestern Abend begonnen?« Gleichzeitig fragte er sich, was ihm die junge Tamara möglicherweise über die Anwesenheit ihrer »Herrschaft« berichten konnte. Bevor er das Haus verließ, musste er eine Gelegenheit finden, auch mit ihr zu sprechen.

»Gegen 20 Uhr haben wir die ersten Gäste begrüßt. Mein Mann und ich.«

»Sie arbeiten ja beide für das Museum. Wegen der Feier sind Sie sicherlich frühzeitig nach Hause gegangen, um sich noch fertig zu machen?« Antonio schaute aufmunternd von einem zum anderen, so als erwartete er nur eine Bestätigung.

»In der Regel gehe ich erst, nachdem das Museum geschlossen hat. Meist nach 19 Uhr 30«, begann Franco Risi zu erzählen. »Aber Sie haben recht, Commissario, gestern bin ich schon kurz vor 18 Uhr 30 aufgebrochen.« Er sah an ihm vorbei in den

Garten, so als müsste er nochmals nachdenken. »Ja, ich denke, es war kurz vor halb 7.«

Ein weiterer aufmunternder Blick von Antonio richtete sich auf die Contessa, die ihn streng musterte. Die Frage fand sie ungehörig. Er sah es ihr an.

»Ich leite den Museumsshop, Commissario. Auch ich verlasse normalerweise als eine der Letzten das Museum. Gestern habe ich mir eine Aushilfe geholt. Sie hat den Laden abgesperrt. Ich bin schon um 18 Uhr zu Hause gewesen.« Claudia Di Primavera hob die Cappuccinotasse an und nahm einen Schluck, ohne die Miene zu verziehen. Antonio bewunderte ihre kulinarische Leidensfähigkeit. Routinemäßig fragte er sich gleichzeitig, ob die beiden mit den Verbrechen etwas zu tun hatten, ob sie davon in irgendeiner Form profitierten. Was hätte ihnen der Tod der Angestellten, der Kuratorin der laufenden Ausstellung, genützt? Zudem verschaffte ein leergeräumtes Museum einem Museumsdirektor kein Renommee, sondern war so ziemlich der Supergau.

»Ich nehme an, Ihre Hausangestellte, Tamara, kann diese Angaben von Ihnen bestätigen?« Antonio bekam Lust darauf, die honorigen Herrschaften aus der Reserve zu locken. Beide musterten sie ihn erwartungsgemäß feindselig.

»Ich weiß nicht, was Ihnen die kleine Russin erzählen könnte. Sie glauben doch nicht, dass sie sich dafür interessiert, ob und wann wir im Haus sind?«

»Ich nehme an, eher das Gegenteil ist der Fall. Sie wird sehr genau wissen, wann Sie nicht zu Hause waren.« Antonio konnte sich diese süffisante Bemerkung nicht verkneifen.

»Sie unterstellen uns offenbar, dass wir etwas mit Mord und Raub zu tun haben könnten?« In Franco Risis Stimme klang kaum unterdrückter Zorn mit. »Haben Sie eine Vorstellung davon, was der Verlust der Bilder für mich als Museumsdirektor bedeutet? Meine Reputation steht auf dem Spiel und die des Museums. Ich höre die Presse schon mutmaßen und lästern, Vermutungen über Hintermänner und Auftraggeber anstellen und über die Sicherheitslage des Museums spekulieren. Sie glauben doch nicht im Ernst, dass ich mich dem ganz bewusst aussetzen würde?«

»*Buongiorno, Signori*. Da komme ich ja gerade noch im rechten Moment. Unser eifriger Commissario ist offensichtlich dabei, seine Mutmaßungen wieder einmal zu übertreiben und Personen der Gesellschaft zu diskreditieren.«

Vincenzo Mauro, der geschätzte Staatsanwalt, und ganz offensichtlich der Mann, der vor kurzem seine Ankunft angekündigt hatte, betrat mit großen Schritten den Raum und stürzte sich förmlich auf die mit sauertöpfischem Gesicht dreinblickende Contessa. Er ergriff ihre rechte Hand, die sie auf der Armlehne eines ausladenden Barocksessels abgelegt hatte, und führte sie andeutungsweise an seine Lippen.

»Es ist natürlich völlig ausgeschlossen, dass auch nur der leiseste Verdacht auf Sie beide fällt. Und selbstverständlich wird sich der Commissario persönlich dafür verbürgen, dass die Presse erst einmal keinen Wind von der Sache bekommt.«

Franco Risi bekam die große Rechte von Vincenzo Mauro gereicht, der sich dann in den letzten freien Sessel neben Antonio sinken ließ. Ein durchdringender und missbilligender Blick durch dicke Brillengläser traf ihn. Ein Blick, den Antonio inzwischen zur Genüge kannte und der ihn kalt ließ. Mauro war sein ganz persönliches Armageddon, seine tägliche Auseinandersetzung mit dem Unvermeidlichen. Deshalb zögerte er nicht mit der nächsten Bemerkung, wohl wissend, dass ihm Vincenzo Mauro ins Wort fallen würde.

»Das Versprechen, das Ihnen Dottor Mauro in Aussicht stellt, kann ich leider nicht geben. Die Presse war bereits vor Ort und ich kann nicht beurteilen, ob nicht schon in den sozialen Netzwerken oder in den Online-Nachrichten von *24ore* bereits erste Meldungen durchgesickert sind.«

Vincenzo Mauro wurde unvermittelt rot im Gesicht und machte Anstalten, wie erwartet Antonio ins Wort zu fallen, doch der ließ ihm keine Zeit dazu.

»Da wir es nicht nur mit Raub, sondern auch mit Mord zu tun haben, frage ich mich schon, weshalb niemand von Ihnen Stellung zum Ableben der armen Renata Mancini nimmt. Sind die Gemälde, Ihre Reputation, Direttore, und die des Museums vorrangig? Hat der Tod einer Museumsangestellten keine Bedeutung für Sie?«

Antonio konnte es nicht verhindern, dass seine Stimme immer lauter wurde. Er fühlte einen tiefen Groll gegen diese selbstgefälligen Leute am Tisch und hätte beide gerne wachgerüttelt. Und den Staatsanwalt gleich dazu!

»Halten Sie die Presse raus!« Claudia Di Primavera duldete keinen Widerspruch. Antonio unterdrückte ein Schmunzeln. Er war sich ziemlich sicher, dass sie mit ihrer Forderung in dieser Sache keinen Erfolg haben würde. »Auf diese Art von Publicity können wir sehr gut verzichten. Und Ihre impertinenten Fragen lassen Sie bitte zukünftig bleiben. Haben Sie eigentlich eine Vorstellung, mit wem Sie es zu tun haben?« Mauro hatte der Contessa eindeutig Oberwasser verschafft.

»Wollen Sie mir drohen, Signora?« Antonio hatte nun keine Lust mehr, ihren Adelstitel ins Spiel zu bringen.

»Mäßigen Sie sich im Ton, Commissario!«, maßregelte Vincenzo Mauro und wand sich unbehaglich in seinem Sessel. Er ahnte wohl, dass Antonio Fontanaro seine Wünsche und Empfehlungen weiter in den Wind schoss.

»Ich wiederhole meine Frage vielmehr. Gibt es hier im Haus Personen, die darüber Auskunft geben könnten, wann Sie beide gestern Abend im Palazzo angekommen sind?« Antonio blickte von einem zum anderen und sah in widerwillige Mienen.

»Fragen Sie unsere Russin, wenn Sie es nicht lassen können, Commissario. Sie wird Ihnen bereitwillig Auskunft geben. Ob das auch alles stimmt, was sie von sich gibt, müssen Sie beurteilen.«

»Wer von Ihren Gästen traf gestern als Erster ein? Vielleicht sogar noch vor 20 Uhr? Das wäre hilfreich!«

Contessa Di Primavera erhob sich von ihrem Barocksessel. Sie war nicht klein und beugte sich Antonio entgegen. Ein erhobener dürrer Zeigefinger tauchte drohend und unerwartet vor seinem Gesicht auf.

»Wagen Sie es ja nicht, unsere Gäste in Ihren Schmutz hineinzuziehen. Ich habe keine Ahnung, wer die arme Mancini auf dem Gewissen hat. Fragen Sie ihre Kollegin, Giulietta Ricchi. Sie haben zusammen studiert. Sicherlich kann sie Ihnen einiges über den Lebenswandel der Toten berichten. Aber lassen Sie mich und meinen Mann aus dem Spiel. Wir sind die Geschädigten. Haben Sie das vergessen? Kümmern Sie sich darum, dass die Gemälde wieder ins Museum zurückkommen. Sonst werden Sie auch noch den Unmut von Bürgermeister Renzo Di Santo zu spüren bekommen. Er hat es nicht gern, wenn ein Schatten auf seine Amtszeit fällt. Sie entschuldigen mich.«

Ohne weiter abzuwarten, verließ sie den Raum.

Die drei Männer konnten ihr nur noch verdutzt hinterherschauen.

10

Antonio Fontanaro ging den *Lungadige* in südliche Richtung entlang. Sein Ziel: das *L'Attimo Caffè*. Er brauchte endlich etwas Richtiges in den Magen. Der Wind fegte über die langgezogene Straße und brachte feuchte Luft von der Etsch herauf. Antonio blieb einen Augenblick stehen und sah in das hellgrüne Wasser, auf dem weiße Kronen tanzten. Der Regen der vergangenen Tage in den Bergen im Norden Veronas hatte das Flussbett gut gefüllt und ließ die Wellen rauschen. Die dicke Winterjacke konnte nicht verhindern, dass Antonio die Kälte an diesem Novembermorgen durch und durch ging. Auch der hochgeschlagene Kragen verschaffte ihm kein angenehmes Gefühl. Der Cappuccino bei den Museumsleuten hatte ihn nicht gewärmt. Und das Gespräch hatte einen zunehmend kühlen Verlauf genommen. Der offene Kamin, der im Rücken von Franco Risi dunkel und rußig in den Raum gegähnt hatte, hatte vermutlich in diesem Herbst auch noch kein Feuer gesehen. Gut möglich, dass Risis Gehalt für den Unterhalt der riesigen Wohnung nicht ausreichte. Antonio musste sich Klarheit über die Finanzen der Contessa verschaffen. Das würde Vincenzo Mauro wenig gefallen. Der Staatsanwalt würde schlagende Beweise oder Verdachtsmomente einfordern, bevor er die Erlaubnis erteilte, in den privaten Angelegenheiten der Contessa herumzustochern.

Mauro und Antonio hatten kurz nach dem Abgang der Signora den Palazzo gemeinsam verlassen. Der Staatsanwalt hatte vehement auf ihn eingeredet, ihm weitere Verhöre von Franco Risi und der Contessa strikt untersagt und ihn gleichzeitig daran gehindert, mit

Tamara unter vier Augen zu sprechen. Das wurmte Antonio besonders. Er würde die junge Frau demnächst in die *Questura* einbestellen müssen. Zum Glück hatte Mauro einen dringenden Termin gehabt und war in Eile gewesen. Dennoch hatte er nicht vergessen, seinen Besuch im Büro im Laufe des weiteren Vormittags anzukündigen, was Antonio wenig begeisterte.

Der Anblick des eisgrünen Flusses heiterte ihn auch nicht auf. Deshalb setzte er mit ausgreifenden Schritten zügig seinen Weg fort, in der Hoffnung, wenigstens die Bewegung würde ihn wärmen. Missmutig zog er einen Handschuh aus, damit er sein Handy besser halten konnte. Mit steifen Fingern tippte er eine SMS an Enrico und bat ihn, ins *L'Attimo Caffè* zu kommen. Gemeinsam bei einem der berühmten *espressi* von Signora Baldessarini und einem *panino* mit Schinken konnten sie ungestört die neuesten Erkenntnisse unter vier Augen austauschen und erst einmal für sich entscheiden, wie sie bei den mageren Ergebnissen fortfahren sollten. Antonio hoffte, dass wenigstens Enrico Neuigkeiten hatte, die sie weiterbrachten.

Als er seinen Handschuh wieder überstreifte, klingelte das *telefonino*. Doch es war nicht sein Ispettore, der sich unverzüglich auf die SMS meldete, sondern es war Marissa. Antonio sank das Herz. Ihm schwante Übles. Der Geschirrspüler! Sie hatte ihn schon einmal angerufen, wie die Mailbox anzeigte, und sie hatte keine Nachricht für ihn hinterlassen. Das konnte nur heißen, dass auch Alfredo an der Aufgabe gescheitert war. Noch einen weiteren Anruf hatte er während seiner Befragung im Palazzo Primavera erhalten, wie er jetzt feststellte, und dieser machte ihn definitiv neugierig. Er stieg die flachen Stufen hoch und drückte die Glastür nach innen, die in die *Caffè-Bar* führte.

»*Buongiorno, Commissario, come va?*«

»Es geht, Signora! Kalt ist es!«

»*Un espresso, Commissario?*«

»*Uno doppio, per favore, e un panino con prosciutto crudo.*«

Antonio ging in den hinteren Teil des Cafés, freute sich auf sein Schinkenbrötchen und setzte sich an einen der kleinen Metalltische. Es war fast halb 10 Uhr morgens und der Ansturm auf die kleine Bar inzwischen abgeebbt. Die meisten der üblichen Gäste saßen schon in ihren Büros. Nun hatte er die nötige Ruhe, um die Mailbox aufzurufen. Es handelte sich um einen Anruf aus Deutschland. Ein Lächeln glitt über sein Gesicht. Giorgio aus Traunstein, sein Freund und Kollege bei der Mordkommission.

»Servus alter Schwede!« Georg war schon nach dem zweiten Klingelton am Apparat. »Wie geht's, wie steht's? Bei euch ist ja die Hölle los. Hab's schon gelesen, dass euch einige Bilder abhandengekommen sind.«

Antonio glaubte, sich verhört zu haben. Es konnte doch nicht sein, dass Giorgio vierhundert Kilometer weiter nördlich schon vom Kunstraub wusste. Von wegen ›die Presse nicht einschalten‹! Seine Vermutung bezüglich der neuen Medien war also nicht aus der Luft gegriffen. Da würde er sich einiges anhören können.

»Und eine Tote gab es noch obendrauf. Respekt! Nur nichts auslassen!« Georg lachte und erwartete wohl von Antonio, dass er in seinen Scherz einstimmen würde. Doch dem Commissario war der Spaß vergangen.

»Ja, die Sache ist ernst«, sagte er deshalb zugeknöpft. »Was gibt es bei euch Neues?«

»Ooou, jetzt bin ich dir auf den Schlips getreten. Tut mir leid, Toni. So hab ich es nicht gemeint.«

»Bin ein bisschen unter Druck!«

»Entschuldige, dass ich dich störe, denn mein Problem ist ziemlich banal, verglichen mit deinen Schwierigkeiten.«

Antonio lachte nun doch. »Also, was kann ich für dich tun?«

»Unsere Länder haben im Moment mit den Flüchtlingen jede Menge Arbeit am Hals.«

Antonio sank der Mut. Es reichte nicht, dass seine Schwiegereltern in diese Problematik verstrickt waren, jetzt fing Giorgio auch noch damit an. Eine weitere Baustelle brauchte er wahrlich nicht.

»Es ist bestimmt nicht nötig, dass du dich selbst drum kümmerst, aber ich dachte, wenigstens höre ich dann mal deine Stimme. Aber es ist ein schlechter Zeitpunkt. Das verstehe ich schon.«

»Jetzt sag schon! Was ist los?«

»Also, ich hab' heute Nacht einen schwarzen Fiat Transporter am Grenzübergang Kiefersfelden/Kufstein herausgeholt. Der Fahrer hatte fünf Syrer und ein Kleinkind im Laderaum versteckt. Bei seiner Vernehmung stellte sich heraus, dass der Fahrer in Verona wohnt. Jetzt wollte ich dich fragen, ob ihr ihn mal überprüfen könnt. Ob irgendetwas gegen ihn vorliegt. Zudem hatte er einen sehr teuer aussehenden Brillantring in der Hosentasche, der sicherlich nicht ihm gehört. Das Schmuckstück lassen wir gerade kriminaltechnisch genauer untersuchen. Aber vielleicht ist ein Diebstahl dieser Art bei euch gemeldet.«

»Das ist keine große Sache Giorgio. Entweder mach ich es selber, gleich, wenn ich nachher in der Questura bin, oder einer meiner Leute kümmert sich darum. Ich melde mich schnellstmöglich bei dir.«

»Super, danke. Zu lange kann ich den Verdächtigen nicht dabehalten.«

»Wie heißt er?«

»Gianni Canali, geboren in Neapel.«

»Adresse?«

»Wohnhaft im *Borgo Venezia, Viale Fiumicello, 120.*«

»Das ist nicht unbedingt eine feine Gegend.«

»Ich fürchte, dass er sich die Wohnung, egal wie billig sie ist, schon kaum leisten kann.«

»Du hörst von uns. *Ciao*, bis später!«

Georg Breitwieser hatte aufgelegt und Signora Baldessarini brachte den Espresso für Antonio an den Tisch. Doch bevor er sich noch für den Service bei ihr bedanken konnte, läutete erneut das Handy.

»Aus unserem *caffè* wird leider nichts, Tonio«, teilte ihm Enrico mit. »Ich bin von Silvano Petrelli angerufen worden. Er ist immer noch im Museum und es gibt ein paar Dinge, die wir besser vor Ort besprechen. Kannst du gleich nochmal kommen?«

»*D'accordo*. Gib mir fünf Minuten.« Antonio kippte den Kaffee hinunter, ließ im Hinausgehen einen 5-Euroschein auf dem Tresen liegen, nahm das Brötchen in die Hand und kämpfte erneut gegen die Kälte auf dem *Lungadige*. Ein Nieselregen hatte eingesetzt und machte den Marsch zurück nach Norden nicht angenehmer. Er biss von seinem *panino* ab und würgte es in viel zu großen Stücken hinunter. Ein Glas Wasser wäre jetzt nicht schlecht gewesen. Es war zwar nur ein halber Kilometer zu laufen, aber Antonio war sehr erleichtert, als er wieder den Eingangsbereich des Museums erreichte und im Warmen war.

Drei von Petrellis Leuten in ihren hellblauen Plastikanzügen packten gerade die Scheinwerfer ein und schickten sich an, ihre Arbeit zu beenden. Silvano und Enrico standen neben einer jungen, nicht ganz schlanken Frau und versuchten ungeschickt, sie zu trösten. Enrico hielt ihr eine Packung mit Papiertaschentüchern hin. Antonio wunderte sich, dass sein junger Kollege so etwas in der Hosen- oder Uniformjackentasche bei sich hatte. Enrico Brandino ging nur ganz selten in Zivil. Er war mächtig stolz darauf, vor ein paar Jahren zum Ispettore befördert worden zu sein, und zeigte sich gern in seiner dienstlichen Würde. Die junge Frau wischte sich mit einem der Tücher immer wieder über die Augen und schnäuzte sich gerade lautstark, als Antonio zu der kleinen Gruppe trat.

»Oh, Commissario!«, sagte Petrelli hörbar erleichtert. »Das ist Dottoressa Giulietta Ricchi, eine Kollegin von Renata Mancini.«

Antonio Fontanaro gab ihr die Hand und erinnerte sich, dass die Contessa den Namen erwähnt hatte. Die junge Frau sah verschämt zu Boden. Vermutlich wollte sie ihr verweintes Gesicht nicht gern herzeigen. Er ließ ihr einen weiteren Moment Zeit, sich zu fangen, dann jedoch stellte er seine erste Frage.

»Wie lange kannten Sie Dottoressa Mancini?«

Giulietta Ricchi putzte sich abschließend die Nase und sah Antonio aus blassblauen Augen an, deren Farbe ihn überraschte. Die junge Frau hatte festes dunkles Haar, das sie in der Mitte gescheitelt trug und das auf Kinnlänge geschnitten war. Ihr Teint war leicht getönt. Sie trug ein braunes Tweedkostüm mit einem Rock, der knapp über die Knie reichte und ihre füllige Figur noch unterstrich. Ihre konservative Kleidung und ihre gedrungene Gestalt wirkten sehr süditalienisch auf ihn. Dazu allerdings passte die Augenfarbe überhaupt nicht. Ihr Blick war verstört und sehr scheu. Antonio befürchtete, dass das Gespräch mit ihr nicht leicht werden würde. Und wie um seine Vermutung zu bestätigen, drehte die Frau unschlüssig das Taschentuch zwischen den Fingern hin und her und versuchte sich zu erinnern, wie lange sie Renata Mancini schon kannte.

»Sie waren doch Kolleginnen, oder?«, bohrte Antonio nach, in der Hoffnung, die Sache zu beschleunigen.

»*Sì*«. Und nach einem weiteren Moment des Nachdenkens fügte sie hinzu: »Ich war schon zwei Jahre im Museum angestellt, als Renata anfing. Sie war jetzt ziemlich genau fünf Jahre hier.«

Na, es ging doch.

»Waren Sie miteinander befreundet? Contessa Di Primavera meinte, sie hätten zusammengearbeitet. Ist das richtig?« Das waren vermutlich zu viele Fragen auf einmal. Antonio konnte seine Ungeduld nur mühsam bezähmen.

»Ah, Sie haben über mich mit der Contessa gesprochen?« Sehr spitz kam diese Bemerkung aus dem Mund der jungen Frau. »Was weiß sie denn schon? Sie steht den ganzen Tag im Laden! Woher will sie wissen, wie das Verhältnis zwischen Renata und mir war?«

Antonio war nun ehrlich verblüfft. Diese heftige Reaktion hatte er nicht erwartet. Das konnte nur bedeuten, dass die Contessa und Giulietta Ricchi nicht unbedingt auf freundschaftlichem Fuß standen.

»Ich weiß nicht, weshalb Sie vermuten, die Contessa hätte schlecht über Sie gesprochen!«, wies er sie zurecht. »Aber nachdem Sie geradezu aggressiv reagieren, muss ich annehmen, dass entweder Ihr Verhältnis zu Claudia Di Primavera angespannt ist oder die Tote nicht zu Ihren Freundinnen zählte. Also, wie ist und war Ihr Verhältnis zu den beiden Frauen?«

»Distanziert. Mit der Contessa habe ich nichts zu schaffen und sie hat mir nichts zu sagen. Renata war eine Kollegin. Mehr nicht.« Trotz dieser abwehrenden Antwort flossen erneut Tränen. Die junge Frau stand unter Schock und Antonio wertete das eher als gutes Zeichen.

»Nur Kolleginnen? Oder kannten Sie sich vielleicht schon von der Universität?«

»Wir mochten uns nicht besonders, wenn Sie es schon so genau wissen wollen.« Trotzig wehrte sich Giulietta Ricchi. »Franco Risi hat sie mir buchstäblich vor die Nase gesetzt. Eigentlich sollte ich die Kuratorenstelle bekommen. Doch eines Tages stand Renata vor mir und begrüßte mich als ihre neue und einzige Mitarbeiterin. Den Tag werde ich nie vergessen.« Abrupt brach sie ab. Sie hatte schon zu viel gesagt. Entschieden drückte sie ihr Taschentuch auf den Mund, als wollte sie weitere unbedachte Bemerkungen im Keim ersticken.

»Wissen Sie dennoch etwas über das Privatleben Ihrer Kollegin?«

»Nicht viel. Wir haben kaum miteinander gesprochen. Nur beruflich. Sie war verlobt. Soviel kann ich Ihnen sagen.«

»Ah, interessant. Und wie heißt der Mann?«

»Luca Panini.«

»Wissen Sie, wo er wohnt?«

»Leider nein.«

»Kennen Sie ihn? War er zufällig gestern im Museum?«

»Wir grüßen uns. Er ist sehr freundlich.« Dann stockte sie, fuhr sich mit der Hand durch ihre halblangen Haare und blickte zu Boden.

»Dottoressa Ricchi! War Signor Panini gestern hier?«

Sie nickte. »Ja, am frühen Abend.«

Ispettore Enrico Brandino hatte sein Notizbuch gezückt und schrieb eifrig mit.

»Haben Sie gehört, was er von Ihrer Kollegin wollte?«

»Mein Büro liegt gleich neben dem von Renata. Natürlich habe ich mitbekommen, was er wollte. Sie sprachen beide nicht gerade leise und meistens stritten sie sich.« Wieder schwieg Giulietta Ricchi. Es war ihr anzusehen, dass sie äußerst ungern Auskunft gab. »Hören Sie, das hat doch alles nichts zu bedeuten. Die beiden haben oft gestritten und dann wieder gemeinsam gelacht. Das war ganz normal.«

»Was wollte Signor Panini gestern von seiner Verlobten?«, hakte Enrico nach. Ihm war anzusehen, dass er das Verhältnis der beiden äußerst spannend fand. Antonio amüsierte sich immer über seinen Ispettore, der einen ausgeprägten Sinn für Klatsch hatte. Manchmal half seine Neugierde bei den Ermittlungen weiter. Gerade bei jungen Frauen war Enrico mit seinen Fragen meist erfolgreich. Sie vertrauten ihm, glaubten, in dem annähernd gleichaltrigen Polizisten keinen Feind und Gegner vor sich zu haben.

»Er wollte sie abholen. Sie waren für den Abend verabredet. Aber Renata hatte offenbar vergessen, ihm zu sagen, dass sie zur Party von Risi musste. Oder sie hat ihn absichtlich vorgeführt. Jedenfalls ist Luca ausgeflippt.«

»Was hat er gesagt?«

»Dass er die Verlobung löst, wenn sie nicht endlich mehr Zeit mit ihm verbringt. Und dass er es ihr verbietet, Risis Party zu besuchen. Renata hat schallend gelacht und ihn rausgeworfen.«

»Und ist Luca Panini gegangen?«

Erschrocken sah Giulietta Ricchi den Ispettore an. Ihre Augen wurden ganz rund und weit. »Aber was glauben Sie denn?«

»Gar nichts. Ich will nur wissen, ob Sie gesehen haben, wie Panini das Museum verlassen hat.«

»Nein, das habe ich selbstverständlich nicht gesehen. Mein Büro liegt ja noch tiefer im Gang als das von Renata. Ich kann den Eingang von dort nicht sehen. Außerdem war ich selbst dabei, aufzubrechen. Ich habe gerade meinen Schreibtisch abgesperrt und den Computer heruntergefahren, als ich hörte, wie Renata schrie: »Du gehst mir nur noch auf die Nerven. Mach doch, was du willst. Aber jetzt verschwinde. Ich muss gleich los.«

»Wie spät war es da ungefähr?«

»Kurz nach sieben. Ich habe den Bus um 19 Uhr 15 genommen. Auf meinem Weg zum Ausgang habe ich Panini nicht mehr gesehen.«

»Hat Sie jemand gesehen, als Sie zu Hause ankamen?«, fragte Antonio und erntete einen hilflosen Blick. Es dauerte einen Moment, bis Giulietta Ricchi verstand, was der Commissario von ihr wollte. Sie warf den Kopf in den Nacken und sah ihn böse an.

»Ich mochte Renata nicht, aber ich habe sie nicht umgebracht. Es ist doch wohl klar, dass die Diebe auch Renata auf dem Gewissen haben. Warum stellen Sie mir all diese Fragen? Nach ihrem Privatleben? Das ist doch Unsinn. Fragen Sie sich lieber, wo die Diebe mit der Beute hin sind! Wie sie überhaupt ins Museum gelangen konnten. Das sollte Sie interessieren. Anstatt hier herumzustehen und mir Löcher in den Bauch zu fragen.«

Giulietta Ricchi hatte sich gefangen. Ihr Verstand hatte ihre Schockstarre endgültig besiegt und sie zum Denken gebracht, wie Antonio mit Interesse feststellte. Die junge Frau hatte eindeutig analytische Fähigkeiten und es wäre falsch gewesen, sie zu unterschätzen.

»Wer ist denn für Sicherheitsfragen des Museums zuständig?«

»Der Direttore. Das ist sein Bereich. Von Kunst und Gemälden versteht er ja herzlich wenig. Dazu braucht er uns Kunsthistorikerinnen: Renata und mich.«

Da geht es ihm wie mir, dachte Antonio. Ganz sicher musste er sich mit den gestohlenen Gemälden und ihrem Wert noch auseinandersetzen. Wahrscheinlich wäre dann auch in diesen Fragen Giulietta Ricchi für ihn eine große Hilfe.

»Und das Sicherheitskonzept des Museums ist Ihrer Meinung in Ordnung? Oder gab es Störungen in letzter Zeit? Auffälligkeiten?«

Überrascht und sehr wachsam wurde plötzlich ihr Blick. »Gut, dass Sie das fragen, Commissario. Das hätte ich fast vergessen. Am Freitag war eine Firma hier, die die Alarmanlage überprüfen musste. Ich hörte, wie Renata Mancini und Franco Risi miteinander darüber sprachen. Der Direttore wunderte sich, weshalb die Kameras in den einzelnen Sälen nicht funktionierten. Ob sie dafür eine Erklärung hätte.«

»Und? Weshalb hätte Dottoressa Mancini darauf eine Antwort haben sollen?«

»*Esatto!* Das habe ich mich auch gefragt. Und sie hat ihn ziemlich angefahren, wie das ihre Art war.«

»Inwiefern?«

»Sie hat gerufen: Muss ich mich jetzt um alles kümmern? Wofür wirst du eigentlich bezahlt, Franco? Für *bella figura?* Für deine herausragenden Kenntnisse über die italienische Kunst? Die Alarmsysteme sind deine Angelegenheit. Kümmere dich darum, aber schleunigst. Nicht auszudenken, wenn es einen Störfall gäbe.«

»Renata Mancini und Franco Risi haben sich geduzt?« Enrico machte große Augen. Die Entwicklung der Befragung gefiel ihm ohne jeden Zweifel.

»Hm, ... ja«, antwortete Giulietta Ricchi zögerlich. »Sie hatten ein sehr enges Arbeitsverhältnis.« Was wollte ihnen die junge Frau mitteilen? Antonio beschloss, nicht weiter nachzufragen, doch sein Ispettore kannte keine Hemmungen.

»Hatten die beiden ein Verhältnis?«

»Das weiß ich wirklich nicht!«, kam die überraschend schnelle Antwort.

»Lassen Sie uns nochmals auf die Firma zu sprechen kommen, die vor ein paar Tagen nach dem Rechten sah.« Antonio blickte gleichzeitig auf seine Armbanduhr. Inzwischen war es kurz vor zehn und Vincenzo Mauro vielleicht schon in der Questura, wo er eine Besprechung abhalten wollte. Doch der Commissario war unschlüssig, ob er schon aufbrechen konnte, denn Petrelli hielt sich immer noch in seiner Nähe auf und verhandelte mit einem der Museumsdiener, die inzwischen zum Dienst erschienen waren.

»Kennen Sie die Sicherheitsfirma?«, fragte er die junge Frau. »War sie schon öfter für das Museum tätig?«

»Dazu kann ich Ihnen nicht viel sagen. Es waren zwei Männer, die am Freitag im hinteren Teil des Museums, wo es einen Technikraum gibt, herumhantierten. Ich habe die Männer noch nie zuvor gesehen. Aber ehrlich gesagt habe ich auch nicht wirklich auf sie geachtet.«

»Wer könnte uns denn mehr dazu sagen, außer Franco Risi, den wir jetzt nicht gleich erneut stören möchten.«

Giulietta Ricchi drehte sich zu den Stimmen um. Auch sie hatte mitbekommen, dass die Museumsdiener eingetroffen waren. Im Museumsshop brannte ebenfalls Licht. Eine weitere junge Frau schob Bücherstapel zurecht und ordnete einen Postkartenständer. Das musste die Aushilfe sein, von der die Contessa berichtet hatte.

»Paolo, dort drüben bei Ihrem Kollegen, kann Ihnen weiterhelfen. Er kontrolliert am Abend, ob alle Besucher das Museum zu Dienstschluss verlassen haben, ob die Kameras eingeschaltet sind und die Alarmanlage aktiv ist. Wenn irgendetwas nicht stimmt, ist er es, der Franco Risi Bescheid gibt.«

»Dottoressa Ricchi, haben Sie herzlichen Dank für Ihre Auskünfte. Falls Ihnen noch Dinge einfallen, die wir vielleicht wissen sollten, melden Sie sich doch bitte.« Antonio Fontanaro hielt ihr eine Visitenkarte hin. Auch Enrico verabschiedete sich.

Auf dem Weg zu Petrelli sagte Antonio zu seinem Ispettore: »Kümmere dich bitte um die Dame im Museumsshop. Ich will wissen, ob ihr gestern Abend irgendetwas aufgefallen ist, ob sie Panini kennt und gesehen hat, wie er das Museum verließ, oder ob sie mitbekommen hat, wann die Contessa, der Direttore und Dottoressa Ricchi gestern nach Hause aufgebrochen sind. Aber beeil dich. Vincenzo Mauro erwartet uns in Kürze in der Questura. Ich komme so schnell wie möglich mit Silvano Petrelli nach.«

»Sonst noch was?« Enricos Stimme hörte sich gereizt an. Antonio wusste, dass sein Ispettore es gar nicht schätzte, mit Hilfsarbeiten bedacht zu werden. Selbst die Aussicht, die nicht unansehnliche Aushilfe im Museumsshop allein befragen zu dürfen, besänftigte ihn nicht. Er war einfach zu gern an vorderster Front dabei. Doch um die Empfindlichkeit seines Mitarbeiters konnte Antonio sich jetzt nicht kümmern. Er steuerte auf den Chef der Kriminaltechnik zu, der einen großen blauen Plastiksack in der Hand hielt, und hörte, wie Petrelli fragte: »Wann haben Sie gestern das Museum verlassen?«

»Vierzig Minuten nach sieben. Ich muss zusehen, dass ich den Bus um Viertel vor acht bekomme.«

»Welchen Ausgang benutzen Sie dafür?«

»Den Haupteingang zum *Lungadige*. Von da gehe ich zum Bus.«

»Das ist der tägliche Ablauf?«, schaltete sich Antonio Fontanaro in das Gespräch ein.

»So ist es!«

»Und jeder der Angestellten besitzt so eine Chipkarte? Auch das Putzpersonal?« Petrelli deutete auf eine Plastikkarte, die der Museumsdiener in der Hand hielt.

»Im Prinzip ja. Doch die Karten sind unterschiedlich programmiert.«

»Was heißt das?«

»Sie haben unterschiedliche Zeiten hinterlegt. Der Direttore, die Contessa, Dottoressa Ricchi, Dottoressa Mancini und die Aushilfen des Museumsshops haben Karten, die es ihnen erlauben, jederzeit das Gebäude zu betreten und wieder zu verlassen. Die Museumsdiener können ab 8 Uhr morgens ins Gebäude und müssen es bis spätestens 20 Uhr 30 verlassen haben. Das gilt an allen sieben Tagen der Woche. Auch meine Karte ist so programmiert.«

Und er erklärte weiter, dass nach diesen vorgegebenen Zeiten der Alarm ausgelöst würde, wenn jemand versuchte, das Museum zu einer anderen Stunde zu betreten oder zu verlassen. »Die Putzleute können nur zwischen 7 und 8 Uhr morgens ins Haus. Ihre Karte ist so geschaltet, dass sie zwar keinen festgelegten Zeitpunkt zum Verlassen des Museums haben. Wenn das Museum um 10 Uhr öffnet, müssen sie es aber durch den Haupteingang verlassen.«

»Wie viele Eingangstüren hat das Museum?«, wollte Antonio wissen.

»Zwei. Den Haupteingang und den Hintereingang bzw. -ausgang.«

»Gab es schon einmal Probleme mit dem Schließmechanismus der Türen? Oder hatten Sie in letzter Zeit Probleme mit der Alarmanlage?«

»Ja, letzten Freitag sind überraschend die Kameras ausgefallen.«

»Wer hat das bemerkt?«

»Ich natürlich.« Paolo zeigte nach hinten in Richtung Hinterausgang und Technikraum. »Ich habe dort einen kleinen Arbeitsplatz mit zwei Monitoren. Dort kann ich alle Säle einsehen, wenn die Kameras funktionieren. Am Freitag waren die Monitore schwarz. Das habe ich der Dottoressa Mancini sofort gemeldet.«

»Warum nicht dem Direttore? Ich dachte, er ist für die Sicherungsanlage zuständig?«

Paolo nickte und gab dann zögernd zu, dass er mit Franco Risi auf Kriegsfuß stand. Die beiden Männer hatten ein Kompetenzproblem.

»Ich darf nur die Fehlerquellen melden, mich dann womöglich noch dumm anreden lassen, aber keine Arbeitsaufträge erteilen. Das macht der Museumsdirektor. Er hat eine Firma kommen lassen.«

»Kannten Sie die Leute? Haben Sie sie schon mal gesehen?«

»Ja, Vittorio Todisco, so heißt der Chef der Firma, war schon mehrmals hier. Aber der Direttore wechselt gern.«

»Sonst kommt jemand anderes zum Nachschauen?«

»Ja, das variiert. Es muss ja schnell gehen, wenn was nicht funktioniert. Dann telefoniert der Direttore herum, bis er jemanden findet, der Zeit hat.«

»Sie haben keinen Wartungsdienst? Keine Auftragsfirma?«

»Nicht dass ich wüsste. Ist billiger so! Die Museumsverwaltung muss auf die Kosten schauen!«

Wer nicht, dachte Antonio. Wenn er an die Heizung in der Questura dachte, dann wusste er genau, wovon Paolo, der Museumsdiener, sprach. Entweder sie heizte aus vollem Rohr oder sie war eiskalt. Dazwischen gab es nichts. Eine Wartungsfirma hatte er noch nie gesehen, seit er in Verona arbeitete. Und der Museumsdirektor war der Kommune verpflichtet. Was Antonio unweigerlich wieder an Bürgermeister Renzo Di Santo denken ließ. Es sollte ihn nicht wundern, wenn die beiden Herren bestens miteinander bekannt waren.

11

Auf seinem Schreibtisch türmten sich wie üblich die Akten. Sein Büro näherte sich immer mehr dem Chaos seines Vice Commissario Fausto Castillio an. Und das war kein Ruhmesblatt. Antonio Fontanaro war endlich in der Questura eingetroffen und ahnte, dass Vincenzo Mauro und die Kollegen bereits auf ihn warteten. Aber jetzt kam es auf weitere fünf Minuten nicht mehr an. Er schob einige Papiere beiseite und verschaffte sich Platz zum Schreiben. Er griff sich einen Zettel und notierte darauf die wenigen Daten des Neapolitaners, den Georg nachts zuvor aufgegriffen hatte. Fausto sollte diese Recherchearbeit übernehmen.

Dann wählte Antonio die Nummer von Zuhause. Erwartungsgemäß meldete sich niemand. War das nun ein gutes Zeichen? Die Geschirrspülmaschine endlich eingebaut und einsatzbereit? Zumindest war Marissa inzwischen in der Arbeit. Sollte er versuchen, sie im Reisebüro, in dem sie halbtags tätig war, zu erreichen? Sie mochte es nicht, wenn er dort anrief. Um sein Gewissen zu beruhigen, wählte er ihre Handynummer. Er ließ es lange läuten, bis sich die Mailbox meldete. Dann legte er auf. Mist! Er nahm sein Notizbuch aus der Innentasche der Winterjacke und einen Stift. Wenig später ging er den Gang entlang Richtung Besprechungsraum.

Die Tür war nur angelehnt und er hörte heftige Diskussionen. Leise und unbemerkt trat er ein und war ziemlich überrascht, seine Kollegen alle um einen Gegenstand gebeugt vorzufinden, der offenbar am Boden vor ihnen lag. Antonio stellte sich hinter Enrico

Brandino und Lavinia Strano, seine einzige weibliche Mitarbeiterin, beide waren ein gutes Stück kleiner als er. Überrascht sah ihn Lavinia an. Bevor sie etwas sagen konnte, legte er einen Zeigefinger an seine Lippen. Sie lächelte ihn an und schwieg.

Silvano Petrelli hatte offenbar den Inhalt seiner Plastiktüte, die er vom Museum mitgebracht hatte, auf einer Plastikdecke ausgebreitet. Er trug Handschuhe an beiden Händen, mit denen er auf seine Fundstücke hinwies.

»Das ist ganz offensichtlich die Tatwaffe!«

Es war ein Stück braunes Holz, auf das er zeigte. Ein Stuhlbein, das von einem Holzstuhl stammte, der ebenfalls in erkennbaren Teilen vor ihnen lag.

»Der Täter, und ich gehe eindeutig von einem männlichen Täter aus, hat mit brutaler Gewalt diesen Stuhl, wie es vom gleichen Typ einige in den Sälen des Museums gibt, mit mehreren heftigen Schlägen zertrümmert. Es musste offenbar sehr schnell gehen. Diese Art der Zerstörung ist für eine Frau völlig untypisch, außer sie verbringt die meiste ihrer verfügbaren Zeit in einem Bodybuilding-Studio oder betreibt Kampfsport.«

»Wie stellen Sie sich dann den Tathergang vor?« Es war Vincenzo Mauro, der es nicht erwarten konnte, bis Silvano Petrelli zum Punkt kam. Doch der Chef der Kriminaltechnik bekam zwar einen roten Kopf, ignorierte aber souverän die Frage, um mit seinen Ausführungen so fortfahren zu können, wie er wollte.

»Meine Leute und ich haben uns das Arbeitszimmer der Toten genauer angesehen. Es gibt keine Anzeichen dafür, dass dort ein Kampf oder eine auch nur irgendwie geartete Auseinandersetzung stattgefunden hat. Wir wissen, dass das Opfer Streit mit dem Verlobten hatte. Aber mehrere Zeugenaussagen bestätigen, dass Luca Panini gegen 19 Uhr 10, spätestens 15 das Museum verlassen hat. Was er anschließend machte, wissen wir noch nicht. Natürlich ist es möglich, dass er wieder zurückkam und sich in einem der

Räume verborgen hielt – er wird sich dort besser auskennen als normale Besucher – und abwartete, bis alle anderen gegangen waren. Doch das ist reine Spekulation. Bislang hat noch niemand mit dem Verlobten gesprochen.«

Vor allem wäre Luca Panini, wenn Antonio den Museumsdiener richtig verstanden hatte, in der Falle gesessen. Waren die Türen nach Dienstschluss erst einmal verriegelt, kam man unbemerkt nicht mehr aus dem Museum. Außer, und das war nicht unerheblich, außer er hätte nach der Tat die Chipkarte von Renata Mancini an sich genommen. Petrelli kannte die Ausführungen des Museumsdieners und würde sicherlich in den persönlichen Sachen des Opfers nach der Chipkarte, nach ihrem Smartphone und nach ihren Hausschlüsseln suchen. Wahrscheinlich besaß sie einen Firmencomputer, den sich die Mitarbeiter von Silvano vornehmen mussten. Darauf brauchte er den Chef der Kriminaltechnik nicht eigens anzusprechen.

»Also würde sich meine Annahme bestätigen«, fuhr Silvano Petrelli unterdessen fort, »dass Dottoressa Mancini die Diebe überrascht hat. Sie findet sie im Ausstellungsraum vor, stellt sie zur Rede, anstatt die Polizei zu rufen, das war natürlich nicht sehr intelligent, und einer der Männer packt sich so einen Stuhl, knallt ihn gegen die Wand oder gegen eine Türeinfassung, die sind ja alle aus Stein, und erschlägt die junge Frau mit diesem Stück Holz. Soweit wäre alles klar!«

»Also, meine Dame«, ein süffisanter Blick von Mauro traf Lavinia Strano, die unbeteiligt zurücksah, »meine Herren, an die Arbeit. Wir müssen die Diebe fassen. Das hat allererste Priorität. Wenn wir sie haben, haben wir auch den Mörder. So einfach ist das.« Vincenzo Mauro konnte eine gewisse Selbstgefälligkeit nicht unterdrücken. »Ich hatte vorhin ein Telefonat mit Bürgermeister Renzo Di Santo. Er ist auf das Höchste alarmiert, wie Sie sich vorstellen können.«

Antonio hatte nicht lange warten müssen, bis der Bürgermeister ins Spiel kam. Vincenzo Mauro hatte es sich nicht nehmen lassen, das Stadtoberhaupt zu informieren. Doch was hatten die beiden in dieser Angelegenheit zu besprechen?

Der Staatsanwalt hatte es jetzt eilig und machte Anstalten, den Besprechungsraum zu verlassen. Aus seiner Sicht war alles klar, die Kommissare in der Pflicht. Doch Silvano Petrelli fuhr mit seinem Bericht fort, als wäre er nicht unterbrochen worden.

»Was wir im Zimmer der Toten jedoch gefunden haben, sind Schleifspuren, die aus dem Büro, den Gang entlang und bis vor den ersten Ausstellungssaal führen.«

Antonio hielt den Atem an. Welche Schlussfolgerungen würde Silvano daraus ziehen? Und wie würde Vincenzo Mauro auf diesen Fakt reagieren, den er noch nicht kannte?

»Dort enden sie in der Blutlache, die sich unter dem Kopf des Opfers gebildet hat. Renata Mancini muss also bereits in ihrem Büro angegriffen worden sein. Wie Dottoressa Di Silva am Tatort feststellte, hat unser Opfer Strangulationsmale am Hals. Sie wurde gewürgt und dadurch vielleicht nur bewusstlos. Dann jedoch hat sie der Täter zum Ausstellungssaal geschleift. Was wir uns jetzt natürlich fragen: Weshalb wurde das Opfer bewegt?« Silvano Petrelli sah dem Staatsanwalt ins Gesicht, der schon an der Tür war und sich wieder umgedreht hatte. »Haben Sie dafür vielleicht auch eine Theorie, Dottore?« Ein ironisches Lächeln umspielte Petrellis Mund.

»Soll ich Ihre Arbeit machen? Was ziehen Sie denn für Schlüsse?«

»Ich denke, dass die Diebe und Mörder zunächst nur bemerkt haben, dass sie, anders als erwartet, nicht allein im Museum sind. Ich bin sicher, dass es mehrere Personen waren, die das Museum ausgeraubt haben. Die Bilder haben schwere Rahmen und ein ziemliches Gewicht. Keiner kann die Gemälde allein Stück für Stück hinaustragen, wenn man bedenkt, dass sie wertvoll sind und nicht beschädigt werden durften, um ihren Verkaufswert nicht zu schmälern. Vielleicht hatte Renata Mancini die Tür zum Büro offen, es brannte Licht und das haben die Täter bemerkt. Einer geht in ihr Zimmer und drückt ihr den Hals zu. Er hofft, er hat sie solange außer Gefecht gesetzt, dass sie in Ruhe den Raub begehen können, ohne dass sie etwas davon mitbekommt. Doch das ist eine Fehleinschätzung. Irgendwann macht sich Renata Mancini bemerkbar. Sie stöhnt vielleicht, ruft um Hilfe. Bevor sie aktiv genug ist, um die Polizei zu rufen, holen die Täter sie aus dem Büro, schleifen sie vor den Ausstellungsraum und erschlagen sie dort.«

»Warum der ganze Aufwand?«, fragte Vincenzo Mauro. »Warum töten sie sie nicht gleich in ihrem Büro?«

»Keine Ahnung, Dottore! Vielleicht wollten uns die Diebe mitteilen, dass sie keine Zeugen dulden? Vielleicht war es aber auch ganz anders. Vielleicht gehörte Renata Mancini zu ihren Mitwissern. Vielleicht hat sie den Plan sogar ausgeheckt, die Hintertür für die Männer geöffnet und den Raub erst ermöglicht. Und nach der vollendeten Tat haben die Mittäter sie getötet, weil sie Forderungen gestellt hat, Bedingungen, die die Diebe nicht erfüllen wollten. Vielleicht gibt es einen Auftraggeber, der dahintersteckt, der seinen Auftragnehmern klar machte, dass Renata Mancini nach Ende des Coups zu beseitigen ist. Vielleicht gibt es bald noch weitere Leichen, weil der Auftraggeber die ganze schöne Beute für sich alleine haben will.«

Vincenzo Mauro stöhnte auf und bedachte Silvano Petrelli mit einem bitterbösen Blick. Die Spekulationen des Kriminaltechnikers gingen ihm jetzt entschieden zu weit. Antonio sah, dass der Kollege ungeheuren Spaß an seinem Horrorszenario fand.

»Es kann auch alles ganz anders gewesen sein. Wer will das zum jetzigen Zeitpunkt der Ermittlungen wissen?« Petrelli beugte sich zu seinen Fundstücken hinunter und begann sehr vorsichtig, diese wieder in den Plastiksack zu schieben.

Antonio und seine Kollegen nahmen geräuschvoll auf den Stühlen rund um den Besprechungstisch Platz. Auch Vincenzo Mauro zog sich einen Stuhl heran und zwängte sich zwischen Lavinia Strano und Enrico Brandino. Er klopfte mit den Fingerkuppen beider Hände ungeduldig auf die Tischplatte und sah herausfordernd von einem zum anderen.

»Was haben Sie noch, außer diesen haarsträubenden Spekulationen über einen offensichtlich eindeutigen Tathergang?«

»Einen Zeugen!« Enrico Brandino genoss die Aufmerksamkeit, die seine Neuigkeit bei allen auslöste. Antonio grinste. Hatte sein Ispettore also doch im Alleingang noch Bemerkenswertes entdeckt.

»Was denn für einen Zeugen?« Der Staatsanwalt konnte seinen Unmut nicht verbergen. Er schätzte es nicht, wenn andere ein Stück voraus waren.

»Der Online-Nachrichtendienst ...«

»Verdammt, Brandino, können Sie sich einmal an die Anweisungen halten, die man Ihnen gibt? Ich habe ausdrücklich verboten, mit der Presse zu sprechen! Der Bürgermeister wird toben, das kann ich Ihnen versichern. Ihre Eigenmächtigkeit wird ein Nachspiel haben!«

»Was hat der Zeuge ausgesagt, Enrico?« Antonio fragte in ruhigem, aber lautem Ton. Vincenzo Mauro blickte ihn irritiert an, aber das war dem Commissario gerade recht.

»*24ore* hat kurz nach 8 Uhr von dem Raubmord berichtet und daraufhin hat sich ein Mann gemeldet, der gegen 21 Uhr 30 seinen Hund spazieren führte. Er sah, wie aus der Toreinfahrt auf der Rückseite des Museums ein dunkler Wagen herauskam, der, ohne die Lichter einzuschalten, nach links Richtung *Lungadige* abbog. Als der Mann von dem Raubmord hörte, hat er eins und eins zusammengezählt.«

»Weiß er, was das für ein Fahrzeug war? Hat er gesehen, wie viele Personen im Fahrerhaus saßen?«, fragte Antonio nach.

»Ja, er ist sich ziemlich sicher, dass es sich um einen Fiat Ducato Easy handelt, ein vergleichsweise neues Modell, das er vom Werbefernsehen her kennt. Der Wagen war seiner Meinung nach schwarz oder dunkelblau lackiert. Ein Mann saß im Führerhaus. Die Fenster des Laderaums waren ebenfalls lackiert – also blind. Er konnte nicht sehen, ob weitere Personen im Wagen mitfuhren. Wir haben daraufhin das Tor untersucht und einen Magneten sichergestellt, der wohl während des Raubs die beiden Flügel offengehalten hat. Der Magnet wird derzeit untersucht. Wir gehen aber nicht davon aus, dass wir irgendwelche Hinweise auf die Täter finden.«

Antonio Fontanaro lehnte sich in seinem Stuhl zurück. Ganz automatisch griff er in die Hosentasche seiner Jeans und bekam den Zettel zu fassen, den er eigentlich demnächst Fausto Castillio aushändigen wollte. Und er hörte Georg sagen: »Ich hab heute Nacht einen schwarzen Fiat Transporter …« Antonio schob seinen Stuhl zurück und sagte in Richtung Vincenzo Mauro: »Sie entschuldigen mich.«

12

Traunstein, 10.00 Uhr

»Schorsch, kannst du grad mal rüberkommen? Einer von den Syrern kann ganz gut Englisch. Aber mir wär es lieber, du führst das Gespräch.« Florian Huber sah ein wenig schuldbewusst drein. Er stand in der Tür zu Georgs Büro und wartete unschlüssig auf dessen Reaktion. Auch nach einem zweiten Auffrischungskurs in Englisch, den die Dienststelle für die diversen Kollegen spendiert hatte, fühlte er sich immer noch nicht so fit in der Sprache, dass er sich selbstständig eine Befragung zutraute. Zerknirscht sah er Georg an, der ihm deshalb sogar die sehr private Anrede verzieh.

Er verließ das Büro und folgte seinem Mitarbeiter in ein größeres Vernehmungszimmer, in dem der Syrer wartete. Georg und Florian Huber setzten sich zu ihm an den Tisch.

»Das ist Ahmad! Den Familiennamen kann ich nicht aussprechen«, sagte Florian. »Er kennt die anderen Geflüchteten. Er sagt, sie kämen alle aus Aleppo.«

»Na, da hast du ja doch schon einiges herausgefunden!« Georg nickte seinem Mitarbeiter zu und begann das Gespräch in Englisch weiterzuführen. Florian reichte ihm eine Liste mit Namen. Es waren insgesamt fünf. Der sechste Name fehlte. Georg nahm an, dass Florian den Namen des Kleinkindes nicht notiert hatte.

»Ahmad, wie geht es Ihnen und den anderen? Haben Sie Probleme? Brauchen Sie Hilfe, einen Arzt? Kann ich für Sie irgendetwas tun?«

Der junge Syrer sah ihn argwöhnisch an und schüttelte den Kopf. »Nein, alles in Ordnung. Wir haben Essen bekommen und eine Pritsche zum Schlafen. Danke!«

»Gianni Canali, so heißt der Fahrer, der Sie über die Grenze nach Deutschland gebracht hat. Kennen Sie ihn? Haben Sie ihn von Aleppo aus kontaktiert?«

Diesmal schüttelte der Syrer sehr entschieden den Kopf.

»*No, no*. Wir haben den Mann erst in Italien getroffen, als er mit dem Auto kam und uns mitgenommen hat.«

»Er hat uns erzählt, dass er Sie alle zufällig am Straßenrand gesehen hat, mitten in der Nacht, und dass er Sie aus Mitleid aufgesammelt hat, weil sein Wagen hinten leer war, nichts geladen hatte. Stimmt das?«

»Ja, der Wagen war leer!«

Georg Breitwieser musterte den Syrer. Er sah auf dessen Hände, die er auf der Tischplatte abgelegt hatte. Schmale, saubere Finger, gepflegte Nägel. Der Mann hatte noch nie schwer gearbeitet. Und es war klar, dass Ahmad nicht lügen, den Fahrer aber auch nicht mit seiner Aussage belasten wollte. Georg versuchte es anders.

»Was mussten Sie Signor Canali bezahlen? Wie viel Geld hat er verlangt?«

»Nichts! Der Mann hat kein Geld genommen. Er hat angehalten, uns Sandwiches und Wasser gegeben, dann sind wir hinten in den Laderaum gestiegen und er ist losgefahren. Einige Stunden später haben Sie die Wagentür geöffnet. Das war alles.«

Georgs Argwohn wuchs. »Kein Geld?«, fragte er ungläubig nach. In diesem Punkt schien der Italiener die Wahrheit zu sagen. Er hatte ihn nochmals kurz vernommen, nachdem er mit Antonio telefoniert hatte. Doch es war nicht sehr viel mehr aus ihm herauszubringen gewesen. Er wiederholte immer wieder, dass er die Syrer am Brennerpass aufgesammelt, ihnen Essen gegeben und sie über die Grenze gebracht hatte. Und er bekräftigte, kein Geld verlangt zu haben. Er sprach von Nächstenliebe und von katholischem Glauben, in dem er von seiner *Mamma in Napoli* erzogen worden sei. Was Georgs Zweifel an der Geschichte noch verstärkt hatte.

»Wie viele Sandwiches hatte der Mann dabei gehabt? Und wie viele Wasserflaschen?«

Ahmad war irritiert. »Ich weiß nicht mehr genau. Zwei oder drei Flaschen Wasser und für jeden ein Sandwich. Nur für die kleine Fatima hatte er nichts dabei.«

Also hatte er genau gewusst, wie viele Personen er aufnehmen musste, dachte Georg. Ein zufälliges Zusammentreffen am Brennerpass schloss er definitiv aus.

»Wer hat für Ihre Flucht von Aleppo hierher Geld bekommen, Ahmad? Ich glaube Ihnen nicht, dass Sie das alles nichts gekostet hat!«

»Ich darf darüber nicht sprechen, Kommissar. Ich habe noch eine Mutter in Aleppo und zwei Schwestern. Wenn ich sage, wie die Flucht abgelaufen ist und was es gekostet hat, werden sie meine Mutter töten. Verstehen Sie, ich kann nichts sagen!«

Georg versuchte, erst einmal das Thema zu wechseln, um den Mann zu beruhigen. Aus dessen Stimme war die schiere Panik herauszuhören.

»Was haben Sie alle in Aleppo gemacht? Welche Berufe haben Sie ausgeübt?« Warum sollte er nicht im Sinne von Anna Berger einmal nachfragen? Konnte ja nicht schaden, würde seine Mutter jetzt sagen.

»Aisha hat Pharmazie studiert, bevor sie das Baby bekommen hat. Sie sollte die Apotheke von ihrem Vater übernehmen. Aber die Apotheke ist zerstört, der Vater und Aishas Mann sind in den Häuserkämpfen von Aleppo umgekommen. Nur ihr Onkel, Said, lebt noch und hat sie begleitet. Er hatte ein Juweliergeschäft nicht weit von der Apotheke des Bruders entfernt. Sonst lebt niemand mehr von der Familie.«

Eine zahlungskräftige Familie, dachte Georg, die alles verkauft hat, um aus der zerstörten Stadt wegzukommen. Sie konnten die Flucht finanzieren, waren ein williges Opfer für skrupellose Schlepper.

»Von dem anderen Paar, das noch bei uns war, weiß ich nicht viel. Er hatte ein Malergeschäft. Ob die Frau auch einen Beruf hat, weiß ich nicht. Ihre Kinder, ich glaube, sie haben drei, sind bei den Großeltern in Aleppo geblieben. Sie hoffen, dass sie sie alle bald nachholen können.«

Georg schluckte. Wie so oft fragte er sich, wie das alles gehen und funktionieren sollte. Und seine Hoffnung für Anna Berger schwand. Das waren durchweg Leute aus der Stadt, an einem Leben auf einem Bauernhof im Chiemgau wohl wenig interessiert. »Und Sie selbst? Was haben Sie vor Ihrer Flucht gemacht?«

Wieder sah der junge Mann an ihm vorbei. Er kämpfte mit sich, überlegte, was er sagen konnte und was er besser für sich behielt. Georg fixierte ihn und war sich plötzlich sicher: Ahmad war kein unbeschriebenes Blatt wie die anderen. Georg musste mehr wissen, bevor er auch nur im Entferntesten daran denken konnte, Anna Berger die Syrer zu schicken. Ob es nun diese Geflüchteten waren oder andere.

In der Turnhalle von Traunstein gab es für ihn eine riesige Auswahl, wenn er es darauf anlegte und mit den Leuten sprach, die die Verteilung nach den Aufnahmeformalitäten regelten. Anna Berger war das kleinere Problem. Die Einzelschicksale, die er in Kiefersfelden aus dem Transporter geholt hatte, waren ein ganz anderes Kaliber.

»Was haben Sie gemacht?«

»Sie sind Polizist?«

Georg lehnte sich in seinem Stuhl zurück und verschränkte die Arme vor der Brust. Er bemühte sich um einen freundlichen Ton, denn er wollte den jungen Mann nicht noch mehr verunsichern.

»Das ist richtig. Aber ich nehme an, dass Sie bezüglich Polizei und ihrer Vorgehensweise Erfahrungen gemacht haben, die sich von den unseren doch erheblich unterscheiden. Wir leben in einem Rechtsstaat. Wir stecken niemanden auf bloßen Verdacht hin ins Gefängnis. Wir wenden keine Gewalt an. Wir versuchen zu klären, die Wahrheit herauszufinden, bevor wir ein Verfahren einleiten. Bei uns verschwindet niemand hinter Schloss und Riegel, wie es das Regime in Syrien praktiziert. Niemand wird bei uns für Jahre eingesperrt und im Gefängnis ›vergessen‹, ohne juristischen Beistand, ohne Gerichtsverfahren.«

Gott steh mir bei, dachte Georg, der alles andere als religiös war, dass Ahmad nicht das Gegenteil bei uns erleben wird, und fuhr fort: »Wenn Sie befürchten, dass Sie etwas – auch nach unserem Verständnis – Unrechtmäßiges gemacht haben, reden Sie mit mir. Besser jetzt und hier als in einigen Tagen oder Monaten, wenn ja doch herauskommt, was gegen Sie vorliegt.« Georg hoffte, Ahmad hatte verstanden. Sein Englisch kam bei diesen feinen Nuancen auch an seine Grenzen.

»Bis vor vier Jahren … habe ich Sprachen in Damaskus studiert«, begann Ahmad zögernd zu erzählen. »Englisch, Arabisch und Spanisch. Ich dachte, zwei westliche Sprachen könnten mir später helfen, zu Hause oder im Ausland weiterzukommen.«

Hier waren sie also, die Akademiker aus Syrien, von denen immer wieder die Rede war. Die junge Frau wollte Apothekerin werden. Ahmad wollte ins Ausland.

»Was wollten Sie mit den Sprachen anfangen?«

»Ich wollte Korrespondent oder Journalist bei einer bekannten Zeitung oder einer Fernsehstation werden. Doch dann kam der Krieg. Ich wollte weder für Assad kämpfen, noch wollte ich mich den Rebellen anschließen. Eine Waffe in die Hand zu nehmen, ist für mich immer noch unvorstellbar. Aber weiterstudieren konnte ich auch nicht und deshalb ging ich in meine Heimatstadt

Aleppo zurück. Ich musste mich verstecken, damit ich nicht zum Militärdienst eingezogen wurde. Ich ging in den Untergrund und gründete mit anderen Freunden einen Privatsender. Mit Laptops und Smartphones schickten wir Bilder um die Welt und berichteten aus Aleppo, von den tagelangen Kämpfen, der sinnlosen Zerstörung, den vielen unschuldigen Toten. Alle paar Tage wechselten wir den Standort. Verfolgten den Frontverlauf in der Stadt und suchten Unterschlupf bei Freunden und Verwandten. Vor einem Jahr dann war unsere Arbeit zu Ende. Von meinen Freunden war niemand mehr übrig. Zwei waren von Soldaten erschossen worden, als sie Aufnahmen von einem gesprengten Bus machten, zwei haben sich bei Nacht und Nebel aus dem Staub gemacht. Ich habe keine Ahnung, wohin sie gegangen sind und ob sie überhaupt noch leben. Da habe ich begriffen, dass ich meine Flucht vorbereiten muss.«

»Ihre Angst begründet sich also darin, dass Sie als Regimegegner gelten und das auch offen publik gemacht haben durch Ihre Arbeit.«

Ahmad nickte.

»Sie haben niemanden zu Hause oder auf der Flucht erschossen oder auf andere Art und Weise umgebracht? Sie haben niemanden ausgeraubt?«

Ahmad schüttelte vehement den Kopf. Georg lächelte ihn an, um ihm zu verstehen zu geben, dass aus seiner Sicht alles in Ordnung war, dass er ihm glaubte. Der junge Mann wäre durchaus nach dem Geschmack von Katharina Breitwieser, da war sich Georg sicher, ein Mann mit Courage und Überzeugungen. Und ein Asylbewerber, der alle Chancen hatte, auch als solcher anerkannt zu werden. Ihn nach dem genauen Fluchtweg zu fragen, war nicht seine Aufgabe. Darum würden sich die Kollegen bei der Registrierung kümmern. Er musste alles vermeiden, um den sichtlich unter Druck stehenden Syrer nicht weiter zu verunsichern.

»Ich vermute, dass Sie nach wie vor für eine Zeitung arbeiten möchten. Doch es wird dauern, bis das möglich sein wird. Ihr Asylverfahren muss erst anlaufen. Das kann einige Monate in Anspruch nehmen. Ist Ihnen und Ihren Begleitern das klar?«

»Wie lange?«

»Ich weiß es wirklich nicht, Ahmad. Keine Ahnung! Möchten Sie mit den anderen zusammenbleiben?«

»Ja, natürlich! Aisha braucht männlichen Beistand und Schutz. Sie kann unmöglich als alleinstehende arabische Frau hier weiterleben. Sie würde nie mehr einen arabischen Ehemann finden. Auch in Deutschland nicht!«, fügte er mit großer Überzeugung hinzu. Georg begriff, dass das für den jungen Mann nicht verhandelbar war. Eine andere, westlichere Denkweise kam ihm gar nicht in den Sinn. Er würde noch viel lernen müssen, wollte er im Westen tatsächlich Fuß fassen.

»Spielen Sie bis auf Weiteres den Ehemann von Aisha?«, fragte Georg.

Ahmads Blick verdüsterte sich. »Nein, natürlich nicht. Ich bin ein entfernter Verwandter. Ich übernehme für sie und ihre Tochter die Verantwortung, bis Aisha einen neuen Ehemann gefunden hat. Ich will ihr ja diese Chance nicht nehmen. Außerdem ist der Onkel alt und schwach, braucht selbst Hilfe. Von der kleinen Fatima ganz zu schweigen. Die drei kann ich keinesfalls allein lassen.«

Georg beugte sich wieder dem jungen Syrer entgegen. »Dann müssen Sie mir helfen! Ich werde dafür sorgen, dass Sie zusammenbleiben. Bedingung dafür ist, dass Sie mir alles erzählen, was gestern Abend passiert ist. Wo Sie den Italiener getroffen haben, wer hinter dem Fluchttransport steckt und was es Sie alle gekostet hat, über die deutsche Grenze zu kommen!«

Verzweifelt schüttelte Ahmad den Kopf. Mit beiden Händen fuhr er sich in die dichten Haare. »Das geht nicht. Das ist zu gefährlich!«

»Lassen Sie sich Zeit. Mein Kollege hier bleibt bei Ihnen. In einer Stunde komme ich wieder, dann hoffe ich, dass Sie mir weiterhelfen. Ich fürchte, der junge Mann, der Sie gestern über die Grenze gebracht hat, hat in Italien einen Mord verübt. Wir müssen alles über ihn wissen.«

Es war ein Bluff. Ein Schuss ins Blaue. Aber er hatte die nötige Wirkung. Ahmad wurde sehr blass und starrte ihm sprachlos nach, bis er den Vernehmungsraum verlassen hatte. Georg war sich sicher, dass er in einer Stunde hören würde, was er zu hören hoffte.

13

Verona – Corno Alto, 11.00 Uhr

Antonio Fontanaro verließ die Questura und fuhr mit seinem Dienst-Alfa die Etsch entlang und weiter in nördliche Richtung. Sein Ziel war der Stadtteil *Corno Alto*, nahe am Fluss gelegen. Die Fahrt sollte nicht länger als 15 Minuten dauern, wenn alles glatt ging. Zeit genug, um über das nachzudenken, was er vor wenigen Minuten in seinem Büro herausgefunden hatte.

Gianni Canali hatte, wie Giorgio vermutete, in der Tat einige polizeiliche Einträge, die ihn zwar nicht zum Verbrecher abstempelten, aber immerhin zum Kleinkriminellen. Als Jugendlicher hatte er, wie die Vernehmungsprotokolle der Kollegen vor Ort nachwiesen, mehrmals in einem Supermarkt in Neapel nahe der elterlichen Wohnung Zigaretten, Alkoholika und rezeptfreie Medikamente mitgehen lassen. Canali gab damals an, diese Waren für geringe Preise auf dem Schwarzmarkt veräußert und damit die fünfköpfige Familie unterstützt zu haben. Dazu passte der Brillantring, den Giorgio bei ihm gefunden hatte. Der Neapolitaner hielt sich nach wie vor mit Diebstählen über Wasser. Allerdings war ein Schmuckstück dieser Preisklasse schon deutlich besser und teurer zu verkaufen als Medikamente aus dem Supermarkt. Canali hatte sich auf wertvollere Waren verlegt.

Deshalb hatte Antonio rasch eine Mail an Lavinia Strano geschrieben und sie gebeten, nachzuforschen, ob in den letzten

Tagen der Diebstahl eines Brillantrings bei der Polizei gemeldet worden war.

Ein Ford Transporter kam Antonio entgegen und fuhr mit hohem Tempo vorbei. Dabei spritzte er dem Alfa mit schmutzigem Wasser aus einer großen Pfütze die Windschutzscheibe voll, was Antonio fluchen ließ, aber auch daran erinnerte, dass Giorgio ihm dummerweise nicht das KFZ-Kennzeichen des Fiat Transporters durchgegeben hatte, mit dem Canali über die Grenze gefahren war. Das hatten sie im Eifer des Gefechts vergessen. Beim nächsten Telefonat mussten sie das dringend klären. Es hatte ihn nicht überrascht, bei seinen Recherchen über Gianni Canali keine Zulassung eines Autos auf dessen Namen zu finden. Für einen fahrbaren Untersatz besaß der arme Kerl kein Geld. Antonio hatte auch nicht angenommen, dass der Fiat Ducato Easy ihm gehörte.

Gemäß den Akten der Polizei von Neapel hatte der junge Mann nach dem Schulabschluss eine Lehre bei einem Elektriker gemacht, der ihn nach der Ausbildung nicht übernehmen konnte, weil die Geschäfte schlecht liefen. Canali war dann lange arbeitslos gewesen, verlegte sich in seiner Not auf Handlangerdienste und lernte schließlich einen Rauschgift-Dealer kennen, dessen Namen er nicht verraten und über den er jede weitere Aussage verweigert hatte. Zumindest sagte er aus, dass er für den Mann Aufträge erledigt hatte. Er erhielt von ihm kleine Mengen Koks und Betäubungsmittel, die Canali dann in seinem Viertel an junge Leute mit schmalem Geldbeutel verkaufte. Zweimal wurde er dabei erwischt. Zweimal auf Bewährung verurteilt. Daraufhin verließ Canali Neapel. Das einzig Richtige in seiner Situation, um dem Drogenhandel und den Mafiosi zu entkommen, die ihn sonst weiter als Dealer missbraucht hätten. Eine weitere Verurteilung hätte unweigerlich zu einer Gefängnisstrafe geführt. Dieser Gefahr war Gianni Canali so entkommen.

Doch nun hatte er offensichtlich Flüchtlinge über die deutsche Grenze gebracht und damit vermutlich eine weitere Straftat begangen. Wenn Antonio in *Corno Alto* mit den Ermittlungen fertig war, würde er mit Giorgio telefonieren, um zu beratschlagen, wie sie mit dem jungen Mann weiter verfahren sollten.

Der Commissario fuhr eine Stichstraße entlang, an landwirtschaftlichen Betrieben und brachliegenden Feldern vorbei. Die kurzstämmigen Bäume einer Aprikosenpflanzung streckten ihre schwarzen, kahlen Äste in die Luft. Sprühregen, der aus niedrigen, bleigrauen Wolken fiel, erschwerte die Sicht. Eine trostlose Weltuntergangsstimmung, eine Fahrt, die scheinbar ins Nichts führte und Antonios Laune nicht gerade hob. Die Straße führte schließlich an langgestreckten Gewächshäusern vorbei, die auf der rechten Seite lagen. Spärliches Licht drang durch verdreckte, milchige Glasscheiben nach draußen. Er hatte keine Ahnung, was dort zurzeit angebaut und für den Weiterverkauf vorbereitet wurde. Die Gegend lebte von der Landwirtschaft und von weiterverarbeitenden Betrieben.

Der Fußballclub *Chievo Verona*, der nicht weit entfernt seinen Sitz hatte, gehörte nicht zu den Starvereinen der Serie A und kämpfte permanent gegen den Abstieg. Antonio war kein ausgesprochener Fan des Provinzclubs. Angestrengt sah er durch die Windschutzscheibe, die durch das Hin und Her der Scheibenwischer nicht wesentlich sauberer wurde, und fragte sich, ob ihn das Navi narrte oder ob er doch auf dem richtigen Weg zu seinem Ziel war.

Der Klingelton des Handys beendete dieses stumme Zwiegespräch mit sich selbst. Antonio fuhr auf den Seitenstreifen aus morastigem Untergrund, hielt den Wagen an und betätigte die Freisprechanlage.

»*Pronto!*«

»Sag mal, wo bist du eigentlich? Wir warten!« Enricos Stimme klang empört. »Vincenzo Mauro tobt und flucht, weil hier alles aus dem Ruder läuft.«

Was verpasste er gerade? Welchen Termin hatte er übersehen? Nach seinen Recherchen über Canali hatte er mehr oder weniger überstürzt die Questura verlassen, um möglichst rasch an weitere Informationen zu kommen. Mauro hatte ihn ja am frühen Vormittag schon genervt und Petrellis Geduld strapaziert.

»Was gibt's denn?«

»Franco Risi hat gerade eine Pressekonferenz gegeben!«

»*È pazzo?* Ist der verrückt? Was fällt ihm ein?«

»Das würde Mauro auch gerne wissen und hat eine Krisensitzung einberufen. Nur du fehlst. Er gibt dir und mir die Schuld! Wir hätten es versäumt, allen Beteiligten klarzumachen, dass Gespräche mit der Presse von der Staatsanwaltschaft untersagt seien.« Enrico war aufgebracht.

Super! Ganz großes Kino lief da ohne ihn ab. Antonio musste trotzdem schmunzeln. Er konnte sich den tobenden Staatsanwalt bestens vorstellen. Was hatte er auch geglaubt? Nun, Fausto und Enrico würden schon mit Mauro fertig werden. Da wurde er nicht gebraucht.

»Was hat Risi denn gesagt?« Neugierig war er natürlich schon.

»Er sprach von einer großen Katastrophe, von einem kulturellen und finanziellen Verlust der Stadt Verona, ja ganz Italiens, den man noch gar nicht in Ziffern ausdrücken könne. Er beschwor die Mitbürger, bei der Aufklärung der Verbrechen mitzuhelfen. Er selbst sei in doppelter Hinsicht betroffen. Nicht nur habe man sein schönes Museum der besten Stücke beraubt, nein, auch seine beste Mitarbeiterin, die noch eine großartige Karriere vor sich gehabt hätte, habe er durch ein Gewaltverbrechen verloren. Blablabla ...«

»Nun weiß auch der Letzte in Kalabrien Bescheid, was sich in Verona zugetragen hat. Das erhöht die Wahrscheinlichkeit, die Bilder und die Mörder möglichst rasch zu fassen ja immens. Mehr Vorwarnung geht nicht.«

»Was soll ich Vincenzo Mauro sagen?«

»Dir fällt schon was ein. Ich bin auf dem Weg nach *Corno Alto*. Das muss er aber nicht unbedingt wissen.«

»Was willst du denn in diesem gottverdammten Kaff?«

»Ich verfolge eine heiße Spur!« Antonio lachte und schaltete die Freisprechanlage aus, startete den Motor und fuhr den schweren Wagen wieder aus dem Morast heraus, zurück auf die Landstraße. Aus dem Sprühregen war ein Landregen geworden und Antonio musste die Lüftung betätigen, damit er überhaupt etwas sah. Das Telefonat hatte ausgereicht, um die Windschutzscheibe innen komplett mit Kondenswasser zu beschlagen. Er erreichte einen alten Adelssitz, dessen graue Fassade an der Wetterseite mit Moosflechten bewachsen, aber sonst gut in Schuss war. Er war bekannt für seinen guten *Pinot Grigio*, den man hier anbaute. In den Sommermonaten diente das große Gehöft als noble Herberge für deutsche, amerikanische und russische Touristen. Die Gegend wies alle Merkmale von wirtschaftlicher und finanzieller Potenz auf und war einer der Garanten dafür, dass Venezien nicht zu den ärmsten Regionen Italiens zählte.

Antonio atmete auf. Er hatte endlich sein Ziel erreicht. Die Stichstraße endete auf dem Vorplatz eines Flachbaus, aus dessen Fenstern Neonleuchten helles Licht auf den grauen, brüchigen Asphalt warfen. Antonio stellte seinen Dienst-Alfa neben einem altersschwachen Fiat Transporter ab. In roter Aufschrift war zu lesen: »Elettricista Vittorio Todisco S.r.l.« Das also war der Firmensitz des von Franco Risi geschätzten Elektrikermeisters. Antonio stieg aus, warf die Fahrertür ins Schloss und ging um den Transporter herum. Zahlreiche Dellen, Schrammen an den Kotflügeln und Roststellen an den Rändern der Türen erzählten davon, dass das Fahrzeug schon viele Jahre auf dem Buckel hatte und nicht gerade pfleglich behandelt wurde. War dies der einzige Firmenwagen oder besaß Todisco eventuell auch ein neueres, schwarzes Modell? Antonio hoffte, darauf in Kürze eine abschließende Antwort zu bekommen.

Er schritt auf den Flachbau zu. Auch das Gebäude präsentierte sich mit einem fadenscheinigen Anstrich, der mehrere Jahrzehnte alt war. Todisco verdiente offenbar nicht so gut wie die anderen Betriebe rings um ihn herum. Oder er stellte seine finanziellen Mittel nicht zur Schau. Franco Risi arbeitete regelmäßig mit ihm zusammen, wenn der Museumsdiener Paolo die Sachlage richtig einschätzte, um die Sicherheitssysteme des *Museo Civico* auf dem neuesten Stand zu halten. Daran verdiente er sicherlich nicht schlecht.

Wenn sich Antonio so auf dem Hof umsah, bezweifelte er allerdings, ob Risi mit diesem Elektriker eine gute Wahl getroffen hatte. Auf einem Haufen lagen leere Kabeltrommeln, daneben verrotteten Kartonagen, die im Regen dunkelbraun und matschig vor sich hin gammelten.

Antonio betrat den Flur des Gebäudes durch die offenstehende Tür. Es roch nach Staub und dem Kunststoff von Kabeln, die sich in zahllosen Rollen auf einem hohen Regal stapelten. Es nahm eine Seite des Ganges ein, den Antonio entlangschritt, bis er zu einer angelehnten Zimmertür mit Glasfüllung gelangte. Männliche Stimmen unterhielten sich, lachten schließlich laut auf. Man schien bester Stimmung. Antonios Klopfen wurde überhört, niemand reagierte darauf. So schob er die Tür ganz auf und fand sich in einem Büro wieder, das von drei riesigen Schreibtischen dominiert wurde, die mit Bildschirmen ausgestattet und mit Papierstapeln übersät waren. Zwei Männer lehnten an Aktenschränken und amüsierten sich. Ihr Lachen erstarb, als sie begriffen, dass es einen Zeugen ihrer Heiterkeit gab.

»Können Sie nicht anklopfen, wie es sich gehört?« Ein stämmiger, grobschlächtiger Mann bewegte sich auf Antonio Fontanaro zu und musterte ihn mit dunkelbraunen Augen, die ihn böse anfunkelten. Wenn der Mann auf jeden potentiellen Kunden so ruppig zuging, war es kein Wunder, dass seine Firma nicht auf die Beine kam. Antonio zückte seinen Polizeiausweis und fragte: »Sind Sie Vittorio Todisco?«

Der Mann drehte sich um, zeigte Antonio den Rücken und machte dem anderen Mann mit der Hand ein kleines Zeichen, das dem Commissario nicht entging. Worauf der Kollege oder Mitarbeiter von Todisco unverzüglich durch eine rückwärtige Tür verschwand.

»*Sì, sono Vittorio Todisco*!« Der Mann lehnte sich provokant wieder an den Büroschrank, schob die Hände in seine blaue Arbeitshose und starrte Antonio ausdruckslos an. Es war klar, von sich aus würde er kein weiteres Wort mehr sagen.

»Ich habe gehört, dass Sie für das *Museo Civico d'Arte* von Verona letzte Woche einen Auftrag durchgeführt haben?«

»Wenn Sie das wissen, was wollen Sie dann von mir? Haben Sie auch ein Museum mit einer Alarmanlage von vor dem Krieg?« Er lachte rau. Kalt fixierten seine Augen Antonio, der sich fragte, was sein Gegenüber zu dieser abwehrenden Haltung veranlasste.

»Was war denn mit der Alarmanlage nicht in Ordnung?«

»Das müssen Sie meinen Mitarbeiter fragen.« Todisco zog die rechte Hand aus seiner Hosentasche und machte eine nachlässige Bewegung nach hinten in Richtung Tür. In diesem Moment sprang vor dem gekippten Fenster des Büros hörbar ein Wagen an und fuhr mit schepperndem Motor vom Hof. Antonio schloss daraus, dass der altersschwache Fiat Transporter gerade das Firmengelände verließ.

»Aber der muss leider zum nächsten Kunden.« Dieses Mal grinste Todisco über sein breites Gesicht und in seine Augen trat ein verschlagener Ausdruck.

Eines stand für Antonio zweifelsfrei fest: Sollten irgendwann einmal in seiner Wohnung die Lichter ausgehen oder würde gar die komplette Elektronik ihren Geist aufgeben, Todisco wäre der letzte Elektriker unter Gottes Sonne, den er anrufen und um Hilfe bitten würde. Um zu signalisieren, dass er nicht vorhatte, ohne Antworten auf seine Fragen das Feld zu räumen, zog sich Antonio einen Drehstuhl heran, nahm Platz und tippte spielerisch auf die Tastatur des Computers, in der Hoffnung, diesen aus seinem Schlafmodus zu wecken und vielleicht interessante Dinge zu entdecken. Aber der Computer war ausgeschaltet. Der Monitor blieb schwarz.

»Netter Versuch!« Vittorio Todisco mochte grobschlächtig wirken. Blöd war er mit Sicherheit nicht.

»Ich nehme mal an, Ihnen gehört der Laden hier?«

Als keine Antwort auf diese rhetorische Frage kam, fuhr Antonio fort: »So werden Sie auch wissen, welche Aufträge Ihre Mitarbeiter erledigen. Alles andere wäre fahrlässig und für einen erfahrenen Geschäftsmann, wie Sie es zweifelsohne sind, ein grober Fehler. Sie wollen schließlich am Ende des Monats wissen, wie viele Rechnungen es zu stellen gibt und für welche Arbeiten sie fällig werden.« Antonio schenkte Vittorio Todisco ein feines Lächeln, das dieser unerwidert ließ. »Was also hatten Sie und Ihre Mitarbeiter am Freitag im *Museo Civico d'Arte* von Verona zu tun?«

»Wartungsarbeiten! Nichts Außergewöhnliches!«

»Wie viele Firmenwagen sind auf Ihre Firma zugelassen?«

»Firmenwagen?« Todisco lachte laut auf. »Sehe ich aus wie Rockefeller? Was haben Sie für Vorstellungen von meinem Gewerbe? Einen alten Fiat. Mit dem ist mein Mitarbeiter gerade vom Hof gefahren. Haben Sie es nicht klappern hören?«

»Und Sie? Was fahren Sie für einen Wagen?«

»Privat?«

»Meinetwegen privat.«

»Sie haben doch eine schlaue Datenbank. Wollen Sie mich verarschen oder was? Einen Volvo, Baujahr 85! Eine Rostlaube, die demnächst auseinanderfällt.«

Zumindest diese Arbeit hatte ihm der Elektriker abgenommen. Er glaubte ihm. Ein neuer Fiat Ducato Easy war sicherlich nicht auf seinen Namen registriert. Was trotzdem bedeuten konnte, dass Todisco Sonntagnacht mit einem solchen Wagen durch die Gegend gefahren war.

»Sagt Ihnen der Name Gianni Canali etwas?«

Todiscos Augenlider zuckten für den Bruchteil einer Sekunde, dann hatte er seine Mimik wieder im Griff. Er zog eine Zigarettenpackung aus der Hosentasche und steckte sich einen Glimmstängel an. Die Luft im Büro war bereits schlecht genug. Antonio hielt unwillkürlich den Atem an. Die linke Daumenkuppe des Elektrikers zeigte gelbe Nikotinspuren. Der Mann rauchte Kette und konnte nun nicht länger warten. Das Gespräch machte ihn nervös und er suchte Ablenkung.

»Wer soll das sein?«

»Ein Elektriker aus Neapel!« Antonio hatte keine Ahnung, ob der Beruf des jungen Mannes reiner Zufall und ob zweimal in dieser Nacht ein Fiat Ducato Easy mit schwarzer Lackierung in krimineller Mission unterwegs gewesen war. Sollte es einen Zusammenhang zwischen dem Elektrikermeister Todisco und Canali geben? Das musste er in jedem Fall mit Giorgio klären.

»Sehe ich so aus, als hätte ich für einen Hungerleider aus Süditalien einen Job zu vergeben?« Wieder lachte Todisco rau und sehr verächtlich. »Überhaupt, was soll die ganze Fragerei? Um was geht es eigentlich? Franco Risi wird Sie ja nicht geschickt haben, weil die Glühbirnen in seinem Supermuseum ausgefallen sind.«

Bevor Antonio die Gegenfragen beantworten konnte, meldete sich das Handy in seiner Hosentasche. Ihm war die Unterbrechung in diesem Moment der Befragung gar nicht unlieb und er zog das *telefonino* heraus. Auf dem Display erkannte er Marissas Büronummer. Das war allerdings kein gutes Zeichen und er war versucht, den Anruf erst einmal zu ignorieren. Er sollte sich vor Todisco nicht auf ein privates Gespräch einlassen. Andererseits hatte er selbst schon ohne Erfolg versucht, seine Frau zu erreichen.

»*Pronto!*«

»*Ciao, Tonio.* Du wolltest mich sprechen?« Marissas Stimme verriet Ungeduld. Er hätte besser nicht abgehoben. Jetzt war es zu spät.

»Ja, ich wollte nur wissen, ob mit Alfredo alles geklappt hat.«

»Ha, du und dein deutsches Qualitätsprodukt. Es hat mich drei *espressi* gekostet und mir eine erneute Schilderung von Alfredos grandioser beruflicher Laufbahn bei den Stadtwerken von Verona eingebrockt. Und alles ohne Ergebnis.«

»Immerhin hat Giorgio die Geschirrspülmaschine für uns besorgt. Und du warst sehr begeistert, eine vollautomatische, ökologische, energiesparsame, nachhaltige und was weiß ich noch alles Maschine zu bekommen. Was ist denn schiefgelaufen? Konnte Alfredo die Wasserzufuhr auch nicht absperren?«

»Das war das kleinste Problem!«

Na, super! Stand er doch wieder als unfähiger Heimwerker da.

»Diese Maschine benötigt eine deutsche Steckdose!«

»Eine deutsche Steckdose?« Unvorsichtigerweise war Antonio derart überrascht, dass er diese Frage einfach wiederholte. Ein schlaues Grinsen auf Todiscos Gesicht zeigte Antonio, dass dieser Morgenluft witterte. Mach dir keine Hoffnungen, dachte der Commissario entschieden. Und wenn er die Steckdose selbst setzen musste!

»Wir brauchen eine Dose für einen *mucco*-Stecker!«

Nun musste Antonio doch lachen. »Du meinst einen Schuko-Stecker! Ich kümmere mich darum. Aber leider musst du dich noch gedulden. Ich komme heute sicher nicht rechtzeitig nach Hause, um mir das anzusehen. So eine Steckdose muss ich erst besorgen.« Die einfachere Variante, einfach einen Zwischenstecker zu nehmen, wie man das bei einem deutschen Föhn machen konnte, getraute er sich bei einer Geschirrspülmaschine nicht. Dauerbetrieb verbunden mit reichlich Wasser benötigte bestimmt aus Sicherheitsgründen eine saubere Elektrik.

»Meinst du, wir können vor Weihnachten wieder mit sauberem Geschirr rechnen?« Es sollte ernst klingen, aber Marissa musste dann doch selber lachen.

»Versprochen. Mach's gut, *ciao, a dopo*!«

Antonio schob sein Handy zurück in die Hosentasche und fragte Vittorio Todisco unvermittelt: »Was haben Sie gestern Abend gemacht?«

»Wie gemacht?«

»Ja, wie haben Sie den gestrigen Abend verbracht und mit wem, wenn wir schon dabei sind? Sagen wir mal zwischen 19 und 22 Uhr.«

»Das wollen Sie alles wissen? Jedes Detail?«

»Wenn es nicht zu viel Mühe macht. Gerne jedes Detail.«

Vittorio Todisco schob die Stirn in Falten und wollte Antonio glauben lassen, dass er angestrengt nachdachte.

»Ich war hier!« Mit dem rechten Arm machte er eine Bewegung, die das Büro oder den ganzen Flachbau bezeichnen konnte. »Rechnungen und Angebote schreiben.«

»Sie haben nichts gegessen?«

»*Certo!* Ein Pizzaservice hat geliefert.«

»Name?«

»*Pizza pronto!*«

Antonio notierte sich den Namen in sein kleines Notizbuch.

»Wann wurde die Pizza geliefert?«

»Hören Sie mal, mir wird das jetzt zu bunt. Entweder Sie sagen mir, um was es geht, oder ich sage kein weiteres Wort mehr.«

»Mord!« Er ließ das Wort wirken und beobachtete Vittorio Todisco ganz genau. Dieser schüttelte ungläubig den Kopf. »Und Raub!«

Der Elektrikermeister sah zu Boden und schien sich zu sammeln. Als er wieder aufsah, war sein Zorn unübersehbar.

»Und da kommen Sie zu mir, schneien einfach so herein und stellen kompromittierende Fragen? Wie kommen Sie auf mich?«

»Die Taten haben sich im *Museo Civico* zugetragen. Dort hat ausgerechnet die Alarmanlage gestreikt, die ihre Firma zwei Tage zuvor angeblich repariert hat. Ob die Kameras etwas aufgezeichnet haben, wissen wir noch nicht. Aber das ist nur eine Frage der Zeit. Dann wissen wir vielleicht auch, wer für die Verbrechen verantwortlich ist, weil wir den oder die Täter in der Aufzeichnung identifizieren können.«

»Das ist ja immens beruhigend.«

»Also, beantworten Sie mir jetzt meine Frage? Was haben Sie hier allein oder in Begleitung bis 22 Uhr gemacht? Sie müssen diese Frage nicht beantworten, aber ein Haftbefehl ist bei der Faktenlage kein Problem.« Antonio zweifelte nicht daran, dass sich Staatsanwalt Mauro an jeden kleinen Strohhalm klammern würde, der ihn der Lösung der Verbrechen näherbrachte. Er würde dem Ermittlungsrichter Gioberti Beine machen. »Und wir können die Befragung auch in der Questura weiterführen.«

Vittorio Todisco überlegte nun sehr genau. Seine Augen wanderten unruhig hin und her. Antonio sah, dass er die Hände zu Fäusten geballt hatte. Der Zigarettenstummel ragte waagrecht zwischen Zeige- und Mittelfinger hervor. Ein schwaches, rötliches Glimmen, dann fiel die Asche auf den Boden. Todisco war kein Unschuldslamm. Irgendetwas hatte er sich zu Schulden kommen lassen und er erwog, was das kleinere Übel war. Schließlich sah er Antonio fest in die Augen.

»Mein Mitarbeiter und ich haben nach der Büroarbeit Fußball angesehen. An einem der Computer.«

»An welchem?« Silvano Petrelli würde anhand des Programmverlaufs sehr rasch feststellen können, ob der Typ die Wahrheit sagte.

»Der vor Ihnen. Er hat den größten Bildschirm.«

Das stimmte. Antonio stöpselte, ohne lange zu fragen, den Computer vom Stromnetz ab und legte das Kabel auf die Tastatur.

»Sie haben sicher nichts dagegen, wenn unsere Kriminaltechnik sich das Gerät näher ansieht?«

»Und ob ich was dagegen habe! Das geht entschieden zu weit!«

Der Mann kannte leider seine Rechte. Antonio musste Vincenzo Mauro in jedem Fall hinzuziehen. Das würde eine Verzögerung bringen, war aber kein Beinbruch. Selbst wenn Vittorio Todisco versuchen sollte, die Dateien zu manipulieren, war er sich sicher, dass seine Leute den Verlauf rekonstruieren konnten.

»Wie heißt der Mitarbeiter?«

»Livio Ferrari!«

»War er auch im Museum tätig?«

»Ja, er ist mein Fachmann für Alarmanlagen! Wenn Sie es schon so genau wissen wollen.«

»Wer hat denn gestern gespielt?« Antonio wusste, dass es an dem Wochenende kein Spiel der Serie A gegeben hatte. Aber vermutlich wusste Todisco das auch.

»AC Cesena gegen FC Bari.«

Als Antonio nichts sagte, fügte er genervt hinzu: »Serie B. Ein Trauerspiel, ging 0:2 aus. Noch Fragen?«

»Sie haben es bis zum Schluss ausgehalten?«

Vittorio Todisco sah ihn nur mürrisch an.

»Wir werden auch mit Ihrem Mitarbeiter sprechen.«

Antonio ging davon aus, dass dieser die Aussage seines Chefs bestätigen würde. Egal, ob sie stimmte oder nicht. Bis er zu einer Befragung zur Verfügung stand, hatten die beiden Männer sich längst abgesprochen. Dennoch fügte Antonio hinzu: »Richten Sie ihm aus, dass er sich am Nachmittag in der Questura melden soll.«

»Bin ich Ihre Sekretärin? Kümmern Sie sich gefälligst um Ihren eigenen Kram.«

Todisco fingerte eine weitere Zigarette aus der Schachtel. Seine Hand zitterte. War er zornig, süchtig oder hatte er gar Angst? Während Antonio ihn noch beobachtete, stand er vom Drehstuhl auf und machte nochmals einen schwachen Versuch, den PC mit der Tastatur mitzunehmen, doch Todisco stoppte ihn.

»Lassen Sie das, Commissario.«

14

Verona, 12.00 Uhr

Nach einer knappen halben Stunde hatte Antonio Fontanaro die Questura wieder erreicht und saß noch einen Moment nachdenklich in seinem Wagen. Er zog einen Plastikbeutel aus der Jackentasche und besah sich den Zigarettenstummel, den er auf dem Hof von Todisco entdeckt und mitgenommen hatte. Ob ihn dieser Fund entscheidend weiterbrachte, wusste er nicht. Aber Silvano Petrelli sollte ihn sich auf jeden Fall einmal ansehen, die DNA in die Datenbank aufnehmen und mit vorhandenen Daten vergleichen. Legal war das nicht, aber darum konnte er sich jetzt nicht kümmern. Vielleicht erlebten sie eine Überraschung.

Immer noch unschlüssig, fragte er sich außerdem, ob er jetzt besser in sein Büro ging oder allein zum Mittagessen aufbrach und ungestört über den Fall nachdachte. Er war sich sicher, dass Enrico und Fausto ihm liebend gern Gesellschaft leisten würden, und er wäre auch gut beraten, die Kollegen über den Fortgang der Ermittlungen auszufragen. Aber es schwirrten zu viele unbeantwortete Fragen in seinem Kopf herum.

Erst einmal konnte er keine neugierigen Kollegen gebrauchen, die ihm ein Loch in den Bauch fragten. Außerdem musste er sich unbedingt möglichst rasch noch mit einer Person treffen. Dabei wusste er nicht, ob sich Tamara, die Hausangestellte von Contessa Di Primavera, etwas aus Essen machte. Er bezweifelte das eher! Sie sah mehr nach einer der jungen Frauen aus, die mit Salat oder *latte macchiato* satt wurden.

Die unerwartete Anwesenheit von Vincenzo Mauro im Palazzo Primavera hatte eine Befragung der Russin unmöglich gemacht. Weshalb Mauro überhaupt im Palazzo aufgetaucht war, musste er demnächst von ihm persönlich erfragen. Denn die eigenmächtige Ermittlung des Staatsanwalts erschien ihm mehr als suspekt. Sonst war der Römer nicht so arbeitswütig. Doch zunächst wollte er mit Tamara sprechen und rief deshalb die Nummer des Palazzo an. Und seine Rechnung ging auf. Mit einem leicht gefärbten »*Pronto*« meldete sich die Russin.

»*Signorina Tamara, sono Commissario Fontanaro.* Sie erinnern sich?«

»*Sì*«, lautete die einsilbige Antwort.

»Ich hätte einige Fragen an Sie, Signorina. Könnten wir uns irgendwo in der Stadt zu einem Mittagessen treffen? Ich lade Sie gerne ein.«

»*No, no*, das geht nicht. Ich habe zu tun.«

»Ich kann Sie auch in die Questura vorladen. Doch diesen offiziellen Weg hätte ich Ihnen gern erspart. Wann machen Sie Mittag?«

»Gar nicht!«

»Ist die Contessa im Haus? Dann holen Sie sie bitte an den Apparat. Ich werde mit ihr sprechen.«

»*No*, das geht nicht. Sie ist schon im Museum. Und Signor Risi auch.«

»Gut. Dann komme ich zu Ihnen. Wenn beide nicht zu Hause sind, können wir in Ruhe reden.«

»*No, prego, no!*«

Langsam, aber sicher verlor Antonio die Geduld.

»Dann machen Sie mir einen Vorschlag, wo und wann wir uns treffen und unterhalten können.«

Stille am anderen Ende der Leitung.

»Signorina, sind Sie noch dran?«

»*Sì!* … in einer Stunde auf der *Piazza Dante* an der Statue?«

Dieser Vorschlag überraschte Antonio nun vollends. Was wollte die junge Frau auf der *Piazza Dante* oder *Piazza degli Signori*, wie der Platz auch offiziell hieß? Seit dem Wochenende war dort der Christkindlmarkt aufgebaut und dadurch zum Touristenmagnet erster Ordnung aufgestiegen. Verona und Nürnberg arbeiteten an dieser besonderen Form des Kulturaustausches intensiv und erfolgreich zusammen. Im Zuge dieser Beziehung war die Stadtverwaltung von Verona auf die grandiose Idee verfallen, den Christkindlmarkt von Nürnberg auf die *Piazza Dante* zu holen und die Stadt an der Etsch mit Nürnberger Bratwürstchen, Sauerkraut, Lebkuchen und deutschem Christbaumkitsch, der in China hergestellt wurde, zu überschwemmen.

Seit 2012 erfreute die Einrichtung die Veroneser und ihre Besucher. An den Wochenenden herrschte kompletter Ausnahmezustand. Die Blechlawine verstopfte die Zufahrtsstraßen, sodass an manchen Sonntagen die Altstadt abgesperrt werden musste und es wie an Tunnelzufahrten nur noch Blockabfertigung gab. Das musste man sich mal vorstellen! Hinter dieser für die Stadt, Gastronomie, Hotellerie und Händler hoch profitablen Idee konnte nur der geschäftstüchtige Bürgermeister stecken.

Antonio machte um die *Piazza Dante* in der Adventszeit einen großen Bogen. Um nichts in der Welt hätte er dort unter den Menschenmassen eine Zeugin befragen wollen. Oder gar ein Würstchen mit Sauerkraut als Mittagessen verspeisen und womöglich noch einen pappsüßen Glühwein dazu trinken. Diese Zeiten hatte er hinter sich gelassen. Zu Hause in Bozen hatte er diese Art von Weihnachtsstimmung schon immer gehasst und war heilfroh gewesen, dass es in Verona keine vorweihnachtlichen Aktionen gab. Er konnte sich mit der neuen Einrichtung auf der Piazza nicht anfreunden. So weit reichte seine Begeisterung für Bayern nicht, dass er diesen Unsinn mitmachte.

»Warum gerade dort?«, fragte er deshalb nach. »Wir werden uns verfehlen und schlimmstenfalls von den vielen Besuchern erdrückt.«

»Dort fallen wir nicht auf. Niemand sieht uns und niemand kennt uns.«

Das war in der Tat ein interessanter Aspekt. Nun war Antonio endgültig neugierig geworden und sogar bereit, den Christkindlmarkt in Kauf zu nehmen.

»*D'accordo!* Einverstanden! Um 13 Uhr auf der Piazza neben der Dantefigur.« Er drückte die Russin weg, bevor sie es sich anders überlegte. Es war keinesfalls sicher, dass sie sich an die Vereinbarung halten würde. Das war Antonio klar, aber einen Versuch war es wert.

Er stieg aus seinem Dienst-Alfa, sperrte ihn ab und schritt auf die Stufen zu, als Vincenzo Mauro aus der Eingangstür der Questura trat und unmittelbar vor ihm auftauchte.

»Sie haben eine heiße Spur? Ispettore Brandino war so freundlich, mich darüber in Kenntnis zu setzen. Darf man fragen, worum es sich dabei handelt?« Seine dunkelbraunen Augen musterten Antonio nicht gerade freundlich.

Warum konnte Enrico nicht einfach einmal seinen Mund halten?

»Es ist zu früh, darüber zu berichten. Ich will Sie doch nicht mit Halbheiten behelligen.«

»Papperlapapp! Ich bin nicht gewillt zu warten, bis es zu spät ist, Commissario. Wir haben uns verstanden?«

»Vollkommen! … Also, es wäre gut, wir könnten einen Durchsuchungsbeschluss für die Firma von Vittorio Todisco bekommen. Das Alibi, das er mir für sich und seinen Mitarbeiter Livio Ferrari gegeben hat, ist dünn!«

»Dünn? Sie glauben doch nicht, dass Sie mich mit dieser d ü n n e n Information dazu bewegen können, einen Durchsuchungsbeschluss bei Richter Gioberti zu beantragen. Da muss ich schon mehr hören. Stichhaltige Verdachtsmomente. Mehr als nur vage Andeutungen. Gioberti legt Wert auf eine fundierte Faktenlage. Das brauche ich Ihnen doch nicht zu erklären? Wie lange sind Sie schon als Commissario Capo tätig?«

Antonio sah ihn nur an und gab sich keine Mühe, seine Ungeduld und seinen Ärger zu verbergen.

»Genauso könnte ich Sie fragen, Dottore, wie lange Sie mich schon kennen. Und haben Sie schon einmal einen Durchsuchungsbeschluss auf meine Bitte hin beantragt, der nicht berechtigt war?«

»Heute Nachmittag gegen 15 Uhr bin ich wieder in meinem Büro. Ich erwarte Sie und Ihre Mitarbeiter zum Bericht. Zum vollständigen Bericht!«

»*Naturalmente!*«

»Dann sehen wir weiter!«

Der Staatsanwalt rauschte an Antonio vorbei und eilte auf seinen Mercedes zu, der nur wenige Wagen weiter neben Fontanaros Dienst-Alfa stand. Der Commissario sah ihm nach und schüttelte den Kopf. Er fragte sich, wann er den Staatsanwalt jemals wirklich verstehen würde. Und ob er das wirklich wollte.

Anstatt jedoch in den zweiten Stock hochzulaufen und in sein Büro zu gehen, stieg er ein Stockwerk in die Tiefe. Ein breiter Gang, der nur notdürftig mit kaltem Licht aus nackten Neonröhren versorgt wurde, empfing ihn mit empfindlicher Kühle. In den Katakomben, wie die Kollegen das große Kellergeschoss bezeichneten, waren die Büros der Kriminaltechnik und die Räume der Pathologie untergebracht.

Antonio trieb die Ungeduld an. Nur sehr selten verirrte er sich hierher, wartete lieber ab, bis Petrelli oder die Dottoressa bei ihm mit ihren Berichten auftauchten. Er konnte sich seine Rastlosigkeit selbst kaum erklären. Es war nichts Ungewöhnliches, vielmehr das Normale, so kurze Zeit nach einem Verbrechen so wenig brauchbare Erkenntnisse zu haben. Vermutlich war es die Kombination von

Raub und Mord, die ihn aus der gewohnten Bahn der Ermittlungen warf. Vor allem auch, weil er sich bislang hauptsächlich um den Mord gekümmert hatte. Das war ihm wohl bewusst. Seine Unkenntnis der Kunstszene machte ihm Sorgen, Den Kunstraub ohne kompetente Unterstützung aufzuklären, schien ihm unmöglich. Mauro konzentrierte sich nur auf Raub und Mord. Damit ließ sich Staat machen. Aber das war nicht genug. Dabei wusste Antonio nicht einmal, ob seine bisherige Vorgehensweise auch für das Kunstdelikt angemessen und passend war.

Sein Weg führte ihn direkt zu Dottoressa Di Silva, in der Hoffnung, sie hätte die Obduktion von Renata Mancini inzwischen abgeschlossen und Erkenntnisse für ihn, die ihn weiterbrachten.

»Ah, Commissario. Wir haben Sie schon vermisst!«

Die nächste, die seine zwischenzeitliche Abwesenheit monierte, ganz so, als wäre er ihnen allen zu Auskünften verpflichtet.

»Haben Sie Neuigkeiten für mich?«

»Einiges, mein Lieber. Einiges!« Sie lächelte ihn an, nahm von ihrem Schreibtisch eine Mappe und reichte sie Antonio.

»Lesen Sie selbst!«

Nach wenigen Minuten vollkommener Stille fragte er völlig überrascht: »Renata Mancini war schwanger?«

»Ja, im dritten Monat. Bei einer Frau ihres Alters keine Seltenheit. Aber fragen Sie mich bitte nicht, wer der Vater ist, das kann ich Ihnen noch nicht sagen.«

»Ihr Verlobter Luca Panini vermutlich!«

»Vermutlich.«

»Und sie wurde erdrosselt und erschlagen? Beides auf einmal? An diesem ersten Befund im Museum hat sich nichts geändert?«

»Hm, ja … Aber ich denke, dass man zunächst versucht hat, sie zu erdrosseln. Mit einem Tuch! Rückstände von Fasern am Hals konnte ich leider nicht feststellen. Doch die Blutergüsse sind sehr flächig, mit dunklen Linien dazwischen, keine Abdrücke von

Fingern erkennbar. Deshalb denke ich, es handelt sich um ein Stück sehr glatten Stoff.«

»Seide?«

»Möglich! Oder Viskose oder Polyacryl. Jemand hat mit sehr viel Kraft das Tuch im Nacken des Opfers zusammengezogen. Es ging ihr buchstäblich die Luft aus. Der Stoffknebel im Mund hat sein Übriges dazugetan. Außerdem weist die Bauchhöhle Quetschungen auf. Ich nehme an, sie hat versucht, sich zu wehren. Und die Person in ihrem Rücken hat sie brutal an die Schreibtischkante gepresst. Sehr wahrscheinlich hat der Täter oder die Täterin mit dem rechten Knie den Schreibtischstuhl nach vorne in Richtung Schreibtischkante gedrückt und sein Opfer damit fixiert. Dadurch konnte er oder sie auch das Tuch richtig fest zusammenziehen. Aber an diesen Misshandlungen ist Renata Mancini nicht gestorben. Ganz sicher war sie danach einige Zeit bewusstlos. Erst der Schlag auf den Hinterkopf mit dem Stuhlbein, das Petrelli sichergestellt hat, hat sie getötet.«

»Irgendwelche Fingerabdrücke oder Partikel, mit denen wir etwas anfangen können?«

»Leider nein. Die Kleidung des Opfers ist noch bei Petrelli. Er macht noch einige Untersuchungen, aber ich würde mir keine großen Hoffnungen auf ein verwertbares Ergebnis machen. Möglicherweise gibt das Büro des Opfers noch Geheimnisse preis.«

»Ah, auch schon da!« Silvano Petrelli erschien wie auf Bestellung in der Tür und grinste über sein schmales, knochiges Gesicht. »Pünktlich zum Mittagessen findet sich der geschätzte Kollege ein. Wohin gehen wir?«

»Ihr müsst ohne mich losziehen. Ich habe noch einen Termin!«

»Ach was?« Neugierig trat Petrelli näher. »Blond-, braun- oder schwarzhaarig?«

»Habt ihr im Büro des Opfers Relevantes gefunden, das uns weiterhilft?«

»Nein!« Petrelli schüttelte den Kopf. »Lediglich der Inhalt ihrer Handtasche ist interessant. Ihr Handy haben wir dort sichergestellt. Die Daten müssen wir noch auswerten. Und eine Schmuckbox.« Er ging in sein Büro zurück und kam mit einem durchsichtigen Plastikbeutel wieder. Darin befand sich eine schwarz glänzende Schmuckbox, wie Juweliere sie verwenden, um Schmuckstücke zu präsentierten oder zu verpacken. Antonio nahm das Seidenkästchen heraus und ließ den Deckel aufschnappen. Ein Rubinring glänzte ihm entgegen. Der geschliffene Stein war mit Perlchen wie von einer feinen Schnur umgeben.

»Ein antikes Stück«, mischte sich die Pathologin ein. »Noch wissen wir nicht, warum die Tote den Ring nicht getragen, sondern in der Handtasche aufbewahrt hat. Das ist seltsam, denn an den Ringfingern haben wir keinen Schmuck gefunden. Ihr Finger an der linken Hand weist jedoch deutlich Tragespuren auf. Für gewöhnlich hatte sie den Ring am Finger. So viel kann ich sagen.«

»Habt ihr die Wohnung von unserem Opfer auch schon untersucht?«, wollte Antonio wissen.

Wieder schüttelte Petrelli den Kopf und mürrisch sagte er: »Du kannst es wohl gar nicht erwarten. Du erfährst es als Erster, wenn wir dort auf den Mörder treffen.« Es sollte ein Scherz sein, doch Petrellis Stimme hatte einen angestrengten Unterton.

»Was wisst ihr jetzt über den Todeszeitpunkt?« Antonio ließ sich nicht abschrecken.

»Der Todeszeitpunkt liegt zwischen 19 und 21 Uhr«, gab die Dottoressa Auskunft. »Genauer kann ich es einfach nicht sagen, weil wir nicht wissen, wie lange das Opfer auf dem Stuhl im Büro bzw. auf dem kalten Marmorboden lag. Auf der Schreibtischplatte des Opfers haben wir eine fettige Stelle sichergestellt, die von Make-up herrührt. Der Abdruck auf dem Holz stimmt ziemlich genau mit dem kleinen Bluterguss auf der Stirn des Opfers überein. Renata Mancinis Kopf ist nach der Attacke des Täters oder der Täterin, in diesem Fall kommen definitiv beide Geschlechter in Betracht, auf der Schreibtischplatte aufgeschlagen. Der Marmorboden des Vestibüls wiederum ist sehr kalt. Je länger sie dort gelegen hat, desto rascher ist ihre Körpertemperatur gesunken.«

»Und die Kameras im Museum haben nichts aufgezeichnet, was uns weiterhilft? Haben sie überhaupt funktioniert? Wisst ihr das schon?« Diese Frage richtete Antonio an Petrelli, der locker am Türrahmen lehnte und sich die Ausführungen der Pathologin auch genau anhörte.

»*No!* Weder die Alarmanlage noch die Kameras haben funktioniert. Sie wurden vielmehr umprogrammiert. Hier war ein Profi am Werk. Soviel ist sicher. Wie uns Paolo, der Museumsdiener, erklärte, werden beide Sicherheitssysteme täglich ab 20 Uhr aktiviert. Zu diesem Zeitpunkt darf niemand mehr im Museum sein, sonst kommt man nicht mehr aus dem Gebäude hinaus, ohne Alarm auszulösen. Und morgens um 7 Uhr schalten sie sich wieder ab. Erst danach darf die Putzkolonne das Museum betreten. Es gibt nur wenige Bereiche im Museum, die man ohne Gefahr betreten kann und die sicherheitstechnisch ohne Bedeutung sind. Der schmale Gang am Hintereingang, wo sich die Schaltanlage für die Klima- und Alarmanlage befindet. Und im Bereich des Haupteingangs zwischen den Außentüren zum *Lungadige* und den breiten Glastüren, die das Vestibül vom Haupteingang trennen.«

»Habt ihr bei Renata Mancini eine Chipkarte gefunden?«

Petrelli grinste und nickte. »Daran habe ich natürlich auch gedacht. Dass sie ihre Karte weggegeben hatte, damit die Diebe leicht ins Museum gelangen können. Ohne dabei zu bedenken, dass sie eine unliebsame Mitwisserin oder Zeugin sein wird, deren Leben an einem seidenen Faden hängt. Sie hatte ihre Chipkarte in der Jackentasche. Interessanterweise fanden sich auf ihr keinerlei Fingerabdrücke. Und eine weitere in ihrer Handtasche. Dort konnten wir eindeutig ihre Fingerabdrücke feststellen.«

»Hoppla!« Antonio war nun doch überrascht. »Also liegen wir mit unserem Verdacht, dass sie etwas mit dem Einbruch zu tun hatte, richtig?«

»Hm, ja,… das denke ich!« Petrelli hatte nun einen sehr zufriedenen Gesichtsausdruck. »Eines ist sicher: Eine dieser Karten wurde für den Einbruch genutzt. Wir haben beide an die Sicherheitsfirma geschickt, um die hinterlegten Codes und Programmierungen zu erfahren. Dann sollten wir wissen, wem die beiden Chipkarten gehören.«

»Hat schon jemand mit dem Verlobten gesprochen?«

Die Dottoressa und Silvano Petrelli schüttelten den Kopf. Antonio wandte sich zur Tür und war dabei, die beiden ihrem Schicksal zu überlassen, als ihm die Zigarettenkippe einfiel.

»Fast hätte ich es vergessen, Silvano!« Er zeigte dem Kriminaltechniker seinen Fund. »Habt ihr zufällig im Museum Zigarettenstummel gefunden?«

Petrelli zog die Stirn kraus und sah Antonio seltsam verzweifelt an. Dann stöhnte er: »Das ist nicht wahr, oder? Du willst nicht, dass ich diesen Stummel untersuche und mit anderen vergleiche?«

»Doch, eigentlich schon! Weshalb dein Unmut?«

»Neben der Tür zum Hinterausgang des Museums stand ein hoher, schwerer Aschenbecher auf einem Ständer. Den haben wir sichergestellt. Er ist mit gefühlt hundert Zigarettenkippen gefüllt. Das dauert Tage, bis wir hier ein Ergebnis bekommen, das vielleicht mit deinem Exemplar übereinstimmt.«

»Habt Ihr keinen Praktikanten, der das übernehmen kann?«

Petrelli lachte nur trocken auf und schwieg. Wenn etwas Mangelware war, dann Personal. Ob ausgebildet oder nicht.

»Mein Fundstück stammt vom Hof der Firma Todiscos. Die Zigarette kann natürlich von irgendjemand stammen, der mit dem Fall gar nichts zu tun hat.« Antonio wusste, dass er Silvano nun einen Floh ins Ohr gesetzt hatte, der diesem keine Ruhe mehr lassen würde. Wenn irgend möglich, würde er sich der Zigaretten annehmen. Der Commissario drehte sich um und winkte den beiden zum Abschied.

Mit seinen Gedanken war er bereits bei seinen nächsten Schritten, die er in den Ermittlungen einschlagen musste. Gleich nach dem Treffen mit Tamara würde er mit Luca Panini sprechen. Antonio nahm die Treppen nach oben in sein Büro. Er musste sich noch mit Enrico, Fausto und Lavinia treffen, bevor die Kollegen alle zum Mittagessen verschwanden. Sie mussten herausfinden, welche Kunsthandlungen und Galerien es in Verona und Umgebung gab, die mit hochwertiger Kunst aus dem italienischen Barock Handel trieben. Er war sich sicher, dass Vincenzo Mauro am Nachmittag dieses Thema aufgreifen würde. Er glaubte zwar nicht, dass ein Kunsthändler vor Ort die Unverfrorenheit besaß, das Diebesgut in Verona zu verhökern. Aber wer konnte absolut sicher sein? Besser, er war auf alles vorbereitet.

15

Traunstein, 12.30 Uhr

Gianni Canali hatte in den letzten Stunden die verlorene Nacht von Sonntag auf Montag auf einem ordentlichen Bett nachgeholt. Das musste man den Deutschen lassen, über die Unterbringung von Verdächtigen in Zimmern mit Fernseher, Waschtisch und Bett mit warmer Zudecke konnte man nicht meckern. Seine Erfahrungen mit Zellen in den Untersuchungsgefängnissen von Neapel hatten ihn gelehrt, dass es auch ganz anders aussehen konnte.

Jetzt allerdings war er einigermaßen verzweifelt. Vor ihm auf dem Tisch stand ein Teller mit Nudeln und Tomatensauce. Dazu gab es interessanterweise eine kleine Schüssel mit Blattsalat, der matschig in Essig und Öl schwamm und auch noch penetrant süß schmeckte. Weshalb es Salat zu Nudeln gab, war ihm ein Rätsel. Weshalb dieser zu allem Überfluss mit Zucker versetzt worden war, stieß auf sein komplettes Unverständnis. Aber das war nicht schlimm. Gianni machte sich nichts aus Blattsalat. Dagegen liebte er Tomaten. In jeder Form und in jeder Zubereitung. Doch das, was hier als rote Sauce über Nudeln, die merkwürdig spiralig gedreht und sehr kurz waren, gekippt worden war, hatte mit Tomatensauce, wie er sie kannte, gar nichts zu tun. Dabei hatte Gianni einen unglaublichen Hunger. Gott sei Dank hatte er das freundliche Angebot des Commissario angenommen und das salzige Gebäck mit Butter morgens um 5 Uhr akzeptiert, sonst wäre er schon halb verhungert auf dem Bett gelegen.

Missmutig griff er erneut zur Gabel und spießte eine einzige der Nudeln auf. Besah sich die rote Masse, die förmlich wie Kleister daran klebte, und versuchte zu ergründen, aus was sie wohl gekocht worden war. Es schmeckte nach Metall, fühlte sich an, als wäre der Hauptbestandteil Mehl oder irgendein Verdickungsmittel und war salzig ohne Ende. Aber nach Tomaten schmeckte das Gericht nicht. Dabei liebte Gianni Canali die *spaghetti alla napoletana*. Es war sein Leib- und Magengericht. Und seine *nonna*, die ein kleines Bauernhaus in Kampanien besaß, machte den besten *sugo al pomodoro* überhaupt. Hinter dem Haus hatte sie eine wahre Tomatenplantage. Große, kleine, gelbe, grüne und rote Früchte gab es dort, die an üppigen, großen Pflanzen hingen. In vielen Geschmacksrichtungen und den ganzen Sommer über in allen Reifegraden.

Entnervt schob Gianni Canali den Teller von sich. Es würde ja noch der Hauptgang kommen. Vielleicht konnte er das essen. Irgendein Fleisch- oder Fischgericht würde es schon noch geben. Er trank einen Schluck Wasser aus dem Plastikbecher, der mit den Nudeln geliefert worden war ,und starrte die Wand an. Das Fenster war weit oben angebracht und Gianni Canali zu klein, um eine vielleicht vorhandene Aussicht zu genießen. Aber auch das war ihm herzlich egal.

Vielmehr beunruhigte ihn die Frage, wann der Commissario wieder auftauchen und ihn wegen der Gemälde in die Mangel nehmen würde. Er wunderte sich, dass die schlaue, deutsche Polizei die Bilder noch nicht im Wagen entdeckt hatte. Sie stürzten sich auf die Flüchtlinge, aber die eigentlich heiße Ware hatten sie noch nicht bemerkt. Er gab es nicht gerne zu, aber Vittorio Todiscos Plan hatte tatsächlich bisher funktioniert. Er hatte Gianni prophezeit, dass sie ihn wegen der Flüchtlinge festhalten und befragen, aber schließlich laufen lassen würden. Wenn es ihm gelänge, die Leute aus Syrien in einem ordentlichen Zustand zu übergeben, würden die deutschen Behörden das Aufnahmeverfahren abspulen und ihn mit seinem Transporter weiterschicken.

Gianni hatte große Zweifel und noch größere Angst gehabt, dass Vittorio mit seiner Einschätzung falsch liegen könnte, doch bislang war dessen Kalkül aufgegangen. Dumm nur, dass ihm der Brillantring aus der Hosentasche gefallen war. Ob ihm der Commissario seine Geschichte geglaubt hatte? Überhaupt war das die dümmste aller Ideen gewesen. Einer Toten den Ring zu klauen. So blöd konnte auch nur er sein.

Das Bild der toten Frau verfolgte ihn. Er sah sie vor sich, wie sie mit dem Kopf im Blut, die blonden Haare besudelt, auf dem kalten Marmorboden lag. Das würde er so rasch nicht vergessen. Gianni mochte es immer noch nicht glauben, dass der Elektronikspezialist Livio Ferrari die schöne Frau erschlagen hatte. Todisco hatte Livio zur Schnecke gemacht, doch der war cool geblieben. Hatte nur den Kopf geschüttelt und gesagt: »Wenn du glaubst, dass du mit einem Trottel zusammenarbeitest, dann sollten sich unsere Wege trennen.«

Der Blick, den er Vittorio dabei zuwarf, war Gianni durch und durch gegangen. Er hatte sich im Hintergrund gehalten, keinen Mucks gemacht. Wenn der Plan seiner Kumpel wegen des Brillantrings scheitern sollte, dann brauchte er sich bei Vittorio gar nicht mehr zu melden. Die versprochenen 3.000 Euro konnte er vergessen, denn mit Todisco war nicht zu spaßen. Seine cholerischen Anfälle waren berüchtigt. Andererseits war Gianni auf ihn angewiesen, damit er wenigstens hin und wieder einen kleinen Job bekam. Doch die Sache mit den Flüchtlingen hatte ihm überhaupt nicht gefallen. Da war sein Chef in seinen Augen einen Schritt zu weit gegangen. Aber er hatte mitgemacht. Was war ihm auch anderes übriggeblieben? Missmutig hob Gianni Canali die Gabel und ließ sie wieder auf die Tischplatte aus Resopal zurückfallen, dass es schepperte.

Wenn sie ihn hierbehielten, bis die Eigentumsrechte an dem Ring geklärt waren, würden Wochen, vielleicht sogar Monate vergehen. Er hatte keine Ahnung, wie rasch die deutsche Polizei arbeitete. Doch der Commissario lag mit seiner Vermutung richtig, dass italienische Polizeibehörden nicht die schnellsten waren. Ein gestohlener Brillantring würde sie kaum in Alarmbereitschaft versetzen. Was geschah in dieser Zeit mit dem Fiat? Das war es, was Gianni Canali umtrieb, ihm Magenschmerzen verursachte und mit Sicherheit schlaflose Nächte, wenn sie ihn länger hier behalten sollten. Wann würde der schlaue Commissario, der ihn befragt und sehr anständig behandelt hatte, die heiße Ware entdecken? Bis dahin war Gianni wenigstens vor dem Zorn Vittorios sicher. Er konnte schlecht einschätzen, wie der Elektrikermeister reagierte, wenn die Lieferung der Bilder nicht am festgelegten Ort stattfand und der Auftraggeber kein Geld locker machte, sondern vehement die Gemälde einforderte. Gianni hatte keine Ahnung, wer hinter der Idee mit dem Gemälderaub steckte, aber sicherlich war auch derjenige in der Wahl der Mittel nicht zimperlich. Die Übergabe der gestohlenen Kunstwerke war für 8 Uhr morgens verabredet worden. Diese Frist war längst verstrichen.

Gianni Canalis Magen knurrte. Er kippte gerade das restliche Mineralwasser hinunter, in der vagen Hoffnung, sein Magen würde dann Ruhe geben, als sich die Tür öffnete. Ah, die Hauptmahlzeit wurde gebracht. Er sah dem Eintretenden erwartungsvoll entgegen, doch anstelle des jungen Polizisten, der die unseligen Nudeln vorbeigebracht hatte, stand der Commissario in der Tür.

Georg Breitwiesers Blick fiel auf den Nudelteller und ein Lächeln glitt über sein Gesicht.

»Unsere *spaghetti al pomodoro* haben wohl nicht Ihre Zustimmung gefunden, Signor Canali? Kann ich verstehen!«

»Was ist das für eine Sauce? Schmecken die Tomaten in Deutschland nach Blech?«

Georg lachte lauthals. »Falls Sie darauf hoffen, dass es noch etwas anderes zu Mittag gibt, muss ich Sie enttäuschen. Das war's. Am Abend gibt es noch zwei Scheiben Brot mit Wurst und Käse.«

Gianni sank der Mut. Wie sollte er in diesem Land jemals satt werden?

Georg nahm am Tisch Platz. Seine Miene war ernst.

»Wir müssen uns nochmal unterhalten!«

Gianni schwante Böses und das flaue Gefühl im Magen verstärkte sich. Plötzlich verspürte er gar keinen Hunger mehr, sondern hatte nur noch Angst. Es hätte ihn auch gewundert, wenn der Commissario nicht hinter sein Geheimnis gekommen wäre. Aber was in Gottes Namen sollte er ihm bloß erzählen, damit er mit heiler Haut aus der Sache herauskam? Er wusste, dass es zu spät für Reue war. Nun musste er improvisieren. Und das konnte er gar nicht gut.

16

Flughafen Valerio Catullo Verona, 12.30 Uhr

Die Maschine der *Alitalia* befand sich im Landeanflug auf den Flughafen von Verona. Michele Vivani war bei bestem Wetter eine Stunde zuvor in Rom abgeflogen und schaute wenig begeistert aus dem Fenster. Über den Vororten der Stadt im Veneto, die er von früheren Besuchen gut kannte, hingen dicke, graue Wolken. Die A22, die Autobahn, die den Brenner mit Modena verband, und die Flughafenanlagen, die sehr nah an der Autobahn entlang gebaut waren, konnte er nur als silbrig glänzendes Band erkennen. Sprühregen perlte an den Fensterscheiben der Boeing ab. Er war unverkennbar in Norditalien und im Winter angekommen. Kein guter Start für seinen neuen Auftrag. Wenn Michele etwas gar nicht mochte, dann war es kaltes, womöglich auch noch nasses Wetter. Rumpelnd setzte der Flieger auf dem Boden auf, die Bremsen verlangsamten hörbar die schnelle Fahrt über der nicht gerade ebenen Landebahn und die Maschine kam nach wenigen Minuten auf dem vorgesehenen Parkplatz zum Halten. Michele hatte Vorsorge getroffen und holte seinen dunkelgrauen, gefütterten Mantel aus dem Fach über seinem Sitz. Einen dazu passenden schwarzen Borsalino mit glänzendem Satinband hatte er während des Fluges auf dem Schoß gehalten. Er setzte das gute Stück jetzt auf, klemmte sich seine flache Ledertasche unter den Arm und verließ gemeinsam mit anderen Fluggästen die Maschine. In der Ankunftshalle stellte er sich ans Förderband der Gepäckausgabe, hob schließlich einen großen Aluminiumkoffer auf einen Trolley und machte sich auf die Suche nach der Autovermietung.

Keine Viertelstunde später reihte sich Michele Vivani mit einem schwarzen Golf in den Mittagsverkehr der *autostrada* ein. Sein Ziel: das *Hotel Merano* in der Altstadt von Verona. Die Herberge hatte eine lange Tradition und begrüßte seine Gäste in bester Lage neben der *Arena di Verona.* Gezielt hatte Michele dieses Hotel gewählt. Es war nahezu das ganze Jahr über voll belegt und erfreute sich beim internationalen Publikum besonderer Beliebtheit. Viele Geschäftsreisende nutzten diese Lage, um sich mit Partnern zu Verhandlungen zu treffen, aber auch, um abends die zahlreichen guten Restaurants der Stadt als Ausgleich für die anstrengende Tätigkeit untertags zu genießen. Aber, was noch wichtiger war, dort war er noch nie abgestiegen. Dort kannte man ihn nicht.

Die junge Dame an der Rezeption lächelte ihn freundlich an.

»Sandro Torrente«, stellte er sich vor. »Ich habe heute Morgen telefonisch ein Zimmer reserviert.«

Ein Blick in den Computer genügte, um diese Aussage zu bestätigen.

»Das *Hotel Merano* freut sich, Sie begrüßen zu dürfen, Dottor Torrente. Wir wünschen Ihnen einen schönen Aufenthalt bei uns. Bitte zögern Sie nicht, uns Ihre Wünsche mitzuteilen, falls wir Ihnen in irgendeiner Weise behilflich sein können.« Wieder strahlte die freundliche Rezeptionistin über ihr hübsches Gesicht. Sie hatte ihren Spruch gut gelernt, tat so, als wäre das Hotel ein dienstbarer, immer zur Verfügung stehender guter Geist, und vermittelte gleichzeitig professionell den Eindruck, als ob sie auch meinte, was sie sagte.

Michele Vivani reichte ihr seine Autoschlüssel mit der Bitte, seinen Wagen in der Hotelgarage zu parken. Er bekam seine Zimmerchipkarte, bedankte sich, betrat den Aufzug, der ihn in das zweite Stockwerk brachte, und stand kurz darauf in seinem geräumigen Zimmer, das ihm, wie erhofft, einen grandiosen Blick auf die *Arena di Verona* bescherte. Ein wenig wehmütig genoss er die Aussicht. Wohl wissend, dass er zur falschen Jahreszeit gekommen war. Die Opernfestspiele waren lange vorbei. Und für Aufführungen von Eiskunstläufern und -tänzern, die in den Wintermonaten hier auf einer künstlichen Eisfläche in Shows auftraten, hatte er weder Zeit noch Interesse. Er hoffte, dass er in wenigen Tagen nach Rom zurückfliegen konnte, sein Spezialauftrag erledigt wäre. Seine Freundin würde das sicher auch sehr schätzen. Sie mochte es gar nicht, wenn er für Wochen, meist auch noch kommentarlos, von der Bildfläche verschwand. Er konnte es ihr nicht verdenken. Eine schöne, junge Frau ließ man besser nicht allein.

Michele legte seinen Koffer aufs Bett, ließ die Schlösser aufschnappen und entnahm einem stabilen Etui eine Brille mit schwarzem Rand und Gläsern ohne optische Wirkung. Im Bad betrachtete er im Spiegel sein ungewohntes Äußeres. Seine tiefbraunen Augen hatte er durch Kontaktlinsen stark verändert. Grün sahen sie ihm reichlich fremd entgegen. Es gab ihm förmlich einen Stich. An diesen Anblick musste er sich definitiv erst wieder gewöhnen. Nur sehr selten ließ er sich dazu überreden, an seinen Augen herumzumanipulieren. Eine Echthaarperücke aus glatten, braunen Haaren, die durch dicke graue Strähnen akzentuiert waren, ergänzte seine Verkleidung und machte ihm ebenfalls wenig Freude. Die Haarspitzen reichten weit über den Kragen seines weißen Hemds und veränderten sein Aussehen erheblich. Michele hasste lange Haare. Niemals würde er sie in dieser Fasson tragen. Sein volles, gewelltes, schwarzes Haar war kurz geschnitten und völlig darunter verschwunden. Kein einziges graues Haar konnte er bislang darin entdecken. Mit fünfunddreißig Jahren musste das auch noch nicht sein. Er holte sich den Borsalino, setzte ihn vor dem Spiegel auf, zog seine Krempe schief in die Stirn und fand, dass ihn selbst seine Mutter in dieser Aufmachung wohl erst an der Stimme erkennen würde. Er ging ins Zimmer zurück, kontrollierte das Pistolenetui, das er unter der Wäsche versteckt hatte. Es war mit einem Spezialschloss versehen und durch einen Code vor unbefugtem Zugriff gesichert. Um auf Nummer sicher zu gehen, gab er das Etui in den Safe, der mit der Zimmerchipkarte zu schließen und zu öffnen war. Sein erster Erkundungsgang würde den Einsatz der Beretta nicht notwendig machen. Zumindest hoffte er das. Michele Vivani fand sich gerüstet, um dem Kunsthändler Pietro Lombardo und dem Galeristen Andrea Corrello jeweils einen ersten Besuch abzustatten und die Lage zu sondieren. Zunächst jedoch wollte er im *Ristorante La Greppia* zu Mittag essen. Es lag nur wenige Straßenzüge weiter mitten in der Altstadt von Verona in der Nähe des *balcone della casa di Giulietta*. Jetzt im November wagte er es, in diesem auch bei Touristen durchaus bekannten Lokal zu speisen. Er freute sich auf das *bollito misto*, eine Spezialität des Hauses: gemischtes, gekochtes Fleisch, meist bestehend aus einem Stück von der Kalbszunge, Teilen vom Suppenhühnchen und Scheiben von mürbem Tafelspitz, dazu wurde eine *salsa pearà*, auch als *salsa veronese* bezeichnet, gereicht, eine hellbraune Sauce, die in der Hauptsache aus geriebenem, altbackenem Brot, Fleischbrühe und Knochenmark bestand. Reichlich beigemischter frisch gemahlener Pfeffer milderte den süßlichen Geschmack der Sauce angenehm ab. Angeblich ging sie auf die Invasion der Barbaren zurück, die im siebten Jahrhundert über Venezien hereinbrachen. Zumindest meinte Michele, sich an diese Legende zu erinnern. Hauptsache, die Sauce schmeckte.

Zu diesem Klassiker der Veroneser Küche gehörte immer eine *pasta in brodo*, eine heiße Suppe mit Nudeleinlage, auf die er sich nach der doch recht nasskalten Anreise richtig freute, und die den Fleischstücken, die in einem speziell dafür gefertigten Servierwagen an den Tisch gebracht wurden, vorausging. Michele war durchaus der Ansicht, dass es sich mit leerem Magen nicht gut arbeiten und schon gar nicht ordentlich verhandeln ließ.

Ein letzter Blick in den Spiegel, der an einer der Innenseiten der Schranktüren des Zimmers angebracht war, zeigte ihm, dass sein grauer Anzug aus feiner Schurwolle perfekt saß. Die rosé-, weiß- und graugestreifte Krawatte auf dem weißen Hemd zeugte von Eleganz und einem unbestritten konservativen Geschmack. Seine Verkleidung ließ ihn um mindestens fünf Jahre älter aussehen, was ihm sehr entgegenkam. Michele bevorzugte in seinem normalen Leben einen anderen Kleidungsstil. Er war mehr der Typ für dunkelblaue oder schwarze Anzüge, für sportliche Chinos und Polohemden. Krawatten mochte er nicht besonders. Doch er wusste, dass so seine Verwandlung in einen ernstzunehmenden Käufer von teurer, alter Kunst am besten funktionierte. Sandro Torrente bot ein von Michele Vivani äußerst abweichendes Erscheinungsbild. Man würde die beiden sehr gut voneinander unterscheiden können. Und Michele erwartete nicht, in Verona auf Familienmitglieder oder Freunde zu treffen. Mit einem letzten prüfenden Griff in die Innentasche seines Sakkos versicherte er sich des Prepaidhandys, das er sich besorgt hatte. Aus einer weiteren Tasche zog er ein flaches Ledermäppchen. Es enthielt diverse Visitenkarten. Michele fand, was er suchte. Auf dem hellbeigen Kärtchen stand zu lesen: Dottor Sandro Torrente, Kunstagent, mit einer Adresse in Rom, die es nicht gab, und der Nummer des Handys, das er bei sich trug und, wenn nötig, in einem der Papierkörbe der Stadt entsorgen konnte.

Er verließ das Hotel durch die Garage, gelangte mühelos in die Einkaufsstraße *Via Mazzini* und sah sich gelassen und wenig beachtet die Auslagen der teuren Geschäfte an. Bei den meisten waren die Eisengitter heruntergelassen. Der eine Teil der Ladenbesitzer war beim Essen und pflegte die Siesta, der andere Teil war zu dieser Jahreszeit in Urlaub und erholte sich vor der heißen Phase des

Weihnachtsgeschäfts, das Anfang Dezember über die Stadt hereinbrechen würde, so wie in ganz Italien und vermutlich in ganz Europa. Nach einem knappen halben Kilometer bog Michele rechts in den *Vicolo Samaritana* ein und hatte wenig später das *Ristorante La Greppia* erreicht. Er zog die schwere Eingangstür und anschließend den dichten Vorhang auf, der den Gastraum vor der Kälte schützen sollte. Unvermittelt stand er unter dem niedrigen Gewölbe des Restaurants und sah sich suchend um. Viele Tische waren zu dieser späten Mittagszeit, inzwischen war es fast 14 Uhr geworden, noch besetzt. Leise Zweifel beschlichen ihn, ob er noch rechtzeitig kam, um eine vollständige Portion des *bollito misto* zu ergattern. Deshalb hielt er sich gar nicht erst lange mit der Karte auf, als der Kellner ihn nach seinen Wünschen fragte. Und Michele hatte Glück. Der Servierwagen mit dem *bollito* war immer noch reichlich gefüllt. In wenigen Minuten dampfte ein Teller mit der heißen Suppe vor ihm, man hatte ihm einen roten Hauswein dazugestellt und ein Körbchen mit noch lauwarmen Weißbrotscheiben. Michele nahm den ersten Löffel der Brühe und spürte, wie ihn das wohlig warme Gefühl einer gehaltvollen und gut gewürzten und vor allem sehr heißen Suppe durchflutete. Ursprünglich in Neapel geboren und jetzt hauptsächlich in Rom lebend, vertrug Michele Kälte nicht gut. Sie schlug ihm gehörig auf die Laune. Als er seinen Teller Suppe geleert hatte, war er mit der Welt mehr als zufrieden und konnte sich auch auf die anderen Gäste konzentrieren. Er wusste immer gern, wer sich in seiner Nähe aufhielt. An den meisten Tischen saßen einzelne Herren, die schon beim Espresso waren, bevor sie in Kürze zweifellos wieder in den nahe gelegenen Büros verschwanden. Und so fiel ihm der Mann, der gerade zwei Tische entfernt von ihm Platz nahm, sofort auf. Michele stutzte, sah nochmals hin. Das konnte nicht sein! Sollte er wirklich so rasch auf Commissario Antonio Fontanaro treffen? Michele Vivani suchte auf einem weiteren, sehr viel teureren und mit allerlei *add-ons* versehenem *cellulare* eine Datei, die eine Reihe von Fotos enthielt. Und sein Gedächtnis trog ihn nicht. Nur wenige Tische entfernt saß Commissario Antonio Fontanaro. Seine Recherche am frühen Morgen hatte sich schon gelohnt. Er beglückwünschte sich zu seiner Weitsicht, bereits in Verkleidung das Hotel verlassen und nichts riskiert zu haben. Seine Mission ließ sich am besten inkognito erfüllen. Commissario Fontanaro sah gedankenverloren zu ihm herüber. Nichts in dessen Miene verriet, dass er an dem Herrn zwei Tische weiter auch nur das geringste Interesse hatte.

17

Die Wahl fiel Antonio wie üblich schwer. Sein Lieblingsrestaurant *Da Bruno* hatte montags geschlossen. Dann musste er immer überlegen, wohin ihn sein Magen trieb. Er mochte die Lokale an der *Piazza Dante* nicht besonders, obwohl das die schnellste und einfachste Lösung für seinen Hunger gewesen wäre. Doch während der Christkindlmarkt aufgebaut war, machte er um die dortige Gastronomie einen noch größeren Bogen. Das Gespräch mit Tamara war nur teilweise ergiebig gewesen und äußerst zäh verlaufen. Jetzt brauchte er erst einmal eine wärmende Mahlzeit. Und so entschied er sich für das *Ristorante La Greppia* und bestellte sich eine schöne Portion *pappardelle al ragù di agnello*. Er liebte die breiten Eiernudeln mit einer würzigen Fleischsauce, die aus Lamm gemacht und viele Stunden sämig gekocht wurde. Ein sättigendes Winteressen. Zusammen mit einem kräftigen *Valpolicella,* den er sich auch noch genehmigte, um den Termin mit Vincenzo Mauro in knapp einer Stunde besser zu überstehen. Während er auf sein Essen wartete, dachte er nochmals über die Neuigkeiten nach, die er von Tamara erfahren hatte.

Zehn Minuten zu früh stand er unschlüssig unter der Figur des *Dante Alighieri* und beobachtete das lebhafte Treiben um ihn herum. Seine schlimmsten Befürchtungen bestätigten sich. Touristen und Einheimische gleichermaßen stürmten die Stände mit heißen Bratwürsten und Sauerkraut, mit Glühwein, Lebkuchen und Schmalzgebäck, eine Art Krapfen, wie sie typisch für Venezien waren. Nicht weit von ihm entfernt befand sich ein Stand mit Strickwaren: Socken, Kniestrümpfe und dicke Strickjacken mit Zopfmuster in den Farben beige, braun, rot und grün, wie sie zu Trachten getragen wurden. Hinter der aus Holz gezimmerten Ladentheke bot eine Chinesin die rustikale Mode in gebrochenem Englisch an. Antonio hatte nach wenigen Minuten genug und fragte sich, wie es sein konnte, dass Leute hierher kamen, um weihnachtliche Gefühle zu entwickeln. Er entwickelte Widerwillen, im günstigsten Fall bemühte Gleichgültigkeit.

»Commissario?«, riss ihn eine weibliche Stimme aus seinen Gedanken. Aufgeschreckt drehte er sich um und sah eine junge Frau vor sich, die eine teure Pelzjacke trug, ihr blondes Haar in einem geflochtenen Zopf gebändigt und ihre Beine in Stiefel gesteckt hatte, die weit über die Knie reichten. Der Minirock war gewagt, nicht nur wegen der Temperaturen. Tamara, die Perle des Hauses Primavera, zeigte sich in völlig anderem, nicht unbedingt seriösem Licht. Diese Aufmachung hatte Antonio nicht erwartet und sofort war er auf der Hut.

»Möchten Sie etwas essen, Signorina«, fragte er halbherzig und in der Hoffnung, der Kelch gebratener Würste ginge an ihm vorüber.

»Gerne! Bratwürste und Sauerkraut erinnern mich immer an zu Hause. Ich liebe Sauerkraut. Sie auch, Commissario?«

Antonio schüttelte entschieden den Kopf. Diese Art Essen hatte er in Südtirol zurückgelassen. Auch seine Mutter hatte in den Wintermonaten Sauerkraut auf den Tisch gebracht und er hatte es nie gemocht. Aber er wollte die junge Frau nicht enttäuschen und kaufte ihr eine anständige Portion. Er selbst nahm sich ein *panino* mit Bratwurst und biss ohne große Erwartungen hinein. Es hätte schlechter schmecken können, musste er insgeheim zugeben.

Ihm war kalt und er wollte das Treffen rasch hinter sich bringen. Unvermittelt stellte er die erste Frage. »Wie lange arbeiten Sie schon für die Contessa?«

»Sechs Wochen, vielleicht sieben!«

»Sie sind aber schon länger in Italien als diese sieben Wochen. Ihr Italienisch ist einwandfrei, wenn ich das so sagen darf, Signorina.«

»*Grazie*, Commissario.« Tamara wischte mit ihrer Papierserviette notdürftig Senf von der Oberlippe und strahlte ihn an. »Ich denke, ich bin seit drei Jahren in Ihrem schönen Land.« Sie gab sein Kompliment auf ihre Weise zurück.

»Wer hat Sie an die Contessa vermittelt?«

Tamara wurde rot im Gesicht. Sie presste die vollen Lippen aufeinander und wich seinem Blick aus. Offenbar hatte er jetzt schon einen heiklen Punkt erwischt. Mit einer kleinen Holzgabel bearbeitete sie das Sauerkraut und schob schließlich einen kleinen Haufen davon in den Mund. Sie nahm sich Zeit zu kauen und überlegte sichtlich, was sie ihm antworten sollte.

»Ich wollte Sie nicht in Verlegenheit bringen, Signorina. Wenn Sie keine Arbeitserlaubnis haben, will ich darauf nicht näher eingehen. Für mich zählen nur der Mord und der Raub der Bilder. Jede Information, die ich dazu bekommen kann, ist wichtig.«

Doch auch dieser Beschwichtigungsversuch scheiterte zunächst. Tamara schwieg und sah sich um. Sie hatte Angst, mit ihm gesehen zu werden, das war ihm klar. Sie hatte das Gespräch eigentlich gar nicht gewollt und sich schließlich einen dicht bevölkerten Platz ausgesucht. Nun bereute sie es wohl, sich doch mit ihm getroffen zu haben.

»Ich habe anfangs in *Peschiera* gearbeitet.« Sie sah an ihm vorbei in die Menschenmenge, die sich entlang der Stände drängte. »Mehr nachts und oft im Freien.«

Antonio begriff. Sie war auf den Straßenstrich gegangen. Ihre Aufmachung ließ keinen Zweifel daran, dass sie immer noch im Gewerbe tätig war. Inzwischen hatte sie sicherlich finanziell besser ausgestattete Kunden als die Fernfahrer und Rentner, die sich entlang der *Gardesana* am südlichen Ende des Sees von Afrikanerinnen und Russinnen bedienen ließen. Irgendein Schweinehund hatte Tamara von Russland nach Italien verschleppt und auf den Strich geschickt. Kein Wunder, dass sie darüber nicht sprechen wollte. Und dass sie Angst hatte.

»Eines Abends hat mich ein Mann, der eine große schwarze Limousine fuhr, angesprochen. Er trug einen Anzug, ein weißes Hemd. Sehr selten machten echte Herren bei uns in *Peschiera* Halt. Bereitwillig stieg ich ein. Der Mann war unerfahren, angetrunken. Es war klar, dass er sich noch nicht oft eine Dame von der Straße geholt hatte. Er fuhr mit mir in ein kleines Landhaus am See, das einem Freund gehörte, wie er mir später erzählt hat. Von da an trafen wir uns regelmäßig. Er bezahlte gut, war immer höflich.«

»Wie hieß der Mann?«

»Franco Risi!« Sie sah ihn bedeutungsvoll an. »Zwei Jahre ging das so. Er mietete für uns eine kleine Wohnung im Viertel nahe der *Fiera*. Nichts Besonderes. Doch dann plötzlich wollte er nicht mehr. Er bekam Skrupel und betonte, dass seine Frau von uns nichts mitbekommen durfte.« Das letzte Stückchen Wurst verschwand zwischen ihren Lippen. Sie wischte sie energisch mit ihrer Serviette sauber und warf diese zusammen mit dem Pappteller in einen Abfalleimer, der nicht weit entfernt aufgestellt war.

»Kann ich noch einen *caffè* bekommen, Commissario?«

Antonio nickte. Gemeinsam gingen sie Richtung *Piazza Erbe*, wo es einige kleine Bars gab. Sie kamen am *Torre dei Lamberti* vorbei und der Commissario blieb unvermittelt stehen. »Haben Sie eine Erklärung dafür, weshalb Ihr … Kunde Sie nicht mehr sehen wollte?«

Tamara zuckte mit den Schultern und schüttelte den Kopf. »Ich vermute, die Contessa war dahintergekommen. Heute weiß ich, dass sie die Hosen anhat in dieser Ehe, dass sie über die Geldmittel verfügt, die Franco ein unbeschwertes Leben ermöglichen. Ohne seine Frau ist Franco Risi nur ein Museumsdirektor. Gesellschaftlich unwichtig. Glanz verleiht ihm seine adlige Frau mit Palazzo im Rücken, adliger Verwandtschaft und Ansehen in der Stadt. Sie kennt Gott und die Welt. Sogar ihre alte Mutter hält noch immer Hof, obwohl sie sich kaum noch bewegen kann.«

»Sie kennen Luisa Di Primavera?« Antonio war ehrlich überrascht. Er hatte gedacht, die alte Contessa sei längst tot.

»Natürlich. Die alte Dame ist pflegebedürftig und bewohnt das untere Stockwerk des Palazzo. Claudia, ihre Tochter, suchte eine Haushaltshilfe und eine Pflegerin für die alte Dame. Da hatte Franco den glorreichen Einfall, mich vorzustellen. Für mich war es die Chance, mein altes Leben endlich hinter mir zu lassen, wegzukommen von *Peschiera* und der Straße.«

Antonio sah sie an und zog die linke Augenbraue hoch. Tamara lachte. »Sie glauben, ich arbeite immer noch im Gewerbe?« Sie schüttelte den Kopf. »Mein Lebensstil ist aufwendiger geworden mit der Zeit. Die Contessa ist knausrig. Ihr Gehalt reicht gerade für die Wohnung. Aber für die Straße bin ich mir inzwischen zu schade. Das können Sie mir glauben, Commissario. Kennen Sie die *Rooftop-Bar* an der *Piazza Brà* bei den *Portoni della Brà?* Dort arbeite ich an ein paar Abenden unter der Woche und immer am Wochenende. Eine saubere Arbeit mit ordentlichem Trinkgeld.«

Das glaube, wer will, dachte Antonio, vertiefte das Thema aber lieber nicht. Langsam, aber sicher wurde die fehlende Arbeitserlaubnis von Tamara auch für ihn ein Problem. Er konnte nur hoffen, dass sie ihm nicht von weiteren unerlaubten Tätigkeiten berichtete. So viele Augen konnte er gar nicht zudrücken. Die *Rooftop-Bar* war eine der neuesten Attraktionen der Stadt. Alle wussten, dass dort mit Drogen gehandelt wurde, dass Wodka und Champagner in Strömen flossen. Die DJs dort verdienten gutes Geld, das ihnen von zweifelhaften Leuten zugesteckt wurde. Antonio beneidete die Kollegen nicht, die dort regelmäßig

Razzien durchführten und grundsätzlich zu spät kamen, weil die entscheidenden Leute rechtzeitig gewarnt worden waren.

»Contessa Luisa ist ein Pflegefall und Sie kümmern sich um sie?«

»Ja, meistens. Abends nach der Arbeit übernimmt die Contessa die Pflege der Mutter. Untertags bin ich zuständig. Doch die meiste Zeit schläft die alte Dame. Es ist auszuhalten.«

»Und am Sonntagabend? Am Abend der Geburtstagsparty? Waren Claudia Di Primavera und ihr Mann zu Hause?«

Überrascht sah die junge Russin ihn an. »Ja, sicher. Wo hätten sie denn sein sollen? Die Contessa kam früher als sonst vom Museum. Sie wollte noch duschen und sich dann um die Mutter kümmern. Franco kam wenig später und ging sich auch frisch machen und umziehen.«

»Wann kam Franco Risi nach Hause?«

»Um halb sieben, ... vielleicht auch etwas später.«

»Und keiner von beiden hat den Palazzo nochmals verlassen?«

»Das weiß ich nicht, Commissario. Ich war in der Küche oder im Ballsaal. Ich habe zusammen mit den Leuten vom Catering das Buffet aufgebaut und die ersten Gäste in Empfang genommen.«

»Wann ging die Party los?«

»Ziemlich genau um 20 Uhr. Die Contessa und Franco haben gemeinsam die Gäste begrüßt.«

»Wie ist das Verhältnis der Eheleute?«

»Verhältnis?« Tamara lachte laut auf. »Die Contessa ist eine alte Frau, Commissario. Sie ist ein Jahr älter als ihr Mann.«

Sechzig war kein Alter in diesen Zeiten. Oder doch?

»Franco Risi ist das ja nun auch!«, fügte Antonio trocken hinzu.

»Männer werden nicht so schnell alt. Das sollten Sie doch wissen, Commissario.«

Die Kleine hatte wirklich Nerven. Sie wusste, wie man Männern um den Bart ging.

»Ist die Contessa eifersüchtig?«

»Möglich! Ich hab sie nicht danach gefragt.«

»Wie sind Sie nach Italien gekommen, Signorina?«

Ihr Lächeln verschwand schlagartig aus ihrem Gesicht. Sie schob die Hände in die Taschen ihrer Pelzjacke und sagte. »Ich muss weiter, Commissario. Ich werde erwartet. Unser Gespräch hat länger gedauert, als ich dachte.« Sie hielt ihm ihre Hand hin.

»Sie wollten doch noch einen *caffè*?«

»Ein andermal vielleicht.« Tamara wartete seinen Händedruck nicht ab, drehte sich um und verschwand in der Menschenmenge der *Piazza Dante* und zwischen den Ständen des Christkindlmarkts.

Antonio schob den leeren Teller von sich und nahm das Weinglas zur Hand. Dass die junge Frau den Namen des Mannes nicht nennen wollte, der sie aus Russland nach Italien entführt, verfrachtet oder sonst wie hergebracht hatte, verwunderte ihn nicht. Wenn er ihn auch liebend gern erfahren hätte. Die Russen waren mit vielfältigen Geschäften in Verona tätig. Sie verdienten mit Menschenschmuggel und Drogen eine Menge Geld. Nur wenige konnte man als ehrliche Geschäftsleute bezeichnen. Doch das war ein anderes Gebiet. Darum sollten sich die Kollegen von der Sitte, vom Drogendezernat und von der Abteilung für Wirtschaftskriminalität kümmern. Ihm reichte die Mordkommission. Mehr konnte er nicht bewältigen.

Antonio fühlte sich gesättigt, wenn auch nicht zufrieden mit seinen bisherigen Ermittlungen. Weit war er noch nicht gekommen. Der Kellner brachte ihm seinen Espresso und die Rechnung. Ein Blick auf die Uhr sagte ihm, dass er sich beeilen sollte, wenn er wenigstens zu dieser Besprechung mit dem Staatsanwalt pünktlich kommen wollte. Mit einem letzten Schluck leerte er das Glas, kippte ein Tütchen Zucker in die Tasse, nahm sein Handy vom Tischtuch, rührte im Espresso herum und wählte Giorgios Nummer in Traunstein.

Viel konnte er dem Freund nicht berichten, aber er hatte immerhin einige Neuigkeiten zu Gianni Canali. Vielleicht kamen sie in ihren jeweiligen Fällen gemeinsam weiter.

»Servus, alter Schwede. Ich dachte schon, du hast mich völlig vergessen!«

»Ist viel los bei uns!« Antonio nahm die Tasse und trank den starken Kaffee in einem Schluck aus. »Kannst du mir das Kennzeichen von diesem Fiat Ducato Easy durchgeben? Wir haben beim letzten Telefonat leider vergessen, darüber zu sprechen.«

»Moment!« Georg suchte hörbar auf seinem Schreibtisch nach dem Zettel. »FN – 364BX.«

Antonio schrieb sich die Nummer in sein Notizbuch, das er mühsam aus der Jackentasche kramte. »Eine ganz neue Nummer!«

»Der Wagen ist nigelnagelneu. Der Tacho hat 7.354 Kilometer drauf. Wir haben in der Datenbank nichts zur Zulassungsnummer gefunden.«

»Hat Canali eine Erklärung dafür, weshalb er keine Papiere zum Wagen hat?«

»Logo! Er sagt, sein Chef habe die Papiere. Er musste ganz rasch weg von Verona. Canali sollte angeblich möglichst schnell nach München fahren, um dort ein Klimagerät abzuholen.«

»Ein Klimagerät?«

»Genau!«

»Hat der Chef auch einen Namen?«

»Moment!« Wieder suchte Georg auf seinem Schreibtisch nach den Notizen, die er sich beim letzten Gespräch mit dem kleinen Italiener gemacht hatte.

»Vittorio Todisco heißt der Mann.«

Antonio pfiff durch die Zähne. »*Bravo*, Giorgio. Sehr gute Neuigkeiten sind das!« Er legte einen Zwanzig-Euroschein auf den Tisch und verließ das *Ristorante La Greppia*, um sich auf den Rückweg zur Questura zu machen.

»Giorgio, wir beide sind wieder im Geschäft.« Und er berichtete ihm kurz, was er über Gianni Canali und seine wenig verheißungsvolle Vergangenheit in Neapel wusste.

»Ich gehe stark davon aus«, fuhr Antonio fort, »dass der Neapolitaner etwas über den Raub der Bilder weiß. Eigentlich bin ich der Meinung, er hatte die Bilder beim Grenzübertritt bei sich. Vielleicht hat er sie irgendwo auf dem Weg von Verona nach Kiefersfelden/Kufstein ausgeladen. Du musst unbedingt die Syrer danach fragen. Ob es einen Zwischenstopp gab. Vielleicht wissen sie mehr! Vielleicht hat der junge Mann sogar die Museumsangestellte auf dem Gewissen und wollte sich deshalb rasch ins Ausland absetzen. Hast du schon Ergebnisse, was den Brillantring anlangt?«

»Bei euch gibt es keine Anzeige wegen Diebstahls?«

»Bisher nicht. Ich muss allerdings zugeben, dass ich seit Stunden schon in der Questura sein sollte. Die neuesten Entwicklungen dort kenne ich noch nicht.«

»Die Kriminaltechnik ist noch damit beschäftigt. Wir haben einen Juwelier kontaktiert. Er sagt, der Ring ist etwa 3.000 Euro wert. Der Syrer, mit dem ich gesprochen habe, erzählte, dass einer der Flüchtlinge in Aleppo ein Juweliergeschäft hatte. Meine wiederholte Frage, ob sie dem Italiener Geld für die Flucht über die deutsche Grenze gegeben hätten, hat er jedes Mal verneint. Möglicherweise hat der alte Juwelier noch Schmuckstücke in seiner Kleidung versteckt und zahlt mit Brillanten und anderen Edelsteinen. Wäre doch möglich.«

»Hm, ja ... Aber ich glaube eher, dass Canali den Ring von unserer Toten hat. Wir haben bei ihren Sachen ein Schmucketui und einen alten Rubinring gefunden. Beides passt nicht zusammen. Fausto hat herausgefunden, dass das Etui von einem Juwelier in Verona stammt, der sich auf Brautringe, Brillantringe und modernen Schmuck spezialisiert hat. Er vertreibt keinen antiken Schmuck. Der Rubinring, der in dem Etui steckte, stammt jedoch aus den Zwanziger- oder Dreißigerjahren. Mit Sicherheit ein Erbstück, das Renata Mancini vielleicht von ihrer Großmutter bekommen hat und das sie immer bei sich trug. An ihrem linken Ringfinger hat die Pathologin eindeutig eine Druckstelle lokalisiert. Die junge Frau hat an diesem Finger regelmäßig Schmuck getragen. Ihr untersucht den Ring hoffentlich auch auf DNA-Spuren?«

»Sicher!« Georg gab sich selbstbewusst. »Sobald ihr die DNA der jungen Frau habt, machen wir einen Abgleich. Dann wissen wir mehr!«

Antonio nickte bei sich. Der Freund war dran. Das war gut.

»Habt ihr den Wagen genau untersucht?«

»Naja.« Georg zögerte hörbar. »Wir haben uns hauptsächlich auf die Syrer konzentriert. Der Wagen steht bei mir auf dem Hof. Ich kann ihn ja nochmal unter die Lupe nehmen, wenn dich das beruhigt. Aber du solltest herausbringen, wer den Wagen angemeldet hat. Vermutlich gehört er doch dem Chef von Gianni Canali.«

»Das glaube ich weniger. Vielmehr nehme ich an, dass der Wagen irgendwo geklaut wurde. Ich kümmere mich drum und gebe Bescheid. Wir suchen vier Barockgemälde! Wenn du die auftreibst, sind wir einen entscheidenden Schritt weiter.«

»Ha, nichts leichter als das!« Georg lachte. »Bis später. *Ciao!*«

Antonio schob sein Handy zurück in die Hosentasche, erreichte kurz darauf den *Ponte Aleardi* und warf einen Blick ins schäumende Wasser der Etsch. Seit dem Morgen hatte sich ihre Farbe von grün in ockergelb verwandelt. Träge wälzte sich der Fluss dahin. Es hatte nur wenige Grad über null und so wehte die feuchte Luft nach wie vor klamm und kalt zu ihm herauf. Der Frühling schien Lichtjahre entfernt.

Antonio schlug den Kragen seiner Jacke hoch und beeilte sich, in die Questura und in sein geheiztes Büro zu kommen. Es war kurz vor 15 Uhr – gerade noch rechtzeitig. Am Türpfosten seiner Bürotür lehnte Lavinia und wartete bereits auf ihn.

Sie folgte ihm an seinen Schreibtisch und legte einen Zettel auf eine der Akten, die sich dort inzwischen angesammelt hatten. Noch bevor Antonio seine Jacke ausgezogen hatte, griff er danach. Es waren drei Namen mit Adressen notiert. Fragend sah er seine Mitarbeiterin an.

»Ich sollte nach Galerien oder Kunsthändlern suchen, die vielleicht an Bildern aus der Barockzeit interessiert sein oder Informationen über den möglichen Verbleib der gestohlenen Bilder geben könnten.« Sie sah ihn an. Wartete auf eine Reaktion.

»Was hast du herausgefunden? Ich kenne mich in der Kunstszene nicht aus.« Er machte sich nicht einmal die Mühe, die Namen zu lesen.

»Mir geht es ebenso. Ich bin ein Laie.« Lavinia wehrte sich. »Sagen dir die Namen gar nichts?«

Antonio setzte sich und widmete sich widerwillig dem Zettel in der Hand. Was sollte das bringen, fragte er sich. Und dann war er doch überrascht. Zwei der Namen kannte er. Aber dennoch schüttelte er bedauernd den Kopf.

»Einen der Herren können wir ausschließen. Er ist seit mindestens fünf Jahren tot.«

»Oh.«

»Du kannst nichts dafür. Ganz sicherlich ist sein Geschäft immer noch in den *pagine gialle* geführt. Das Branchentelefonbuch ist mit Sicherheit nicht auf dem neuesten Stand.«

»Ich habe die Adressen aus dem Internet.« Energisch wehrte sie sich gegen seine Annahme, sie würde ein veraltetes Branchenverzeichnis für die aktuelle Recherche verwenden.

»*Naturalmente!* Aber auch das ist sicherlich mit den alten Adressen gefüttert worden. Irgendwie müssen die Links ja generiert werden.« Sie lächelten sich an.

»Und Pietro Lombardo ist ein alter Mann. Er hat eine Gemäldegalerie bei mir um die Ecke, die, glaube ich, nicht mehr besonders gut läuft.« Das war alles, was er Lavinia gegenüber zugeben wollte. Dass sein Schwiegervater vor Jahren eine Ansicht von Neapel gekauft hatte, behielt er für sich. Das Gemälde war eine Scheußlichkeit ohnegleichen. Er selbst ging dem Galeristen, wenn möglich, aus dem Weg. Fast befürchtete er, der alte Mann würde auch ihm ein Bild andrehen, das er keinesfalls kaufen wollte. Antonio runzelte die Stirn in Gedanken an den damaligen Kauf. Es war weder Marissa noch ihm gelungen, Danilo davon abzuhalten. Für sein Gefühl war das Gemälde, das in einem breiten Mahagonirahmen steckte, auch noch hoffnungslos überteuert gewesen. Dabei war der Rahmen vermutlich das Wertvollste daran. Aber Danilo wollte von einer Preisverhandlung nichts wissen. Er hatte ohne zu murren den von Lombardo verlangten Betrag bezahlt und später das Bild im Keller seines Hauses in Bozen verräumt und vergessen. Antonio hatte ihn gefragt, weshalb er das Bild nicht wenigstens aufhängen wollte.

»Gefällt es dir? Willst du es haben?«, hatte ihn Danilo völlig ernst und fast ein wenig aufgebracht gefragt. Als Antonio das verneinte, meinte sein Schwiegervater: »Dann lass die Sache auf sich beruhen und frag nicht mehr danach. Verstanden?« Der Commissario hatte lange nicht mehr an diese Szene gedacht. Erst der Zettel brachte ihm alles wieder in Erinnerung. Der dritte Name, der darauf stand, sagte ihm nichts.

»Mal sehen, ob unser Staatsanwalt in der Kunstszene bewandert ist und mit den Namen Pietro Lombardo oder Andrea Corrello etwas anfangen kann.«

»Die Besprechung ist verschoben. Der Dottore wurde aufgehalten.«

»*Benissimo!* Dann komm!« Antonio stand von seinem Schreibtischstuhl auf und zog seine warme Jacke wieder an. »Wir beide sehen doch so aus, als könnten wir ein Gemälde in unserem Haus gut gebrauchen. Wir schauen uns den Laden von Andrea Corrello einmal näher an. Kann ja nicht schaden.«

18

15.00 Uhr

Michele Vivani erreichte nach einem kurzen Fußmarsch in einer schmalen, versteckten Straße in der Nähe der *Porta Borsari* die Galerie von Andrea Corrello. Er sah sich um. Die Häuser im *Vicolo Ostie* waren eher schäbig und unspektakulär. Laufkundschaft verirrte sich wohl kaum hierher. Wer Corrello aufsuchte, hatte ein Anliegen, kam mit konkreten Kaufabsichten oder bot Kunstwerke zum Kauf an.

Vivani betrat den Laden und sah sich um. Es dauerte nicht lange und der Galerist erschien. Angelockt durch den Klingelton seiner Ladentür, kam er aus dem hinteren Teil seines Geschäfts, trat eilends auf ihn zu und reichte ihm die Hand.

»*Buongiorno,* Dottore!« Ein Titel, auf Verdacht gebraucht, konnte ja nie schaden. »Was kann ich für Sie tun?«

Der Mann war etwa einen Meter siebzig groß, sehr schlank und hatte die lange, große Nase, wie sie für Veroneser durchaus typisch war. Das silberfarbene Haar trug er seitlich gescheitelt. Er hatte es mit reichlich Brillantine in Form gebracht. Seine Stimme klang voll, obwohl er sicherlich Mitte sechzig, vielleicht sogar schon an die siebzig Jahre alt war. Er machte einen ausgesprochen rüstigen Eindruck. Seinen aufmerksamen, blauen Augen würde nichts entgehen. Mit wachem Interesse und Kennerblick taxierte er den möglichen Kunden. Michele Vivani war sich sicher, dass er in ihm

Geld und Kunstverstand erkannte. Die beiden Männer lächelten sich an.

»Darf ich mich ein wenig bei Ihnen umsehen?«, fragte Michele höflich und völlig überflüssig.

»*Naturalmente,* Dottore. Ich stehe jederzeit zur Verfügung.« Wie auch nicht?

Und so begann Michele, mit den Armen auf den Rücken gelegt, an den Bildern des 19. und frühen 20. Jahrhunderts entlangzuschreiten, die die Wände des großen Hauptraums zur Straßenseite füllten. Eine Geschmacklosigkeit prangte neben der anderen. Keine Namen von Bedeutung, keine teuren Exponate. Mit den Gemälden konnte man alte Palazzi aufpeppen, leere Wände füllen, damit sie nach etwas aussahen, ohne dass man große Geldsummen dafür investieren musste. Über den Geschmack oder die Kennerschaft der Besitzer diskutierte man besser nicht.

An den Hauptraum schloss sich ein kleinerer an, der nur wenige Bilder enthielt, die mit teuren Lampen effektvoll in Szene gesetzt wurden. Jetzt wurde es interessant. Michele erkannte einen der Maler, Antonio Balestra, ein Veroneser aus dem 17. Jahrhundert. Eine Lokalgröße des Barock, die international wenig bekannt war. Dennoch hatte erst vor einigen Wochen ein Auktionshaus in London einen Balestra für knapp 15.000 Euro verkauft.

Michele zog aus der Innentasche seines Sakkos eine kleine, sehr flache, zusammenklappbare Lupe, trat ganz nah an das Kunstwerk heran, untersuchte den Pinselstrich und die Firnis. Soweit er das auf den ersten Blick beurteilen konnte, hatte er es mit einem Original zu tun. Mehr wollte er im Moment nicht wissen.

Andrea Corrello war ihm neugierig gefolgt und zeigte sich über sein Verhalten sehr befriedigt. »Ein echter und sehr gut erhaltener Balestra, Dottore. Er war bis vor wenigen Wochen durchgehend im Privatbesitz einer angesehenen Adelsfamilie aus Vicenza. Ich bin sehr glücklich, ein solches Kunstwerk in meiner Galerie anbieten zu können.«

Michele nickte ihm verstehend zu und sagte: »In der Tat, ein beachtliches Gemälde. Offenbar mit eindeutiger Provenienz.« Michele nickte zufrieden, als wäre ihm die Kenntnis des Vorbesitzers wichtig. »Was möchten Sie dafür haben, Signore?« Preisschilder hatte der Kunsthändler nirgendwo angebracht. Michele kannte diese Vorgehensweise. Je nach Kunde, dessen Aussehen und Auftreten, war der Preis Verhandlungssache, entstand mehr oder weniger ad hoc aus einem Bauchgefühl des Händlers.

»18.000 Euro!«, antwortete Corrello eine Spur zu schnell und ohne rot zu werden. Beide wussten sie, dass dieser Preis hoffnungslos überzogen war. Das Spiel um den wahren Wert des Gemäldes war eröffnet. Doch Michele Vivani hatte keine Lust auf Zeitverschwendung und auch keinerlei Interesse an einem Balestra. Anstatt nun ein viel zu niedriges Angebot zu machen, zückte er eine seiner wertlosen Visitenkarten und stellte sich vor.

»Mein Name ist Sandro Torrente. Ich bin Kunstagent und zurzeit für einen meiner Klienten auf der Suche nach einem Tiepolo. Meinen Sie, Sie könnten mir dabei behilflich sein?«

»Dottor Torrente, es wird mir eine Freude und Ehre sein, mich für Sie auf die Suche nach einem wunderbaren Tiepolo zu machen. Aber das wird nicht einfach!« Stirnfalten zeugten von seinem intensiven Nachdenken und seinem gleichzeitigen Bedauern, dem verehrten Kunden nicht augenblicklich mit dem Gewünschten dienen zu können. »An welche Art von Tiepolo hat Ihr Kunde gedacht?«

»Eine *Sacra Famiglia* wäre ihm angenehm oder auch eine *Sacra Conversazione*.«

Andrea Corrello nickte verstehend und sah zu Boden. Michele nahm an, dass er ihm nun besser nicht in die Augen sehen wollte. Ein Tiepolo mit einer »Heiligen Familie« war wenige Stunden zuvor aus dem *Museo Civico d'Arte* entwendet worden. Seine unverblümte Nachfrage nach so einem Motiv musste Argwohn erwecken. Sollte Corrello etwas mit dem Raub zu tun haben oder etwas darüber wissen, gab es für ihn nun mehrere Möglichkeiten. Entweder er brach die Verhandlungen an diesem Punkt höflich ab, weil bereits ein Kunde auf den Tiepolo wartete, oder er verneinte und erklärte ihm, ein solches Gemälde sei seines Wissens im Moment nicht auf dem Markt, oder aber er erbat sich Bedenkzeit und hielt sich alle Optionen offen. Michele Vivani war sehr gespannt, wofür sich Andrea Corrello entscheiden würde.

»Hat es Ihr Kunde sehr eilig, Dottore?«

Michele nickte bedauernd. »Leider ja. Er ist nur kurze Zeit in Italien und würde das Gemälde gerne nächste Woche mit nach Dubai nehmen.«

»Aus den Emiraten also?«

»*Sì, Emirati Arabi.*« Vielleicht beschleunigte das die Entscheidungsfindung des Händlers, wenn er sicher sein konnte, dass das gestohlene Werk unverzüglich außer Landes gebracht und im arabischen Raum auf Nimmerwiedersehen verschwand. Wer wollte einem Araber in Dubai auf die Finger sehen? Ein todsicheres Geschäft war das.

Der Kunsthändler sah Michele unvermittelt ins Gesicht. Die Würfel waren gefallen. »Ich werde mich umhören, Dottor Torrente. Kann ich Sie unter dieser Nummer in den nächsten Tagen erreichen?« Dabei hob er fragend die Visitenkarte Micheles in die Höhe.

»*Sì!* Ich bin noch bis Freitag in der Stadt!«

»Ich weiß nicht, ob ich Ihnen in der Kürze der Zeit helfen kann.«

Ich bin mir absolut sicher, dass du das kannst, dachte Vivani, und entgegnete deshalb bestimmt: »Leider ist mein Kunde immer nur für kurze Zeit in Europa. Und dann muss alles hoppladihopp gehen. *Time is money*, pflegt er zu sagen.« Er lachte laut und Andrea Corrello stimmte zögerlich in das Gelächter ein. Gemeinsam gingen sie wieder in den Hauptraum zurück. Michele wollte sich gerade verabschieden, als er zwei Personen vor dem Geschäft stehen sah, die die Auslage betrachteten. Dort waren mehrere kleinere

Stillleben ausgestellt, wie er beim Eintreffen bemerkt hatte. In dem Mann erkannte er eindeutig Commissario Fontanaro. Eine attraktive, junge Frau begleitete ihn. Instinktiv zog Michele an seiner Hutkrempe. Dieses Zusammentreffen passte nun gar nicht in seine Pläne.

»Entschuldigen Sie, Signor Corrello. Gibt es einen Hinterausgang bei Ihnen, den ich benutzen könnte?«

19

Antonio war der abrupte Rückzug des Mannes mit dem eleganten Borsalino auf dem Kopf in den hinteren Bereich des Ladengeschäfts nicht entgangen. Wo hatte er an diesem Tag schon einmal einen solchen Hut gesehen? Diese Art der Kopfbedeckung war inzwischen selten geworden. Es gab gerade im Winter hin und wieder Herren, die noch Hut trugen, und ein Borsalino war ein Stil-Statement zeitloser Eleganz, gehörte aber definitiv nicht mehr zur angesagten Herrenmode. Der Commissario sah konzentriert in den Innenraum, legte dazu beide Hände an die Scheibe, um besser sehen zu können. Ein großgewachsener Mann in einem dunkelgrauen Mantel folgte einem kleineren, älteren Herrn in die hinteren Räume der Kunsthandlung.

»Komm!« Antonio schob die Ladentür auf. Helles Glockengebimmel antwortete ihm. Gemeinsam mit Lavinia betrat er das Geschäft. Irgendwo in den Tiefen der Kunsthandlung fiel eine schwere Tür ins Schloss. Eilige Schritte näherten sich und dann tauchte der Ladeninhaber wieder auf. Mit raschen Handbewegungen brachte er seine Haare in Ordnung, als wäre er gerade eben durch einen Sturm gelaufen.

»*Signori, buona sera!* Wie kann ich Ihnen behilflich sein?«

Du könntest mir sagen, wer da so eilig deinen Laden durch die Hintertür verlassen hat! Doch Antonio stellte die Frage nicht. Er würde keine brauchbare Antwort erhalten. Stattdessen sagte er: »Meine Frau und ich haben eine alte Villa auf dem Land geerbt.«

»*Gratulazioni, Signori.*«

Prüfend sah Antonio dem Galeristen ins Gesicht. Er konnte nicht sicher sein, dass ihn der Mann nicht erkannte. Von ihm erschien regelmäßig ein Foto in der Zeitung. Doch Correllos Miene blieb beflissen freundlich. Wenn er ihn erkannte, ließ er sich nichts anmerken und spielte mit.

»Ja, danke! Wir haben überhaupt nicht mit einem solchen Erbe gerechnet. Aber nun haben wir einige leere Wände zu füllen. Wir möchten gerne Bilder kaufen, die zur Entstehungszeit der Villa beziehungsweise zu den Möbeln passen.«

»Verstehe, verstehe! Sehr vernünftig, Ihre Überlegung.«

»Man könnte natürlich auch ganz moderne Bilder aufhängen. Meiner Frau würde das besser gefallen!«

»Nun ja. Dazu bedarf es eines sicheren Geschmacks! Das ist nicht einfach. Damit sich alles organisch ineinander fügt. Entschuldigen Sie meine Offenheit! Zudem, mit Moderne kann ich leider nicht dienen.«

»Wir wollen uns erst einmal informieren, was Sie uns anbieten können, und uns von Ihnen beraten lassen. Unsere Villa stammt aus dem 17. Jahrhundert.« Antonio sah den Kunsthändler erwartungsvoll an. Seine Kenntnisse der italienischen Barockmalerei hielten sich in überschaubaren Grenzen. Aber es entging ihm nicht, dass der Kunsthändler nervös mit den Augen klimperte, als er seinen Wunsch vernahm. Doch er fing sich rasch. Spätestens jetzt war er auf der Hut.

»Im Moment habe ich einen Antonio Balestra da, der zur Bauzeit der Villa passen würde. Wenn Sie mir folgen möchten?«

Andrea Corrello ging voran und führte Lavinia und Antonio in sein kleines Kunstkabinett. Mit der rechten Hand deutete er auf das Bild einer barbusigen Göttin Juno, notdürftig umhüllt von zartem Schleiertuch und von zwei kleinen Engeln bedrängt, die in reichlich dunstigem Himmel mit bauschigen Wolken schwebten.

Antonio schauderte es. Wer wollte solche Bilder haben und in seiner Wohnung aufhängen? Er konnte es sich nicht vorstellen.

»Sehr schön! Wunderbare Farben!«

»Nicht wahr!« Andrea Corrello nickte anerkennend zu dieser profunden Feststellung. »Was meinen Sie, Signora?«

Lavinia Strano hatte sichtlich Mühe, einen Lachkrampf zu unterdrücken. Gerade noch brachte sie ein Kopfschütteln zustande.

»Nun ja, für jemanden, der die moderne Malerei liebt, mag das Bild befremdlich wirken.«

»Was soll das Gemälde denn kosten?«

Andrea Corrello sah Antonio an und überlegte. Dann sagte er zögerlich: »Das Bild ist ein Original.«

»Das will ich hoffen.«

»12.500 Euro!«

»Hm, das ist eine Menge Geld.«

»Wie gesagt, es handelt sich um ein Original.«

»Wenn Sie das so betonen, Signore, haben Sie denn auch Fälschungen im Angebot?«

»*Ma, Signore!* Das habe ich überhört. Nein, keine Fälschungen, aber natürlich kann ich Ihnen Gemälde von lebenden Künstlern anbieten, die im Stile Balestras malen. Sie können einen nachempfundenen Balestra für 1.000 oder 2.000 Euro bekommen. Je nach Motiv und Größe.«

»Einen Antonio Balestra sozusagen auf Bestellung.«

»*Esatto!*«

»Hm!« Antonio gab vor, ernsthaft über dieses Angebot nachzudenken. »Haben Sie solche Werke hier ausgestellt?«

»*No*, ich bin Kunsthändler. Ich stelle keine Nachahmungen aus.« Das Wort Kopie nahm Corrello nicht in den Mund. »Aber ich vermittle Käufer und Künstler. Pro Auftrag erhalte ich eine Provision. Ich muss schließlich auch von etwas leben.«

»Ihre Provision käme dann zum Kaufpreis noch dazu?«

»Richtig. Zehn Prozent vom Verkaufspreis bekomme ich.«

Antonio Fontanaro reichte dem Kunsthändler die rechte Hand.

»Unser Gespräch war sehr informativ. Vielen Dank, Signore, für Ihre Zeit. Meine Frau und ich werden uns beraten, wie wir weiter vorgehen wollen. Wir melden uns bei Ihnen, wenn wir Ihre Dienste benötigen.«

Corrello erwiderte den Händedruck und nickte verabschiedend. Die Verhandlung mit diesen Kunden war sicherlich nicht nach seinem Geschmack verlaufen.

Wieder auf der Straße schlug sich Antonio mit der Hand an die Stirn.

»Jetzt weiß ich wieder, wo ich den Herrn mit dem Borsalino schon einmal gesehen habe.«

»Bitte?« Lavinia sah ihn überrascht an. Doch der Commissario hatte schon kehrtgemacht und war wieder im Laden verschwunden. Der Mann war vielleicht nur ein Tourist gewesen. Oder auch nicht. Nachfragen kostete nichts.

Er setzte sein charmantestes Lächeln auf und sagte: »Entschuldigen Sie, Signor Corrello, wenn ich neugierig bin. Aber Sie hatten vor uns einen Kunden. War das nicht der Barone Altromondo? Ich habe ihn das letzte Mal bei einer Vernissage gesehen«, improvisierte Antonio. »Ein feiner, gebildeter Mann.«

»Tut mir leid!«, antwortete der Kunsthändler zugeknöpft. »Der Herr hat seinen Namen nicht genannt.«

»Ah, … na klar. Warum auch? Einen schönen Tag noch!«

20

Chieming, 16.30 Uhr

»Hast du mit der Anna Berger gesprochen?«, fragte Georg seine Mutter. Er half ihr auf den Beifahrersitz und verstaute anschließend ihren Rollstuhl im Kofferraum seines alten Audi Quattro. Dann nahm er neben ihr auf dem Fahrersitz Platz und betätigte die Zündung. Als sie ihm die Antwort schuldig blieb, sah er prüfend zu ihr hinüber.

»Was glaubst du denn? Freilich hab ich sie angerufen.«

Georg schüttelte ungläubig den Kopf und fuhr seinen Wagen aus der Hauseinfahrt. Wenig später erreichten sie die Hauptstraße, die mitten durch Chieming führte, und wandten sich nach links in Richtung Traunstein. Beim Kreisverkehr folgte er der Bundesstraße, um dann Richtung Seebruck bei Egerer wieder in eine schmale Straße einzubiegen. Soweit wusste er noch Bescheid.

»Du kennst den Weg und weißt, wie wir zum Hof von der Anna Berger kommen, oder?«

»Bei der nächsten Querstraße musst rechts weg. Dann geht's a bisserl bergauf und dann siehst ihn schon, den großen Bauernhof. Den kannst ja gar nicht verfehlen.«

Hatte er am Morgen noch Zweifel gehabt, ob er den Tipp seiner Mutter, die Flüchtlinge bei Anna Berger unterzubringen, ernst nehmen sollte, so hatte sich seine Sichtweise in der letzten Stunde drastisch gewandelt. Gleich nach dem Telefonat mit Toni war er zur

Registrierstelle in Traunstein gefahren und hatte sich dort mit der Kollegin unterhalten, die die Syrer vom Vorabend aufgenommen hatte. Sie hatte nicht viel erzählt, ihn nur in die große Sporthalle geführt, wo ein Feldbett dicht neben dem anderen stand und viele Menschen durcheinanderliefen, auf den Betten lagen oder sich in Grüppchen eng beieinander stehend unterhielten. Es roch nach Staub, Schweiß und Gymnastikmatten, die an den Wänden hochkant neben Kletterleitern aufgestellt waren und vom eigentlichen Zweck der Halle zeugten.

Die Kollegin hatte ihm eine Mappe mit Papieren in die Hand gedrückt und gesagt: »Ich kann bald nicht mehr. Seit Wochen geht das jetzt so. Jeden Tag fürchterliche Geschichten von Flucht und Vertreibung. Ich hab in den letzten zwei Tagen keine drei Stunden geschlafen. Schau'n Sie sich um! In der Halle sind noch ganze fünf Betten frei und draußen auf dem Gang warten mindestens fünfzig Menschen auf Aufnahme. Ich weiß nicht mehr, wohin mit ihnen. Wir sind am Anschlag.«

Georg hatte ganz bewusst darauf verzichtet, zwischen all den Feldbetten nach den Syrern der vergangenen Nacht zu suchen. Was sollte er ihnen zum jetzigen Zeitpunkt berichten? Er hatte versprochen, dass sie zusammenbleiben konnten. Aber wie sollte er das bewerkstelligen? Dazu fehlten ihm die rechtlichen wie praktischen Mittel.

»Was passiert, wenn ich eine Unterkunft für die sechs Syrer finde, die ich letzte Nacht aus dem Wagen geholt habe? Kann ich sie dann einfach mitnehmen?«

»Eigentlich nicht. Das entscheidet die Zentrale Ausländerbehörde. Aber glauben Sie wirklich, es fragt noch jemand lang nach? Wir schreiben die Adressen der Unterbringung auf und geben sie an die Behörden weiter, damit dafür bezahlt wird. 30 Euro am Tag pro Person gibt es! Mehr nicht! Wenn das irgendeine Pension oder ein Hotel in Chieming oder Seebruck ist, die Sie im Sinn haben, können Sie das vergessen. Die verlangen Phantasiepreise. Sind sich nicht zu schade, um mit dem Unglück anderer Menschen den großen Reibach zu machen. Erst wenn gar nichts mehr geht, kommen diese Angebote für uns in Betracht. Sieht aber leider so aus, als kämen die Pensions- und Hotelbesitzer demnächst zum Zug«, musste sie niedergeschlagen einräumen.

»Gleich is' so weit, Schorsch! Die nächste Straß' musst reinfahren.«

Sie passte auf, die Mama, das musste er ihr lassen. Er war so in Gedanken gewesen, dass er die schmale Feldstraße fast übersehen hätte. Sie war nicht geteert und so rumpelte der Audi von einem Schlagloch ins nächste.

Der Hof lag jetzt direkt vor ihnen auf einer kleinen Anhöhe. Ein Bauernhof, wie er typisch für den Chiemgau war. Ein langgestreckter Bau blickte nach Osten. Im vorderen Teil befand sich das Wohnhaus. Drei Etagen hoch, wenn man das Dachgeschoss mitrechnete, mit zwei langen Balkonen vor den Fenstern des ersten und zweiten Stocks, die im Sommer sicherlich durch üppige Geranien geschmückt wurden. Normalerweise schlossen sich direkt daran die Stallungen an. Doch Anna Berger hatte noch einen weiteren Bau, der quer zum Haupthaus stand. Die offenen kleinen Fenster, die niedrige Bauweise, wiesen den Querbau eindeutig als Kuhstall aus. Langgestreckt bildete er mit dem Haupthaus eine L-Form, in dessen Mitte eine alte Trauerweide stand. Georg fuhr auf den gekiesten Innenhof und hielt nahe der seitlichen Eingangstür. Wenn der Bauer oder die Bäuerin vom Stall kamen, gingen sie nicht durch die Vordertür ins Haus, sondern seitlich hinein. Meistens gab es dort eine Stellage für die schmutzigen Stallschuhe, eine Garderobe für die Stallkleidung und eine Dusche. Den Geruch und Dreck von den Kühen oder Schweinen wollten die meisten Bauern nicht in ihre Wohnräume tragen.

Sorgenvoll betrachtete Georg den Kiesboden. Wie er den Rollstuhl mit der schweren Mutter darüber hinwegbewegen sollte, wusste er noch nicht.

»Da werden die Syrer schau'n, was wir für eine schöne Gegend haben!«, ließ sich Katharina Breitwieser vernehmen. »Selbst im November sind die Wiesen noch grün. Das kennen die doch gar nicht! Alles Staub und Wüste in Syrien. Und jetzt auch noch ganze Städte in Schutt und Asche.«

Georg musste wieder einmal feststellen, dass seine Mutter den Blick für die Realitäten noch nicht verloren hatte, gleichzeitig aber pragmatisch blieb und nicht lange um den heißen Brei herumredete.

»Und einen großen Hof hat sie auch, die Anna. Mit fünfzig Stück Vieh im Stall, das versorgt werden muss. Und Felder im Sommer. Und ein Wald gehört ihr auch noch. Das macht mehr Arbeit, als einer allein schaffen kann. Das kannst mir glauben.«

Georg glaubte ihr aufs Wort. Was sollte er zu diesen Feststellungen auch sagen? Er konnte nur hoffen, dass die Flüchtlinge das genauso sahen und nicht vor dieser völlig ungewohnten Umgebung zurückschreckten. Ob sie der Bäuerin einfach freiwillig zur Hand gehen würden, blieb abzuwarten. Arbeiten durften sie offiziell ja nicht. Und die körperlich schwere Arbeit, die hier zu tun war, lag auch nicht jedermann. Das, was er in den Unterlagen der Mappe gelesen hatte, die ihm die Kollegin mitgegeben hatte, setzte ihm noch immer zu. Und hatte ihn letztlich dazu veranlasst, alle Bedenken beiseitezuschieben und die Fahrt zu Anna Berger zu machen. Er wusste, dass es in der Polizeiarbeit nichts Gefährlicheres gab, als die Distanz zum Fall und zu den beteiligten Personen zu verlieren. Doch genau das passierte ihm gerade. Ließ ihn aktiv werden, obwohl ihm sein Bauchgefühl sagte, dass er sich auf dünnes Eis begab, sich besser aus den persönlichen Belangen der Syrer heraushielte. Entgegen seines Vorsatzes hatte er kein weiteres Gespräch mit Ahmad gesucht. Er hätte sein Versprechen nicht guten Gewissens nochmals erneuern wollen, dazu war die Rechtslage zu eindeutig. Er als Polizist konnte sich in die Vergabe der Erstunterkünfte nicht einmischen. Nun kam es auf Anna Berger an, ob sie sich mit der Idee, eine solche Unterkunft zu stellen, anfreunden konnte.

Er stieg aus seinem Wagen und holte den Rollstuhl wieder aus dem Kofferraum. In diesem Moment kam eine großgewachsene, nicht gerade leichtgewichtige Person aus der Seitentür heraus. Sie trug eine geblümte Schürze über einer blauen Arbeitshose, ein gestreiftes Herrenhemd, das am Kragen offenstand, und hatte ihre Haare unter einem Kopftuch verborgen. Für einen Novembertag war sie ziemlich leicht bekleidet. Doch Georg wusste, dass so ein Kuhstall immer eine gewisse Wärme hatte und die Arbeit schweißtreibend war. Der Gesichtsausdruck der Frau war nicht gerade freundlich.

Katharina Breitwieser öffnete die Beifahrertür und sagte, noch bevor die Bäuerin irgendetwas bemerken konnte: »Servus Anna, wir haben uns ja lange nicht gesehen. Wie geht's dir?«

Georg sah von einer zur anderen. Anna Berger ging zum Wagen und spähte in den Fahrgastraum.

»Ja, die Kathi! I glaub's net.« Dann sah sie zu Georg, der den Rollstuhl aufklappte. »Is' des dei Bua, der Schorsch?«

»Ja, freilich. Den hab ich mitgebracht. Der hätt' mit dir was zu bereden.«

Georg hielt der Bäuerin die rechte Hand hin. »Georg Breitwieser. Vielen Dank, Frau Berger, dass wir vorbeikommen durften.«

»Ja, warum hast denn net angerufen, Kathi. Dann hätt' ich einen Kuchen gebacken. Jetzt hab ich gar nichts daheim.«

»Das macht doch nichts. Angerufen hab ich schon, aber du warst nicht da. Also, hab ich mir denkt, wir versuchen es einfach.

Schließlich musst um fünfe in den Stall zum Melken. Die Kühe kannst ja schlecht warten lassen.«

Die Frauen lachten und Georg stimmte widerwillig ein. Seine Mutter hatte mal wieder Schicksal gespielt und ihn und Anna Berger an der Nase herumgeführt. Die Bäuerin hatte keine Ahnung, was auf sie zukam. Er musste ihr vorsichtig seinen Vorschlag unterbreiten, durfte keinesfalls mit der Tür ins Haus fallen.

Bereitwillig half die Bäuerin mit, die schwere Katharina Breitwieser in ihrem Rollstuhl über den Kiesboden zum Vordereingang und hinein ins Wohnhaus zu schieben.

Wenig später saßen sie in der warmen Stube und die Frauen hatten sich einiges zu erzählen. Georg hörte nur mit halbem Ohr zu und schaute immer wieder auf seine Armbanduhr. Es blieben ihm nur noch gut zehn Minuten bis zum Melken. Es war höchste Zeit, um mit Anna über die Aufnahme seiner Flüchtlinge zu sprechen. Die Kühe hatten absolute Priorität. Das wusste er.

Schließlich entschloss er sich widerstrebend, die Damen einfach zu unterbrechen, bevor er unverrichteter Dinge wieder abziehen musste.

»Frau Berger, Sie können sich sicherlich denken, dass ich meine Mutter nicht einfach so zu Ihnen begleitet habe.«

»Soooo? Was gibt's denn zu bereden? Du bist bei der Mordkommission, gell? Also, bei mir gibt's keine Toten!« Sie lachte. »Da kommst umsonst!« Ohne große Umstände duzte sie ihn, wie sie es mit jeder anderen Person, die sie traf, machte. Mit dem steifen Siezen hielten sich im Chiemgau die wenigsten auf. Doch Georg ließ sich nicht auf den vertraulichen Ton ein.

»Ja, das stimmt, Frau Berger. Aber deshalb bin ich nicht hier. Meine Mutter meint, Sie hätten sehr viel Arbeit auf Ihrem Hof und könnten vielleicht Hilfe gebrauchen.«

»Hast genug von deinen Toten? Willst Bauer werden, Schorsch?« Anna Berger lachte, bis ihr die Tränen kamen. Und Katharina

Breitwieser lachte kurz mit. Dann sah sie ihren Sohn scharf an und signalisierte ihm so, vorsichtig zu sein, mit dem, was er zu sagen hatte. Doch Georg spielte ihr den Ball zu.

»Mama, magst nicht der Anna erzählen, was du für eine Idee hast? Telefoniert hast ja nicht mit ihr.« Diesen Seitenhieb konnte er sich nicht verkneifen. Nun war Katharina Breitwieser doch ein wenig verlegen, rutschte auf ihrem Rollstuhl herum, soweit ihr das möglich war.

»Du hast doch immer wieder gejammert, dass dir die Arbeit auf dem Hof zu viel wird, dass du es bald nicht mehr schaffst allein.«

Anna Berger sah Katharina nun doch verwundert an. »Ja, das stimmt schon. Aber mir wäre nicht in den Sinn gekommen, dass dich das beschäftigt, Kathi.«

»Na, ja, ich hab mir halt denkt, jetzt, wo so viele Flüchtlinge ins Land kommen, die ein Dach überm Kopf brauchen und auch Arbeit, damit sie nicht den ganzen Tag nur herumsitzen und auf ihre Papiere und Genehmigungen warten. In der Zeit könnten sie doch auch was Sinnvolles machen.«

»Bei mir?«

»Warum nicht?«

»Was für eine Arbeit soll das dann sein?«

»Stell dich doch nicht so begriffsstutzig an. Stall ausmisten, Holz hacken für den Winter, den Wald aufräumen und den Kuhstall streichen. Neue Vorhänge könntest auch mal wieder gebrauchen, wenn ich mich so umschau'.«

»Ja, du machst mir Spaß. Neue Vorhänge!« Anna Berger ließ ihren Blick in der Stube von einem Fenster zum anderen wandern. Insgeheim musste Georg seiner Mutter Recht geben. Die gestreiften Vorhänge hatten ein Rankendekor, das kannte er noch von seiner Großmutter. Fast jeder Hof hatte früher in der guten Stube beigegrundige Vorhänge mit olivgrün und rot gemusterten Rankenstreifen.

»Ich bin sicher, dass die Flüchtlingsfrauen tüchtig sind und sich aufs Nähen verstehen.«

Georg konnte sich nur wundern. Wo nahm seine Mutter diese Selbstverständlichkeit her? Behauptete einfach etwas, ohne auch nur nachgefragt zu haben. Er hatte mit ihr über die einzelnen Schicksale der Syrer kein Wort gewechselt.

Auch die Bäuerin sah Georg skeptisch an. Sie wusste nicht so recht, was sie von all dem halten sollte. Das konnte er deutlich erkennen.

»Und was hast du damit zu tun, als Kriminaler? Haben die Flüchtlinge, die du mir andienen willst, was auf dem Kerbholz?«

Georg schüttelte den Kopf. »Nein, ganz im Gegenteil. Die Leute, um die es mir geht, haben Schlimmes erlebt, und ich wäre beruhigt, wenn sie gut unterkämen, vor allem beisammenbleiben könnten und gleichzeitig eine Beschäftigung hätten. Wenn sie den Asylantrag gestellt haben, dürfen sie nach drei Monaten auch arbeiten. Aber vielleicht helfen sie vorher einfach so mit!« Das Letzte konnte er nur annehmen, versprechen konnte er das der Anna Berger keinesfalls.

»Ich nehm' keine Afrikaner. Die kannst ja nicht amal zum Einkaufen schicken, weil sie im Dorf keine Schwarzen bedienen. Und meine Kühe mögen das auch nicht. Die sind doch so dunkelhäutige Menschen gar nicht gewohnt. Und ich auch nicht!«

»Ich hätte dich für weniger engstirnig gehalten, Anna. Entweder du brauchst Hilfe am Hof oder du musst halt allein weiterwurschteln wie bisher. Wirst aber auch nicht jünger!« Diplomatie war nicht unbedingt Katharinas Stärke.

»Vielen Dank!« Anna Berger erhob sich schwerfällig von ihrem Sessel. Dabei musste sie sich an den Armlehnen abstützen, um hochzukommen. Für sie war das Gespräch an diesem Punkt offenbar beendet. Deshalb drückte Georg sie sanft in den Stuhl zurück.

»Einen Moment noch, Frau Berger.« Und ohne lange zu überlegen, erzählte er den beiden Frauen, wie er in der Nacht zuvor die

Syrer in Kiefersfelden/Kufstein entdeckt hatte und was sie in ihrer Heimat beruflich gemacht hatten. Auch das Kleinkind erwähnte er und erreichte damit endlich die Aufmerksamkeit der Bäuerin, die er brauchte.

»Mei, das arme Kind. Wie alt ist denn die Kleine?«

Georg wusste es nicht genau. »Zwei, höchstens drei Jahre.«

»Ja und wie sind die Syrer an den Brenner gekommen? Mit dem Kind? Dort schneit es doch schon seit Tagen. Waren sie in einem dieser Boote? Aufgesammelt im Meer vor Sizilien?« Jetzt wollte Anna Berger es doch genauer wissen.

»Nein. Sie sind über die Türkei und Griechenland bis nach Albanien gekommen. Dort hat sie dann im Hafen von Durrës ein Frachter aufgenommen. Sie sollten mit dem Schiff nach Ancona gebracht werden und dann weiter auf dem Landweg nach Deutschland einreisen. Doch der Frachter war führerlos. Das Schiff trieb tagelang in der Adria umher. Die Leute hatten keine Lebensmittel und nur wenig Wasser an Bord. Und es waren viel zu viele von ihnen. Schließlich wurde der unbeleuchtete Frachter eines Nachts von einem Containerschiff, das aus Triest kam, gerammt und schwer beschädigt. Feuer brach aus und der Kahn drohte zu sinken. Die sechs Syrer konnten gerettet werden, wurden in Ancona in einen Bus gesetzt und nach Bozen gebracht.«

Was Georg den Damen verschwieg, war die abenteuerliche Rettungsaktion mitten in der Nacht im stürmischen Meer, von der Ahmad der Kollegin berichtet hatte. Ihr war es gelungen, den schweigsamen Journalisten zum Reden zu bringen. Trotz seiner Sorge um die Familie in Aleppo hatte er einiges von der wochenlangen Flucht berichtet. Viele der anderen Flüchtlinge waren, seiner Aussage nach, in Panik ins Wasser gesprungen und ertrunken. Die wenigsten konnten schwimmen und Rettungsboote oder -westen gab es keine auf dem Frachter. Der Schleuser, der die Überfahrt von Durrës aus organisiert hatte, hatte den Tod aller Passagiere einkalkuliert. Ahmad hatte sich jedoch weiter eisern geweigert, eine konkrete Aussage zu dem Mann zu machen, der sie auf den Todesfrachter geschickt hatte. Und er hatte die Kollegin völlig im Unklaren darüber gelassen, wieviel Geld sie wo, wie und wem gezahlt hatten.

Georg musste nochmals mit dem Journalisten sprechen. Vor allem dann, wenn es ihm gelang, die Bäuerin von seinem Plan zu überzeugen. Er musste es zumindest versuchen, das Vertrauen von Ahmad zu gewinnen. Erst dann konnte er mehr Druck aufbauen. Denn die Rolle, die Gianni Canali in dieser Flüchtlingsaktion spielte, war immer noch nicht geklärt. Er mochte es sich zwar nicht vorstellen, dass der junge Italiener zu einem Ring skrupellos agierender Schlepper gehörte, aber er konnte es auch nicht ausschließen. So gutgläubig durfte er nicht sein und sein Engagement für die Flüchtlinge musste professionell bleiben. Nur dann war er auch im Fall des Bilderraubs mit Todesfolge, den er nun gemeinsam mit Antonio bearbeitete, eine Hilfe bei den Ermittlungen. Gleich heute noch, wenn er wieder in Traunstein war, wollte er sich mit seinem Kollegen Oberinspektor Huber den Transporter genauer ansehen.

Aufmerksam sah Georg jetzt Anna Berger ins Gesicht. Er konnte nicht beurteilen, ob ihr Wunsch nach Unterstützung groß genug war, um die fremden Syrer bei sich aufzunehmen. Er ahnte, dass seine Mutter und inzwischen auch er selbst mehr von der Idee begeistert waren als die Bäuerin. Wenn Anna Berger nicht mitzog, würde er eine andere Lösung finden müssen. Die große Standuhr in der Stube schlug fünfmal. Seine Zeit war abgelaufen. Gespannt wartete er darauf, dass Anna etwas sagte.

»Der Staat zahlt doch für Unterbringung, oder?« Auch sie war eine Pragmatikerin und stellte die richtige Frage.

»Ja, es gibt bis zu 30 Euro pro Person. Wieviel für das Kind bezahlt wird, weiß ich nicht.«

»Na, was wird so ein Wurm schon groß brauchen? Windeln halt. Aber sonst?« Anna Berger rieb sich mit der rechten Hand über die Stirn und richtete ihre nussbraunen Augen aufmerksam auf Georg: »Anständige Leut' sind das, oder?«

Georg nickte und wusste, dass er nun endgültig das Glatteis betrat, das er billigend in Kauf genommen hatte, als er sich mit seiner Mutter in den Wagen gesetzt und hierhergefahren war. Woher sollte er wissen, ob das anständige Leute waren? Er hoffte es.

»Also gut. Wenn es schief geht, weiß ich, wo ich dich finde, Schorsch.« Sie lachte und schlug Katharina Breitwieser auf die linke Schulter. »Deinem Sohn kann man ja schlecht etwas abschlagen.« Sie erhob sich nun endgültig aus dem Sessel. »Und es ist ja auch für eine gute Sach'. In Zukunft brauch' ich nur noch anzuschaffen, Kathi. Den Rest erledigen die Syrer.« Sie warf den Kopf in den Nacken und lachte laut auf. Katharina schmunzelte und sah zu ihrem Sohn. Ihre Miene sagte deutlich, was sie nicht aussprach – ich hab es dir ja gleich gesagt, dass die Anna Berger Hilfe gebrauchen kann. Georg hoffte, dass er nicht den größten Fehler seiner beruflichen Karriere beging.

21

Verona, 17.00 Uhr

Michele Vivani war sauer. Sein Streifzug durch die Kunstgalerien Veronas war nicht ganz so verlaufen, wie er sich das vorgestellt hatte. Müde und frustriert stand er in seinem Hotelzimmer, nahm den Borsalino ab und zog den warmen Mantel aus. Commissario Fontanaro hatte sich an seine Fersen geheftet, wenn auch mit Sicherheit rein zufällig. Michele hoffte, dass Fontanaro ihm nicht in absehbarer Zeit einen gehörigen Schritt voraus und dabei war, seinen Auftrag zu gefährden. Die Verkleidung als eleganter Kunsteinkäufer Sandro Torrente war zumindest in Verona nicht mehr unproblematisch. Er musste sich seinen nächsten Einsatz gut überlegen.

Michele nahm auch die Brille ab, fischte die Kontaktlinsen aus den Augen und entledigte sich der unangenehm warmen Perücke. Eigentlich sollte er ein Bad nehmen und schleunigst seine Haare waschen. Doch dazu war keine Zeit. Er musste noch einen weiteren Gang erledigen, und das möglichst schnell.

Erneut konsultierte Michele den Inhalt seines voluminösen Alukoffers und förderte eine abgetragene Jeans, ein kariertes Flanellhemd und eine rostrote Allwetterjacke zutage. Widerwillig zog er sich um und besah sich kritisch im Spiegel. Sein Outfit war so ernüchternd zweckmäßig und unelegant, dass er unter den deutschen und amerikanischen Touristen, die zweifelsohne noch im

Museo Civico d'Arte von einem Ausstellungsraum in den nächsten schlurften, nicht weiter auffallen würde. Die Perücke ersetzte er durch eine dunkelblaue Skimütze, die er weit in die Stirn zog. So konnte er auch seine nicht mehr ganz frischen Haare gut verbergen. Zudem war es ein hilfreicher Verkleidungstrick bei dem eiskalten und feuchten Wetter. Michele war sich absolut sicher, sollte ihm der eifrige Commissario auch im Museum über den Weg laufen, dann hätte er dennoch keine Chance, in ihm den Borsalino-Träger zu erkennen, den er zuvor zweimal gesehen hatte. Fontanaros Auftauchen bei Andrea Corrello hatte Micheles Adrenalinspiegel ungewohnt in die Höhe getrieben. Normalerweise brachte ihn so schnell nichts aus der Ruhe. Verschiedene Identitäten anzunehmen gehörte zu seinem Job und darin war er absoluter Profi. Doch mit dem raschen Auftauchen der *polizia* bei dem Galeristen hatte Michele dann doch nicht gerechnet.

Er setzte sich auf den weichen Polsterstuhl, mit dem das Hotelzimmer ausgestattet war, und schnürte sich die Sneakers zu, die seine schwarzen Budapester-Schuhe ersetzten. Dann griff er sich den Rucksack, in den er das kleinste Kopfkissen stopfte, das auf dem Bett dekorativ und ziemlich nutzlos lag, und schob sich einen der Trageriemen über seine linke Schulter. Nun kam er sich wirklich richtig verkleidet vor. In solch einer Aufmachung brächten ihn normalerweise keine zehn Pferde aus dem Haus. Der Auftrag erforderte von ihm schon ziemliche Zugeständnisse. Und so ersparte er sich einen weiteren Blick in den hohen Spiegel. Schließlich wollte er nicht vor sich selbst erschrecken.

Entschlossen zog er die Zimmertür ins Schloss, betrat den Fahrstuhl und verließ das Hotel über die Tiefgarage. Es war kurz nach 17 Uhr. Die Bewölkung und einsetzende Dunkelheit hüllte die *Arena* mit ihren hochaufragenden Rundbögen in ein dumpfes, nebliges Grau. Michele hatte einen längeren Fußmarsch durch die Altstadt und über die Etsch bis zum *Museo Civico d'Arte* vor sich.

Sein Erkundungsgang dort sollte seine letzte Recherchemaßnahme an diesem Tag sein. Anschließend würde er im Hotel zu Abend essen und sich in der Abgeschiedenheit seines Zimmers darüber klar werden müssen, wie er weitermachen sollte, ob sich das, was er herausgefunden hatte, verwerten ließ, um seinen Auftrag möglichst bald erfolgreich zu Ende zu bringen.

Direkt im Anschluss an seinen Besuch bei Andrea Corrello, den Commissario Fontanaro so grandios zu einem abrupten Ende gebracht hatte, hatte Michele auch noch den Kunsthändler Pietro Lombardo aufgesucht. Von ihm hatte er keine neuen Erkenntnisse erwartet, doch er wollte auf Nummer sicher gehen und keine Fehler machen. Aber er hatte mit seiner Einschätzung recht behalten.

Pietro Lombardo war ein alter Hase im Kunsthandel. Vivani hatte in Rom in der Kürze der Zeit, ein Tag reichte dafür normalerweise nicht, so gründlich recherchiert, wie es ihm möglich war, und herausgefunden, dass es die Kunstgalerie Lombardo seit den späten fünfziger Jahren des vorigen Jahrhunderts gab. Zunächst hatte sich Pietro Lombardo auf antike Grafik und antiquarische Bücher spezialisiert. Seit den siebziger Jahren hatte er auch Gemälde in sein Sortiment aufgenommen.

Michele hatte den Galeristen dann auch angetroffen. Der alte Herr hatte inzwischen die Achtzig weit überschritten und musste sich auf einen Stock stützen, um in seinem geräumigen Ladengeschäft die Kundschaft von Objekt zu Objekt zu begleiten. Die Galerie lag im *Borgo Trento*, einem Viertel Veronas, das Ende des 19. Jahrhunderts entstanden war, aber erst in den Zwanzigerjahren seine Blütezeit erlebte. Michele Vivani war sich sicher, dass Antonio Fontanaro den Laden von Lombardo kannte. Schließlich wohnte er nur wenige Straßen entfernt davon mit seiner Familie in einem eleganten Mehrfamilienhaus aus der Glanzzeit des Viertels.

Pietro Lombardo hatte den Kunstagenten Sandro Torrente, als der sich Michele Vivani erneut ausgab, freundlich, aber ziemlich desinteressiert begrüßt. Die Zeiten, in denen sich der Galerist um die Kundschaft bemühte, sie hofierte, damit sie ihm etwas abkaufte, waren offensichtlich vorbei. Michele nahm an, dass der Kunsthändler nicht in Reichtümern schwamm, aber über die Jahre seinen Schnitt gemacht hatte und jetzt keine Energie mehr darauf verschwendete, seine Preziosen mit Charme und devoter Höflichkeit anzupreisen. So konnte er sich auch nicht vorstellen, dass Pietro Lombardo krumme Wege einschlug, um an Geld und besondere, um nicht zu sagen, auf dem normalen Weg unveräußerliche, heiße Ware zu kommen. Das war dem alten Herrn mit Sicherheit zu mühsam. Und das hatte er nach all den Jahren auch nicht mehr nötig.

Ein kurzer Gang durch dessen Ladengeschäft bestätigte Vivanis Einschätzung. Was dort aufgehängt war oder entlang der Wände aneinander gelehnt aufbewahrt wurde, verdiente das Prädikat »unverkäuflicher Schinken«. Er entdeckte unter den zahlreichen Stillleben, Seestücken und Landschaftsgemälden, die in nachempfundenen Barock- und Rokokorahmen steckten, keinen auch nur annähernd bekannten Künstler, den es sich lohnte zu erwerben. Wenn dereinst Pietro Lombardo von der weltlichen Bühne abtrat, würde ein großes Aufräumkommando die verbliebenen Herrlichkeiten verscherbeln und den Rest anstandslos entsorgen. Für Andrea Corrello bedeutete der alte Lombardo keine Konkurrenz. Und wenn Michele Vivani, der vom Kunsthandel einiges verstand, die Lage richtig einschätzte, so gab es in der ganzen Stadt und im restlichen Umland von Verona keinen Kunsthändler mehr, der Corrello Kunden abspenstig machen konnte. Corrello bestimmte das Geschäft und die Preise. Er war der Platzhirsch, der die einschlägigen Bezugsquellen kannte und die Kunden hatte, die bereit waren, entsprechende Summen für die Kunstwerke zu bezahlen. Und diese Kunstinteressenten saßen nicht in Verona und nicht im Veneto. Sie befanden sich irgendwo im russischen, baltischen oder arabischen Raum und freuten sich über die europäische Kunst, die sie in ihren Datschen, Palästen und riesigen Villen für Jahre oder Jahrzehnte verschwinden lassen konnten, ohne dass ein Kunstfahnder oder ein Commissario sie jemals wieder in die Hände bekäme. Dennoch war Michele Vivani wild entschlossen, diesen ewig gleichen Kreislauf zu durchbrechen, den Räubern auf die Schliche zu kommen, die Bilder des *Museo Civico d'Arte* wiederzufinden. Doch es blieb ihm nicht viel Zeit. Jeder Tag, der verging, brachte die gestohlenen Werke ein gutes Stück weiter außer Landes, verhinderte immer mehr den Zugriff der Behörden auf das Diebesgut.

Sein Gefühl sagte ihm, als er nun die Glastür des Museums aufschob und das Vestibül betrat, dass er schon sehr bald von Andrea Corrello hören und ein Angebot für einen Tiepolo bekommen würde.

Angenehme Wärme empfing Michele Vivani und einen kurzen Moment war er versucht, die ungewohnte und wenig kleidsame Skimütze abzunehmen. Im letzten Moment erinnerte er sich, dass sie seiner Tarnung diente und er lediglich den Reißverschluss seiner Allwetterjacke öffnen konnte, um sich Luft zu verschaffen. Er sprach ganz gut Deutsch, würde sich aber auf Englisch mit dem Personal unterhalten, falls er Gelegenheit dazu bekam. Sein Akzent sollte ihn in der fremden Sprache weniger verraten. Italienisch zu sprechen, war ab sofort für ihn zu gefährlich. Er kaufte sich ein Ticket und betrat als erstes den Museumsshop. Dort standen zwei Damen, die in ein sehr engagiertes Gespräch verwickelt waren.

Die ältere der beiden trug einen schwarzen Hosenanzug, den sie mit einer violetten Schleifenbluse kombiniert hatte. Sie schien ärgerlich und sehr erregt. Vor ihr stand eine junge Frau, die ihre langen, blonden Haare in einem dicken, geflochtenen Zopf gebändigt hatte, der weit in den Rücken hinabhing. Ihr Outfit ließ keinen Zweifel daran, dass sie einem eher leichtlebigen Gewerbe nachging. Die teure Pelzjacke änderte an diesem Eindruck nicht viel. Denn der sehr kurze Rock, den sie zusammen mit den hohen Stiefeln, die über die Knie reichten, trug, konnte nicht darüber hinwegtäuschen. Der Kontrast zwischen den beiden Frauen hätte nicht größer sein können.

Neugierig trat Michele Vivani näher, nahm einen Bildband über Mantegna zur Hand und vertiefte sich scheinbar intensiv in seine Lektüre. Dabei sperrte er seine Ohren weit auf.

»Wagen Sie es ja nicht, mir zu drohen, Signora.« Die junge Frau wirkte nicht eingeschüchtert. Sie wehrte sich mit einem kleinen, aber deutlich siegessicheren Lächeln, das ihrem Gesicht jedoch nicht seine Herbe nahm. Sie wirkte verlebt und abgehärmt, obwohl sie vermutlich noch keine Dreißig war.

»Contessa! … Für Sie immer noch Contessa! Ich drohe Ihnen nicht. Ich werfe Sie hinaus. So einfach ist das.«

»Das dürfte Ihrem Mann wenig gefallen. Ich glaube kaum, dass Sie noch mehr Ärger gebrauchen können. Überlegen Sie gut, was Sie tun, Signora, und was Sie sagen. Ich habe vielleicht mehr gesehen oder gehört, als Ihnen lieb sein kann. Abgesehen davon hat mich Ihr Mann angestellt. Es ist seine Sache, mir zu kündigen.«

»Was wollen Sie schon gesehen oder gehört haben? Ich fürchte mich nicht vor Ihnen. Und ich lasse mich nicht von Ihnen erpressen. Glauben Sie im Ernst, dass mein Mann meine Wünsche ignorieren würde? Sie scheinen eine seltsame Vorstellung von unserer Beziehung und Ehe zu haben. Ein Wort von mir genügt und Sie stehen auf der Straße.«

»Dann warten wir doch einfach ab, was Ihr Mann von Ihrem Vorschlag hält, Signora. Bis gleich. Ich denke, Sie werden von Ihrer Mutter schon sehnsüchtig erwartet.« Die junge Frau drehte sich um und ließ die ältere verdutzt und blass vor Wut zurück.

Michele hatte genug gesehen und gehört. Ohne Eile legte er den Bildband auf den Bücherstapel zurück. Schlenderte an den Regalen entlang, nahm stattdessen den Katalog der laufenden Ausstellung in die Hand und ging damit zur Kasse. Dort stand die Signora, die als Contessa angesprochen werden wollte und vergeblich versuchte, ihre zitternden Hände unter Kontrolle zu bringen. Michele Vivani wusste genau, mit wem er es zu tun hatte. Auch über Claudia Di Primavera und ihren Mann, Franco Risi, hatte er sich informiert.

Sie entstammte einer alten Adelsfamilie, deren beste Zeiten längst vergangen waren. Außer ihrem Titel und dem Palazzo, den sie mit ihrer Mutter und ihrem Gatten bewohnte, war vom alten Glanz nicht mehr viel übrig. Dennoch hatte sie sich ihre Arroganz erhalten.

Franco Risi galt als schwaches Licht am Museumshimmel. Sein Stern war längst untergegangen, bevor er Zeit gehabt hätte, richtig aufzugehen und zu strahlen. Ohne seine Frau hätte der junge, damals noch gutaussehende, aber mittellose Kunsthistoriker, den niemand in Verona kannte, der kein Netzwerk von Freunden oder gar Beziehungen zum Rat der Stadt hatte, niemals die Stelle des Museumsdirektors bekommen. Sie hatte sich in den attraktiven Studenten verliebt und ihn nicht mehr aus den Fängen gelassen. Anschließend hatte der alte Name Di Primavera genügt, um Türen zu öffnen, Freunde zu finden und einen Posten an oberster Stelle eines angesehenen Museums zu gewinnen. Michele Vivani hatte in den Unterlagen, die im Archiv des *Museo Civico d'Arte* sogar in der Online-Datenbank zu finden gewesen waren, das Empfehlungsschreiben eines anderen Kunstdirektors entdeckt, das dem damaligen Minister für Kunst- und Kulturgüter die Besetzung der freien Stelle auf Bitten des damaligen Bürgermeisters mit Franco Risi in Verona nahelegte.

Interessanter fand Michele allerdings die junge Frau, die sich nicht scheute, der Contessa zuzusetzen. Sie hatte die Ältere mit irgendeiner Sache in der Hand. Es würde Michele nicht wundern, wenn Franco Risi mit der blonden Frau ein Verhältnis unter dem ehelichen Dach des Palazzo unterhielte. Das barg Zündstoff und eröffnete jede Menge Möglichkeiten. Kein Wunder, dass die Contessa um Contenance rang. Die Zeiten, in denen alter Adel unantastbar war, waren längst vorbei. Nicht jede oder jeder wollte das akzeptieren und konnte mit den veränderten gesellschaftlichen Formen souverän umgehen. Und offener Ehebruch war natürlich ein besonders heikles Thema. Welche betroffene Ehefrau gab das schon gerne zu.

Die Contessa bemühte sich, ihre Haltung wiederzugewinnen und Michele Vivani freundlich und professionell zu bedienen. Das Lächeln, das sie für den Touristen, der ein Buch zu kaufen gedachte, auf ihr Gesicht zauberte, wirkte unecht, wie gefroren. Am liebsten hätte sie ihn wohl angeblafft oder das nächstbeste Stück, das ihr in die Hände käme, gegen die Wand geworfen. Die Wut in ihren Augen konnte er nur zu deutlich erkennen.

Er bezahlte den Katalog und ging zu den Ausstellungsräumen hinüber, neugierig darauf, ob die frei gewordenen Stellen an den Wänden mit Gemälden aus dem Depot gefüllt worden waren oder ob man den Mut besaß, leere Wandflächen zu präsentieren. In jedem Fall würde es ihm die Möglichkeit eröffnen, einen der Museumsdiener naiv und dumm auszufragen. Ganz der neugierige Tourist, der angereist war, die berühmten Gemälde zu betrachten, und nun um einen wichtigen Zweck seiner Reise gebracht wurde, weil der Guardi oder der Tiepolo fehlte.

Seine Annahme bestätigte sich. Man hatte eilends die Lücken mit minderwertigen Werken aus dem Depot gefüllt. Michele ging nahe an die Wand heran, las auf dem Schildchen den ursprünglichen Beschreibungstext der »*Sacra Famiglia*« von Tiepolo und betrachtete dann mit aufgesetztem Unglauben und großer Verwunderung eine »Kreuzigung Christi«. Die Signatur des Künstlers war unleserlich. Das Gemälde stammte sicherlich nicht aus der Barockzeit, sondern aus dem ausgehenden 19. Jahrhundert. Damit passte es weder zum Ausstellungsthema noch war es von künstlerisch wertvoller Qualität. Michele Vivani sah seine Stunde gekommen, wandte sich um und steuerte einen der Museumsdiener an, der auf seinem Sessel saß und auf das Ende des Tages wartete. Der junge Mann sah zwischen seinen Beinen zu Boden und wollte in seiner Kontemplation nicht gestört werden. Das kam Michele gerade recht. Er hatte die entsprechende Seite des Ausstellungskatalogs aufgeschlagen und hielt sie dem jungen Mann unter die Nase.

»Entschuldigung! Ich kann dieses Bild hier nirgendwo entdecken!« Michele tippte auf die Abbildung und sah den Museumsmann gespannt an.

Der hob gelangweilt den Kopf und gab widerwillig Auskunft: »Keine Ahnung. Fragen Sie den Kollegen!« Dabei deutete er ans andere Ende des Saals, wo ein Herr mittleren Alters an der Marmoreinfassung des Türrahmens lehnte, der zum nächsten Ausstellungsraum überleitete. Michele trat auf ihn zu und wiederholte seine Frage. Der Mann sah ihn überrascht an.

»Sie lesen wohl keine Zeitung? Naja, vielleicht hat man im Ausland über den großen Raub und Mord noch nicht berichtet, der hier Sonntagnacht stattgefunden hat.«

Michele machte große Augen, wie der Herr das sicher von ihm erwartete, und sagte wahrheitsgemäß: »Ich bin erst vor wenigen Stunden angekommen.« Er ließ einen Moment verstreichen und sah sich demonstrativ um: »Heißt das, dass noch weitere bedeutende Werke der Ausstellung fehlen?«

»So ist es!«

»Da fährt man nun so weit … und dann das!«

»Ja, Sie kommen zu spät! Unsere berühmten Barockgemälde werden Sie und wir wohl nie wieder sehen.«

»Sie glauben, Ihre Polizei wird die Täter nicht finden?«

»Ha, unsere Polizei! Guter Witz! Ich weiß ja nicht, woher Sie kommen, Signore, aber bei uns tauchen gestohlene Gemälde, Schmuck, Autos oder Yachten nie wieder auf. Sogar Flugzeuge werden bei uns vom Rollfeld geklaut und verschwinden auf Nimmerwiedersehen in den ewigen Weiten des italienischen Südens. Irgendein Mafioso hat den Auftrag erteilt, ein Killerkommando geschickt, die Bilder abgeholt und Ende der Geschichte. Unsere arme Kuratorin hat versucht, die Diebe von ihrer Schandtat abzuhalten und als Dank dafür hat man ihr den Schädel eingeschlagen.«

»Das ist ja furchtbar.« Michele war ganz Mitgefühl und Erstaunen. Die Norditaliener und der verhasste Süden. »Und gibt es gar keine Spur von den Bildern? Gar nichts, woran die Polizei sich halten könnte?«

Der Museumsdiener deutete mit vielsagender Miene nach oben in die Ecken des Ausstellungsraums, wo die Überwachungskameras hingen.

»Wertloser Plunder das Ganze. Das sollen Attrappen sein. Der Staat spart, wo es nur geht. Nicht einmal für Kameras geben sie Geld aus. Die Alarmanlage hat auch nicht funktioniert. Die haben den letzten Schrott eingebaut. Hauptsache billig. Jetzt haben wir den Salat. Keine Fotos, keine Beweise vom Hergang der Tat. Nichts!«

Mit resignierter Geste klappte Michele Vivani den Ausstellungskatalog zu. »Dann will ich hier nicht länger meine Zeit vergeuden. Mein Eintrittsgeld bekomme ich wohl auch nicht zurück?«

Der Museumsdiener grinste ihn an: »Ich glaube eher nicht!«

22

Soave, 17.30 Uhr

»Was wissen wir inzwischen über Luca Panini?«, wollte Antonio von seiner Mitarbeiterin Lavinia Strano wissen.

Sie saßen in seinem Dienst-Alfa und fuhren die *A1* in Richtung Venedig. Von Verona nach Soave waren es keine dreißig Kilometer. Die *autostrada* war voll wie immer. Die Querverbindung im Norden Italiens von Mailand zur Lagunenstadt war das ganze Jahr über mit Staus und stockendem Verkehr belastet und jetzt im abendlichen Berufsverkehr kamen sie nur langsam voran.

»Luca Panini ist dreißig Jahre alt, hat ein Studium als Geometer abgeschlossen und arbeitet jetzt als Buchhalter für die Direktion der *Cantina di Vini e Sapori* in *Soave*.

Seine Mutter hat mir erzählt, dass er seit zwei Jahren mit Renata Mancini verlobt ist, aber immer noch zu Hause bei ihr in Verona wohnt. Sie hat außerdem bestätigt, dass er gestern Abend zum Abendessen daheim war. Allerdings erst nach 19 Uhr 30. Genauer konnte sie es nicht sagen.«

»Du hast ihr erzählt, dass Renata tot ist?«

»Nein, habe ich nicht!«

»*Bene!* Wahrscheinlich weiß er längst Bescheid, aber wir werden sehen, wie er auf die traurige Neuigkeit reagiert. Wollte die Mutter gar nicht wissen, weshalb die Polizei nach ihm fragt und bei ihr anruft?«

»Ich habe ihr erzählt, dass ich von der Finanzbehörde bin, und mich nach dem aktuellen Arbeitgeber ihres Sohnes erkundigt. Die Frau war sehr mitteilsam. Sie ist sehr stolz auf ihren Sohn und sein Studium. Und mächtig sauer auf den Staat, der ihm keinen Job bei einem Bauamt oder sonst bei einer Behörde gibt. Die *Cantina* hat ihn angeblich eingestellt, um die Weinberge, die zum Soave-Gebiet gehören, zu vermessen und strittige Eigentumsverhältnisse entlang der Parzellengrenzen zu klären. Doch bisher will die *Cantina* das höhere Gehalt für einen Geometer nicht zahlen und hat ihn in der Buchhaltung geparkt, bis die Finanzen eine ordentliche Anstellung ermöglichen. Dass er jetzt als Buchhalter arbeiten muss, findet die *Mamma* extrem ungerecht. Sie hat eine Tirade gegen Gott und die Welt losgelassen und war kaum zu stoppen.«

Antonio konnte sich das lebhaft vorstellen. Ausgebildete Geometer waren in Italien keine Mangelware. Panini blieb wohl nichts anderes übrig als abzuwarten. Wie in so vielen anderen akademischen Berufen gab es auch in diesem Metier mehr als genug Bewerber. Die Aussichten für junge Leute, einen zu ihrer Ausbildung passenden Job zu bekommen, waren denkbar schlecht. In Norditalien ging es noch einigermaßen. Im Süden schien es völlig aussichtslos zu sein. Kein Wunder, dass Gianni Canali sein Glück in Verona suchte. Doch auch hier hatte er bisher keine Festanstellung gefunden. Und Todisco hatte noch die Stirn gehabt und bestritten, den Neapolitaner überhaupt zu kennen. Als zukünftiger fester Arbeitgeber schied er für Canali nach dem Stand der Dinge jedenfalls aus.

Antonio nahm die Ausfahrt *Bonifacio*, wandte sich nach links, fuhr über die lange Brücke, die zahlreiche Eisenbahnstränge und die *autostrada* überspannte, und nahm die schnurgerade Straße nach *Soave Centro* hinein. So gelangte er zu den mittelalterlichen Stadtmauerresten und zum Einfahrtstor der Altstadt. Es war inzwischen stockdunkel und die Beleuchtung für die vor Nässe glänzende Straße kaum ausreichend. Doch es gab nicht viele Wege in dem mittelalterlichen Städtchen. Man konnte sich nicht verfahren. Antonio hielt sich rechts, fuhr ein kurzes Stück Richtung *Castello,* das, effektvoll angestrahlt, auf einem Hügel die Häuser sichtbar überragte, und erreichte wenig später den Innenhof der *Cantina di Vini e Sapori.* Der Besucherparkplatz vor dem Gebäude war bis auf einen altersschwachen Fiat Uno verwaist, neben den Antonio den Dienstwagen abstellte. Nur mit Glück würden sie Luca Panini noch antreffen.

»Wir hätten anrufen sollen. Womöglich ist der Vogel ausgeflogen.«

»Die Büros der Direktion schließen erst um 19 Uhr.«

Antonio wollte Lavinias Optimismus nicht trüben, doch seiner Erfahrung nach hielten sich Direktionen selten an Öffnungszeiten.

Sie verließen den Wagen und gingen auf das Gebäude zu. Die *Cantina,* eine Weingenossenschaft, diente als Sammelstelle von Trauben, die die Weinbauern der Gegend dort ablieferten, deren Lagen nicht für einen *Soave Classico* oder *Classico Superiore* ausgewiesen waren. Wenn das Wetter zudem nicht mitspielte, waren auch die bekannten und reichen Winzer der Gegend, die auf dem kleinen Anbaugebiet des *Soave* ihre Parzellen besaßen und jeden Quadratmeter für ihre Weinstöcke ausnutzten, dankbar dafür, die minderwertigen, überreifen oder hagelgeschädigten Trauben in der *Cantina* abliefern zu können und die Ernte nicht restlos abschreiben zu müssen. Für einen einfachen *Soave,* einen Tischwein für zu Hause oder als offener Wein in den Restaurants angeboten, reichte es dann immer noch.

Antonio und Lavinia gingen auf das weit offen stehende Tor der Lagerhalle zu. Dort spritzte ein junger Mann mit einem breiten Wasserstrahl aus einem dicken Schlauch den Betonboden sauber. Es roch nach vergorenen Trauben, nach Alkohol und Fäulnis. Die hohen Edelstahltanks standen in Reih und Glied und reichten bis unter die Decke der gut fünf Meter hohen Halle. In der Ferne hörte man Flaschengeklirr. Die Abfüllanlage war noch in Betrieb und das Förderband lief. Auf der linken Seite stapelten sich Weinflaschen, die für den Weitertransport auf Europaletten exakt geschichtet und mit Plastikfolie fixiert worden waren.

Der junge Mann, der den Schlauch trotz ihrer Anwesenheit unverdrossen auf den Boden hielt, dass es mächtig spritzte, sah nur kurz auf, machte eine unwirsche Handbewegung nach links. Dort befand sich eine Eisentür, auf die Antonio zuging, vorsichtig darauf bedacht, nicht in eine größere Wasserpfütze zu steigen. Er schob die schwere Tür auf und unvermittelt standen er und Lavinia in einem gepflegten Vorraum. Auf einer antiken Anrichte wurden unterschiedliche Weinsorten in hohen schlanken Flaschen präsentiert. Ausliegende Preislisten und Prospekte informierten den Besucher über das reichhaltige Angebot. Außerdem gab es getrocknete Steinpilze in dekorativen Gläsern, die in einem dunkelbraunen Holzregal ausgestellt waren. Sie wurden von verschiedenen Honigsorten und getrockneten Gewürzen in bunten Keramikgefäßen ergänzt. Diese Spezialitäten der Gegend versteckten sich hinter dem Begriff der »*Sapori*« im Namen der *Cantina*. Die Genossenschaft versuchte, alles zu Geld zu machen, was das Land hergab.

Antonio streifte die Herrlichkeiten nur mit einem kurzen Blick und klopfte an der einzigen Tür, die der Vorraum bot. Als sie niemand hereinbat, öffnete er auch diese und fand sich in einem sehr großen Büro- und Geschäftsraum wieder. Ein Tresen trennte die Besucher von den Schreibtischen der Angestellten, die dort untertags tätig waren.

Jetzt allerdings stand ein junger Mann, der bereits eine Wollmütze und eine Lammfelljacke übergezogen hatte, mitten im Raum. Er schaltete gerade seinen Computer ab und hob einen Rucksack vom Boden auf. Auch für ihn war Feierabend. Mürrisch sah er zu den Besuchern, die er nicht einmal grüßte. Stattdessen kam er um den Tresen herum, betätigte den Lichtschalter und die Leuchtstoffröhren gingen aus. Er drängte Antonio und Lavinia unmissverständlich zurück in den Vorraum.

Doch der Commissario ließ sich von dem wortkargen Mitarbeiter der *Cantina* nicht einfach so hinauskomplimentieren, sondern baute sich vor der Eisentür auf, die in die Halle mit den Edelstahltanks führte, und zückte seinen Dienstausweis, den er ihm vor die Nase hielt.

»*Buona sera,* Signor Panini!«, sagte Antonio auf Verdacht mit lauter Stimme und erreichte, dass der Angestellte nun doch erschrocken von einem zum anderen blickte. Der Fluchtweg war ihm versperrt. An Antonio kam er nicht vorbei. Hinter ihm stand breitbeinig Lavinia, die keinen Zweifel daran ließ, dass sie es mit dem schmächtigen und nicht sehr großen Mann durchaus aufnehmen konnte. Seine Miene verfinsterte sich zusehends.

»Der Verkauf für heute ist schon beendet. Sie müssen morgen wiederkommen.« Es war ein matter Versuch, den Besuch der Polizei zu ignorieren.

»Sie sind Luca Panini?«, fragte Antonio stattdessen.

»Was wollen Sie von mir?« Die Hände schob er in die Hosentaschen, dass nur noch sehr dürre Daumen zu sehen waren, und drückte die Arme dabei fest an seinen Oberkörper. Er fühlte sich bedrängt und nicht wohl in seiner Haut. Alles an ihm verriet Abwehr und Unsicherheit.

»Sie sind mit Renata Mancini verlobt?« Antonio fragte direkt und behielt den jungen Mann fest im Blick. Dieser reagierte, indem er unverzüglich die Augen niederschlug, die rechte Hand aus der Hosentasche zog und sich mit ihr am linken Ellbogen hinter dem Rücken festhielt. Mit gesenktem Kopf sagte er: »Wenn Sie mir mitteilen möchten, dass Renata ermordet wurde, hätten Sie sich den Weg sparen können. Das weiß ich schon aus den Nachrichten.«

Und nach wenigen Sekunden, die Antonio verstreichen ließ, fragte er: »War's das?«

»*No!* Wir haben gehört, dass Sie kurz vor Ende der Öffnungszeiten gestern Abend im Museum waren und einen heftigen Streit mit Ihrer Verlobten hatten. Worum ging es dabei?«

Luca Panini hob endlich den Kopf und sah Antonio wütend an. »Wer erzählt so einen Schwachsinn?«

»Das tut nichts zur Sache.«

»Ich war gestern Abend nicht im Museum.«

»Hm …?« Antonio sah ihn zweifelnd an. Welchen Grund sollte der Museumsdiener gehabt haben, ihnen bei der Befragung eine Lüge aufzutischen? »Wann haben Sie denn Ihre Verlobte zum letzten Mal gesehen?«

Während Luca Panini über eine Antwort nachdachte, läutete das Handy von Lavinia. Sie ging zurück in den dunklen Büroraum, um in Ruhe zu telefonieren.

»*Allora*, Signor Panini!«

»Am Sonntagmorgen. Wir haben gemeinsam bei ihr gefrühstückt. Dabei hat sie mir erzählt, dass sie am Abend zur Geburtstagsparty ihres Chefs eingeladen war und keinesfalls dort fehlen durfte.« Die Stimme des jungen Mannes hörte sich verkrampft und gepresst an. Antonio konnte nicht beurteilen, ob er mit den Tränen kämpfte oder unterdrückte Wut auf diese Party die Ursache dafür war.

»Waren Sie mit dieser Verpflichtung Ihrer Verlobten nicht einverstanden?«

Luca Panini hob den Kopf und sah Antonio herausfordernd ins Gesicht.

»Sind Sie damit einverstanden, wenn Ihre Frau eine Abendveranstaltung ohne Sie besucht, die wenig dienstlich begründet ist? Gehören Sie nicht auch im gesellschaftlichen Leben als Paar zusammen? Es hätte der Anstand erfordert, dass Franco Risi mich ebenfalls zu seiner Geburtstagsparty einlädt. Ich glaube kaum, dass Sie einen solchen Alleingang Ihrer Frau einfach akzeptieren würden, Commissario!«

Der unvermittelte Ausbruch und persönliche Angriff des Geometers verblüffte Antonio und er traf einen Nerv, das musste er im Stillen zugeben. Panini zeigte Emotionen: Eifersucht, Minderwertigkeitskomplexe bei gleichzeitig ausgeprägtem Geltungsbewusstsein und Familiensinn! Über das Verbrechen, über die Zurückweisung durch die Geliebte, die mit einem Wort zu Risi die Einladung für den Verlobten hätte erzwingen können, kein Wort. Dennoch war der Ausbruch auch eine logische Folge von Trauer und Wut, die er zeigte, indem er auf seine vermeintlichen Rechte als Verlobter pochte.

»Also hatten Sie Streit!«, stellte Antonio nüchtern fest.

»Natürlich hatten wir Streit. Aber nicht im Museum, sondern morgens beim Frühstück, als Renata unvermittelt die Einladung von Franco Risi ultimativ in den Raum stellte. Sie gab mir nicht mal den Hauch einer Chance, dagegen zu protestieren. Sie bot mit keiner Silbe an, auf die Einladung zu verzichten. Ganz im Gegenteil. So lasse ich mich nicht behandeln. Ich habe auch meinen Stolz.«

Lavinia war zurückgekehrt und hatte die letzten Worte von Luca Panini gehört. Doch Antonio ließ ihr keine Zeit, etwas zu fragen oder zu erwidern. Er wollte zügig weitermachen, in der Hoffnung, der junge Mann würde im Zorn plötzlich doch mit der Wahrheit herausrücken. Er glaubte immer noch, dass die Aussage des Museumsdieners richtig gewesen war.

»Haben Sie Ihrer Freundin zur Verlobung einen Ring geschenkt?«

Luca Panini lief rot an im Gesicht. Diese Frage gefiel ihm überhaupt nicht. »Was soll das? Was geht Sie das an?«

»Beantworten Sie einfach meine Frage.«

»Sehe ich so aus, als könnte ich Brillanten oder Diamanten verschenken? Der Job hier ist mäßig bezahlt. Es reicht gerade für mich. Noch bin ich nicht in der Lage, eine Familie zu ernähren oder auch nur eine eigene Wohnung zu bezahlen. Und es sieht nicht so aus, als würde sich das in absehbarer Zeit ändern. Aber das ist jetzt auch egal. Ich habe keine Verlobte mehr. Ob ich jemals eine eigene Familie gründen kann, steht in den Sternen.« Luca Panini wischte sich in einer einzigen heftigen Geste über die Augen. Er kämpfte um Haltung. Der Tod der Freundin setzte ihm zu. Sehr wahrscheinlich begriff er jetzt erst im Gespräch mit der Polizei, dass ihr gewaltsamer Tod traurige Realität war. Doch Antonio ließ nicht locker. Zwischen Lavinia und ihm in dem kleinen Ausstellungsraum gefangen, musste sich der Geometer ihren Fragen stellen. Es war grausam, aber der Commissario konnte sich keine Sentimentalitäten leisten.

»Also haben Sie Ihrer Verlobten keinen Ring geschenkt?«

»Doch. Meine Oma hat mir ihren Verlobungsring gegeben. Einen Rubinring. So konnte ich Renata ein Geschenk machen, wie es sich gehört. Aber sie fand ihn altmodisch und hat ihn nur selten getragen.«

»Wir haben gehört, dass Renata Mancini ziemlich anspruchsvoll war!«

»Wer sagt das? Franco Risi, das Schwein? Renata war eine schöne Frau. Natürlich war sie anspruchsvoll.«

»Was haben Sie gegen Franco Risi?«

»Er soll sich um seine Frau kümmern.«

»Soll das heißen, dass Sie vermuten, Risi habe eine Affäre mit Ihrer Verlobten gehabt?«

Luca Panini presste die Lippen aufeinander und schwieg. Es war Antwort genug.

»Wussten Sie, dass Ihre Verlobte im dritten Monat schwanger war?« Unvermittelt hatte sich Lavinia eingeschaltet.

Luca Panini wurde nun weiß wie die Wand. Die Schamröte, die vor wenigen Augenblicken sein Gesicht überzogen hatte, verschwand so rasch, wie sie aufgetreten war.

»Hat sie Ihnen das gestern vielleicht gestanden? Abends im Museum?«

Der junge Mann verschränkte die Arme vor seiner Brust und sagte trotzig: »Selbstverständlich habe ich das gewusst. Und meine finanzielle Situation hat die Sache nicht besser gemacht.«

»Haben Sie und Ihre Verlobte den Raub der Bilder geplant? In der Hoffnung, mit dem Verkauf der Gemälde endlich ans große Geld zu kommen? Endlich alle Sorgen los zu sein und eine Familie gründen zu können? Oder haben Sie sich dazu entschlossen, das Ding allein durchzuziehen und die untreue Freundin zu opfern?«

»Sie sind ja völlig verrückt. Ich habe doch Renata nicht zu einem Verbrechen angestiftet. Und ich habe auch keines geplant. Für wie bescheuert halten Sie mich? Ich mag ja mittellos sein, aber ich bin weder blöd, noch korrupt oder kriminell.«

Antonio Fontanaro beschloss, das Verhör an dieser Stelle abzubrechen.

»Signor Panini, Sie begleiten uns jetzt. Es ist an der Zeit, Ihre Aussagen in der Questura zu protokollieren, und wir bitten Sie dort um eine DNA-Probe. Wir wollen sicher alle gerne wissen, von wem das Baby war, das Renata Mancini erwartet hat. Oder Sie etwa nicht?«

23

Traunstein, 19.00 Uhr

»Momenterl, Herr Breitwieser. Warten S' halt amal.«

Georg hörte Kriminaloberrat Alois Pfaffenrieder in seinem Rücken schnaufen. Der hatte ihm gerade noch gefehlt. Bedächtig drehte er sich zu seinem Vorgesetzten um. Sie befanden sich im breiten Gang des Kommissariats Traunstein im 2. Stock mit Blick auf den jetzt im Dunkel der Nacht liegenden Parkplatz und unweit von Georgs Büro. Genau diesem kaum beleuchteten Parkplatz galt Breitwiesers ganzes Interesse. Dort stand immer noch der Fiat Ducato Easy und er hatte Toni versprochen, sich den Wagen nochmals genauer anzusehen. Er erwartete zwar keine neuen Erkenntnisse und schon gar nicht erwartete er, in dem leeren Transporter wertvolle Gemälde zu entdecken. In diesem Punkt war Antonio einem Wunschdenken aufgesessen. Wo nichts war, konnte man auch nichts finden. Aber versprochen war versprochen. Und bevor er an diesem Abend endgültig nach Chieming fuhr, wollte er dieses Versprechen einlösen. Sein Chef störte dabei seine sehr konkreten Absichten ganz gewaltig.

Pfaffenrieder, in Hut und Mantel, bereits aus jeder Pore schwitzend, zumindest deutete die nasse, glänzende Stirn darauf hin, dass er sich in dem überheizten Kommissariat gerade nicht wohlfühlte, würde ihm wichtige Zeit stehlen. Georg musste vor allem nachsehen, ob Oberinspektor Florian Huber noch im Kommissariat war.

Er brauchte den Kollegen, um sein Vorhaben umzusetzen. Und der würde auch nicht ewig im Amt auf ihn warten.

Zu viele Fragen standen im Raum. Zu wenig noch wusste Georg über den seltsamen Flüchtlingstransport der vergangenen Nacht. Er wollte eigentlich auch nochmals mit Gianni Canali sprechen und dazu brauchte er in jedem Fall Florian als Zeugen. Und nun kreuzte ausgerechnet Alois Pfaffenrieder seinen Weg und kostete ihn den letzten Nerv.

»Ja, Herr Pfaffenrieder, so spät noch unterwegs!«

Georgs Hand fasste nach dem Türgriff zu Florian Hubers Büro. Alles an ihm signalisierte: Ich hab jetzt keine Zeit und auch keine Lust auf eine Unterhaltung.

»Was ist des für eine G'schicht mit den Flüchtlingen, Breitwieser?«

Georg atmete langsam aus, um Ruhe zu bewahren. Auf was spielte Pfaffenrieder an? Sein Vorgesetzter stand nur wenige Meter vor ihm. Er musste mittags wieder beim Griechen gewesen sein, denn der Knoblauchdunst waberte Georg ungebremst durch den dicken Lodenmantel entgegen.

»Sie haben eine Festnahme vorgenommen, hab ich gehört. Sehr gut, Breitwieser. Endlich ein Erfolg. Wir müssen diese Schlepperbanden und kriminellen Schleuser stoppen. Was ist das für ein Kerl?«

»Leider kann ich noch nichts Genaueres sagen. Wir ermitteln noch!«

Georg hatte keine Lust, auf dem Gang ein längeres Gespräch über laufende Ermittlungen zu führen, über einen Sachverhalt, den er selbst noch nicht durchblickte.

Doch Pfaffenrieder konnte es dabei natürlich nicht bewenden lassen. »So, so! Das ist aber ein bisserl wenig, Breitwieser. Geht's nicht etwas genauer, wenn ich bitten darf?« Kriminaloberrat Alois Pfaffenrieder schaute ihn listig aus seinen Schweinsäuglein an, die unter den schweren Lidern zu schmalen Schlitzen zusammengesunken und unter der Hutkrempe nur sehr verschattet zu sehen waren.

»Im Moment ist es völlig offen, ob der Italiener, Gianni Canali, von den Flüchtlingen Geld genommen hat. Vielmehr sieht es so aus, als hätte er sie buchstäblich vom Straßenrand am Brennerpass aufgeklaubt und aus Mitleid mitgenommen.«

»Geh, geh, so ein Schmarrn. Sie glauben doch nicht ans Christkind, Breitwieser. Wer handelt denn heute noch aus Nächstenliebe? Die Zeiten sind vorbei.«

»Es gibt bisher keinen Hinweis, dass Geld im Spiel war. Jedenfalls haben wir bei dem Italiener keines gefunden. Und die syrischen Flüchtlinge behaupten glaubhaft, dass sie ihm kein Geld gegeben haben.«

Dass Canali einen Brillantring im Wert von ca. 3.000 Euro dabei hatte, verschwieg er wohlweislich. Und wenn der Kriminaloberrat nicht wusste, dass die Zahlungen für Flüchtlingstransporte in der Regel online über Treuhänder oder Schweizer Konten erfolgten und nur selten in bar den Besitzer wechselten, konnte er ihm auch nicht helfen.

Pfaffenrieders Blick wurde verschlagen. »Der Italiener bleibt erst mal in unserem Gewahrsam. Und glauben S' ja nicht, Breitwieser, dass Sie demnächst wieder auf Staatskosten nach Italien fahren können. Ich hab grad mit dem Ministerpräsidenten telefoniert, ihm unseren Erfolg an der Grenze in Kiefersfelden geschildert. Das ist sehr gut angekommen.« Ein zufriedenes Grinsen legte sich über Pfaffenrieders breites Gesicht. Alles an ihm drückte Genugtuung aus. »Der Ministerpräsident erwartet Ergebnisse von uns. Morgen, gleich in der Früh, fahr ich nach München, um an der Pressekonferenz zur Flüchtlingsfrage teilzunehmen. Die bayerische Bevölkerung muss wissen, dass die Sicherheit in unserem Land gewährleistet ist. Unser Erfolg in Kiefersfelden ist genau das richtige Signal.«

Und du stehst prächtig da, ergänzte Georg Pfaffenrieders Gedankengang. Ihm war diese Art der Profilierung zutiefst zuwider und Pressekonferenzen so ziemlich das Letzte, womit er seine Zeit vergeuden wollte. Die Ansichten der Politiker hatten noch selten mit seinen eigenen übereingestimmt. Je brisanter das Thema, desto tiefer der Graben zwischen den polizeilichen Tatsachen und der politischen Wahrnehmung.

»Dann wünsche ich Ihnen viel Erfolg morgen in München.« Georg drückte den Türgriff nach unten und betrat das Büro von Florian Huber. Das Gespräch war für ihn beendet.

»Sie finden was, Breitwieser, damit wir den Italiener über die 48 Stunden hinaus hierbehalten können. Haben S' mich verstanden?«

»Wie sieht Richterin Schaller das?« Georg drehte sich nochmal zu ihm um. Er konnte sich die Frage nicht verkneifen. Die zuständige Ermittlungsrichterin war zwar in ihrer Gesetzestreue, um nicht zu sagen Pedanterie, überhaupt nicht nach Georgs Geschmack – von ihr einen Haftbefehl oder Durchsuchungsbeschluss zu bekommen, stellte sich immer mühsam dar –, aber in diesem Fall kam ihm das sehr gelegen. Alois Pfaffenrieder schaute ihn ärgerlich auf diese Frage hin an.

»Sie werden das schon regeln, Kollege Breitwieser. Da verlass ich mich ganz auf Sie. Gut' Nacht!«

Georgs Miene verfinsterte sich endgültig. Er wartete noch einen Augenblick, bis Pfaffenrieder im nahen Aufzug verschwand, und betrat dann Florian Hubers Büro.

»Servus Schorsch! Ich wollte gerade Schluss machen für heute.«

»Hast noch Zeit?«

»Was gibt's? Willst dem Italiener erneut auf den Zahn fühlen?«

»Später vielleicht. Meinst, es ist noch jemand von der Kriminaltechnik im Haus?«

»Mindestens einer hat immer Dienst. Ich glaub, heute ist Benedikt Haigermoser dran. Den kenn ich gut!«

Georg hatte es bisher nicht erlebt, dass Florian Huber irgendjemanden nicht gut kannte. Der gebürtige Traunsteiner hatte einen Freundes- und Bekanntenkreis, der es umfangsmäßig mit einem Telefonbuch mühelos aufnehmen konnte.

»Ich hab dem Toni versprochen, dass ich mir den Fiat Transporter nochmal genauer anschau'. Inzwischen hat mir Ispettore Enrico Brandino auch eine SMS geschickt. Der Wagen hat ein nicht registriertes Kennzeichen. Also ist ein Halter nicht feststellbar.«

»Vermutlich hat der Wagen nicht nur ein gefälschtes Kennzeichen, sondern ist überhaupt geklaut.«

»Richtig. Aber das bringt uns nicht weiter. Vielleicht hat Canali den Wagen selbst geklaut oder aber er hat ihn von seinem Komplizen übernommen.«

Georg zögerte einen Moment und sagte dann: »Komm mit! Den Autoschlüssel für den Transporter hab ich im Büro. Wir treffen uns gleich in der Halle der Kriminaltechnik. Da ist mehr Licht als auf dem Parkplatz und da schaut uns auch sicher niemand zu.«

Zehn Minuten später fuhr Georg den Fiat Ducato Easy in das Allerheiligste der Kriminaltechnik. Eine riesige ehemalige Maschinenhalle, die die Polizei übernommen hatte, nachdem ein Betrieb, der Waschmaschinen und Wäschetrockner zusammengebaut hatte, stillgelegt worden war. Normalerweise durften dort nur die Kollegen der Kriminaltechnik arbeiten.

Benedikt Haigermoser hatte sich mit einer Zeitung in einem kleinen Nebenraum auf eine Couch zurückgezogen und nutzte die Aktivitäten der Kollegen von der Mordkommission für eine kurze Pause.

»Der Wagen ist doch schon untersucht worden!«, sagte Florian Huber.

»Ich hab keinen Bericht bekommen«, entgegnete Georg. »Hat jemand Fingerabdrücke genommen?«

»Warum denn? Die Syrer sind Flüchtlinge, keine Verbrecher. Das ist Aufgabe der Registrierstelle.«

»Also gibt es auch keinen Bericht und kein Ergebnis«, stellte Georg sachlich fest.

»Was denn für ein Ergebnis?«

Georg ignorierte das Gemaule von Florian Huber und ging langsam, konzentriert um den Wagen herum. Er war neuwertig. Keine Kratzer, wenig Gebrauchsspuren. Nur die Fahrerkabine hatte Fenster. Der Laderaum war mit lackierten Fensterscheiben ausgestattet und deshalb nicht einsehbar. Georg sperrte die rückwärtige Tür auf und sprang auf die Ladefläche des Lieferwagens.

»Lass dir vom Kollegen Haigermoser eine starke Stableuchte geben und einen Meterstab.«

Während Florian Huber murrend davonschlich, besah sich Georg den Innenraum, so gut es bei der spärlichen Beleuchtung möglich war. Im Gegensatz zum äußeren tadellosen Erscheinungsbild des Fiat entdeckte Georg deutliche Kratzspuren auf der Ladefläche. An manchen Stellen war der Lack so breit und tief abgeschabt, dass das blanke Metall aufblitzte. Hier waren Gegenstände unachtsam über die Bodenfläche geschoben worden. Von den Syrern konnten diese Schäden nicht verursacht worden sein. Sie hatten nur Rucksäcke und Taschen bei sich gehabt. Keine schweren Koffer oder gar Kisten.

»Was brauchst du als Erstes?« Sein Oberinspektor war zurück und hielt ihm beide Gegenstände entgegen. Georg nahm ihm die Stableuchte ab und sagte: »Miss doch bitte einmal die Seitenlänge des Transporters ab, und zwar die volle Länge, von der Trennwand des Führerhauses entlang bis zum Ende des Laderaums.« Georg schaltete die Lampe ein, ging zu besagter Trennwand und leuchtete in alle Ecken. Er befühlte deren Ränder und fand dann sehr rasch, wonach er suchte.

»Also, wenn ich das richtig sehe«, meldete sich sein Oberinspektor, »dann sind das ziemlich genau drei Meter!«

»Sehr gut, Florian. Hast du einen Inbusschlüssel bei dir? Einen Innensechskantschlüssel von zwei bis höchstens drei Millimeter tät ich brauchen.«

»Na klar, hängt immer an meinem Schlüsselbund zusammen mit einem Brecheisen und einem Vorschlaghammer. Sag amal, geht's noch? Zu was brauchst denn so ein Spezialwerkzeug?«

»Am besten, du holst den Kollegen von seiner Couch runter. Er soll sein Inbusschlüsselsortiment mitbringen und seinen Arbeitskoffer, damit er mit der Untersuchung vom Innenraum sofort anfangen kann. Gummihandschuhe könnt ich auch gebrauchen. Und den Meterstab gibst mir bitte auch.«

»Ich glaub, du leidest an Unterzucker! Hast du heute Abend schon was gegessen?«

»Spar dir deine lächerliche Fürsorge und beeil dich. Ich hab nämlich wirklich Hunger und würde gern bald nach Hause fahren.«

»Da haben wir ja wenigstens etwas gemeinsam!« Erneut machte sich Florian Huber auf den Weg.

Georg klappte den Meterstab auseinander und legte ihn auf den Boden der Lagefläche. Von der Trennwand bis zur Ladekante ergab sich eine Länge von zwei Metern fünfzig. Der Raum für die Flüchtlinge war denkbar knapp gewesen, kam es Georg in den Sinn. Gianni Canali konnte von Glück reden, dass den Syrern bei der Fahrt nichts passiert, ihnen die Luft zum Atmen nicht ausgegangen war. Zum Sitzen war der Platz schon verdammt eng geworden. Der Kriminaltechniker erschien gemeinsam mit Florian Huber. Beide sprangen sie zu Georg in den Laderaum und standen sich sofort gegenseitig im Weg.

»Was gibt's?« Neugierig folgte der Blick des Technikers dem Lichtkegel der Stableuchte. »Ja, varreck! Da ist eine Wand eingezogen worden.«

»Genau!« Georg nickte. »Mit kleinen Winkeleisen ist die Blechwand befestigt. Die Schrauberl müssen wir jetzt aufbekommen.«

»Überhaupts kein Problem!«

Benedikt Haigermoser hatte nach wenigen Versuchen den Inbusschlüssel mit dem richtigen Durchmesser gefunden und nach einer gefühlten Ewigkeit, die das Aufschrauben von mehr als einem Dutzend kleinster Schrauben beanspruchte, fiel ihnen die schwarzlackierte Blechwand entgegen. Dahinter erschien eine große Sperrholzkiste. Sie einfach anzuheben, war nicht möglich. Viel zu schwer und sperrig war die Kiste. Deshalb zog sie Georg zusammen mit den beiden Kollegen über die Ladefläche, was dort weitere Schrammen und Kratzspuren hinterließ. Sie hatten zu dritt alle Hände voll zu tun, bis sie die Kiste von der Ladefläche heruntergehoben hatten. Sie lehnten sie an die Wand der Halle und sahen sich an.

»Und Sie wissen, was da drin ist, Herr Hauptkommissar?«, fragte der Techniker nach.

»Ich habe eine Vermutung.« Breitwieser besah sich die Ränder der Kiste. »Sie ist einfach zusammengenagelt. Können Sie die Nägel herausziehen?«

»Überhaupts kein Problem!« Erneut machte sich Haigermoser eifrig ans Werk, angetrieben von seiner erwachten Neugier. Gemeinsam legten sie die Kiste vorsichtig auf den Betonboden. Und mit einem flachen Brecheisen hatte der Kriminaltechniker den Deckel nach wenigen Versuchen gelockert und schließlich ließ er sich abheben. Zum Vorschein kamen Styroporkugeln, die Breitwieser mit der Hand beiseiteschob und achtlos auf den Boden warf. Dann folgte eine Vliesmatte, darunter tauchte ein Gemälde auf, das eine Muttergottes mit Kind zeigte. Der Schmuckrahmen fehlte. Die alte Leinwand war auf einer Lattung aufgezogen, die der Maler vor mehreren hundert Jahren angebracht hatte, um sein Bild zu malen.

»Bingo!« Georg nickte zufrieden. Jetzt war er endgültig mit Antonio Fontanaro im Geschäft. Sie hatten einen gemeinsamen

Fall – und was für einen. Kurz war er versucht, sofort seinen Freund in Verona anzurufen, aber dann begann er fieberhaft zu überlegen, wie er am besten weiter vorgehen sollte, um möglichst rasch an die Täter von Raub und Mord heranzukommen. Vorsichtig hob er das Madonnengemälde hoch. Unter einem weiteren Vlies kam eine Vedute Venedigs zum Vorschein, der *Canal Grande* im Nebel mit einer Kirche am oberen rechten Bildrand. Ohne jeden Zweifel hatte er hier die gestohlenen vier Bilder aus dem *Museo Civico d'Arte* vor sich. Ihre antiken Barockrahmen hatten die Diebe entfernt und sehr wahrscheinlich im Hinterland von Verona auf einen Haufen geworfen und verbrannt. Niemand würde die Originalrahmen jemals wiederfinden.

»Meine Herren«, begann Breitwieser und sah seinen Kollegen ins Gesicht. »… ich brauche Zeit, um mir zu überlegen, wie es jetzt weitergeht. Diese Bilder wurden in Italien gestohlen. Ich würde sie gerne hier zwischenlagern.«

»Überhaupts kein Problem!« Der Kollege der Kriminaltechnik war genau nach Georgs Geschmack. Hilfsbereit und willig.

»Ich melde mich morgen bei Ihnen, wenn ich weiß, wie wir ermittlungstechnisch weiter vorgehen, Herr Haigermoser. Sie haben Nachtschicht?«

Der Kollege nickte eifrig.

»Könnten Sie die Gemälde auf Fingerabdrücke untersuchen? Ich glaube zwar nicht, dass Sie welche finden werden, aber wir sollten nichts außer Acht lassen. Und auch den schmalen Raum des Verstecks im Transporter?«

»Selbstverständlich, Herr Hauptkommissar! Überhaupts kein Problem!« Der Kollege klappte seinen Alukoffer auf.

24

Verona, 19.00 Uhr

»Der Dottore tobt! Und du hast Besuch.« Enrico Brandino begrüßte Antonio nach seiner Rückkehr von Soave nicht gerade freundlich.

»Besuch? Um diese Zeit?« Der Commissario sah auf die Uhr. Es war kurz nach 19 Uhr und er wollte eigentlich nur nochmals mit Luca Panini sprechen und dann schleunigst nach Hause.

»Ja, ein Avvocato aus *Roma* will dich sprechen!« Enrico hob vielsagend die linke Augenbraue und brachte damit gut zum Ausdruck, was er von dem Besucher hielt. »Vincenzo Mauro hat schon abgewinkt. Er will bei dem Gespräch nicht dabei sein!«

Seit wann lehnte der Dottore ein Gespräch mit einem Besucher ab? Er war doch normalerweise die Neugierde in Person. Antonio fragte: »Kennen sich die beiden?«

»Keine Ahnung!«

»Weiß man, was der Avvocato will?«

»Es gehe um den Bilderraub, hat er Fausto erklärt.«

»Fausto hat schon mit ihm gesprochen?«

»Das ist zu viel gesagt. Fausto hat den Besucher in dein Büro geführt.«

»Und ihn dann dort allein gelassen?« Antonio fühlte, wie sein Puls stieg. Er hoffte, dass er mit dieser Befürchtung nicht Recht hatte.

Enrico wand sich unter dem prüfenden Blick seines Chefs. »Er musste rasch nach Hause.«

Wieso hatte er das geahnt, ja, nichts anderes erwartet? »Um was, zum Teufel, zu tun?« Ganz automatisch wurde Antonios Stimme lauter. »Kalbt seine Kuh? Hat sein Hund Blähungen?«

»Nein, einen faulen Zahn!«

Irritiert sah Antonio seinen Ispettore an. »Wer hat einen faulen Zahn?«

»Baldassare, Faustos Hund.«

»Ich fasse es nicht!« Antonio schlug sich mit der flachen rechten Hand an die Stirn, wandte sich dann abrupt ab und rief noch über die Schulter Richtung Enrico: »Kümmere dich mit Lavinia um Luca Panini. Sie weiß, was er zu Protokoll geben muss. Ich komme so schnell wie möglich nach.« Und dann hielt er mitten in der Bewegung inne und kam zu Enrico zurück. Ein wichtiges Detail hätte er beinahe vergessen.

»Was wollte der Dottore?«

»Er wollte mit dir die neuesten Erkenntnisse diskutieren.«

»Hat er welche?«

»Nein, aber er meinte, nachdem du den ganzen Tag nicht zu erreichen warst, müsstest du jede Menge in Erfahrung gebracht haben. Aber er konnte nicht länger warten. Vor wenigen Minuten ist er abgezogen. Irgendein Termin. Er roch nach sehr teurem Rasierwasser.« Enrico grinste. »Und er möchte, dass du ihm einen lückenlosen Bericht schreibst. Bis morgen 9 Uhr!«

Diese Berichte kannte Antonio schon. Er hatte noch selten einen geschrieben. Und er würde es auch heute nicht tun. Was half ein Bericht, der eine halbe Stunde später schon überholt war?

»*Grazie!*«, war deshalb alles, was er dazu sagte. Dann betrat er sein Büro.

Ein Mann lehnte am Fensterbrett und sah ihm lächelnd entgegen. Er trug einen eleganten, anthrazitfarbigen Anzug. Unter dem Sakko schimmerte ein silbergraues, in sich gemustertes Hemd, das am Kragen offenstand. Über den Besucherstuhl hatte der Gast einen klassischen Burberry gelegt, der mit dem wohlbekannten großkarierten Futter versehen war. Antonio trat auf ihn zu. Der Eindruck, dass die *avvocati* in *Roma* nicht schlecht verdienten, drängte sich ihm förmlich auf. Alles an dem Mann strahlte Geld und Geschmack aus. Dabei wirkte er nicht unsympathisch. Seine dunkelbraunen Augen sahen Antonio intelligent und offen entgegen. Das dunkle, gewellte Haar, akkurat nach hinten gekämmt, wirkte noch leicht feucht und ließ noch kaum Geheimratsecken an der hohen Stirn erahnen. Eine lange, leicht nach unten gebogene Nase betonte sein längliches Gesicht, weiche Wangen nahmen ihm die Strenge. Trotz des Novemberwetters zeigte seine Haut eine sommerliche Bräune. Bei den Frauen musste dieser Mann schwer Eindruck machen. Antonio vermutete, einen Süditaliener vor sich zu haben, der vielleicht gestern noch in einem Straßencafé in Rom seinen Espresso genommen und letzte Sonnenstrahlen genossen hatte. Wenn Antonio sich an die neblige Rückfahrt von Soave erinnerte, erfasste ihn Neid auf die Römer und ihr großartiges Wetter. Ein Gefühl, das ihn nur ganz selten heimsuchte. Die Hauptstadt gehörte nicht zu den Sehnsuchtsorten, an die es ihn hinzog.

»*Buona sera,* Commissario. Entschuldigen Sie bitte den späten Überfall. Ihr Kollege war so nett und hat mich in Ihr Büro geführt. Ich hoffe, das war in Ordnung.« Eine wohlklingende, dunkle Stimme.

Du weißt genau, dass das alles war, nur nicht in Ordnung, dachte Antonio. Morgen würde er mit Fausto Castillio ein ernstes Gespräch führen. Sein *Vice Capo* hatte mit seiner Landwirtschaft immer eine glänzende Ausrede, um aus dem Kommissariat zu verschwinden. Fontanaro reichte dem Gast die Hand.

»*Buona sera,* Dottore. Was kann ich für Sie tun?«

»Darf ich mich setzen?«

»*Naturalmente!*« Antonio wies auf den Stuhl, der mit dem Mantel belegt war.

Der Besucher nahm ihn von der Rückenlehne, setzte sich und legte sich den Mantel ordentlich über die Knie. Dann entnahm er der Innentasche seines Sakkos eine Visitenkarte und reichte sie Antonio über dessen Schreibtisch. »Avvocato Vivani! *Piacere.*«

Antonio lächelte freundlich und las: Gutachter und Kunstsachverständiger. Er lehnte sich in seinem Schreibtischsessel zurück, verschränkte die Arme vor der Brust und fragte: »Ich nehme an, es geht um die gestohlenen Bilder aus unserem Museum? Haben Sie für uns einen Hinweis?«

»Ich fürchte, nein. Hinweise hatte ich mir von Ihnen erhofft.«

Das begann nicht sehr vielversprechend.

»Weshalb haben Sie den weiten Weg von Rom hierher gemacht, Avvocato?«

»Es geht um einen Mandanten. Sie verzeihen, wenn ich seinen Namen für mich behalte.«

Es war keine Frage, sondern eine Feststellung. Noch war es Antonio Fontanaro egal, ob der Mandant einen Namen hatte oder nicht.

»Mein Mandant stammt aus einer alten römischen Familie und hat in den siebziger Jahren eine größere Erbschaft gemacht. Darunter waren auch wertvolle Gemälde. Aus diesem Nachlass hat er dem *Museo Civico d'Arte* von Verona ein Gemälde als Dauerleihgabe zur Verfügung gestellt.«

»Man sollte meinen, in Rom gäbe es genug Museen, die sich über eine solche Leihgabe gefreut hätten«, warf Antonio ein.

»Da haben Sie recht. Ich weiß nicht, weshalb das Bild nach Verona ging. Als mein Mandant von dem Kunstraub in den Nachrichten hörte, hat er mich sofort angerufen und gebeten, hierherzureisen. Er befürchtet, sein Gemälde könnte unter den gestohlenen Werken sein.«

Antonio konnte sich nur über die rasche Nachrichtenverbreitung des Verbrechens im ganzen Land wundern. Keine 24 Stunden später saß ihm bereits ein Anwalt gegenüber, der für einen gut informierten Mandanten Nachforschungen anstellte.

Michele Vivani fuhr fort: »Ich soll für ihn überprüfen, ob sein Bild, eine Vedute von Guardi, »Santa Lucia im Nebel«, zur Beute der Räuber gehört. Selbstverständlich erwartet mein Mandant, dass die Behörden hier alles Menschenmögliche tun, um die Bilder wiederzufinden. Ich habe den Auftrag, sein Gemälde schnellstens nach Rom zurückzubringen.« Michele Vivani lächelte gewinnend.

Antonio griff nach einem Aktendeckel, der seitlich auf einem Stoß von Papieren lag, und entnahm ihm eine Liste. Dort standen alle Gemälde, die Sonntagnacht entwendet worden waren, versehen mit Titel, Künstlername und mit einer Abbildung. Er reichte die Liste dem Avvocato über den Schreibtisch.

Der Besucher blickte sorgenvoll auf die Liste. »Mein Mandant hat leider Recht. Die Vedute ist dabei.« Vivanis prüfender Blick richtete sich nun auf Antonio. »Wie weit sind Sie mit Ihren Ermittlungen, Commissario? Gibt es schon irgendwelche Anhaltspunkte, Hinweise?«

»Ich bin nicht befugt, Ihnen Auskunft über laufende Ermittlungen zu geben, Avvocato. Das verstößt gegen die Vorschrift. Und ich bin sicher, dass Sie das auch wissen.« Er lächelte ihn zuvorkommend an und überlegte, ob ihm dieser Kunstsachverständige in irgendeiner Weise bei der Klärung des Falls helfen könnte. Er wurde den Eindruck nicht los, dass er einen äußerst schlauen und sehr entschieden handelnden Besucher vor sich hatte, der keine Zeit verlor, um seinen Auftrag zu erfüllen. Sollte Vivani der gewiefte Kunstexperte sein, den er in ihm vermutete, dann war er genau der Mann, den er bei seinen Ermittlungen dringend gebrauchen könnte. Und er unterstellte sogar, dass sich Vivani dessen bewusst war.

Antonio griff erneut nach der Visitenkarte seines Besuchers und schlug sie gedankenverloren auf den rechten Handrücken.

»Machen Sie das öfter? Nach Kunstwerken fahnden im Auftrag von deren Besitzern? Gehört das zu Ihrem Serviceangebot oder ist das vielleicht sogar Ihr Spezialgebiet als Anwalt?«

Michele Vivani legte das linke Bein über das rechte, sorgfältig darauf bedacht, dass sein Burberry keinen Schaden nahm, und nickte.

»Ja, unter anderem gehört das zu meinen Aufgaben«, antwortete er zurückhaltend.

»Kennen Sie sich im Kunstmarkt von Venezien aus? Könnten Sie sich vorstellen, wer ein Interesse an den gestohlenen Werken aus unserem Museum haben, wer die Bilder vielleicht weiterveräußern könnte, weil er über die entsprechende Kundschaft verfügt und es für ihn keine Rolle spielt, dass es sich dabei um heiße, unverkäufliche Ware handelt?«

Michele Vivani dachte einen Moment nach und nickte verstehend: «Sie haben also wirklich noch keine Ahnung, wer die Bilder gestohlen und wohin man sie gebracht haben könnte?"

»Nein, absolut keine Ahnung. Ich arbeite für die Mordkommission, Avvocato, mein Metier sind Tötungsdelikte. Mit Kunstraub hatte ich noch nie zu tun«, gab Antonio ohne Umschweife zu. Mit Ehrlichkeit konnte er den Ehrgeiz und die Eitelkeit seines Besuchers am ehesten anstacheln. »Ich habe nicht die leiseste Ahnung, wo ich zu suchen anfangen sollte.« Das allerdings war natürlich übertrieben.

»Sie gehen aber schon davon aus, dass der Tod der armen Kuratorin eine Folge des Raubs war? Dass sie dazukam, die Räuber vielleicht überraschte, möglicherweise aufhalten wollte oder als unliebsame Zeugin entdeckt und eliminiert wurde?«

»Das wäre eine Möglichkeit. Ich kann mir aber auch vorstellen, dass beide Taten gar nichts miteinander zu tun haben!«

»Das würde bedeuten, dass Sie an einen Zufall glauben?« Vivani zog beide Augenbrauen in höchstem Zweifel in seine hohe Stirn.

Antonio lachte. »Nein, soweit geht meine Annahme nicht. Ich denke schon, dass beide Verbrechen zusammenhängen, aber wir es unter Umständen mit unterschiedlichen Tätern und Motiven zu tun haben.«

»Das macht Ihre Arbeit nicht leichter.«

Wollte der Avvocato ihn bemitleiden?

»Aber Ihr Hauptaugenmerk liegt auf dem Mord?«

»So ist es!«

»Und wenn Sie den Täter haben, haben Sie nicht unbedingt gleichzeitig auch die Räuber? Und keinesfalls auch die Gemälde!«

»Sehen Sie das anders?«

»Was die Gemälde anbelangt, nein. Da habe ich keine Illusionen. Nur kann ich meinem Mandanten das nicht so unverblümt sagen und ich muss zumindest den Versuch unternommen haben, sein Eigentum zu finden.«

»Wo würden Sie die Beute suchen? Bei uns in Verona?«

»Sie haben in der Stadt eigentlich nur zwei ernstzunehmende Galeristen, die Bilder in dieser Preisklasse verkaufen. Pietro Lombardo und Andrea Corrello. Hatten Sie zu den beiden schon Kontakt?«

Der Typ hatte seine Hausaufgaben gemacht, dachte Antonio Fontanaro anerkennend. Dennoch war er enttäuscht. Denn so weit waren seine Leute mit den Recherchen auch gekommen. Ein bisschen mehr hatte er schon erwartet.

»Kontakt ja, aber sie haben uns natürlich nicht zu den Bildern geführt.«

»Wohl kaum«, antwortete Vivani fein lächelnd. »Halten Sie die beiden Herren für integre, korrekte Geschäftsleute?«

»Lombardo ja. Er ist zu alt, um sich auf ein solch riskantes Geschäft einzulassen.« Antonio änderte in diesem Moment seine

Meinung. Er würde dem alten Kunsthändler auf jeden Fall möglichst bald einen Besuch abstatten. Er sollte sich von dessen Alter nicht beirren lassen. »Andrea Corrello hatte vor vielen Jahren einen Prozess am Hals. Er hatte Fälschungen von Andrea Mantegna als Originale verkauft. Das Gericht verdonnerte ihn zu einer saftigen Geldstrafe und zu einer einjährigen Haft auf Bewährung.«

Michele Vivani rieb sich das Kinn, als denke er angestrengt nach. »Der Markt mit Originalen aus der Renaissance oder aus dem Barock ist zwar nicht leergefegt, aber einen Mantegna, Tizian oder Tiepolo kauft man nicht einfach mal so in einem Geschäft in Verona, Mailand oder in Rom. Danach muss man gezielt suchen. Kataloge von Auktionshäusern wälzen. Suchaufträge starten. Museen befragen, ob sie aus ihren Depots Kunstwerke zum Kauf anbieten.«

Antonio hörte gespannt zu. Der Mann war ein Profi, ohne Zweifel. Er wusste weit mehr über die Geschäfte mit Kunst, als er ihm je verraten würde. Antonio musste versuchen, ihn weiter zum Reden zu bringen.

»Wohin würde man die Bilder, Ihrer Meinung nach, verkaufen können, Avvocato?«

»Ich glaube nicht, dass der Käufer in Italien zu suchen ist. Ihre Räuber haben eine Auftragsarbeit erledigt. Das in jedem Fall. Und so gibt es mehrere Möglichkeiten. Und aus genau diesem Grund bin ich wie Sie der Meinung, dass der Tod der Kuratorin nicht beabsichtigt war, nicht zum Auftrag gehörte. Der oder die Käufer könnten sich im arabischen Raum aufhalten oder in Russland, in der Ukraine oder in den USA. Überall dort gibt es reiche Leute, die schon alles haben. Haus- und Grundbesitz, eine große Motorjacht mit hübschen Mädchen an Bord. Doch echte Kunstwerke, etwas aus dem alten Europa, geschichtsträchtig, wertvoll, einzigartig, etwas, das nicht jeder hat. Das ist es, was die reichen Oligarchen, Scheichs und Ölbarone gerne besitzen möchten, um sich und anderen zu beweisen, dass sie die Macht, das nötige Kleingeld und den auserlesenen Geschmack haben, sich solche Schätze anzueignen. Dahinter steckt die reine Gier und Geltungssucht.«

»So einfach soll das sein? Ein Auftraggeber winkt mit einem Bündel Geldscheine, Auftragnehmer schreiten zur Tat, und anschließend verschwinden die Bilder in irgendeinem Haus irgendwo auf der Welt?«

»Genauso ist es, Commissario. Und wenn es sich auch in diesem Fall so verhält, dann haben wir beide ziemlich schlechte Karten.«

»Und die Bilder sind längst über alle Berge.«

»Oder auch nicht!« Michele Vivani dachte einen Moment nach, schlug das rechte Bein nun über das linke, ordnete die Falten seines Burberry und sagte bedächtig: »Vorstellbar wäre allerdings auch, … dass nicht nur der Auftragnehmer in Verona lebt, sondern auch der Auftraggeber. Es wäre vielleicht hilfreich zu überprüfen, ob sich im Melderegister Ihrer schönen Stadt reiche Russen, Ukrainer, Araber oder Amerikaner befinden. Sie sind in den letzten Jahren zugezogen und haben sich bedeutenden Immobilienbesitz im Zentrum der Stadt zugelegt. Hochpreisiges, wenn Sie verstehen, was ich meine, Commissario?«

Der fragende Blick, den Vivani über den Schreibtisch schickte, hatte etwas Komplizenhaftes an sich. Und Antonio musste zugeben, dass der Gedanke überhaupt nicht abwegig war. Er nickte, hielt aber mit seiner Meinung hinter dem Berg.

Es mochte vielleicht zwei, höchstens vier Jahre her sein, dass Bürgermeister Renzo Di Santo für Aufregung und Aufsehen gesorgt hatte. Das war an sich noch nichts Besonderes. Für einen Aufreger war der Bürgermeister von Verona immer gut. Aber er hatte, gegen die Meinung und die Stimmen des Stadtrats, gegen Auflagen des Kommunalrechts, begehrte Häuser an der *Piazza Brà*, die sich vormals im Besitz der Kommune befanden und dringend einer Renovierung bedurften, einfach an reiche Ausländer verkauft.

Ein Russe, Antonio kannte den Namen nicht, hatte ein wahres Schnäppchen gemacht, einen Palazzo erworben, in bester Lage nahe der *Arena*, mit dem Versprechen beaufschlagt, den Palazzo vollständig zu renovieren. Zusätzlich sollte er eine Summe von mehreren Millionen Euro spenden für ein neues Schwimmbad, das Verona seit Jahren am Stadtrand realisieren wollte, aber aus Geldmangel bislang nicht in Angriff genommen hatte. Der Verkauf des Palazzo war anstandslos erfolgt, auch seine Renovierung war inzwischen fast abgeschlossen. Nur die Zuschüsse für das Schwimmbad wollten einfach nicht fließen. Man munkelte, der Russe hätte ein weiteres Objekt an der *Piazza Brà* ins Auge gefasst, erneut Gelder in Aussicht gestellt, doch ob man diesem Wunsch nachgekommen war, wusste Antonio nicht. Er hatte sich nur maßlos über Di Santo geärgert, der ohne mit der Wimper zu zucken das Kulturerbe der Stadt veräußerte, ohne sich um rechtliche Bestimmungen oder Stadtratsbeschlüsse zu kümmern. Ein Bürger hatte dagegen geklagt. Der Prozess lief noch. Ausgang ungewiss.

»Ihrem grimmigen Blick nach zu schließen, liege ich mit meiner Vermutung nicht ganz falsch.« Vivani lächelte. »Möglich wäre allerdings noch ein weiteres Szenario: Erpressung, Lösegeldforderungen. Man spricht in diesem Zusammenhang von ›*Artnapping*‹. Wertvolle Kunstwerke, am besten von Weltrang, mit großem Prestige oder Identitätswert behaftet, Volkseigentum sozusagen, wie beispielsweise die ›Mona Lisa‹ von Leonardo da Vinci oder ›Das Frühstück im Grünen‹ von Claude Monet. Sie würden enorme Lösegeldsummen bringen, sollte es Dieben gelingen, sie zu stehlen. Diese werden dann meist unter Ausschluss der Öffentlichkeit bezahlt. Plötzlich ein großartiger Fahndungserfolg der Polizei, die Zeitungen berichten vom unvermuteten Auftauchen der Gemälde. Aber niemand berichtet von den Summen, die ihre Beschaffung den Staat gekostet haben, niemand berichtet darüber, wer die Summe gefordert und bekommen hat.«

»Bei allem Respekt, Avvocato, unsere Bilder aus dem *Museo Civico* sind sicherlich wertvoll, haben aber nicht den Bedeutungsgrad einer ›Mona Lisa‹.«

»Welchen Wert sollen die Gemälde denn haben? Gibt es Schätzungen, was die vier Kunstwerke bei einer Auktion erzielen könnten?«

Antonio reichte ihm erneut die Liste mit den gestohlenen Bildern. »Sie sind vom Fach, Avvocato. Sagen Sie mir, was diese Objekte wert sind.« Und bei sich dachte er, dass Franco Risi darüber noch Auskunft geben musste. Und nicht nur darüber.

Offenbar verfolgte Michele Vivani einen entsprechenden Gedankengang, denn er fügte hinzu: »Bei der ganzen Sache dürfen wir natürlich als mögliches Motiv Versicherungsbetrug nicht ausschließen. Wenn ich mir die Bilder so ansehe, dann würde ich einen Schätzwert von drei bis fünf Millionen Euro annehmen, schwerlich mehr. Aber wie gesagt, veräußerlich sind die Werke nicht. Höchstens unter der Hand. Weit weg im Ausland. Wissen Sie, ob die Gemälde ihres Museums gegen Diebstahl versichert sind?«

Antonio schüttelte den Kopf. Und wenn er daran dachte, dass Renzo Di Santo für die Bezahlung einer solchen Versicherung zuständig war, dann hatte er seine Zweifel. Die Summe, die eine solche Versicherung jährlich verschlang, hatte der Bürgermeister aus dem knapp bemessenen Haushalt der Stadt sicherlich nicht bewilligt. Zumindest würde Antonio das sehr wundern. Aber wie sah die Angelegenheit aus dem Blickwinkel des Museumsdirektors aus? Ließ sich hier ein Motiv stricken? Doch Antonio behielt diese Gedanken für sich. Es war zu früh, sie mit einem Fremden zu diskutieren.

Vivani interpretierte sein Schweigen richtig und erhob sich von seinem Stuhl, legte seinen Burberry über den Arm und sagte, während er Antonio zum Abschied seine Hand über den Schreibtisch reichte: »Die Täter, die den Auftragsraub durchgeführt haben, sitzen vermutlich ganz in unserer Nähe. Es würde mich freuen, wenn wir sie gemeinsam zur Strecke bringen könnten!« Schalk saß in den Augenwinkeln des Avvocato.

Auch Antonio erhob sich von seinem Schreibtischstuhl und machte Anstalten, den Gast zur Tür zu begleiten.

»Sagen Sie, kennen Sie unseren Staatsanwalt, Vincenzo Mauro? Er kam vor einigen Jahren zu uns, wurde von Rom hierher versetzt. Es wäre natürlich reiner Zufall, aber ...«

»Wie sagt man so schön: ›Die Welt ist klein‹.« Erneut lächelte der Anwalt. »Dottor Mauro habe ich während eines Prozesses kennengelernt. Ich glaube kaum, dass er sich an mich erinnern würde. Es ging im Übrigen um Versicherungsbetrug. Ihr Staatsanwalt hat große Erfahrung im Bereich der Wirtschaftskriminalität. Aber das wissen Sie sicherlich, Commissario.«

25

Traunstein, 20.00 Uhr

Hauptkommissar Georg Breitwieser und sein Oberinspektor Florian Huber saßen in der menschenleeren Cafeteria des Kommissariats in Traunstein. Vor sich hatte jeder eine Halbe Helles und Senfreste auf dem ansonsten leeren Teller. Sie hatten jeweils eine Scheibe kalten Leberkäs' mit einer Scheibe Brot gegessen. Georg mied normalerweise diese deprimierende Einrichtung. Egal, was man dort zu essen bekam, später lag es wie Blei im Magen. Die Auswahl war nie groß und zu dieser späten Stunde gab es außer Leberkäs' nur noch angegraute Fischsemmeln, auf die er absolut keinen Appetit hatte. Doch so wie die Dinge lagen, war ihm das ausnahmsweise völlig egal gewesen. Die Bedienung hinter der Theke hantierte laut mit dem schmutzigen Geschirr. In einer halben Stunde würde sie die ungemütliche Räumlichkeit schließen.

»Was hast jetzt vor, Schorsch?« Florian Huber sah seinen Chef müde an. Sein Blick freilich sagte, dass er das nicht wirklich wissen wollte, drohte ihm doch erneut eine lange, arbeitsreiche Nacht. Noch steckte ihm der Dienst in Kiefersfelden/Kufstein in den Knochen.

»Gute Frage.« Georg nahm einen Schluck von seinem Bier. Dann schob er gedankenverloren mit dem Handrücken die Brotbrösel über die Tischkante. »Wir behalten den Bilderfund erst einmal für uns, Florian. Ist das klar? Ich muss mir in Ruhe überlegen, was ich mit dieser Tatsache anfang'. Kein Wort zu irgendjemandem. Nicht zu Pfaffenrieder und vor allem auch nicht zu unserem Verdächtigen Gianni Canali. Mit dem Haigermoser klär ich das auch noch.«

»Meinst, der Italiener hat wirklich was mit dem Mord an der jungen Frau zu tun?« Offenbar konnte sich Florian Huber das nicht so recht vorstellen.

»Möglich.« Und nach kurzem Nachdenken fügte Georg hinzu: »Sehr wahrscheinlich sogar.« Der Bilderfund zwang ihn dazu, den Tatsachen ins Auge zu schauen. Fehleinschätzungen konnte er sich nicht leisten.

»Übel ist die Aktion mit den Flüchtlingen. Sie zum menschlichen Schutzschild für gestohlene Kunstwerke zu machen, diese Unverfrorenheit muss man erst mal haben. Die Typen vertrauen voll auf die Blödheit der Polizei: Sie verstecken einen millionenschweren Raub in einem Flüchtlingstransport, wohl wissend, dass sich jeder auf die armen Teufel aus Syrien stürzen wird und alle anderen kriminalistisch relevanten Untersuchungsmethoden außen vor lässt.«

Buchstäblich zum Narren hatten die Täter sie gehalten. Je länger Georg über diese ausgekochte Form von Menschenhandel und Verbrechen nachdachte, desto wütender wurde er. »Die glauben doch tatsächlich, sie können uns für dumm verkaufen!«

Florian Huber nickte zustimmend, wirkte aber alarmiert. Um den Chef nicht noch mehr in Rage zu bringen, hielt er offenbar lieber den Mund und wartete ab, ob noch Anweisungen folgten.

Breitwieser schob seinen Holzstuhl quietschend über das graue Linoleum der Cafeteria. Hob sein Tablett vom Boden auf und stapelte Geschirr, Besteck, Gläser und Bierflaschen darauf. Besonders sorgsam ging er dabei nicht um. »Kannst mir den Italiener nochmal in den Vernehmungsraum holen, Florian? Ich komm gleich nach.«

»Brauchst mich bei der Vernehmung?«

Georg lachte nun doch. »Nein. Geh heim. Bist schon ziemlich blass um deine breite Nase! Ich muss noch schnell ins Büro und ein paar Unterlagen holen.«

In Wahrheit wusste Breitwieser schon ziemlich genau, wie er weiter vorgehen wollte. Doch das musste Florian Huber im Moment nicht wissen. Er wollte seinen Plan, der in ihm seit der Entdeckung der Bilder heranreifte, mit möglichst wenigen Personen teilen. Er würde es den Gaunern zeigen. Die sollten ihr blaues Wunder erleben. Und so holte er auch keine Unterlagen aus dem Büro, sondern eine Tafel Schokolade, die er immer in Reserve in der untersten Schreibtischschublade aufbewahrte.

Diese schob er Gianni Canali im Vernehmungsraum wenige Minuten später über den Tisch zu.

»*Grazie!*« Die Stimme des Italieners klang müde und erschöpft. Ohne sich lange aufzuhalten, brach er sich ein Stück von der Schokolade ab und schob es sich in den Mund. Wie Georg vermutet hatte, litt der junge Mann inzwischen ziemlich unter dem Essen in der Unterbringung.

»Ich konnte nochmals mit Ahmad sprechen!«, sagte Breitwieser und beobachtete den Italiener dabei genau. Kannte er ihn vielleicht doch?

Canali sah ihn erschrocken an. »Wer soll das sein?«

»Ahmad ist der Sprecher der Syrer, die wir in Ihrem Transporter gefunden haben.«

»Was hat er gesagt? Ich bin sicher, er lügt sich was zusammen. Ich habe kein Geld von ihm genommen, damit das klar ist. Von keinem von ihnen.« Ganz unvermittelt erwachte der Widerspruchsgeist des jungen Manns. Inzwischen durfte er begriffen haben, dass seine Lage nicht rosig war, dass Schlepperdienste nicht zu den Kavaliersdelikten gehörten. »Glauben Sie ihm kein Wort, Commissario. Ich bin ein anständiger Mensch. Aus reiner Nächstenliebe habe ich sie mitgenommen. Und jetzt sitze ich hier und werde behandelt wie ein Verbrecher.« Richtig in Rage redete er sich und ein weiteres Stück Schokolade verschwand in seinem Mund.

»Verbrechern bringe ich für gewöhnlich keine Schokolade, Signor Canali. Das können Sie mir glauben.«

Gianni Canali besaß zumindest den Anstand, rot zu werden. »*Scusi,* Commissario. Tut mir leid, aber ich habe Angst. Eine Scheißangst sogar.«

»Warum? Vor wem? Vor mir?«

»*No, no.* Nicht vor Ihnen. Commissario…«, Canali beugte sich weit über den Tisch, so nah wie möglich Georg entgegen. »… ich muss diesen Fiat Ducato so schnell wie möglich nach München bringen. Mein Chef flippt aus, wenn ich diese verdammte Klimaanlage nicht umgehend nach Verona bringe. Verstehen Sie das?«

Dir läuft die Zeit davon, dachte Georg mit gewisser Genugtuung. Irgendwer wartet irgendwo auf den Wagen mit den Gemälden.

»Hm, ja. Das leuchtet mir ein. Wir geben den Fiat morgen in der Früh frei. Sie bekommen von mir die Wagenschlüssel und dann können Sie nach München fahren. Oder wohin auch immer.« Georg sah gespannt in das Gesicht des Italieners. Ungläubig sah dieser ihn an. Er nagte an seiner Unterlippe, lehnte sich wieder zurück und schwieg.

»Was ich Ihnen nicht mitgeben kann, ist der Brillantring. Die Kriminaltechnik ist mit den Untersuchungen noch nicht fertig. Außerdem warte ich die Mitteilung von der Polizei aus Verona ab. Aber wir haben Ihre Personalien. Sollte der Ring tatsächlich als gestohlen gemeldet sein, wissen die Kollegen in Verona, wo Sie zu erreichen sind. Jedenfalls ist der Ring für uns kein Grund, Sie länger hierzubehalten.«

»*Grazie!*«

Georg schenkte dem Italiener ein gewinnendes Lächeln. Alles an ihm strahlte Zuversicht aus und guten Willen. Gianni Canali sollte den Commissario in bester Erinnerung behalten. Umso größer würde sein Erstaunen sein, wenn er begriff, was Georg mit ihm vorhatte. Wozu er ihn benutzte.

»*Buona notte*, Signor Canali. Ein Kollege bringt Sie zurück. Wir sehen uns morgen.«

»Einen Moment noch, Commissario!« Canali war aufgesprungen und kam um den Tisch herum. »Was ist mit meinem Handy? Ich muss endlich meine *Mamma* anrufen. Sie macht sich sicherlich Sorgen.«

Georg hob beschwichtigend die Hand. Das Handy befand sich derzeit noch bei der Kriminaltechnik. Die Verbindungsdaten mussten ausgewertet werden. Und nicht nur die *Mamma* wartete auf Nachricht. Sicherlich saß auch Canalis Chef in Verona auf heißen Kohlen.

»Selbstverständlich bekommen Sie Ihr Handy zurück. Wir sind ja keine Unmenschen.« Er drehte sich um und verließ den Vernehmungsraum. Auf dem Weg zum Ausgang und Parkplatz, wo sein Wagen stand, rief er Haigermoser an, bläute auch ihm ein, unbedingt den Mund zu halten, und machte Druck. Das Handy spielte eine wichtige Rolle, sollte sein Plan gelingen. Und Haigermoser war genau der richtige Mann, um alles vorzubereiten.

26

Verona, 20.00 Uhr

Antonio Fontanaro fuhr mit seinem Fahrrad durch die dunkle, kalte Novembernacht. Nebel hing zwischen den Gassen der Altstadt und legte sich feucht auf sein Gesicht. Die Luft roch nach dem Staub eines vergangenen heißen Sommers, nach Asphalt und dem Ruß aus Kaminen, die zu verrotteten Heizungen gehörten, wie es viele in den alten Häusern gab. Morgen würde er den Wagen nehmen. Für sportliche Ertüchtigung war das Wetter inzwischen zu schlecht.

Marissa hatte ihn vor wenigen Minuten noch in der Questura erreicht und sich bitter beschwert, dass sie wieder allein mit Giulia zu Hause saß und wartete. Sie hatte Käse und Brot eingekauft. Denn die Geschirrspülmaschine stand immer noch mitten in der Küche, eine sichtbare Anklage seines Unvermögens. Gleich morgen in der Früh musste er mit Fausto Castillio reden. Der Bauer im Zweitberuf war ein geschickter Handwerker. Gut möglich, dass er einen Schuko-Stecker montieren und das Gerät anschließen konnte. Dann würde er ihm auch gnädig die Aktion mit dem faulen Zahn von Hund Baldassare verzeihen.

Doch zuvor wollte er noch einen Abstecher bei Pietro Lombardo machen. Vielleicht war der alte Herr noch in seiner Galerie im *Borgo Trento*, dem Stadtviertel, in dem auch Fontanaro mit seiner Familie wohnte.

In mehrfacher Hinsicht hatte ihn der Besuch von Michele Vivani alarmiert zurückgelassen. Was wusste der Anwalt über die Vergangenheit von Vincenzo Mauro? War über ihn endlich mehr zur Vergangenheit des Staatsanwalts zu erfahren, die dieser so geschickt für sich behielt? Bei nächster Gelegenheit würde er den Avvocato aus *Roma* gezielt und nicht zwischen Tür und Angel über Mauro ausfragen. Gleichzeitig fragte er sich, was der Anwalt wirklich von ihm gewollt hatte. Auch über ihn mussten sie mehr in Erfahrung bringen. Er würde Enrico um eine genaue Recherche bitten. War Vivani hinter den Ermittlungsergebnissen her? Ging es dabei wirklich nur um dessen Mandanten? Oder war das Ganze ein geschicktes Ablenkungsmanöver? Steckte gar der Auftraggeber des Bilderraubs hinter dem smarten Vivani? Die Kunstszene war dem Römer vertraut wie seine Westentasche. Da konnte Antonio nur verlieren. Er musste auf der Hut sein. Sein Gast war, bei aller Sympathie, die er ihm entgegenbrachte, mit Vorsicht zu genießen, denn er wusste rein gar nichts über ihn. Das musste er schnellstens ändern.

Antonio hatte sein Ziel erreicht und Glück. In der Galerie von Pietro Lombardo brannte trotz der späten Stunde noch Licht.

»Ich kann mir denken, Commissario, was Sie umtreibt«, sagte Lombardo zur Begrüßung und lachte heiser. »Ich habe Sie schon erwartet.« Sie saßen mitten im Ausstellungsraum auf steifen Barocksesseln mit goldfarbenem Damastbezug. An den Wänden hingen düstere Bilder in wuchtigen Goldrahmen: Landschaften, Stillleben und Seestücke hatte der alte Herr im Angebot. Nichts, was Antonio sich gerne an die Wände seiner Wohnung gehängt hätte.

»Wie geht es Ihrem Schwiegervater, Commissario. Und seiner Frau? Eine elegante und vornehme Dame! Sehr angenehme Kunden waren das.« Pietro Lombardo mochte gebrechlich sein, sein kaufmännisches Geschick jedenfalls hatte er noch nicht verloren. Und sein Gedächtnis war beachtlich.

»Danke, Signor Lombardo. Alles bestens. Die beiden erfreuen sich, Gott sei Dank, noch guter Gesundheit.« Sie lächelten sich zu. Antonio erinnerte sich erneut schaudernd daran, wie der Galerist eine Hafenansicht von Neapel mit einem rauchenden Vesuv im Hintergrund an Danilo verkauft hatte. Sein Schwiegervater hatte gestrahlt. Heimat sollte in seine Wohnung in Bozen Einzug halten. Seine Frau war entsetzt gewesen, wollte das Bild keinesfalls in der Wohnung haben. Das fiel Antonio jetzt auch wieder ein. Und Elvira hatte sich letztendlich durchgesetzt. Das Bild fristete seitdem ein unrühmliches Dasein im staubigen Keller. Lombardo, der Fuchs, hatte die Gunst der Stunde erkannt und Antonios Schwiegermutter eine Wäschekommode gezeigt. Ein schönes Stück mit drei Schubladen aus Nussbaumholz mit goldenen Messingbeschlägen. Ein Möbelstück, wie es in vielen Haushalten in Italien üblich war, entweder antik aus Familienbesitz oder nachempfundene Repliken nach alten Vorbildern. Am Ende hatte Lombardo nicht nur ein großes Ölgemälde verkauft, sondern auch eine große, nicht ganz billige Wäschekommode. Die Angelottis, Marissas Eltern, waren glücklich abgezogen. Antonio hatte sich damals schon über die Geschäftstüchtigkeit von Pietro Lombardo amüsiert. Es sprach für den alten Mann, dass er sich an diese Episode, an einen Verkauf unter vielen in den letzten zehn Jahren, noch erinnerte.

Doch jetzt waren die nötigen Höflichkeiten ausgetauscht und Antonio konnte zum eigentlichen Anlass seines späten Besuchs kommen.

»Sie haben mich erwartet?«

»Der Raub ist Stadtgespräch. Und neben Corrello bin ich der einzige Kunsthändler, der der Polizei einfallen wird, wenn es darum geht, wo die Bilder eventuell angeboten werden. Ich kann Ihnen versichern, Commissario, bis jetzt hat mir niemand die Gemälde zum Kauf angedient, und das wird auch nicht passieren. Da bin ich mir sicher.«

»Wir müssen leider annehmen, dass sie ins Ausland gebracht werden oder wurden.«

Pietro Lombardo nickte sorgenvoll. »Es ist eine Schande. Wir sind nicht in der Lage, unsere Kulturgüter richtig zu schützen. Unter unseren Augen werden sie außer Landes gebracht und irgendein Oligarch oder Scheich lacht sich ins Fäustchen. Man könnte den Glauben an das eigene Land und die Regierung verlieren. Dabei ist das *Museo Civico d'Arte* gar nicht im Besitz von hochklassiger Malerei. Das muss ich, bei allem Respekt, bemerken. Die gestohlenen Bilder sind bekannt, weil sie in einem Katalog aufgeführt und abgebildet sind, weil tausende Touristen sie bei uns gesehen haben. Es sind Werke von Künstlern mit klangvollen Namen, die uns entwendet wurden, aber es sind keineswegs ihre Meisterwerke. Diese hängen in Mailand, Florenz oder Rom, aber nicht in Verona.«

In ähnlicher Weise hatte sich Michele Vivani geäußert. Es gab für Antonio keinen Grund, an diesen Erkenntnissen zu zweifeln. Vielmehr musste er diese Informationen als Tatsachen begreifen.

»Was wollen Sie mir damit sagen, Signor Lombardo?«

»Wer geht ein solches Risiko ein, Bilder zu stehlen, die selbst auf dem Schwarzmarkt nur mäßige Summen erzielen werden? Wer nimmt einen Mord in Kauf, um einen drittklassigen Balestra oder Trevisani zu stehlen? Verstehen Sie mich recht, Commissario, kunsthistorisch sind diese Meister wertvoll, ökonomisch lohnt es sich nicht, ihretwegen ins Gefängnis zu gehen.«

Klare Worte. Umso eigentümlicher wurde der Besuch des Avvocato aus Rom. Er hatte den Wert der Bilder ähnlich niedrig angesetzt, wie Lombardo es tun würde. Sein Auftritt in der Questura ergab nur Sinn, wenn seine Aussage, für einen Mandanten nach einem Bild zu forschen, richtig war. Aber stimmte sie auch?

»Ein eleganter Herr hat heute meine Galerie aufgesucht. Ich dachte mir, das könnte Sie interessieren. Kommen Sie mit.«

Pietro Lombardo stand von seinem Sessel auf. Auf einen schwarzen Stock mit Silberknauf gestützt, verließ er den Ausstellungsraum, führte Antonio einen kurzen Gang entlang bis zu einem Büro, das überraschend modern eingerichtet war. Auf einem Schreibtisch mit dicker Glasplatte stand ein großer Bildschirm, der die jetzt menschenleere Galerie zeigte. Lombardo hatte die Kosten nicht gescheut und in eine Sicherheitsanlage investiert. Ob diese wohl auch von Todisco stammte? Pietro Lombardo setzte sich an seinen Schreibtisch, veränderte die Ansicht auf dem Bildschirm und nach wenigen Sekunden hatte er gefunden, wonach er gesucht hatte.

Die Uhranzeige in der oberen rechten Ecke des Bildschirms zeigte 16 Uhr 30. In der Galerie befanden sich nur wenige Besucher. Eine Dame unterhielt sich mit dem Galeristen und ein Herr in dunkelgrauem Mantel und mit schwarzem Borsalino auf dem Kopf schritt an den Gemälden entlang, las Signaturen und Beschreibungen. Sein Besuch währte nur zehn Minuten, dann hob er leicht den Hut zum Gruß und verschwand durch die Tür hinaus auf die Straße. Dort wandte er sich nach links. Was hieß, dass er zurück in die Altstadt ging.

Antonio Fontanaro wusste genau, dass er diesen Mann auch schon gesehen hatte. Im *Ristorante La Greppia* hatte er nur wenige Tische entfernt von ihm gesessen. Und nicht nur dort war er ihm aufgefallen.

»Haben Sie mit dem Mann gesprochen, Signor Lombardo?«

»*No*, kein Wort. Nicht einmal einen Gruß.« Lombardo überlegte einen Moment und sagte dann: »Mir kam er seltsam vor. Ich kann Ihnen nicht sagen warum. Natürlich besuchen meine Galerie auch Touristen oder Leute, die in einem Kunstmagazin gelesen haben, welche Künstler es bei mir zu kaufen gibt. Doch die meisten stellen irgendeine Frage, und sei sie noch so laienhaft. Doch der Mann machte nicht den Eindruck, als benötige er Hilfe, als würden ihn meine Verkaufsobjekte auch nur entfernt interessieren. Ich würde sagen, er ist geschickt worden, um die Lage zu sondieren, um sich bei mir umzusehen.«

»Würden Sie nochmals an den Anfang der Aufzeichnung zurückgehen, bitte?«

Als der Mann mit dem Borsalino in voller Größe auf dem Bildschirm sichtbar war, bat Antonio den Galeristen, die Aufnahme anzuhalten. Er ging so nah wie möglich an das Gerät heran. Der Fremde hatte eine schlanke Figur. Hut, Brille und Mantel, wie sie von vielen Männern getragen wurden. Seine Brille saß auf einer auffallend schlanken, geraden Nase. Sie und die Hutkrempe verdeckten genug vom Gesicht des Besuchers, um eine genaue Identifizierung zu verhindern.

Antonios Blick fiel auf die schwarzen Schuhe. Budapester, wie er seit seiner Freundschaft mit Giorgio Breitwieser wusste. Der Bayer hatte einen Schuhtick und ihm schon mehrfach die Qualitäten verschiedenster Schuhtypen erläutert. Budapester waren keine Seltenheit. Jeder *Businessman*, der etwas auf sich hielt, hatte davon ein Paar im Schrank. So auch Michele Vivani, der vor nicht mal einer Stunde mit genau solchen Schuhen aus Antonios Büro in der Questura hinausmarschiert war. Auch die Statur des Besuchers in der Galerie, seine Nase vielleicht ebenso, wiesen mit der Erscheinung des Anwalts gewisse Ähnlichkeiten auf. Aber damit hatte es sich auch schon. Der Herr hier hatte lange, ziemlich glatte Haare. Vivani dagegen trug kurze, gewellte Haare. Der Besucher mochte auf den Galeristen eigenartig gewirkt haben, aber diese Entdeckung half Antonio noch nicht weiter.

»Sagen Sie, Signor Lombardo, sind Ihnen reiche Ausländer bekannt, die sich in Verona Immobilien gekauft haben?«

»Ich habe davon gehört«, gab er vage zu, »weiß, dass auf der *Piazza Brà* Häuser nicht mehr in italienischer Hand sind. Aber ich weiß nichts Näheres.«

»Haben Sie unter diesen Leuten Kunden?«

»Ein amerikanischer Filmschauspieler hat sich hinter der *Arena* eine große Wohnung in einem der alten Palazzi gekauft. Das Haus gehörte einer Veroneser Familie, die dringend Geld benötigte und der es gleichgültig war, wer kauft. Sie haben das Höchstgebot genommen und damit war die Sache für sie erledigt. Der Schauspieler ist bei mir Stammkunde. Er hat viele Wände zu füllen. Dann gibt es noch einen Russen, der von sich reden macht. Er hat den Palazzo Corveglia erworben.«

Antonio kannte den Bau und wusste, dass es sich dabei um den Palazzo handelte, der von Renzo Di Santo gegen das Versprechen, ein Schwimmbad mitzufinanzieren, veräußert worden war.

»Aber das war nicht genug. Nun hat er von der bankrotten *Banca Territoriale del Veneto* das Eckgebäude an den *Portoni della Brà* gekauft. Dort sollen sehr teure Wohnungen entstehen und im Erdgeschoss große Ladengeschäfte. Aber der Hit soll eine Bar auf dem Dach sein. Sie ist schon in Betrieb und dort oben spielt sich das junge Leben von Verona ab, Commissario, da haben wir nichts mehr verloren.« Pietro Lombardo lachte und schüttelte den Kopf. »Verrückte Welt! Der Russe jedenfalls weiß, wie man aus Geld etwas macht.«

»Kennen Sie seinen Namen?«

»*No*, Commissario. Aber das sollte für Sie von der *polizia* doch kein Problem sein?« Listig sah der alte Lombardo ihn an.

Antonio Fontanaro verabschiedete sich von ihm, stieg wieder auf sein Rad und fuhr nach Hause. Dabei erinnerte er sich an das Gespräch mit Tamara, der Russin, die für Franco Risi und die Contessa Di Primavera arbeitete. Sie sollte die russische Gemeinde in Verona kennen. Einen weiteren Besuch bei den Museumsleuten hatte er ohnehin geplant. Morgen war auch noch ein Tag, dachte Antonio mit neuer Zuversicht, und da sollte er doch dank seiner gewonnenen Erkenntnisse einen entscheidenden Schritt weiterkommen.

27

23.00 Uhr

Wenn er etwas gar nicht mochte, dann nachts allein in einem Hotelbett zu liegen. Die erzwungene Einsamkeit seines Berufs war nie deutlicher spürbar als in diesen späten Stunden. Auch in Verona verhielt es sich nicht anders. Michele Vivani saß in seinem Bett, den Laptop auf der Bettdecke, ein Glas Rotwein auf dem Nachtisch und jede Menge Papiere um sich herum verstreut. Arbeiten, bis ihm die Augen zufielen, war seine Devise in solchen Situationen.

Er hatte ein kleines Abendessen auf dem Zimmer eingenommen, denn er erwartete einen Anruf, den er nicht im Hotelrestaurant entgegennehmen wollte. Überhaupt achtete er darauf, dass man ihn so wenig wie möglich wahrnahm. Ein unscheinbarer Gast, der unauffällig seinen Geschäften nachging. Mit raschen Anschlägen auf die Tastatur hämmerte er die mageren Ergebnisse des Tags in den Laptop und überlegte sich die nächsten Schritte. Den Mandanten in Rom gab es nicht. Diese Geschichte oder Legende – wie er solche Storys bei sich nannte –, die er Antonio Fontanaro aufgetischt hatte, diente als Ablenkungsmanöver, damit er sich zeigen und gleichzeitig heraushören konnte, wie weit die Behörden in Verona mit ihren Ermittlungen waren. Sein Ziel jedenfalls hatte er erreicht. Commissario Fontanaro hatte ihn als Kunstexperten wahrgenommen. Er würde ihn zweifelsohne kontaktieren, wenn er mit seinen Ermittlungen ins Stocken geriet. Darauf konnte er getrost warten. Ob Fontanaro all seine Geschichten geschluckt hatte, war nicht entscheidend. Wichtig für ihn war nur, mit ihm in Kontakt zu bleiben.

Einen Moment noch zögerte er, dann nahm er sein abhörsicheres Handy, das er auf der Bettdecke griffbereit abgelegt hatte, und wählte eine geheime Nummer.

Nach dem fünften Läuten meldete sich eine Bassstimme, heiser, verraucht und laut. »*Pronto?*«

»*Ciao!*«

»Ah, … *finalmente*. Ich dachte schon, sie hätten dich verhaftet.« Dröhnendes Lachen am Ende der Leitung. »Und, wie weit bist du?«

»Nicht so weit, wie ich gehofft hatte. Konntest du inzwischen in Erfahrung bringen, ob unser Freund definitiv in Verona tätig ist?«

Keiner der beiden nannte Namen. Michele wusste, dass sein Gesprächspartner ausflippen würde, sollte ihm ein solcher Lapsus passieren. Noch war die Zeit dafür nicht reif.

»Ja, unser Freund ist vielfältig tätig, wie du weißt. In den bekannten Branchen. Auch im Veneto. Er soll auch einen Wohnsitz in Verona haben. Auf dem Kunstmarkt wurde er bisher nur einmal auffällig. Ist also nicht unbedingt sein Metier.«

»Du glaubst aber, er agiert nach dem üblichen Strickmuster? Was in diesem Fall bedeuten würde: Kunst für Waffen?«

»Möglich.«

Das war eine mehr als bescheidene Antwort, die Michele nicht viel nützte. So weit war er schließlich selber in seinen Überlegungen und Recherchen gekommen. Auch ohne die Unterstützung aus Rom.

Deshalb gab er sich jetzt sicher: »Auf jeden Fall, denke ich, wird demnächst eine Lösegeldforderung gestellt. Alles andere macht wenig Sinn. Außerdem erwarte ich heute, spätestens morgen noch einen Anruf. Man wird mir einen wertlosen Tiepolo anbieten. Und ich bin zu neunzig Prozent sicher, dass unser Freund dahintersteckt.«

»Sei vorsichtig. Wir können uns keinen Ausfall leisten!« Wieder ertönte das laute, dröhnende Lachen seines Vorgesetzten, das Michele inzwischen sattsam kannte, begleitet von einem Raucherhusten, der das Ergebnis jahrzehntelangen Zigarettenkonsums war. »Brauchst du Verstärkung?«

»Wann hättest du mir jemals eine geschickt?«

»Stimmt!« Das Lachen erstarb. Sein Vorgesetzter hatte aufgelegt.

Michele legte sein Handy auf die Bettdecke zurück und schloss die Augen. Er wusste, dass die nächsten Stunden entscheidend für den Erfolg seiner Mission waren. Er sollte schlafen, sich ausruhen. Doch zu viele Gedanken gingen ihm durch den Kopf. Was, wenn er mit seiner Einschätzung dieses Mal völlig falsch lag? Wenn Raub und Mord ganz andere Gründe hatten als die, die er normalerweise bei einem derartigen Sachverhalt unterstellen konnte? Mitten hinein in seine Zweifel läutete sein Prepaidhandy, das auf dem Nachttisch lag.

»*Pronto!*«

»Signor Torrente?«

»*Sì!*«

28

Zur gleichen Zeit standen Marissa und Antonio, nur mit Unterwäsche bekleidet, im Schlafzimmer vor offenen Schranktüren. Die Fontanaros hatten ihre Tochter Giulia in die Obhut eines befreundeten Paares gegeben und sich kurzfristig einen freien Abend genommen. Allerdings nicht so freiwillig, wie Marissa sich das gewünscht hätte. Wann wäre ihr Mann mit ihr spätabends schon mal ausgegangen? Seit Giulia auf der Welt war, konnte sie sich an eine solche Extravaganz nicht erinnern. Ihre Freude zerbröselte wie das staubtrockene Weißbrot, das sie zum Käse aßen, als ihr Antonio den wahren Grund für das überraschende Ausgehen gestand. Recherchen über einen dubiosen Russen, der angeblich in Verona über hochpreisige Immobilien verfügte, die er sich mit nicht ganz legalen Mitteln angeeignet hatte.

»Ich habe keine Ahnung, ob er mit unserem Fall etwas zu tun hat. Und Pietro Lombardo wusste noch nicht mal seinen Namen.«

»Du bist aber schon sicher, dass der Mann auch existiert? Ich meine, wir sind nicht einem Phantom auf der Spur?« Marissa konnte sich diese Spitze nicht verkneifen. »Wenn er dafür sorgen sollte, dass ich nach zehn Jahren Ehe einmal nachts in einen Nachtclub komme, soll mir das, ehrlich gesagt, nur recht sein.«

»Kein Nachtclub, Marissa. Wie altmodisch! Eine *Rooftop-Bar*, verstehst du. Eine Bar unter freiem Himmel auf der Terrasse eines der Prachtbauten an der *Piazza Brà*.«

»Bei fünf Grad Celsius? Da müssen die Drinks aber ordentlich hochprozentig sein, damit uns warm wird. Oder spekulierst du auf heiße Mädchen? Oder gar auf stundenlanges Tanzen unter freiem Himmel?«

Er nahm sie in die Arme. Ihre weichen Lippen trafen seinen Mund. Und der warme, vertraute Körper seiner Frau presste sich an ihn. Für einen Moment geriet Antonios berufliches Pflichtgefühl schwer ins Wanken. Nochmals hinaus in die neblige Nacht, Drinks zu überteuerten Preisen bei viel zu lauter Musik und gemeinsam mit ausschließlich jungen Leuten, unter denen sie wie Dinosaurier wirken mussten – sollten sie sich das wirklich antun? Giulia war gut untergebracht. Sie hatten unerwartet eine Nacht nur für sich allein! Marissa fing an seinem Ohrläppchen zu knabbern an, was ihm ein wohliges Gefühl über den Rücken rieseln ließ.

»Na, Tonio, was überlegst du? Kuschliges Bett oder warme Lederjacke?« Sie lachte ihm leise ins Ohr. Dann schob sie ihn sacht von sich und wandte sich wieder ihrem Schrankteil zu. »Erst die Pflicht und dann das Vergnügen.« Sie blinzelte ihm zu. »Was zieht man für eine Bar in luftiger Höhe an? Ich besitze keinen Pelzmantel.«

Kurze Zeit später traten sie auf die Straße hinaus und bestiegen ein Taxi. Auf einen Spaziergang durch die kalte Novembernacht verzichteten sie lieber. Auch ihre Garderobe passte nicht zu den eisigen Temperaturen. Beide hatten sie sich für die beste Farbe entschieden, die an einem besonderen Abend angesagt war, bei der man nichts falsch machen konnte: schwarz. Schwarzer Anzug und schwarzes Hemd für Antonio, schwarzes Spitzenkleid und schwarzer Ledermantel für Marissa.

Das Taxi brachte sie zur *Piazza Brà* und Antonio erkannte sofort das Haus, das ihm Lombardo beschrieben hatte. Rechts vor den *Portoni della Brà*, an der Straßenecke zur *via Roma,* befand sich ein vierstöckiges Haus aus der Jahrhundertwende. Es hatte jahrzehntelang einer Bank als Firmensitz gedient und war nach deren Insolvenz ein gutes halbes Jahr leergestanden. Das

Erdgeschoss wurde durch sehr hohe, über zwei Stockwerke reichende Rundbogenfenster im neoklassischen Stil gestaltet, die eine der Renaissance nachempfundene Rustika-Fassade rhythmisch gliederten. Darauf hatte der Architekt die Balustereinfassung einer Terrasse gebaut, auf die, deutlich zurückgesetzt, zwei weitere, nicht gleich hohe Stockwerke folgten. Die Terrasse war durch einen vorgelagerten Wintergarten ergänzt worden. Genau dort befand sich die angesagte *Rooftop-Bar*. Es war ein insgesamt wenig harmonischer Monumentalbau, passend zur Bestimmung eines ehemaligen Bankgebäudes. Ohne Zweifel entsprach es auch dem Geltungsdrang eines reichen russischen Oligarchen, der den Wunsch verspürte, sich ein repräsentatives Gebäude unter den Nagel zu reißen. Bei seinen Renovierungsmaßnahmen legte ihm die Stadt keine Steine in den Weg. Wie sonst wäre ein Wintergarten dieser Größe an dem unter Denkmalschutz stehendem Gebäude möglich? Ganz offensichtlich hatte die Kommune sämtliche Augen zugedrückt und die deutlich wahrnehmbare Modernisierung genehmigt. Das Äußere des alten Palazzo war dadurch entscheidend verändert worden. Zur Zeit waren die Bauarbeiter damit beschäftigt, die Ladengeschäfte im Erdgeschoss auf Vordermann zu bringen.

Über dem seitlichen Eingang prangte eine strahlend blaue Neonschrift: *Rooftop-Bar Calypso*. Bereits im Vorraum nahm eine junge Afrikanerin Marissa den Mantel ab und wies ihnen den Weg zum Aufzug. Er brachte die Fontanaros in den dritten Stock. Als sich die Türen aufschoben, standen sie unvermittelt auf einer spiegelnden Tanzfläche. Im Musikrhythmus flackernde Lampen, die in wechselnden Farben mehrere Discokugeln zum Blitzen brachten, blendeten die Augen. Aus den Lautsprechern dröhnte es so laut, dass eine Unterhaltung ausgeschlossen war, selbst notdürftige Verständigung war nur durch Schreien ins Ohr möglich. Antonio gab es nach wenigen Worten auf, fasste seine Frau an der Hand und steuerte mit ihr den langen Bartresen an. Dahinter befanden sich Regale aus Glas vor einer durchgehenden Spiegelfront. Spirituosen in allen nur erdenklichen Farben, in Flaschen unterschiedlichster Formen und Größen waren dort aneinandergereiht. Mehrstöckig übereinandergestellt, ließen sie mit Sicherheit keine Wünsche offen. Vor dem Tresen drängten sich die Menschen. Alle Barhocker waren besetzt. Ein Durchkommen, um eine Bestellung aufzugeben, schien nahezu aussichtslos. Hinter dem Tresen arbeiteten sechs Barkeeper, vier Männer und zwei Frauen, wie Maschinen. Es wurde geschüttelt und gerührt, Eiswürfel in Becher geworfen, Flaschen geleert und in Champagnerflöten gefüllt.

Antonio kämpfte sich durch. Er kannte den Geschmack seiner Frau und erstand nach einer gefühlten halben Stunde für 25 Euro zwei Gläser Champagner. Marissa wartete am Rand der Tanzfläche, nahm das perlende Getränk in Empfang und schenkte ihm dafür einen Kuss. Gemeinsam umrundeten sie die dicht an dicht gedrängten Tänzer, bis sie schließlich die rettende Terrasse erreichten. Der verglaste Bereich war mit zahlreichen Gaspilzen bestückt, die leidlich Wärme spendeten. Lounge-Sessel und kleine, runde Tische luden ein, sich zu setzen. Antonio entdeckte einen leeren Platz nahe der Glasscheiben, die man im Sommer beiseiteschieben konnte, um so die komplette Terrasse bis zu ihrem wuchtigen Geländer zu nutzen. Ein Häusermeer mit diffusen Lichtpunkten breitete sich vor Antonio aus. Die Rundbögen der antiken *Arena di Verona* schimmerten gelblich und verschwommen im Schein von Scheinwerfern durch den Nebel der Nacht. Bei klarer Sicht und an einem schönen lauen Sommerabend musste die Aussicht hier oben spektakulär sein und er schwor sich, mit Marissa wiederzukommen.

Sie nahmen an dem Tischchen Platz, prosteten sich zu und beobachteten die Leute. Wider Erwarten war das Publikum auf der Terrasse deutlich älter als die Tänzer im Inneren der Bar. Hier konnte man sich, wenn man näher zusammenrückte, auch unterhalten. Die meisten Tische waren mit Paaren besetzt, die sich offensichtlich in einem Stadium des näheren Kennenlernens befanden. Antonio entdeckte aber auch vier Geschäftsmänner in dunklen Anzügen, die angetrunken wirkten und eine geleerte Flasche Wodka vor sich stehen hatten. Zwei der Herren hatten Mädchen auf ihren Schößen sitzen, lachten laut und taten alles, um aufzufallen. Ein Stück weiter weg von ihnen saß ein einzelner Mann, der in der einen Hand ein Longdrink-Glas hielt, in dem Eiswürfel schwammen. Die andere Hand war mit seinem Smartphone beschäftigt. Er telefonierte ohne Unterbrechung. Sein kahler Kopf glänzte im Schein der Kerzen und Lampen. Seine bleiche Gesichtsfarbe wirkte ungesund grau. Blaue und grüne Lichtreflexe schimmerten auf seiner Stirn. Offensichtlich hatte er eine Wodkaflasche für sich allein benötigt, die nur noch bodenbedeckend gefüllt war. Während er in sein Telefon sprach, wanderten seine dunklen Augen, die unter buschigen Augenbrauen hervorsahen, unablässig hin und her. Er scannte seine Umgebung ab, kontrollierte wachsam, was um ihn herum geschah, wer sich dort aufhielt. Dann, plötzlich, legte er sein Handy auf den Tisch und winkte eines der Mädchen heran, die zwischen den Tischen gleichsam schwebten, Getränke brachten oder abtrugen. Eine junge, schlanke Frau mit auffallend dickem, blondem Haar, das weit in ihren Rücken fiel, näherte sich ihm mit aufreizendem Hüftschwung. Ihr Körper steckte in einem enganliegenden, schwarzen Cocktailkleid, dessen tiefer Rückenausschnitt kaum den Po bedeckte und Männerphantasien beflügelte. Sie zu übersehen, war unmöglich.

»Schau dir den alten Knacker an!«, war dann auch Marissas zu erwartender Kommentar. »Die Blonde hat es ihm wohl angetan. Er braucht nur mit dem Finger zu schnippen!« Selbst im Rhythmushagel konnte Antonio die Empörung in ihrer Stimme hören.

Er nickte und schwieg. Kannte er doch bereits den exquisiten Geschmack der Dame: Grillwürstchen mit Sauerkraut. Doch das musste Marissa nicht wissen. Betont aufmerksam wandte er sich seiner Gattin zu, um zu verhindern, frühzeitig von Tamara entdeckt zu werden. Kurze Zeit später verschwand sie schon wieder in der Menge der Tänzer. Und der Kahlköpfige fing erneut zu telefonieren an.

»Ist dir nicht kalt?«, fragte Antonio seine Frau besorgt. »Sollen wir nach Hause gehen?« Die Champagnerflöten hatten sie geleert. Und er hatte gesehen, was er schon vermutet hatte.

»War's das schon?«, fragte Marissa enttäuscht. Sie hatte offenbar Spektakuläreres erwartet. Doch Antonio hatte genug. Er wollte nach Hause. Deshalb erhob er sich aus seinem Lounge-Sessel, um sich unvermutet Tamara gegenüberzusehen.

»Ah, Commissario. Wie nett, dass Sie mit Ihrer Gattin vorbeischauen.« Sie hatte einen silbernen Sektkübel in der Hand, der bis oben hin mit Eiswürfeln gefüllt war und in dem eine teure Champagnerflasche steckte. Sie hatte auch zwei frische Sektflöten mitgebracht und schickte sich an, den Drahtverschluss der Flasche zu öffnen. Entschieden legte ihr Antonio seine linke Hand auf den Arm.

»Vielen Dank, Tamara. Das ist sehr nett von Ihnen, aber nicht nötig.«

Er blickte zu dem Kahlkopf. Doch der war mit Telefonieren beschäftigt und tat so, als interessiere es ihn nicht die Bohne, was sich drei Tische weiter von ihm entfernt abspielte.

»Wer ist das?«, fragte Antonio und deutete mit seinem Kinn in die Richtung des einzelnen Manns.

»Keine Ahnung«, antwortete Tamara unschuldig und goss die perlende Flüssigkeit in die erste Flöte.

»Sie haben doch gerade mit ihm gesprochen!«

Ein Lächeln glitt über ihr Gesicht. »Glauben Sie tatsächlich, Commissario, ich kenne jeden Gast persönlich? Das wäre ziemlich anstrengend.«

In der zweiten Flöte stiegen die Luftbläschen animierend nach oben. Tamara schob die Flasche zurück in den Sektkühler und machte Anstalten, wieder zu verschwinden. Doch Antonio hielt sie am Arm fest. »Wie heißt der Mann?«

»Ich versteh Sie nicht, Commissario, die Musik ist so laut.« Sie lachte, machte sich los und verschwand zwischen den Tänzern.

Auch Marissa hatte sich von ihrem Stuhl erhoben und sah Tamara nach, die zwischen den tanzenden Gästen verschwand. »Wer ist die Frau?«

Antonio schüttelte nur den Kopf, also wäre ihre Frage nicht wichtig. Stattdessen holte er mit der rechten Hand sein Handy aus der Hosentasche. Mit der linken umfasste er den Hinterkopf seiner Frau, sah ihr in die vom Lichterschein glänzenden Augen und gab ihr einen liebevollen Kuss, um ihren Mund für weitere Fragen zu verschließen. Spielerisch hielt er sein Handy so vor Marissas Gesicht, als wolle er ein Foto von ihr machen.

»Schenk mir ein Lächeln, *carina!*« Durch den Sucher beobachtete er, wie der Glatzkopf den restlichen Wodka in sein Longdrink-Glas kippte. Der Augenblick war günstig, der Typ einmal nicht auf seine Umgebung fokussiert.

Marissa fragte irritiert: »Was wird das hier alles, Tonio?«

Der Auslöser klickte. Antonio hatte, was er wollte. Ob die Aufnahme auch gelungen war, konnte er nicht kontrollieren. Das wäre zu auffällig gewesen. Auf das Blitzlicht hatte er verzichtet. Es war ein Versuch, mehr nicht.

»Du sagst mir jetzt sofort, woher du die Frau kennst!«

»Seit wann bist du eifersüchtig, *carina?*« Antonio zog sie an sich, küsste zart ihr linkes Ohr und schob dabei das Handy wieder zurück in die Hosentasche.

»Willst du tanzen?«

Marissa warf den Kopf in den Nacken und lachte befreit auf. »Seit wann bist du ein eifriger Tänzer, *caro mio?*« Dann tippte sie ihm mit dem Zeigefinger auf die Brust. »Weich mir nicht aus! Wer ist die Frau?«

Zögerlich antwortete er: »Sie hat mit dem Fall zu tun!« Nun machte Marissa doch große Augen. Bevor sie weitere neugierige Fragen stellen konnte, reichte er ihr den Arm. »Komm, lass uns tanzen!«

Er umfasste ihre schlanke Taille und führte sie galant auf die Tanzfläche. An ihrem Strahlen sah er überdeutlich, wie sehr sie den Abend, der in Wahrheit so gar nichts mit ihnen beiden zu tun hatte, dennoch in vollen Zügen genoss.

Eine groovige Bluesnummer machte es Antonio leicht, Marissa mühelos über die Tanzfläche zu führen. Engumschlugen folgten sie der melancholischen Melodie und dem eingängigen Rhythmus. Das vertraute Parfüm seiner Frau ganz nah einzuatmen, fühlte sich gut an. Vielleicht sollten sie das doch öfter machen! Antonios letzter Blick über die Schulter galt dem Glatzkopf, der ihnen nachsah. Dessen teuren Champagner hatten sie am Tisch unangetastet zurückgelassen.

29

Dienstag, 17.11.2015

Traunstein, 8.00 Uhr

»Was sagt denn Pfaffenrieder dazu?«

Georg Breitwieser saß am Steuer eines Zivilfahrzeugs der Polizei und fuhr in großem Abstand hinter dem schwarzen Fiat Ducato Easy her. Mehrere Autos hatten sich vor ihm reingedrängt, was Georg nur recht war. Die Scheibenwischer schoben die ersten Schneeflocken des Jahres regelmäßig zur Seite. Am Straßenrand und auf dem angrenzenden Grünstreifen blieb der Schnee bereits liegen. Die Sicht war nicht bestens, dennoch konnte er den Transporter gut erkennen. Endlich kam Bewegung in die Ermittlungen und Breitwieser war zuversichtlich, dass er am Ende des Tags einen entscheidenden Schritt weiter sein würde.

»Du hast aber schon den Allrader genommen, oder?« Florian Huber sah Georg besorgt von der Seite an, um dann wieder nach rechts aus dem Fenster zu schauen. »Das könnt' kritisch werden in den nächsten Stunden.«

»Den braucht der Kriminaloberrat heute selber. Er muss nach München. Zum Ministerpräsidenten.«

»Aha!« Nun hatte Florian Huber erst mal etwas zum Nachdenken.

Georg dagegen interessierte sich ausschließlich dafür, welches Ziel der Italiener ansteuern würde. Ganz bestimmt wollte er nicht nach München, um eine nicht existente Klimaanlage abzuholen. Die brennende Frage war jedoch, wo die Übergabe der Gemälde stattfinden sollte. Daran, dass Gianni Canali unter allen Umständen versuchen würde, seinen ursprünglichen Auftrag zu erfüllen, zweifelte Georg keine Sekunde. Der junge Neapolitaner war schließlich nicht lebensmüde. Seine Auftraggeber kannten keine Hemmungen. Renata Mancini hatte der Kontakt zu oder das schlichte Zusammentreffen mit den Tätern das Leben gekostet. Die Auswertung von Canalis Handy hatte nicht viel gebracht. Canali hatte nur einmal in der Nacht kurz vor 2 Uhr am Montag telefoniert. Die Nummer war inzwischen tot, keine Kontaktperson mehr ermittelbar. Gut möglich, dass der Italiener frühmorgens mit einem der Flüchtlinge gesprochen hatte. Danach musste Georg Ahmad unbedingt als Nächstes fragen. Ansonsten gab es auf dem Handy keine gespeicherten Nummern. Die Räuber wussten, wie man möglichst wenig Spuren hinterließ. Die SIM-Karte war so jungfräulich wie der Schnee, der mehr und mehr am Straßenrand und in der Wiese liegen blieb.

»Also weiß Pfaffenrieder über unseren Einsatz hier nicht Bescheid«, stellte Florian Huber sachlich fest.

»Hast Schiss vor dem Kriminaloberrat?«

»Nein, aber ich möchte meine Karriere nicht aufs Spiel setzen, bevor sie richtig angefangen hat, verstehst? Eine Dienstaufsichtsbeschwerde kann da nur hinderlich sein.«

»Im Ernst?« Georg sah ihn an und lachte. »Ich wusste gar nicht, dass du auf Karriere aus bist. Da muss ich mich ja warm anziehen.«

»Ja, ja, mach dich nur lustig. Und schau auf die Straße. Es wird glatt!«

Im Fond des Wagens saß Benedikt Haigermoser und brummte ein Lachen mit. Den Laptop auf dem Schoß, schaute er gespannt auf dessen Bildschirm. Der Zivilwagen, ein silbergrauer Fünfer BMW, den sich Georg für diesen Einsatz vom Fuhrpark besorgt hatte, war mit modernster Technik ausgestattet. Das GPS-System ermöglichte es ihnen, den Weg des Fiat Ducato problemlos auf dem Display zu verfolgen, das Teil der Instrumentenkonsole war. Ein Blick durch die Windschutzscheibe war dazu gar nicht nötig. Aber Georg wollte den Italiener trotzdem nicht aus den Augen verlieren. Sein Vertrauen in die Technik war nicht so ausgeprägt, dass er sich blind auf sie verlassen wollte. Außerdem hatte Florian Huber natürlich recht. Die Wetterlage konnte kritisch werden. Inzwischen blieb der Schnee auf der Fahrbahn liegen.

Aber nicht nur der Dienstwagen war mit Technik gut bestückt. Morgens um 6 Uhr war Georg bereits wieder in der alten Fabrikhalle gewesen, in der die Kriminaltechnik untergebracht war, und hatte mit Haigermoser den Transporter des Italieners in mehrfacher Hinsicht präpariert. Kameras und Mikros im Führerhaus ermöglichten es dem Kollegen mit seinem Laptop, den Italiener im Blick zu behalten. Ein Peilsender, auf der Unterseite der Bodenplatte angebracht, stellte die Verfolgung via GPS sicher. In den Hohlraum, der den Räubern als Versteck für die Gemälde gedient hatte, hatte Haigermoser zwei Dutzend Plastik-Pakete geschoben, die mit einer Mischung aus Waschpulver und Puderzucker gefüllt waren. Perfekte Drogen-Attrappen, die bei einer Füllung mit Kokain einen Marktwert von circa 100.000 Euro gehabt hätten.

Georg hatte sich zu dieser Maßnahme entschlossen, um den Wagen bei Bedarf erneut anhalten und seinen Fahrer festnehmen zu können. Es blieb abzuwarten, wo die Fahrt des Italieners endete. Breitwieser und seine Kollegen konnten nur noch hinter ihm herfahren und im Falle des Falles reagieren. Mehr nicht. Und genau das hatte natürlich sein schlauer Oberinspektor begriffen. Seine Bedenken waren nicht unbegründet, denn er kannte Georg gut genug, um zu wissen, dass er schon mal im Alleingang ermittelte.

Selbstverständlich hatte Kriminaloberrat Alois Pfaffenrieder von dieser Fahrt ins Blaue keine Ahnung.

Sie befanden sich kurz vor der Autobahnauffahrt zur A 8. Entweder nahm Canali, wie mehrfach versichert, die Auffahrt Richtung München. In diesem Fall hatte er sich wohl für die Rückkehr nach Italien über den Grenzübergang Kiefersfelden/Kufstein entschieden. Dort würde Georg die Kollegen informieren und sie würden den Transporter aufhalten und die Heimreise von Gianni Canali vereiteln. Oder aber, und das war sehr viel wahrscheinlicher, der Neapolitaner schlug die Richtung nach Salzburg ein. Dann wurde es sehr spannend.

Die Schneeflocken fielen dichter. Automatisch erhöhte sich die Frequenz der Scheibenwischer. Der Morgen wollte gar nicht anbrechen, so dunkel und dicht hingen die Wolken am Himmel. Von den Bergen, die in eine Höhe von fast 2.000 Metern reichten und an klaren Tagen als mächtiger Riegel dastanden, war kein einziger Gipfel zu sehen. Georg hoffte auf die Autobahnmeisterei und ihre Räum- und Streufahrzeuge. Normalerweise waren sie schon in aller Herrgottsfrüh unterwegs, um die Autobahn München-Salzburg für den LKW-Verkehr freizuräumen. Aber der Wintereinbruch kam unvermittelt, über Nacht.

»Unser Italiener betet!«, teilte Haigermoser mit. »Ich versteh zwar kein Wort, aber ich glaube, der Schnee macht ihm Sorgen. Dabei hat er mit dem Frontantrieb eindeutig das bessere Fahrzeug.«

»Aber ohne Winterreifen nützt ihm das am Brenner gar nichts!«, meckerte Florian Huber. »Da kommt er nicht drüber!« Sein Respekt vor den winterlichen Straßenverhältnissen war unüberhörbar.

Georg ließ das Geplauder der Kollegen an sich vorbeirauschen. Gianni Canali lief nicht Gefahr, erneut den Brennerpass überqueren zu müssen. Vorher würde er ihn stoppen. Breitwieser hatte die halbe Nacht damit zugebracht, sich gedanklich in die Lage des Italieners hineinzuversetzen und sich zu fragen, wohin die Gemälde ursprünglich gebracht werden sollten. Was war ihr Bestimmungsort? Er hatte sich, ähnlich wie Antonio, überlegt, was jemand mit unverkäuflichen Kunstwerken vorhatte.

Im nahen europäischen Ausland war mit ihnen kein Geld zu machen. Dass hinter dem professionellen Raub, sah man einmal von dem Todesopfer ab, ein fanatischer Kunstsammler steckte, der sein Herz an vier italienische Barockgemälde gehängt hatte, konnte sich Georg nicht vorstellen. Er glaubte vielmehr, dass Canali den Auftrag hatte, die Bilder rasch außer Landes und möglichst weit weg zu bringen. Genau da allerdings fingen die Schwierigkeiten für einen bayerischen Kriminalbeamten an.

Es war natürlich völlig ausgeschlossen, dem Transporter bis nach Rumänien, Polen oder gar Russland und in den Nahen Osten zu folgen. Allenfalls konnte er die Kollegen in Salzburg noch einspannen und um Mithilfe bitten. Aber dann war Schluss. Dann mussten sie Canali wegen unerlaubten Drogenbesitzes erneut festnehmen. Mit den getürkten Plastikpaketen konnten sie ihn erst einmal unter Druck setzen, waren aber, was den Bestimmungsort der Bilder anlangte, keinen Schritt weiter. Canali würde hoffentlich alles daransetzen, seine Haut zu retten, und endlich plaudern. So das Kalkül von Breitwieser.

Allerdings war fraglich, ob man den Fahrer des Diebesguts in die wahren Gründe des Kunstraubs eingeweiht hatte. Georg bezweifelte das. Aber er wollte unbedingt von ihm erfahren, wie der Flüchtlingstransport organisiert worden war und wer dahintersteckte. Denn auf Canalis Mist war diese abgefeimte Tat nicht gewachsen, das konnte sich Georg nicht vorstellen. Mit Menschen trieb man kein Schindluder. Da würde er dem Italiener noch gehörig auf den Zahn fühlen und über diesen Umweg vielleicht auch zu völlig neuen Erkenntnissen kommen, was Raub und Mord anlangte.

Eine Reise über den Brenner rückte, so Georgs nicht unberechtigte Hoffnung, in greifbare Nähe. Wer, wenn nicht er, sollte den Täter und sein Diebesgut sicher zurückbringen? Da hatte Pfaffenrieder gar keine andere Wahl. Das würde sogar er rasch begreifen. Und hoffentlich auch Ermittlungsrichterin Doktor Dorothea Schaller. Spätestens nach Beendigung dieses Ausflugs durch Eis und Schnee musste er sie wohl oder übel einbeziehen. Die Rückführung der Gemälde war ohne behördliche Genehmigung nicht möglich. Doch damit wollte sich Georg jetzt nicht befassen.

Sehr viel mehr erfreute ihn der Gedanke, dass er bald mit Stefania di Castello telefonieren und seine Reise nach Verona ankündigen konnte. Inzwischen war ihre Beziehung soweit gediehen, dass sie gelegentlich nachts stundenlang plauderten. Wenigstens einmal im Vierteljahr fuhr Georg für ein paar Tage zu ihr ins Hinterland von Soave. Mama Katharina Breitwieser fand das nicht lustig. Sie wollte die Italienerin endlich kennenlernen, die ihren Sohn so schamlos umgarnte. Wenn es um ihren Sohn ging, hörte sie das Gras wachsen. Fürchtete sie sich doch davor, Georg könnte eines nicht zu fernen Tages noch heiraten. Was würde dann aus ihr werden? Wo würde ihr Sohn wohnen? Wo würde er arbeiten? Fragen, die sich nicht nur Katharina stellte, sondern ebenso Georg und Stefania. Georg wiegelte ab, wenn die Mutter das Gespräch darauf brachte. Von einer festen Beziehung wolle er nichts wissen. Es müssten ja nicht unbedingt und schon gar nicht sofort Nägel mit Köpfen gemacht werden.

Breitwieser behielt den Transporter im Auge. Mehrfach hatte der Kommissar in der Nacht erwogen, seinen Freund Antonio einzuweihen und ihm vom spektakulären Fund der Gemälde zu berichten. Aber dann hatte er sich dagegen entschieden. Er wollte nicht auch noch die Bedenken und Vorschriften der italienischen Kollegen berücksichtigen müssen. Pfaffenrieder bekam er noch in den Griff. Die Schaller am Ende hoffentlich auch. Vor allem dann, wenn die Aktion erfolgreich verlief.

»Er biegt ab!«, unterbrach Benedikt Haigermoser Georgs Gedankengänge.

»Was heißt, er biegt ab?« Breitwieser starrte durch die Windschutzscheibe in ein Flockenmeer, das auf ihn zutanzte. Ein regelrechter Wirbel von Eiskristallen warf sich gegen die Scheibe. Sie befanden sich auf der A8 Richtung Salzburg. Die nächste Ausfahrt bei Anger war mindestens noch fünf Kilometer entfernt.

»Da ist ein Autobahnparkplatz. Da will er jetzt hin.«

»Alles klar!« Georg bremste zu abrupt ab. Prompt brach der schwere Wagen hinten leicht aus. Breitwieser steuerte gegen, der Wagen fing sich und fuhr wieder sauber in der Schneespur.

»Dass uns nicht das Heck überholt, Schorsch. Ich sag's ja, wir hätten den Allrader gebraucht.«

»Der Parkplatz ist nicht besonders groß«, informierte sie Haigermoser. »Wenn S' vielleicht a bisserl Abstand zum Transporter halten, Herr Hauptkommissar, damit der Fahrer nicht gleich merkt, dass die Polizei ihm auf den Fersen ist!«

»Mach ich!« Der Kollege hatte recht. Georg drosselte vorsichtig die Geschwindigkeit, in dem er vom vierten in den dritten Gang zurückschaltete.

Die roten Bremsleuchten des Fiat Ducato waren deutlich zu erkennen. Er hielt hinter einem Autotransporter. Das Schneegestöber machte eine genaue Beobachtung der Fahrzeuge vor ihnen schwierig.

»Ich muss näher ran. So sehen wir überhaupt nicht, was passiert.« Georg überlegte einen Moment, holte den Feldstecher aus dem Handschuhfach, kontrollierte den Sitz seiner Waffe, die er ausnahmsweise unter der dicken Daunenjacke im Holster stecken hatte, und gab konkrete Anweisungen: »Kollege Haigermoser, Sie bleiben im Wagen und hören genau hin, ob und was gesprochen wird. Die Kameras im Führerhaus müssten ausreichen, damit man auch das, was vor dem Wagen passiert, beobachten kann. Florian, du steigst mit mir aus und öffnest die Kühlerhaube, machst ein bisschen rum, als hätten wir eine Panne. Dabei behältst du mich im Blick und reagierst auf Handzeichen oder Anweisungen per Handy. Telefon ans Ohr, verstanden!«

Georg hatte sein Diensthandy in der Hosentasche. Mit dem Feldstecher vor dem Bauch öffnete er die Wagentür. »Ich laufe jetzt ins Gebüsch hier links. Schaut dann so aus, als müsste ich mal. Aber ich lauf im Gebüsch weiter nach vorne.«

Georg stieg aus und überquerte ohne Hast die Fahrbahn. Dabei sah er, wie sich auch die Fahrertür des Fiat öffnete. Canali kletterte heraus. Breitwieser hatte das dürre Gebüsch erreicht. Viel Sichtschutz bot es ohne Laubwerk nicht. Aber der Schneefall war dicht genug. Außerdem unterstellte er, dass Canali zu beschäftigt und zu aufgeregt war, um auf seine Umgebung zu achten. Georg blickte durch den Feldstecher, holte sich das Nummernschild des Autotransporters näher heran. Der LKW kam aus Lettland. Die Gemälde sollten quer durch das östliche Europa transportiert werden. Soweit lag er mit seinen Vermutungen also richtig.

Dann besah er sich die Autos, die der LKW auf seinem Anhänger geladen hatte. Es handelte sich durchweg um Neuwagen der Marke Fiat. Auf der oberen Laderampe standen zwei Tipo Limousinen und ein Cinquecento, unten hatte der Laster einen roten und einen schwarzen Fiat Ducato Easy geladen. Am Autotransporter lehnte ein robuster, großer Mann mit schwarzer Pilotenlederjacke und einer Wollmütze auf dem Kopf, die er tief in die Stirn gezogen hatte. Er rauchte und wartete aufreizend ruhig ab, bis Gianni Canali ihn erreichte. Georg hätte ein Zusammentreffen mit dem Fahrer nachts auf einer unbeleuchteten Straße in jedem Fall vermieden. Der Mann warf die Zigarette in den Schnee und schob beide Hände in die Hosentaschen. Der Wortwechsel war kurz und laut. Georg konnte nicht verstehen, was die beiden sprachen, doch es war nicht schwer, sich vorzustellen, dass der Lette stinksauer war, weil Canali mit über einem Tag Verspätung aufkreuzte. Dann deutete der Lette mit der Hand an, Canali solle seinen Wagen zurücksetzen. Woraufhin der Italiener wieder in seinen Transporter stieg. Jetzt wurde es brenzlig. Viel Spielraum hatte er nicht, bevor er dem BMW zu nahe kam.

Georg zückte sein Handy. »Florian, setz dich in den Wagen, aber lass die Kühlerhaube offen, verstanden?«

Wortlos kam der Oberinspektor dieser Aufforderung nach und nahm wieder auf dem Beifahrersitz Platz. Sehen konnte er nun nicht mehr allzu viel. »Soll ich nicht lieber auch zu dir ins Gebüsch kommen?«

»Nein, bleib, wo du bist!«

Gianni Canali fuhr vorsichtig rückwärts und hielt keine fünf Meter vom BMW entfernt seinen Wagen an. Dann stellte er den Motor ab und wartete. Der Lette bestieg die untere Ladefläche des Anhängers, öffnete den Wagenschlag des roten Fiat Ducato und fuhr ihn von der Rampe. Anschließend parkte er ihn vor seinem Lastwagen. Die Parkmöglichkeiten auf dem Parkplatz waren damit erschöpft. Dann holte er den schwarzen Fiat Transporter von der Ladefläche, scherte aus und stellte ihn parallel zum LKW ab. Nun kam auch kein weiterer Wagen mehr an ihnen vorbei. Der Lette stieg aus und kam auf Canali zu. Wild gestikulierend gab er dem Italiener durch das Seitenfenster zu verstehen, dass er gefälligst aussteigen sollte. Georg vermutete, dass auch Gianni Canali nicht darauf aus war, den Zorn des Muskelmannes weiter zu schüren. Der Wagenschlag öffnete sich, der Italiener sprang wieder aus seinem Gefährt.

Georg schaute erneut durch den Feldstecher und beobachtete die beiden Männer. Der Lette zog einen Schraubendreher aus der Hosentasche. Dann ging er in die Knie und begann, das vordere Nummernschild des Fiat aus Italien abzuschrauben. Anschließend war das rückwärtige dran. Dann drückte er dem Italiener die

Schilder, den Schraubendreher und weitere Gegenstände in die Hand, die Georg nicht erkennen konnte. Der Lette hatte es eilig. Ohne sich weiter um Canali zu kümmern, stieg er in dessen Fiat Ducato und fuhr ihn auf die Rampe, während Gianni Canali die Wagenschilder am Neuwagen befestigte.

Aufmerksam verfolgte Georg das Treiben der Männer. Er musste jetzt entscheiden, welchem Gefährt er folgen sollte. Canali würde in wenigen Augenblicken in den Neuwagen einsteigen und losfahren.

»Florian, hörst mich?«

»Ja, was ist?«

»Verständige die Zollbeamten am Grenzübergang Salzburg. In Kürze kommt ein Autotransporter mit Fahrzeugen der Marke Fiat durch. Sie sollen ihn aufhalten und den schwarzen Transporter auf der Laderampe filzen, das heißt, die Trennwand herausschrauben und den Fahrer wegen Drogenschmuggels festsetzen. Wir melden uns, sobald wie möglich. Klar?«

»Klar, Chef!«

Georg eilte im Gebüsch wieder zurück und überquerte dann so langsam wie es seine Ungeduld zuließ, die Fahrbahn. Dabei ließ er die beiden Männer und ihre Fahrzeuge nicht aus dem Blick. Er vertraute darauf, dass Canali nicht nach links oder rechts schauen, sondern so schnell wie möglich den Parkplatz verlassen würde. Der Italiener wollte sicherlich nur noch seinen heiklen Auftrag zu Ende bringen und nach Hause fahren, um seinen Auftraggebern mitzuteilen, dass die Kunstwerke nun endlich auf den Weg gebracht waren. Auch der Lette war mit dem Rangieren des Fiat mit der vermeintlich heißen Ware beschäftigt und achtete kaum auf den BMW und seine Besatzung. Georg warf die Kühlerhaube zu und setzte sich auf den Fahrersitz. Er startete den Wagen, noch bevor er den Wagenschlag geschlossen hatte, gab Gas, scherte aus der Parklücke und fuhr zügig an dem LKW vorbei und hinter Canali her, der bereits auf die Autobahn einbog.

»Nicht hinüberschauen!« rief er seinen Kollegen zu. » Und Sie Haigermoser, Sie verfolgen weiter auf dem Bildschirm, wohin der Lette fährt. Der Peilsender hilft uns ja nach wie vor.«

»Überhaupts kein Problem«, bestätigte der Kriminaltechniker mit ungebrochenem Eifer.

»Sollte er wider Erwarten nicht den Grenzübergang Salzburg ansteuern, müssen Sie sofort Meldung machen und die Kollegen in Österreich informieren, damit sie einen Streifenwagen zu seiner Verfolgung losschicken. Ist das klar?«

»Freilich!« Haigermoser war in seinem Element.

Georg dagegen musste dem schwarzen Ducato Easy von Canali auf den Fersen bleiben. Sie durften ihn nicht aus den Augen verlieren. Die Fahrbahn war inzwischen von einer festgefahrenen Schneedecke bedeckt. Im Licht der Scheinwerfer, die den Tanz der Schneeflocken beleuchteten, glitzerte es verdächtig bläulich. Jetzt hätte Georg gern den Allrader gehabt. Aber das behielt er für sich. Vorsichtig gab er Gas, beschleunigte mit Maß, um den Wagen nicht zu Kapriolen zu ermutigen, und folgte Canali. In jedem Fall musste er bis zur Ausfahrt Piding auf der Autobahn bleiben. Solange konnte er nicht ausweichen. Georg hielt sich dicht an den Transporter und verließ mit ihm die Autobahn, als der wie erwartet die nächste Ausfahrt nahm. Als sie die Autobahnbrücke überquerten, sahen sie den LKW aus Lettland in einiger Entfernung. Ob er auf der Autobahn bleiben würde, konnte nur noch Haigermoser feststellen.

»Was macht er denn jetzt! Ich glaub's nicht!« Florian Huber hatte echte Verzweiflung in der Stimme. »Der Italiener übersieht die Auffahrt zurück auf die Autobahn. Das ist ein Wahnsinniger. Anders kann es ja gar nicht sein. Jetzt muss er weiter die Landstraße entlang fahren.«

Georg verstand die Aufregung von Florian Huber nur zu gut. Die Landstraße zwischen Anger und Neukirchen, wo es erst die nächste Auffahrt zur Autobahn gab, führte durch eine Alleenstraße, die zum Problem werden konnte.

»Glaubst du, der Neuwagen hat Winterreifen aufgezogen?« Florian sah Georg fragend, mit aufgerissenen Augen von der Seite an.

»Kaum!«

Florian Huber atmete aus, als hätte er einen ganzen Luftballon im Bauch gehabt. »Wahnsinn! Mit Sommerreifen schafft er den Berg vor Neukirchen trotz Vorderradantrieb nicht.«

Georg nickte. Das sah er genauso.

»Überhol ihn, Schorsch! Halt ihn auf, bevor noch was passiert!«

30

Gianni Canalis Hände waren feuerrot und glühten, während sie verkrampft das Lenkrad hielten. Die Montage der Nummernschilder bei Eiseskälte und Schneefall war nicht nach seinem Geschmack gewesen. Überhaupt fror er bis ins Mark. Die alte Strickjacke, die ihm ein mitleidiger Polizist auf dem Kommissariat geschenkt hatte, hatte sich mit allmählich schmelzendem Schnee vollgesogen und lag jetzt unangenehm nass auf dem Hemd. Dummerweise hatte er seinen Anorak nicht angezogen. Er wusste auch nicht, was er sich dabei gedacht hatte. Die Heizung des Fiat Ducato, der eine ganze Nacht bei Temperaturen unter null Grad auf dem Autobahnparkplatz gestanden hatte, tat sich schwer, in die Gänge zu kommen. Die Fenster beschlugen. Canali schaltete die Lüftung ein, die laut röhrte und kalt aus den Lüftungsschlitzen blies. Es roch nach Staub und Plastik. Der fabrikneue Wagen war steif, kalt und fremd. Es fehlte nicht viel und Gianni Canalis Zähne schlugen klappernd aufeinander.

Vorsichtig fuhr er über die Fahrbahn, vollkommen konzentriert auf die völlig ungewohnten Straßenverhältnisse. Mit Schnee hatte er noch kaum Bekanntschaft gemacht. In seiner Heimatstadt *Napoli* hatte es nie geschneit. Der Kegel des Vesuv wurde manchmal weiß und schaute dann kalt und blendend in die Stadt. Auch in Verona hatte er schon einmal Schnee erlebt. Aber nach einem halben Tag war alles vorbei gewesen. Die Sonne hatte geschienen und den Schnee weggeschmolzen. Auf einer Schneedecke hatte Gianni bislang noch nie ein Fahrzeug gesteuert. Für seinen

Geschmack fühlte sich das Ganze sehr rutschig und gefährlich an. Unsicher starrte er durch die Windschutzscheibe. Die Augen wurden ihm trocken, weil er vergaß, mit den Lidern zu zwinkern, so angestrengt sah er nach draußen. Gerade als er sich fragte, wann denn nun die Auffahrt zur Autobahn kam, sah er im Vorbeifahren das blaue Autobahnschild.

»*Merda*«, entfuhr es ihm. Sein Herzklopfen wurde stärker. Er fuhr eine Allee entlang. Zwischen den dicht gepflanzten Bäumen lagen rechts und links Felder, die unter der weißen Decke verschwanden. Der Wind fegte über die Straße und brachte Schnee mit, der in unterschiedlich starken Böen auf der großen Windschutzscheibe des Fiat landete und Gianni für Bruchteile von Sekunden die Sicht nahm. Die Scheibenwischer arbeiteten auf Hochtouren.

Es war immer noch nicht richtig hell, die tiefhängenden Wolken sperrten das Tageslicht aus. Gianni hatte sich im Beisein des Letten, der ihm Angst gemacht hatte mit seiner Sprache, die er nicht verstand und die hart, drohend und befehlend gewesen war, nicht die Zeit genommen, das Navigationssystem einzuschalten. Jetzt getraute er sich nicht, auch nur eine Hand vom Lenkrad zu nehmen. Er hatte das Gefühl, über Schmierseife zu fahren. Ein Blick in den Seitenspiegel sagte ihm, dass ein BMW hinter ihm herfuhr. War das der Wagen, den er auch auf dem Parkplatz gesehen und der offensichtlich eine Panne gehabt hatte? Folgte der ihm oder bildete er sich das nur ein, weil seine Nerven inzwischen nicht mehr mitspielten? Er kannte sich gut genug, um zu wissen, dass er keiner größeren Anspannung mehr gewachsen war, dann würde er die Nerven verlieren, kopflos reagieren und am liebsten einfach nur noch wegrennen. Doch wohin? Diese weißgraue Landschaft, dieses Einerlei in diffusem Licht, nur Weite und Bäume, keine Häuser, in der Ferne aufsteigende Hügel, die im Nichts der Wolken endeten, diese elende Mischung ängstigte ihn sehr. Gottseidank hatte er die

Gemälde los! Mochte mit ihnen geschehen, was wolle. Ihm war es völlig gleichgültig. Er sollte Todisco anrufen und die geglückte Übergabe melden. Endlich! Der Lette hatte ihm ein neues, vorbereitetes Handy zugesteckt. Gianni brauchte nur die Abnehmtaste zu drücken und Todisco würde sich vermutlich brüllend melden. Der Elektromeister saß in Chievo in seiner Firma auf heißen Kohlen, wartete mit Ungeduld auf diesen Anruf, während er ihn gleichzeitig am liebsten in die Wüste geschickt hätte. Doch der Veroneser musste warten. Erst wollte Gianni wieder auf der Autobahn sein, wissen, wohin es ging, und hoffentlich bessere Straßenverhältnisse vorfinden. Jetzt kam es auf eine weitere Stunde auch nicht mehr an. Gianni war heilfroh, dass ihn der bayerische Commissario hatte laufen lassen. Es hatte ihn gewundert, denn er hielt den Mann für ziemlich clever. Aber zugegeben, das Versteck der Bilder war von Todisco genial ausgedacht.

Als ihm jetzt ein weiterer BMW entgegenkam und in schnellem Tempo an ihm vorbeifuhr, dass der Schnee seitlich nur so wegspritzte, musste Gianni Canali sogar ein wenig grinsen. Diese Deutschen hatten schon Kohle. Das musste der Neid ihnen lassen. Jeder Dritte schien mit einem BMW durch die Gegend zu kutschieren. Der hinter ihm war sicherlich auch ein anderer als der auf dem Parkplatz. Bei der Menge von Luxuskarossen konnte man schon den Überblick verlieren. Gianni sprach sich Mut zu, machte Witzchen. Es würde schon alles gut gehen. Wieder sah er in den Rückspiegel und wunderte sich, dass der dicke Wagen hinter ihm immer näher auffuhr. Was wollte der von ihm? Gesichter konnte er keine erkennen. Jetzt setzte der Fahrer doch tatsächlich zum Überholen an. Na ja, bei den PS unter der Kühlerhaube konnte man nicht einem Fiat hinterhertrödeln, das verstand er schon. War vielleicht ganz gut so. Dann hatte er den Hintermann los. Gianni verlangsamte sein Tempo, wollte es dem anderen leichter machen, doch als dieser zum Überholmanöver ansetzte, weiteten sich Canalis

Augen vor Entsetzen. Die Straße stieg bergan und eine Kurve näherte sich. Die Sicht war schlecht, die Straße wegen der Kurve nur noch ein kurzes Stück einsehbar, als ein großer Milchtankwagen auftauchte. Er fuhr mit ziemlicher Geschwindigkeit heran, sah den BMW auf seiner Fahrbahn entgegenkommen, betätigte die Lichthupe und begann zu bremsen. Der Hänger brach aus, schleuderte auf die Gegenfahrbahn, doch der Fahrer schaffte es, den Tankzug wieder unter seine Kontrolle zu bringen. Erschrocken gab Gianni Gas, damit der Verfolger wieder hinter ihm einscheren konnte, so sein Plan. Doch die Sommerreifen drehten durch, der Fiat Ducato kam ins Schleudern. Gianni, völlig überfordert mit der Situation, lenkte kopflos hin und her, wusste nicht mehr, wie er richtig einschlagen sollte, die Reifen brachen aus und der Fiat schoss nach rechts auf einen Baum und das Feld zu. Giannis Kopf knallte auf etwas Hartes. Das Lenkrad in seinen Händen schlug Kapriolen. Der Wagen rumpelte über Ackerboden. Erdbrocken und Steine schlugen gegen die Bodenplatte und machten einen höllischen Lärm. Dann, endlich, kam sein Fiat zum Halten. Der Italiener hing über dem Lenkrad und wagte nicht, sich zu bewegen. Nach einer Ewigkeit, so kam es ihm vor, spähte er vorsichtig durch die Windschutzscheibe und stellte überrascht und erleichtert fest, dass kein Baum vor ihm stand, sondern sich nur eine weite weiße Landschaft vor ihm ausbreitete. Er musste das Kunststück zuwege gebracht haben und dem Baum, der unaufhaltsam auf ihn zugekommen war, ausgewichen sein. Er sah in den Rückspiegel und bemerkte, dass der BMW mit dem Vorderreifen schief im Graben hing, aber offenbar ebenfalls ohne größeren Schaden zum Halten gekommen war. Von dem Milchtankwagen fehlte jede Spur.

Gianni legte den Kopf auf das Lenkrad zurück, aber so, dass er im Seitenspiegel den anderen Wagen beobachten konnte.

Endlich öffnete sich langsam die Fahrertür und ein großer, breitschultriger Mann stieg aus. Er kam mit langen Schritten auf

Giannis Transporter zu, riss den Wagenschlag auf und rief: »Signor Canali, ist alles in Ordnung mit Ihnen? Haben Sie sich verletzt? Sie bluten ja an der Stirn.«

Eine Hand fasste Gianni an der Schulter und schüttelte ihn sanft. Er sah in das besorgte Gesicht des Commissario und dann liefen ihm die Tränen lautlos über das Gesicht. Dass dieser ihn verfolgt hatte, war kein gutes Zeichen, so viel war Gianni selbst in dieser Situation klar. Aber dennoch war er unsagbar erleichtert, den Bayern zu sehen. Er wusste, der Mann würde sich um ihn kümmern. Und in diesem sicheren Gefühl, gut aufgehoben zu sein, verlor Gianni Canali das Bewusstsein.

31

Verona, 8.30 Uhr

»Kannst du mir mal den Schraubendreher reichen, Tonio?« Fausto Castillio, Vice Commissario und Bauer im Nebenberuf, lag unter Marissas Spüle und versuchte, mit seinen dicken Fingern eine Schraube in das dafür vorgesehene Loch zu schieben. Er hatte in seinem reichen Fundus einen Schuko-Stecker gefunden und Antonio war gewillt, ihm seinen Ausflug zum Tierarzt zu verzeihen, wenn er die Elektrik herstellte, die zur Inbetriebnahme der Geschirrspülmaschine benötigt wurde. Marissas vorwurfsvoller Blick vor dem Frühstück hatte ihn mürbe gemacht. Er hatte seinen Kollegen angerufen und kleinlaut um dessen Hilfe gebeten.

Antonio kramte in seinem Werkzeugkasten herum und reichte Fausto den gewünschten Dreher. Sein Vice war um 8 Uhr morgens aufgetaucht, von Marissa mit einem Kuss auf die Wange bedacht und mit einem *cornetto* und einem Cappuccino versorgt worden, bevor sie die beiden Männer allein ließ, um in die Arbeit zu fahren. Auch Fausto kämpfte mit dem knappen Raum, der ihm zum Anbringen des Steckers unter der Spüle zur Verfügung stand. Sein Leibesumfang war um einiges voluminöser als der seines Chefs und er war auch nicht mehr ganz so gelenkig.

»Da hab ich mehr als nur einen Arztbesuch von Baldassare gut, das kann ich dir sagen, Tonio. Weshalb musst du auch eine deutsche Haushaltsmaschine kaufen? Das ist nicht gerade patriotisch.

Und wenn du schon unbedingt was Deutsches haben musst und Respekt vor der Elektrik hast, dann lass es dir das nächste Mal ordentlich von einem Fachmann installieren! *Capisci*?« Mit diesen Worten kroch er unter der Spüle hervor und rappelte sich auf. Der Schweiß rann ihm an den Schläfen entlang, bis er ihn mit einem großen Stofftaschentuch abwischte.

»So, jetzt fass mal mit an, damit wir das Ungetüm unter die Ablagefläche schieben können und du auch mal was Sinnvolles machst und nicht nur herumstehst. Und Vorsicht mit dem Schlauch. Den dürfen wir weder knicken noch an der Wand zusammenquetschen. Sonst wird er beschädigt und deine schöne Küche steht erneut unter Wasser.« Fausto lachte laut. Ihn schien das alles zu amüsieren. Offenbar hatte ihn Marissa eingeweiht, was Antonio schon wieder ärgerte. Sie hätte ja seinen kläglichen Sparversuch auch für sich behalten können. Gemeinsam gelang es ihnen, den Geschirrspüler an Ort und Stelle zu bringen.

»Was war denn gestern Abend in der Questura noch los? Hab ich was verpasst?« Fausto war neugierig und auch schuldbewusst. Ihm war schon klar, dass er besser nicht verschwunden wäre.

»Lavinia und ich haben Luca Panini in die Questura zum Verhör gebracht und auch eine DNA-Probe von ihm verlangt.«

»Warum das denn?«

»Renata Mancini war schwanger. Wir wollen wissen von wem!«

Fausto pfiff vielsagend durch die Zähne.

»Wann hat die Dottoressa das Ergebnis?«

»Im Laufe des späteren Vormittags. Vincenzo Mauro hat für 11 Uhr eine Besprechung angesetzt. Es wäre hilfreich, du würdest daran teilnehmen.« Ein vielsagender Blick traf Fausto Castillio.

»Und was erzählt Panini so?«

»Er behauptet, am Samstag im Museum gewesen zu sein, um seine Verlobte abzuholen. Das stimmt jedoch mit den Zeugenaussagen nicht überein. Er war wohl am Sonntag kurz vor

Ende der Öffnungszeiten dort und hat sich mit der Mancini gestritten. Das wird von mehreren Personen bestätigt.«

»Und die Zeugen sind glaubwürdig?«

Antonio sah Fausto fragend und vorwurfsvoll zugleich an. »Weshalb sollten mehrere Personen Unsinn erzählen?«

»Kommt darauf an, wer etwas erzählt«, stellte Fausto fest. Er zog sich einen Stuhl heran und nahm gemütlich am Küchentisch Platz. Es war klar, dass er erstmal nicht daran dachte, mit Antonio aufzubrechen, um in die Questura zu fahren.

»Ich habe mich im Museum auch umgehört und mit mehreren Leuten gesprochen. Und das, was ich gehört habe, hat mir nicht so recht gefallen.«

Antonio nahm auf einem anderen Stuhl Platz und schob Fausto ein Wasserglas hin. Er selbst drehte sein Glas auf der glatten Tischoberfläche hin und her. Ihm gefiel nicht, dass Fausto sich ohne Rücksprache im Museum umgehört hatte. Selbstverständlich konnte er ihm das nicht verbieten, er konnte ihm auch keinen Vorwurf machen, aber er fragte sich, weshalb Fausto einen Alleingang unternommen hatte und erst jetzt mit Neuigkeiten herausrückte. Sein Gang zum Tierarzt konnte ja nicht der alleinige Grund dafür sein. Oder doch? Er runzelte die Stirn.

»Schau nicht so böse, Tonio.« Fausto war nicht hinters Licht zu führen. »Diese Museumsleute sind ein ziemlich missgünstiger, eifersüchtiger und ehrgeiziger Haufen, kann ich dir sagen. Mir hat das Verhalten vor allem von Giulietta Ricchi nicht gefallen. Sie schiebt einen gehörigen Hass auf die Kollegin, behauptet, sie sei eine Intrigantin gewesen, die sich bei Risi und dessen Frau einschleimen wollte.«

Antonio glaubte, sich verhört zu haben. Seit wann war Fausto ein Frauenversteher? Seit wann machte er überhaupt Alleingänge? Normalerweise richtete er sich in der Questura in seinem Büro gemütlich ein, recherchierte, telefonierte und achtete darauf, dass die Mittagszeit eingehalten wurde. Seit Antonio den Posten des Capo übernommen hatte, mit der vollen Unterstützung Faustos im Übrigen, hatte sein Vice auf jede Form von ehrgeizigem Handeln verzichtet. Üblicherweise wusste Antonio ganz genau, woran sein Vice arbeitete, außer es handelte sich um dessen Bauernhof. Und da wollte er gar nicht so genau informiert werden. Nachfragen von Vincenzo Mauro konnte er dann wahrheitsgemäß mit Unwissenheit begegnen.

»Die Aushilfe im Shop der Contessa wollte sich nach intensivem Nachfragen plötzlich nicht mehr so genau erinnern, ob der Verlobte von der Mancini am Samstag oder am Sonntag im Museum war. Sie meinte, die beiden stritten so oft miteinander, dass man den Überblick verliere.« Fausto lachte und trank sein Glas leer. »Wenn du mich fragst, ist den Weibern nicht zu trauen. Keinem von ihnen. Weder der Contessa noch der Ricchi noch dieser Buchhändlerin.«

Und auch nicht Tamara, ergänzte Antonio im Stillen.

»Hast du zufällig auch mit Nada Kravanja gesprochen?«

Überrascht sah ihn Fausto an. »Noch eine Frau? Wer soll das denn sein?«

»Sie hat die Leiche gefunden.«

»Tut mir leid.« Fausto schüttelte den Kopf.

»Dann komm.« Antonio würde seinem Vice jetzt eine kleine Lektion erteilen. »Wenn wir uns beeilen, treffen wir sie im Museum noch an. Ich hab noch Fragen an sie. Gestern war sie schon weg, als wir eintrafen. Sie gehört zur Putzkolonne, die morgens sauber macht.«

»Dazu brauchst du mich doch nicht. Ich mach mich auf den Weg zur Questura und hör mich mal um, was Petrelli und die Dottoressa inzwischen herausgefunden haben. Die beiden haben am Nachmittag noch die Wohnung von Renata Mancini auf den Kopf gestellt. Das Ergebnis würde mich schon interessieren.«

»Mit diesem Interesse bist du nicht allein!«, entgegnete Antonio scharf. »Weshalb gestern dieser Eifer, Fausto? Erklär mir das! Du reißt dich doch sonst nicht um Befragungen vor Ort? Du wirst mich jetzt begleiten, ob dir das passt oder nicht. Anschließend werden wir in der Questura zusammen mit Mauro die neuesten Erkenntnisse besprechen. Immer alles schön der Reihe nach.« Antonio verließ die Küche, ohne sich um den widerstrebenden Vice zu kümmern, und zog seine warme Winterjacke an. Fausto folgte ihm brummend.

Sie bestiegen den Dienst-Alfa, der am Straßenrand vor Fontanaros Wohnung parkte.

»Hör zu, Tonio. Du hast ja recht. Befragungen sind nicht mein Ding. Aber der Tierarzt hat seine Praxis in unmittelbarer Nähe zum Museum. Baldassare mussten drei Zähne gezogen werden. Kannst du dir vorstellen, wie nervös ich war? Wie leid er mir tat?«

Antonio fasste es nicht. Er musste schwer an sich halten, um nicht loszulachen. Stattdessen beobachtete er sehr konzentriert den Straßenverkehr und gab keinen Mucks von sich.

»Er bekam eine örtliche Betäubung und war für zwei Stunden außer Gefecht. Ich hab es in der Praxis nicht mehr ausgehalten. Der arme Kerl! Diese Warterei war unerträglich. Also bin ich ins Museum, um mich abzulenken, und hab halt nochmals ein bisschen rumgefragt. Eigentlich habe ich nicht damit gerechnet, dass sich überhaupt Neues ergibt. Ich hatte den Bericht von Enrico gelesen. Er hat die Befragungen von gestern für Mauro aufgeschrieben. Ich wusste also ziemlich genau, was sie alle erzählt haben.«

»Wie geht es Baldassare jetzt?« Antonio konnte nicht so hartherzig sein und sich nicht nach dem Befinden von Faustos Boxer erkundigen. Er kannte den gutmütigen Hund. Er war nicht mehr der Jüngste und Fontanaro konnte sich schon vorstellen, dass Fausto mit dem Freund gelitten hatte.

»Gut. Danke, Tonio. Alles bestens.«

»Dennoch wäre ich dir dankbar, wenn du mich jetzt zum Museum begleiten würdest.«

Antonio fuhr in Richtung Norden. Der Verkehr war dicht und so konnte er beobachten, wie der Nebel, der seit Tagen über den Häusern hing, endlich abzog. Vereinzelt kamen die ersten Villen zum Vorschein, die in die Hügel hineingebaut worden waren. Mit etwas Glück würde es ein schöner Herbsttag werden.

Als sie an einer Ampel stehenbleiben mussten, klingelte das *telefonino* in seiner Jackentasche. Er fuhr seitlich heran und stellte den Motor ab. Mit einem Blick wusste er, dass Giorgio am anderen Ende der Leitung war.

»*Ciao*, alter Schwede!« Antonio benutzte ganz bewusst Georgs Spruch in Deutsch. Ab sofort verstand sein Vice kein Wort mehr. »Was gibt's?«

Ohne die übliche Plänkelei fragte Georg: »Kannst du reden?«

»Ja, kein Problem. Ich sitze im Auto.«

»Wir haben die Bilder!«

»Was?« Antonio war derart überrumpelt, dass sich seine Stimme fast überschlug. Alarmiert sah ihn Fausto an. Wenn er auch kein Wort verstand, so begriff er doch, dass etwas Außergewöhnliches vorgefallen sein musste.

»Wann kommst du?«

»Das weiß ich noch nicht, Toni. Ich muss hier einiges regeln. Kannst du die Neuigkeit noch für ein paar Stunden für dich behalten?«

»Wie stellst du dir das vor? Wir suchen händeringend nach den Bildern. Ich kann doch nicht einfach den Mund halten!«

»Doch, du musst! Die Bilder sind nur die eine Sache, der Mord ist die andere. Ich habe einen Plan, wie wir den Fall vielleicht lösen können, aber dazu brauche ich Zeit und dein Vertrauen. In zwei bis drei Stunden melde ich mich wieder, dann besprechen wir alles, verstanden?«

Antonio murmelte Unverständliches, was sich nach einem unflätigen Fluch anhörte.

»Nun, sei nicht beleidigt, Toni. Kannst du schon mal ein Amtshilfegesuch an unsere gestrenge Ermittlungsrichterin Schaller richten und auch um die Auslieferung Canalis bitten? Dann wären wir schon einen Schritt weiter. Ich muss auch noch mit ihr sprechen, aber wenn sie schon mal vorarbeitet, geht es hinterher schneller. Ich melde mich. *Ciao*!«

32

9.00 Uhr

Michele Vivani stand vor seinem Kleiderschrank und spielte unschlüssig mit seiner Hotelchipkarte. Sollte er die Beretta aus dem Safe nehmen oder sollte er besser auf seine Waffe verzichten? Der Anruf in der vergangenen Nacht war kurz gewesen. Andrea Corrello, der Galerist, hatte ihm einen Treffpunkt im *Valpolicella* genannt. Um 10 Uhr sollte er sich in dem Dorf *Chieve* unweit von *Negrar* einfinden. Corrello gab vor, einen wunderbaren Tiepolo im Angebot zu haben, und Michele hatte natürlich freudig dem Termin zugestimmt.

Doch er fühlte sich extrem unwohl dabei. Der Anruf kam sehr viel früher, als von ihm erwartet. Wo nahm Corrello so schnell einen Tiepolo her, hatte er doch tags zuvor bedauerlicherweise kein Gemälde des Malers im Angebot gehabt? Stammte es tatsächlich vom Raub aus dem Museum? Sollten die Diebe so geldgierig und dreist sein? War die Aussicht, mit einem Mann aus den Emiraten ins Geschäft zu kommen – eine Gelegenheit, die sich für Hehlerware nicht so oft ergab – so verlockend? Michele mochte das nicht glauben. Vielmehr fürchtete er einen Hinterhalt, eine Falle, in die der ahnungslose Kunstagent tappen sollte. Wollte man ihm eine Fälschung andrehen, eine minderwertige Tiepolo-Kopie, oder wollte man ihn gar ausschalten, den neugierigen Nachforscher aus dem Weg räumen?

Michele ging zum Sekretär zurück, ein auf Antik gemachtes, typisches Hotelmöbel, auf dem er seinen Laptop abgestellt hatte, und sah sich nochmals die Satellitenaufnahme von *Chieve* an, einem kleinen, unscheinbaren Weinort im Anbaugebiet des *Valpolicella*, eine halbe Stunde Autofahrt von Verona entfernt. Der Ort lag auf einer Höhe von 625 m über dem Meeresspiegel in den Hügeln. Die Ortschaft bestand nur aus wenigen Häusern. Die Adresse war vermutlich leicht zu finden, doch nur eine schmale Straße führte zwischen den dicht bepflanzten Weinbergen hinauf. Überall dort gäbe es gute Gelegenheiten, ihn von der Straße zu drängen, ihn in einen Hinterhalt zu locken und für immer und ewig verschwinden zu lassen. Michele hatte schon mehrfach vor einer solchen Entscheidung gestanden. Dass man sich seiner Person entledigen wollte, war für ihn keine neue Erfahrung. Er musste nur vorsichtig sein, die Risiken richtig einschätzen und entscheiden, ob er nun nach *Chieve* fahren sollte, ob er die Beretta brauchte oder ob er das Treffen einfach verstreichen ließ und abwartete, was sein Gegenüber weiter vorhatte.

Michele Vivani trat ans Fenster und sah auf die *Arena di Verona* und auf den kleinen Park, der sich inmitten der *Piazza Brà* befand. Eine kalte Nacht und ein warmer Wind hatten dafür gesorgt, dass sich der Nebel gelichtet hatte. Milde Luft aus Süden hatte der nasskalten Luft den Garaus gemacht und der Himmel zeigte endlich ein blasses herbstliches Blau.

Michele griff sich den gefütterten Mantel und seinen Borsalino, verzichtete aber auf die Beretta und verließ das Hotelzimmer. Mit dem Aufzug fuhr er in die Tiefgarage, bestieg den Leihwagen und machte sich auf den Weg nach *Chieve*. Kurze Zeit später hatte er den Stadtrand von Verona erreicht und fuhr die SP 12, eine schmale Provinzstraße, entlang. Sein erstes Ziel war das Weinstädtchen *Negrar*, dann musste er weiter in Richtung Norden. Bald schon säumten Weinhänge seinen Weg. Jetzt im November waren die

Weinstöcke bis auf den Stumpf zurückgeschnitten und standen schwarz in Reih und Glied. Die gespannten Drähte, an denen sich im Sommer die Reben entlangrankten, waren leer, nur einzelne verdorrte Triebe hingen daran, bewegten sich mit dem Draht im Wind hin und her. Die Rosen am Beginn der Weinreihen hatten nur noch wenige kümmerliche Blüten, Reste eines reichen, von guten Ernten verwöhnten Landstrichs. Das *Valpolicella* erfreute sich eines internationalen Rufes. Seine Rotweine bekamen begehrte Auszeichnungen und Preise, die Flaschen eines *Superiore* oder *Ripasso* kosteten schnell zwanzig oder dreißig Euro. Michele mochte den samtigen, dunkelroten und nach Kirschen duftenden Roten ausgesprochen gern.

Die kahle Landschaft rechts und links der Straße war im Winter wenig ansprechend. Selbst die sanften Hügel, die im Sommer mit den unterschiedlichsten Grüntönen das Auge erfreuten und über ein angenehmes Klima verfügten, konnten ihn mit den Brauntönen des Herbsts nur mäßig begeistern. Er wusste allerdings auch, dass ihm das bevorstehende Treffen unverdaulich im Magen lag, ihm doch einiges Kopfzerbrechen bereitete und ihn prüfend in Seitenwege und auf Toreinfahrten schauen ließ. Er schätzte es nicht, überrascht zu werden. Als er nach einer guten halben Stunde an einer langen Trockenmauer entlangfuhr, wenig später verfallene Scheunen eines aufgegebenen Gehöfts passierte und schließlich die *Frazione di Chieve* mit seinen wenigen, landwirtschaftlich genutzten Gebäuden erreichte, gab er sich keiner Illusion mehr hin. Hier war er auf sich selbst gestellt, hier würde ihn niemand vermuten und schon gar nicht zu Hilfe kommen, sollte das nötig sein. Im Schritttempo fuhr er die Hauptstraße des Orts entlang, bog schließlich, wie vom Navi geleitet, rechts ab. Weitere niedrige Trockenmauern, die einen Obstanger mehr schlecht als recht gegen ein Abrutschen des Erdreichs absicherten, säumten den Weg, der schließlich auf ein Einfahrtstor zuging, das Michele passierte. Ein weiter Hof öffnete sich. Rechts parkte ein Jeep mit leerer Ladefläche. Die Stollen seiner Reifen waren mit fetter Lehmerde gefüllt. Der grüne Lack mit vielen Erdspritzern übersät. Der Wagen hatte erst kürzlich eine sehr feuchte Gegend durchfahren.

Michele parkte den Golf wenige Meter dahinter, setzte sich den Borsalino auf, um die Ansätze seiner Perücke zu verdecken, und stieg aus. Aus dem Fond holte er seinen Mantel, streifte ihn über und hatte so sein Erscheinungsbild vom Tag zuvor einigermaßen erreicht. Lediglich Hemd und Krawatte hatte er ausgetauscht, um seine Verkleidung nicht zu offensichtlich erscheinen zu lassen.

Das Haupthaus des Anwesens hatte wohl in besseren Zeiten über einen weißen Anstrich verfügt. Jetzt wirkten seine Mauern grau und verwittert. An manchen Stellen bröckelte der Putz und die Ziegelsteine dahinter erschienen. Alle Fensterläden waren geschlossen. Hätte Michele nicht einen Termin gehabt, wäre er umgekehrt. Nichts deutete darauf hin, dass ihn in dieser verlassenen Einöde jemand erwartete, dass sich hier gar das Depot eines Kunsthändlers und Galeristen befand. Vielleicht war das auch nicht der Fall. Michele verfluchte seinen Leichtsinn, die Beretta nicht eingesteckt zu haben. Alles hier roch nach Falle, nach Hinterhalt. Zögernd blieb er stehen, lauschte in die Stille, die nur von einem leichten, überraschend lauen Wind unterbrochen wurde, der sich im trockenen Laub eines verblühten Oleanders verfing. Er würde die Aktion jetzt abbrechen.

Da öffnete sich die Haustür und Andrea Corrello hinderte ihn mit einem markigen »*Buongiorno,* Dottore« daran, das Weite zu suchen.

Michele Vivani verzichtete darauf, seinen Borsalino zu ziehen, ging Corrello, die zwei flachen Stufen vor dem Eingang auf einmal nehmend, entgegen und erwiderte den Gruß mit einem kurzen, aber sehr kräftigen Händedruck. Er biss die Zähne zusammen, um keinen unflätigen Fluch von sich zu geben. Unvermittelt erschien neben Corrello ein Schrank von einem Mann. Ein Hüne mit breitem Gesicht, kalten grauen Augen, die Micheles Statur prüfend musterten, und fleischigen, sehr großen Händen, die unweigerlich auf Micheles Schultern zusteuerten. Zupackend hielt er ihn dort fest und davon ab, weiter ins Haus einzutreten. Stattdessen suchten sehr geübte und wenig zimperliche Hände seinen Körper nach einer Waffe ab. Das Ganze dauerte nur wenige Sekunden, aber es reichte, um Michele zu überzeugen, dass sein Entschluss, unbewaffnet aufzutauchen, richtig gewesen, aber deshalb freilich nicht ungefährlich war.

»Sauber«, war alles, was der Muskelprotz dazu sagte.

Jovial und ohne Entschuldigung für den körperlichen Übergriff fuhr Corrello fort, den umgänglichen Gastgeber zu spielen. »Kommen Sie, Dottor Torrente. Ich bin sicher, dass ich etwas im Angebot habe, was Sie überzeugen wird.«

Michele Vivani zog es vor, weiter zu schweigen. Gleichzeitig sah er sich um. Der verwahrloste äußere Anschein hatte über das wahre Innere mehr als nur getäuscht. Die geschlossenen Fensterläden dienten dazu, eine perfekte Innenbeleuchtung zur Geltung zu bringen, die viele großformatige Gemälde anstrahlte. Sie hingen an hohen Wänden, die über zwei Stockwerke reichten. Anstelle der Zimmerdecke, die vormals die beiden Geschosse getrennt hatte, war an der rechten Wand eine freischwingende Wendeltreppe aus glänzendem Stahl eingebaut worden. Sie mündete in eine Galerie, die in der oberen Etage weitere kleinere Gemälde zeigte.

Das Innere des alten Gehöfts war zu einem modernen Showroom umgebaut worden. In der Mitte des Hauptraums gab es eine bequeme, mokkafarbene Ledergarnitur mit zwei großen, dazu passenden Sesseln. An der gegenüberliegenden Wand führte ein breiter Rundbogen in einen weiteren Ausstellungsraum. Dieser wurde von einer Statue aus Stein dominiert, die auf einem Holzsockel präsentiert und von Spots angestrahlt wurde.

Die vielen Faltungen eines Mantels, der die schlanke Gestalt einer Muttergottes mit ihrem Kind umfing, wurden durch die Spots in ein effektvolles Licht- und Schattenspiel getaucht. Michele war von der Skulptur fasziniert. Ein unglaublich kunstvolles, gotisches Meisterwerk stand da im Raum, dessen Künstler er nur erahnen konnte. Andrea Corrello fing seinen interessierten Blick auf und steuerte augenblicklich auf die Skulptur zu.

»*Magnifico*«, äußerte er mit unüberhörbarem verkäuferischen Schmeichelton, »ein ganz außergewöhnliches Kunstwerk, Dottore. Ein seltener Ankauf aus Frankreich, genauer gesagt aus dem Burgund, im Sommer letzten Jahres. Noch kann ich mich von diesem Meisterwerk nicht trennen. Sie müssten wirklich eine große Summe, eine sehr große Summe bereit sein zu bezahlen, damit ich mich zum Verkauf entschließe.«

Wollte ihm der abgefeimte Galerist suggerieren, dass Michele eine der seltenen Sluter-Figuren vor sich hatte, eine Einzelfigur, die nicht in den Kontext einer großen gotischen Kathedrale gehörte? Dann wäre es in der Tat ein unbezahlbares Meisterwerk. Michele trat näher heran, umrundete die Skulptur und musste zugeben, dass sie makellos war, perfekt in den Proportionen und der ganzen Ausführung.

»Nur wenige Alabasterfiguren sind aus der Zeit erhalten. Von Sluter«, nun fiel der berühmte Name tatsächlich, »gibt es auf dem freien Markt keine weitere, die man erwerben könnte.«

Michele Vivani warf Andrea Corrello einen scharfen Blick zu. Er unterdrückte die naheliegende Frage, wo er dieses seltene Stück erworben hatte. Durchaus lag die Frage in der Luft, aus welchem Raubzug dieses Kunstwerk stammte. Michele hatte von keinem Raub gehört, bei dem es um gotische Steinskulpturen, gar um eine Alabasterskulptur von Sluter gegangen wäre. Aber das musste nichts besagen. Nicht alle Diebstähle bekam er mit. Um Corrello nicht die Genugtuung zu geben, dass er es schaffte, den Gast zu beeindrucken, wandte er sich abrupt von der Skulptur ab und sagte den ersten Satz, seit er Correllos Haus betreten hatte: »Sie haben mir einen Tiepolo für meinen Kunden versprochen. Meine Zeit ist leider knapp. Es wäre mir recht, wir könnten uns diesem Objekt zuwenden.«

»Selbstverständlich, Dottore. Folgen Sie mir.« Andrea Corrello trat an eine der hohen Wände und deutete auf ein riesiges, dunkelgrundiges Gemälde, das in einem üppigen, barocken Goldrahmen steckte. Es zeigte eine Madonna mit ihrem Kind. Das Gesicht der Frau war flächig angelegt, zeigte kaum Konturen. Ihre wässrig blauen Augen waren in die Ferne gerichtet, sie bedachte weder den Betrachter noch ihr Kind mit einem Blick. Der Maler hatte sich für einen fetten, sehr dick aufgetragenen Pinselstrich entschieden. Eine Eigenheit, die sich beim späten Tiepolo durchaus fand. Michele zückte seine klappbare Lupe und nahm die Oberflächenstruktur der Leinwand und die Firnis in Augenschein, obwohl ihm schon der erste Eindruck sagte, dass das dennoch kein echter Tiepolo sein konnte. Das Jesuskind hatte einen runden Kopf mit einem blond schimmernden Haarflaum und rosafarbene, übergroße Pausbacken, die die Augen zu kleinen Schlitzen zusammendrückten. Es lächelte mit einem dümmlichen Gesichtsausdruck den Betrachter an. Michele war sich sicher, nähme er das Bild von der Wand, würde er auf eine Leinwand stoßen, die nicht älter war als höchstens hundert Jahre. Eine Signatur fehlte, was ihn nicht verwunderte. Der Fälscher hatte zumindest den Anstand besessen, nicht auch noch einen großen Namen der Kunstgeschichte auf sein Machwerk zu setzen.

»Sehr schön!«, sagte er und lächelte Corrello an. Eines war sicher, der Galerist bot ihm kein Diebesgut an, das aus dem Museum von Verona stammte. In dieser Hinsicht würde Michele in dessen Galerieaußenstelle nicht fündig werden. Es handelte sich vielleicht um eine Kopie eines weniger bekannten Tiepolo oder um eine missglückte Fälschung oder schlicht und einfach um ein ganz schlechtes Madonnenbildnis im Stile Tiepolos. Das war weder verboten noch strafbar. Dumm war nur der potentielle Käufer, der für ein solches Gemälde viel Geld bezahlte.

»Was soll es denn kosten, Signor Corrello?«

Der Galerist setzte gerade zu einer Antwort an, als aus dem Nebenraum unvermittelt eine weitere Person auftauchte, ein untersetzter Mann mit Vollglatze. Ihm folgte der Muskelprotz auf dem Fuß und hielt in der einen Hand ein Longdrink-Glas mit Eiswürfeln und in der anderen eine Wodkaflasche. Die Vollglatze sprach in ein Smartphone und nahm ohne Umschweife auf einem der Ledersessel Platz, als wäre sie hier zu Hause. Die Stimme des Mannes klang heiser, wie nach einer vor kurzem überstanden Erkältung oder aufgrund ungesunden Lebenswandels. Michele beobachtete interessiert und alarmiert zugleich das Schauspiel, das sich ihm bot. Ohne jeden Zweifel sprach der Mann Russisch. Ungeniert und ziemlich laut. Sein Adjutant oder Leibwächter goss das Glas mit Wodka voll, reichte es seinem Chef, stellte die Flasche auf dem niedrigen Couchtisch ab und zog sich dann zurück. Arme und Hände im Rücken verborgen, stellte er sich unweit des Tiepolo auf und wartete ab. Nach weiteren wenigen Sekunden beendete der Mann sein Telefonat, warf das Smartphone achtlos auf den Tisch und blickte Michele Vivani herausfordernd an. Die Arme vor der Brust verschränkt, sagte er in gebrochenem Italienisch: »Sie wollen also meinen Tiepolo kaufen?«

Michele fasste sich rasch, zog sich von dem Bild und noch mehr von dem Mann auf dem Sessel zurück und sagte leise: »Ich bin mir nicht sicher, ob mein Kunde Ihren Tiepolo kaufen möchte.«

»Was stört Sie an ihm?« Hart, herausfordernd bellte ihn der Russe an.

»Oh, gar nichts, Signore. Gar nichts. Ich bin sozusagen nur der Mittelsmann. Ich prüfe Angebote, überbringe Preise und stelle die Kontakte her. Ich werde meinem Kunden Ihr Bild beschreiben und den Preis nennen, den ich, nebenbei bemerkt, bislang nicht erfahren habe.« Michele lächelte dünn. Sah von Corrello zum Russen und wieder zurück. Das hier war ein abgekartetes Spiel. Fraglich war nur, was sie von ihm erwarteten. Sein Name war in der Fachwelt nicht bekannt. Es war ein falscher Name. So wie das ein falscher Tiepolo war. Über ihn Erkundigungen einzuholen, dürfte dem Russen und seinen Leuten schwergefallen sein. Sie waren misstrauisch. So misstrauisch wie Michele selbst. Eine gefährliche Situation war entstanden, die er befürchtet hatte, die er bewusst eingegangen war. Und er fragte sich, ob er Dmitrij Koslow vor sich hatte. Jenen Russen, der seit einiger Zeit durch üppige Kunsteinkäufe von sich reden machte. Den sein Chef und er schon länger im Visier hatten. Commissario Fontanaro, den Michele in den nächsten Stunden erneut aufsuchen würde, falls er *Chieve* heil und lebendig verlassen konnte, musste dem Knaben auf die Finger sehen, etwas über ihn in Erfahrung bringen und im besten Fall seine Annahme bestätigen. Vielleicht hatte dieser bereits eine Spur, die zum Kunstraub und, wenn sie Glück hatten, direkt zu Koslow führte, der sich selbstsicher in seinen Sessel fläzte und Wodka trank, als wäre es *acqua minerale.*

Über den Rand seines Longdrink-Glases blickte der Russe Michele an. Beide Augenbrauen hochgezogen in die niedrige Stirn. Die Galeriebeleuchtung konzentrierte sich auf die Wände. Die Mitte des Ausstellungsraums, wo die Clubgarnitur stand, war nur wenig beleuchtet. Schmeichelndes Dämmerlicht schluckte Gesichts- und Augenfarbe, ließ nur ahnen, was das Gegenüber dachte oder ansah. Der Mann griff in die Seitentasche seines schwarzen Jacketts, das er zu einer dunkelblauen Jeans und zu einem grobkarierten Hemd trug. Michele hielt die Luft an! Doch der Russe zog lediglich eine Visitenkarte heraus.

»Sandro Torrente?«

Offenbar hatte Corrello seine Karte weitergereicht. Was so viel hieß, dass sich auch Koslow, wie er ihn jetzt bei sich nannte, näher mit dem unbekannten Kunstagenten auseinandergesetzt hatte. Und bedauerlicherweise nichts über ihn in Erfahrung bringen konnte.

»So ist es!«, bestätigte Michele.

»Ich bin es nicht gewohnt, Signor Torrente, dass Männer in meiner Anwesenheit die Hüte aufbehalten. Wo sind Sie denn aufgewachsen? Im Hühnerstall?«

»In *Napoli*«, sagte Michele wahrheitsgemäß und mit der nötigen Würde in der Stimme, die signalisierte, dass ihn das nicht störte und dass er gar nicht daran dachte, seinen Borsalino abzunehmen.

»Also in einem riesengroßen Hühnerstall mit mehreren Millionen von Hühnern.« Koslow lachte laut und ordinär. Dann verstummte er, nahm einen großen Schluck Wodka und brüllte los: »Was wollen Sie wirklich, Torrente? Ihren Namen kennt kein Schwein. Wollen Sie mich für dumm verkaufen oder was?«

In Michele läuteten sämtliche Alarmglocken. Doch nun galt es, Ruhe zu bewahren und gleichzeitig dem Russen verbal, mehr hatte er zu seiner Verteidigung nicht zur Verfügung, die Stirn zu bieten.

»Ich bin mir sicher, dass ich Ihren Namen auch nicht im Worldwideweb finde, Signore. Gleiches Recht für alle! Oder möchten Sie sich bei mir vorstellen?«

Der Mann verzog abschätzig seinen Mund und warf ihm einen verschlagenen Blick zu. Michele erwartete auch keine Antwort. Er wollte so schnell wie möglich verschwinden und ging in die Offensive.

»Also, ist Ihr Tiepolo verkäuflich? Und wenn ja, wieviel soll er kosten? Haben Sie vielleicht ein Foto von dem Gemälde, damit sich auch mein Kunde vorstellen kann, welches Bild er gegebenenfalls erwirbt?«

»Warum kommt er nicht selbst vorbei und schaut sich den Tiepolo an?«, warf Andrea Corrello ein.

»Haben wir eine Abbildung für den Klugscheißer, Andrea?« Das Glas war geleert. Der Muskelprotz löste sich von der Wand und goss nach. Dann nahm er seinen Posten wieder ein. Stierte in die Luft und wartete auf weitere Befehle.

»Leider, nein. Dottore. Wir haben kein Foto, das wir Ihnen mitgeben können. Und bevor Sie danach fragen«, fügte Andrea Corrello nun nicht mehr so beflissen freundlich hinzu, »wir erlauben Ihnen auch nicht, eines zu machen.«

»Dadurch wird unser Geschäft nicht leichter!« Michele bemühte sich, bekümmert dreinzuschauen. »Also, was haben Sie für Preisvorstellungen?«

»Was bieten Sie?«

Ganz schlechte Frage. Bot er zu viel, machte er sich unglaubwürdig. Bot er zu wenig, erregte er den weiteren Unmut des Russen. Doch wenn er bedachte, dass das Ganze ohnehin nur ein Vorwand war, hielt er sich erst mal weiter bedeckt. »Mein Kunde macht keine Angebote. Und ich habe kein Budget, über das ich verfügen könnte.«

»Sie wollen Kunstsachverständiger sein? Lächerlich, Ihr Herumgeeiere. Also, was ist in Ihren Augen mein Tiepolo wert?«

Gar nichts, dachte Michele genervt. Du weißt es und ich weiß es.

»Gibt es ein Gutachten, eine Expertise zu dem Kunstwerk?«

Urplötzlich sprang der Russe von seinem Sessel auf und stellte sich dicht vor Michele, dass dieser dessen Wodkafahne in die Nase bekam. Ihm wurde übel. Unwillkürlich wich er dem alkoholisierten Mann aus und trat einige Schritte nach hinten.

»Expertise!«, höhnte der Glatzkopf. »Werden Sie nicht für so einen Papierkram bezahlt? Gehört das nicht zu Ihren Aufgaben als Kunstagent?«

»Wenn ich einen entsprechenden Auftrag bekomme, dann ja.«

»Auftrag! Hör sich einer diesen Blödsinn an. Den Dummen möchte ich sehen, der Ihnen einen Auftrag gibt.« Der Russe drehte sich um und ließ sich wieder in den Sessel fallen. Er griff nach dem Wodka, klackerte mit den Eiswürfeln und trank dann das Glas in einem Zug leer. Mit einer Handbewegung bedeutete er seinem Leibwächter, an seinem Platz zu bleiben.

»Also, ich höre eine Zahl. Jetzt! Oder wir beenden das Gespräch. Nicht nur die Zeit Ihres Kunden ist knapp. Die meine auch!«

»50.000 Euro!« Michele versuchte sich in einer groben Schätzung für einen echten Tiepolo.

Der Russe legte den Kopf in den Nacken und lachte schallend. Dann stand er wieder auf, winkte seinem Muskelpaket zu.

»Du sorgst dafür, dass dieser Clown sofort das Anwesen verlässt, und mach ihm deutlich, dass er nicht nochmals zu kommen braucht. Notfalls hilfst du etwas nach. Haben wir uns verstanden?« Dann verließ er grußlos den Ausstellungsraum.

33

Traunstein, 10.30 Uhr

Georg erwartete Gianni Canali in seinem Büro. Noch wusste dieser nicht, dass sie hinter sein Geheimnis gekommen waren. Wenn er jedoch nicht ganz unbedarft war, konnte er eins und eins zusammenzählen. Georg hatte dafür gesorgt, dass der Italiener ins nahe Traunsteiner Krankenhaus gebracht wurde. Die Verletzungen waren nicht besonders gravierend, wie ihm Florian Huber vor wenigen Minuten telefonisch mitgeteilt hatte. Jetzt war sein Oberinspektor zusammen mit Canali und einem Streifenpolizisten auf dem Rückweg ins Kommissariat, wo ihn Georg erwartete. Er stand am Fenster seines Büros und beobachtete, wie die Sonne die letzten Reste des Schneegestöbers wegschleckte. So rasch, wie der Sturm aufgezogen war, so rasch wurde der Föhn mit der weißen Pracht fertig. Italien schickte warmen Wind über die Alpen und so stand im Chiemgau überraschend ein milder Herbsttag bevor.

Georg ging zu seinem Schreibtisch zurück und las die E-Mail von Enrico Brandino. Es handelte sich um die Ergebnisse der italienischen Spurensicherung. Vor allem die DNA des Opfers hatte er mitgeteilt, die Haigermoser sofort nach seiner Rückkehr mit den Spuren am Ring und mit der DNA von Canali verglichen hatte. Doch es gab keine verwertbaren Ergebnisse. Die Hautrückstände am Ring reichten nicht aus, um eine ordentliche Analyse durchzuführen. Georg konnte nicht beweisen, dass er dem Opfer gestohlen worden war. Es gab vielmehr keinerlei Hinweise dafür, dass der Ring überhaupt dem Opfer gehört hatte. In dieser Hinsicht konnte Georg den Italiener nicht in die Enge treiben, außer er würde bluffen. Außerdem musste er nochmals mit Ahmad sprechen. Der Syrer würde ihm einiges schuldig sein, wenn Georg ihn und die anderen Geflüchteten bei Anna Berger unterbringen konnte. Georg würde nicht ruhen, bis er wusste, wer für den Menschenhandel verantwortlich war.

Konzentriert las er Enricos Bericht, der weitere Details offenlegte. Die Tatsache, dass Renata Mancini zum Zeitpunkt ihres Todes schwanger war, ergab für Antonio und seine Leute weitere Hinweise auf einen möglichen Täter, allen voran auf den Verlobten Luca Panini. Ob er auch der Kindsvater war, stand nicht in dem Bericht. Ob dieser Panini etwas mit den Verbrechen zu tun hatte, blieb offen. Das Ende von Enricos Bericht ließ Georg jedoch stutzig werden. Der Verlobte arbeitete für die *Cantina di Vini e Sapori* in Soave. Das allerdings war eine interessante Neuigkeit. Doch bevor Georg den Gedanken, der ihm unweigerlich durch den Kopf schoss, weiterverfolgen konnte, klingelte sein Festnetztelefon.

»Breitwieser!«

»Morgen Bub, ich bin's!«

»Ja, servus, Mama, was gibt's?« Seine Mutter hatte ein untrügliches Gespür dafür, genau dann anzurufen, wenn es eigentlich gar nicht passte.

»Wo warst denn heut' früh? Ganz ohne Frühstück aus dem Haus rennen, das ist nicht gesund, das weißt schon?«

»Es hat pressiert in der Früh! Ist alles in Ordnung bei dir?«

Georg war sich sicher, dass es einen guten Grund für den Anruf gab, nur meistens druckste Katharina Breitwieser herum, bevor sie zur Sache kam. Besonders dann, wenn es unangenehme Neuigkeiten waren, die sie ihm mitteilen wollte. Ihm schwante nichts Gutes.

»Also, Mama, was ist los?«

»Die Anna Berger hat angerufen.«

Georg griff sich mit der freien linken Hand in die dichten Haare und wartete gespannt ab. Ungemach drohte. Das fühlte er.

»Sie hat sich's überlegt und gemeint, sie macht's nicht. Sie kann keine Fremden ins Haus nehmen, das ist ihr zu gefährlich.« Katharina Breitwieser atmete tief ein und sagte laut: »Zu gefährlich! Als wenn die Leut', die mit dem Boot übers Meer kommen oder zu Fuß wochenlang marschieren, ihr was antäten. Die sind froh, wenn wir sie in Ruhe lassen.«

Er hörte, wie aufgebracht und enttäuscht seine Mutter war. Er hätte sie gern getröstet, doch auch er verspürte den Ärger, den die Absage von Anna Berger in ihm auslöste. Dennoch, er konnte und durfte ihr die Entscheidung nicht übel nehmen. Wenn er ehrlich war, konnte er die Bedenken der alleinstehenden Frau gut verstehen. Niemand konnte ihr garantieren, dass Georg ihr anständige und ehrliche Leute ins Haus brachte. Wer wollte vorhersehen, wie sich die Erlebnisse auf die Psyche der Flüchtlinge auswirkten, wie sie das geregelte Leben, den unübersehbaren Wohlstand in dem kleinen Dorf in Bayern aufnahmen?

»Und dann hat sie noch gemeint, sie könnte sich im Dorf nicht mehr blicken lassen, man würde sie schneiden oder dumm anreden. Weil die Fremden dann ja nicht nur sie vielleicht bedrohten, sondern das ganze Dorf sich Sorgen machen müsste. Vor allem die Frauen und die Kinder müssten sich vor den Asylanten, wenn ich das Wort schon hör, in Acht nehmen.«

Georg schüttelte den Kopf. Wie war dieser Angst vor Fremdem und vor Fremden beizukommen? Ein Dorf musste sich doch vor fünf Personen nicht fürchten. Einer Frau mit einem kleinen Kind, einem alten Mann, einem Ehepaar und einem Einzelnen. Wo lag das Problem?

»Bist noch dran, Schorsch?«

»Ja, Mama, ich bin noch dran. Ich bin genauso überrascht wie du und muss mir erst noch überlegen, wie ich das jetzt löse. Ich hab Ahmad versprochen, ihm und den anderen zu helfen. Im Moment weiß ich keinen Ausweg.«

»Soll ich mal mit der Barbara darüber reden? Deine Schwester könnte auch Hilfe auf dem Hof gebrauchen.«

Seine Schwester hatte einen Bauernhof mit einer Menge Milchkühe im Stall und drei Kinder zu versorgen. Diese waren zwar schon halbwegs erwachsen, aber lebten alle noch zu Hause. Er fragte sich, ob die Syrer wirklich eine Hilfe wären oder eher eine weitere Aufgabe, die seine Schwester zusätzlich belasten würde.

»Wo soll denn die Barbara fünf Erwachsene unterbringen, Mama? Und erst einmal machen die Syrer Arbeit und sind weniger eine Hilfe.«

»Das wird sich die Anna auch gedacht haben. Die ist ja nicht blöd. Die gibt sich jetzt engstirniger, als sie ist.«

»Schon möglich. Ich red' amal mit der Barbara«, lenkte Georg ein. Er wusste nicht, ob das ein guter Ausweg war, wollte aber auch nicht, dass sich seine Mutter weiter mit dem Problem herumschlug.

»Meinst, du hast Zeit dafür?« Und nach einer kurzen Pause schob sie nach: »Fährst bald schon wieder nach Italien zu deiner Flamme?«

»Mama, bitte. Ich hab keine Flamme.«

»Ihr sagt's jetzt Beziehung dazu oder Affäre. Glaubst, das ist besser? Brings halt einmal mit! Dann sag ich dir, was das ist. Kommst mittags heim?«

»Das weiß ich noch nicht. … Eher nicht.«

»Hab schon verstanden! Servus, Bub. Bis später!«

Nachdenklich lehnte sich Georg in seinem Schreibtischstuhl zurück und schaute auf seinen Aktenschrank. Seine Mutter hörte nicht auf zu sticheln und Fragen zu stellen. Und der beleidigte Unterton war nicht zu überhören. Erneut machte sie kein Hehl daraus, dass ihr seine Beziehung zu Stefania di Castello nicht behagte. Die Freundin im Ausland stellte eine diffuse Gefahr dar. Einmal schon war er der übermächtigen Mutterliebe entkommen, hatte ein Studium in München begonnen und bis zu Katharina Breitwiesers Schlaganfall vor ein paar Jahren auch in der Großstadt gearbeitet und »Affären« gehabt. Seine Mutter wusste genau, wie sich seine Frauengeschichten am besten bezeichnen ließen. Es war nie etwas Ernstes gewesen.

Doch jetzt kam er manchmal schwer ins Grübeln. Und er fragte sich, ob es die Distanz war, die scheinbare Unerreichbarkeit von Stefania, die den Wunsch in ihm nach einer Familie plötzlich so akut, so drängend werden ließ. Die Winzerin war eine attraktive Frau und in seinen Augen etwas ganz Besonders. Oder war es schlicht sein Alter, das ihn milde stimmte, seine Abenteuerlust schwinden ließ? Die Einsicht, dass ein Leben ohne Frau und Kinder, nur zusammen mit Kollegen und Verbrechern, keine schöne Aussicht darstellte, die ihn auf Dauer zufrieden machte, ausfüllte?

Instinktiv hatte Katharina Breitwieser erfasst, dass ihr Sohn an einem Scheideweg stand, seine Ansichten sich zu ändern begannen. So musste aus Stefania in ihren Augen eine Flamme werden, die aufglüht, brennt, strahlt, flackert und dann am besten möglichst rasch erlischt. So hätte sie es gern. Georg wusste noch keine Antworten auf die Fragen seiner Mutter. Es waren auch die seinen und nicht nur diese spukten ihm nachts im Kopf herum.

Er sah auf die Uhr und fragte sich, wo sein Oberinspektor mit Gianni Canali nur so lange blieb. Sein Blick ging zurück auf den Laptop und den Bericht von Enrico Brandino. Er las den letzten Absatz der Mail nochmals gründlich durch und wusste, dass es höchste Zeit war, mit Stefania di Castello zu telefonieren. Immerhin würde er spätestens morgen in Verona eintreffen. Pläne mussten geschmiedet werden, damit sie die wenigen Stunden, die sich hoffentlich ergaben, auch gemeinsam verbringen konnten. Er langte nach seinem Handy und wählte Stefanias Nummer.

»*Ciao*, Giorgio. Was ist los?«, fragte Stefania. »Wenn du mitten in deiner Bürozeit anrufst, hat das was zu bedeuten! Kommst du?«

»Dir kann man nichts verheimlichen.«

»Das will ich hoffen!«

»Toni und ich sind mal wieder auf Verbrecherjagd.«

»Huhu! … Hast du mit dem Bilderraub zu tun?«

Georg lachte. »Dir entgeht aber nichts.«

»Also hast du!«

»Sagt dir der Name Luca Panini etwas? Wenn du schon so neugierig bist, kannst du mir vielleicht auch helfen.«

»*Certo!*« Stefanias Stimme klang plötzlich sehr ernst.

»Was weißt du über ihn?«

»Panini ist ein armer Teufel, ein Pedant und ein humorloser Mensch, der akribisch seine Zahlen verwaltet und glaubt, dass von ihm das Geschäft der Weinbauern abhängt.«

»Dass es eine Tote gegeben hat, hast du natürlich auch schon gehört?«

»Das ist in Soave Stadtgespräch.«

»Panini war der Verlobte der Toten!«

»Dann stimmt das Gerücht also.«

»Was für ein Gerücht?«

»Dass Panini verhaftet wurde, weil er seine Verlobte umgebracht hat.«

»Blödsinn. Antonio ermittelt in alle Richtungen. Natürlich hat er auch Fragen an den Verlobten. Das ist aber auch schon alles.«

Stefania schwieg einen Moment, dann sagte sie vieldeutig: »Es gab da vor ein paar Jahren eine dumme Geschichte.«

Wie von ihr beabsichtigt, wurde Georg sofort hellhörig und griff sich Block und Bleistift.

»Luca Panini war schon mal in eine Eifersuchtsgeschichte verwickelt. Damals hat er den vermeintlichen Nebenbuhler eines Nachts stark alkoholisiert zusammengeschlagen. Er war mit dem

Kontrahenten befreundet und hat ihm bei der Auseinandersetzung mit einem Pflasterstein das Knie zertrümmert. Seitdem hinkt der Mann. Panini wurde der Prozess gemacht und er wurde zu einer saftigen Geldstrafe verdonnert. Außerdem musste er dem Opfer Schmerzensgeld bezahlen. Seitdem ist Panini hoch verschuldet. Wenn du mich fragst, wird er sein Leben lang daran knabbern, um den Betrag abzuzahlen.«

»Woher weißt du das?«

»Der Vorfall ereignete sich in Soave vor einer *Enoteca* mitten in der Stadt. Das weiß jeder hier. Soave ist, wenn es um solche Sachen geht, ein Dorf mit tausend Augen.«

»Panini ist demnach alles, nur keine gute Partie.«

»Die junge Frau möchte ich kennen, die sich den hochverschuldeten Geometer, der für einen Hungerlohn in der *Cantina* arbeitet und eine solche Vergangenheit hat, ans Bein bindet. Das muss dann schon die ganz große Liebe sein.«

»Spricht man bei euch auch über das Mordopfer, über Renata Mancini?«

»Na ja, es wird hinter vorgehaltener Hand spekuliert. Persönlich kennen werden sie die wenigsten.«

»Und über was spekuliert man?«

»Wer Paninis Nebenbuhler dieses Mal war.«

»Also ist aus eurer Sicht die Sache klar: Luca Panini hat sich dieses Mal von der untreuen Freundin getrennt.«

»*Esatto!* Die Leute denken, vielleicht war der Konkurrent eine Nummer zu groß, zu mächtig für den armseligen Panini. Sein Ausweg aus der Misere bestand darin, sich von der Verlobten zu befreien, um nicht als völliger Versager dazustehen.«

»Indem er hingeht und sie erschlägt?« Georg schüttelte ungläubig den Kopf. Dieses Szenario gefiel ihm nicht so recht. Vielmehr kam ihm ein neuer Gedanke, erschien der Raub der Bilder für Georg in einem völlig neuen Licht.

Vielleicht hatte Panini mit den Verbrechern gemeinsame Sache gemacht? Die Position seiner Verlobten im Museum, ihr Wissen um den Wert der Bilder machte ihn für die Verbrecher zu einem wichtigen Informanten. Ganz sicher hatten sie ihm ein nettes Sümmchen versprochen, wenn er seine Verlobte aushorchte, den geeigneten Zeitpunkt für den Raub auskundschaftete. Das hätte ihm die Zukunft mit seiner Verlobten gesichert. Dummerweise hatte ausgerechnet Renata die Täter auf frischer Tat ertappt, sie zur Rede gestellt. Bevor der ganze Plan aufflog, hatte Panini in äußerster Not und im Affekt die Freundin erschlagen. Wer weiß, vielleicht wollte er sie nur außer Gefecht setzen, damit sie ihren Mund hielt. Der Schlag sollte sie bewusstlos machen, keinesfalls töten. Doch in seiner Panik hatte er zu fest zugeschlagen, und das Unglück war geschehen.

Paninis Vorgeschichte könnte ihm jetzt zum Verhängnis werden. Niemand hätte auf ihn als Kunsträuber getippt, wenn er nicht schon mal straffällig geworden wäre. Doch diese verwinkelten Gedankengänge behielt Georg erst einmal für sich. Antonio und er mussten demnächst dringend miteinander sprechen und die verschiedenen Tatmotive und Täter gegeneinander abwägen.

»An welchen mächtigen Mann denkst du dabei? Wird darüber auch spekuliert?«

»Keine Ahnung, Giorgio. Da musst du schon selbst nachforschen, welche Männer es im Leben von Renata Mancini gegeben hat. Ich kann mir nicht vorstellen, dass die Kuratorin des *Museo Civico d'Arte* ausgerechnet auf Panini gewartet hat.«

»Da hast du vermutlich recht.« Außer sie erwartet dummerweise ausgerechnet von ihm ein Kind. Doch auch diese Annahme behielt er für sich.

An Georgs Bürotür wurde geklopft und unmittelbar danach betraten Oberinspektor Huber und Gianni Canali das Zimmer. Canali hatte auf der Stirn ein großes Pflaster und die Nasenwurzel färbte sich blau. Aschfahl im Gesicht, sah der Italiener unsicher zu Georg. Es war ihm anzusehen: Er fühlte sich alles andere als wohl in seiner Haut. Mit gesenktem Kopf stand er vor Breitwiesers Schreibtisch und wartete ab.

»Stefania, es tut mir leid, ich habe Besuch bekommen. Ich melde mich sehr bald nochmals bei dir. *Ciao, cara, a dopo.*« Georg hätte gern noch mehr gesagt, doch das verbot sich vor den neugierigen Zeugen.

Streng sah er Canali ins Gesicht. Der junge Italiener würde ihn jetzt von einer ganz neuen Seite kennenlernen.

34

Seit dem Unfall hatte Gianni Canali jegliches Gespür für die Zeit verloren. Er hatte ein dumpfes Gefühl im Kopf und war ausgesprochen wackelig auf den Beinen. Die Spritze, die ihm die Ärztin im Krankenhaus verpasst hatte, verhinderte zwar heftige Kopfschmerzen, aber die Watte hinter der Stirn verunsicherte ihn. Und er hatte Angst. Er fürchtete sich sogar vor dem Commissario, der ihn bislang anständig behandelt und nach dem Unfall gerettet hatte. Gianni gab sich keinen Illusionen und Hoffnungen mehr hin. Der Commissario war ihm nicht ohne Grund mit seinem dicken Auto gefolgt. Betreten sah er zu Boden. Was kam nun auf ihn zu? Mit der deutschen Justiz hatte er keine Erfahrung. Bisher hatte ihm nur das Essen nicht geschmeckt. Er war sicher, dass es weitere Aspekte gab, die ihm wenig gefallen würden. Gleichzeitig wusste er, dass eine Auseinandersetzung mit Vittorio Todisco weit schlimmer sein, vielleicht sogar tödlich für ihn enden würde. Seinen Chef, der immer noch auf seinen Anruf wartete, kannte er weder als zimperlich noch als dumm. Aber er war vor allem gierig nach Geld. Und das viele Geld, das Todisco sich durch den erfolgreichen Bilderraub erhofft hatte, war nun in weite Ferne gerückt. Und er, Gianni Canali, hatte ihm die Show vermasselt. Noch blieb Gianni die vage Hoffnung, der Commissario habe ihn aus einem anderen Grund verfolgt, habe etwa Beweise für den Ring-Diebstahl gefunden und ihn deshalb wieder von der Straße geholt. Oder hatte er nicht vielmehr die Bilder entdeckt und wollte ihn jetzt zur Rechenschaft ziehen, ihn einbuchten für den Raub?

Mit einer knappen Handbewegung forderte ihn Georg Breitwieser auf, sich zu setzen. Dessen Kollege lehnte sich an die Wand neben der Bürotür und machte unmissverständlich deutlich, dass eine Flucht an ihm scheitern würde. Canali hatte nicht vor, ihm Ärger zu bereiten. Auf dem Schreibtisch stand ein kleines Diktiergerät, das der Commissario jetzt einschaltete. Dieses Prozedere kannte Gianni auch aus Italien. Ab sofort wurden seine Aussagen aufgezeichnet.

Georg Breitwieser lehnte sich in seinem Schreibtischstuhl zurück, verschränkte die Arme vor der Brust und sah ihn grimmig an.

»Wie geht's Ihnen?«

»*Bene, grazie!*« antwortete Gianni leise. Er hielt den Kopf sicherheitshalber weiter gesenkt. Der strenge Blick, der ihm über dem Schreibtisch begegnete, behagte ihm gar nicht.

»Ihre Rechte habe ich Ihnen schon am Unfallort erläutert. Haben Sie mich verstanden, Signor Canali? Möchten Sie einen Anwalt?«

Gianni schüttelte den Kopf. Ein Anwalt kostete Geld und das hatte er nicht. Und er hatte keine Ahnung, wie das in Deutschland ablief. Da ließ er sich lieber auf nichts ein. Die Anwälte in *Napoli* jedenfalls hatten ihm nie weitergeholfen. Am Ende war er immer der Dumme gewesen.

»Gut, dann unterhalten wir uns jetzt ein bisschen. Schon gestern haben wir Ihnen ein Handy abgenommen, Signor Canali. Unsere Kriminaltechnik hat es untersucht. Um 2 Uhr nachts haben Sie telefoniert. Mit wem?« Georgs Stimme war scharf. »Und erzählen Sie mir nicht, Sie hätten mit Ihrer *Mamma* telefoniert. Also, ich höre!«

Gianni Canali presste die Lippen zusammen und schwieg.

»Vor weniger als einer Stunde haben wir bei Ihnen ein weiteres Handy sichergestellt. Genau eine Telefonnummer ist eingespeichert. Sie könnten Ihre Lage deutlich verbessern, wenn Sie jetzt endlich den Mund aufmachten und mit mir redeten, Signor Canali.« Georg griff in seine Hosentasche, zog das Handy hervor und legte es mitten auf den Schreibtisch. »Ich sage Ihnen jetzt, was wir machen.«

Erschrocken blickte Canali auf und sah ihn verzweifelt an. Er würde dieses Handy nicht anfassen. Unter gar keinen Umständen.

»Ich bin sicher, dass Ihr Chef Todisco seit gestern Nacht auf Ihren Anruf wartet und wissen will, ob die gestohlenen Gemälde auf dem Weg nach Lettland sind. Habe ich recht?«

Entschieden schüttelte Gianni Canali den Kopf. Gleichzeitig hielt er die Hände verkrampft in seinem Schoß.

»Und genau das werden Sie jetzt machen, wenn Sie nicht bei uns in Untersuchungshaft landen und ihren Kopf für Verbrechen hinhalten wollen, die Sie nur zum Teil begangen haben. Sehen wir mal vom Transport Geflüchteter und von dem Ring ab, den Sie der Toten gestohlen haben.«

Gianni presste weiter verzweifelt die Lippen zusammen, aber er gab keinen Mucks von sich.

Breitwieser nahm offenbar seine Reaktion als Geständnis und nickte zufrieden.

Gianni war es egal. Der Ring war ein Nebenschauplatz und der Transport der Flüchtlinge verglichen mit dem Bilderraub in seinen Augen harmlos.

»Ich habe Ihnen gerade ein Angebot gemacht, Signor Canali, haben Sie das verstanden?«

Da brach es aus Gianni Canali heraus: »Das geht nicht, Commissario, bitte, Todisco wird mir nicht glauben. Er wird vermuten, dass ich die Sache vermasselt habe, wenn ich erst jetzt anrufe.«

»Soll ich vielleicht für Sie anrufen? Glauben Sie, das ist besser?« Kommissar Breitwieser lachte und sein Gesicht verlor den strengen Zug um den Mund, der Gianni Canali so sehr beunruhigt hatte.

»Vielleicht …, ja!«

Breitwieser lachte nun lauthals. »Sie sind schon ein Komiker, Signor Canali. Bei aller Liebe!« Dann wurde er wieder ernst. »Ihnen liegt doch sicherlich sehr viel daran, Ihren Chef davon zu überzeugen, dass Sie seinen Auftrag bestens ausgeführt haben. Sie wollen doch nach Verona zurück und Ihre Belohnung abholen.« Auffordernd schob er ihm das Handy entgegen.

»Und was geschieht dann mit mir? Was, glauben Sie, wird Todisco mit mir machen, wenn ich in Verona ankomme? Wenn Todisco dahinterkommt, dass der Auftrag geplatzt ist, bringt er mich um. Von wegen Belohnung! Ich weiß zu viel, verstehen Sie, Commissario. Ich bin ein Zeuge, den er nicht gebrauchen kann.«

Über Georgs Gesicht lief ein zufriedenes Lächeln. Er griff sich das Handy und ließ es wieder in seiner Hosentasche verschwinden. »Dann würde ich doch vorschlagen, Sie erzählen mir jetzt einmal ganz genau, was sich am Sonntagabend im Museum abgespielt hat und wie Sie die Flüchtlinge, die Sie mitnehmen sollten, gefunden haben. Dann sehen wir weiter. Und lügen Sie mich nicht an, Signor Canali. Bisher habe ich keine allzu schlechte Meinung von Ihnen, also fordern Sie Ihr Schicksal nicht heraus. Wenn ich später erfahre, dass Sie mir ein Märchen aufgetischt haben, dann ist es mit meinen Zugeständnissen vorbei.«

Gianni Canali fuhr sich mit beiden Händen übers Gesicht, um sich zu sammeln. Den Commissario auf seiner Seite zu haben, war seine Lebensversicherung. So machte er sich Mut. Zögernd zunächst, dann immer rascher begann er zu erzählen.

Gianni Canali schilderte den Plan, den Vittorio Todisco und seine Leute ausgeheckt hatten, berichtete von der Fahrt zum Museum, von Livio Ferrari, dem Mann mit dem Technikverstand, der unerwartet lange im Museum gebraucht hatte, um Kameras und Alarmanlage zu deaktivieren und von ihrer Überraschung, plötzlich eine tote Frau vorzufinden.

»Livio behielt einen klaren Kopf, gab Anweisungen, was nun zu tun war. Aber meine Kumpel trauten ihm nicht mehr. Todisco war und ist sicherlich immer noch davon überzeugt, dass der Mord auf Ferraris Konto geht, dass die Frau unerwartet aufgetaucht war und er sie erschlagen hat, damit der Raub wie geplant durchgeführt werden konnte.«

»Die Kuratorin hat nicht mit Ihrer Gruppe zusammengearbeitet?«

»Sie glauben doch nicht, Commissario, dass mein Chef mit einer Frau gemeinsame Sache macht? Unter keinen Umständen. Der ganze Plan war Männersache.«

»Was denken Sie – hat Ihr Kumpel Livio kaltblütig die Frau erschlagen? Trauen Sie ihm so eine Tat zu?«

»*No, assolutamente, no!* Niemals! Ferrari ist ein sehr schlauer Kopf. Er hätte sie vielleicht bewusstlos geschlagen oder irgendwo in ein Zimmer gesperrt, damit sie ihm nicht im Weg ist oder die Polizei alarmieren kann. Aber er hätte keinen Mord verübt. Das kann ich mir nicht vorstellen. Wir waren doch alle vermummt. Sie hätte ihn nicht wiedererkannt!«

»Wie seid ihr überhaupt ins Museum gekommen?«

Gianni sah Breitwieser nun ehrlich überrascht an. Weshalb wollte er das so genau wissen? »Mit einer Chipkarte!«

»Aha! Mit einer Chipkarte. Einfach so! Wo habt ihr die denn hergehabt?«

»Livio hat sie aus der Hecke gefischt, die im Hinterhof nahe der Hauswand wächst.«

Breitwieser grinste ihn an. »Und dort wachsen also auch Chipkarten. Italien ist schon ein wunderbares Land.« Er lachte in sich hinein. Doch blitzschnell schaltete er um und fragte scharf: »Wer hat die Karte dort für euch deponiert?«

»Keine Ahnung, Commissario. Wirklich! Ich weiß es nicht.«

Canali fühlte den skeptischen Blick förmlich auf der Haut. Der Commissario hatte Zweifel an seiner Aussage. Aber er konnte ihm nicht helfen. Todisco hatte ihn nicht eingeweiht. Er hatte das meiste doch nur durch Zuhören und Beobachten begriffen.

»Mich hat doch keiner ins Vertrauen gezogen. Ich war doch nur der Fahrer, Commissario.«

»Gutes Stichwort! Wo seid ihr nach dem Raub hingefahren?«

»Nach *Corno Alto*. Dort hat Todisco seine Elektrowerkstatt.« Canali zögerte, dann beschloss er, möglichst rasch zum Ende zu kommen und sagte: »Und dann bin ich zum Brenner gefahren, denn die Bilder mussten so schnell wie möglich übergeben werden. Und kurz danach haben Sie mich an der Grenze aufgehalten, Commissario.« Gianni atmete erleichtert aus. Er hatte seine Geschichte erzählt und sah Georg unschuldig ins Gesicht. Der musste widerwillig lächeln.

»Und Sie glauben, damit gebe ich mich zufrieden? Die Bilder haben keine Rahmen mehr, Signor Canali. Wo sind die Rahmen hingekommen?«

»Das weiß ich nicht. Wirklich! Wir haben die Bilder vorsichtig aus den Rahmen genommen und in die Kiste gepackt, die Sie inzwischen leider entdeckt haben. Das Versteck war doch nicht so gut, wie Todisco gedacht hatte.«

»Es war ziemlich gut! Aber nicht gut genug. Wo sind die Rahmen?«

»Keine Ahnung. Gemeinsam mit Emanuele ...«

»Wer ist das?«

»Ein Handlanger von Todisco. Er ist nicht der Hellste, aber stammt aus Verona. Deshalb hat ihn der Chef fest angestellt, im Gegensatz zu mir.« Unvermeidlich kam der alte Groll in ihm hoch.

»Und was habt ihr beiden gemacht?«, bohrte Georg nach.

»Wir haben die Kiste in den Transporter gehoben und die Blechwand montiert. Dann hat mir mein Chef die Autoschlüssel gegeben und gesagt, ich müsse bis spätestens 4 Uhr morgens kurz vor der Salzburger Grenze die Bilder übergeben. Dort warte ein

LKW aus Lettland, der den Fiat Ducato übernehmen würde. Ich bekäme dort einen neuen Wagen und könne zurückfahren.«

»Also gab es keine Klimaanlage in München, die auf Sie wartete?«

Canali schüttelte den Kopf und fügte nochmals hinzu: »Was Todisco mit den Bilderrahmen gemacht hat, weiß ich nicht!«

»Vermutlich hat sie Ihr sauberer Chef irgendwo auf seinem Hof oder im angrenzenden Gelände seines Anwesens verbrannt, nachdem Sie losgefahren sind. Commissario Fontanaros Leute können sich darum kümmern.«

Gianni senkte wieder den Kopf. Nun wusste er, mit wem er es in Verona zu tun bekäme. Wie sollte er jemals seinen Eltern wieder unter die Augen treten, wenn sie ihn in Verona einsperrten? Er hatte ihnen nur Schande gemacht. Er musste alles daransetzen, dass er keine Anklage wegen Mordes bekam.

»Der LKW-Fahrer hat Ihnen auf dem Parkplatz ein neues Handy in die Hand gedrückt. Damit sollten Sie die erfolgte Übergabe der Ware bestätigen. Richtig?«

»*Sì!*«

»Und anschließend sollten Sie das Telefon zerstören und entsorgen?«

Canali sah Georg nur an. Weshalb sollte er antworten, wenn der Commissario ohnehin alles wusste?

»So, und jetzt will ich wissen, wo Sie die Syrer getroffen haben.«

»Zufällig, auf der Brennerlandstraße. Sie standen am Straßenrand, bis zu den Knöcheln im Schnee. Sie haben ja selbst gesehen, wie wenig sie anhatten. Ich konnte doch nicht einfach weiterfahren, ich musste die armen Leute doch mitnehmen! Was hätten denn Sie getan?«

Canali bemühte sich, ein vorwurfsvolles Gesicht zu machen, doch stattdessen sah er ängstlich und vorsichtig zu Georg und versuchte, dessen Gedanken zu lesen. Er fürchtete, als Schleuser angesehen zu werden, und wusste immer noch nicht, welche Strafen ihm dafür in Deutschland drohten.

»Und weitsichtig, wie Sie nun einmal sind, Signor Canali, haben Sie genug Sandwiches und Wasser für Ihre Flüchtlinge dabeigehabt.«

»Ich wäre ja in jedem Fall zwei Tage unterwegs gewesen. Ich hätte schließlich auch etwas zu essen gebraucht.« Standhaft wehrte er sich gegen die Unterstellung von Breitwieser.

»Signor Canali, bisher war unser Gespräch sehr konstruktiv. Machen Sie den guten Eindruck, den Sie bei mir hinterlassen haben, nicht kaputt. Arbeiten Sie mit mir zusammen, anstatt sich jetzt in ein Lügengebäude zu verstricken. Die Geschichte mit der Brennerlandstraße nehme ich Ihnen nicht ab. Sie haben die Syrer mit Wasser und Essen versorgt, kein Geld dafür genommen und den bayerischen Behörden in einem ordentlichen Zustand übergeben. So hat es Ahmad bestätigt und ich bin geneigt, das auch zu glauben. Vielmehr bin ich davon überzeugt, dass das Geld sehr viel früher geflossen ist und dass Ahmad mehrfach für die Flucht seiner Leute bezahlt hat. Sie haben nur noch die letzte Tour übernommen. Diese Vorgehensweise ist durchaus üblich und bekannt. Doch Ahmad hat mir auch eine sehr traurige Geschichte erzählt. Und diese veranlasst mich, Sie energisch zu fragen, wie und wo die Übergabe der Syrer erfolgt ist.«

Georg Breitwieser lehnte sich in seinem Stuhl zurück und begann nun seinerseits zu erzählen. Gianni erfuhr die schreckliche Geschichte von der Überfahrt über die Adria von Albanien nach Ancona. Der Commissario berichtete von dem Geisterschiff, auf dem Hunderte von Syrern ihrem Schicksal überlassen worden waren und nach einer Kollision mit einem Containerschiff auf dem Meer im kalten Wasser starben.

»Und jetzt frage ich Sie, Signor Canali«, und Breitwieser beugte sich weit über den Schreibtisch ihm entgegen, »... ob Sie das gleichgültig lässt oder ob Sie dazu beitragen wollen, dass wir den Auftraggeber, der hinter dem Raub, dem Mord und sehr wahrscheinlich auch hinter den Schleppern steckt, finden. Wenn Sie mir helfen, werde ich meinen Kollegen Commissario Fontanaro, der die Ermittlungen in Italien leitet, entsprechend informieren, dass Sie uns unterstützt, uns mit wichtigen Informationen versorgt und entscheidend dazu beigetragen haben, dass die Bilder wieder ins *Museo Civico d'Arte* von Verona zurückkommen.«

»Aber, Sie haben doch die Bilder entdeckt, Commissario?«

»Nachdem Sie mir einen Tipp gegeben haben, Signor Canali.«

Gianni Canali sperrte ungläubig die Augen auf.

»Ein letztes Mal: Wo haben Sie die Geflüchteten getroffen?«

Gianni rang mit sich, dann gab er sich einen Ruck. Er hatte doch nichts mehr zu verlieren. »Todisco sagte mir, dass ich nach Bozen fahren solle. In der Nähe einer Schule würden fünf Erwachsene auf mich warten. Er gab die Adresse ins Navigationssystem des Fiat ein und gab mir einen Zettel mit dem Namen der Autobahnausfahrt vor Salzburg. Das war's. Weitere Anweisungen habe ich nicht erhalten.«

»Was sollte denn mit den Syrern passieren?«

»Die sollte ich auf dem Autobahnparkplatz zurücklassen. Dort würden sie abgeholt werden.«

Georg Breitwieser schüttelte ungläubig den Kopf. Dann stellte er eine Frage, die Gianni verwunderte. Sie passte überhaupt nicht in den Zusammenhang.

»Für welche Kunden arbeitet Ihr Chef? Sind das normale Privatleute in Verona?«

»Das weiß ich nicht, Commissario. Meine Aufgaben sind sporadisch und sehr beschränkt. Ich hole Kabel und Elektrozubehör im Industriegebiet ab, die Todisco vorher bestellt hat. Nur sehr selten komme ich in Wohnungen und Häuser. Meistens schickt er mich zu alten Leuten. Da will mein Chef nicht hin. Er will sich ihre

Geschichten nicht anhören. Das kostet Zeit und bringt nichts ein, denn die Alten haben meistens auch kein Geld und bleiben ihm die Rechnung schuldig. Ich bin billig. Da ist es nicht so schlimm, wenn er nur auf den Materialkosten sitzen bleibt.«

»Verstehe! Ein echter Menschenfreund, Ihr Chef!«

Gianni lachte. »So kann man das sagen, ja.«

»Ganz sicher jemand, der Flüchtlingen aus reiner Nächstenliebe hilft!«

Gianni fühlte, wie er rot wurde im Gesicht. Er schämte sich. Angestrengt kramte er in seinen Erinnerungen. Irgendetwas musste ihm doch noch einfallen, was den Commissario interessierte und besänftigte.

»Neben dem *Museo* hat er auch noch den Privatpalazzo von Franco Risi und seiner Frau als Kunden gehabt. Die Contessa zahlt allerdings auch nur gelegentlich, hat an der Arbeit immer etwas auszusetzen. Und dann hatte Todisco noch eine Großbaustelle. Ein Palazzo auf der *Piazza Brà* wurde vor Kurzem aufwendig renoviert. Die komplette Elektrik musste erneuert werden. WLAN und Alarmanlage wurden installiert. Livio hatte viel Spaß bei diesem Auftrag. Da konnte er endlich mal zeigen, was er drauf hatte. Und ich habe Kabeltrommeln hin und her gefahren bis zum Abwinken.«

»Wer war der Kunde?«

»Ein Ausländer mit viel Kohle. So die Aussage von Vittorio Todisco.«

»Mehr nicht? Haben Sie den Hausherrn mal gesehen?«

»*No! Mi dispiace!*«

»Dann sollten wir Ihren Chef nicht länger auf die Folter spannen.«

Erneut holte Georg Breitwieser das Handy aus der Hosentasche und schob es dem Italiener hin.

»Teilen Sie ihm mit, dass Sie nun auf der Rückfahrt sind und dass Sie die Bilder wie verabredet übergeben haben. Wenn Todisco fragt, was Sie die halbe Nacht gemacht haben, sagen Sie ihm, die Flüchtlinge seien, wie von ihm vermutet, entdeckt und Sie wären von der Polizei darüber befragt worden. Anschließend hätten Sie im Wagen geschlafen, wären nach all den Aufregungen übermüdet gewesen und jetzt auch noch in einen Schneesturm geraten. Es hätte einfach alles ein wenig länger gedauert als geplant. Und dann legen Sie auf.«

Gianni fuhr sich verzweifelt durch die Haare und schüttelte den Kopf. Ihm fehlte der Mut. Er wusste, er würde es versauen. Vittorio würde sofort wissen, dass etwas nicht stimmte.

»Danach werde ich Ihnen meinen Plan mitteilen, der uns zum Auftraggeber und Sie aus dem Schlamassel führt, in das Sie sich selbst hineingeritten haben.«

»*No, … per favore no!* Ich kann das nicht!«

Doch Georg griff sich das Telefon, drückte auf die Abhebetaste und hielt ihm das Gerät ans Ohr.

»*Finalmente!* Wo bist du, verdammt noch mal? Was ist passiert? Und erzähl mir kein Blech!«

35

Verona, 11.00 Uhr

Michele Vivani war zurück in seinem Hotelzimmer. Niemand hatte ihn gesehen, als er mit dem Fahrstuhl von der Tiefgarage zurück in den zweiten Stock gefahren war. Und das war auch gut so. Denn nun stand er im Badezimmer vor dem Spiegel und versuchte, mit Toilettenpapier und Wasser notdürftig die Blutspuren auf seiner linken Wange zu beseitigen. Dort würde die Haut bald bläulich grün werden. Der Faustschlag des russischen Bodyguards war nicht von schlechten Eltern gewesen.

Am liebsten hätte Michele die geschundene Wange in den nächsten Stunden mit Eiswürfeln aus dem Getränkeautomat, der vor seiner Zimmertür im Hotelflur stand, gekühlt. Doch dazu hatte er keine Zeit. Mit bloßer Hand griff er sich einige der Würfel, die er achtlos ins Waschbecken geworfen hatte, und drückte sie fest auf den Jochbeinbogen unter sein linkes Auge.

Die Attacke des grobschlächtigen Russen ärgerte ihn maßlos, auch wenn sie ihm keine Angst eingejagt hatte. Wäre es dem Chef des Muskelpaketes wichtig gewesen, Michele ernsthaft zu verletzen, hätten die Russen im Showroom jede Möglichkeit dazu gehabt. So aber waren die Prügel wohl nur ein »Geschenk« des Wodkatrinkers an seinen Schläger, damit der sich gut fühlte. Lächerliches Machogehabe mit einem für Michele sehr unerquicklichen Ergebnis.

Nun musste er wohl oder übel sein Gesicht reparieren. Zudem brauchte er auch noch eine plausible Erklärung für die Blessuren, wenn er demnächst Antonio Fontanaro einen weiteren Besuch abstattete.

Michele griff sich ein Handtuch, füllte es mit den Eiswürfeln und hielt es sich wie einen Beutel auf die verletzte Stelle. Dann kam er gerade noch rechtzeitig zurück ins Zimmer, um den Anruf auf seinem Diensthandy anzunehmen.

»*Pronto!*«

»Na, wie ist es gelaufen?« Der Anrufer hustete ungeniert laut ins Mikro. Der Raucherhusten seines Vorgesetzten jagte ihm einen schmerzhaften Stich durch den Kopf. Entsetzt riss er das Telefon von der Ohrmuschel weg. *Merda*, der Angreifer hatte offenbar auch sein Ohr in Mitleidenschaft gezogen. Immerhin, er verstand die Stimme des Anrufers auch noch aus einer gewissen Distanz.

Gereizt gab Michele zurück: »Hast du Ergebnisse erwartet?« Der ganze Ausflug nach *Chieve* war ein Desaster. Darüber auch noch Bericht erstatten zu müssen, ging ihm gehörig gegen den Strich.

»Was ist passiert? Du klingst ausgesprochen beleidigt.«

Michele hörte das Geraschel einer Hülle aus Zellophan. Sein Anrufer hatte offenbar Zeit und machte es sich am Schreibtisch gemütlich. Gleich würde er auch die inhalierenden Geräusche eines Zigarettenzugs vernehmen und der nächste Hustenanfall war dann nicht mehr weit. Wie er diese ständige Raucherei hasste.

»Wir haben es eindeutig mit Russen zu tun. Und es wäre jetzt schon sehr hilfreich, deine Leute könnten bestätigen, dass unser Freund in Verona tätig ist und in welchen Geschäftsbereichen er sein Geld verdient. Habt ihr ein Foto von ihm?«

»*No!* Wir suchen noch nach Beweisen.«

Wie hatte er anderes erwarten können? Längst hätten sie ihm entsprechendes Material aus Rom gemailt, wenn es welches gegeben hätte.

»Mein Gesprächspartner bei Corrello auf dem Land hat sich nicht vorgestellt, mir aber einen gefälschten Tiepolo andrehen wollen. Ob das Diebesgut aus Verona dort lagert, kann ich leider nicht sagen. In den Räumen, die ich gesehen habe, habe ich nichts davon entdeckt. Es gibt jede Menge Kunstwerke dort. Einige sind von mieser Qualität, andere zweifellos unverkäuflich, weil sie entweder gestohlen oder unbezahlbar wertvoll sind.« Oder beides zusammen. Wenn er an den Sluter dachte, lief es ihm kalt über den Rücken. Sobald dieser Fall abgeschlossen war, würde er sich um die Marienskulptur aus Alabaster kümmern. Er würde nicht ruhen, bis er wusste, woher dieses einzigartige Kunstwerk stammte.

»Und sein Bodyguard hat eine ausgesprochen feste Handschrift.«

Der Anrufer lachte laut. »Ah, daher weht der Wind. Hat man dein schönes Gesicht etwas ramponiert? Tut mir leid, dass du deinen Kopf hinhalten musstest.« Das Grinsen des Anrufers, das Michele selbst durch das Telefon wahrnahm, strafte ihn Lügen.

»Was hast du als Nächstes vor?«

»Ich werde mit dem Staatsanwalt und dem Bürgermeister von Verona über unseren Freund sprechen. Ich denke, wir sind an der richtigen Person dran.« Den Namen wagte er immer noch nicht zu nennen.

»*Bada a quello che fai!*« Geschirrgeklapper begleitete die Warnung. Eine Espressotasse wurde hart auf den Unterteller gestellt. »Pass auf, was du tust! Unser Freund ist, so viel wissen wir inzwischen, nicht wählerisch in seinen Mitteln.«

Also hatten sie in Rom doch ihre Hausaufgaben gemacht, dachte Michele. Das war immerhin schon etwas. Der Anrufer nahm einen Zigarettenzug und hustete ausgiebig, bevor er weitersprach.

»Er betreibt einen ›Gemischtwarenhandel‹. Ihm ist es völlig egal, ob er Waffen verkauft oder Mädchen auf den Strich schickt. Hauptsache, für ihn springt etwas dabei heraus. Und er versucht, mit legalen Geschäften sein Geld zu waschen oder gewinnbringend anzulegen. Immobilien und Kunst sind probate Mittel dafür. Und da kommen dein Staatsanwalt und der Bürgermeister ins Spiel.«

»Gibt sich Vincenzo Mauro wirklich für krumme Geschäfte her?«

»Das wissen wir nicht. Die Staatsanwaltschaft hier in Rom gibt die Akte nicht frei. Offiziell wurde Vincenzo Mauro nach Verona versetzt, weil er einen anderen Dienstbereich kennenlernen und kontrollieren sollte, um später in Mailand endgültig Karriere zu machen. So hat man ihn von der Wirtschaftskriminalität abgezogen und ihm ein Morddezernat in der Provinz aufs Auge gedrückt. Doch die Wege der römischen Justiz sind bekanntlich verschlungen und selten sinnvoll.«

Er lachte wieder laut und dröhnend ins Mikrofon und Michele riss erneut entsetzt das Handy vom Ohr.

»Eines ist jedoch sicher, mit Typen, wie unser spezieller Freund einer ist, sollte sich Mauro bestens auskennen. Es kann nicht schaden, wenn du bei beiden Herren vorstellig wirst und dich dumm stellst. Das sollte dir ja nicht schwer fallen.« Eine weitere Lachsalve bereitete Michele Schmerzen. Dann war die Leitung tot. Sein Vorgesetzter hatte wie üblich selbst entschieden, wann das Gespräch beendet war.

Michele fragte sich, ob Andrea Corrello nochmals Kontakt mit ihm aufnehmen würde. Und handelte es sich bei Correllos russischem »Geschäftspartner« wirklich um Koslow, von dem sie weder wussten, wie er aussah, noch ob er krummen Geschäften in Verona nachging. Würde dieser Mann sich dafür entscheiden, den Tiepolo für 50.000 Euro zu verkaufen, bevor er leer ausging? Es würde Michele jedenfalls nicht wundern, wenn er im Laufe des Tages nochmals von dem Galeristen hörte.

Vivani ging zurück ins Badezimmer und besah sich sein Gesicht. Die Eiswürfel hatten geholfen. Ein leichter bläulicher Schatten und eine Schramme unter dem Auge würden sichtbar bleiben, aber er vermutete, dass er dennoch unter die Leute gehen konnte, ohne damit groß aufzufallen. Notfalls half er mit Make-up nach.

Seine dezent elegante Kleidung, die er für den Rest des Tages gewählt hatte, entsprach nun Michele Vivani, dem Avvocato und Kunstexperten. Im Auftrag seines Mandanten unterwegs, der sich berechtigte Sorgen um seine Vedute von Guardi machte, die ein Opfer des Raubs geworden war. Michele entschloss sich, als Nächstes Bürgermeister Renzo Di Santo aufzusuchen. Dieser sollte doch wissen, was sich hinter den Mauern seiner Stadt alles abspielte.

36

Antonio Fontanaro und Fausto Castillio hatten das *Museo Civico d'Arte* erreicht und stellten fest, dass Silvano Petrelli, Chef der Spurensicherung, das Museum erneut für die Besucher gesperrt hatte. Ein Kollege der *polizia di stato* stand vor dem Eingangsportal und wimmelte Touristen ab.

»Du musst doch längst bei Mauro sein. Der hat gestern schon mehrfach vergeblich auf dich gewartet. Das kommt gar nicht gut an!« Fausto versuchte, Antonio davon abzuhalten, erneut Zeit im Museum zu verbringen.

»Seit wann machst du dir Sorgen um mein Ansehen beim Staatsanwalt? Aber ich kann dich beruhigen. Das Treffen ist von Mauro selbst vor wenigen Minuten verschoben worden. Und so ist überraschend Zeit, anschließend Renzo Di Santo einen Besuch abzustatten. Und du wirst mich begleiten.«

Fausto gab ein unwilliges Knurren von sich.

Antonio forderte den Beamten der *polizia di stato* auf, sie eintreten zu lassen, und schritt forsch auf das Vestibül des Museums zu. Der Fundort der Leiche von Renata Mancini war längst gesäubert worden. Lediglich der Trakt mit den Büros der Verwaltung war abgesperrt geblieben. Und von dort hörte Antonio jetzt Stimmen, die aus dem Büro des Opfers kamen. Er betrat den Raum und sah Petrelli mit einem Kollegen den Schreibtisch der Mancini untersuchen.

»Ihr wart doch gestern hier schon zugange. Was ist los? Seid ihr immer noch nicht fertig?« Antonio hörte selbst den Unmut in seiner Stimme. Die Untersuchungen dauerten ihm wieder einmal zu lange. Und Vincenzo Mauros erneute Terminverschiebung passte ihm überhaupt nicht. Seine Unruhe wollte er Fausto nicht spüren lassen, aber irgendetwas war im Busch. Von Giorgio hörte er auch nichts. Wie sollte er sich weiter verhalten? Ein Zusammentreffen mit Di Santo und Mauro bedeutete ohne jeden Zweifel, dass es um die geraubten Bilder ging. Konnte er darüber schweigen, dass die Bilder inzwischen aufgetaucht waren? Er hatte nochmals versucht, mit dem Bayern zu telefonieren, doch Giorgio ging nicht an sein Telefon. Antonio war sauer. Und so hörte sich sein Ton gegenüber Silvano Petrelli nicht gerade freundlich an. Mit einem weiteren Aufgebot der Spurensicherung am Tatort hatte er definitiv nicht gerechnet.

Petrelli reagierte nun seinerseits pampig: »Wir machen unsere Arbeit. Mach du die deine!« Er beugte sich wieder über die Schreibtischkante und nahm Fingerabdrücke ab.

»Das habt ihr doch gestern schon gemacht, oder?«

»Hast du eine Ahnung, wie viele Fingerabdrücke es in diesem Raum gibt? Renata Mancini hatte regen Parteienverkehr. Dagegen ist ihre Wohnung geradezu penibel sauber.«

»Hat dort jemand Spuren verwischt?«

Silvano Petrelli schüttelte verneinend den Kopf. »Es sieht zumindest nicht so aus. Die ganze Wohnung strahlt die Atmosphäre einer allein lebenden Frau auf kleinstem Raum aus. Ein Bad mit Schminkutensilien überall, eine Kochstelle im Wohnschlafraum, der überquillt von Kissen in Rosé- und Lilatönen. Wir haben in dieser Schuhschachtel von einer Wohnung keinen Schreibtisch, keinen privaten PC oder irgendetwas gefunden, was darauf hindeutet, dass die Mancini auch zu Hause gearbeitet hat. Und man kann sich fragen, welchen Hungerlohn sie wohl bekommen hat, dass sie sich keine anständige Wohnung leisten konnte. Einfach nur erbärmlich.«

»Vermutlich war sie froh, als Kunsthistorikerin überhaupt einen Job zu haben«, gab Antonio zu bedenken.

»Gut möglich!«

»Was irritiert dich so, Silvano, dass du nochmals angerückt bist?« Endlich hatte Antonio den richtigen Ton getroffen.

Petrelli richtete sich auf und wandte sich ihm erstmals zu: »In ihrer Wohnung haben wir die Fingerabdrücke von drei Personen sicherstellen können. Ihre eigenen, die von Luca Panini und einer weiteren Person. Ich möchte wissen, ob es in ihrem Büro zu dieser Person Übereinstimmungen gibt. Nach der Größe der Fingerabdrücke gehe ich von einem weiteren Mann aus.«

»Vater? Bruder?«

»Noch ein Liebhaber? Der Postbote? Du bist der Erste, Tonio, der erfährt, wer es ist.«

»*Grazie*, Silvano. Du bist wie immer die Freundlichkeit in Person.« Sie lachten sich an. »Hast du zufällig Enrico gesehen? Er wollte nochmals mit dem Putzpersonal sprechen.«

»Meine Leute haben niemanden hereingelassen. Auch die Contessa und ihr Mann sind wieder abgezogen. Wenn auch sehr unwillig. Sie wollten nicht begreifen, weshalb der Museumsbetrieb erneut unterbrochen werden musste, nachdem wir gestern Nachmittag die Ausstellungsräume doch schon freigegeben hatten. Die Contessa war sich nicht zu schade, mich richtig anzublaffen. Unangenehme Frau! Glaubt allen Ernstes, die Welt müsste dem Adel immer noch zu Füßen liegen.«

Antonio musste grinsen. Da war die feine Dame an den Richtigen geraten. Petrelli zeichnete sich nicht durch devotes Verhalten aus.

»Eine Frage noch, Silvano: Konnte die Dottoressa schon feststellen, von wem die Mancini schwanger war?«

»Ja! Die Vaterschaft ist eindeutig. Panini ist der Vater.«

37

Traunstein, 11.30 Uhr

Georg war auf dem Weg zurück in sein Büro. Gianni Canali hatte sich am Telefon einigermaßen wacker geschlagen. Ob Todisco seine Version der Vorgänge geglaubt hatte, war letztlich egal. Es kam nur darauf an, dass in Italien die Steine im Rollen blieben, dass der Auftraggeber, wo immer er auch saß, über den Weitertransport der Bilder informiert wurde. Breitwieser hatte keine Zeit mehr zu vergeuden. Er musste auf schnellstem Weg über den Brenner und zu Antonio.

Er stürzte förmlich aus dem Aufzug und rannte unversehens in Ermittlungsrichterin Dorothea Schaller hinein.

»Passen Sie doch auf!«, reagierte die Juristin empört.

»Gut, dass ich Sie treffe, Frau Doktor Schaller. Zu Ihnen wollte ich ohnehin.« Georg machte Anstalten, sie zu seinem Büro zu dirigieren, das nur wenige Schritte entfernt lag.

»Ich habe eine Besprechung mit Kriminaloberrat Pfaffenrieder. Zu Ihnen komme ich später sowieso.«

Ungläubig sah Georg sie an. Das war ja noch nie vorgekommen, dass die Ermittlungsrichterin ihn aufsuchte. Und er schaltete schnell, wollte sich die Gelegenheit nicht entgehen lassen und sagte mit tiefstem Bedauern in der Stimme. »Oh, das wird schwierig. Der Kriminaloberrat weilt zurzeit in München beim Ministerpräsidenten.« Gleichzeitig öffnete er die Tür zu seinem Büro und veranlasste Dorothea Schaller erfolgreich, in sein Allerheiligstes einzutreten. Rasch schloss er die Tür hinter ihr. »Nehmen Sie doch Platz, Frau Doktor Schaller. Kann ich Ihnen einen Kaffee anbieten?«

»Danke, nein. So lange wird es ja wohl nicht dauern.« Sie setzte sich und schlug ihr sehr ansehnliches rechtes Bein über ihr linkes und sah ihn argwöhnisch an. So viel Charmeoffensive von ihm machte sie sichtlich skeptisch.

Georg wusste, dass er sie nicht für dumm verkaufen konnte. Er durfte sie nicht spüren lassen, dass er versuchte, sie um den Finger zu wickeln. Interessiert betrachtete er sie. Die Richterin trug an diesem Tag ein dunkelblaues Wollkostüm und einen weißen Rollkragenpullover darunter. Ihre Füße steckten trotz des winterlichen Wetters in eleganten blauen Wildlederpumps, was Georg mit Anerkennung zur Kenntnis nahm. Mit Schuhen kannte er sich ja bestens aus. Und diese vor ihm am schlanken Fuß der noch jungen Frau waren teuer, elegant und hervorragend verarbeitet. Wie er selbst war auch Dorothea Schaller von München in die Provinz versetzt worden und hatte ihr städtisches Outfit beibehalten. Ganz offensichtlich hatte sie sich für Pfaffenrieder an diesem Tag in Schale geworfen. Was hätten die beiden wohl zu besprechen gehabt?

»Das wird dem Herrn Kriminaloberrat aber peinlich sein, dass er es versäumt hat, den Termin mit Ihnen rechtzeitig abzusagen.« Georg zauberte ein verbindliches Lächeln auf sein Gesicht.

»Ich fürchte, ein Organ, das bei Kriminaloberrat Pfaffenrieder peinliche Gefühle generiert, fehlt ihm gänzlich.« Und tatsächlich zeigte sich auf ihrem sonst so strengen Gesicht ein Schalk in den Augenwinkeln hinter ihrer Goldrandbrille, den Georg noch nie wahrgenommen hatte. Er war so verblüfft, dass sie ihm das wohl ansah. Dann, wenn auch nur für einen kurzen Moment, lächelte sie ihn an. Doch sogleich musterte sie ihn gewohnt streng, strich energisch ihren Rock glatt und fuhr fort: »Was kann ich für Sie tun? Ihre Zeit ist sicherlich genauso knapp bemessen wie die meine.«

Der sonst übliche Umgangston zwischen ihnen hatte sich unversehens wieder eingestellt und Georg versuchte, sich zu sammeln. Jetzt kam es sehr darauf an, das Richtige zu sagen und Vieles zu verschweigen.

»Wie Sie sicherlich wissen, ist meine Dienststelle vom Innenministerium gebeten worden, den Kollegen am Grenzkontrollpunkt Kiefersfelden/Kufstein wegen des nicht nachlassenden Flüchtlingsstroms unter die Arme zu greifen. Von vorgestern auf gestern haben Kollege Huber und ich dort nachts Dienst gehabt und einen Flüchtlingstransport aufhalten können. Ein Italiener hatte in einem Kleintransporter fünf erwachsene Syrer und ein Kleinkind über die Grenze bringen wollen.«

»Sind die Personen inzwischen registriert?«

»Ja, das ist erledigt.«

»Aber deshalb wollten Sie mich sicherlich nicht sprechen, oder?«

Georg schüttelte den Kopf. Einen Moment Geduld musste die Dame jetzt schon noch aufbringen. »Nein, das ist nicht der Grund. Der Italiener, Gianni Canali mit Namen, ist in seiner Heimat kein unbeschriebenes Blatt. Er war mehrmals wegen Drogenhandels angeklagt. Mein Kollege, Commissario Antonio Fontanaro, sucht ihn im Moment wegen mehrerer Delikte, die in Verona anhängig sind.«

Sie sah ihn durchdringend an. »Ah, ich verstehe. Sie haben eine weitere Reise nach Italien vor. … Aber damit habe ich schon gerechnet.«

Nun war es Georg, der sie überrascht ansah. Hatte Antonio so schnell reagiert, die nötigen Anträge bereits geschickt?

»Es ist doch unglaublich verblüffend, wie sich die Fälle des italienischen Kommissars und die Ihren immer wieder kreuzen.«

Nun begab sich Georg auf dünnes Eis. Er wusste nicht, ob Antonio nur den Mord als Auslieferungsgrund genannt hatte oder ob er, um der Sache Nachdruck zu verleihen, auch auf den

Kunstraub hingewiesen hatte. Er konnte nur hoffen, dass sich Fontanaro an seine Bitte gehalten und den Raub verschwiegen hatte. Sollte die Schaller weitreichender informiert sein, konnte er sich nur in die Nesseln setzen und sie gehörig gegen sich aufbringen.

»In Verona wurde Sonntagabend eine junge Frau ermordet. Und wie es aussieht, hat Gianni Canali den Verlobungsring der jungen Frau gestohlen.« Georg griff in seine Jackentasche und legte den Plastikbeutel mit dem Brillantring auf den Schreibtisch. Wie nicht anders zu erwarten, hob sie den Beutel in die Höhe und betrachte seinen Inhalt eingehend.

»Das ist kein Modeschmuck.«

»So sehe ich das auch. Canali kann so einen wertvollen Ring niemals kaufen.«

»War die Tote mit ihm verlobt?«

»Das wissen wir noch nicht«, log Georg problemlos. »Wir, das heißt, Commissario Fontanaro und ich, gehen eher davon aus, dass Canali die schmutzige Arbeit für einen anderen erledigt hat. Er musste nach der Tat rasch das Land verlassen, entwendete einen Kleintransporter und nahm auf dem Weg über den Brenner noch ein paar Flüchtlinge mit. Ob er von ihnen Geld genommen hat, wissen wir leider im Moment auch noch nicht sicher. Er bestreitet es jedenfalls.«

»Das tun sie ja immer. Was sagen die Geflüchteten dazu?«

»Sie bestätigen die Aussage.«

»Ihr italienischer Kollege möchte möglichst umgehend den Landsmann zurückhaben. Er hat bereits die nötigen Anträge gestellt.«

Streng sah sie ihn über den Schreibtisch an. »Damit hatten Sie ihn ja sicherlich beauftragt. Ich werde die Anträge bewilligen und noch heute nach Italien faxen. Das können Sie Ihrem Freund mitteilen.«

»Vielen Dank, das ist sehr freundlich von Ihnen.«

»Freuen Sie sich nicht zu früh, Herr Breitwieser. Denn Sie erhalten von mir noch eine zusätzliche Aufgabe. Mich interessiert an diesem Fall vor allem, ob Ihr Italiener als Schlepper fungiert hat. Sie werden die Syrer danach nochmals eingehend befragen. Ist das klar?«

Georg nickte verdutzt. Dieser Eifer kam ihm seltsam vor. Doch er musste nicht lange warten, denn Dorothea Schaller lieferte die Erklärung gleich hinterdrein: »Gestern wurde Strafanzeige gegen Unbekannt gestellt. Zwei Geflüchtete aus Nigeria wollen gegen die verbrecherischen Methoden ihres Schleusers aussagen, wollen ein Verfahren anstrengen, das ich vollumfänglich unterstütze. Da bin ich mit dem Staatsanwalt einer Meinung. Kennen Sie den Fluchtweg, den die Leute, die Ihr Italiener aufgegriffen hat, bis nach Italien genommen haben?«

Georg bestätigte das unverzüglich und schilderte auch ihr die Geschichte vom Geisterschiff, das auf dem Seeweg Richtung Ancona von einem Frachter gerammt und fast untergegangen wäre.

»Das heißt im Klartext, Ihr Italiener hat vermutlich in Italien nicht nur eine junge Frau ermordet, er könnte auch am Tod in mindestens 150 Fällen mitschuldig sein. Denn so viele Tote hat es im Zusammenhang mit Ihrem Geisterschiff, wie Sie es nennen, nach meinen Kenntnissen gegeben. Und genau um diesen Vorfall handelt es sich bei der Anzeige der Nigerianer. Eigentlich würde ich den Italiener lieber hierbehalten. Doch ich bin wie Sie der Meinung, dass er nur Auftragnehmer war, ganz andere Leute dahinterstecken und diese sind, sehr viel wahrscheinlicher, in Italien aufspürbar.« Ein kleines Lächeln stahl sich wieder auf Ihre Lippen. »Mein Brief an Commissario Fontanaro beinhaltet deshalb im Gegenzug ebenfalls ein Amtshilfegesuch, um den versuchten, vielfachen Mord an Geflüchteten über die Adria in einem führerlosen Frachter zu klären.« Sie stand von ihrem Stuhl auf und sah auf Georg herab. »Und Sie werden vor Ort mit Ihrem Kollegen herausfinden, wer dieses Geisterschiff auf die Reise geschickt hat, damit wir hier in Traunstein mit unseren Zeugen den Prozess eröffnen können.«

Georg war regelrecht benommen von dieser unerwartet langen Rede der sonst sehr schmallippigen Ermittlungsrichterin. Mit diesem Ausgang des Gesprächs hatte er nicht gerechnet. Sehr erleichtert war er natürlich, dass sie den Raub der Barockgemälde mit keiner Silbe erwähnt hatte. Denn sollte die Schaller davon noch Wind bekommen, dann konnte er seinen Plan, den er mit Antonio noch endgültig aushecken musste, vergessen. Dann würde sie die Rückgabe der Bilder verlangen, eine hochoffizielle Angelegenheit daraus machen und der Auftraggeber des Kunstraubs wäre gewarnt. Nicht nur würde der Fund der Bilder publik, es würde ein unüberwindlicher Papierkrieg beginnen. Ausfuhrpapiere für gestohlene Kunstwerke zu erhalten, erforderte einen enormen Verwaltungsaufwand. Beginnend mit unabhängigen Gutachten für die Bilder, Zollpapieren, Versicherungen und einer vorschriftsmäßigen Rückführung der Gemälde. Da waren einige Wochen ganz schnell vorbei.

Georg war sich allerdings auch im Klaren, sollte Ermittlungsrichterin Schaller später bemerken, dass er sie mit Halbwahrheiten abgespeist hatte, konnte ihn das seinen Job kosten. Es durfte im weiteren Verlauf der Aktion nichts schiefgehen, wenn er halbwegs ungeschoren davonkommen wollte. Am besten, er könnte ihr den Schleuser auf dem Silbertablett präsentieren. Doch daran glaubte er keine Sekunde.

»Gut! Dann wollen wir die Kollegen in Italien nicht unnötig warten lassen.« Ermittlungsrichterin Schaller wandte sich zum Gehen. »Kriminaloberrat Pfaffenrieder teile ich mit, dass er Sie nicht vor Montag nächster Woche zurückerwarten kann. Wenn nur die geringste Hoffnung besteht, den Fall der Geflüchteten zu lösen, verlängere ich Ihre Dienstreise um weitere Tage. Für die sichere Auslieferung von Gianni Canali können Sie einen VW-Bus mit zwei Ihrer Kollegen vorsehen. Die Österreicher werden von mir informiert. Sorgen Sie dafür, dass in Sterzing die italienischen Kollegen Ihren Mann übernehmen. Sie selbst können einen Dienstwagen beanspruchen. Was machen Sie mit dem gestohlenen Kleintransporter?«

»Ein Abschleppdienst wird ihn nach Italien zurückfahren. So, denke ich, ist es am einfachsten.«

Sie nickte zustimmend. »Dann wünsche ich Ihnen eine gute Reise.« Sie öffnete die Tür und verließ sein Büro.

Georg blies die Backen auf, lehnte sich in seinem Schreibtischstuhl zurück und ließ langsam und geräuschvoll die Luft wieder ab. Dann fuhr er sich ungläubig mit der linken Hand durch seine dichten Haare. Sie hatte ihm geglaubt. Er konnte tatsächlich mit ihrem Segen fahren. Mit neuem Elan griff er sich das Telefon und wählte die Nummer von Antonio Fontanaro.

Es war jedoch Enrico Brandino, der ans Telefon ging.

»*Ispettore Brandino, buongiorno.*«

»*Buongiorno, Commissario.* Wenn Sie Antonio sprechen wollen, muss ich Sie enttäuschen. Er ist auf dem Weg zum Staatsanwalt.«

»Das trifft sich gut. Sagen Sie ihm bitte, dass Gianni Canali noch heute an Italien ausgeliefert wird.«

»Wollt ihr ihn nicht länger behalten?« Enrico lachte.

»Nein, können wir nicht.« Georgs Stimme war ernst. Für Scherze hatte er jetzt keine Zeit. »Seine Übergabe soll in Sterzing auf der Polizeistation stattfinden. Können Sie das für mich organisieren?«

»*Non c'è problema, Commissario.*«

»Richten Sie Antonio bitte aus, dass ich heute noch nach Verona reise. Es kann aber später werden. Ich melde mich von der Fahrt.« Georg beendete das Telefonat. Er konnte nur hoffen, dass Brandino die Dringlichkeit seiner Anweisungen erkannt hatte.

Sein nächster Anruf galt Benedikt Haigermoser von der Kriminaltechnik. Er beauftragte ihn, die Gemälde wieder gut zu verpacken und in dem Fiat Ducato rutschfest im Laderaum zu verstauen. Dazu sollte er einige Rollen Teppichboden, billigste Ware, vom Baumarkt besorgen, Umzugskartons mit irgendwelchem Krimskrams füllen, da sollte sich im Baumarkt ja einiges finden, und die Bilderkiste unter all diesen Sachen gut verstecken. Georg wollte, entgegen seiner Angabe gegenüber Doktor Schaller, den Wagen selbst wieder über die Grenze bringen. Es kam nicht in Frage, dafür einen Abschleppdienst zu organisieren. Gemälde im Wert von mehreren Millionen Euro konnte er nicht Fremden überlassen.

»Wollen Sie etwa den Transport persönlich übernehmen, Herr Hauptkommissar?«

»Ja! Und zu niemandem ein Wort! Verstanden?«

»Hm, ... ganz wie Sie meinen, Herr Hauptkommissar.« Haigermoser war alles andere als einverstanden mit der Planung.

Georg spürte, wie sich auf seiner Stirn der Schweiß bildete. Das Büro war aber auch wieder überheizt. Er hatte angefangen, einen noch nicht zu Ende gedachten Plan in die Tat umzusetzen. Spätestens jetzt konnte er nicht mehr zurück.

Seine einzige Sorge galt dem Interesse der italienischen Polizei an größeren Fahrzeugen. Er musste mit einer Kontrolle in der Nähe der Grenze durch die *polizia* in Zivil rechnen. Sie suchten nach Drogenkurieren, Flüchtlingstransporten und hielten Ausschau nach gestohlenen Wagen. Nach den Bildern würden sie sicherlich nicht fahnden. Niemand ging davon aus, dass jemand so dumm war, die Gemälde, die schon außer Landes gebracht worden waren, wieder einzuführen.

Bevor er jedoch abreisen konnte, musste er noch zwei Dinge erledigen. Er musste erneut mit Ahmad reden. Das war nach dem Auftrag von Richterin Schaller nicht mehr aufzuschieben, und er musste mit seiner Schwester sprechen. Was er selbst nicht erledigen wollte, war, die Reisetasche für die nächsten Tage zu packen. Maria, die Pflegerin seiner Mutter, kannte ihn inzwischen gut genug, um zu wissen, was er für einen mehrtätigen Aufenthalt in Italien brauchte.

Doch zuvor ging er zum Delikatessladen »Signora Maria« am Taubenmarkt. Er hatte Hunger und er wusste einen langen Tag vor sich. Spaghetti mit Meeresfrüchten waren jetzt genau sein Fall, und anschließend ein doppelter Espresso. Er war seit dem frühen Morgen unterwegs, da konnte die doppelte Dosis Koffein nicht schaden. Im »Signora Maria« wollte er in Ruhe über die nächsten Schritte nachdenken und ein weiteres Telefonat mit Stefania di Castello einschieben. Er war überzeugt davon, dass er die Hintermänner, die Auftraggeber der Schlepper nicht so rasch finden würde. Einige Tage in *bella italia* waren ihm sicher – sogar mit dem Segen von Richterin Schaller. Was wollte er mehr? Zu gern hätte er das verdutzte Gesicht von Kriminaloberrat Pfaffenrieder gesehen, wenn der ihn nicht im Büro antraf. Doch man konnte einfach nicht alles haben im Leben.

38

Verona, 11.30 Uhr

»Was ist denn heute los? Die Herren haben wohl auch keinen Termin bei Bürgermeister Di Santo?« Zwei zu feinen Strichen gezupfte Augenbrauen wanderten kritisch in eine mit hellem Puder überzogene, faltenlose Damenstirn. Die Sekretärin, eine junge Frau in dunkelgrauem Chanel-Kostüm, blickte Antonio Fontanaro und Fausto Castillio genervt an.

Die beiden zückten ihre Dienstausweise und Antonio erwiderte: »Signor Di Renzo erwartet uns.« Warum sollte er sich bei dem hübschen Drachen lange mit der Wahrheit aufhalten?

»Wenn Sie das sagen, Commissario«, kam es spitz über die Lippen, auf denen es rosafarben glänzte. Sie stand von ihrem Bürosessel auf und öffnete die hohe, dunkelbraune Eichentür, die in das Büro von Renzo Di Santo führte.

Doch anstatt den Bürgermeister allein hinter seinem Schreibtisch thronen zu sehen, stellte Antonio überrascht fest, dass an einem langen Besprechungstisch bereits drei Herren saßen und die Köpfe zusammensteckten. Ruckartig hoben sie diese beim Eintreten der neuen Gäste. Commissario Fontanaro sah auf dem ansonsten leeren Tisch ein Smartphone liegen, das der neuesten Serie eines wohlbekannten Unternehmens entstammte und das offenbar die Neugier der Herren erweckt hatte. Mit diesen kleinen, flachen Dingern konnte man ganze Abendunterhaltungen mit Freunden bestreiten. Es schien keinen besseren Gesprächsstoff mehr zu geben! Fausto war stumm neben ihn getreten und gemeinsam sahen sie in die Gesichter von Renzo Di Santo, Michele Vivani und Vincenzo Mauro. Welch gütiger Geist nahm Antonio die Arbeit ab, diese drei Herren einzeln aufzusuchen? Besser konnte es für ihn gar nicht laufen. Doch er fragte sich, was dieses Zusammentreffen genau dieser drei Herren zu bedeuten hatte. Deshalb hatte ihn Mauro versetzt?

Renzo Di Santo war der Erste, der seine Überraschung in den Griff bekam, sich hastig von seinem Stuhl erhob und mit ausgesteckter Hand auf Antonio zuging.

»Commissario, welche Überraschung! Wir haben gerade von Ihnen gesprochen.«

Ausnahmsweise glaubte er ihm das aufs Wort. Denn anstelle des sonst so smarten Lächelns, das der Bürgermeister von Verona für Besucher übrig hatte, lag ein erschrockener, ja geradezu gehetzter Ausdruck in seinen Augen. Sein Händedruck war unangenehm feucht und der ganze Mann wirkte insgesamt derangiert. Die Krawatte, sonst ein makellos geknotetes, teures Stück Seidenstoff, hing lose vom Hemdkragen, dessen oberster Knopf offenstand. Das Sakko hatte er nachlässig über die Stuhllehne gehängt und so präsentierte er ein reichlich verknittertes, blassblaues Oberhemd. Der auf sein Äußeres stets bedachte Repräsentant der Stadt Verona zeigte sich nicht in bester Form.

»Wie kommt es, dass Sie schon da sind?« Endlich fand auch Vincenzo Mauro seine Sprache wieder: »Wer hat Sie informiert? Und erzählen Sie mir nicht, dass Sie rein zufällig vorbeikommen.«

Antonio traute seinen Ohren kaum. Mauros Verhalten wurde immer seltsamer.

Fausto grummelte Unverständliches neben ihm. Sein *Vice* nahm den Verbalangriff des Staatsanwalts persönlich und Antonio merkte, wie der Kollege innerlich auf Durchzug schaltete. Dazu musste er ihn nicht einmal ansehen. Fausto und der Staatsanwalt waren nicht unbedingt die besten Freunde.

Antonios Blick wanderte weiter zu Michele Vivani, der völlig entspannt zurückgelehnt in seinem Stuhl saß, mit sichtlichem Interesse die Herren beobachtete und keine Anstalten machte, von sich aus das Wort zu ergreifen. Weshalb war der Avvocato hier? Das war für Antonio die nächste interessante Frage. Was wollte er von Di Santo? Oder hatte ihn gar Mauro zu diesem Geheimtreffen, denn so sah es für ihn aus, mitgebracht? Kannten sich die beiden von Rom doch besser, als sie zugaben? Eine Menge Fragen taten sich auf, aber er kam nicht dazu, auch nur eine einzige von ihnen zu stellen.

Denn schon ergriff der Bürgermeister wieder das Wort. »Wer hat Sie informiert, Commissario?« In Renzos Stimme schwang nun deutlich Panik mit und er warf einen aufgebrachten Blick in die Runde, als säße dort ein Verräter. »Wer von Ihnen hat sich über die Anweisung hinweggesetzt?«

Alarmiert sah Antonio von einem zu anderen. Alle warteten sichtlich auf eine plausible Erklärung für das Auftauchen der beiden Ermittler.

»Tut mir leid, meine Herren. Vice Commissario Castillio und ich wollten Signor Di Santo in einer dringenden Sache befragen. Mit einem solchen Aufgebot an Herren, die sichtlich aus der Ruhe gebracht sind, wenn ich mir diese Bemerkung erlauben darf, haben wir in der Tat nicht gerechnet. Um was für eine Anweisung handelt es sich denn, an die wir uns angeblich nicht gehalten haben?«

»Nehmen Sie bitte Platz. Alle beide!« Renzo Di Santo deutete auf zwei Stühle, die am Tisch noch frei waren, und schob den Kommissaren das Smartphone hin. Mit einem leichten Streichen über das Display öffnete er eine Nachricht.

Antonio und Fausto beugten sich beide darüber und lasen: »*Wenn Sie Ihre Gemälde wiederhaben wollen, ist eine Lösegeldsumme von zwei Millionen Euro bis morgen Mittag 12 Uhr auf das untenstehende Konto zu überweisen. Bleibt diese Bedingung unerfüllt, werden die Bilder zerstört. Sie sehen sie nie wieder. Stellen Sie sicher, dass die* polizia *nichts von dieser Nachricht erfährt. Sie werden rund um die Uhr beobachtet.*«

Da war sie nun endlich, die Lösegeldforderung. Antonio war fast erleichtert darüber, wenn die Nachricht selbst auch beunruhigend war. Aber es kam Bewegung in den Fall. Seine Augen und die von Vivani trafen sich. Die Vorhersage des Avvocato war eingetroffen. Die Gemälde waren Opfer von sogenanntem *Artnapping* geworden und dienten dazu, die Kommune von Verona um ein nettes Sümmchen zu erleichtern. Wer steckte wohl hinter der Aktion? Eine größere, kriminelle Organisation oder eine Einzelperson? Wenn sie Pech hatten, würden sie das niemals erfahren. Den Räubern war klar, dass mit den gestohlenen Gemälden auf dem freien Markt kein Geld zu machen war. Skrupellos mit ihrer Zerstörung zu drohen, war Teil des Spiels.

Die Bankinformationen waren klar und ebenfalls nicht überraschend. Es handelte sich um ein Nummernkonto in der Schweiz. War das Geld einmal dorthin transferiert, würde sich jede Spur zum Täter im Nichts verlieren. Sie würden nie erfahren, wer der Empfänger war. Und spätestens zwei Minuten nach erfolgter Überweisung würde dieses Konto auch nicht mehr existieren.

»Welchen Wert hätten die gestohlenen Bilder auf dem Markt in Russland oder der Ukraine, Avvocato? Ich bin sicher, Sie haben sich mit dieser Frage auseinandergesetzt.« Antonio sah Michele Vivani gespannt an. Dieser lächelte und nickte bestätigend.

»Wollte man die Gemälde in Westeuropa verkaufen, haben sie einen Schätzwert von etwa fünf bis sieben Millionen Euro. Schon im Balkan, erst recht in Russland oder den ehemaligen Sowjetrepubliken sind es vielleicht nur noch zwei bis drei Millionen Euro. Die Lösegeldforderung entspricht in etwa dem dortigen Marktwert. Und es ist ferner nicht damit zu rechnen, dass sich dort ein potentieller Käufer online in der *Art Loss*-Datenbank informiert. Ganz sicher will er nicht wissen, ob er gestohlene Ware erwirbt, während westeuropäische Kunsthändler und Sammler inzwischen dieses Risiko, Bilder zu erwerben, die unter dem Verdacht von *Artnapping* stehen, nur noch selten eingehen. Natürlich gibt es auch unter ihnen schwarze Schafe.«

»Sie denken also auch, dass wir den Auftraggeber des Raubs eher im Osten Europas suchen müssen?« Antonio schätzte die staubtrockene Ausdrucksweise des Anwalts. Er redete nicht um den heißen Brei herum. Für ihn war das, was hier in Form einer SMS auf dem Tisch lag, Tagesgeschäft. Er sah zu Vincenzo Mauro, der den Anwalt ebenfalls fixierte und ihm jedes Wort von den Lippen ablas. Und er wurde das Gefühl nicht los, dass die beiden Juristen sich kannten. Gut kannten. Zu gut kannten.

»Was machen wir jetzt?« Renzo Di Santos Stimme klang schwach. Er war tief beunruhigt. »Die wichtigste Anweisung haben wir bereits gebrochen. Sie tauchen hier einfach ohne Termin auf, Commissario, platzen in dieses Treffen und machen alles zunichte.«

»Darüber würde ich mir an Ihrer Stelle die geringste Sorge machen«, wehrte Antonio ab. »Das ist doch nur Bluff. Wenn das Geld in der Schweiz eintrifft, hat der Auftraggeber erreicht, was er wollte. Er ist weit weg. Ich bin mir sicher, dass wir ihn in Verona nicht schnappen werden.

Eine andere Geschichte ist der Mord an Signora Mancini. Das war ein unbeabsichtigter Kollateralschaden. Dafür wird jemand den Kopf hinhalten müssen. Und das wird ganz sicher nicht der Geldempfänger sein.«

Die Herren konnten ja nicht wissen, dass Georg in Traunstein die Gemälde gefunden hatte. Die SMS war ein großer Bluff, ein letzter, verzweifelter Versuch, aus dem gescheiterten Raub in Tateinheit mit Mord doch noch Kapital zu schlagen. Oder aber die Verbrecher wähnten sich immer noch in Sicherheit, wussten noch gar nichts davon, dass sie aufgeflogen waren. Das verschaffte Antonio einen kleinen Vorsprung. Vor allem auch deshalb, weil den Gemälden keine Gefahr drohte. Sein Freund Giorgio hatte von einem Plan gesprochen und ihn um Stillschweigen gebeten. Die neue Sachlage erleichterte ihm das zwar nicht sonderlich, aber Antonio wollte sich, wenn irgend möglich, an diese Abmachung halten. Offenbar hatte Giorgio noch ein Ass im Ärmel, das er zu gern mit ihm ausspielen würde.

Antonio schob das Smartphone in die Mitte des Tischs zurück und sah Renzo Di Santo streng an. »Ist das Ihr privates Handy oder ein Diensthandy?«

Irritiert blickte der Bürgermeister in die Runde. Hinter seiner Stirn arbeitete es. Ganz offensichtlich begriff er sofort, was diese Frage bedeutete. Langsam und deutlich antwortete er: »Das ist mein privates Smartphone. Geräte dieser Preisklasse stellt die Kommune von Verona ihren Angestellten nicht zur Verfügung.«

»Das habe ich mir fast gedacht!« Antonio schenkte ihm ein Lächeln. »Dann frage ich mich, wer alles Ihre private Handynummer kennt. Ich nehme mal an, dass Sie diese nicht bereitwillig unters Volk streuen.«

Der Bürgermeister fuhr sich mit beiden Händen durch die dichten Haare. Dieser Aspekt gefiel ihm gar nicht.

»Ich fürchte, wir müssen mit dem Provider sprechen und die letzten Telefonate zurückverfolgen. Vielleicht haben wir Glück und der Anrufer war nicht so vorsichtig wie nötig. Mein Vice Commissario wird sich der Sache annehmen.«

»Erlauben Sie mal! So geht das nicht. Das ist meine Privatsphäre«, wehrte sich Di Santo.«

»Bei Mord und Raub mit Lösegeldforderung solltest du kooperieren, Renzo!« Vincenzo Mauro blickte den Kommunalpolitiker durch die dicken Gläser seiner Brille scharf an. »Wir brauchen deine persönlichen Kontakte, die Zugriff auf das Handy haben. Hast du einen Verdacht, wer dahinterstecken könnte? Hast du in letzter Zeit Drohungen bekommen, eigenartige Besucher empfangen oder sonst irgendetwas Auffälliges erlebt, was dich stutzig gemacht hat?«

Antonio lauschte mit wachsendem Staunen den Fragen des Staatsanwalts, der offenbar mit dem Bürgermeister inzwischen auf sehr vertrautem Fuß verkehrte und jetzt eindeutig die Ermittlung an sich gerissen hatte. Im Moment war ihm das nur recht. Die Antworten auf diese Fragen hätten ihn auch brennend interessiert.

Doch Renzo Di Santo presste die Lippen aufeinander und sah böse von einem zum anderen. In ihm kochte und brodelte es und dann platzte er heraus: »Hast du jetzt den Verstand verloren, Mauro? Ich bin hier das Opfer. Ich soll zwei Millionen Euro auftreiben, damit das Museum seine Bilder zurückerhält. Wo soll ich so viel Geld hernehmen? Kannst du mir das vielleicht verraten?«

»Du bist doch der Einzige, der im Notfall, ohne lange nachfragen zu müssen, über die Gelder der Stadt verfügen kann. Gib deinem Stadtkämmerer eine Anweisung und zwar ein bisschen plötzlich. Du glaubst nicht, wie schnell es morgen Mittag ist. Und glaube ja nicht, dass die Typen, die dir die SMS geschickt haben, Spaß verstehen.«

Renzo Di Santo fiel buchstäblich die Kinnlade herunter. Fassungslos sah er den Staatsanwalt an und war, eine absolute Seltenheit, sprachlos. Leider nur kurz. Schon sagte er scharf: »Woher willst du wissen, wie die Typen reagieren, wenn ich kein Geld zur Verfügung stelle?«

»Dazu musst du kein Hellseher sein. Was passiert, falls du nicht spurst, hat dir der Avvocato plastisch erläutert.« Und er setzte noch eins drauf und fuhr fort: »Denk mal darüber nach, was dir oder deiner Familie blühen könnte, wenn du nicht mitspielst. Du sitzt buchstäblich auf dem Präsentierteller, Renzo. Der Forderung nicht nachzukommen, würde ich dir definitiv nicht raten.«

Vivanis Blick, der Vincenzo Mauro musterte, wurde undurchdringlich. Es war für Antonio nicht klar, ob er dessen Meinung und Schwarzmalerei teilte oder ob er das für reine Panikmache und Sensationslust hielt. Die Idee, Mauro könnte selbst etwas mit dem Verschwinden der Bilder zu tun haben, drängte sich unwillkürlich auf. Selten hatte Antonio ihn so forsch erlebt. Doch solche Gedanken erstickte er am besten im Keim. Wo käme er hin, wenn er sie weiterverfolgte?

Verzweifelt sah Renzo Di Santo zu den beiden Kommissaren. »So sagen Sie doch auch etwas, Signori! Wozu haben wir die Polizei? Sie müssen mich und meine Familie schützen. Und Sie sind schließlich schuld, dass wir die erste Bedingung, genau die *polizia* nicht einzuschalten, missachtet haben. Ohne unser Zutun. Doch das wird niemanden interessieren. Sie sind nun einmal da, also unternehmen Sie endlich etwas!«

Antonio versuchte die Stimmung, die Vincenzo Mauro – warum auch immer – ganz bewusst aufgeheizt hatte, in den Griff zu bekommen. »Noch gibt es keinen Grund, in Panik zu verfallen. Also noch einmal, Signor Di Santo. Wir benötigen eine Liste der Leute, die die private Nummer Ihres Handys kennen. Das ist wirklich sehr wichtig.« Dann sah er zu Michele Vivani und sagte: »Darf ich fragen, was Sie hier wollten, Avvocato? Weshalb statten Sie dem Bürgermeister einen Besuch ab? Oder sind Sie zusammen mit dem Staatsanwalt gekommen?«

»Auch ich habe einige Fragen an den Bürgermeister und bin nur wenige Minuten vor Ihnen, Commissario, hier eingetroffen.«

»Und konnten Sie schon klären, was Sie wissen wollten?«

»Nein, leider nicht. Diese ominöse SMS-Nachricht hat uns alle aus der Bahn geworfen, wenn ich das so sagen darf.«

Darfst du, dachte Antonio, und bewunderte einmal mehr die geschmeidige Eleganz des Anwalts, der so völlig unbeeindruckt schien von den Vorkommnissen um ihn herum. Was war das für ein Typ? Warum war er nach Verona gekommen? Die Geschichte von seinem Mandanten, der Angst um sein Gemälde hatte, wollte ihm immer weniger gefallen. Antonio hatte längst Enrico auf den Avvocato angesetzt. Doch noch hatte er keine Ergebnisse. Insgeheim fürchtete er, dass der Ispettore bei seinen Nachforschungen auf wenig Relevantes stieß.

»Nur zu, Avvocato, fragen Sie, was Ihnen auf der Seele brennt. Wir sind alle sehr neugierig darauf.«

Vivanis Blick richtete sich auf den Bürgermeister, der förmlich zusammenzuckte. Dessen Nervenkostüm war reichlich angegriffen. Antonio wunderte das nicht.

»Ich vertrete einen Mandanten, dessen Bild zum Raubgut gehört, um das sich hier alles dreht.«

Antonio schmunzelte. Wie das Amen im Gebet wiederholte der Anwalt seine Geschichte.

»Die Vedute von Guardi hat mein Mandant vor vielen Jahren dem Museum als Leihgabe zur Verfügung gestellt.«

Bisher hatten Antonio und seine Leute keine Gelegenheit gehabt, den Museumsdirektor zu befragen, ob das Gemälde tatsächlich eine Leihgabe von einem Privatmann war. Er nahm fast an, dass es sich so verhielt. Vivani war ein Profi. Der hatte sich abgesichert. Franco Risi und der Avvocato würden jedoch den Namen aus Diskretionsgründen nicht verraten. Da musste schon Ermittlungsrichter Gioberti mit einem entsprechenden Beschluss weiterhelfen.

»Falls die Bilder jemals wieder auftauchen, möchte er sein Eigentum zurückhaben«, sagte Vivani in die Gedanken Antonios hinein. »Diesen Anspruch soll ich für ihn geltend machen und deshalb bin ich, unter anderem, heute zu Ihnen gekommen, Signor Sindaco.«

Der Bürgermeister nickte beklommen. Man konnte förmlich sehen, wie sich vor ihm ein tiefes, schwarzes Loch öffnete, das ihn zu verschlingen drohte. Er zerrte an seinem sowieso schon offenen Kragen, als bekäme er keine Luft mehr.

»Es gehört zu meinen wiederkehrenden Aufgaben als Anwalt und Kunstexperte«, führte Michele Vivani weiter aus, »gestohlene Kunstwerke aufzuspüren. In letzter Zeit häufen sich diese Delikte und sehr oft stecken dahinter Leute aus dem Ausland, die diese Raubzüge durch unser Land in schöner Regelmäßigkeit in Auftrag geben. Meist sind diese Auftraggeber mit der Umgebung ihres begehrten Ziels sehr vertraut, haben vor Ort einen Wohnsitz, sind im Kommunalleben bestens vernetzt. So gut eingebunden, dass niemals auch nur der geringste Verdacht auf sie fallen würde, weil sie reich sind, sich durch großzügige Spenden das Wohlwollen der Lokalpolitiker erkaufen und gleichzeitig aber auch skrupellos genug sind, sich die Filetstücke einer Stadt unter den Nagel zu reißen. Ich bin mir sicher, Signor Sindaco, Sie wissen genau, was ich meine.«

Ein charmantes Lächeln umspielte den Mund des Avvocato, gleichzeitig ließen seine forschenden Augen den Bürgermeister keinen Augenblick unbeobachtet.

Das vormals bleiche Gesicht von Renzo Di Santo färbte sich feuerrot. Michele Vivani hatte ohne jeden Zweifel ins Schwarze getroffen. Und alles wartete auf eine Antwort.

Antonio sah zu Vincenzo Mauro hinüber. Auch der Staatsanwalt hatte sichtlich Farbe angenommen. Unsicher wanderte sein Blick von einem Herrn zum anderen. Von seinem forschen Auftreten noch wenige Minuten zuvor war nicht mehr viel übriggeblieben. Auch er wusste, auf was oder vielmehr auf wen Michele Vivani anspielte.

Keiner sagte ein Wort. Sie alle beobachteten und belauerten sich gegenseitig.

»Es geht das Gerücht um, Signor Di Santo«, sprach Antonio in die Stille, »dass ein russischer Oligarch dabei ist, begehrte Gebäude rund um die *Piazza Brà* aufzukaufen. Der Palazzo Corveglia ist seit längerem schon in seinem Besitz und wurde aufwendig restauriert.«

»Es gibt keine Einheimischen mehr, die die marode Bausubstanz unserer Prachtbauten sanieren und renovieren könnten«, verteidigte sich Di Santo. »Zudem hat sich der Käufer des Palazzo bereiterklärt, eine erkleckliche Summe für den Bau eines Schwimmbades, das die Stadt dringend benötigt, zur Verfügung zu stellen.«

»Und haben Sie von dem Geld schon etwas gesehen?«, hakte Antonio nach.

Renzo Di Santo schüttelte den Kopf.

»Was würden Sie sagen, wenn Ihr großartiger Gönner mithilfe der Lösegeldsumme einen Teil seiner großzügigen Geste, die er bislang ja nur angekündigt hat, begleichen würde?« Michele Vivani griff den Faden, den Antonio ausgelegt hatte, sofort auf. »Wollen Sie uns nicht den Namen des Mannes nennen, der die schönen Gebäude Ihrer Stadt so uneigennützig renoviert?«

Di Santo zog es vor, weiter zu schweigen.

Dafür sah sich Staatsanwalt Mauro veranlasst, diese Frage zu beantworten. »Nun mach kein Geheimnis daraus, Renzo.« Zu Vivani gewandt sagte er: »Eine russische Immobilienholding hat den Palazzo an der *Piazza Brà* gekauft und renoviert. Ich bin sicher, sie wird der Stadt Verona demnächst die zugesicherte Summe für das Schwimmbad überweisen.«

»Ah …«, bemerkte Michele Vivani und zog die linke Augenbraue nach oben. »Gibt es keine Namen? Keinen Eigentümer, mit dem man sich in Verbindung setzen könnte?«

Mauro lachte unsicher und sagte dann betont provokant: »Das Organigramm der Holding sieht aus wie der Stammbaum einer italienischen Adelsfamilie aus dem 16. Jahrhundert. Für einen Laien undurchschaubar. Dafür gibt es Juristen.« Er warf sich förmlich in die Brust. »Ein Notar hat den Kauf geregelt. Ein Anwalt der Holding hat den Vertrag unterzeichnet.«

»Wenn mich nicht alles täuscht«, ergänzte Antonio, »hat der Käufer inzwischen auch den Palazzo der ehemaligen privaten *Banca Territoriale del Veneto* bei den *Portoni della Brà* gekauft und ist dabei, den kompletten Bau zu entbeinen und zu renovieren. Die *Rooftop-Bar* jedenfalls ist bereits in Betrieb und erfreut sich großer Beliebtheit.«

»Wovon sprechen Sie, Commissario?« Vincenzo Mauros Stimme war schneidend. Ganz offensichtlich hatte er von dem neuerlichen Verkauf eines weiteren begehrten Palazzo keine Ahnung.

Antonio nahm sein Handy aus der Tasche und zeigte dem Staatsanwalt die Fotos, die er dort gemacht hatte. »Dieser Mann zumindest scheint Geschäftsführer der Bar zu sein.«

Die Miene Mauros verfinsterte sich zusehends. Antonio hatte den starken Verdacht, dass der Staatsanwalt den Glatzkopf kannte.

Renzo Di Santo sprang von seinem Stuhl auf und begann in seinem großen Büro, von dem man einen prächtigen Blick auf die *Piazza Brà* und die fraglichen Gebäude hatte, hin- und herzulaufen. Jetzt im November waren die Bäume des kleinen Parks in der Mitte des Platzes ohne Laub und die Gebäude vis-à-vis des Palazzo Barbieri, Amtssitz des Bürgermeisters von Verona, bestens zu sehen.

»Und, weil wir schon mal dabei sind«, fragte Antonio freundlich nach, »kennt denn einer der Herren den Russen persönlich? Oder weiß jemand von Ihnen, ob der Mann auf dem Foto für die Holding arbeitet? Oder hat er die Geschäfte mit der Stadt und damit mit Ihnen, Signor Sindaco, als Mittelsmann abgewickelt?«

Di Santo stand am Fenster und sah hinaus. Er hatte die Hände in die Taschen seiner Anzughose geschoben und sein Hemdrücken zeigte zwischen den Schulterblättern nicht nur eine tiefe Falte, so sehr zog er sie zusammen, sondern auch einen dunklen Schweißfleck. Er sagte kein Wort.

Antonio ließ sich nicht aus der Ruhe bringen, ging zu ihm und hielt ihm sein Handy unter die Nase. Di Santo sah ihn mürrisch an.

»Klingelt da nichts bei Ihnen, Signor Sindaco?« Als eine Antwort ausblieb, wandte sich der Commissario von ihm ab und zeigte das Foto schließlich auch noch Vivani, der einen interessierten Blick darauf warf. Doch alle Herren schüttelten verneinend den Kopf. Nichts anderes hatte Antonio erwartet. Er schob sein *telefonino* wieder ein und machte seinem Vice Handzeichen. Es war an der Zeit, die Besprechung an diesem Punkt zu beenden. Fausto verstand sofort und erhob sich.

»Ich glaube Ihnen kein Wort, meine Herren. Ich bin sicher, dass mindestens einer von Ihnen mit diesem Mann schon einmal persönlich zu tun hatte.« Antonio war ungehalten und machte daraus kein Geheimnis. »Aber ich habe Zeit, im Gegensatz zu Ihnen, Signor Sindaco. Ich rate Ihnen dringend, die Überweisung vorzubereiten, aber mit der Zahlung des Lösegelds zu warten.«

»Glauben Sie, die Täter überlegen es sich nochmals?« Renzo Di Santo konnte den Sarkasmus in seiner Stimme nicht unterdrücken. »Bevor Sie mir Ratschläge erteilen, Commissario, rate ich Ihnen dringend, mit den Ermittlungen schnellstens voranzukommen. Finden Sie den ominösen Russen, auf den sich offenbar Ihre lausige Ermittlung stützt. Damit könnten Sie mir eine Menge Ärger und vor allem der Stadt viel Geld sparen.« Er drehte sich wieder zum Fenster und starrte hinaus.

»Dottore«, wandte sich Antonio an Vincenzo Mauro, »haben Sie auch Kontakt zu diesem Mittelsmann gehabt, der die Ankäufe der Immobilien getätigt hat?"

»Nein, wie kommen Sie darauf? Ich bin Staatsanwalt und kein Immobilienmakler. Auf der Party von Franco Risi kam das Gespräch auf einen spendablen Russen. Er wollte selbst kommen, hatte es sich dann im letzten Moment anders überlegt. Stattdessen wurde Risi ein Scheck über 50.000 Euro überbracht. Ein Geschenk zu dessen 60. Geburtstag. Eine noble Spende für das Museum zum Ankauf weiterer Bilder.«

»Haben Sie den Scheck gesehen?«

»Natürlich! Er war in einer großen Kiste verpackt, in Goldpapier eingeschlagen und mit riesiger Schleife verziert. Die Kiste wurde gegen 20 Uhr 30 am Palazzo Primavera abgegeben. Die Hausangestellte der Contessa brachte die Kiste und alle konnten sehen, wie Risi sein Geschenk auspackte.«

»Sie waren also auch auf Risis Empfang.« Es war keine Frage, sondern eine resignierte Feststellung Antonios. Warum hatte er das nicht schon früher geahnt? Der morgendliche Besuch des Staatsanwalts bei Risi machte dann noch mehr Sinn. Er besaß die Noblesse und bedankte sich artig für die schönen Stunden im Palazzo Primavera am Abend zuvor. Er wusste schließlich, was sich gehörte.

In diese Gedanken hinein bestätigte Vincenzo Mauro: »*Naturalmente!* Renzo ebenfalls.«

Antonio war nicht überrascht. Da waren sie mal wieder alle versammelt gewesen, die Schönen und Reichen der Stadt. Ein zweifelhafter Scheck wurde vor ihren Augen überreicht und keiner dachte sich Böses dabei. Wenige Straßen weiter geschah ein Verbrechen, von dem keiner von ihnen etwas gewusst oder mitbekommen habe wollte. Antonio fühlte, wie er zornig wurde. Sie alle würden sich gegenseitig ein Alibi geben, sollte er die Dreistigkeit besitzen, sie wegen Raub und Mord zu befragen.

Genervt wandte er sich an Michele Vivani: »Und Sie, waren Sie auch bei Risi auf dem Empfang, Avvocato?«

»*No*, leider nicht! Ich kenne Signor Risi nicht. Sonst hätte ich sicherlich auch eine Einladung bekommen.« Wieder trat auf Vivanis Gesicht dieses hintergründig feine Lächeln, das seine wahren Gedanken so wunderbar verschleierte.

»Hat der Museumsdirektor eigentlich auch Kontakt zur Kunstszene Veronas?«, fragte Antonio und sah Mauro dabei an. »Waren auch Galeristen und Kunsthändler eingeladen? Er wird doch sicherlich von den Händlern umgarnt. Wenn ich mir vorstelle, dass er anlässlich seiner Geburtstagsparty Spendengelder eingesammelt hat, wird sich doch ein Galerist finden, der ihm das Geld wieder aus der Tasche ziehen will.«

»Sehr gute Frage, Commissario!« Anerkennend nickte Michele Vivani. Und Vincenzo Mauro lachte meckernd.

»Unser Commissario will es wieder ganz genau wissen. Aber Sie haben recht, wie ich zugeben muss. Ein Händler war besonders bemüht um Risi. Er hat ihn geradezu umworben und sich vielmals bei ihm für diverse Gutachten bedankt, die Franco Risi wohl in seinem Auftrag erstellt hat.

Er sei – wie drückte sich Signor Corrello aus? – ... ein großer Kenner der Kunst, mit einem unbestechlichen Auge für Qualität und mit treffsicherer Einschätzung von Preis und Wert eines Kunstgegenstandes gesegnet, wie man es nur selten findet. Corrello sei ihm sehr dankbar, dass er einen Mann wie ihn an seiner Seite habe, der Expertisen erstellt, die Käufer wie Verkäufer gleichermaßen zufriedenstellen. Ich schließe daraus«, fuhr Vincenzo Mauro fort, »dass es den beiden Herren gelingt, gute Geschäfte auf den Weg zu bringen, bei dem alle Seiten profitieren.«

Antonio konnte sich nur wundern. Sein Gespräch mit Giulietta Ricchi war ihm noch bestens im Gedächtnis. Die junge Frau hatte am Kunstverstand des Museumsdirektors kein gutes Haar gelassen. Er hätte von Tuten und Blasen keine Ahnung, so ihre Einschätzung. Die Gutachten Risis waren vermutlich das Papier nicht wert, auf dem sie standen. Aber darum war es Corrello nicht gegangen. Der Name des Museumsdirektors bürgte für Qualität und Sachverstand. Das genügte sicherlich bei unbedarften Kunden, um ein minderwertiges Kunstwerk für gutes Geld unter die Leute zu bringen. Nicht anders war Mauros Bemerkung zu verstehen.

»Und das Verhalten Correllos hat Sie nicht stutzig gemacht, Dottore?«, fragte Michele Vivani prompt nach. »Würden Sie dem

Galeristen trauen? Würden Sie bei ihm ein Gemälde kaufen, dessen Preis durch eine Expertise von Franco Risi bestimmt wird?«

Antonio hielt gespannt den Atem an. Vivani kannte keine Scheu.

Mauro zog seine Mundwinkel geringschätzig nach unten und suchte nach Worten. »Im Gegensatz zu Ihnen, Avvocato, bin ich kein Kunst-, sondern ein Weinkenner. Ich würde mir nicht anmaßen, ein Urteil über das Geschäftsgebaren von Andrea Corrello zu fällen. Aber ich bin sicher, dass Sie hinter die Fassade des Galeristen zu blicken verstehen. Und ich bin außerdem sicher, dass Sie in Commissario Fontanaro einen interessierten Zuhörer für Ihre gewagten Theorien finden.«

Antonio hatte genug gehört. Mauro wollte wie üblich das letzte Wort haben. Und er tat ihm den Gefallen, nicht weiter nachzufragen. Risi und Corrello machten gemeinsame Sache. Galt dies auch für den Kunstraub? Das war die Frage, die sich ihm nun unvermeidlich stellte. Hatte der Museumsdirektor seine Stellung dazu genutzt, sich einer kriminellen Bande anzuschließen? War er es am Ende, der die Lösegeldsumme forderte? Und war ihm vielleicht seine Kuratorin auf die Schliche gekommen? Musste sie deshalb sterben? Während ein russischer Oligarch ins Visier der Ermittlungen geriet, rieb sich Franco Risi vielleicht die Hände und wartete nur darauf, dass die zwei Millionen auf seinem Nummernkonto in der Schweiz landeten? Ganz sicher würden Antonio und Vivani darüber noch zu reden haben. Der Avvocato wusste weit mehr über die Kunstszene in Verona und vielleicht sogar über seinen Fall, als er bisher zugegeben hatte. Ein Gespräch unter vier Augen war dringend nötig.

39

Traunstein, 15.30 Uhr

»Also, bei allem Respekt, Herr Hauptkommissar, aber das ist nicht gescheit, was Sie da vorhaben.« Benedikt Haigermoser schloss nachdrücklich die beiden Türen des Fiat Ducato zum Laderaum. Diesen hatte er, wie von Georg gewünscht, mit Umzugskartons, Teppichbodenrollen, einem alten Fahrrad, einer langen Malerleiter, ovalen Farbeimern und einer Wäschekommode, die er längst hätte entsorgen sollen, vollgestopft und so den wahren Inhalt geschickt versteckt. »Stellen Sie sich vor, Sie werden in Österreich oder Italien kontrolliert! Mit einem gestohlenen Wagen und gestohlenen Gemälden aufgegriffen! Das kann Sie Ihren Job kosten!«

Georg klopfte dem besorgten Kriminaltechniker beruhigend auf die Schulter. Der Mann hatte natürlich recht. Was er vorhatte, war riskant und er lief Gefahr, dass sich später herausstellte, wie unausgegoren sein Plan letztendlich gewesen war. Der LKW-Fahrer aus Lettland wurde immer noch am Grenzübergang Salzburg befragt und aufgehalten. Inspektor Huber stand mit den österreichischen Kollegen in Kontakt und bat immer wieder darum, den Letten erstmal in Salzburg zu behalten. Der Auftraggeber des Raubs, der irgendwo darauf wartete, dass die Bilder endlich bei ihm ankamen, saß vermutlich auf heißen Kohlen. Wunderte sich, weshalb sich der Fahrer nicht meldete, was er so lange machte. Georg konnte nicht ausschließen, dass dieser nervös wurde und längst ahnte, dass er aufgeflogen war. Breitwieser hatte keine Ahnung, wie weit der Arm des Auftraggebers reichte, konnte nicht mit Sicherheit sagen, ob Canali nicht doch einen Weg gefunden hatte, Informationen weiterzugeben. Georgs Fahrt nach Verona mit dem Diebesgut war alles, nur keine Fahrt in den Urlaub. Und wie weit Antonio mit seinen Ermittlungen gediehen war, wusste er auch nicht. Er hatte es bisher vermieden, nochmals mit ihm zu telefonieren, denn er befürchtete, dass er den Freund nicht länger hinhalten konnte.

»Wird schon schief gehen, Haigermoser. Machen Sie sich keine Sorgen. Ich melde mich bei Ihnen, wenn ich in Verona angekommen bin. Versprochen!«

Benedikt Haigermoser nickte. »Sie werden schon wissen, was Sie tun. Dann gute Fahrt.«

Georg warf seine Reisetasche auf den Beifahrersitz und stellte eine Proviantttüte, die ihm Francesco von »Signoria Maria« noch gefüllt hatte, in den Fußraum. Während er mittags in Eile bei ihm eine große Portion *spaghetti carbonara* gegessen hatte, hatte ihm der Wirt die Tüte vollgepackt. Mit zwei *tramezzini al tonno*, einem Stück *torta della nonna*, einem saftigen Kuchen mit Pinienkernen, mehreren Mineralwasserflaschen und zwei Äpfeln war er erst einmal gegen den großen Hunger gewappnet. Er schob sein Holster mit der Dienstwaffe zurecht, damit sie ihn nicht im Rücken drückte, zog eine dicke Strickjacke darüber und nahm auf dem Fahrersitz Platz. Bisher hatte er auf Reisen nach Italien seine Waffe zu Hause gelassen. Doch dieses Mal machte er eine Ausnahme. Im Notfall musste er in der Lage sein, seine Fracht zu verteidigen. Ein wattierter Anorak vervollständigte seine winterliche Garderobe. Er konnte nicht wissen, was sich auf der Fahrt alles ereignete.

Georg startete den Wagen, fuhr aus der ehemaligen Maschinenhalle rückwärts hinaus und folgte den Hinweisschildern Richtung Salzburger Autobahn. Jetzt gab es kein Zurück mehr. Er fuhr nach Verona und dann schaute er weiter. Canali war schon zwei Stunden zuvor von zwei Kollegen begleitet Richtung Sterzing aufgebrochen. Ispettore Brandino hatte die Übergabe an eine Zivilstreife, die sich aus Verona in Richtung Sterzing aufmachte, organisiert. Gianni Canali würde um einiges früher in Verona eintreffen als er.

Das Wetter hatte sich beruhigt. Es war bewölkt, aber immer noch mild. Einen weiteren Schneesturm musste er nicht befürchten. Georg konnte also in Ruhe losfahren und sich auf die nächsten wichtigen Schritte gedanklich vorbereiten. Die letzten beiden Stunden waren intensiv genug gewesen. Gleich nach dem Gespräch mit Richterin Schaller hatte er sich zur Erstaufnahmestelle in Traunstein aufgemacht.

Da nun auch Dorothea Schaller ein Interesse an der Aussage Ahmads hatte, ihn als Zeuge für einen Prozess brauchte, konnte er dessen Vernehmung nicht weiter aufschieben. Doch von Ahmad und den anderen Syrern fehlte erstmal jede Spur. In der großen Turnhalle war ein ständiges Kommen und Gehen. Schließlich entdeckte Georg in dem Trubel die junge Mutter mit ihrem Kleinkind. Als sie ihn auf sich zukommen sah, machte sie Anstalten, die Halle über einen Hinterausgang zu verlassen. Doch Georg war schneller und hielt sie auf.

»Weshalb laufen Sie vor mir weg, Aisha?«, fragte er die junge Frau auf Englisch. Sie schüttelte nur den Kopf und schwieg. In ihren Augen stand die blanke Angst.

»Wo ist Ahmad?«

Wieder schüttelte sie den Kopf. Dieses Mal heftig. Kein Wort kam über ihre Lippen. Sanft, aber nachdrücklich veranlasste Georg sie, wieder auf ihrem Feldbett Platz zu nehmen. Sie drückte ihre Tochter fest an die Brust und fing zu wimmern an. Was war hier vorgefallen, fragte sich Georg. Wen konnte er fragen, wenn Aisha dabei blieb zu schweigen? Wer wusste über die einzelnen Geflüchteten und ihre Probleme Bescheid?

»Aisha, bitte reden Sie mit mir. Wo ist Ahmad? Wo ist Ihr Onkel abgeblieben?«

Sie schluchzte und Tränen liefen über ihre Wangen. Georg fühlte sich hilflos. Die junge Frau tat ihm leid, gleichzeitig merkte er, wie er ungeduldig wurde. So kam er nicht weiter. Aber die Zeit drängte. Er war sicher, dass die Syrerin genug Englisch verstand, um ihm eine Antwort zu geben. Sie hatte Pharmazie studiert und war nicht so unbedarft, wie sie erscheinen wollte. Er bemühte sich, ruhig mit ihr zu sprechen, ihr in die Augen zu sehen, damit sie nicht weiter die Antwort verweigerte.

»Ist Ahmad weggelaufen? Hat er Ihren Onkel mitgenommen? Sind Sie allein zurückgeblieben?« Eigentlich konnte er sich das nicht vorstellen. Gerade die junge Frau mit ihrem Kleinkind hatte Ahmad beschützen wollen.

»Der Onkel ist noch da!«, kam es leise über Aishas Lippen. Furchtsam sah sie Georg an. »Ahmad sagt, er hilft uns. Besorgt Wohnung und Essen.«

Seine Befürchtung wurde zur Gewissheit. Das konnte doch nicht sein!

»Haben Sie eine Telefonnummer von Ahmad? Kann ich ihn anrufen?«

Sie wählte eine Nummer und hielt ihm ihr Handy hin. Nach dem zweiten Klingelton meldete sich der Syrer. Georg verstand nicht, was er sagte, und stoppte seinen Redeschwall. Ganz offensichtlich war er nicht einverstanden, dass Aisha anrief.

»Ich bin's, Ahmad, *George* von der Polizei.« Ein weiterer Redeschwall ergoss sich aus dem Telefon. »Nein, stopp, … Sie hören mir jetzt zu, Ahmad. Wo sind Sie? Auf dem Weg nach Hannover? Ist Ihnen klar, dass Sie damit Ihr Asylverfahren gefährden? Sie können nicht einfach in Deutschland herumfahren, wie es Ihnen passt. Sie müssen in Traunstein bleiben und auf das Verfahren warten. Wenn Ihr Antrag bewilligt ist, können Sie den

Freund in Hannover besuchen oder zu ihm ziehen. Was immer Sie möchten. Doch zunächst müssen Sie hier bleiben. Haben Sie das verstanden?« Georg wurde nun endgültig sauer, durfte aber den anderen nicht zu sehr gegen sich aufbringen. Sonst kam er womöglich nicht mehr zurück. Einen einzelnen, untergetauchten Syrer in Deutschland ausfindig zu machen, würde seine Zeit dauern. Und die Richterin würde das nicht gut finden. Allerdings konnte er den Prozess jetzt nicht als Druckmittel einsetzen. Ahmad würde das Weite suchen. So viel war Georg klar: Er konnte den Syrer nur zum Reden bringen, wenn er wieder in Traunstein eintraf.

»Hören Sie zu, Ahmad. Steigen Sie am nächsten Bahnhof aus dem Zug und fahren Sie zurück. Wenn Sie heute Abend wieder hier sind, will ich die Angelegenheit vergessen. Niemand wird erfahren, dass Sie Traunstein verlassen haben. Lassen Sie Aisha und das kleine Mädchen nicht allein! Kommen Sie zurück, dann sehen wir weiter.«

Er gab Aisha das Telefon zurück.

»Kommt Ahmad?«

»Ja, Aisha, keine Angst.« Georg hoffte, er irrte sich nicht. »Hat Ihnen Ahmad einmal erzählt, wer das Geld für Ihre Flucht bekommen hat? Wer sie nach Albanien gelockt hat auf dieses fürchterliche Frachtschiff? Wissen Sie das?«

In Aishas Augen trat neben dem Ausdruck der Angst nun blanker Hass. Dann, warf sie den Kopf entschieden zurück und begann endlich zu sprechen.

»Zuerst hat unser Präsident Aleppo angegriffen, weil sich Rebellen dort verschanzt hatten. Dann kamen die Flugzeuge aus Russland Assad zu Hilfe und haben alles zusammengebombt, was noch bewohnbar war. Viele Leute sind gestorben.« Ihr liefen die Tränen über die Wangen, aber ihre Stimme blieb hart und zornig. »Ausgerechnet ein Russe hat sich dann angeboten, uns zur Flucht zu verhelfen. Natürlich war das nicht umsonst. Ahmad hat ihn verflucht. Doch wir haben alles verkauft, um nach Deutschland zu kommen. Und jetzt sind wir hier!« Ihr Blick wanderte in die Turnhalle, wo sich weitere Flüchtlinge den knappen Raum teilten.

»Hat Ahmad einen Namen genannt?«

Aisha schüttelte den Kopf. »Keine Ahnung. Mir war es egal, wie der Russe heißt. Ich wollte nur weg.«

Georg verabschiedete sich von ihr und versprach, wiederzukommen, wenn er auch nicht sagen konnte, wann.

Inzwischen hatte er Innsbruck hinter sich gelassen und fuhr Richtung Brennerpass. Der vollbeladene Fiat Ducato Easy kroch langsam die Steigung der Autobahn empor. Wenn er in dem Schneckentempo weiterfuhr, würde es Mitternacht werden, bis er in Verona ankam. Noch hatte er sich nicht mit Toni in Verbindung gesetzt. Er wollte alles vermeiden, um den Kollegen zu irgendwelchen Aktionen zu ermuntern. Was dieser nicht wusste, konnte ihn auch nicht belasten. Es reichte, dass Gianni Canali demnächst in Verona eintraf und Ispettore Brandino und dessen Kollegen beschäftigte.

Auch Stefania di Castello hatte er noch nicht angerufen. Die Fahrt war lang. Das konnte er zwischendrin immer noch machen. Oder erst vor Ort, wenn er wusste, wie es weiterging. Gut möglich, dass Toni und er seinen Plan sofort umsetzen mussten, dass die Zeit drängte. Dann konnte er kein Stelldichein gebrauchen. Wie üblich scheute er davor zurück, ein festes Treffen mit ihr auszumachen. Seine alte Unsicherheit war zurückgekehrt.

Mit seiner Schwester Barbara hatte er wegen der Syrer sprechen wollen, doch das hatte er auch aufgeschoben. Wer wusste schon, ob er die Unterkunft für die Geflüchteten überhaupt noch brauchte? Warum sollte er die Schwester in Gewissensnöte stürzen? Ahmads Verschwinden hatte die Lage komplett verändert. Er konnte nicht einschätzen, wie sich der Syrer verhalten würde. Ob er jemals wieder auftauchte. Also hatte Georg seiner Schwester nur die Dienstreise nach Verona mitgeteilt und sich von ihr verabschiedet.

»Is' wieder soweit?«, hatte sie gefragt und gelacht. »Sommerurlaub wird's keiner. Das ist sicher. Muss also schon was Ernstes sein, wenn du im November über den Brenner fahrst.« Sie hatte seine neuerliche Dienstreise sportlich genommen. Darüber war er froh gewesen. Katharina und Maria waren inzwischen ein eingespieltes Team. Barbara musste lediglich am Sonntag einspringen und die pflegebedürftige Mutter auf ihren Hof holen. Da hatte Maria ihren freien Tag. Irgendwie hatten sich alle mit der Situation arrangiert. Darüber zumindest musste er sich nicht den Kopf zerbrechen.

Mit Florian Huber hatte er sich auch noch verständigt, bevor er zu Haigermoser gefahren war. Sein Oberinspektor würde die Erstaufnahme später in der Nacht aufsuchen und sich unauffällig nach Ahmad umsehen. Sobald der Syrer in Traunstein wieder auftauchte, würde sich Florian melden. Hoffentlich erfuhren sie dann endlich den Namen des Schleusers. Aisha hatte Georg wenigstens schon die Richtung gewiesen. Jetzt fehlte nur noch die Bestätigung, dass Russen dahintersteckten. Georg wollte zudem Richterin Schaller unterstützen, wenn auch nicht ganz uneigennützig. Schließlich war er gerade dabei, sie ordentlich hinters Licht zu führen. Er konnte nur hoffen, dass sein Plan aufging. Dass am Ende Mord und Raub aufgeklärt waren, Schaller wie Pfaffenrieder sämtliche Augen zudrückten und auf ein Disziplinarverfahren verzichteten, das ihm andernfalls sicher war.

Georg griff sich die Mineralwasserflasche und nahm einen kräftigen Schluck. Jetzt ärgerte er sich, dass er keine Thermoskanne mit Kaffee dabeihatte. Er merkte, dass er nicht mehr der Frischeste war. Der Verkehr wurde dichter. Langsam schob er sich mit den anderen Wagen durch den Brennertunnel. Er musste auf der rechten Spur bleiben. Vor ihm und hinter ihm brummten bedrohlich die

LKWs und brachten das Chassis des Fiat zum Vibrieren. Der ganze Tunnel war vom Getöse der Vierzigtonner erfüllt und die Abgase drangen unangenehm in die Fahrerkabine. Die Personenwagen zogen links langsam, aber stetig an ihm vorbei.

Als er zum Tunnel hinausfuhr, empfing ihn stockdunkle Nacht und es regnete in Strömen. Der Wind trieb die Tropfen waagrecht vor sich her und klatschte sie auf die Windschutzscheibe. Im Geglitzer der Scheinwerfer spiegelte die nasse Fahrbahn. Der Verkehr auf der Gegenfahrbahn blendete ihn deshalb unangenehm. Sein Magen meldete sich und die Müdigkeit machte ihm zu schaffen. Schließlich war er seit 6 Uhr morgens auf den Beinen und inzwischen fast zwei Stunden unterwegs. Er musste die Mautstation der Autobahnauffahrt in Sterzing hinter sich bringen, dann konnte er an einer Raststätte Halt machen und einen Espresso trinken.

Im Rückspiegel beobachtete er den Verkehr und sah, dass sich einzelne Lichtkegel in dem schmalen Zwischenraum der beiden Fahrbahnen rasch näherten. Als der erste Motorradfahrer an ihm vorbeifuhr, erkannte er die Maschine der *polizia di stato.* Eine zweite folgte dicht danach. Erleichtert atmete Georg aus. Das war gerade nochmal gut gegangen. Die Fahrt ging jetzt bergab, unter den Gondeln der Rosskopfbahn hindurch, die er mehr ahnte als sah. Bald hatte er den Brennerpass hinter sich und die Mautstation lag nur noch wenige Kilometer vor ihm. Ein kräftigender Espresso lag also in unmittelbarer Nähe.

Doch ein Blick in den Rückspiegel alarmierte ihn. Ein weiteres Motorrad näherte sich, verlangsamte die Fahrt. Als es die Höhe seiner Fahrerkabine erreichte, blickte ihn das nassglänzende Visier eines Motorradhelms an. Das bedeutete nichts Gutes. Der Fahrer gab ihm ein Zeichen, rechts ranzufahren. Da ein Pannenstreifen fehlte, parkte Georg den Fiat mehr oder weniger in den abschüssigen Straßengraben. Um seine Dienstwaffe unauffällig unter dem Sitz verschwinden zu lassen, war es zu spät. Der Polizist forderte ihn auf, die Fensterscheibe herunterzukurbeln und fragte nach seinem Führerschein und den Fahrzeugpapieren. Damit begann das Dilemma. Papiere hatte er natürlich keine. Dennoch öffnete er das Handschuhfach und begann, darin herumzufingern, obwohl außer einer Wagenbeschreibung nichts drin war.

»Steigen Sie aus!« Unmissverständlich forderte ihn der Polizist in Südtiroler Dialekt auf. Er war in voller Ledermontur vor dem Regen geschützt. Für Georg bedeutete es, dass er in wenigen Minuten nass bis auf die Haut sein würde. Er kam jedoch der Aufforderung nach und hielt ihm den Führerschein hin. Der Kollege von der *polizia di stato* ließ sich Zeit mit der Kontrolle. In Georgs Kragen sammelte sich das Wasser.

»Fahrzeugpapiere haben Sie also keine?«

»Nein, leider. Die habe ich in der Eile zu Hause vergessen.«

»Aha. Und was haben Sie geladen?«

»Ich ziehe um und muss die neue Wohnung erst renovieren. Farbe, Teppichbodenbeläge. Solche Sachen.«

Der Polizist sah auf das Nummernschild und dann wieder Georg an. »Aber Ihr Wagen ist schon in Italien gemeldet, obwohl Sie erst umziehen?«

»Mein neuer Vermieter hat mir seinen Wagen geliehen.« Georg war um eine rasche Antwort nicht verlegen, aber besorgt, dass er jetzt womöglich auch noch einen Vermieter beim Namen nennen musste, den es nicht gab. Er war dabei, sich um Kopf und Kragen zu reden. Wenn der Polizist das Nummernschild von Kollegen auf der Wache überprüfen ließ, war seine Fahrt vor Sterzing vorbei.

»Aha!« Die Skepsis des Polizisten war unüberhörbar. »Öffnen Sie die Türen zum Laderaum.«

So ruhig und gleichmütig wie es Georg möglich war, ging er um den Wagen herum, dabei durchnässte ihm der Regen die dicke Wolljacke. Seine ganze Sorge galt der Waffe, die sich wahrscheinlich nur zu deutlich abzeichnete. Georg öffnete die beiden Wagentüren und trat beiseite, damit der Polizist nicht weiter auf seinen Rücken schauen konnte. Doch der drängte sich an ihm vorbei und nahm das Sammelsurium, das Haigermoser gekonnt in den Transporter geschlichtet hatte, in Augenschein. Dann fing er zu lachen an.

»Wo werden Sie denn in Zukunft wohnen? Sieht nicht nach Luxusunterkunft aus! Da gibt es noch Arbeit!«

Georg tat beleidigt. »Ich kann mir leider nicht mehr leisten.«

»Soso.« Bedächtig wiegte der Kollege der *polizia* den Kopf hin und her. »Sie können die Türen wieder schließen, bevor Ihre kostbaren Sachen nass werden.« Wieder lachte der Italiener. »Normalerweise kostet es 100 Euro, wenn Sie ohne Fahrzeugschein unterwegs sind. Aber in Anbetracht Ihrer Lage!« Er ließ den Satz in der Luft hängen und Georg ging nicht darauf ein. »Wir können das aber auch kulant lösen. Sie geben mir 50 Euro und die Sache ist erledigt.«

Halsabschneider, dachte Georg, doch er zückte die Geldbörse. Ein Protest brachte ihm nur Probleme ein. In Deutschland hätte er ein Bußgeld von 10 Euro zu zahlen gehabt. Und er war sich sicher, dass es in Italien nicht viel höher ausfiel. Er würde es sich verkneifen, eine Quittung zu verlangen. Stattdessen reichte er den Geldschein an den Polizisten weiter.

»*Grazie!*«, sagte Georg artig.

»Danke genügt. Noch sind wir in Südtirol.« Das Lächeln war aus dem Gesicht des Polizisten verschwunden und ein feindseliger Blick traf Georg. »Und das nächste Mal haben Sie die Papiere dabei!«

Der Italiener, der keiner sein wollte, schob den Geldschein ein, bestieg sein Motorrad und verschwand in der Menge der im Stau stehenden Autos. Georg sah ihm erleichtert nach und hoffte, dass er keine weitere Begegnung mit der *polizia* haben würde. Dieses Mal war er mit einem blauen Auge davon gekommen.

40

Verona, 16.00 Uhr

Antonio und Fausto hatten nach dem Besuch beim Bürgermeister ausgiebig bei *Da Bruno* getafelt. Der Vice hatte sich durchgesetzt. Weitere Ermittlungen, die Fontanaro für nötig hielt, hatte er auf nüchternen Magen schlicht verweigert. Das Einzige, worauf er sich noch eingelassen hatte, war ein kurzer Abstecher zur Questura gewesen. Sie hatten Petrelli gebeten, sich mit dem Provider des Smartphones von Di Santo in Verbindung zu setzen. Dessen Kontakte interessierten sie brennend. Wenn auch Antonio wenig Hoffnung hatte, dass sie den Absender der Lösegeldforderung ausfindig machen konnten. Aber einen Versuch war es wert.

Bei der Gelegenheit hatte ihnen Petrelli auch neueste Erkenntnisse zur Chipkarte berichtet. »Es handelte sich dabei um eine sogenannte Gästekarte. Davon gibt es genau zwei, bestimmt für Restauratoren zum Beispiel oder für Professoren, die außerhalb der Öffnungszeiten die Sondererlaubnis zum Aufenthalt im Museum erhalten. Renata Mancini und Franco Risi haben die Karten bei Bedarf weitergegeben.«

»Die Karte befand sich in der Jackentasche der Toten! Das könnte bedeuten, dass sie sie weitergegeben hat!«, spekulierte Fausto.

»Tja«, sagte Petrelli schmunzelnd. »Das dürft ihr herausfinden.«

Anschließend machten sich Antonio und Fausto auf den Weg zum Palazzo Primavera. Die Museumsleute waren ihnen noch Antworten schuldig.

»Ich glaub ja nicht, dass dabei was herauskommt«, mutmaßte Fausto wie immer ausgesprochen optimistisch. »Die Contessa wird schweigen, weil sie das für vornehm hält, und Risi wird sich mit seinem Bekanntenkreis brüsten, der sich zu seinem Geburtstag um ihn geschart hat. Nachher sind wir genauso schlau wie jetzt.«

Antonio sah das anders. Er hatte jede Menge Pfeile im Köcher, die er nach und nach abzuschießen gedachte. Er würde Risi nicht vom Haken lassen. Und Petrelli hatte gerade ein weiteres, wichtiges Puzzlestück geliefert. Sie erreichten die Durchfahrt des Palazzo und standen in der überdachten Vorhalle. Der Blick in den wunderbaren Garten durch die hohen, schmiedeeisernen Gitter war auch jetzt im November überwältigend. Der Nebel war klarer, kalter Luft gewichen. So zeigte sich ihnen ein Wald aus hohen Zypressen, die nicht nur den Mittelweg säumten, sondern in regelmäßigen Reihen das große Grundstück symmetrisch gliederten. Wuchtig und dunkel standen sie im Dämmerlicht. Immergrüne, kurz getrimmte Buchsbaumhecken umzäunten flächig angelegte Ornamente, die aus dem gleichen Gehölz angepflanzt waren. Der Garten wirkte in seiner geordneten Geschlossenheit beruhigend und majestätisch. Ein rötlicher Schein am Horizont gab den dunkelgrünen Pflanzen eine sanfte Färbung, ein Vorbote des herannahenden Sonnenuntergangs.

»Ganz links oben, in der letzten Ecke des Grundstücks, haben sie auch daran gedacht, Kräuter, Salate und Gemüse anzubauen und nicht nur dieses Ziergehölz.« An Fausto prallte der Charme des herrschaftlichen Gartens einfach ab.

»Banause!«

Sie nahmen den linken Eingang, stiegen die breite Treppenanlage in den zweiten Stock hoch und läuteten. Von drinnen hörten sie aufgeregte Stimmen und Lärm. Schließlich wurde die schwere Holztür aufgerissen und Tamara sagte: »Gott sei Dank sind Sie endlich da, Dottore.« Dann stockte sie. Sah Antonio und

Fausto, beide in Zivil, entgeistert an. »Das geht jetzt nicht!«, wehrte sie erschrocken ab und unterstrich mit heftigen Gesten ihre Worte. »Wir warten auf den Arzt. Der muss jeden Moment kommen.« Im Hintergrund des Palazzo war lautes Jammern zu hören, das sich hochschraubte und in verzweifelte Rufe nach Hilfe gipfelte.

Antonio wartete nicht weiter ab, drängte sich an der Russin vorbei und stürmte, gefolgt von Fausto, durch den Ballsaal weiter zum Salon, wo er die Contessa vermutete. Doch der Salon war leer. Ratlos sahen sie sich an, hasteten zurück in den Korridor und versuchten es im nächsten Zimmer. Die Tür war nur angelehnt, doch sie konnten die Contessa schluchzen hören: »Der Dottore kommt gleich, Franco. Du musst nur noch ein bisschen durchhalten. Gleich ist der Dottore da.«

Antonio schob die Tür auf und sah Franco Risi im linken Teil des Ehebetts liegen. Seine Frau saß auf der Bettkante, streichelte seine Wange und sprach auf ihn ein. Mit der anderen Hand fuhr sie sich immer wieder mit einem Taschentuch über die Augen. Dann, plötzlich, sprang sie auf und eilte zur Tür. Antonio und Fausto schafften es gerade noch, sich ins Dunkel des Korridors zurückzuziehen.

»Tamara, warum bringst du den Dottore nicht ins Schlafzimmer? Worauf wartet ihr noch?« Die Contessa schrie ihre Worte in den Gang, ohne das Zimmer zu verlassen. Dann fiel die Tür hinter ihr in Schloss. Antonio und Fausto sahen sich an.

»Was machen wir?«, fragte Fausto. »Ist vielleicht wirklich ein ungünstiger Zeitpunkt.«

Der gellende Schrei der Contessa nahm ihnen die Entscheidung ab. Antonio eilte auf die Tür zu, riss sie auf und stürmte zum Bett des Museumsdirektors. Die Contessa beugte sich über ihren Gatten und rief: »Franco, bleib bei mir. Du musst atmen! Einfach weiter atmen!«

Wieder klingelte es an der Tür. Antonio hörte die schnellen Schritte von Tamara. Und kurz darauf stürmte ein grauhaariger Mann mit Doktortasche ins Zimmer.

»Bitte verlassen Sie alle den Raum! Sofort!«

Antonio half der widerstrebenden Contessa auf die Beine und schaffte sie nach draußen. Ihr wirrer Blick, der ihn unvermittelt traf, erschreckte ihn. Sie schüttelte seine Hände ab, als hätte sie das blanke Grausen erfasst.

»Was wollen Sie hier? Verschwinden Sie. Auf der Stelle. Niemand wird Ihre blödsinnigen Fragen beantworten. Zuallerletzt mein armer Mann. Machen Sie, dass Sie fortkommen.« Mit Fäusten trommelte sie urplötzlich auf die Brust von Antonio ein. Der griff beherzt zu und befreite sich von den schmerzhaften Schlägen. Er packte ihren rechten Ellbogen und zog sie in das Esszimmer am Ende des Gangs. Dort zwang er sie in einen der Sessel und nahm ihr gegenüber Platz. Fausto lehnte sich an den Türpfosten und wartete ab. Sein Unmut war ihm deutlich anzusehen. Weinende und zeternde Frauen waren ihm nicht geheuer.

»Was fehlt Ihrem Mann, Contessa?«, fragte Antonio.

Aus starren Augen sah sie ihn an, schüttelte den Kopf heftig dabei. Mit gepresster Stimme antwortete sie: »Es ist das Herz. Franco hat Herzprobleme. Er darf sich nicht aufregen!« Dann blickte die Contessa in ihren Schoß und schwieg.

Antonio tat sich schwer, die Fragen zu stellen, derentwegen er gekommen war. Fausto hatte nicht Unrecht, wenn er glaubte, dass sie zumindest an diesem Tag nichts erreichten. Er erwog, das Ehepaar in dieser Situation allein zu lassen, als unvermittelt der Arzt in der Tür erschien. Aschfahl im Gesicht, sah er die Contessa beklommen an. Sie hatte noch gar nicht mitbekommen, dass er inzwischen im Esszimmer stand. Er räusperte sich und sagte: »Es tut mir unendlich leid, Contessa, aber ich bin zu spät gekommen. Ihr Mann ist vor wenigen Minuten gestorben. Ich denke, er war schon tot, als ich kam.«

Zögerlich hob Contessa Claudia Di Primavera den Kopf. In ihrem Gesicht arbeitete es. Sie stand langsam auf und ging auf den Arzt zu. Drohend hob sie die rechte Hand, als wollte sie zuschlagen.

»Erzählen Sie doch keinen Unsinn. Mein Mann hat noch gelebt, als Sie kamen. Er rang nach Atem, aber er hat noch gelebt!« Erschöpft ließ sie den Arm fallen und drehte sich zu Antonio um. »Fragen Sie den Commissario. Er war dabei, als ich mit Franco gesprochen habe, bis Sie uns hinausgeworfen haben. Was haben Sie mit meinem Mann angestellt, Dottore?« Sie drehte sich wieder zu ihm um. »Was haben Sie ihm gegeben?« Unvermittelt packte sie ihn am Revers seines Anzugsakkos und schüttelte ihn leicht hin und her. »Was haben Sie ihm gegeben?« Jetzt schrie sie die Frage ins Gesicht des fassungslosen Arztes, der gar nicht wusste, was er erwidern konnte. Entschieden befreite er sich aus ihrem Griff, fasste in die Innenseite seines Sakkos und holte ein Blatt Papier hervor.

»Das ist der Totenschein, Signora.« Mit Höflichkeitsfloskeln hielt er sich nicht mehr auf. Ihre Beschuldigung, er könnte den Tod Risis herbeigeführt haben, ging ihm verständlicherweise zu weit. »Ihr Mann ist an Herzversagen gestorben. Ich konnte ihn nicht mehr medizinisch versorgen. Meine Wiederbelebungsversuche blieben leider erfolglos. Ein Bestattungsinstitut wird ihn abholen.« Er drückte ihr das Blatt Papier in die Hand und wandte sich zum Gehen. Antonio konnte sich nur wundern und sah, wie Fausto seine Augen weit aufriss.

»Was bilden Sie sich ein?«, schrie die Contessa aufgebracht. »So kommen Sie mir nicht davon! Und unter keinen Umständen bringen Sie meinen Mann fort. Ich will mich von ihm verabschieden und die Totenwache heute Nacht halten, wie es sich gehört.«

Antonio ging zu Fausto und flüsterte ihm zu: »Geh ins Schlafzimmer und pass auf den Toten auf. Es darf nichts angefasst oder verändert werden. Such das Handy von ihm, durchsuch' seine Taschen. Und lass einen von der Spurensicherung kommen. Wir brauchen die Fingerabdrücke von Risi. Vielleicht haben wir Übereinstimmungen. Hier stimmt etwas nicht. Dieser Tod ist kein Zufall. Um die Contessa kümmere ich mich.«

Fausto verstand, machte auf dem Absatz kehrt und verließ das Speisezimmer.

»Möchten Sie ein Beruhigungsmittel haben, Contessa?« Pflichtbewusst, wenn auch sichtlich widerstrebend, bemühte sich der Arzt um die Witwe, die von Schluchzern erfasst zum Stuhl wankte, sich setzte und in sich zusammensackte. Alle Energie schien sie zu verlassen.

Antonio zog sich auf den Korridor zurück, holte sein *telefonino* aus der Jackentasche und wählte Vincenzo Mauros Nummer.

»*Pronto!*«

»Dottor Mauro, ich bin's, Fontanaro. Ich bin im Palazzo Primavera. Es hat leider ein Unglück gegeben. Franco Risi ist tot.«

»*Porca miseria*. Verdammt, das gibt es doch nicht!«

»Der Arzt hat als Todesursache Herzversagen attestiert. Ich finde, wir sollten eine Obduktion beantragen. Nur zur Sicherheit. Risi war ein wichtiger Zeuge in einem Mordfall und kann nun nicht mehr aussagen. Ich glaube nicht, dass er Relevantes gewusst hat, aber ich möchte keinen Fehler machen.« Antonio nahm sehr wohl an, dass der Museumsdirektor Relevantes gewusst hatte. Aber er wollte verhindern, den Staatsanwalt gegen sich aufzubringen, indem er Mauros guten Bekannten in die Nähe eines Mordfalls oder Raubes rückte. Näher als er ohnehin schon darin verstrickt war.

»Ich weiß nicht, Commissario.« Mauro zögerte hörbar. »Das wird die Contessa nicht zulassen. Meinen Sie wirklich, dass das nötig ist?«

»Ja, meine ich. Ohne jede Einschränkung.« Nun wurde Antonios Stimme sehr bestimmend. Wenn nötig, würde er auch noch deutlicher werden.

»Gut, ich rede mit Richter Gioberti. Wo ist der Leichnam jetzt?«

»Immer noch bei der Familie. Fausto wird hierbleiben und auf den Toten aufpassen, bis er abgeholt wird.«

»*Bene!* Ich melde mich, wenn ich die Papiere von Ermittlungsrichter Gioberti habe. Sie wollen aber nicht auch noch einen Durchsuchungsbeschluss für den Palazzo, Commissario? Das wäre ein Skandal!«

»Warten wir ab, was die Obduktion bringt. Ist Risi eines natürlichen Todes gestorben, können wir uns das selbstverständlich schenken. Im anderen Fall können wir keinesfalls darauf verzichten. *Mille grazie*, Dottore, für Ihre Hilfe.« Antonio warf den Staatsanwalt aus der Leitung, bevor dieser noch echte Skrupel bekam. Er hörte schon jetzt das Gezeter von Contessa Di Primavera, wenn ihr klar wurde, dass man ihren Mann in der Pathologie aufschneiden würde. Der Arzt war immer noch bei ihr und so entschied sich Antonio dazu, Tamara zu suchen. Doch vergebens. Sie war wie vom Erdboden verschluckt.

Dafür rief er seinen Ispettore an.

»Ah, gut dass du dich auch mal meldest. Giorgio aus Deutschland ist auf dem Weg zu uns. Und Kollegen von der *polizia di stato* holen in diesen Minuten Gianni Canali von Sterzing ab. Die bayerische Polizei hat ihn freigegeben. Ich sehe zu, dass er unverzüglich in die Questura gebracht wird.«

»Was hat Giorgio noch gesagt?«

»Er meldet sich von unterwegs.«

Verdammt, dachte Antonio. Der Bayer ging mal wieder eigene Wege. Das gefiel ihm gar nicht. Was hatte der Freund mit den Bildern gemacht? Wie hatte er sich deren Transport vorgestellt?

»*Aspetta*, Enrico! Was hast du über unseren Avvocato herausgefunden?«

»Leider nichts Spektakuläres. Er steht im offiziellen Anwaltsregister von Rom. Er ist am 8. August 1980 in *Napoli* geboren und seit dem 15. Juni 2006 als Anwalt registriert. Es gibt eine Adresse in Rom, eine E-Mail-Adresse und eine PEC-Adresse für Gerichtsunterlagen. Alles ganz normal und ohne Auffälligkeiten. Sonst allerdings findet sich nichts über den smarten Avvocato im Internet.«

Antonio knurrte unwillig. Er hatte es geahnt. Erst einmal musste er mit diesen dürftigen Informationen leben. Es gab Wichtigeres zu tun. »Gib eine Fahndung nach Tamara raus und mach dich parallel in Zivil zur *Rooftop-Bar* auf. Ich glaube, dass sie sich zu ihrem zweiten Arbeitgeber geflüchtet hat.«

»Weshalb sollte sie flüchten?«

»Risi ist tot.«

Enrico Brandino pfiff durch die Zähne. »Bin schon unterwegs, Tonio. Soll ich Tamara vorladen?«

»Sieh dich dort erst einmal um. Ich leite dir ein Foto weiter, das einen Russen zeigt. Wir nehmen an, er ist der Betreiber der Bar und Tamaras Arbeitgeber und Zuhälter. Nach allem, was sie mir erzählt hat, hat er sie von Russland nach Italien verschleppt, und es würde mich nicht wundern, wenn er in ihr ein williges Werkzeug für seine kriminellen Machenschaften hätte. Sie hat dich noch nie gesehen. Also kannst du sie erst einmal beobachten. Der Geschäftsführer darf nicht mitbekommen, dass wir Tamara suchen. Das wäre für ihn das entscheidende Signal, Verona und Italien auf dem schnellsten Weg zu verlassen, und für die junge Frau unter Umständen ihr Todesurteil.«

»Glaubst du, der Russe steckt hinter den Verbrechen?«

»Möglich!« Antonio hatte inzwischen das sichere Gefühl, dass Michele Vivani genau deshalb nach Verona gekommen war. Aus welchem Grund auch immer war er hinter einem Russen her. Doch auf diesen allein wollte sich der Commissario als Hauptverdächtigen nicht festlegen. Bisher wusste er herzlich wenig über ihn und er konnte ihm noch weniger nachweisen.

Deshalb sagte er: »Sollte Avvocato Vivani ebenfalls in der Bar auftauchen und sich mit Tamara unterhalten, fotografier die beiden, aber unternimm nichts. Verstanden? Mach nichts allein und auf eigene Faust. Spiel nicht den Helden, Enrico. *Capito*?«

41

Sterzing, 19.00 Uhr

Georg verließ bei der ersten Raststätte hinter Sterzing die *autostrada*. Ohne Espresso konnte er nicht weiterfahren. Der Regen hatte aufgehört, aber das Autothermometer meldete null Grad Celsius. Das beunruhigte ihn. Glätte konnte er nicht gebrauchen. Eigentlich sollte er keine Pause machen, sondern zusehen, dass er weiter in den Süden kam, wo die Temperaturen milder waren. Auf dem Parkplatz standen um diese Uhrzeit nicht viele Autos. Die Straßenlaternen spendeten mäßiges Licht und im Inneren der Raststätte brannten nur wenige Lampen. Es sah nach Notbeleuchtung aus. War der Laden überhaupt noch in Betrieb?

Georg war hin- und hergerissen, was er tun sollte. Aber dann entschloss er sich, den Wagen wenigstens kurz zu verlassen und zu sehen, ob er nicht doch einen *caffè* bekam. Er öffnete die Wagentür und war dabei, auszusteigen, als er das Gefühl hatte, dass hinter dem Auto oder seitlich von ihm Leute herumschlichen. Ganz automatisch griff er nach seiner Dienstwaffe und schob so leise wie möglich die Tür ins Schloss. Vorsichtig schlich er sich am Wagen entlang, entsicherte die Waffe und sprang dann unvermittelt neben dem Transporter hervor. Die Dienstpistole im Anschlag, blickte er in die zu Tode erschrockenen Augen eines jungen Afrikaners, der sich ein Kapuzen-Shirt übergezogen hatte und förmlich an den Türen des Laderaums klebte.

»*No, no!*« Panisch riss er beide Arme hoch und rief: »*Don't shoot! Please, don't shoot!*« In einer seiner Hände hielt er ein Stück Draht. Seine Absicht war klar.

Das hatte Georg gerade noch gefehlt! Herumirrende Afrikaner, die auf der Suche nach Verwertbarem waren. In seinem Laderaum würden sie definitiv fündig werden.

»*Hit the road!*«, rief Georg. »Hau ab!« Das ließ sich der nicht zweimal sagen. Breitwieser sah ihm nach, als er im Gebüsch des anschließenden Waldstücks verschwand, und bemerkte dabei einen weiteren Mann, der in gebückter Haltung im Schutz eines geparkten PKWs seinem Freund in den Wald folgte. Georg atmete langsam aus und schob die Waffe in das Holster zurück. Ihm war der Schreck gehörig in die Glieder gefahren. Der Appetit auf Espresso war ihm vergangen und er brauchte auch keinen mehr. Denn sein hochgeschossener Adrenalinspiegel machte ihn hellwach.

Was hatte er sich auch nur dabei gedacht, den Wagen mit der kostbaren Fracht unbeaufsichtigt zu lassen? Er stieg wieder in den Fiat, verriegelte die Türen von innen und nahm einen großen Schluck aus der Wasserflasche. Dann kramte er in seiner Provianttasche und verdrückte schließlich eines der *tramezzini al tonno*. Daraufhin ging es ihm gleich besser. Er holte das Handy aus der Tasche seiner Jeans und sah, dass Antonio inzwischen dreimal versucht hatte, ihn zu erreichen. Was sollte er machen? Canali war sicherlich auch noch nicht in Verona angekommen. Noch blieb ihm Zeit, um sich gedanklich weiter mit seinem Plan auseinanderzusetzen, bevor er Toni damit konfrontierte. Und Stefania? Er hatte plötzlich das dringende Bedürfnis, ihre Stimme und ihr Lachen zu hören. Aufmunterung war es, was er jetzt gebrauchen konnte! Ohne weiter nachzudenken, wählte er ihre Nummer.

Lange ließ er es läuten. Und bevor er schließlich auflegen wollte, meldete sie sich endlich.

»*Pronto!*«

Georg hörte Lärm im Hintergrund. Leute lachten, Flaschen klirrten, Musik spielte. Eifersucht war ein Gefühl, das ihm ziemlich fremd war, doch in diesem Moment der selten empfundenen Verletzlichkeit und Angst, wie er sich ehrlich eingestand, überfiel es ihn mit Macht.

»Giorgio, bist du das?«

»*Ciao, cara* ...«

»Ich versteh dich schlecht! Es tut mir leid, Giorgio, aber im Moment habe ich keine Zeit. Kannst du mich in zwei, besser noch in drei Stunden nochmals anrufen?«

»*Certo!* Sicher, kein Problem.« Er drückte sie aus der Leitung und warf das Handy achtlos auf den Beifahrersitz. Dann startete er den Fiat und fuhr zurück auf die *autostrada*. Reg dich ab, versuchte er sich zu beruhigen. Stefania hatte oft eine Verkostung in ihrer *Cantina*. Journalisten von irgendwelchen Hochglanz-Wein- oder Gourmet-Magazinen kamen, um ihre Produkte zu probieren und zu bewerten. Kunden aus Japan oder Norwegen besuchten ihr Weingut und gaben nach einer größeren Verkostung ihre Bestellungen auf. Reiseveranstalter, die mit ihren Bussen anrückten und weinselige Senioren mit Weinproben auf ihren Reisen durch Norditalien ködern und unterhalten wollten, kamen, um über Preise zu verhandeln. Stefania war eine selbstständige Geschäftsfrau, die den elterlichen Betrieb auf Vordermann gebracht und den Absatz des Weingutes um ein Vielfaches erhöht hatte. Abends hatte sie selten Zeit. Das wusste er und in der Regel war er stolz auf sie und ihren unbestrittenen Geschäftssinn. Ihm erging es manches Mal auch nicht anders. Tötungsdelikte geschahen sehr häufig nachts. Dann musste er raus aus dem Bett und konnte auch nicht Dienst nach Vorschrift machen. Seine Fahrt nach Verona fiel definitiv nicht unter Privatvergnügen. Dennoch fühlte er einen Stachel des Zweifels, ein böses Stechen in der Magengegend, das ihn erstmals mit der Frage konfrontierte, ob eine Beziehung mit

Stefania so unkompliziert wie bisher bleiben würde, wenn sie sich enger aufeinander einließen. Würde er dann wissen wollen, wer bei ihr war, wer im Hintergrund des Telefonats lachte? Warum Musik spielte? Ja, verdammt, er würde es wissen wollen.

42

Verona, 22.00 Uhr

Michele Vivani war abends erneut auf seinem Zimmer geblieben und hatte der Versuchung widerstanden, eines der vielen Restaurants aufzusuchen, die rund um das Hotel Merano mit Spezialitäten lockten. Stattdessen hatte er den Zimmerservice in Anspruch genommen. Das *fegato alla veneziana con polenta*, eine gegrillte Leber mit Maisbrei, schmeckte überraschend vorzüglich. Dazu hatte er sich einen schweren *Brolettino* vom *Lago di Garda* bestellt, einen bernsteinfarbenen Weißwein von hervorragender Qualität. Die halbvolle Flasche stand noch im Kühler. Doch bevor er ihr weiter zusprach, wollte er mit seinem Chef telefonieren. Anschließend würde er entscheiden, ob er den schweren Wein in aller Ruhe austrank oder doch nochmals das Hotel verließ. In diesem Fall allerdings sollte er einen möglichst klaren Kopf haben.

Er öffnete den kleinen Hotelsafe, griff nach dem abhörsicheren Handy und setzte sich auf den bequemen Polstersessel nahe am Fenster. Nach wenigen Klingeltönen meldete sich ein tiefer Bariton. »Wie weit seid ihr?«

»Es wurde eine Lösegeldsumme genannt. Zahlbar bis morgen Mittag 12 Uhr.«

»Ah, … *finalmente!* Also doch ein ganz normaler Fall nach üblichem Schema. Die Tote war ein dummes Missgeschick. Hatten wir ja schon vermutet«, kommentierte Vivanis Chef ungerührt und blies hörbar Zigarettenrauch in den Raum, den Michele bestens kannte und absolut nicht mochte. Das Büro war wenig heimelig, mit alten Büromöbeln ausgestattet, an denen das Nikotin millimeterdick klebte. Seinem Chef fehlte dafür jedes Gespür. Allerdings hatte er eine atemberaubende Aussicht, um die Michele ihn beneidete. Ein altes Holzfenster, von dem der Lack abplatzte – über einen Meter hoch und mit Sprossen geteilt –, gab den Blick frei auf die Kuppel des Petersdoms. Jetzt, nachts, konnte man sicher die vielen Lichter Roms bewundern, die angestrahlte Fassade von Dom und Kuppel erkennen und die vielen engen Straßen, die das Zentrum des Papstsitzes umgaben, erahnen. Es war ein privilegierter Ort und nur wenige Menschen, die an dem alten, maroden Stadtpalazzo vorbeigingen, ahnten, welche Behörden und Firmen dort ihren Sitz hatten. Es gab keine Messingschilder am Eingang, nicht einmal Namen waren bei den Klingelknöpfen angebracht. Wer hier hineinwollte, wurde erwartet. Ein als Concierge alter Schule getarnter Maresciallo der Carabinieri hielt gut bewaffnet Wache.

»Der ermittelnde Commissario hat den letzten fehlenden Beweis für die Existenz unseres Freundes erbracht. Die Person, die mich bei Corrello in die Enge getrieben hat und tätlich angreifen ließ, ist dieselbe, die die *Rooftop-Bar* an der *Piazza Brà* betreibt. Sie arbeitet mit hundertprozentiger Sicherheit für unseren Freund. Er taucht namentlich innerhalb einer Immobilienholding auf, die insgesamt zwei Palazzi auf dem Hauptplatz der Stadt gekauft hat. In einem davon ist die Bar untergebracht.

Der Commissario hat sich dort umgesehen und ihren Betreiber fotografiert. Ich habe in ihm Correllos Besucher erkannt. Der Bürgermeister tut so, als kenne er den Mann nicht persönlich. Vincenzo Mauro bläst ins gleiche Horn. Und deshalb habe auch ich mich bedeckt gehalten. Es wäre interessant gewesen zu erfahren, ob zumindest Franco Risi zugegeben hätte, dass er mit dem Typen Geschäfte machte. Doch das ist nicht mehr möglich.«

»Oh, … ist ihm etwas zugestoßen?«

»Das kann man so sagen. Mauro hat mich vor einer halben Stunde angerufen und mich wissen lassen, dass Risi heute Nachmittag in seiner Wohnung im Palazzo Primavera einem Herzleiden erlegen ist. Zuvor hatte ich noch in Erfahrung bringen können, dass er für Corrello Gutachten und Expertisen für Kunstwerke erstellt hatte, damit dieser höhere Preise für seinen Schund erzielen konnte.«

»Du glaubst, Risi hat von dem Raub gewusst? Vielleicht sogar tatkräftig mitgewirkt?«

»So sieht es für mich im Moment aus. Welche Rolle die tote Kuratorin bei all dem spielte, weiß ich noch nicht. Ich habe eine Theorie, aber es ist zu früh, darüber zu spekulieren. Ich halte es jedenfalls für keinen Zufall, dass Risi eine Geburtstagsparty gibt, bei der Di Santo und Mauro eingeladen sind, ebenso Corrello und andere honorige Gäste der Stadt. Und zur gleichen Zeit wird das Museum Opfer eines Kunstraubs. Das sieht mir mehr nach einem durchdachten Plan als nach Zufall aus. Risi war für alle sichtbar auf der Party. Wer wollte ihm da Böses unterstellen? Ihm gar kriminelle Machenschaften anlasten, nur weil ihm von einem Geschäftsmann, der Immobilien an der *Piazza Brà* gekauft hat, generös ein dicker Scheck geschenkt wird?

»Ah, ein Scheck? *Interessante!* Unser Russe als Menschenfreund. Diesen Zug kannten wir noch nicht an ihm.« Michele und sein Chef lachten.

»Gebracht hat ihm die milde Gabe übrigens Tamara! Franco Risi kann nicht mehr aussagen. Sehr praktisch für die Täter!« Michele Vivani war ernst geworden. »Wir werden dem sauberen Russen wieder nichts nachweisen können.«

»Abwarten. Mach deine Arbeit, Miche!«

Wenn sich sein Chef auf die reduzierte Anrede seines Vornamens zurückzog, duldete er keinen Widerspruch. Doch was hätte Michele darauf auch antworten sollen? Er wusste, was zu tun war. Dazu brauchte er den alten Haudegen in Rom nicht.

»Was spricht Vincenzo Mauro, unser allseits geschätzter Staatsanwalt?« Ein Hustenanfall unterbrach kurzzeitig das Gespräch der beiden, und Michele riss wieder einmal entsetzt das Handy von seinem ohnehin lädierten Ohr. Sein Chef rang nach Atem. Offenbar war zum gewöhnlichen Raucherhusten auch noch eine Erkältung gekommen.

»Er gibt sich zugeknöpft, tut so, als würde er mich nicht kennen. Wir wissen beide, dass dem nicht so ist. Aber beim gegenwärtigen Stand der Ermittlungen ist es gut, wenn wir Commissario Fontanaro darüber im Unklaren lassen. Sein Misstrauen habe ich natürlich längst geweckt.«

»So schlau ist der Typ?« Gelächter und Husten in einem stellten Micheles Geduld auf eine weitere Probe. »Was hast du als Nächstes vor?«

»Ich warte ab. Mauro hat mir mitgeteilt, dass Risi obduziert wird. Fontanaro hat darauf bestanden und sich gegen den Willen der Witwe durchgesetzt. Mauro hat mir versprochen, mich umgehend über das Ergebnis zu informieren.«

»Daraus schließt du, dass er sehr wohl weiß, wer du bist, sonst würde er dir kein solches Angebot machen.«

»*Esatto*. Wenn ich bis morgen Vormittag nichts höre, frage ich nach.«

Was Michele seinem Chef vorenthielt, war die Tatsache, dass Mauro ihm auch die Kaufverträge und Grundbucheintragungen der verkauften Immobilien in Verona zugespielt hatte, die unter anderem die Unterschriften von Dmitrij Koslow und Irina Koslowa trugen. Beide tauchten sie mehrfach im Organigramm der Holding auf. Dennoch waren die Besitzverhältnisse der beiden Gebäude unklar. Im Zweifel konnten sie den Koslows nichts nachweisen, ihre Beteiligung an unsauberen Geschäften blieb im Dunkel. Nichts deutete bisher auf eine Verstrickung Koslows in den Kunstraub hin. Doch Michele blieb dran. Es sollte ihn nicht wundern, wenn Koslow längst Italien verlassen hatte und in Moskau oder St. Petersburg in Ruhe auf das Eintreffen der Bilder und die Überweisung der Lösegeldsumme wartete.

»*Bene!*«, äußerte sich sein Chef zufrieden. »Die Abteilung hat, nicht zuletzt durch deine Hilfe, eine Akte unseres Freundes erstellt. Ich schicke dir die Unterlagen mit einer verschlüsselten E-Mail. Irgendwann kriegst du ihn.« Erneutes Gelächter, dann war Stille in der Leitung.

Michele legte erleichtert das Handy auf die Bettdecke. Eines nicht so fernen Tags würde er ein Hörgerät brauchen, weil ihm sein Chef das Trommelfell zerstört hatte. Und er würde sich einen befreundeten, sehr guten Anwalt nehmen, der das dann als Arbeitsunfall deklarieren und Schmerzensgeld erstreiten würde.

Sein Handy gab den vertrauten Klingelton von sich. Die angekündigte Mail war eingetroffen. Das Dossier über Dmitrij Koslow war nicht lang. Wenige Seiten schilderten die kriminelle Karriere des Russen aus Moskau, der mit Zuhälterei angefangen hatte und inzwischen mit Immobilien und Kunsthandel sein Geld verdiente. Michele speicherte die Datei ab. Viel Neues hatte er nicht erfahren.

Deshalb entschloss sich Vivani, doch nochmals das Hotel zu verlassen. Er ging in sein Schlafzimmer zurück und zog sich sorgfältig für einen Abend in einer angesagten Bar an. Auf eine Verkleidung verzichtete er. Schließlich wollte er von dem Barbetreiber, sollte er sich tatsächlich noch in Verona aufhalten, nicht erkannt werden. Kunstexperte Sandro Torrente wurde vorläufig nicht mehr benötigt.

43

23.00 Uhr

Der Garten der Fontanaros im *Quartiere Borgo Trento* lag im Dunkel der Nacht. Gegen die Wolkendecke am Himmel hatten Sterne und Mond keine Chance. Antonio und sein Freund und Kollege Georg standen am Fenster des Gästezimmers und schauten in die Finsternis, die die beiden Wagen, die dicht hintereinander im Hof standen, fast verschluckte. Lediglich eine Laterne erhellte mit einem schwachen Lichtschein eine Ecke des Grundstücks, wo der schwarze Fiat Ducato Easy als Silhouette erkennbar war. Dicht hinter ihm hatte die *polizia di stato* eine Alfa Limousine geparkt. Drinnen saßen zwei Polizisten und würden den Lieferwagen mit seiner wertvollen Fracht die Nacht über bewachen.

Georg und Antonio hatten jeder ein Glas Rotwein in der Hand und prosteten sich schweigend zu. Dann starrten sie weiter hinaus in die Nacht. Noch hatten sie nicht entschieden, wie es am nächsten Tag weitergehen sollte.

Breitwieser war hundemüde und ausnahmsweise bereit gewesen, das Angebot Marissas anzunehmen und die Nacht im Gästezimmer zu verbringen. Er hatte keine Energie mehr gehabt, sich ein Hotelzimmer zu suchen. Ursprünglich war er davon ausgegangen, im Hinterland von Soave bei Stefania zu nächtigen. Doch das Telefonat hatte ihn davon abgehalten, bei ihr anzufragen. Bisher hatte er nicht nochmals versucht, sie zu erreichen. Und er wusste nicht, ob er sich dazu später würde aufraffen können. Wenigstens Marissas Begeisterung über die deutsche Geschirrspülmaschine, die sie vorhin gemeinsam in Betrieb genommen hatten, hatte ihn gefreut. Er konnte sich selbst nicht so recht erklären, was ihn so verunsicherte und umtrieb. Als er überraschend Marissas Angebot, bei ihnen zu übernachten, angenommen hatte, hatte sie ihn prüfend angesehen und gefragt, ob er Stefania nicht Bescheid geben wolle. Seine ausweichende Antwort hatte ihr genügt. Sie hatte ihm einen Kuss auf die Wange gegeben und gemeint: »Stefania ist vielbeschäftigt. Mach dir keine Gedanken.«

Antonio ahnte nichts davon. Zu sehr war er gedanklich mit dem Fortgang der Ermittlungen beschäftigt. Das Ableben Risis lag ihm im Magen, denn er fragte sich, ob er dessen Tod hätte verhindern können. Wie er das hätte anstellen sollen, wusste er allerdings nicht. Petrelli von der Spurensicherung und Dottoressa Di Silva, die Pathologin, hatten ihn beide auf den kommenden Vormittag vertröstet. Erst dann konnten sie nähere Angaben zum Tod von Franco Risi machen.

»Du glaubst tatsächlich, jemand hat den Museumsdirektor um die Ecke gebracht?« Georg nahm einen Schluck Rotwein und schaute weiter in die Nacht hinaus.

»Genau das glaube ich!«

»Und welches Motiv sollte dahinterstecken? Meinst du, es hängt mit der Lösegeldforderung zusammen?«

»Möglich. Stell dir mal vor, er hätte gemeinsame Sache mit den Räubern gemacht. Er arbeitet mit Todisco und dessen Leuten zusammen und verschafft ihnen Zutritt zum Museum.«

»Kann man das irgendwie beweisen?«

»Wir wissen, dass sich Todiscos Leute an der Alarmanlage und an den Kameras zu schaffen gemacht haben. Beides ist in der Tatnacht ausgefallen. Außerdem haben wir bei der toten Mancini zwei dieser Chipkarten entdeckt, die man benötigt, um das Museum zu betreten. Eine in ihrer Handtasche und eine in der Seitentasche der Jacke ihres Hosenanzugs. Wir haben die Karten der Sicherheitsfirma geschickt, die diese ausstellt und programmiert. Nach deren Auskunft hat eine Karte ihr gehört, die andere war eine sogenannte ›Gästekarte‹. Auch Risi dürfte eine solche Reservekarte besessen haben.«

»Also seid ihr so schlau wie vorher«, stellte Georg nüchtern fest. »Habt ihr Risis Frau schon dazu befragt? Hat sie zum Beispiel nach der Karte ihres Mannes gesucht?«

Antonio schüttelte den Kopf. »Aus der Frau war heute Nachmittag nichts mehr herauszubringen. Der Arzt, der Risis Tod festgestellt hat, hat ihr eine massive Beruhigungsspritze verpasst und sie vorübergehend in die Klinik eingewiesen. Er meinte, sie würde bis morgen Vormittag durchschlafen. Dann allerdings wird sie sich ein paar Fragen gefallen lassen müssen. Andererseits hat es uns ihr Tiefschlaf ermöglicht, die Leiche in die Pathologie zu bringen und uns auch gleich noch ein wenig in der Wohnung umzusehen. Bis Vincenzo Mauro davon überzeugt ist, dass Risi oder seine Frau vielleicht Dreck am Stecken haben, ist es für eine Beweisaufnahme vor Ort zu spät.«

Georg grinste. Es gefiel ihm, dass Tonio den unangenehmen Staatsanwalt nicht ganz legal ausgetrickst hatte. Wenn er allerdings daran dachte, wie er selbst Richterin Schaller ausmanövriert hatte, fühlte er sich nicht mehr ganz so wohl in seiner Haut.

»Nehmen wir mal an, du hast recht und Risi hat den Räubern geholfen, dann war er nicht nur ein Mitwisser, sondern hatte sich einen Anspruch auf angemessene Bezahlung erworben. Als Auftraggeber hätte ich ein gesteigertes Interesse daran, diese Person loszuwerden. Wer hatte denn Zutritt zum Palazzo Di Primavera? Wer könnte den Mord an Risi begangen haben?«

»Tamara!«

Georg zog überrascht beide Augenbrauen hoch. Von der Person hatte er noch nichts gehört. Und so berichtete ihm Antonio von seinem Gespräch mit ihr auf dem Weihnachtsmarkt. Erzählte von den Andeutungen, die sie bezüglich ihres Zuhälters gemacht hatte. So dürftig sie auch waren, konnte Antonio dennoch seine Schlüsse ziehen.

»Tamara hat natürlich keine Namen genannt, doch nach allem, was wir bisher über den Oligarchen wissen, der sich in Verona mit Zustimmung von Bürgermeister Di Santo buchstäblich breit macht, würde es mich nicht wundern, wenn er hinter der Lösegeldforderung steckt, wenn er die Bilder hätte rauben lassen.«

»Und wo ist die junge Frau jetzt?«

»Sie hat nach dem Tod von Risi überstürzt den Palazzo Primavera verlassen und ist untergetaucht. Ich habe Enrico auf sie angesetzt. Er ist sicherlich schon länger in der *Rooftop-Bar* an der *Piazza Brà*, lässt sich auf Staatskosten Cocktails schmecken und beobachtet die Lage. Außerdem habe ich eine Fahndung nach Tamara rausgegeben.«

Nach einem letzten Blick in den Garten und auf die beiden Wagen verließen sie gemeinsam das Gästezimmer und gingen in die Bibliothek, die am anderen Ende der Etagenwohnung lag und das ganz persönliche Refugium Antonios darstellte. Dort wartete auch der restliche Rotwein darauf, von den Kommissaren konsumiert zu werden. Sie setzten sich an dem kleinen Couchtisch in bequeme Polstersessel und nahmen ihr Gespräch wieder auf.

»Kennst du den Russen?«, fragte Georg.

Antonio schüttelte den Kopf. Er holte sein Handy aus der Hosentasche und zeigte auch seinem Freund das Foto, das er in der Bar gemacht hatte.

»Ich gehe davon aus, dass das ein Mittelsmann von Koslow ist. Oder er ist es selbst. Keine Ahnung!«

Und während Georg sich das Gesicht einprägte, begann die rote Lampe des Handys zu blinken.

»Du hast eine SMS bekommen.« Breitweiser reichte das Telefon an seinen Freund weiter.

»Enrico teilt mit, dass Tamara bisher nicht aufgetaucht ist. Dafür sitzt Avvocato Vivani einige Tische weiter und nippt an seinem Cocktailglas.«

Georg war über Michele Vivani im Bilde. Beim Abendessen hatte sein Freund ausführlich über das Treffen bei Di Santo berichtet.

»Was wird er dort wollen?«

»Ich denke, er ist wie wir an dem Russen interessiert. Ich hatte heute beim Zusammentreffen im Palazzo Barbieri deutlich das Gefühl, dass ihm der Name Koslow mehr sagt, dass er ihn vielleicht sogar kennt.«

»Glaubst du, der sogenannte Kunstexperte macht mit ihm gemeinsame Sache? Horcht euch aus und erstattet brühwarm Bericht?«

»Ehrlich gesagt, kann ich das nicht einschätzen. Ich weiß nicht, was der Avvocato vorhat. Das ist ein smarter Typ, der es glänzend versteht, seine Absichten zu verschleiern. Enrico hat versucht, etwas mehr über ihn in Erfahrung zu bringen. Aber Fehlanzeige. Andererseits habe ich das Gefühl, Mauro und Vivani sind sich nicht fremd!«

Georg rieb sich nachdenklich über das Kinn und beschloss, endlich mit seinem Plan herauszurücken. Denn so wie sich ihm die Situation darstellte, kamen die Italiener in den Ermittlungen nicht weiter. Doch er musste vorsichtig sein, durfte Antonio nicht überrumpeln, sonst würde er bei seiner gewagten Idee nicht mitspielen.

»Es ist interessant, dass auch du mit einem Russen zu tun hast«, begann er vorsichtig. »Gianni Canali hat, wie du weißt, Flüchtlinge transportiert. Inzwischen weiß ich, dass das kein Akt der Nächstenliebe war, sondern ein Teil des Plans der Kunsträuber.

Die Syrer sollten die Grenzer vom wahren Inhalt des Wagens ablenken. Ich habe heute noch eine von ihnen befragt. Aisha hat bestätigt, dass Ahmad, ein junger Journalist und Sprecher der kleinen Flüchtlingsgruppe, im Laufe der verschiedenen Fluchtetappen zwischen Aleppo und Bozen alle ihre Ersparnisse an russische Schlepper geben musste. Es ist ihnen fast nichts mehr übrig geblieben. Ich gehe stark davon aus, dass dahinter ein Mann steckt, der gut am Geschäft mit den Kriegsflüchtlingen verdient.« Und er schilderte Antonio den Fluchtverlauf bis Bozen, soweit er ihm selbst bekannt war.

Dass Richterin Schaller vorhatte, zusammen mit dem zuständigen Staatsanwalt einen Prozess gegen den oder die Schleuser zu eröffnen, die für das Massaker in der Adria verantwortlich waren, behielt er erst einmal für sich. Die Annahme, der Russe, der in Verona Immobilienbesitz erworben hatte, käme auch für dieses Verbrechen in Frage, schien ihm doch zu gewagt.

»Meine Schwiegereltern helfen in Bozen bei der Versorgung von Geflüchteten«, warf Antonio ein. »Vielleicht sollte ich mal mit Danilo sprechen. Vielleicht hat er etwas gehört, was uns weiterhilft.« Ohne groß zu überlegen oder sich Sorgen wegen der Uhrzeit zu machen, rief er in Bozen an. Er musste es lange läuten lassen, bis endlich abgehoben wurde.

»Wo brennt's, Tonio? Du musst einen verdammt guten Grund haben, mich mitten in der Nacht herauszuklingeln.«

»*Mi dispiace, Babbo!* Tut mir leid, aber es ist wichtig. Sag, gibt es Gerüchte darüber, wer die vielen Syrer über die Grenzen bringt? Wer Geld dafür nimmt?«

Einen Moment herrschte völlige Stille, dann brach es aus Danilo heraus. »Bist du von allen guten Geistern verlassen, eine derart dämliche Frage kurz vor Mitternacht zu stellen? Ich hätte dich für klüger gehalten.«

Antonio blieb hartnäckig. »Sagt dir der Name Koslow etwas?«

»*No!*«, antwortete Danilo ohne nachzudenken. Und dann ruhiger: »Es sind Libanesen, Libyer, Türken und Russen im Gespräch, die sich an den Flüchtlingen eine goldene Nase verdienen. Aber keiner nennt Namen. Sie alle haben Angst davor, als Verräter zu gelten, oder ihre Familien, die in den umkämpften Gebieten zurückgeblieben sind, Repressalien auszusetzen. Da macht keiner den Mund auf. Und die meisten wissen nicht, wem sie im Einzelnen auf ihrem langen Fluchtweg Geld gegeben haben. Ihre Ansprechpartner wechseln ständig. Das ist Teil des Systems, damit die Schleuser anonym und unentdeckt bleiben.«

»Kennst du zufällig Leute, die auf dem Geisterschiff unterwegs waren, das vor der albanischen Küste in der Adria gekentert ist?«

»Es gibt Gerüchte. Aber, nein, persönlich kenne ich niemanden. Aber die Verständigung ist auch nicht besonders einfach, wie du dir denken kannst. Nicht alle können Englisch. Außerdem sind die meisten erschöpft, hungrig und verzweifelt. Sie wollen ein Dach über dem Kopf, etwas zu essen und dann weiterziehen nach Deutschland. Die wenigsten wollen in Italien bleiben. Wer es bis Bozen geschafft hat, sieht das gelobte Land vor Augen.« Danilo lachte, aber es klang gequält. Antonio hörte deutlich heraus, dass seinem Schwiegervater schwer ums Herz war, dass er nicht weiter über das Thema sprechen, sondern nur noch ins Bett wollte.

»Kannst du trotzdem mal den Namen Koslow fallen lassen? Dich umhören, ob jemand darauf reagiert?«

Danilo Angelotti stöhnte auf. »Du gibst keine Ruhe, oder? Nein, Tonio, so leid es mir tut, aber ich kann dir nicht helfen. Elvira und ich werden in den nächsten Tagen nicht mehr in die Turnhalle zum Helfen gehen. Wir sind beide müde und erschöpft. Andere sind jetzt dran. *Buona notte*.«

Antonio legte sein *telefonino* auf dem Couchtisch ab und sah Georg resigniert an.

»Nichts zu machen. Meine Schwiegereltern haben genug.«

»Ich kann's verstehen. Wenn du einmal in die erloschenen Augen dieser Menschen geschaut hast, geht dir das nachhaltig an die Nieren. Das kannst du nicht einfach abschütteln, das verfolgt dich.«

Georg trank sein Glas leer und ließ sich nochmals nachschenken. Sein Erlebnis mit der hochschwangeren Frau, die er mit Mühe und Not zur Entbindung in ein Krankenhaus geschafft hatte, stand ihm immer noch so lebendig vor Augen, dass sich ihm das Herz schmerzlich zusammenzog. Geflüchteten zu helfen, war kein Kinderspiel. Der Rotwein tat gut, wärmte ihn von innen auf und machte ihn nach der langen Fahrt angenehm müde. Aber er wollte sich zusammenreißen, um nochmals über Gianni Canali zu sprechen.

»Der Italiener wird uns auf die richtige Spur bringen. Er weiß, wo die Räuber sitzen. Sein Chef Vittorio Todisco ist, wenn deine Annahmen stimmen, der Schlüssel zu Koslow. Wir müssen nur vorsichtig vorgehen und Canali richtig einsetzen. Wenn du Tamara noch findest, dann können wir die Schlinge zuziehen und wir haben eine sehr gute Chance, diesen Fall erfolgreich abzuschließen. Was auch dringend nötig ist«, fügte er noch mit einem kleinen Lächeln hinzu. »Im anderen Fall bin ich meinen Job los und muss bei Stefania als Erntehelfer anheuern.«

»Da hat sie mit Sicherheit nichts dagegen.«

Antonio lachte und Georg stimmte sehr verhalten in sein Gelächter ein. Um etwaige besorgte Nachfragen im Keim zu ersticken, begann er stattdessen, seinen Plan zu konkretisieren, wie er sich Gianni Canalis Rolle in den weiteren Ermittlungen vorstellte.

44

Mittwoch, 18.11.2015

Verona, 2.00 Uhr

Seit mehr als einer Stunde saß Michele Vivani allein an einem der Tische in der *Rooftop-Bar* und trank bereits seinen zweiten *Americano,* einen Cocktail, der in der Hauptsache aus Campari bestand. Das Etablissement war an diesem Abend nur mäßig besucht, was sicherlich nicht zuletzt am lausig kalten Wetter und der Nebelsuppe lag, die die *Arena* wie ein dichter Schleier umfing. Von der Piazza waren nicht einmal Gebäudeumrisse zu erkennen. Die Straßenlaternen produzierten milchige Flecken im grauen Einerlei. Eine spektakuläre Aussicht auf die vielen Lichter der Stadt war in dieser Nacht nicht zu genießen.

Von seinem Sitzplatz aus konnte Michele die ganze Bar überblicken. Auf der Tanzfläche schoben sich drei temperamentlose Pärchen herum. Am Tresen hingen mehrere Geschäftsmänner auf den Barhockern und hätten sicherlich längst ins Bett gehört. Nur wenige Tische waren besetzt. Einer davon interessierte Michele zwangsläufig. Denn dort saß Ispettore Enrico Brandino. Er war schon da gewesen, als Michele eintraf. Der Polizist nippte unlustig an einem Bierglas und schaute alle Augenblicke auf die Uhr oder zu Vivani herüber.

Sie verfolgten ein gemeinsames Interesse in dieser Nacht, da war sich der Avvocato sicher, und dieses Interesse hieß Tamara. Doch bislang hatte sich die Russin nicht blicken lassen. Und Michele fürchtete, dass das auch so bleiben würde.

Das Gespräch mit seinem Vorgesetzten in Rom ging ihm nochmals durch den Kopf. Sie hatten ein wenig aneinander vorbeigeredet, denn Michele hatte seinen Chef in Bezug auf das Telefonat mit Mauro am selben Abend bewusst belogen. Seine Aussage, der Staatsanwalt hätte ihn beim Zusammentreffen mit Di Santo im Palazzo Barbieri wiedererkannt, aber dies nicht zu erkennen gegeben, entsprach zumindest nicht ganz der Wahrheit.

Vielmehr hatte dieser mit einer eindeutigen Bemerkung am Telefon das Gespräch eröffnet, als er ihn vom Tod Risis in Kenntnis setzte. »Ich kann mich auf Ihr Stillschweigen verlassen, Avvocato?«

»Wie darf ich das verstehen, Dottore?«

»Ich behalte für mich, für wen Sie in Wahrheit arbeiten, und Sie bewahren Stillschweigen darüber, weshalb man mich von Rom nach Verona versetzt hat!«

Michele hatte sich ein leises Lachen erlaubt, denn beiden war klar, dass das jeweilige Geheimnis beim anderen gut aufgehoben war. Juristen pflegten einander nicht in die Suppe zu spucken. Selbst Micheles Vorgesetzter blieb außen vor, solange es die Sachlage nicht erforderte. Vivani wusste, wann es an der Zeit war, seinem Chef reinen Wein einzuschenken.

Mauro und Michele hatten sich dann über Franco Risi unterhalten. Der Staatsanwalt äußerte wilde Spekulationen über beunruhigende Verflechtungen des Falls in höchste gesellschaftliche Kreise.

»Die Tatsache, dass man Di Santo die Lösegeldforderung zugestellt hat und nicht Franco Risi, was man hätte erwarten dürfen, hat mich schon sehr gewundert. Zu allem Überfluss ist Risi nun tot. Commissario Fontanaro spricht von Herzversagen. Hoffen wir, dass er damit recht behält. Stellen Sie sich vor, man hätte den Museumsdirektor beseitigen lassen! Was würden die

Medien daraus machen! Ich sehe schon die Schlagzeile der *L'Arena*: ›Museumsdirektor war Kunsträubern im Weg‹. Das wäre ein Skandal allererster Güte!«

»Und wenn es wahr wäre?«, wagte Michele einzuwerfen.

»Malen Sie den Teufel nicht an die Wand, Avvocato!«

»Ich möchte diese Möglichkeit zumindest nicht ausschließen. Was sagt der Commissario dazu?«

»Nicht viel. Er hat Tamara, die russische Hausangestellte, zur Fahndung ausgeschrieben. Sie ist, während Fontanaro und Castillio im Palazzo Primavera waren und sich der Todesfall ereignet hat, spurlos verschwunden.«

Michele hatte sich von Mauro die Russin beschreiben lassen und von ihm auch erfahren, dass sie in ihrem zweiten Job als Bardame arbeitete. Für ihn stand es zweifelsohne fest, dass es sich dabei auch um jene junge Frau handelte, die der Contessa unumwunden in ihrem Museumsshop gedroht hatte. Ihr Verschwinden konnte vieles bedeuten. Vielleicht hatte die Contessa lediglich die Drohung, ihr zu kündigen, wahr gemacht. Vielleicht nahm die junge Frau jetzt ihre Rache für schlechte Behandlung. Ausgerechnet in der prekären Situation, in der die verwöhnte Dame des Hauses den tiefen Schmerz des Verlustes ertragen musste, suchte die Haushaltshilfe das Weite, ließ sie allein im Gefühlschaos ohne Unterstützung im Haushalt zurück. Es konnte aber auch ganz andere Gründe haben. Und so fragte Michele beim Staatsanwalt nach: »Neigt der Commissario dazu, von einem natürlichen Tod Risis auszugehen?«

»Er hat eine Obduktion gegen den Willen der Witwe verlangt und Giudice Gioberti hat dem zugestimmt.«

»Ich hätte es an seiner Stelle genauso gemacht.«

»Was werden Sie als Nächstes unternehmen, Avvocato?«

Michele wurde hellhörig. Er ließ sich von Vincenzo Mauro nicht ausfragen. Zurückhaltend entgegnete er: »Was schlagen Sie vor, Dottore?«

»Wir müssen die kleine Russin finden.«

Ausnahmsweise waren sie sich in dieser Frage einmal alle einig. Deshalb saß Michele in der *Rooftop-Bar* genauso wie Brandino, der zweifelsohne von Fontanaro geschickt worden war. Doch es sah so aus, als hätte Tamara den Braten gerochen. Was sollten sie machen, wenn Koslow sein Mädchen abgezogen und bereits nach Russland zurückgeschickt hatte? Wenn er begriffen hatte, dass es weder Lösegeld noch Gemälde für ihn geben würde, der ganze Aufwand umsonst, das ganze Risiko vergebens gewesen war? Irgendjemand würde dafür bluten. Sollte er Tamara als Lockvogel, Spitzel und Informantin in den Palazzo Primavera eingeschleust haben, würde es ihr schlecht ergehen. Michele grauste es bei der Vorstellung, Koslow könnte bereits seine Wut an der jungen Frau ausgelassen haben. Dann würden sie sie wohl nicht mehr lebend wiedersehen und auch ihre Leiche nicht finden.

Michele Vivani leerte sein Cocktailglas. Unvermittelt tauchte eine junge, schwarzhaarige Bedienung auf, die nachfragte, ob er noch einen weiteren *Americano* wünsche.

»*Grazie no*. Sagen Sie, Signorina, kommt Ihre Kollegin Tamara heute noch vorbei?«

»Das darf ich Ihnen nicht sagen.«

Michele zog einen Hunderteuroschein aus der Geldbörse und schob ihn unter der Hand verdeckt über den Tisch. Ohne Umstände verschwand der Geldschein im Dekolletee der Dame. Sie nahm das leere Cocktailglas auf und stellte es auf ihr Tablett.

»*No*, Tamara ist nur am Freitag und am Wochenende in der Bar. Tut mir leid!« Sie lächelte entschuldigend und fragte dann wie nebenbei: »Möchten Sie noch Gesellschaft für heute Nacht, Signore? In einer halben Stunde habe ich Dienstschluss. Heute ist nicht viel los hier.«

Seine Großzügigkeit hatte offenbar Eindruck gemacht, doch Michele hatte kein Verlangen nach Damenbesuch im Hotelzimmer und verabschiedete sich. Dann stand er vom Tisch auf, schlenderte zu Brandino hinüber und nahm auf dem freien Stuhl Platz.

»Wir beide können Schluss machen und zu Bett gehen, Ispettore. Die Dame hat heute ihren freien Tag.«

»Nichts lieber als das, Avvocato. Ich kann meine Augen kaum noch offen halten.«

Gemeinsam verließen sie die *Rooftop-Bar* und standen noch einen Moment auf der *Piazza Brá* beisammen.

»Ein Hundewetter ist das. Wann fahren Sie zurück nach Rom, Avvocato? Dieser Nebel muss Ihnen mächtig auf die Nerven gehen.«

»Wenn wir den Fall gelöst haben, Ispettore. Und das wird jetzt nicht mehr lange dauern. Glauben Sie mir. Wir sind auf der Zielgeraden.«

Enrico Brandino sah Vivani skeptisch an.

»Was meinen Sie damit: ›Wenn wir den Fall gelöst haben?‹ Seit wann ist das Ihr Fall?«

»Mein Mandant in Rom wartet auf Antworten. Er will wissen, wo sein Guardi geblieben ist. Und Sie wollen wissen, wer den Raubmord begangen hat. Also haben wir einen gemeinsamen Fall.« Michele lächelte den jungen Ispettore unschuldig an. »Nicht mehr und nicht weniger.«

»Warum haben Sie auf Tamara gewartet, Avvocato? Woher kennen Sie die junge Frau überhaupt?«

»Ich hatte ein Gespräch mit dem Staatsanwalt. Er hat mir erzählt, dass Franco Risi gestern Nachmittag verstorben ist und dass man Tamara sucht. Ich dachte, ich unterhalte mich mal mit der jungen Frau.«

Enrico Brandinos Gesichtsausdruck wurde abweisend. Er glaubt mir kein Wort, dachte Michele. Fontanaro konnte stolz auf seinen Mitarbeiter sein. Der Ispettore war nicht dumm.

»Weshalb sollte Vincenzo Mauro solche Interna mit Ihnen besprechen, Avvocato?«

»Ihr Commissario hat Ihnen vermutlich noch nicht erzählt, dass ich ebenfalls bei Di Santo war und mitbekommen habe, wie er die Lösegeldforderung erhielt. Der Staatsanwalt suchte meinen Rat. Meine Kenntnisse der Kunstszene sind nicht nur für Ihren Commissario von Interesse.«

»Aaaah …« Enrico Brandino wirkte wenig überzeugt.

»Erlauben Sie noch eine Frage, Ispettore?«

Brandinos Augenbrauen schossen in die Stirn.

»Das kommt darauf an.«

»Wie geht es der Witwe? Wie hat sie diesen Schlag verkraftet?«

»Gar nicht! Als wir ihren Mann abholen ließen, um ihn in die Gerichtsmedizin zu bringen, hat sie sich zunächst wie wild aufgeführt und dann ist sie zusammengebrochen. Der Arzt hat sie in die Klinik einweisen lassen. Dort wird sie diese Nacht unter Beobachtung bleiben.«

»Wäre es dann nicht logisch, dass sich Tamara wieder in den Palazzo Primavera zurückgezogen hat und sich dort versteckt?«

»Verdammt, Sie könnten Recht haben. Dort sucht sie keiner.«

»Dann sollten wir schleunigst nachsehen!«

Kurze Zeit später standen sie vor dem geschlossenen, schmiedeeisernen Tor, das den Innenhof des Palazzo Primavera zur Straße versperrte. Alle Fenster waren dunkel. Kein Licht brannte.

»Ich fordere eine Streife an. Der Garten hat nach hinten keinen Ausgang. Wer immer den Palazzo verlassen will, muss durch das Tor kommen.«

Während Enrico Brandino schon die Nummer der Kollegen von der *polizia di stato* wählte, klopfte ihm Vivani verabschiedend auf die Schulter. Der folgende Tag würde spannend werden. Er musste schleunigst ins Bett, damit er fit war. Abends dann würde er nach Hause fliegen, dachte Michele, sich mit seiner Freundin Cinzia in einer kleinen Trattoria in *Trastevere* treffen und ihr ausführlich erzählen, dass es einen Notfall in der Familie gegeben hatte – wieder einmal – und er kurzfristig nach *Napoli* hatte fliegen müssen. Mit durchaus schlechtem Gewissen fragte er sich, wie lange sie ihm diese Notfälle und Lügen noch abnehmen würde. Er hätte sich selbst längst den Laufpass gegeben. Ein Teil ihrer Anhänglichkeit war sicherlich dem nicht gerade kleinen Erbe zu verdanken, das er eines schönen Tags antreten würde. Sie hatte ja keine Ahnung davon, was und wer alles hinter der *Famiglia Vivani* steckte. Und das brauchte sie auch nicht zu wissen. Eine feste Beziehung kam für ihn nicht in Betracht. Auch darüber ließ er die attraktive Römerin im Unklaren. Seine Tätigkeit war viel zu gefährlich, als dass er Frau und Kinder an sich binden konnte. Eine solche Verantwortung wollte er nicht übernehmen, auch wenn es ihn schmerzte. Dennoch konnten die gelegentlichen Treffen mit der schönen Frau seiner Tarnung nur dienlich sein. Er mochte Cinzia. Von Liebe sprachen sie beide nicht. Manchmal hätte es ihn allerdings schon interessiert, wie sie über ihre Beziehung wirklich dachte. Irgendwann würde das Thema Hochzeit aufkommen. Spätestens dann musste er einen Schlussstrich ziehen.

Michele umrundete die *Arena*, überquerte die *Via Mazzini* und wollte gerade in die *Piazzetta Scalette Rubiani* einbiegen, um sein Hotel zu betreten, als er nicht weit vom Eingang entfernt die Silhouette eines breitschultrigen Manns an der Mauer des gegenüberliegenden Hauses lehnen sah. Er rauchte eine Zigarette und behielt den Eingang im Blick. Michele drehte sich um, ging wieder am römischen Bauwerk vorbei und erreichte über die *Chiesa San Nicolò* und eine Seitengasse das Hotel von Norden. Dort öffnete er mit seiner Zimmerchipkarte das Tor zur Tiefgarage. Im ersten Stock angelangt, verließ er den Aufzug, ging den Gang entlang, der Fenster zur *Piazza* hatte, die Zimmer in diesem Teil des Hotels lagen zum Innenhof, und sah den Mann unverändert an der Mauer lehnen. Zurück im Aufzug fuhr er ein Stockwerk weiter. Er würde in dieser Nacht auf der Hut sein. Aus dem erhofften Schlaf würde nichts werden. Er hatte Koslow, der Einfachheit halber nannte er den Mann in seinen Gedanken weiter so, mit seinem Besuch mehr als nur aufgeschreckt. War ihm einer seiner Leute auf der Fahrt zurück nach Verona gefolgt? Zu sehr mit seinen Blessuren im Gesicht beschäftigt und wütend darüber, dass es jemand gewagt hatte, ihn zusammenzuschlagen, hatte er womöglich nicht richtig aufgepasst. Und so könnte die Tarnung des Kunstexperten Torrente aufgeflogen sein. Andererseits war ihm auf dem Weg zum Palazzo Primavera gemeinsam mit Brandino nichts Ungewöhnliches aufgefallen. Das hieß, seinen Abstecher in die *Rooftop-Bar* brachte derjenige nicht in Beziehung zu Sandro Torrente. Aber sicher konnte er sich nicht sein.

45

Verona – Corno Alto, 8.00 Uhr

Gianni Canali fuhr den Fiat Ducato Easy vom Parkplatz der Questura. Der Wagen war zuvor komplett leergeräumt, die Gemälde irgendwo im Gebäude der Kriminaltechnik sicher verwahrt worden. Die Kommissare, die ihn morgens um 6 Uhr aufgeweckt und zur ersten Vernehmung geholt hatten, hatten ihn darüber nicht informiert, ihn vielmehr gegrillt und schließlich in die Enge getrieben.

In mäßigem Tempo fuhr er im morgendlichen Nebel Richtung *Corno Alto*. Sein Ziel war die Werkstatt seines Chefs Vittorio Todisco, und je näher er dem Ort kam, desto langsamer fuhr er. Er hatte Angst. Eine Scheißangst, wie er sich eingestand. Sein Herzschlag fühlte sich rasend schnell an, seine Hände hielten zittrig das Lenkrad und er fragte sich, wie er die nächste Stunde überstehen, ja überleben sollte in seinem desolaten Zustand. Vittorio würde ihm das schlechte Gewissen fünf Kilometer gegen den Wind ansehen. Ohne jeden Zweifel würde er ihn fertigmachen. Doch was sollte er tun? Die beiden Kommissare hatten ihm keine Wahl gelassen. Wenn er nicht mitspielte, käme er sofort in Untersuchungshaft. Die Beihilfe zum Raub hatte er ja längst zugegeben. Auch die Herkunft des Brillantrings war kein Geheimnis mehr. Was sollte er damit noch hinterm Berg halten? Das war in seinen Augen das einzige wirkliche Verbrechen, das er begangen hatte. Die Beteiligung am Mord der Kuratorin hatte er guten Gewissens vehement bestritten. Und er dachte auch, dass sie ihm geglaubt hatten. Es blieb nicht aus, dass damit der Verdacht weiter bei Livio Ferrari lag. Doch das konnte er nicht ändern. Sein Hemd war ihm näher. Und den letzten Beweis, ob der Kumpel wirklich so brutal zu Werke gegangen war, mussten die schlauen Commissari selbst finden. Das konnte er ihnen nicht abnehmen. Sie hatten ihm jedoch einen verlockenden Deal vorgeschlagen. Wenn es ihm gelänge, Vittorio Todisco als Drahtzieher des Raubs und Livio Ferrari des Mordes zu überführen, würden sie dafür sorgen, dass er mit einem blauen Auge davonkam.

Und so saß er jetzt in dem verdammten Fiat Ducato Easy, den er inzwischen abgrundtief hasste, und fuhr seinem Schicksal entgegen. Noch war es früh genug und seine Kumpel vielleicht noch nicht auf Montage. Er wusste nicht, was er sich wünschen sollte. Eine vergebliche Fahrt oder eine Auseinandersetzung mit Todisco, die ihm vielleicht Straffreiheit ermöglichte, ihn im schlimmsten Fall aber das Leben kostete. Wie Todisco mit einem Verräter umgehen würde, konnte sich Gianni Canali mühelos vorstellen. In seinem Magen rumorte es gefährlich. Einen Stopp einzulegen, irgendwo einen Busch zu suchen in der flachen Einöde der Landschaft links oder rechts der Straße wollte er schon deshalb vermeiden, weil es nicht unbemerkt bliebe. Denn in einigem Abstand folgte ihm eine dunkelblaue Alfa Limousine mit den beiden Kommissaren an Bord und zwei weitere Zivilfahrzeuge der *polizia di stato* mit insgesamt sechs Polizisten. Zumindest nahm er das an, denn sehen konnte er sie nicht. Der Nebel verschluckte die Fahrzeuge förmlich. Nicht einmal den Ansatz eines Lichtkegels von den Halogenscheinwerfern sah er im Rückspiegel. Er fühlte sich allein auf der Straße, allein auf sich gestellt.

Die Kommissare hatten ihm versichert, dass ihm nichts geschehen konnte, dass sie zur Stelle wären, wenn bei Todisco die Sache aus dem Ruder zu laufen drohte, weil der Elektrikermeister die Nerven verlor. Der Fiat war mit einem GPS ausgestattet worden. Und ihn selbst hatten sie verdrahtet. Jedes Wort, das er sprach, wurde in den Alfa übertragen. Wenn Todisco ihn bedrohen sollte, würden sie das hören und sofort einschreiten. So der Plan. Aber Gianni Canali war kein Held und er fürchtete sich vor dem Zusammentreffen mit seinem Chef.

Doch für weitere Überlegungen und Bedenken war es zu spät. Gianni erreichte in diesem Moment den Firmenparkplatz von Todisco, der vollkommen verwaist war. Keiner der altersschwachen Wagen des Elektrikermeisters parkte dort. Offenbar waren die drei Kollegen bereits unterwegs. Fast fühlte er Erleichterung, hoffte er, dass ihm niemand öffnen würde. Dann mussten sich die Commissari etwas Neues einfallen lassen. Canali zog den Wagenschlüssel ab und stieg aus. Einen Moment blieb er stehen und lauschte in den Nebel. Das Brummen von schweren Alfa-Motoren erstarb. Die Polizei war nicht weit. Er drehte sich um und konnte die Silhouetten mehrerer Fahrzeuge im Dunst erkennen. Gianni musste sich beeilen, bevor der Nebel sich gänzlich lichtete und die natürliche Tarnung aufflog.

Entschlossen schritt er auf den schäbigen Flachbau zu und öffnete die Tür. Wie üblich war nicht abgesperrt. Er ging den schmalen Gang entlang, bis er die Glastür erreichte, die in den Büroraum führte. Drinnen brannte Licht. Aber alles war still. Er klopfte. Ein Brummen antwortete ihm. Kurz sammelte er sich, nahm allen Mut zusammen, den er aufzubringen vermochte, drückte die Türklinke nach unten und trat ein.

Vittorio Todisco saß an seinem Schreibtisch vor dem Computer und drehte ihm seinen breiten Rücken zu.

»Was ist los? Habt ihr Schlauberger etwas vergessen?« Weiter starrte er auf den Bildschirm, der in der Hauptsache eine grauweiße Seite zeigte. »Ich hab jetzt keine Zeit für euch zwei Schlafmützen.«

Seine Computertätigkeit schien Todisco schwer zu beschäftigen. Denn er machte keine Anstalten, sich umzudrehen.

»*Ciao,* Vittorio!« Gianni Canalis Stimme hörte sich in seinen Ohren krächzig an, war aber immerhin laut und vernehmlich.

Mit einem Ruck drehte sich der Elektrikermeister um und sprang von seinem Stuhl auf.

»Du hast mir gerade noch gefehlt. Was willst du hier? Verpiss dich, bevor ich dir Beine mache.«

Gianni Canali wappnete sich und dachte an das Drehbuch, das ihm der bayerische Kommissar eingebläut hatte. Fast jedes Wort hatte er ihm vorgebetet, ihn mehrmals wiederholen lassen. Er durfte kein einziges davon vergessen.

»Ich hab meinen Auftrag ausgeführt. Und jetzt will ich mein Geld haben!«

»Der gnädige Signore will sein Geld haben!« Hämisch grinsend ging Vittorio weiter auf Gianni Canali zu, der nach hinten auswich und unvermittelt die Glastür im Rücken hatte. Das war schlecht, denn wie sollten ihm im Notfall die Polizisten zu Hilfe kommen? Doch Ausweichen war nicht möglich. Links und rechts von der Tür standen hohe Regale, gefüllt mit Akten.

»Allerdings. Du hast doch nicht geglaubt, dass ich diese Fahrt nach Deutschland umsonst mache, dass ich auf meinen Anteil verzichte.«

»Was hast du dort solange gemacht, … hä? Ich warte immer noch auf die Meldung aus Lettland. Wer sagt mir, dass die Bilder dort jemals ankommen? Wer sagt mir, ob du nicht alles vergeigt hast? Verschwinde, und zwar ein bisschen plötzlich. Ich hab selbst noch keine Kohle gesehen. Also, wo soll ich Geld für dich hernehmen, du neapolitanischer Hungerleider? Sag mir das!«

»Mir ist das egal, wo du das Geld hernimmst, Vittorio. Du bekommst doch genug. Mir hast du 3.000 Euro versprochen, wenn ich den Fiat nach Deutschland bringe und gegen ein anderes

Fahrzeug austausche. Draußen steht der Wagen. Wie besprochen. Mein Auftrag ist erledigt. Also, wo ist mein Geld?«

»Sei froh, wenn ich dir nicht dein hübsches Gesicht frisiere, wenn ich dich leben lasse, du Wurm.«

Jetzt kam der eigentliche Satz, den Gianni von sich geben musste und der Vittorio gar nicht gefallen würde.

»Und was ist mit dem Lösegeld, das du gefordert hast? Erzähl mir nicht, dass du damit abwartest, bis aus dem fernen Russland oder Lettland eine Bestätigung für den Eingang der Ware kommt. Ihr habt wohl geglaubt, ihr müsst nur durch drei teilen. Oder wolltest du alles für dich behalten, Vittorio?«

Todiscos Augen waren nur noch feine Schlitze. Er ballte die Fäuste und kam Gianni gefährlich nahe.

»Woher weißt du das? Wer hat dir den Floh mit der Lösegeldzahlung ins Ohr gesetzt? Du glaubst wohl, du bist ein ganz Schlauer?«

Das war schon ein vielversprechender Anfang, fand Gianni Canali. Hoffentlich hörte der bayerische Commissario gut zu.

»Livio hat mal was in der Richtung fallen lassen«, improvisierte er und hielt dem Blick Todiscos eisern stand.

»So ein Blech! Ich sag dir, von wem du das weißt. Du bist ein Spitzel. Du hast dich auf die Seite der *polizia* geschlagen. Feige, wie du bist, hast du die Fronten gewechselt, so schaut's aus!«

Todisco stand ganz nah vor Canali. Gianni konnte dessen Schweiß riechen. Der Elektrikermeister war kein Wasserverschwender. Ein Bad zu nehmen, empfand er ganz offensichtlich als entbehrlichen Luxus.

»Mir ist es egal, wieviel Lösegeld du dem Museumsdirektor abluchst, gib mir die 3.000 Euro und dann bist du mich auch schon los. Ach ja, noch eins …« Gianni Canali machte eine Kunstpause.

»Was willst du noch? Du gehst mir gehörig auf die Nerven, Kleiner.« Todiscos Stimme vibrierte vor Wut und Zorn. Er hob die rechte Faust drohend über seinen Kopf, so dass Canali zusammenzuckte und sich endgültig haltsuchend an die Glastür presste. Aus dem Augenwinkel sah er, dass sich im Rücken von Todisco etwas bewegte. Offenbar waren seine Retter über die Hintertür in den Büroraum gelangt. Die Knie wurden ihm weich vor Erleichterung, aber er hatte seinen Job noch nicht erledigt. Eine letzte Nachricht hatte er noch für seinen Chef.

»Euer Komplize ist gestern am späten Nachmittag verstorben. Der Anteil, den sich Risi bei dem Raub verdient hat, den kannst du behalten. Und gegen euch aussagen kann er auch nicht mehr. Das ist doch eine gute Nachricht, oder?«

Gianni Canali hatte den Satz kaum ausgesprochen, als ihn die Faust des Elektrikermeisters mit voller Wucht in den Magen traf.

»Du Dreckskerl. Du bist im Stande und erzählst der *polizia* ein Märchen nach dem anderen, um den eigenen Kopf zu retten. Ich hab's ja gleich gewusst, dass das ein Riesenfehler war, einen feigen Neapolitaner mit ins Boot zu holen. Als Fahrer, dachte ich, könntest du am wenigsten Schaden anrichten. Aber du hast geglaubt, du bist besonders schlau. Ich mach dich fertig!«

Und Todisco holte ein weiteres Mal mit seiner Faust aus und traf Canali präzise unter dem Kinn. Dessen Kopf schlug auf die Glasscheibe, die in einem Regen von Scherben aus der Füllung fiel und sich über zwei Polizisten ergoss, die dahinter standen und tatenlos zusehen mussten, wie Gianni Canali buchstäblich durch die Tür flog. Doch dies war auch der letzte Faustschlag, den Todisco setzen konnte. Fontanaro und Breitwieser, die sich von hinten in den Büroraum vorgewagt hatten, ergriffen jeder einen Arm, zogen diesen in den Rücken und legten dem sich heftig wehrenden Mann Handschellen an.

»Ich denke, wir werden eine anregende Unterhaltung mit Ihnen in der Questura führen. Unsere Kriminaltechnik schaut sich einstweilen bei Ihnen um.«

Fontanaro übergab den tobenden und hässlichste Verwünschungen von sich gebenden Elektrikermeister dreien seiner Kollegen von der *polizia di stato* und wandte sich dann zusammen mit Breitwieser interessiert dem Computer und Bildschirm zu. Während weitere Polizisten den verletzten Canali ins Freie brachten, nahm Antonio auf dem Schreibtischstuhl Todiscos Platz und las.

»Das Postfach seiner E-Mails«, stellte Fontanaro fest. »Er war gerade dabei, brisante Nachrichten zu löschen.

»Das heißt, eure Techniker werden sicher fündig werden!«

»Das denke ich auch.« Antonio lachte. »Da können Petrellis Leute gleich mit der Arbeit beginnen und die Dateien sichern.« Gemeinsam gingen sie nach draußen und beobachteten, wie sich Sanitäter um Canali kümmerten.

»Den armen Kerl hat es nun doch erwischt.«

»Eine kleine Abreibung hat er verdient. Er wird es überstehen, Tonio.« Georg sah das sehr pragmatisch. Raub, und sei es auch nur in Mittäterschaft, war in seinen Augen kein Kavaliersdelikt. »Hauptsache, wir kriegen die Brüder dran.«

46

Verona, 11.00 Uhr

»*Signore e Signori!*« Staatsanwalt Vincenzo Mauro richtete das Wort an die zahlreich erschienenen Pressevertreter und Fotografen. Zusammen mit Bürgermeister Renzo Di Santo und Commissario Antonio Fontanaro saß er hinter einem langgestreckten Rednertisch und schickte sich an, eine seiner legendären Pressekonferenzen nach einem erfolgreich abgeschlossenen Kriminalfall zu geben. Für alle Zuschauer gut sichtbar präsentierte man die vier inzwischen weithin bekannten Barockgemälde auf Künstlerstaffeleien. Ein Fachmann hatte sie mit einfachen, dunkelbraun gestrichenen Holzrahmen versehen, damit sie der Öffentlichkeit gezeigt werden konnten. Fast schien es, als gäben sie dem mit Fresken und Wandteppichen ausgestatteten Festsaal des Palazzo Barbieri den letzten Schliff, als gehörten sie von jeher zur Ausstattung des Raums.

Georg Breitwieser saß nicht weit von ihnen entfernt, seitlich in der ersten Reihe, und bedachte Mauro mit einem Blick, der seine Skepsis und seinen Unmut über diese Veranstaltung unmissverständlich zum Ausdruck brachte. Für ihn war das Ganze eine Farce und ein unverzeihlicher Fehler. Denn dass die Bilder mit seiner Hilfe wieder aufgetaucht waren und die Lösegeldforderung somit nichtig geworden war, bedeutete ja nicht, dass sie den Fall gelöst hatten. Ganz im Gegenteil. Das Ergebnis der Obduktion von Franco Risi stand noch aus. Außerdem der Bericht Silvano

Petrellis, der das Schlafzimmer des Toten genauestens hatte untersuchen können. Nichts war geklärt, bis auf die simple Tatsache, dass drei mehr oder weniger fähige Handlanger vier Gemälde im Auftrag eines Unbekannten gestohlen hatten. Ob es tatsächlich Koslows Handlanger waren, selbst das wussten sie noch nicht mit Bestimmtheit. Aber Vincenzo Mauro gab eine Pressekonferenz, stellte sich vor die Meute der Journalisten, brillierte mit geschliffenen Sätzen und lieferte letztlich Georgs Spezl und Kollegen Antonio Fontanaro ans Messer. Denn wie sollte der später von genau diesem Staatsanwalt noch Unterstützung in der Ermittlungsarbeit bekommen? Wie sollte er vielleicht in wenigen Stunden glaubhaft erklären, dass die vermeintlichen erfolgreichen Ergebnisse, die man auf der Pressekonferenz mit vielen wohlgesetzten Worten publik gemacht hatte, falsch, ungenau, im schlimmsten Fall hinderlich für die weitere Polizeiarbeit gewesen waren?

Antonio Fontanaro saß am Rednertisch zur Rechten Mauros. Er sah in den Raum und doch ins Leere. Die Partie um seinen vollen Mund wirkte angespannt, als bisse er die Zähne zusammen. Bisher hatte er keine der Fragen, die die Journalisten gestellt hatten, beantwortet. Vielmehr sagte er stereotyp: »Ich verweise Sie freundlich auf die Ausführungen unseres Staatsanwalts.« Und Mauro sprang begierig in die Bresche, beantwortete die Fragen mit großem Selbstbewusstsein.

Breitwieser hatte kurz vor Beginn dieser denkwürdigen Veranstaltung auch persönlich die Bekanntschaft mit Avvocato Michele Vivani gemacht. Der gutaussehende Typ war ihm sympathisch, doch sein Gefühl sagte ihm, dass er den Juristen besser im Auge behielt. Antonios Andeutungen über den Römer ließen den Schluss zu, dass auch er nicht recht wusste, was von ihm zu halten war. Vor allem fragte sich Antonio, weshalb es Vivani mit untrüglicher Sicherheit gelang, immer dann auf der Bildfläche zu erscheinen, wenn es interessant wurde. Und so saß dieser jetzt neben Georg und beobachtete mit unbeteiligtem Gesichtsausdruck das Treiben von Vincenzo Mauro. Dessen substanzlose Rede verleitete Georg, sich die taubengrauen Schnürer, die am schlanken Fuß des Römers steckten, genauer anzusehen. Die Schuhe aus feinem Wildleder waren handgenäht und bildeten mit dem anthrazitfarbenen Anzug, der ganz sicherlich auch nicht von der Stange war, ein perfektes Ensemble. Die Schnürsenkel wiederum waren von bordeauxroter Farbe und passten haargenau zum Oberhemd und natürlich zu den Seidensocken, die der Römer mitten im November in Verona trug. Georg nahm sich vor, den Avvocato bei nächster Gelegenheit zu fragen, bei welchem Schuster er fertigen ließ. Mitten hinein in seine Überlegungen, die ihn sehr weit vom Geschehen entfernt hatten, fragte Vivani Breitwieser flüsternd: »Haben Sie die Contessa schon befragen können?«

Georg sah ihn an und schüttelte verneinend den Kopf. Die Signora befand sich immer noch in der Klinik. Durch den behandelnden Arzt ließ sie mitteilen, dass sie sich noch nicht in der Lage fühle, Fragen zu beantworten.

»Und haben Sie Tamara schon gefunden?«

Wieder schüttelte Georg den Kopf und wandte Vincenzo Mauro seine volle Aufmerksamkeit zu. Damit signalisierte er dem Avvocato, dessen Neugierde ihn stutzig machte, besser den Mund zu halten.

»*Signore e Signori*, es ist unserer tatkräftigen *polizia* gelungen, die Räuber und Mörder in weniger als drei Tagen nach der Tat zu identifizieren und die Beute sicherzustellen. Mein Dank gilt in erster Linie Commissario Fontanaro, der buchstäblich bei einer Nacht- und Nebel-Aktion heute Morgen den Haupttäter überführen konnte. Und dem Kollegen von der bayerischen Polizei, der uns, nachdem wir ihn mit Hinweisen versorgen konnten, die Beute selbst zurückgebracht hat.«

Applaus und »Bravo« -Rufe begleiteten Mauros Worte.

»Leider haben die frevelhaften Diebe die Bilder ihrer schönen Rahmen beraubt. Doch wir konnten einen spendablen Kunsthändler finden, Signor Andrea Corrello, der uns passende Rahmen besorgen und zu einem anständigen Preis verkaufen wird. So bin ich sicher, dass wir spätestens zu Beginn der großen Besucherströme, die Verona alljährlich zur Weihnachtszeit heimsuchen, auch wieder mit einer kompletten Ausstellung der ›Meister des italienischen Barock‹ im *Museo Civico d'Arte* erfreuen können. Ich danke Ihnen für Ihre Aufmerksamkeit.«

Erneuter Applaus brandete auf. Vincenzo Mauro stand auf und verbeugte sich wie ein Schauspieler auf der Bühne.

»Das ist schon die Spitze der Unverschämtheit«, kommentierte Michele Vivani sehr leise die Freude des Staatsanwalts über die komfortable Rahmenlösung. Georg zog eine Augenbraue hoch, schwieg aber. Erneut fragte er sich, was der Avvocato alles über den Fall wusste und was er bislang bewusst für sich behielt.

Antonio Fontanaro erhob sich ebenfalls. Das Handy am Ohr, winkte er Georg zu, ihm zu folgen. Auch Vivani fasste das als Aufforderung auf und so verließen sie die Pressekonferenz, ohne auf weitere Fragen der Journalisten, die sich um sie drängten, einzugehen.

Sie bestiegen den Dienst-Alfa, der vor dem Palazzo Barbieri bereitstand, und Antonio klärte die beiden auf dem Weg zur Questura auf.

»Die Contessa wurde vor weniger als einer halben Stunde mit einem Taxi nach Hause gefahren. Kurze Zeit später verließ Tamara den Palazzo Primavera mit einem Köfferchen in der Hand. Kollegen der *polizia di stato*, die immer noch vor Ort waren, haben die Russin sofort festgenommen.«

»Mit welcher Begründung haben Sie sie festgenommen?«, fragte Michele Vivani prompt dazwischen. »Allein die Tatsache, dass sie nach dem Tod ihres Arbeitgebers für Stunden verschwunden war, reicht ja wohl nicht aus.« Vivani, der im Fond des Wagens saß, bemerkte natürlich den missbilligenden Blick Fontanaros im Rückspiegel.

»Zu Ihnen komme ich auch noch, Avvocato. Glauben Sie ja nicht, dass ich Sie so selbstverständlich in den Wagen einsteigen lasse, damit Sie sich in der Questura an den weiteren Ermittlungen beteiligen oder einfach nur Zeuge spielen können. Soweit reicht mein Entgegenkommen nicht.«

Und zu Georg gewandt sagte er, als hätte ihn der Römer nicht unterbrochen: »Der Eingang zum Palazzo bleibt weiter bewacht. Sollte die Contessa ebenfalls plötzlich das Bedürfnis nach Luftveränderung und nach einer längeren Auslandsreise verspüren, wird sie nicht weit kommen.«

»Warum ladet ihr sie nicht vor?«, fragte Georg ungeduldig.

»Dazu würde Mauro niemals sein Einverständnis geben. Momentan fühlt er sich als Held, als Retter unschätzbarer Kunstwerke des italienischen Volkes und Staates. Daneben hat jetzt erst einmal nichts anderes Platz. Petrelli und Dottoressa Di Silva müssen uns die Beweise liefern, die eine Befragung der Contessa möglich machen. Bislang ist sie ausschließlich trauernde Witwe.«

»Wie haben Sie überhaupt von der Pressekonferenz erfahren, Avvocato?«, fragte Georg über die Schulter nach hinten. Auch ihn wurmte die Anwesenheit des Römers.

»Ich habe den Staatsanwalt heute Morgen angerufen und gefragt, ob er zur Lösegeldforderung Neuigkeiten habe, ob der Bürgermeister die Überweisung beauftragt hat. Sie können sich sicherlich vorstellen, wie stolz er darauf war, mir die neuesten Entwicklungen zu schildern.«

»Was haben Sie als Nächstes vor, Avvocato? Der Guardi ist wieder aufgetaucht. Sie können Ihrem Mandanten den Erfolg mitteilen und nach Rom zurückreisen!«

Michele Vivani zeigte sein feines Lächeln und überraschte die beiden Kommissare mit folgender Mitteilung: »Ich denke, dass ich hier noch gebraucht werde. So wie es aussieht, benötigt Tamara Rechtsbeistand. Ich werde ihn ihr zumindest anbieten.«

Antonio fuhr auf den Parkplatz der Questura und gemeinsam betraten sie das Gebäude, bestiegen den Aufzug bis zum zweiten Stock und gelangten in sein Büro. Dort wartete bereits Ispettore Brandino.

»Tamara Petrowskaya sitzt in einem unserer Besprechungsräume und Lavinia leistet ihr Gesellschaft. Im Vernehmungsraum wartet Vittorio Todisco auf euch. Ausnahmsweise war Fausto einmal pünktlich in seinem Büro. Er passt jetzt auf unseren Hauptverdächtigen auf.«

»Todisco muss sich gedulden. Bevor wir nicht die Auswertung seiner elektronischen Daten haben, brauchen wir ihn gar nicht zu befragen. Ich bin sicher, dass sich dort interessante Dokumente verbergen, die uns wertvolle Hinweise geben werden.« Antonio gab sich selbstbewusst. Die weitere Präsenz des Römers schmeckte ihm gar nicht. Doch er hatte nach wie vor keine Zeit, sich ihm ausgiebig zu widmen. Er konnte nur hoffen, dass das im Nachhinein kein entscheidender Fehler sein würde. Im Moment musste er zusehen, dass er den Avvocato loswurde, dass dieser nicht länger in der Questura herumschnüffelte und womöglich zu einem willigen Spitzel für den Staatsanwalt avancierte. Das hätte ihm gerade noch gefehlt.

Aber Vivani ließ sich nicht abschütteln. »Ich würde gern mit meiner Mandantin zunächst unter vier Augen sprechen«, meldete er sich zu Wort. »Sie haben sie über ihre Rechte aufgeklärt, Ispettore?«

Enrico Brandino kniff die Augen zusammen.

»Habe ich. Was wollen Sie eigentlich immer noch von der Russin, Avvocato?«

»Jeder hat so seine Bedürfnisse, Ispettore!«

»Sie wollen sie fürs Bett?«

Michele Vivani quittierte die fassungslose Frage Brandinos mit einem schiefen Lächeln.

»*Che idiozia!*« Antonio schüttelte genervt den Kopf. »Ich kann Sie nicht davon abhalten, Tamara anwaltlich vertreten zu wollen. Ich will sie lediglich als Zeugin befragen.«

»Darf ich Sie dennoch bitten, mir ein Gespräch mit Signorina Petrowskaya in den Räumen der Questura zu ermöglichen?«

»*Ma certo!*« In Antonios Stimme schwang unverhohlener Zorn mit. »Wenn Sie uns zum aktuellen Fall nichts mehr sagen können, denke ich, ist unsere Zusammenarbeit beendet, Avvocato. Weitere Ermittlungsergebnisse werden Sie von mir nicht mehr erfahren.« Insgeheim bewunderte er den Schachzug des smarten Anwalts, der sich durch das Mandat der Petrowskaya weiter im Geschäft hielt. Er war neugierig darauf, wo das alles hinführte. Ganz sicher hielt der Römer noch Überraschungen parat. Und ganz sicher war das nicht ihr letztes Gespräch.

»Laut Staatsanwalt ist Ihre Ermittlungsarbeit zu einem bravourösen Ende gekommen.« Michele Vivani legte es darauf an, das letzte Wort zu haben und den Finger in die Wunde der Kommissare zu legen. Sein amüsiertes Lächeln schmeckte Antonio nicht.

»Sie wissen es, und *collega* Breitwieser und ich wissen es, dass das ein Wunschgedanke Vincenzo Mauros ist. Der Einzige, der sich gelöst zurücklehnen kann, ist unser Bürgermeister. Die Bilder sind zurück und die Lösegeldforderung ist vom Tisch. Das ist aber auch alles, was es Positives über den aktuellen Fall zu sagen gibt.«

Es klopfte und ein Kollege der *polizia di stato* steckte den Kopf zur Tür herein. »Dottoressa Di Silva schickt mich. Sie würde *die Signori Commissari* gerne sprechen.«

Antonio komplimentierte Michele Vivani aus seinem Büro hinaus. Auf dem Weg zum Aufzug fügte er noch hinzu: »Wie ist es, Avvocato, wollen Sie immer noch mit Tamara sprechen oder dürfen wir uns von Ihnen verabschieden?«

Vivani schüttelte nachsichtig den Kopf. »Warum haben Sie es so eilig, Commissario, mich loszuwerden?« Und während er das sagte, zog er einen kleinen Plastikbeutel aus der Tasche seiner Anzugjacke. Der Beutel enthielt vier Zigarettenkippen. »Tun Sie mir den Gefallen, Commissario, und lassen diese Zigarettenkippen von Ihrer Kriminaltechnik untersuchen? Anschließend kann ich vielleicht weitere Informationen zum Fall beitragen.«

»Wo haben Sie die her?«

»Und nun zeigen Sie mir bitte, wo ich Tamara Petrowskaya treffen kann.«

»Ispettore Brandino zeigt Ihnen den Weg. *Buongiorno,* Avvocato!«

Antonio und Georg sahen den beiden nach, wie sie den Gang entlanggingen und dann um eine Ecke verschwanden. Die Kommissare betraten den Aufzug, der sie hinunter in die Katakomben der Questura brachte, wo sich die Räume der Pathologie befanden. Wortlos standen sie nebeneinander und betrachteten den Plastikbeutel.

»Er schafft es doch immer wieder, im Spiel zu bleiben.« Antonio sagte das mehr zu sich selbst. Bewundernd und ärgerlich zugleich.

Georg schwieg und lehnte sich an die Aufzugswand. Einem täglich mehrfach wiederkehrenden Ritual entsprechend, zog er aus der Tasche seiner Jeans sein Handy heraus. Der Zwang, nachzusehen, ob er eine Nachricht erhalten hatte, war nicht nur beruflich bedingt. Vergeblich hatte er in den letzten Stunden dieses kleine Ding kontrolliert und endlich konnte er auf dem erleuchteten Display lesen: »Wo bist du eigentlich? Warte seit gestern Nacht auf deinen Rückruf.«

Dann wirst du auch noch ein bisschen länger warten können, dachte er jetzt nicht ohne eine gewisse Genugtuung. Gleichzeitig freute es ihn ungemein, dass Stefania sich meldete. Deutlich besser gelaunt sagte er: »Wirst sehen, Toni, gleich wiss' mer mehr.«

47

11.30 Uhr

»*Ah, i Commissari*. Da sind Sie ja endlich.« Dottoressa Di Silva zeigte ein breites Lächeln. Sie saß hinter ihrem Schreibtisch in einem spartanisch eingerichteten Büro. Außer ihrem Stuhl gab es keinen weiteren. An einer großen Pinnwand hatte sie Fotos festgesteckt, auf die sie jetzt mit ausgestrecktem Zeigefinger deutete.

»Was sehen Sie da, Signori?«

Georg und Antonio traten näher. Die Fotos zeigten den behaarten Brustkorb eines Mannes, der zahlreiche Hämatome aufwies. Er war fachgerecht aufgeschnitten und wieder vernäht worden. In der Herzgegend fiel ein weiterer, daumengroßen Bluterguss auf, weil die Dottoressa ihn mit einem Rotstift kenntlich gemacht hatte. Das Foto daneben bildete stark vergrößert genau diese Markierung ab. Georg trat ganz nah heran und meinte, in der Ergussmitte ein kleines Einstichloch zu erkennen.

»Er hat eine Injektion bekommen? Vor seinem Tod?«

»Richtig.«

»Sein Hausarzt hat eine Spritze gesetzt, um das Leben seines Patienten zu retten?«, assistierte ihm Antonio.

»Falsch!«, sagte die Dottoressa von ihrem Schreibtisch aus. »Ich konnte inzwischen mit dem behandelnden Arzt sprechen. Er hat versucht, ihn in höchster Not mit einer Herz-Lungen-Massage wiederzubeleben, denn er hatte bei seinem Eintreffen keinen Puls mehr gefühlt. Daher auch die vielen Hämatome, die der Arzt seinem Patienten beigebracht hat, in dem vergeblichen Versuch, ihm das Leben zu retten. Schließlich musste der Arzt einsehen, dass Franco Risi tot war.«

»Sie glauben ihm?«

»Seine Aussage klingt plausibel. Er bestätigte mir, dass er diesen Erguss bei der Untersuchung Risis nicht bemerkt habe. Was in der Hektik der Wiederbelebungsversuche normal ist. Außerdem bilden sich blaue Flecke nicht unmittelbar. Die Injektion muss kurz vor Eintreffen des Arztes verabreicht worden sein. Die von ihm attestierte Todesursache jedoch ist falsch. Franco Risi ist nicht an Herzversagen gestorben. Franco Risi wurde vergiftet.«

Sie blickte in zwei überrascht dreinschauende Augenpaare.

»Jemand hat ihm eine Injektion mit einem hochdosierten Morphin verpasst.«

»Also Mord!«, stellten beide Kommissare wie aus einem Munde fest.

»Könnte es dennoch der Arzt gewesen sein?«, fragte Antonio.

»Natürlich! An Morphin kommt man nicht ohne Weiteres. Außerdem: Jemandem mit viel Wucht eine Spritze in eine der Herzkammern zu jagen, dass ein Erguss dieser Größe entsteht, erfordert zumindest Mut. Und mit anatomischen Kenntnissen fällt es deutlich leichter.«

»Welches Motiv sollte der Arzt gehabt haben, seinen angesehenen Patienten umzubringen? Wer schlachtet die Gans, die goldene Eier legt?«, fragte Antonio weiter. »Es passt überhaupt nicht zu den Ermittlungen und Überlegungen, die wir im Zusammenhang mit dem Fall Risi und dem Kunstraub angestellt haben. Das ergibt keinen Sinn.«

»Das ist Ihr Problem, Signori!«

»Wir müssen wissen, wer alles im Palazzo Primavera gestern Nachmittag anwesend war, ob es Besucher gab«, überlegte Georg laut. »Da kann uns ganz sicher Tamara weiterhelfen.«

»Tamara hätte vielleicht selbst ein Motiv!« Antonio erinnerte sich nur zu gut an sein Gespräch mit ihr auf dem Weihnachtsmarkt. Ihre Andeutungen und ihr seltsames Verhalten hatten ihn misstrauisch gemacht.

»Und unser cleverer Avvocato vermutet das auch, deshalb hat er sich um das Mandat gekümmert. Was weiß der Knabe, was wir nicht wissen? Das frage ich mich schon die ganze Zeit.«

»Gibt es sonst noch etwas, Dottoressa, was Sie uns sagen können?«

»Allerdings! Der Museumsdirektor war kein ganz gesunder Mann. Er litt unter Bluthochdruck. Ich konnte Spuren eines Betablockers im Blut nachweisen. Dass sein Arzt als Todesursache Herzversagen angibt, liegt dann mehr als nahe.«

»Vielleicht kann ich für weitere Verwirrung sorgen!« Silvano Petrelli machte sich bemerkbar. Er tauchte unvermittelt hinter der Dottoressa auf und wedelte mit einer seiner berühmten Eckspannermappen, die für gewöhnlich seine Berichte und Ergebnisse enthielten.

»Silvano, mach es nicht noch unnötig spannend. Was hast du herausgefunden?«

»Meine Leute und ich haben bisher nur das Schlafzimmer von Franco Risi kriminaltechnisch untersuchen können. Oder hat Mauro nachgegeben?« Als er keine Antwort erhielt, fuhr er fort: »Außerdem haben wir inzwischen von zahlreichen Personen DNA-Spuren und Fingerabdrücke genommen.« Petrelli klappte seine Mappe auf, entnahm ihr ein Blatt und begann vorzulesen: »In der Wohnung von Renata Mancini konnten wir Spuren von Luca Panini und Franco Risi sicherstellen. In ihrem Büro haben wir von beiden Herren Fingerabdrücke gefunden.«

»Willst du andeuten, die Mancini könnte womöglich mit beiden Herren etwas gehabt haben? Das würde auch die beiden Ringe erklären, die wir mit ihr in Verbindung bringen können.«

»Gutes Stichwort!« Petrelli holte ein anderes Blatt aus seiner Mappe hervor. »Lavinia hat den Juwelier aufgesucht, den Fausto recherchiert hatte. Lavinia zeigte ihm ein Foto des Opfers und er konnte sich an Renata Mancini erinnern. Sie war zusammen mit einem älteren Herrn bei ihm im Laden gewesen.«

Georg pfiff durch die Zähne. Diese Entwicklung war genau nach seinem Geschmack.

»Außerdem gibt es Fingerabdrücke von Giulietta Ricchi im Büro des Opfers, was nicht verwundert. Schließlich waren die beiden Kolleginnen. Und im Schlafzimmer von Risi haben sich neben der Contessa die Damen Tamara und Renata Mancini aufgehalten, genauso wie der behandelnde Arzt und Vittorio Todisco. Was die Annahme einer Affäre zwischen Risi und dem Mordopfer noch weiter erhärtet.«

»Todisco war im Schlafzimmer von Risi?«

Petrelli grinste und nickte. »Das gefällt euch! Das habe ich mir gedacht. Und weiter kann ich euch berichten, dass ein junger Mitarbeiter von mir nun sehr gut weiß, wie man Fingerabdrücke und DNA-Spuren von Zigarettenkippen abnimmt. Das wird er in seinem Leben nicht mehr vergessen. Momentan untersucht er das neue Material, das ihr vorhin abgegeben habt.

Ich habe nochmal mit der Putzfrau Nada Kravanja, die die Leiche entdeckt hatte, telefoniert. Sie bestätigte, dass der Aschenbecher vom Hinterausgang am Freitagabend ausgeleert worden war. Die nächste Leerung war für Montagabend durch die Putzkolonne vorgesehen. Ein Abgleich mit der Kippe, die Antonio auf dem Parkplatz vor Todiscos Werkstatt gefunden hatte, mit denen im großen Ascher neben der Hintertür ergab einen Treffer. Todisco muss also nochmals im Museum gewesen sein. Außerdem haben wir in der Eingangshalle des Palazzo Primavera eine weitere seiner Kippen gefunden. Er hat Risi besucht. Daran besteht kein Zweifel.«

»Gianni Canali hat also nicht gelogen«, stellte Georg fest.

»Todisco und seine Mitarbeiter haben den Raub durchgeführt, Canali hat den Fluchtwagen gefahren. Ob die Männer auch Renata Mancini umgebracht haben, wissen wir immer noch nicht«, fasste Antonio zusammen. »Da bleiben neben den Räubern Risi, Panini und die Ricchi tatverdächtig. Und immer wieder taucht auch Tamara auf. Es ist an der Zeit, unseren eleganten Avvocato und seine Vielleicht-Mandantin zu befragen. *Grazie* Dottoressa, … gute Arbeit Silvano.« Antonio nickte den beiden zu und gab Georg einen Wink, ihm zu folgen. Doch kurz bevor er den Raum mit Breitwieser im Schlepptau verließ, fiel ihm noch etwas ein. »Was hat denn eigentlich die Untersuchung von Di Santos Handydaten ergeben? Gibt es brauchbare Hinweise, wer die Lösegeldforderung geschickt hat?«

»Das glaubst du doch nicht wirklich, Tonio?« Petrelli tat so, als wäre er über diese dumme Frage entsetzt, dann lachte er. »Natürlich nicht. Das Handy durften wir auf Geheiß von Mauro nur bedingt überprüfen. Wir durften uns nicht ansehen, welche Namen der Bürgermeister dort gespeichert hat.«

»Und Ihr habt Euch an das Verbot gehalten?« Jetzt war es an Antonio, ungläubig nachzufragen und zu lachen. »Also, spuck es schon aus! Wer verkehrt mit unserem smarten Bürgermeister?«

»Die Daten, die der Provider mitgeteilt hat, geben nicht viel her. Jede Menge Lokalpolitiker, klar, und sein familiäres Umfeld. Auch mit Risi hat er telefoniert. Aber keine Nummer, die uns in Verbindung mit Todisco bekannt ist, taucht auf. Komplette Fehlanzeige. Die des SMS-Absenders der Lösegeldforderung lässt sich deshalb nicht ermitteln.«

»Wäre ja auch zu schön gewesen! *Ciao*, Silvano!«

Antonio und Georg gingen zum Aufzug und warteten einträchtig schweigend auf die Kabine. Dann öffneten sich die Türen, Antonio drückte den Knopf für den zweiten Stock. Doch bevor sich die Tür schloss, stürzte noch ein junger Kriminaltechniker herein und keuchte: »*Un momento*, Commissario. Ich konnte zwar in der Kürze der Zeit keinen DNA-Abgleich machen ...« Der junge Mann rang nach Atem und lehnte sich an die Rückwand des Aufzugs, um zu verschnaufen.

»Nur die Ruhe!« Georg blickte den Kriminaltechniker aufmunternd an. »Sie haben noch was Interessantes rausgefunden? Stimmt's?«

»*Sì*, Commissario! Bei einer der Zigarettenkippen, die Sie vorhin mitgebracht haben, konnte ich auf einem Filterstück einen Fingerabdruck einer Person eindeutig zuordnen.« Er schluckte und holte tief Luft. »Wir haben bei diesem Fall ja nur einen extensiven Raucher. Die Kippe stammt eindeutig von Vittorio Todisco.«

»Bingo!«, entfuhr es Georg. »Der Mann taucht an allen Ecken und Enden auf. Fragt sich nur, wo der aufgebrezelte Avvocato die Kippe aufgesammelt hat.«

Antonio lachte. Diesen Ausdruck hatte er schon lange nicht mehr gehört. Er musste ihm in der Anfangszeit, als er selbst in München auf einem Lehrgang und Georg erstmals auf der Bildfläche erschienen war, aufgefallen sein.

»Das werden wir ihn jetzt gleich fragen, Giorgio. Der Knabe ist uns langsam, aber sicher einige Erklärungen schuldig. Großartig, dass Sie so schnell gearbeitet haben.«

Der junge Mann strahlte noch, als die beiden Kommissare den Lift verließen und sich seine Türen schlossen.

48

Zur gleichen Zeit saßen sich Michele Vivani und Tamara Petrowskaya im Besprechungsraum gegenüber. Die Russin blickte auf ihre Hände, die sie zwischen die Oberschenkel geschoben hatte, und vermied den Blickkontakt mit ihm. Dagegen musterte er sie ungeniert und überlegte, wie er sich ihr vorstellen und wie er das Gespräch führen musste, um der jungen Frau möglichst viel zu entlocken.

Von den Neuigkeiten, die die Kommissare gerade in den Katakomben erfuhren, hatte Michele ziemlich klare Vorstellungen. Der Commissario hatte nicht umsonst auf einer Obduktion Franco Risis bestanden. Er vermutete, dass der Museumsdirektor in seinen eigenen vier Wänden kaltblütig ermordet worden war. Genauso wie die arme Kuratorin Renata Mancini hatte auch er ein gewaltsames Ende gefunden. Und diese Annahme Fontanaros teilte Vivani ohne jede Einschränkung. Es blieb die spannende Frage, wer jeweils für die Verbrechen verantwortlich war. Ob derselbe Täter oder dieselbe Täterin dahintersteckte.

Die Akte Koslow, die man ihm per Mail von Rom aus zugespielt hatte, enthielt keine Überraschungen. Der Russe hatte mit Mädchenhandel aus seiner Heimat ins westliche Europa angefangen und seine Opfer zur Prostitution gezwungen. Tamara gehörte, so Vivanis Einschätzung, zu den ersten Frauen, die in Italien angekommen und von ihm auf den Strich geschickt worden waren. Und wenn Michele sie sich so ansah, konnte sie sicherlich inzwischen mit reicheren Herren ihr Geld verdienen und musste nicht mehr auf dem Straßenstrich von *Peschiera* anschaffen gehen. Aber er bezweifelte, dass sie gänzlich das Milieu verlassen hatte. Unwahrscheinlich auch, dass Koslow sein Mädchen freigegeben hatte und sie nur noch für die Contessa und als Bedienung in der *Rooftop-Bar* arbeitete.

Der Russe hatte sich weiteren lukrativen Geschäften zugewandt. Seit Neuestem beschäftigte er sich mit Kunst. Ein Coup, der vor einem halben Jahr in Mailand in einer Kunstgalerie stattgefunden hatte und bei dem der Galeriebesitzer sein Leben lassen musste, ging vermutlich auf sein Konto. Damals waren moderne Klassiker im Wert von sechs Millionen Euro gestohlen worden und bislang nicht wieder aufgetaucht. Ob Koslow tatsächlich dahintersteckte, war immer noch unklar. Prüfend sah der Anwalt Tamara ins Gesicht, die seinem Blick auswich und schwieg. Sie gehörte, seinem Empfinden nach, nicht zum engeren Täterkreis, was die Morde von Verona anlangte. Beim Kunstraub allerdings sah die Sache in seinen Augen anders aus. Da vermutete er sehr stark, dass die Petrowskaya ihre Hände mit im Spiel gehabt hatte. Wenn vielleicht auch nicht ganz freiwillig. Und das genau wollte er jetzt von ihr wissen.

»Verehrte Signorina, wir sollten die wenigen Minuten, bis die Kommissare auftauchen, für eine vertrauliche Unterredung nutzen«, begann er endlich das Gespräch.

Überrascht hob sie den Kopf und sah ihn irritiert an. »Was soll das hier eigentlich alles?«, brach es aus ihr heraus. »Was wollen Sie von mir? Wer sind Sie überhaupt?«

Michele Vivani nickte anerkennend. Der jungen Frau war nicht bange. Entweder war sie an Gespräche in Polizeistationen durchaus gewöhnt oder sie fühlte sich im aktuellen Fall sehr sicher. Vivani schob seine rechte Hand in die Innentasche seines Anzugjacketts, aktivierte den Voice Recorder seines Smartphones und zog seine Visitenkarte aus einer kleineren, darunter angenähten Innentasche, die ihn als Anwalt und Kunstexperten auswies und die er ihr über den Tisch reichte.

»Ich denke, dass Sie in den nächsten Stunden einen Anwalt ganz gut gebrauchen könnten.«

»Weshalb glauben Sie das? Was wirft man mir vor?«

»Mord! Zumindest in einem Fall, vielleicht aber auch in zwei Fällen!«

Sie warf den Kopf in den Nacken, dass ihr geflochtener blonder Zopf nach hinten flog, und lachte ungeniert laut auf.

»Sie haben ja völlig den Verstand verloren.«

»Wo waren Sie denn gestern Nachmittag, nachdem der Arzt den Tod von Risi festgestellt hat? Und die ganze Nacht?«

»Ich habe mich um die Mutter der Contessa gekümmert. Man kann die alte Frau nicht mehr allein lassen. Die Contessa war ja nicht mehr Herr ihrer Sinne und selbst im Krankenhaus. Genügt Ihnen das?«

Sie musterte ihn scharf und verschränkte die Arme vor ihrer ansehnlichen Brust. Trotz der Wärme im Raum trug sie ihre Pelzjacke, allerdings geöffnet, und zeigte dabei ein weit ausgeschnittenes schwarzes T-Shirt. Am Hals glitzerte ein mittelgroßer Brillant an einer feinen, silberfarbenen Kette, was Michele interessiert zur Kenntnis nahm. War Koslow der edle Spender oder Franco Risi? Hatte sie mit ihrem Geliebten weiter unter dem Dach der Contessa ein Verhältnis unterhalten? Denkbar war es.

»Dass Sie mir unterstellen, ich hätte meinen Chef ermordet, ist absurd! Weshalb sollte ich so etwas tun? Was hätte ich denn davon?«

»Ihr Chef ist Dmitrij Koslow und dem geht es ganz ausgezeichnet. Und sagen Sie jetzt ja nicht, dass Ihnen dieser Name nichts sagt. Dem Mann gehört die *Rooftop-Bar* und Sie arbeiten für ihn. Das weiß ich. Darüber brauchen wir beide nicht mehr zu sprechen.«

Unversehens presste Tamara ihre rotgeschminkten Lippen zu einem feinen Strich zusammen. Sie zog es vor zu schweigen. Michele nickte zufrieden. Seine Annahme war also richtig. Der Russe war in Verona tätig.

»Signorina, hören Sie zu! Die Kommissare suchen den Mörder von Risi. Sie wohnen in seinem Haus. Wer, außer Ihnen und dem Arzt, war noch bei Franco Risi? Hat er Besuch bekommen?«

»Vittorio Todisco kam gegen 15 Uhr. Er wurde gerufen, weil die Heizung im Schlafzimmer nicht funktionierte. Dort steht ein Elektroofen, der nicht heizte. Es war saukalt im Zimmer. Und Risi ging es nicht gut. Er klagte über große Müdigkeit.«

Michele Vivani ließ sich seine Überraschung nicht anmerken. Damit hatte er nicht gerechnet.

»Wer hat den Elektrikermeister gerufen?«

»Das weiß ich nicht. Keine Ahnung. Die Contessa? Risi selbst? Plötzlich läutete es an der Tür und der Typ stand draußen. Er war mächtig sauer, weil man ihn von einer anderen Baustelle weggeholt hatte.«

»Sie waren also später bei Luisa Di Primavera. Wenn ich Sie richtig verstehe, ist sie schwer krank?«

»*Sì*. Sie hat eine Krebserkrankung und im ganzen Körper Metastasen. Leider ist ihr Herz noch relativ gesund und so muss sie starke Medikamente nehmen, damit sie die Schmerzen erträgt. Sie machen sie jedoch schläfrig und benommen. Entweder sie jammert und stöhnt oder sie schläft. Ein erbärmliches Leben.«

»Und wer verschreibt die Medikamente?«

»Der Arzt, der auch bei Risi war und ihm nicht mehr helfen konnte.«

»Was sind das für Medikamente?«

»Schmerzmittel. Keine Ahnung, wie die heißen.«

Vivani konzentrierte sich wieder auf die eigentliche Frage, die er beantwortet haben wollte.

»Aber heute Morgen haben Sie mit einem Koffer den Palazzo Primavera verlassen. In den Augen der Kommissare sah ihr Verhalten eindeutig nach Flucht aus. Ich hingegen weiß, dass Ihnen die Contessa bereits tags zuvor mündlich gekündigt hatte. Bisher hat Risi seine schützende Hand über Sie gehalten. Doch sein Tod bedeutete für Sie unwiderruflich das Ende ihrer Anstellung im Palazzo. Die Contessa hasst Sie. Und sie hat ja auch allen Grund dazu.«

Völlig überrascht und betroffen sah ihn Tamara Petrowskaya an. »Das können Sie doch gar nicht wissen!«

Michele Vivani gestattete sich ein nachsichtiges Lächeln und erklärte: »Ich habe im Museumsshop ein Gespräch zwischen Ihnen und der Contessa mitbekommen. Sie haben ihr offen gedroht, sie hat Ihnen daraufhin gekündigt und zugleich so getan, als wäre Ihre Drohung aus der Luft gegriffen. Doch das glaube ich nicht. Was haben Sie gegen Signora Di Primavera in der Hand? Oder sollte ich vielmehr fragen: Was weiß wiederum die Contessa, was Ihnen gefährlich werden könnte? Fürchten Sie sie etwa? Um was geht es dabei? Um den Raub der Bilder oder um Mord in inzwischen zwei Fällen? Oder gar um beides?« Es war erneut ein Schuss ins Blaue, doch er verfehlte seine Wirkung nicht.

Die junge Frau sah wieder in ihren Schoß und rang mit sich, was sie darauf antworten sollte. Dann hob sie den Kopf und sah Michele direkt ins Gesicht. »Die Contessa und ihr Mann haben sich oft gestritten. Die Ehe war eine Zweckgemeinschaft. Von Liebe war da nicht mehr viel übrig. Sie beschuldigten sich gegenseitig aller möglichen Dinge. Die Contessa warf ihm Verschwendungssucht vor, beschwerte sich darüber, dass ihm das Geld zwischen den Fingern zerrann, und immer wieder kam sie auf seine Weibergeschichten zu sprechen. Dabei bin ich mir nicht sicher, ob sie überhaupt genau wusste, mit welchen Frauen sich Risi die Zeit vertrieb, ob sie das nicht vielmehr nur vermutete.«

»Und Sie gehörten ja auch zu den Glücklichen!«

»Seit ich im Haus der Contessa gearbeitet habe, nicht mehr. Ich wollte keinesfalls zwischen die Fronten geraten.«

»Seit wann sind Sie dort angestellt?«

»Ich bin seit sechs Wochen dort.«

»Sechs Wochen … aha. Das ist ja nicht sehr lange.«

»Mir hat es gereicht.«

In sechs Wochen konnte man die Lage sondieren, konnte Koslow seine Angestellte auf Risi ansetzen und ihn beobachten lassen. So wusste er aus erster Hand, ob der Museumsdirektor auch so mitspielte, wie Koslow sich das vorstellte. Nach erfolgreichem Raubzug legte sich Tamara mit der Contessa an, die ihr ohnehin nicht gewogen war, und erreichte prompt die Kündigung. Das sah schon nach einem guten Plan aus, dachte Michele Vivani anerkennend.

»Und jetzt arbeiten Sie wieder ausschließlich für Koslow?«

Tamara Petrowskaya sah ihn an und sagte dann mit harter Stimme: »Seien Sie doch nicht naiv. Glauben Sie wirklich, ich kann in die Bar zurück, nachdem ich einen halben Tag bei der Polizei zugebracht habe? Man wird mich grillen und jedes Wort wissen wollen, das ich mit Ihnen oder den Kommissaren gewechselt habe. Das wird kein Vergnügen. Und Gnade mir Gott, wenn man mir nicht glaubt. Diese Leute können erbarmungslos sein.«

Sie legte sich nicht fest. Nannte keine Namen. Für wen auch immer die junge Frau arbeitete, sie wusste, wie man sich loyal verhielt, und schwieg.

Dennoch gab Vivani nicht auf. »Das heißt, Ihr Chef zumindest würde vor Mord nicht zurückschrecken, wenn es die Lage erforderte? Aber würde er sich selbst die Hände dabei schmutzig machen?«

Tamara zog die fein gezupften Augenbrauen grimmig über der Nasenwurzel zusammen und hielt eisern ihren Mund. Diese Fragen würde sie nicht beantworten, so viel war klar.

»Was könnten Sie mir denn erzählt haben, was ihm gefährlich werden könnte?«

»Denken Sie sich was aus!«

Michele Vivani schlug ein Bein über das andere und lehnte sich entspannt in dem nicht gerade bequemen Holzstuhl zurück.

»Ich denke, Dmitrij Koslow hat Sie auf den Museumsdirektor angesetzt. Und zwar schon sehr viel früher. Sie waren dessen Geliebte. Vielleicht hat er Ihnen die Wohnung bezahlt, diesen hübschen Brillantanhänger geschenkt, Sie verwöhnt. Und dann eines Tages, vor vielleicht zwei Monaten, machte sich Koslow Ihr Geturtel zu Nutze. Er brauchte Sie, um Risi zu beobachten, ob er auch ein zuverlässiger Partner bei dem Bilderraub war, den er sich ausgedacht hatte. Franco Risi, der immer in Geldnot befindliche Museumsdirektor, sollte alles so vorbereiten, dass die Männer um Vittorio Todisco, die für Koslow auch auf seinen Baustellen arbeiteten, ohne Probleme ins Museum eindringen und die wertvollsten Gemälde klauen konnten. Risi hat dafür gesorgt, dass der Plan funktionierte. Dafür sollte er eine gewisse Summe bekommen. Das zumindest hat ihm Koslow versprochen. Doch Ihr Chef teilt nicht gern. Also hat er dafür gesorgt, dass Risi beseitigt wird, dass er als Mitwisser und lästiger Geldempfänger ausfällt. Und da kamen erneut Sie ins Spiel, Tamara. Sie hatten den besten Zugriff auf Risi, kannten seine Gewohnheiten, konnten unter einem Vorwand sein Schlafzimmer betreten und ihn um die Ecke bringen.«

»Und wie, bitte schön, hätte ich das zu Wege bringen sollen?«

»Das werden wir bald wissen, wenn die Kommissare von der Pathologie zurückkommen und uns erzählen, wie Franco Risi gestorben ist.«

»Todisco war bei ihm. Fragen Sie ihn. Er ist der Mann fürs Grobe.«

Wunderbar, dachte Michele Vivani. Eine solche Aussage war Gold wert. Er lag also richtig mit seinen Vermutungen, wenn die junge Frau auch keinen konkreten Hinweis zu Koslows Existenz gab.

»Glauben Sie immer noch, Signorina Petrowskaya, dass Sie keinen Anwalt benötigen?«

49

13.00 Uhr

Die beiden Kommissare standen im langen Gang des zweiten Stocks. An dessen Ende vor einem großen Fenster drehte ihnen Avvocato Vivani den Rücken zu und sah hinaus. Antonio wusste, dass die Aussicht alles andere als spektakulär war. Vom Fenster aus konnte man in den Innenhof der Questura schauen. Eine große asphaltierte Fläche, umgeben von den vierstöckigen Betonfassaden des Gebäudes, auf der das Kommissariat, die Kriminaltechnik und die *polizia di stato* ihre Fahrzeuge abstellte. Dort herrschte ein beständiges Kommen und Gehen.

»Ah, Avvocato, hat Ihre Mandantin Sie schon entlassen?«, fragte Antonio im Näherkommen. Michele Vivani drehte sich zu ihnen um, lehnte sich mit einer Schulter an das Fenster und schob beide Hände in die Hosentaschen. Alles an ihm drückte entspanntes und in sich ruhendes Selbstbewusstsein aus, was Antonio augenblicklich aggressiv machte. Es war an der Zeit, den Typen mit Fragen zu konfrontieren. Er wollte endlich wissen, was Vivani im Schilde führte, für wen er arbeitete. Doch bevor Antonio auch nur einen weiteren Satz anbringen konnte, nahm ihm der Anwalt erneut den Wind aus den Segeln.

»Gut, dass Sie kommen. Wir sollten uns unterhalten.« Er stieß sich vom Fenster ab und kam den Kommissaren entgegen. »In Anbetracht der fortgeschrittenen Zeit und meines leeren Magens wäre ein gemeinsames Mittagessen vielleicht keine schlechte Wahl. Ich lade die Herren ein, wenn Ihnen das recht ist. Haben Sie eine Empfehlung?«

»Ich hatte gestern nicht den Eindruck, dass Sie eine Empfehlung in Verona nötig hätten, Avvocato. Das *bollito misto* im *La Greppia* war ja keine schlechte Wahl. Ich hoffe, Sie waren zufrieden?«

Auf Vivanis Gesicht zeigte sich ein schiefes Lächeln. »Wann haben Sie mich erkannt, Commissario?«

Georg blickte von einem zum anderen und verstand nur Bahnhof. Er hoffte sehr darauf, dass Antonio zum Mittagessen das Restaurant von Bruno vorschlagen würde. Nirgendwo sonst hätte er lieber gegessen. Aber vielleicht wollte sein Freund diesen Geheimtipp für sich behalten.

»Die Überwachungskameras von Kunsthändler Pietro Lombardo haben mir im Nachhinein den Beweis geliefert, dass der Mann mit dem Borsalino, den ich im *La Greppia* nur wegen seines teuren Huts im Gedächtnis behielt, der mir bei Corrello wiederbegegnete und der an diesem Tag Budapester Schuhe trug, die ein gewisser Avvocato Michele Vivani auch am nächsten Morgen in der Questura anhatte, ein und dieselbe Person waren. Meinen Blick für Schuhe hat mein Freund und *collega* Breitwieser geschärft. Budapester sind nicht gleich Budapester. Das weiß ich, seit ich Giorgio Breitwieser kenne.«

»Das ist im Übrigen ein hervorragendes Stichwort«, mischte sich Georg bereitwillig ein. »Wenn ich mir Ihre Velourlederschuhe mit den bordeauxfarbenen Schnürsenkeln so ansehe, dann sind diese zweifelsohne handgefertigt. Wo lassen Sie die machen, Avvocato? Das würde mich brennend interessieren.«

Nun lachte Michele laut auf. »Dass mich einmal Schuhe überführen würden, hätte ich nicht gedacht. Die Schuhe heute habe ich bei einem Schuster in der *Via Chiaia* in meiner Heimatstadt Neapel machen lassen. Ein Familienbetrieb, bei dem schon mein Großvater fertigen ließ.«

»Das ist jetzt leider nicht um die Ecke!«, bemerkte Breitwieser mit echtem Bedauern.

»Ein Grund, einmal nach Neapel zu reisen, Commissario. Es lohnt sich. Nicht nur wegen gutem, handwerklich hervorragend gemachtem Schuhwerk.«

»Weshalb diese Verkleidung, Avvocato? Mit Brille und Perücke und was weiß ich noch alles? Sehr professionell zwar, aber, wie Sie sich sicher denken können, in unseren Augen auch sehr verdächtig. Für wen arbeiten Sie? Was interessiert Sie an unserem Fall?«

»Das erkläre ich Ihnen gerne. Aber nicht auf nüchternen Magen.«

»Dann sollten wir unser Gespräch bei *Da Bruno* fortführen, einem kleinen, aber feinen Restaurant in der Altstadt von Verona.«

Und während sie sich von einem Kollegen im Wagen der *polizia di stato* in die *Via Stella* zu *Da Bruno* chauffieren ließen, schickte Georg endlich eine SMS an Stefania. Er brachte es nicht übers Herz, ihre mehrfachen Anrufe, die alle auf seiner Voicemail gelandet waren, weiter zu ignorieren. Vielleicht klappte es ja mit einem kurzen *caffè* nach dem Essen oder am Abend mit einem gemeinsamen Treffen?

»Heute ist nicht viel los«, beschwerte sich Bruno, als sie sein Restaurant betraten. »Wenig Touristen sind unter der Woche in der Stadt und die geben ihr Geld auf dem unseligen Weihnachtsmarkt aus. Für Würstchen und chinesischen Plunder. Schauerlich. Einen *prosecchino* für die Kommissare zum Einstimmen? Und für den Gast? Ihr schaut alle drei so grimmig drein, dass ihr dringend Aufmunterung benötigt.« Einen Moment hielt Bruno inne, dann sagte er: »Willst du mir den fremden Herrn nicht vorstellen, Tonio?«

»Das ist Avvocato Vivani aus Rom.«

»Ahhhh … *di Roma! Piacere* Avvocato. Bleiben Sie länger?«

»Nur so lange wie unbedingt notwendig«, versuchte er Bruno scherzend zu beruhigen. Die Leute aus der Hauptstadt hatten im Norden wie im Süden Italiens einen denkbar schlechten Ruf. »Und nicht lange genug, um Ihnen Ärger zu bereiten!«

»*Molte bene!*« Bruno lachte. »Also drei *prosecchi!* Geht aufs Haus!« Was ein deutliches Zeichen dafür war, dass Michele Vivani Gnade vor seinen Augen gefunden hatte.

»Wir bräuchten dein Hinterzimmer«, bat Antonio den Freund. »Wir möchten keinesfalls gestört werden. Durch niemanden, verstehst du?«

»*Assolutamente!* Wenn Vincenzo Mauro auftaucht, sage ich, du bist mit Giorgio nach Bayern aufgebrochen. Unerreichbar für die nächsten Tage.«

Antonio schlug ihm anerkennend auf die Schulter. Der Wirt hatte verstanden. Wie oft hatten sie es schon erlebt, hier von Mauro bei einem konspirativen Gespräch überrascht und empfindlich gestört worden zu sein. Der Staatsanwalt besaß den siebten Sinn dafür, wann er absolut unerwünscht war. Zugegeben, es gab umgekehrt auch kaum Augenblicke, wo sie sehnlichst auf ihn gewartet hätten.

Bruno ging voraus, an einer langen Vitrine vorbei, in der in ovalen weißen Schüsseln diverse *Antipasti* auf hungrige Mäuler warteten. Sein Koch war Spezialist für kalte Vorspeisenplatten, neben genialen Hauptspeisen und wundervollen Desserts, versteht sich. Bei Bruno konnte man einfach in jeder Hinsicht gut essen. Auch Vivani erkannte mit einem Blick, dass die Empfehlung Antonios keine Wünsche offenließ.

»Bringen Sie uns doch zu Ihren *prosecchini* gleich noch eine Platte *Antipasti* für drei, *per favore.* Dann sind wir schon einmal mit dem Nötigsten versorgt.«

»*Bravo!* Gute Wahl!«

Sie gelangten in einen kleinen Raum, der mit einem runden Tisch für sechs Personen gedeckt war. Ein Fenster führte auf einen

Durchgang hinaus, wo die Lieferanten halten und abladen konnten. Bruno nahm drei Gedecke weg und ließ die Männer allein.

»*Allora*, Avvocato. Genug des Geplänkels und der Spielchen. Wer sind Sie? Für wen arbeiten Sie?« Antonio zog beide Augenbrauen in die Stirn und verschränkte seine Arme vor der Brust. Ein deutliches Signal dafür, dass er endgültig konkrete Angaben erwartete.

»Haben Sie noch einen Augenblick Geduld, meine Herren.« Vivani griff in die Innentasche seines Sakkos, holte sein Smartphone heraus, legte es auf das weiße Damasttischtuch in die Tischmitte und startete die Abspielfunktion des Voice Recorders.

Antonio und Georg beugten sich nach vorne und hörten sich mit wachsendem Erstaunen das Gespräch an, das Vivani mit Tamara Petrowskaya geführt hatte. Kurz wurden sie durch Bruno unterbrochen, der Prosecco und Vorspeisen brachte und sich sofort wieder zurückzog. Als das Gerät verstummte, lehnten sie sich beide wieder zurück und sahen Vivani befremdet an.

Antonio fand zuerst seine Sprache wieder. »Das war kein Mandantengespräch Avvocato, das war im besten Fall eine Zeugenvernehmung, genaugenommen jedoch ein Verhör. Hat die Petrowskaya Sie mandatiert?«

Michele Vivani schüttelte den Kopf. »*No!* Und ich hätte das Mandat auch nicht übernommen. Ich bin zwar Anwalt, Gutachter und Kunstexperte, soweit sind die Angaben auf meiner Visitenkarte richtig. Aber ich arbeite auch noch für eine Einheit der Carabinieri in Rom.« Erneut griff er sich in die Innentasche seines Sakkos und zog seinen Dienstausweis hervor, den er Antonio reichte. »Ich bin als verdeckter Ermittler für eine Sondereinheit zum Schutz von italienischem Kulturgut und Kulturerbe tätig, für das Ihnen sicherlich bekannte *Comando C.T.P.C.*«

Antonio wunderte sich überhaupt nicht, dass der Avvocato für die Spezialeinheit *Comando Carabinieri per la Tutela del Patriomonio Culturale* tätig war.

»Und deshalb werden Sie verstehen, dass dieses Gespräch unter uns bleiben und ich mich auf Ihre Diskretion verlassen können muss.« Ernst wanderte Vivanis Blick von Antonio zu Georg. Beide Herren nickten.

»Wenn wir nachher dieses Restaurant verlassen, werden Sie mit keinem Wort erwähnen, welcher Tätigkeit ich in Wahrheit nachgehe! Zu niemandem!« Dann deutete Vivani auf sein Smartphone, das immer noch in der Tischmitte lag. »Und dieses Interview habe ich Ihnen zur Verfügung gestellt, weil ich ein verantwortungsvoller Anwalt bin, der kein Mandat übernommen hat. *Chiaro?*«

»Keine Sorge, Avvocato!«, antwortete Antonio. Er war unendlich erleichtert, dass er keinem dubiosen Anwalt auf den Leim gegangen war und ihn unerlaubterweise an Ermittlungen hatte teilhaben lassen. Außerdem wunderte er sich jetzt nicht mehr darüber, dass Mauro und Vivani überraschend oft gemeinsam aufgetaucht waren.

Ohne jeden Zweifel kannten sie sich von Rom. Genauso sicher war es allerdings auch, dass sich beide darüber ausschweigen würden, ob Mauro um Unterstützung gebeten und Vivani angefordert hatte oder ob die Sondereinheit der Carabinieri von sich aus aktiv geworden war.

»Mein Spezialgebiet ist neben Kunstfälschung auch Kunstraub«, gab Michele Vivani weiter Auskunft. »In letzterem ist Dmitrij Koslow für mich kein Unbekannter, aber bislang konnten wir ihm nichts nachweisen. Dennoch, auch in Ihrem Fall, meine Herren, werden wir wahrscheinlich am Ende wieder mit leeren Händen dastehen. Koslow zur Verantwortung zu ziehen, wird uns vermutlich nicht gelingen.« Er nahm einen Schluck Prosecco und begann seinen Teller mit den Herrlichkeiten, die Bruno als *Antipasti*-Platte aufgehäuft hatte, zu füllen. »Lassen Sie mich raten: Die Pathologin hat Ihnen bestätigt, dass Franco Risi ermordet wurde, und außerdem haben Sie herausgefunden, dass Vittorio Todiscos

Fingerabdrücke auf den Zigarettenkippen waren, die ich mitgebracht habe. Stimmt's?«

Die beiden Kommissare nickten, während Vivani mit gutem Appetit gebratenen Pilzen zusprach.

»Die Pressekonferenz von Vincenzo Mauro war, gelinde gesagt, Schwachsinn.« Vivani nahm kein Blatt vor den Mund. »Sie hat dem Auftraggeber klar gemacht, dass sein Coup nicht geklappt hat, es keine Lösegeldzahlung geben wird. Wen wird er dafür verantwortlich machen?«

»Seinen Unterauftragnehmer Vittorio Todisco«, stellte Georg fest. »Gianni Canali hat ihn eindeutig als Drahtzieher der Aktion bezeichnet. Die technische Planung lag hauptsächlich bei Livio Ferrari.«

Vivani nickte anerkennend und fragte weiter: »Haben Sie ihn schon befragen können?«

Antonio schob sich gerade ein Stück Weißbrot in den Mund und schüttelte den Kopf. »Die Kollegen der *polizia* konnten lediglich den Handlanger Emanuele Marchi auf der Baustelle des Palazzo bei den *Portoni della Brà* festnehmen. Marchi ist ein kleines Licht. Er wartet wie sein Chef auf das Verhör. Enrico hat mir vorhin eine SMS geschickt. Die Questura füllt sich langsam, aber sicher mit den Verdächtigen. Von Livio Ferrari fehlt allerdings weiterhin jede Spur!«

Der Meeresfrüchtesalat, den Bruno großzügig bemessen hatte, war ganz hervorragend. Die leichte *peperoncino*-Schärfe war genau nach Antonios Geschmack. Er nahm noch einen Schluck Prosecco, bevor er sagte: »Für Todisco sieht die Lage sehr schlecht aus. Wo haben Sie die Kippen gefunden, Avvocato?«

»Ich habe seit meiner Ankunft in Verona vermutet, dass ich beschattet werde. Nachdem ich Correllos Außenlager besucht und dort auf einen verdächtigen Russen mit großer Klappe gestoßen bin, im Übrigen Ihr Glatzkopf von der *Rooftop-Bar* …«

»Meinen Sie, es war Koslow?« Antonio war nun ehrlich alarmiert und gleichzeitig wurde er ärgerlich. Wie üblich, arbeiteten die Behörden nicht zusammen. Jede Polizeieinheit wollte den Erfolg für sich verbuchen. »Das war im Alleingang nicht sehr schlau, wenn ich mir diese Bemerkung erlauben darf.«

»Da haben Sie vollkommen recht, Commissario. Ich habe mir dort auch eine Abreibung geholt. Ich glaube nicht, dass ich Koslow persönlich begegnet bin. Aber einer von seinen Leuten hat mir das Gesicht poliert.« Vivani deutete auf seinen linken Wangenknochen. »Gott sei Dank bin ich im Umgang mit Make-up nicht unbedarft. Sonst hätten Sie mich längst gefragt, wer mir den blauen Fleck verpasst hat.«

Und er erzählte den beiden Kommissaren von seinem Besuch bei Corrello und seinem angeblichen Ansinnen, einen Tiepolo für einen Kunden aus dem arabischen Raum kaufen zu wollen.

»Hat man Ihnen die Geschichte abgenommen?«

»Ja, unbedingt. Vor einer halben Stunde hat mir Corrello ein neuerliches Angebot für den scheußlichen Tiepolo unterbreitet, den sie mir angetragen haben. Der Russe ging deutlich mit dem Preis runter. Offenbar wollte er jetzt wenigstens an mir etwas verdienen, wenn ihm die Bilder vom *Museo Civico d'Arte* schon durch die Lappen gingen.«

»Er ist tatsächlich so dreist, nach allem, was passiert ist, jetzt einfach weiterzumachen?«, fragte Antonio fassungslos.

»*Naturalmente!* Ich bin sicher, dass der eigentliche Drahtzieher längst Italien verlassen hat, falls er jemals in Verona war, und nur noch sein Handlanger Corrello weitermacht. Koslow kennt weder Skrupel noch Angst. Er hält sich für ziemlich unantastbar. Gut, in den nächsten Monaten wird er einen weiten Bogen um Verona machen. Doch die Geschäfte sind angeleiert. Die *Rooftop-Bar* floriert. Die unteren Stockwerke des Palazzo werden in den nächsten ein oder zwei Jahren fertiggestellt. Da wird er erst einmal nicht gebraucht. Inzwischen kann er sich anderen Geschäften und Einnahmequellen widmen.«

»Menschenhandel zum Beispiel«, warf Georg trocken ein.

Jetzt war es an Michele, überrascht über den Tisch zu blicken. »Wie meinen Sie das, Commissario?«

Georg berichtete ihm von den Flüchtlingen, die Gianni Canali neben den Bildern nach Deutschland überführt hatte. »Die Syrer haben bestätigt, dass Schleuser, denen sie je Fluchtetappe, beginnend in Aleppo, bestimmte Geldbeträge bezahlen mussten, Russen waren. Ich warte nur noch auf einen Anruf der Ermittlungsrichterin, die einen Prozess in dieser Sache vor dem Landgericht Traunstein eröffnen will. Wir hoffen, dass uns einer der Syrer wenigstens einen Namen nennen kann. Da Canali nur durch einen von Koslows Leuten, vermutlich direkt von Todisco, genau wissen konnte, welche Syrer wo in Bozen auf ihn warteten, hatte er zumindest zum letzten Glied der Schleuser Kontakt. Ich vermute, dass der Russe über mehrere Mittelsmänner mit den Kriegsflüchtlingen richtig viel Geld verdient. Auch das werden wir ihm wahrscheinlich nicht nachweisen können. Aber die Richterin will es mit unseren Zeugen versuchen.«

Die drei Ermittler prosteten sich halbherzig zu. Zu feiern gab es wenig. Einträchtig aßen sie die *Antipasti* auf.

Bruno nutzte die Gunst ihres schweigsamen Genusses und fragte, was er ihnen als Nächstes bringen konnte. Sie einigten sich auf *tagliatelli con funghi porcini*, Bandnudeln mit Steinpilzen. Und damit sie einen möglichst klaren Kopf behielten, bestellten sie sich einen leichten *Frizzante* dazu.

»Auf welche Weise wurde Franco Risi umgebracht?«, wollte Vivani wissen, als Bruno wieder verschwunden war.

»Er hat eine Injektion ins Herz bekommen. Da ging jemand mit ziemlich präziser Brutalität ans Werk«, gab Antonio Auskunft.

»Was wurde ihm gespritzt?«

»Ein sehr starkes Schmerzmittel. Ein Morphin.«

»Das hätte ich nicht gedacht«, sagte Vivani und sah die Herren entgeistert an. »Das wirft ein völlig neues Licht auf den Fall. Damit ist Todisco raus aus der Nummer. Zumindest was den Mord an Risi betrifft. Wie sollte er an so einen Stoff kommen? Da gibt es strenge Vorschriften, an die Apotheker und Ärzte gebunden sind. Wir müssen Tamara nochmals genau befragen.«

Antonio nickte zustimmend. Der Kreis der Verdächtigen wurde kleiner. Noch waren Giulietta Ricchi und Luca Panini im Fall von Renata Mancini verdächtig. Er würde Lavinia bitten, die Ricchi nochmals zu befragen, ob Panini wirklich am Sonntagabend im Museum war. Aber zunächst interessierten ihn die Leute, die im Palazzo Primavera wohnten und dort ein- und ausgingen.

»*Esatto!* Wir müssen wissen, wann die Contessa und Risi am Sonntagabend nach Hause kamen. Die Angaben dazu sind mir noch zu vage. Und wir müssen wissen, wer Todisco gestern Nachmittag angerufen hat, um ihn wegen der angeblich kaputten Heizung in den Palazzo zu zitieren.«

»Und ihr glaubt, Tamara ist die Richtige, um die Wahrheit ans Licht zu bringen?«, warf Georg ein. »Sie arbeitet für Koslow, geht für ihn auf den Strich. Sollte sie etwas mit den Morden zu tun haben, wird sie kaum mit der Wahrheit herausrücken. Außerdem müssen wir den Arzt fragen, welche Schmerzmittel er der alten Contessa verschrieben hat.«

Unverzüglich zückte Antonio sein Handy und rief Lavinia an. Sie wartete immer noch bei Tamara im Verhörraum und beschwerte sich, dass man sie mit der Zeugin allein ließ.

»Tut mir leid, Lavinia. Hol dir eine Kollegin von der *polizia di stato.* Sie soll dich ablösen. Frag Tamara nach der Telefonnummer des Arztes, der Risi und wahrscheinlich auch die alte Contessa behandelt. Ruf ihn an und lass dir sagen, wie das Schmerzmittel heißt, das der alten Contessa verabreicht wird, und in welcher Form das geschieht. Anschließend redest du mit unserer Dottoressa. Frag, ob das Morphin, das sie bei Risi nachweisen konnte, mit dem Medikament der Contessa identisch ist.«

Zu den Kollegen am Tisch gewandt, fuhr Antonio fort: »Sollte Lavinia diese Annahme bestätigen, brauchen wir von Giudice Gioberti einen Durchsuchungsbeschluss für die Wohnung der alten Contessa. Das *piano nobile* stellen wir zur Not auch auf den Kopf, nicht nur Risis Schlafzimmer wie bisher. Und sollte sich der Giudice querstellen, dann pfeife ich auf seinen richterlichen Beschluss«, fügte Antonio noch trotzig hinzu. Er war wild entschlossen, den Fall endlich zu lösen.

»Aber, aber …«, Michele Vivani lachte mit Schalk in den Augen.

»Wie sollte denn Todisco an die Schmerzmittel der alten Contessa gekommen sein?«, fragte sich Georg laut. »Er müsste Zugang zu ihrer Wohnung gehabt haben.«

»Ich bin sicher, dass auch dort die Heizung immer wieder streikt oder gewartet werden muss«, warf Vivani ein.

»Oder Tamara hat ihm das Medikament von dort besorgt.« Auch Antonio dachte das Szenario durch. »Wäre immerhin möglich!«

Einen Moment schwiegen die drei, bis Michele Vivani nochmals den Faden aufgriff: »Ich will nicht ausschließen«, gab er zu, »dass Tamara den Auftragsmord an Risi für Koslow erledigt hat. Es wäre durchaus möglich. Ein weiterer Zeuge des Raubs musste aus der Sicht des Russen beseitigt werden. Das würde zu ihm passen. Zumal auch Risi darauf wartete, mit einer entsprechenden Geldsumme für seine Beihilfe zum Raubmord bedacht zu werden.« Und mit seiner nächsten Überlegung ging er noch einen Schritt weiter. »Was, wenn Risi im Auftrag des Russen die Mancini aus dem Weg geräumt hat, weil sie zu viel wusste? Wir sollen aber denken, Todisco habe Renata Mancini getötet, weil sie die Räuber überrascht hat. Doch Koslow hat seinen Komplizen unterschiedliche Befehle gegeben, sie gegeneinander ausgespielt. Die Mancini und Risi bereiten alles für den Raub vor. Anschließend beseitigt er die Kuratorin. Und Tamara, die in beständiger Abhängigkeit des Russen lebt, bringt Risi in dessen eigenen vier Wänden um. Er wird nicht mehr gebraucht. Dazu lockt sie auf Anweisung Koslows Todisco in den Palazzo. Denn wir sollen denken, der skrupellose Elektrikermeister habe sich seines Komplizen entledigt. Alle beiden Morde würden demnach auf sein Konto gehen. Sehr schlau!«

Bruno brachte die Nudelgerichte. »Jetzt wird gegessen, meine Herren. Lasst die Toten wenigstens mal für eine Viertelstunde ruhen.«

50

15.00 Uhr

Stefania di Castello saß am letzten Tisch, in der hintersten Ecke der *Pasticceria Flego*, einer Institution für Süßspeisen und Desserts in Verona, nicht weit vom Restaurant *Da Bruno* entfernt. Der Gastraum war langgestreckt, reichte weit in die Tiefe des Gebäudes, und ein Tisch folgte dicht auf den anderen. Als Georg nach dem umfangreichen Mittagessen mit Antonio und dem Avvocato jetzt eintraf, war jeder Platz besetzt, bis auf seinen, den Stefania eisern freihielt. Sie hatte sich eine Portion schwarzen Tee bestellt und ein Stück der hausgemachten Schokoladentorte, die eine volle Mahlzeit ersetzte. Aber bisher hatte sie nichts davon angerührt. Sie strahlte Georg an, als sie ihn kommen sah, und erhob sich ungestüm, um ihn zu begrüßen und dabei fest zu umarmen.

»Ich freu mich so, dass du endlich wieder da bist!«, sprudelte es aus ihr heraus, als sie sich setzten. »Es tut mir leid, dass ich gestern Nacht so wenig Zeit für dich am Telefon hatte. Ich hatte Gäste zu einer Weinprobe. Restaurantbesitzer und Journalisten von Gourmetmagazinen waren aus Norwegen eigens angereist. Sie hatten ein Foto- und Filmteam mitgebracht und wir hatten alle Hände voll zu tun, um alle Weine durchzuprobieren und die Interviews für die diversen Magazinbeiträge aufzunehmen. Es war sehr aufregend und ermüdend zugleich, hat aber auch unendlich viel Spaß gemacht.« Sie lachte und ihre Nase kräuselte sich dabei.

Normalerweise hörte er ihr gern und meist auch amüsiert zu. Ihr Elan, ihre Begeisterung für ihr Weingut und ihre Produkte gefielen ihm, nötigten ihm Respekt ab. Doch in diesem Moment fühlte er sich von ihr überfahren. Sein Kopf war voll von Tätern und Opfern und Stefanias Probleme, ihr Geplauder erschienen ihm oberflächlich. Der Verdacht drängte sich ihm auf, dass sie die Ereignisse des Abends bewusst aufbauschte. Sie wollte ihm imponieren und sich gleichzeitig für ihr abruptes Verhalten am Telefon entschuldigen. Sie versuchte, ihr schlechtes Gewissen zu überspielen, anstatt einfach nur zu sagen: »Es tut mir leid.« Das hätte genügt. Fairerweise musste er zugeben, dass sie keine Ahnung davon haben konnte, wie er sich gestern auf dem Autobahnparkplatz gefühlt hatte, wie müde er gewesen war, wie die Fahrt an seinen Nerven gezerrt hatte und wie sehr er ihre lebhafte, heitere Art genau in diesem Moment als Zuspruch gebraucht hätte. Jetzt nervte es ihn und er wusste, dass er ihr mit diesem Gefühl genauso unrecht tat. Das Treffen im *Flego* war keine gute Idee gewesen. Er hatte den Kopf einfach nicht frei.

Sie nahm seine Hand, die er auf die kalte Tischplatte aus Marmor gelegt hatte, und drückte sie leicht. »Was ist los, Giorgio?« Seine Missstimmung entging ihr nicht. Er versuchte nun seinerseits, ein entschuldigendes Lächeln auf sein mürrisches Gesicht zu zaubern.

»Tonio und ich haben einen ziemlich ausufernden Fall mit jeder Menge Verdächtiger. Deshalb habe ich leider jetzt auch wenig Zeit. Ich freu mich, dass wir uns auf einen Espresso sehen können, aber zu mehr wird es heute nicht mehr reichen.« Er rechnete es ihr hoch an, dass sie auf seine SMS reagiert und unverzüglich nach Verona gefahren war. Das hatte ihre Tagesplanung sicherlich über den Haufen geworfen. »Es ist schön, dass du gekommen bist.«

»Aber du bist mit deinen Gedanken ganz woanders!«, stellte sie fest.

»Bist du am Wochenende zu Hause? Hast du Zeit?« Nun hoffte er doch auf ein schönes, entspanntes Wochenende mit ihr.

Erwartungsvoll sah er sie an, aber ihre Augen verrieten ihm, dass daraus nichts werden würde. Und prompt schüttelte sie bedauernd den Kopf.

»Leider nein, Giorgio. Der November ist für mich ein besonders wichtiger Monat. Die Weine, die zwei Jahre im Barrique gereift sind, werden im Moment von Hilfsarbeitern aus Süditalien, die ich nur für begrenzte Zeit zur Verfügung habe, abgefüllt.«

Georg runzelte die Stirn, sagte aber nichts dazu.

»Du weißt ja, diese Weißweine machen den Ruhm meines Weinguts aus. Ich hoffe auf Prämierungen, damit ich auf der *Vinitaly*, die immerhin die größte Weinmesse Europas ist, im kommenden April meinen Jahresumsatz unter Dach und Fach bringen kann. Das ist existenziell für mich.«

Für die Hilfsarbeiter gilt das auch, dachte Georg. Diese Beschäftigungsform behagte ihm nicht. Natürlich fielen saisonal bei Bauern und Winzern unterschiedliche Arbeiten an. Mal mehr, mal weniger. Aber die Erntehelfer und Saisonarbeiter, aus welchen Ländern auch immer sie kamen, gehörten zu den armen Schweinen in der Produktionskette, während sich die Winzer eine goldene Nase verdienten. Doch Stefania bemerkte seinen Unmut nicht. Im Gegenteil, sie schilderte weiter ihr Erfolgsrezept.

»Am Samstag kommt die nächste Delegation, dieses Mal aus Japan, die ihre bestellten Weine probieren und abholen will. Es ist ein Umsatzvolumen von fast 500.000 Euro, Giorgio. Da muss ich dabei sein, Hände schütteln, zum Dinner einladen. Aber vielleicht möchtest du Samstagabend mit uns nach Venedig fahren? Ich habe im *Hotel Cipriani* einen Tisch für die japanischen Gäste reserviert. Ich würde mich sehr freuen, du kämst mit, würdest mich begleiten. Das wäre auch für dich mal etwas ganz anderes. Ein Abend ohne Verbrecher!« Erneut lachte sie ihn an.

Doch er lachte nicht mit, sondern schüttelte bedauernd den Kopf und fragte sich gleichzeitig, ob ihr bewusst war, dass Leute, die für solche Summen Wein einkauften, möglicherweise ihr Geld nicht auf ganz ehrliche Art und Weise verdienten. Koslow, der russische Oligarch und Menschenhändler, um den sich inzwischen alles drehte, kam ihm unweigerlich in den Sinn. Er wäre gewiss einer, der, ohne mit der Wimper zu zucken, in diesen Größenordnungen Bestellungen aufgeben würde.

»Hast du unter deinen Kunden auch Russen?« Ohne weiter nachzudenken, rutschte ihm diese Frage raus. Überrascht sah ihn Stefania an.

»Ja, natürlich.«

»Hast du den Namen Dmitrij Koslow schon einmal gehört?«

»Tut mir leid, Giorgio. Nein, der Name sagt mir nichts.«

»Vergiss es sofort wieder.« Georg winkte eine junge Kellnerin heran und bestellte sich einen *espresso doppio*. In seinem Magen war kein Platz mehr für Kuchen.

»Ich kann dieses Mal nicht lange bleiben, Stefania. Wenn wir hier den Fall gelöst haben, und ich denke, dass Tonio gerade im Moment entscheidende Weichen dafür stellt, muss ich auch schon wieder zurück.«

Und wie zur Bekräftigung seiner Worte vibrierte das Handy in der Hosentasche.

»Breitwieser«, sagte er laut, um die Gesprächskulisse, die in dem Café herrschte, zu übertönen. Der Anruf kam aus Deutschland. Es war Dorothea Schaller, die ihn anrief, was noch nie vorgekommen war. Sofort schrillten seine Alarmglocken. Was hatte die korrekte Ermittlungsrichterin herausgefunden? Hatte sie doch noch vom Auftauchen der Gemälde Wind bekommen? Sein Manöver durchschaut?

»Entschuldigen Sie, Kommissar Breitwieser, aber ich muss Sie bitten, schnellstmöglich nach Traunstein zurückzukommen. Wo sind Sie überhaupt? Nach Arbeit und Questura klingt mir der Lärm nicht.«

Georg ignorierte ihre Frage und sagte stattdessen: »Was ist passiert?«

»Ich wollte Ahmad befragen. Doch bevor er sich als Zeuge für meinen Prozess zur Verfügung stellt, möchte er erst mit Ihnen reden.«

Mit Erleichterung hörte Georg, dass der Syer wieder in Traunstein aufgetaucht war.

»Als Journalist ist er genau die richtige Person, die bei einer Verhandlung Eindruck hinterlassen würde. Sie müssen ihn zu einer Aussage überreden, sonst kann ich den Prozess vergessen. Haben Sie inzwischen Beweise dafür, wer als Schleuser infrage kommt?«

»Sehr wahrscheinlich steckt ein Russe mit Namen Dmitrij Koslow dahinter. Eine Sondereinheit in Rom hat ihn auch schon länger im Visier.« Mehr wagte er nicht anzudeuten, sonst landete das Gespräch unweigerlich beim Raub der Gemälde. »Wir konnten von einem seiner Arbeiter Dateien sicherstellen, die die Behörden hier unter die Lupe nehmen.«

»Könnten wir von dort Material bekommen und für den Prozess verwenden?«

»Ich werde mit Commissario Fontanaro sprechen.« Georg musste Zeit gewinnen. Bevor sie nicht den eigenen Fall gelöst hatten, konnte er der Schaller mit ihrem Prozess nur eingeschränkt helfen. »Wir fürchten allerdings, dass die betreffende Person bereits außer Landes ist.«

»Es würde schon reichen, wenn Ahmad oder Aisha, die ja offen davon spricht, dass ein Russe für ihre Flucht Geld genommen hat, den Namen bestätigen könnte. Ich brauche Sie hier!«

»Das kann aber einige Monate dauern, Frau Doktor Schaller, bis Sie mit der Anklage so weit sind.«

»Das müssen Sie den Syrern ja nicht auf die Nase binden. Außerdem dauert es sicherlich mindestens genauso lang, bis die Asylanträge gestellt sind und schließlich genehmigt werden.«

»Wir brauchen auf alle Fälle eine gute Unterbringung für die fünf Syrer und eine Perspektive für sie, wenn sie die Asylanträge gestellt haben, damit sie in Traunstein und Umgebung bleiben wollen. Sie haben Verwandte in Hannover. Nach Bewilligung des Antrags könnten sie Bayern verlassen. Leider bin ich vor meiner Abreise nicht mehr dazugekommen, mich darum zu kümmern.«

»Das sehe ich genauso und ich habe mich umgehört. Zur Gemeinde Wolfing habe ich einen ganz guten Draht. Der neue Bürgermeister dort ist Flüchtlingen gegenüber sehr aufgeschlossen und hat ein altes Hotel aufgekauft. Eine Erbengemeinschaft konnte sich nicht einigen, schließlich wurde das Gebäude versteigert und die Gemeinde hat den Zuschlag bekommen. Sie wollten dort ursprünglich ein Jugendzentrum entstehen lassen. Jetzt soll es vorübergehend als Unterkunft für Flüchtlinge genutzt werden.«

»Ist das nicht der Peter Schapfinger?« Georg erinnerte sich sehr gut an den jungen Mann, der ihm vor zwei Jahren, als das Dorf Wolfing in der Jahrhundertflut unterzugehen drohte, völlig verzweifelt gegenüberstand und nicht wusste, wie es weitergehen sollte. Der Ort hatte seinen langgedienten Bürgermeister verloren. Er war kaltblütig in seinem Haus am Gardasee erschossen worden. Sein Nachfolger wurde Schapfinger. Die Wolfinger hatten ihn mit großer Mehrheit gewählt und der Partei, die über Jahrzehnte den Bürgermeister gestellt hatte, gezeigt, dass es auch anders ging.

»Richtig. Ich werde mit dem Schapfinger reden. Das soll nicht Ihre Sorge sein, Herr Breitwieser.«

»Das sind sehr gute Nachrichten, Frau Doktor Schaller. Ich bin Ihnen sehr dankbar, wenn Sie das hinbekommen. Ich werde spätestens am Sonntag wieder zurück sein. Vielleicht schon früher.«

»Halten Sie mich wegen des Russen auf dem Laufenden, ja?«

»Selbstverständlich, sehr gerne.« Georg schob sein Handy zurück in die Hosentasche und nahm einen Schluck von seinem Espresso, der inzwischen kalt geworden war.

Stefania di Castello sah ihn eigenartig von der Seite an. »Was ist das für eine Dottoressa? Was hat sie für gute Nachrichten?«

Georg wusste, dass die Winzerin ganz gut Deutsch sprach, obwohl sie sich ausschließlich in ihrer Muttersprache unterhielten. Doch dass sie diesem Gespräch hatte folgen können, überraschte ihn dann doch. War sie nur neugierig oder vielleicht sogar eifersüchtig?

»Die Dottoressa ist Ermittlungsrichterin. Für einige Ermittlungsmaßnahmen muss ich im Prinzip ihre Zustimmung einholen. Wir sind nicht immer einer Meinung und nicht immer frage ich um Erlaubnis. Aber in diesem besonderen Fall bin ich ihr für ihr Engagement sehr dankbar.«

Beide Augenbrauen von Stefania wanderten mit einem Ruck in ihre Stirn. Aufmerksam musterte sie ihn.

»Und was ist das für ein phänomenales Engagement?«

»Ich habe Sonntagnacht fünf Syrer an der österreichisch-deutschen Grenze aufgegriffen. Sie liegen mir am Herzen und ich wollte mich darum kümmern, dass sie gemeinsam in einer Unterkunft untergebracht werden. Das ist mir in der Kürze der Zeit nicht gelungen. Jetzt hoffe ich, dass es ihr gelingt.«

»Und dafür bist du ihr dankbar?« In Stefanias Stimme lag Geringschätzung. »Was geht dich das an, wo die Flüchtlinge unterkommen? Wenn eine Richterin und du sich um sie kümmern, haben sie ja wohl etwas auf dem Kerbholz. Sperr sie ein, dann haben sie eine Unterkunft.« Sie warf ihre roten Haare, die wie immer widerspenstig abstanden, in den Nacken.

»Was soll das, Stefania?« Georg war über ihre heftige Reaktion ehrlich überrascht. Ihr provokanter Ton störte ihn und machte ihn ärgerlich.

»Ihr Deutschen spielt euch ja momentan als Samariter von Europa auf. Ihr nehmt alles, was über eure Grenzen schwappt, auf. Uns kann es nur recht sein. Wer bei euch landet, fällt uns jedenfalls nicht mehr zur Last. Ich bin sehr froh, dass unsere Kommune einen strengen Kurs fährt.«

»Und welcher Kurs sollte das sein?« Georgs Stimme war gefährlich ruhig. Er beugte sich über den Tisch und sah ihr fest in die Augen. Doch das erschreckte Stefania keineswegs und hielt sie von ihrer Antwort nicht ab.

»Unser Gemeinderat hat beschlossen, niemanden aufzunehmen. Wir sind eine katholische Gemeinde. Für Muslime haben wir keinen Platz.«

»Und wo bleibt deine katholische Nächstenliebe?«

»Was ich habe, habe ich mir hart erarbeitet. Wir können niemanden gebrauchen, der uns auf der Tasche liegt. Unser Staat hat für seine eigenen Leute keinen Euro übrig. Meinst du, wir können es akzeptieren, dass es Flüchtlingen besser geht als unseren alten Leuten? Oder unseren jungen Leuten, die keine Arbeit bekommen? Wir können uns ein Samaritertum, wie ihr Deutschen es praktiziert, nicht leisten.«

»Warum nimmst du dann für die Erntearbeit keine Süditaliener oder die armen Leute aus deiner Gemeinde? Oder kennt man in eurem Ort keine Armut? Warum habe ich dann im September bei der Weinlese Schwarzafrikaner und Pakistaner auf deinem Weinberg gesehen, die Trauben geerntet haben? Kein einziger Italiener hat dort eine Schere in der Hand gehabt, um Reben zu schneiden. Du bist durch deine Weinberge marschiert und hast Befehle erteilt. Wo hattest du diese billigen Arbeitskräfte denn her?«

»Willst du mich jetzt verhören, Commissario?«

»Sie waren in alten Campingwagen untergebracht. Einige mobile Toiletten hattet ihr aufgestellt. Wo haben sich die armen Kerle eigentlich gewaschen? Wer hat sie während der Ernte mit Essen versorgt oder einfach nur mit Wasser? Wieviel hast du ihnen bezahlt?« Georg merkte, wie ihn der Zorn packte. Er musste das Gespräch beenden, bevor er die labile Beziehung zu Stefania an diesem Punkt für immer zerstörte. Oder war es schon zu spät?

Stefania stand auf, griff sich ihre Handtasche, die sie über die Stuhllehne gehängt hatte, und sagte: »Misch dich nicht in Angelegenheiten ein, Giorgio, die dich nichts angehen und von denen du nichts verstehst.« Sie drehte sich um, ging den langen Weg zwischen den dicht besetzten Tischen zurück zum Ausgang der *Pasticceria*. Wenige Augenblicke später war sie verschwunden.

51

»Verdammt, Giorgio! Wo warst du so lange? Bei uns geben sich die Verdächtigen die Klinke in die Hand und du gehst Kaffee trinken.« Forschend sah Antonio seinem Freund ins Gesicht. Dessen Farbe gefiel ihm gar nicht. »Was ist los mit dir? Ist dir nicht gut?«

»Wie weit seid Ihr mit den Befragungen? Habt ihr den Komplizen von Todisco inzwischen geschnappt?«

Antonio schüttelte langsam den Kopf. Was war seit dem Mittagessen passiert? Georg hatte etwas von einer kurzfristigen Verabredung gemurmelt und war davongestürzt, als sie mit Vivani das Restaurant verlassen hatten. Viele Bekannte hatte der Bayer in Verona nicht. Deshalb vermutete Antonio hellsichtig, dass es zwischen Georg und Stefania ordentlich gekracht haben musste. Doch nachfragen konnte er jetzt nicht. Stattdessen berichtete er von seinen Ermittlungen. »Ich habe inzwischen Luca Panini vernommen.«

»Kennst du seine Vorgeschichte? Die ist nicht ohne!«

Antonio konnte sich nur noch wundern. »Woher willst du Paninis Vorgeschichte kennen, die ich selbst erst seit einer halben Stunde weiß?«

»Und was sagt er?«

Fontanaros Argwohn wuchs. Der Bayer war geladen. Es war wohl besser, ihn nicht zu reizen.

»Als wir ihn mit der alten Strafsache konfrontierten, ist er zusammengebrochen, hat uns unter Tränen versichert, dass er niemals Renata Mancini hätte umbringen können. Wegen der alten Geschichte hatte er uns angelogen. Nicht ohne Grund befürchtete er, wir könnten ihn des Mordes an seiner Verlobten beschuldigen. Die Aussagen von Giulietta Ricchi und dem Museumsdiener stimmen. Panini war am Sonntag im Museum gewesen und hatte sich kurz vor Mancinis Tod mit ihr heftig gestritten. Sie waren aneinandergeraten, weil ihr die Party von Risi wichtiger war als ein Abend mit ihm. Doch Panini behauptet weiter steif und fest, nichts mit ihrem Tod zu tun zu haben. Wir behalten ihn erstmal hier. Aber ich bin geneigt, ihm zu glauben.«

Georg nickte wie abwesend. Er sah zu Boden und musterte seine dunkelbraunen Stiefeletten.

Doch Antonio hatte noch eine Überraschung für ihn parat. »Panini hat uns ferner mitgeteilt, dass er Franco Risi in einem der Zimmer hat verschwinden sehen, als er das Büro seiner Verlobten verließ. Der Museumsdirektor war um 19 Uhr 15 noch vor Ort.«

»Das erhärtet die Theorie von Avvocato Vivani, der von einem Auftragsmord an der Mancini und einer Beteiligung Risis am Raub ausgeht. Wo ist der Römer überhaupt?«

»Er sitzt mit unserem geschätzten Staatsanwalt im Beobachtungsraum und wartet darauf, dass ich mit den Verhören weitermache. Und du solltest auch mitkommen.«

»Eine Frage habe ich noch«, sagte Georg und seine Stimme klang weniger laut und aufgebracht. Langsam bekam er sich wieder in den Griff. »Habt ihr Luca Panini nochmals gefragt, ob er von der Schwangerschaft wusste?«

»*Sì*. Er hatte keine Ahnung davon und ist darüber besonders erschüttert. Wir haben ihm natürlich gesagt, dass das Kind von ihm gewesen wäre, dass es nicht von Risi stammte. Doch das hat ihn logischerweise nicht getröstet. Diesen Schlag muss er erst einmal verarbeiten.«

Gemeinsam verließen sie das Büro von Antonio und machten sich auf den Weg zu den Vernehmungsräumen, wo Vittorio Todisco als nächster Kandidat wartete.

»Eine Bitte hätte ich noch, Giorgio. Da du bei dem Verhör nicht dabei sein kannst, bitte ich dich, mich anzurufen, wenn du eine Frage hast. Oder wenn Vivani etwas wissen will. Ich lege mein Handy griffbereit auf den Tisch.«

Georg wollte natürlich lieber mit dabei sein, wusste aber nur zu gut, dass er in einem italienischen Vernehmungsraum nichts zu suchen hatte. Deshalb betrat er den Nebenraum, in dem bereits Mauro und Vivani auf ihn warteten, und nahm auf einem der Metallstühle Platz, die vor einem Tisch mit einem hochmodernen Monitor aufgestellt waren.

Man hatte seit seinem letzten Aufenthalt in Verona in Technik investiert, wie Georg nicht ohne Neid feststellte. Da hätte sich Pfaffenrieder eine Scheibe abschneiden können. Die Polizeiinspektion Traunstein gehörte ausstattungsmäßig ins vorige Jahrhundert.

Der Vernehmungsraum erschien, via Kameras bis in den letzten Winkel bestens einsehbar, auf dem Monitor und zeigte Todisco und Fausto, die sich an einem Tisch gegenübersaßen. Der Vice Commissario hatte vor sich einen Papierstapel liegen, den er nachlässig und sichtlich gelangweilt durchblätterte. Ein Aufnahmegerät hatte er neben sich am rechten Rand des Tischs platziert. Außerdem würden Mikrofone die Vernehmung in den Nebenraum übertragen. Antonio nahm neben seinem Vice Platz und bekam von ihm das erste Blatt Papier zugeschoben, das er interessiert zu lesen begann.

»Wie lange wird denn das hier noch dauern?« Mauro war hörbar ungeduldig und er sah Georg an, als könne er die gewünschte Weissagung liefern.

»So lange es eben dauert. Bis wir die Leute festnageln können, die für die Sauerei zuständig sind, die wir seit Tagen zu klären versuchen.«

»Sie waren auch schon mal besser gelaunt, Commissario!«, war Mauros trockener Kommentar. Vivani lachte auf.

»Sind Sie in Eile, Dottore?«, war dann auch dessen Frage.

»In Eile nicht, aber ich habe eine Verabredung am Abend, die ich nur sehr ungern absagen würde.«

Das glaube ich dir gern, dachte Georg grimmig. Er war absolut nicht in der Stimmung, das Rendezvous des Staatsanwalts, das dieser zweifelsohne am Abend hatte, in irgendeiner Weise zu unterstützen. Sein Marsch durch die Stadt hatte seine Laune nicht verbessert. Ihm war klar, dass die Beziehung zu Stefania schweren Schaden genommen hatte. Mehrmals war er versucht gewesen, ihr eine Nachricht zu hinterlassen. Mehrfach war er drauf und dran gewesen, sie anzurufen, hatte dann aber doch darauf verzichtet. Was sollte es auch bringen? Unversehens musste er begreifen, dass sie in einer entscheidenden Frage nicht einer Meinung waren. Politikgespräche unter Freunden unterließ man besser. Er wusste es, hatte sich aber nicht daran gehalten. Die Tatsache, Stefania könnte eine Auffassung vertreten, die er am deutlich rechten Rand der Parteienlandschaft angesiedelt sah, erschreckte ihn. So wie ihn das Wahlverhalten der von ihm so geschätzten Italiener immer wieder fassungslos machte und er sich fragte, weshalb sie mit schöner Regelmäßigkeit auf die gleichen Schaumschläger hereinfielen, weshalb Populisten Oberwasser bekamen. Und so unterließ er es, sich bei Stefania zu entschuldigen, denn er hätte nicht gewusst, wofür genau. Mauros Abendprogramm heizte seinen Unmut weiter an. Er saß schließlich auch nicht zum Vergnügen hier.

Antonio hatte seine Lektüre beendet. Seine Hände, die das Blatt hielten, zitterten leicht. Er merkte, wie er zornig wurde. Gleichzeitig wurde ihm übel. Scharf blickte er zu Todisco hinüber. Ihm würde er jetzt einheizen. Diesen vielfachen Mörder würde er nicht mehr vom Haken lassen. Dafür würde er jetzt sorgen. Und es war gleichgültig, dass der Veroneser nur Befehle ausgeführt hatte, nichts von dem, was sich ereignet hatte, auf seinem Mist gewachsen war.

»Wen von Ihren Männern haben Sie denn losgeschickt, um in Florenz einen Fiat Ducato Easy zu klauen?«

Lavinia hatte am Computer ganz Italien nach einem gestohlen gemeldeten Wagen dieses Typs durchforstet und war bei einer Autovermietung in der Stadt am Arno schließlich fündig geworden. Der Wagen wurde dort seit Montagmorgen vermisst.

Aufmunternd sah Antonio Todisco ins Gesicht. Diese leichte Frage konnte dieser doch spielend beantworten. Doch der Verdächtige schwieg. Im Prinzip war es gleichgültig, dachte Antonio. Der Fiat war inzwischen über alle Berge. Dafür hatten sie im Hof der Questura einen Neuwagen stehen, der niemandem gehörte. Darum sollten sich andere Dienststellen kümmern. Er hatte Wichtigeres zu ermitteln.

»Wir wissen, dass Sie gestern Nachmittag in den Palazzo Primavera gerufen wurden, um eine Heizung zu reparieren. Wer hat Sie angerufen und von der Baustelle weggeholt?« Das war noch die harmloseste aller kommenden Fragen, die ihn interessierten.

Der stiere Blick von Todisco war weiter auf die Wand hinter Antonio gerichtet. Kein Wort kam über die Lippen des Verdächtigen.

»Ich darf Ihnen mitteilen, dass die Verletzungen, die Sie Ihrem Angestellten Canali zugefügt haben …«

»Der Neapolitaner ist nicht bei mir angestellt!« Wie aus der Pistole geschossen, gab Todisco schon nach wenigen Augenblicken sein Schweigegelübde auf, wie Antonio mit Genugtuung feststellte. Die schwarzen Augen seines Gegenübers funkelten zornig. Er war Gott sei Dank sehr leicht zu provozieren.

»… nicht unerheblich sind«, fuhr der Commissario ungerührt fort, als hätte ihn niemand unterbrochen. »Ihr Kollege musste am

Kopf mehrfach genäht werden. Er hat sich eine Gehirnerschütterung zugezogen und wird einige Tage im Krankenhaus bleiben müssen. Das wird sich nicht günstig auf Ihr Strafmaß auswirken.«

»Welches Strafmaß, verdammt noch mal? Was werfen Sie mir denn alles vor?«

»Raub und mehrfachen Mord.«

Mit einem Ruck sprang Todisco von seinem Stuhl auf, der scheppernd umfiel. Weit beugte er sich mit dem Oberkörper den beiden Kommissaren über den Tisch entgegen und drohte ihnen mit erhobener Faust. Vor Wut brachte er kein Wort heraus. Zuschlagen fiel ihm in der Regel deutlich leichter. Doch so weit hatte er sich jetzt im Zaum, das zu unterlassen. Fausto Castillio erhob sich ebenfalls, stemmte ihm unnachgiebig und mit viel Kraft die rechte Hand auf die Brust und schob den Elektrikermeister auf seinen Stuhl zurück, den ein Kollege der *polizia*, der wachsam im Hintergrund aufpasste, inzwischen aufgehoben hatte. Es war doch gut, wenn man hin und wieder Kartoffelsäcke schleppte, Bäume fällte und Gemüsebeete umgrub, dachte Antonio anerkennend. Seine Radtouren in die *colline* hinter Verona konnten da für seinen Bizeps nicht viel beitragen.

»Legen Sie ihm Handschellen an, damit er sich nicht noch mehr ins Unglück stürzt.« Fausto nahm wieder Platz und der Polizist kam der Aufforderung unverzüglich nach. Widerwillig knurrend hielt ihm Todisco die Hände hin.

»Wir haben die glaubwürdige Aussage eines Zeugen. Demnach haben Sie den Raub der Bilder organisiert, zusammen mit zwei Komplizen.«

»Dieses feige Neapolitaner-Schwein!«

»Mäßigen Sie sich im Ton, Signore. Anhand zahlreicher Zigarettenkippen konnten wir Ihre Anwesenheit sowohl im Museum, im Palazzo Primavera und vor dem Hotel Merano feststellen.« Ganz legal war die Untersuchung nicht gewesen, denn

Richter Gioberti war ein vielbeschäftigter Mann. Nach Lage der Dinge würde er seine Genehmigung aber spätestens jetzt erteilen. Antonio würde Enrico darum bitten.

»Dort hatten Sie den Auftrag, Avvocato Vivani zu beschatten.«

»Wer soll denn das sein? Den Namen habe ich noch nie gehört. Und wer soll mir den Auftrag zu dem Schwachsinn gegeben haben?«

»Dieselbe Person, die Ihnen Arbeiten auf Baustellen verschaffte, sie mit dem Raub beauftragte, außerdem mit den Morden an lästigen Zeugen«, improvisierte Antonio, »und dem Einschleusen von Ausländern mit mehrfach tödlichem Ausgang.«

»Was soll ich gemacht haben? Sie haben ja vollständig den Verstand verloren, Commissario.« Todisco wurde ganz rot im Gesicht und dann brüllte er los: »Wie wollen Sie mir denn das alles nachweisen? Ich will sofort einen Anwalt sprechen. Ab sofort sage ich gar nichts mehr.«

»Bisher haben Sie sowieso noch nichts Substanzielles zu unserem Gespräch beigetragen«, antwortete Antonio kühl. »Aber an Beweisen mangelt es nicht. Da kann ich Sie beruhigen.«

Erneut nahm Antonio das Blatt Papier in die Hand, dessen Lektüre ihm buchstäblich Übelkeit verursachte. Und er konnte sich denken, dass es den Zuhörern im Nebenraum nicht anders erging, wenn sie hörten, was Antonio nun aufdecken musste.

»Unsere Kriminaltechnik hat sich mit den Daten beschäftigt, die Sie heute Morgen, als wir Sie besuchten, zu löschen versuchten. Ihr Versuch ist gescheitert, darf ich Ihnen verraten. Die Dokumente, die unsere Technik wieder herstellen konnte, lesen sich widerwärtig und weisen Verbrechen nach, die Sie den Rest Ihres Lebens hinter Gitter bringen. Dafür werde ich persönlich sorgen. Verlassen Sie sich drauf!«

Vittorio Todisco schickte einen wütenden Blick zu Antonio, dann sah er wieder in seinen Schoß und schwieg.

»Neben unserer Kriminaltechnik haben wir auch noch Informationen von der *Guardia di Finanza* und der *Guardia Costiera* eingeholt, wie Sie sich unschwer denken können. Mit beiden Polizeieinheiten hatten Sie in den letzten Wochen zu tun.«

»Und was haben sie herausgefunden, Ihre schlauen Kollegen? *Niente!* Weil es nichts zu finden gab.« Todisco spielte immer noch den Unschuldsengel und starken Mann.

»Die Dateien Ihres Computers beweisen, dass Sie vor sechs Wochen eine Anweisung erhalten haben, einen Frachter aus einer Insolvenzmasse zu ersteigern.« Die Anweisung war kurz und knapp. Einen Namen hatten die Techniker bisher nicht rückverfolgen können, was Antonio nicht weiter verwunderte. Dem Russen, der mutmaßlich hinter all dem steckte, etwas nachzuweisen, blieb schwierig.

»Der Frachter wurde auf Ihren Namen im Schiffsregister eingetragen. Die *Guarda Costiera* bestätigt, dass Ihr Schiff vor wenigen Tagen den Hafen von Durrës in Albanien verlassen und Richtung italienische Küste abgelegt hat. An Bord hielten sich mehrere hundert von der Flucht geschwächte Menschen auf. Ihre angeheuerte Schiffsmannschaft hat den Frachter mit einem Rettungsboot verlassen, der daraufhin führerlos und ohne Beleuchtung nachts im Mittelmeer umhertrieb, bis er schließlich von einem Containerschiff gerammt wurde. Einige der Frachträume fingen Feuer. Panisch sprangen viele der Flüchtlinge ins eiskalte Wasser. 150 Personen haben dieses Schiffsunglück nicht überlebt, Signor Todisco!«

»Davon weiß ich nichts!«, wehrte er sich. »Mein Schiff wurde von irgendwelchem Gesindel gekapert. Ich habe es als gestohlen gemeldet. Dazu gibt es auch einen Polizeibericht«, fügte er triumphierend hinzu.

Antonio musste schwer an sich halten, um nicht die Beherrschung zu verlieren, und bemühte sich weiter um einen ruhigen Ton.

»Das Wrack wurde schließlich von der *Guardia Costiera* in den Hafen von Ancona geschleppt. Wir haben von dort einen detaillierten Bericht bekommen. Für dieses Verbrechen wird man Sie zur Verantwortung ziehen. Sie werden für Ihren Auftraggeber den Kopf hinhalten. Dagegen ist der Kunstraub, den Sie ebenfalls in seinem Auftrag durchgeführt haben, ein Kavaliersdelikt.« Antonio sah ihn scharf an. »Nennen Sie uns seinen Namen, ziehen Sie Ihren Kopf aus der Schlinge!«

Das Handy neben Antonios Hand vibrierte. Georg meldete sich. Seine Stimme klang krächzend, als hätte er längere Zeit nichts mehr getrunken. Antonio hatte sich nicht getäuscht. Der Freund kämpfte mit seinen Emotionen.

»Die Leute, die Canali in Bozen aufgesammelt hat, waren genau auf diesem Schiff. Das ist doch kein Zufall!«

Nein, natürlich war das kein Zufall. Antonio legte sein Handy zurück auf die Tischplatte, flüsterte Fausto etwas zu, worauf der in seinen Papieren kramte und ihm ein weiteres Blatt reichte. Er las es aufmerksam und sagte dann: »Ihr Auftraggeber besteht auf ordentlicher Buchführung. Auch wenn er den Papierkram Ihnen überlässt. Sie haben zum Zeitpunkt des Schiffskaufs von einem Schweizer Nummernkonto eine Summe von 35.000 Euro erhalten. Auf Ihrem Konto können wir zudem einen Zahlungseingang von 5.000 Euro am Tag nach der Havarie nachweisen. Über den Gewinn, den Koslow …«, Antonio nannte bewusst den Namen, beobachtete Todisco genau dabei, doch der hielt seinen Kopf weiter gesenkt, »… den Koslow als Schleuser dabei eingestrichen hat, will ich nicht spekulieren.« Darüber machte die Schweizer Bank selbstverständlich keine Angaben. Kontostand und Kontoinhaber blieben geheim. Möglicherweise konnten Georg und Richterin Schaller in ihrem Prozess die Frage der Einnahmen aus dem Geschäft mit den Geflüchteten klären. Das Konto in der Schweiz war allerdings auch noch in einem anderen Zusammenhang aufschlussreich.

»Zudem gibt uns Ihr Computer, Signor Todisco, einen Anhaltspunkt über eine weitere geplante Transaktion. Auch Renzo Di Santo, unser Bürgermeister, hätte auf nämliches Schweizer Nummernkonto eine Lösegeldzahlung von zwei Millionen Euro tätigen sollen!«, fuhr Antonio geschäftsmäßig fort.

Vittorio Todisco sah ihn hasserfüllt an. Seine Beherrschung wurde auf eine harte Probe gestellt. Schweiß lief über sein rotes Gesicht.

Antonio stützte sich mit beiden Unterarmen auf der Tischplatte ab und beugte sich ihm leicht entgegen. »Wir sind nicht hier, Sie wegen der Konsequenzen, die sich aus dem Flüchtlingsdrama ergeben, zu vernehmen. Dafür werden Sie sich an anderer Stelle verantworten müssen. Hier interessieren uns der Bilderraub und die damit zusammenhängenden Morde. Wenn Sie Ihre Lage deutlich verbessern wollen, die nicht rosig aussieht, dann klären Sie uns jetzt über den Mord an Renata Mancini und an Franco Risi auf, oder wollen Sie diese beiden Todesfälle auch noch auf Ihre Kappe nehmen?«

Vittorio Todisco stierte vor sich hin und schien die Frage gar nicht wahrgenommen zu haben. In ihm arbeitete es. Antonio nahm an, dass der Elektrikermeister sehr langsam, aber sicher zu begreifen begann, was man ihm da alles zur Last legte, welche Straftaten er im Auftrag eines anderen begangen hatte, den die Behörden wohl per Haftbefehl suchen, aber vielleicht nie finden würden. Und es dämmerte ihm vielleicht auch, dass viele Spuren nur zu ihm und seiner kleinen Firma führten. Und dass sein Auftraggeber, Oligarch Dmitrij Koslow, den Antonio, Georg und Michele Vivani hinter all den Verbrechen vermuteten, der mit vielen illegalen Geschäften in Zusammenhang gebracht wurde und sehr viel Geld damit verdiente, davonkommen würde.

»Unsere Justizbehörden würden es sicherlich sehr schätzen, wenn Sie zum eigentlichen Urheber all dieser Straftaten aussagten und damit zur Aufklärung beitrügen.« Antonio versuchte es mit einem Angebot, doch Todisco ging nicht darauf ein.

»War Dmitrij Koslow Ihr Auftraggeber? Wo finden wir ihn?«

»Sehe ich aus wie Jesus? Haben Sie mich schon übers Wasser laufen sehen? Ich kenne keinen Koslow.« Provokant wich er erneut den Fragen aus.

»Ihr Mitarbeiter Canali hat ausgesagt, dass Sie vermuten, Livio Ferrari habe Renata Mancini erschlagen. Hat er mit dieser Annahme recht?«

»Fragen Sie Ferrari selbst, wenn Sie ihn finden! Die Frau jedenfalls war mausetot, als ich das Museum betreten habe.«

»Wer hat Sie wegen der defekten Heizung im Palazzo Primavera angerufen?«

»Tamara.«

»Und konnten Sie helfen?«

»Die Weiber sind zu blöd, um den Stecker in die Dose zu schieben.«

»Das war alles?«

Vittorio Todisco schaute ihn nur mürrisch an. Antonio hatte genug. Mit einem Wink gab er dem Kollegen von der *polizia* ein Zeichen und der Verdächtige wurde abgeführt. Wer hatte Franco Risi auf dem Gewissen? Es konnte eigentlich nur jemand sein, dachte Antonio, der genau wusste, wie viel Dreck am Stecken von Todisco bereits klebte. Dem es völlig egal war, wenn weitere Verbrechen auf sein Konto gingen.

52

19.00 Uhr

Die beiden Kommissare betraten kurz darauf den Beobachtungsraum, wo sie bereits erwartet wurden. Die fünf Männer sahen sich stumm an. Die Beweise waren erdrückend und bedrückend gleichermaßen. Aber konnten sie ihren Verdächtigen damit überführen? Freilich hatten sie mit Vittorio Todisco nur ein kleines Licht gefasst.

Schließlich war es Vincenzo Mauro, der das Schweigen brach und fragte: »Ist die Russin noch in der Questura?«

Antonio nickte. »Aber sie wird nichts Neues aussagen, denn sie hat eine Menge zu verlieren. Ich gehe weiter davon aus, dass Koslow hinter all dem steckt.« Die anderen nickten zustimmend. »Sie geht für ihn auf den Strich, arbeitet illegal in seiner Bar und war vermutlich als Spitzel im Palazzo Primavera eingesetzt. Der Weg, an Geld zu kommen, führt für sie immer über ihn oder einen seiner Leute. Keinesfalls wird sie sich durch weitere Aussagen gegen ihn in Gefahr bringen. Dazu hat sie viel zu viel Angst vor ihm.«

Es klopfte und Lavinia kam zur Tür herein. »Entschuldigen Sie, Signori, ich konnte mit dem Arzt von Risi sprechen. Er bestätigt, dass Luisa Di Primavera von ihm Morphin verschrieben bekommen hat. Und er sagt aus, dass sowohl Tamara als auch die Contessa der alten Frau das Medikament verabreicht haben. Sie wissen beide, wie man eine Injektion setzt. Und die Dottoressa bestätigt, dass dieses Medikament Risi verabreicht wurde.«

Antonio sah den Staatsanwalt an und sagte bestimmt: »Es ist an der Zeit, den Palazzo Primavera auf den Kopf zu stellen. Und zwar alle Räume, einschließlich der Wohnung der alten Contessa. Und Tamara nehmen wir dorthin mit. Vielleicht packt sie vor Ort ja doch noch aus.«

Vincenzo Mauro schnappte hörbar aufgeregt nach Luft. »Aber Commissario, ohne Durchsuchungsbeschluss des Richters können wir nicht einfach den Palazzo Primavera stürmen. Das hätte enorme Konsequenzen.«

Antonio schenkte ihm ein nachsichtiges Lächeln. Die Konsequenzen würden sich in Grenzen halten und das wusste Mauro nur zu gut.

»Lavinia, sagen Sie bitte Petrelli Bescheid, dass er mit seiner Mannschaft sofort ausrücken und mit der Durchsuchung beginnen soll. Es ist Gefahr in Verzug. Anschließend begleiten Sie mit einer Polizistin Tamara zum Palazzo. Ich möchte sehen, wie die beiden Frauen unter Stress aufeinander reagieren.«

Das kann ich dir sagen, dachte Michele Vivani, die Damen werden sich nichts schenken. Aber er hielt den Mund, denn eigentlich hätte er sich zurückziehen müssen, seit der Guardi aufgetaucht war. Er sollte in den nächsten Flieger steigen und sich weiter der Aufgabe stellen, Koslow zu finden. Doch so lange der Commissario weiter ermittelte, so lange gab es die Möglichkeit neuer Erkenntnisse. Denn es würde noch einige Zeit dauern, bis man Todsico seiner Einheit in Rom als Zeugen zur Verfügung stellte. Erst mussten die Kollegen hier in Verona ihren Fall abschließen.

»Auf Ihre Verantwortung!« Vincenzo Mauro schob Antonio den schwarzen Peter zu.

»Sie müssen uns ja nicht begleiten, Dottore!«, mischte sich Georg ein. »Bevor noch Ihr Abendtermin in Gefahr gerät.« Demonstrativ sah er auf die Uhr. »Oh, … schon so spät!«

Doch Mauro war für Ironie nur selten empfänglich. Er griff sich seinen Mantel, den er über einen leeren Stuhl geworfen hatte, und sagte im Hinausgehen: »Ich erwarte Ihren Bericht morgen früh, pünktlich um 9 Uhr, Commissario.«

»*Naturalmente!* So pünktlich wie immer!«

Vivani entging der genervte Blick des Kommissars nicht.

Keine Viertelstunde später trafen Antonio, Georg und Michele Vivani am Palazzo Primavera ein. Fausto hielt in der Questura die Stellung. Dagegen war Enrico schon seit Stunden vor Ort und beobachtete zusammen mit einem Kollegen der *polizia* den Eingang im Innenhof.

Antonio stellte sich auf eine umfangreiche Durchsuchung ein. Wieder einmal würde Marissa vergeblich mit dem Abendessen auf ihn und Georg warten. Er sah zur Fassade des Palazzo hoch. Im Dunkel der Nacht leuchtete es hell aus allen Zimmern. Die prächtige Holzdecke der *Sala* war gut erkennbar.

»Petrelli hat bereits das Kommando übernommen. Er und fünf Kollegen sind vor einigen Minuten ausgeschwärmt«, berichtete Enrico. Er sah blass um die Nase aus und war sichtlich müde und abgekämpft.

»Ihr könnt abziehen. Geh nach Hause, Enrico. Du warst lange genug auf Achse.«

»Kommt nicht in Frage. Jetzt, wo es interessant wird, soll ich mich verziehen? Vergiss es, Tonio.« Der Kollege von der *polizia* allerdings ließ sich das nicht zweimal sagen. Er verschwand unverzüglich hinter der nächsten Hausecke.

Gemeinsam betraten sie den überdachten Innenhof. Die wuchtige Laterne aus schwarzem Eisen spendete mildes Licht, das auf die runden, großen Flusssteine fiel, ein antiker Bodenbelag aus der Erbauungszeit. Dazwischen wuchsen Grashalme und Moos. Vor ihnen ragte das hohe schmiedeeiserne Gitter auf, das den

Park vom Hof abtrennte. Sie betraten das Gebäude. Die Tür zur Wohnung der alten Contessa, die im *Mezzanino* des Palazzo lag, war nur angelehnt. Antonio schob sie ganz auf und trat als Erster ein. Vor ihnen lag ein düsterer Gang, der mit einem ausgetretenen Terrazzoboden belegt war. Hinter Georg, Michele und Enrico folgten Tamara, Lavinia und eine Polizistin. Dicht gedrängt standen sie am Anfang des schmalen Korridors, an dessen Ende ein Lichtschein aus einer geöffneten Zimmertür fiel. Von dort war unschwer Petrellis Stimme zu hören.

Doch Antonio wollte systematisch vorgehen und öffnete die nächstgelegene Tür. Der Raum dahinter diente als Bad. Eine alte Eisenwanne mit einer an vielen Stellen beschädigten Keramikinnenfläche stand auf zierlichen Füßchen. Daneben erhob sich ein riesiger Wasserboiler aus Kupfer. Ein ovales Waschbecken mit zwei separaten Wasserhähnen vervollständigte die Einrichtung. Moderne Badgestaltung sah anders aus. Antonio hätte nicht tauschen wollen. Der nächste Raum war klein und enthielt ein schmales Bett und einen eintürigen Schrank. Tamara gab an, dass das ihr Schlafzimmer war. Antonio sah sie eigentümlich von der Seite an und öffnete dann die Schranktür. Überraschend wenig Kleidungsstücke fanden sich darin. Das elegante schwarze Cocktailkleid, das die Russin bei seinem Barbesuch getragen hatte, fehlte beispielsweise. Auch die flachen Turnschuhe und Sandalen, die auf dem Schrankboden standen, waren für die abendliche Tätigkeit völlig ungeeignet.

»Franco Risi hat Ihnen also weiterhin eine zusätzliche Wohnung bezahlt«, stellte er sachlich fest, trat wieder in den Gang hinaus und versuchte, die nächste Tür zu öffnen. Doch sie war verschlossen. »Was ist das für ein Zimmer?«

»Da darf man nicht hinein«, antwortete ihm Tamara. Dabei wirkte sie erstmals weniger selbstbewusst. »Nur die Signora hat einen Schlüssel dazu.«

Zu Enrico gewandt sagte Antonio: »Lass dir von der Contessa die Schlüssel geben.« Dann setzte er den Weg den Gang entlang fort. Es folgte eine großzügige Küche mit einem alten Herd, den man noch mit Holz schüren musste. In der Mitte stand ein großer Arbeitstisch. Darüber hingen an einer Stange jede Menge Töpfe und Schöpflöffel. Es roch muffig und nach altem Fett. Ein Blick auf die Tischplatte, die mit einer feinen Staubschicht überzogen war, genügte, um zu wissen, dass hier schon lange kein Kochlöffel mehr geschwungen worden war.

Als sie wieder auf den Gang hinaustraten, ertönte aus dem letzten Zimmer lautes Gezeter. Offenbar weigerte sich die Contessa, den Schlüssel herauszurücken. Mit wenigen Schritten hatte Antonio den Raum erreicht und sah in ein geräumiges Schlafzimmer, in dem Petrelli und zwei seiner Leute ihrer Arbeit nachgingen. In einem Krankenhausbett lag eine Gestalt, die man mehr ahnte als sah. Das Betttuch hob und senkte sich, ohne dass der dazugehörige Körper erkennbar war. Die Kranke atmete schwer und laut röchelnd. Ihr Kopf auf dem Kissen erschien winzig und war von einem wirren Geflecht weißer Haare umgeben. Die Luft in dem Raum roch unangenehm süßlich und nach lange nicht gelüftetem Bettzeug. Zudem war es unerträglich heiß. Ein Elektroradiator stand dicht neben dem Bett und schien aus vollem Rohr zu heizen. Hinter dem Bett und vor dem einzigen Fenster, das auf den Park hinausging, saß Claudia Di Primavera auf einer Ottomane. Neben ihr aufgebauscht lagen eine weitere Zudecke und ein Kopfkissen, überzogen mit einer Seidenbettwäsche in Altrosa. Antonio nahm an, dass die Contessa der Mutter gelegentlich in der Nacht Gesellschaft leistete. Mit mürrischem Gesicht musterte sie die ungebetenen Besucher, die um ihre todkranke Mutter herumwuselten. Enrico stand hilflos neben der Ottomane. Seinen Auftrag hatte er noch nicht ausgeführt. Es war offensichtlich, dass ihn die Contessa vollständig ignorierte. Als jetzt auch noch Antonio mit seiner Begleitung in der Tür erschien, sprang sie auf, umrundete die Bettstatt, drängte sich rücksichtslos an Enrico Brandino vorbei und schob den Commissario auf den Gang hinaus, indem sie ihm ihre Hände auf den Brustkorb stemmte.

»Was fällt Ihnen ein?«, fauchte sie und ihre Augen funkelten zornig. »Wo ist der Durchsuchungsbeschluss, der diese Aktion in den Räumen meiner sterbenden Mutter erlaubt?«

»Der Richter wird gerade vom Staatsanwalt informiert. Alles hat seine Ordnung.«

»Pah! Ordnung! Haben Sie überhaupt kein Gefühl im Leib? Keinen Anstand? Ihr Kollege …«, dabei deutete sie mit steifem Zeigefinger auf Petrelli, der das Nachtkästchen der alten Dame auseinandernahm, »hat die Stirn und behauptet, mein Mann sei ermordet worden.« Böse funkelte sie Antonio an. »Jetzt suchen Sie nach Beweisen. Hier! Was soll meine Mutter hier verstecken, was den Mord an meinem Mann aufklären könnte? Oder gar den Raub der Bilder? Können Sie mir das vielleicht sagen?« Die Contessa hatte sich in Rage geredet. Ihre Wangen glühten vor Zorn.

»Warten wir ab, was unsere Kriminaltechnik findet. Sie haben viele Räume im Palazzo, Signora. Es kann also dauern.« Antonio sah sie ungerührt an. »Und jetzt hätte ich gern den Schlüssel zu dem verschlossenen Zimmer.« Er hielt ihr auffordernd die offene Handfläche hin.

Doch sie schüttelte nur heftig den Kopf. »Unter gar keinen Umständen bekommen Sie Zutritt zu diesem Raum. Das ist das ehemalige Arbeitszimmer meines Vaters. Meine Mutter hat es nach seinem Tod abgesperrt. Seitdem hat es niemand mehr betreten. Und Sie werden daran nichts ändern.« Hochmütig warf sie den Kopf in den Nacken und schaute Antonio herausfordernd an. Es war ihr anzusehen, dass sie Widerspruch nicht gewohnt war.

»Sie haben die Wahl, Signora.« Antonio hatte von ihren Zicken mehr als genug. »Entweder brechen wir die Tür auf – das wird nicht ohne Gewaltanwendung gehen und es wäre schade um die schöne, antike Holztür – oder ich nehme meine Schusswaffe und schieße das Schloss auf. Was ist Ihnen lieber?«

Ein spitzer Schrei hallte in dem engen Gang wider. Urplötzlich drehte sich die Frau des Hauses um, rannte los und stellte sich schützend mit dem Rücken vor die Tür.

»Sie wagen es nicht!«

»Ich denke schon.« Antonio zog seine Schusswaffe aus dem Holster, gab Georg und Michele einen Wink, damit sie die Frau weg von der Tür schoben, was ihnen nur mit Mühe gelang, weil die Contessa mit ihren Armen wild um sich schlug.

Als Antonio mit der Waffe schussbereit auf das Schloss zielte, schrie sie: »*Oh Dio, no, … per cortesia!*« Und endlich griff sie mit zitternder Hand in die Seitentasche ihrer Kostümjacke und fingerte einen Schlüsselbund hervor, der ihr in der Aufregung klirrend auf den Boden fiel. Als sie und Antonio sich gleichzeitig bückten, um den Bund aufzuheben, stießen sie mit den Köpfen zusammen.

Erbost fuhr sie ihn an: »Sie sind impertinent, Commissario. Finger weg von meinen Schlüsseln. Und halten Sie mir Ihre Waffe nicht ins Gesicht!«

Erschrocken wich Antonio zurück. Bei aller Verstörtheit, die die Contessa ergriffen hatte, blieb sie dennoch Herrin der Lage. Unnachgiebig musterten sich die beiden, Antonios Waffe wieder auf das Schloss gerichtet. Im Korridor herrschte angespannte Stille.

Schließlich gab die Contessa auf. Am ganzen Körper bebend, gelang es ihr endlich, selbst die Tür aufzusperren. Das ließ sie sich nicht nehmen. Dann allerdings war es mit ihrer Haltung vorbei. Sie fing heftig zu schluchzen und zu weinen an. Lavinia und Tamara fassten sie an den Oberarmen und hielten die von Krämpfen geschüttelte Frau fest, damit sie nicht zusammenbrach.

Antonio beobachtete mit Befremden dieses Schauspiel und fragte sich, ob er erstmals echte Emotionen der Contessa erlebte oder ob er einer sehr gelungenen Theateraufführung beiwohnte. Aber es war einerlei. Er öffnete die Tür und blieb erschrocken auf der Schwelle stehen. Der Raum hatte in etwa die Größe von Tamaras Schlafzimmer. Auf einem weit ausladenden Kanapee, dessen Bezugsstoff kaum sichtbar war, saßen in allen Größen und in unterschiedlichsten Bekleidungen Puppen. Neben dem Möbelstück gab es drei antike Puppenwägen, von denen zumindest zwei vor lauter Puppen überquollen. Ein zweiflügliger Schrank stand geöffnet an einer Wandseite und präsentierte auf den Fachböden weitere Puppen und Püppchen. Wandborde, dicht besetzt, ergänzten die beeindruckende, oder vielmehr bedrückende Sammlung.

Es sollte ihn wundern, dachte Antonio, wenn er in diesem Raum nicht etwas finden würde, was die Contessa unter allen Umständen geheim halten wollte. Gab es ein besseres Versteck als diese unübersichtliche Ansammlung von Spielzeug? Wenn sie Pech hatten, dauerte es Stunden, wenn nicht Tage, bis sie alle Puppen ausgezogen, in ihre Taschen und Täschchen geschaut, jeden ihrer Körper unter die Lupe genommen hatten.

Georg war neben ihn getreten und sagte: »I glab's net!«

Draußen auf dem Gang wimmerte die Contessa, die sich mühsam, an die Wand gelehnt, aufrecht hielt.

Antonio sah zu Michele Vivani, der unmittelbar hinter Georg das Zimmer betrat und wie magisch angezogen auf einen besonders großen, antiken Kinderwagen zusteuerte, der im Gegensatz zu den anderen nicht mit Puppen vollgestopft war.

»Meine Herren, das ist ein ganz ausgesucht schönes Stück.« Mit der Hand strich der Avvocato fast andächtig über den Porzellangriff, mit dem der Wagen geschoben wurde. »Einen solchen Kinderwagen aus der Jahrhundertwende in solch einem hervorragenden Zustand sieht man nicht alle Tage. Aus Mahagoni gefertigt und mit diesen hohen Speichenrädern versehen, war es das noble Gefährt für Kinder reicher Leute.« Dann wandte er seine Aufmerksam dem Faltdach aus taubengrauer Seide zu und dem weißen Spitzenbesatz, der am Dachrahmen angebracht war. Mit beiden Händen schob Vivani einen Spitzenschleier, der in der Mitte teilbar war, auseinander und blickte ins Innere des Wagens.

»Kommen Sie her, Signori!«

Georg hielt sich im Hintergrund und behielt die Contessa im Auge, die kreidebleich im Gesicht und mit erkennbarer Abscheu Michele Vivanis Treiben beobachtete.

Antonio jedoch folgte der Aufforderung nur zu gern und schaute mit dem Avvocato in den Kinderwagen hinein und in die glasklaren, dunkelblauen Augen einer Babypuppe aus Porzellan, die mit weißer Spitzenbettwäsche zugedeckt war. Alles wirkte sauber, so als käme es gerade aus der Wäscherei. Antonio fühlte, wie ihn ein Frösteln überkam. In diesem Zimmer konnte man das Fürchten lernen. Ohne auf Petrelli zu warten, zog er Einweghandschuhe aus seiner Hosentasche und reichte auch Vivani ein Paar. In dieser seltsamen Situation dachte er ausnahmsweise einmal daran, hob die Zudecke hoch und nahm die Babypuppe heraus.

Contessa Di Primavera verlor nun gänzlich die Fassung. Ihr Gewimmer wurde immer lauter und schließlich sackte sie auf dem Boden zusammen, schlug die Hände vor ihr Gesicht und ließ den Tränen freien Lauf. Georg griff ihr unter die Arme und führte die Frau auf den Korridor hinaus und aus dem Blickfeld von Antonio und Vivani. Den Commissario hielt das nicht davon ab, mit seiner Ermittlung weiterzumachen.

»Könnten Sie die Puppe bitte einen Moment halten, Avvocato?«

»*Certo! Volentieri!* Aber gern!«

Als Nächstes hob Antonio das Kopfkissen hoch und darunter kam ein hellbeiger Lederbeutel zum Vorschein. Vorsichtig zog er den Reißverschluss auf und fischte diverse Papiere heraus. Der Commissario und der Avvocato sahen sich bedeutungsvoll an.

53

Kurze Zeit später saßen die Polizisten mit Claudia di Primavera und Tamara Petrowskaya am ovalen Speisetisch im *piano nobile* des Palazzo, während Petrelli und seine Leute akribisch weiter dessen Räume durchkämmten. Trotz all der Vorkommnisse hatte es die Hausfrau geschafft, auch das Speisezimmer penibel sauberzuhalten, wie Antonio feststellte.

Auch jetzt hatte sie sich überraschend schnell gefangen. Die Adlige war bemüht, ihre Emotionen hinter einer eisigen Miene zu verbergen, wie es seit Generationen erprobt war. Ihren Zusammenbruch vor wenigen Minuten überspielte sie, in steifer Pose auf dem Sessel sitzend. Sie hatte an einer Stirnseite des Tisches Platz genommen, ihr gegenüber saß Tamara. Lavinia stand hinter Claudia Di Primavera, bereit, im Ernstfall einzugreifen. Die Russin und Risis Witwe maßen sich mit hasserfüllten Blicken. Michele und Georg saßen Antonio und Enrico gegenüber.

Konzentriert breitete Antonio derweil auf der blanken Tischplatte die Papiere aus, die sich in dem Ledertäschchen befunden hatten. Es handelte sich in der Hauptsache um Rechnungen und Kontoauszüge, die ohne Zweifel Franco Risi gehörten. Mitten unter diesen Papieren kam aber auch die Aufnahme einer Ultraschalluntersuchung zum Vorschein. Als Vater wusste Antonio sofort, was er vor sich hatte. Er drehte die Aufnahme um. Dort war der Name der Patientin, ihre persönlichen Daten und die Schwangerschaftswoche vermerkt, in diesem Fall die zwölfte, in der die Aufnahme gemacht worden war.

»Wie sind Sie an diese Aufnahme gekommen, Contessa?«

Als sie ihm die Antwort schuldig blieb, fuhr Antonio fort: »Sie wussten also, dass Renata Mancini schwanger war. Und Sie wussten natürlich längst, dass Ihr Mann Sie mit der Kuratorin betrog. So wie er Sie auch mit Tamara Petrowskaya hinterging.«

»Er hat mir eine Hure ins Haus geschleppt und mir als Dienstmädchen untergejubelt. Sie hat sich bei uns eingenistet und konnte überall herumschnüffeln. Wie ein Schmusekätzchen ging sie ihm um den Bart. Finden Sie das etwa in Ordnung, Commissario?«

Antonio griff sich einige der Rechnungen und zählte auf: »Ihr Mann ist gern und teuer essen gegangen. Er hat Schuhe und Friseurbesuche bezahlt.« Fragend sah er die Contessa an.

»Ja, glauben Sie etwa, mein Mann hätte mir Schuhe gekauft?« Sie lachte hart.

»Und er hat vor einem Monat einen Brillantring im Wert von 3.500 Euro bei einem Juwelier erworben. Zu welchem Anlass haben Sie ein so wertvolles Geschenk erhalten, Signora?«

»Schauen Sie sich den Klunker an, den die Hure an ihrem Hals trägt! Von wem, glauben Sie, hat sie den bekommen?«

»Ihr Mann hat seine Frauen also reich beschenkt. Nur seine Ehefrau ging leer aus. Sehe ich das richtig?«

Auf Tamaras Gesicht erschien ein nachsichtig amüsiertes Lächeln, während die Contessa nur mühsam ihren Zorn im Zaum hielt.

»Sie haben Ihren Mann kontrolliert, Signora, seine Unterlagen durchwühlt, seine Anzüge durchsucht. Und Sie sind vielfältig fündig geworden, was Ihren Verdacht bestätigte, dass Sie von ihm nach Strich und Faden betrogen wurden. Jede Frau reagiert darauf zu recht verletzt und aufgebracht, fühlt sich beschmutzt und ausgenutzt. Vor allem dann, wenn sie es ist, die dem Gatten einen standesgemäßen Lebensstandard ermöglicht, den er sich selbst eigentlich nicht leisten kann. Denn seine Kontoauszüge lassen den Schluss zu, dass Ihr Mann knapp bei Kasse war.«

Claudia Di Primavera bedachte den Commissario mit einem kalten Blick. Er lag also richtig, was er auch nicht bezweifelt hatte.

Erneut griff Antonio nach der Aufnahme der Ultraschalluntersuchung und hielt sie hoch, damit die Contessa sie auch gut sehen konnte.

»Doch dieses Dokument haben Sie nicht bei Ihrem Mann gefunden, Signora. Denn Renata Mancini war nicht von ihm schwanger, sondern von ihrem Verlobten Luca Panini. Aber das konnten Sie nicht wissen. Ihr Hass auf die junge Frau wurde unerträglich. Sie suchten nach einer Möglichkeit, ihr und Ihrem Mann dieses Kind zu nehmen. Sie fürchteten nicht nur das Ende Ihrer Ehe, die Schmach in Ihren Kreisen, die eine Scheidung aus einem solchen Grund unweigerlich nach sich gezogen hätte, sondern Sie hätten es auch nicht ertragen, wenn Ihr Gatte noch Vater geworden wäre, während Sie nie ein Kind bekommen haben. Ihr sehnlichster Wunsch hat sich nie erfüllt. Stattdessen sammelten Sie Puppen in allen nur erdenklichen Größen als dürftigen Ersatz. Während Ihrem Mann im stolzen Alter von sechzig Jahren noch ein solch spätes Glück mit einer bedeutend jüngeren Frau zuteilwerden würde! Ich kann mir vorstellen, dass Sie das nahezu um den Verstand gebracht hat.«

»Halten Sie doch Ihren dummen Mund!«

Antonio ließ die respektlose Bemerkung unkommentiert und fragte: »Wie sind Sie an die Aufnahme gekommen?«

Als die Contessa es erneut vorzog zu schweigen, schaltete sich Tamara ein.

»Sie hat ihren Mann bespitzelt, sie hat die Gespräche zwischen ihm und Renata im Museum belauscht und sie hat Renata bestohlen. Ich hab sie mehrfach dabei beobachtet, wie sie in das Büro der Mancini geschlichen ist. Wahrscheinlich hat sie ihr die Aufnahme aus der Handtasche geklaut.« Tamara lachte böse und warf ihren blonden Zopf in der ihr eigentümlichen Art in den Nacken. Es war ihr anzusehen, dass sie jetzt Oberwasser hatte, dass sie es der verhassten Frau endlich heimzahlen konnte.

»Was fällt dir ein? Du bist doch in unser Haus gekommen, um uns auszuspionieren und auszuhorchen. Franco war ja viel zu verblendet, um zu begreifen, was du tatsächlich im Schilde geführt hast.«

»Ah, ... *interessante!* Für wen, glauben Sie denn, hat Tamara spioniert und weshalb?«, schaltete sich Michele Vivani unvermittelt ein.

»Keine Ahnung, wer dahinter steckt!«, antwortete die Contessa mit scharfer Stimme. »Aber Franco und die Russin haben sich flüsternd unterhalten. Sie haben Pläne für den Raub der Bilder gemacht.« Triumphierend sah sie die Petrowskaya an. Doch diese schüttelte nur lächelnd den Kopf.

»Wie ist es denn wirklich gewesen, Tamara?«, fragte Antonio.

»Sie glauben im Ernst, dieses Miststück würde Ihnen die Wahrheit erzählen?«, funkte Claudia Di Primavera sofort dazwischen.

»Über Wahrheit oder Lüge werden wir später entscheiden. Aber den Hergang der Ereignisse aus dem Mund von Signorina Petrowskaya zu hören, würde uns alle hier am Tisch interessieren. *Allora*, Signorina!«

»Am Tag nach den Verbrechen, noch bevor Sie die beiden ins Museum gebeten haben, um sie zu dem Raub und dem Mord zu befragen, haben sich die Contessa und ihr Mann im Schlafzimmer heftig gestritten. Da bin ich neugierig geworden, stellte mich neben die Tür, denn ich hatte eine Vermutung, um was es bei dem Streit ging. Ich wusste inzwischen, was am Abend vor und während der Party geschehen war.«

Im Speisezimmer wurde es gespenstisch ruhig. Alle schienen den Atem anzuhalten. Keiner bewegte sich auf seinem Stuhl. Alle Augen waren auf die Russin gerichtet.

»Franco Risi beschuldigte seine Frau, Renata mit einem Tuch erdrosselt zu haben. Vor der Feier war er mit seiner Geliebten noch zu einem Schäferstündchen verabredet gewesen. Während ich mit dem Caterer das Buffet aufbaute, ist Risi nochmals aus dem Haus und ins Museum gelaufen. Das habe ich bemerkt und mich gewundert. Doch als er in das Büro der Mancini wollte, sah er seine Frau. Und er beobachtete, was sie tat. Am Montagmorgen erpresste er sie mit seinem Wissen. Er sagte, es würde sie eine Stange Geld kosten, wenn er ihre Tat für sich behielte und nicht der Polizei meldete.«

Woher wusste die Russin so genau über den Tathergang Bescheid, fragte sich Antonio überrascht. Doch er kam nicht dazu, nachzuhaken.

»Du verkommenes Subjekt!« Mit der flachen Hand schlug die Contessa auf ihren polierten Esstisch. »Glauben Sie ihr kein Wort, Commissario. Sie war es, die mit meinem Mann den Raub der Bilder geplant hat. Sie haben den Tag der Feier dafür ausgesucht, weil Franco da das perfekte Alibi hätte. Jeder, der auf seiner Party war, hätte geschworen, dass er mit dem Raub der Bilder nichts zu tun haben konnte.«

»Und für Sie war klar, dass das auch Ihr Tag sein würde, Contessa, um Renata endgültig auszuschalten«, fiel ihr Michele Vivani ins Wort. »Denn was für Ihren Mann galt, traf auch auf Sie zu. Einen besseren Zeitpunkt für den Mord gab es nicht. Und der Weg zwischen dem Palazzo und dem Museum beträgt zu Fuß keine zehn Minuten. Sie sind zu Ihrer Mutter ins *Mezzanino,* haben ihr die richtige Dosis für eine ungestörte Nacht verpasst und haben unmittelbar danach den Palazzo verlassen. Um einiges früher als Ihr Mann!«

An Tamara gewandt fragte er: »Gibt es zwischen beiden Stockwerken eine Treppe innerhalb der Wohnungen?«

»Nein. Man kann sie beide nur über das große Treppenhaus erreichen.«

»Vittorio Todisco hat ausgesagt, dass Sie ihn angerufen und ihn wegen des kalten Schlafzimmers in den Palazzo gebeten haben. Ist das richtig?«

Tamara nickte zustimmend. »Franco ging es in den Tagen nach Renatas Tod sehr schlecht. Gestern dann klagte er über Herzbeschwerden nach dem Mittagessen. Und die Contessa bestand darauf, dass er sich kurz hinlegte. Als sie im Schlafzimmer ankamen und es dort eiskalt war, hat sie herumgezetert, über die alte, marode Heizung geschimpft und mir befohlen, unverzüglich Todisco in den Palazzo zu rufen, was ich gemacht habe.«

»Wissen Sie, weshalb es so kalt in dem Raum war?«

Wieder lachte Tamara ihr kehliges, raues Lachen. Sie schien immer mehr Freude an dieser Unterhaltung zu finden.

»Irgendein Idiot hat das Fenster aufgerissen und den Stecker des Elektroradiators gezogen. Die riesigen Räume werden alle mehr oder weniger gut durch fahrbare Elektroheizungen beheizt. Wo man sie braucht, stellt man sie auf. Aber wenn sie nicht am Strom angeschlossen sind, heizen sie natürlich auch nicht. Todisco hat vor Wut herumgeschrien, als er begriff, weshalb man ihn von der Arbeit weggeholt hatte.«

Das durchkühlte Zimmer gehörte zum Plan, dachte Antonio. Und es musste Todisco sein, um von der wahren Täterin abzulenken. Todisco, der mit seinen Männern den Raub durchgeführt hatte, war das perfekte Ablenkungsmanöver. Antonio bedachte die Contessa mit einem forschenden Blick. Sie steckte in der Klemme. Der Ehemann als Zeuge ihrer Tat war ein unkalkulierbares Risiko gewesen, das sie aus dem Weg haben wollte. Dabei baute sie auf den Hausarzt. Er wusste, dass Franco Risi schon länger Herzprobleme hatte. Keine Sekunde würde er zögern, Herzversagen als Todesursache zu diagnostizieren. Ihm eine Injektion mit Morphin zu verpassen, dürfte der Contessa nicht schwergefallen sein. Ihr Hass auf den Mann, der ihr keine Kinder gemacht und sie nach Strich und Faden betrogen hatte, war grenzenlos. Und sie hatte nach dem Mord an Renata auch nichts mehr zu verlieren. In ihren Augen kam es auf einen weiteren Toten nicht mehr an. Dennoch versuchte sie, dabei so geschickt wie möglich vorzugehen. Kein Wunder, dass die Contessa sich mit Händen und Füßen gegen die Obduktion ihres Gatten gewehrt hatte.

Doch noch war der Mord an Renata Mancini nicht vollständig aufgeklärt. Denn sie war nicht durch die Hand der Contessa gestorben, sondern eine weitere Person hatte ihr den Schädel eingeschlagen. Dafür kam allerdings, nach jetzigem Kenntnisstand, neben den Räubern nun auch Franco Risi in Betracht. Hatte er vollendet, was seiner Gattin misslungen war?

»Sie waren offenbar immer noch eine Vertraute Ihres ehemaligen Geliebten, Signorina Petrowskaya«, begann Antonio vorsichtig seine eigentliche Frage aufzubauen. Und er erntete dafür einen bösen Blick der Contessa und ein Lächeln von Tamara. »Ich bin sicher, dass ihn die skrupellose Tat seiner Frau erschüttert hat. Wie hat er denn seine Geburtstagsparty überstanden, nachdem er Zeuge des Mordes an seiner Geliebten geworden war?«

»Er hat sich maßlos betrunken und gegen 2 Uhr morgens, als die meisten Gäste sich schon verabschiedet hatten und seine Frau in der Wohnung ihrer Mutter verschwunden war, im Badezimmer übergeben.«

»Und dann? Hat er zu reden begonnen? Er hat Ihnen erzählt, was im Museum vorgefallen war, nicht wahr? Sie wussten Montagmorgen, als wir die Eheleute an den Tatort gebeten haben, genau Bescheid. Oder?«

Eindringlich sah Antonio der Russin ins Gesicht.

»Franco Risi ist tot, Signorina. Sie brauchen ihn nicht mehr zu schützen, seine Taten nicht mehr zu decken. Wir alle wissen, dass der Versuch, Renata Mancini mit einem Tuch zu erdrosseln, gescheitert ist. Vielmehr wurde die Mancini mit einem Stuhlbein erschlagen. Und Franco Risi hat Ihnen das in der Partynacht noch gestanden«, fuhr Antonio ungerührt fort. »War es nicht so?«

Tamara Petrowskaya sah zu ihrer Kontrahentin, der sie alles, nur nichts Gutes wünschte. Ihr wäre es lieber gewesen, die Contessa trüge die alleinige Schuld an dem Mord. Diesen Gedankengang sah Antonio ihr deutlich an.

»Er brach unter Tränen zusammen, sprach von einer Kurzschlussreaktion, die er zutiefst bereue«, gab sie schließlich zu.

»Aber warum? Weshalb hat Risi die Tat seiner Frau vollendet, anstatt alles dafür zu tun, Renata zu retten?«

»Die Contessa hatte ihm vor längerer Zeit schon gedroht. Falls es ihm einfallen sollte, sich scheiden zu lassen, würde sie ihn gesellschaftlich und beruflich ruinieren. Sie würde dafür sorgen, dass er seinen Job verlor und sie würde ihm den Geldhahn zudrehen. Andererseits wusste Renata Mancini nicht, wie verschuldet Franco in Wahrheit war. Er verwöhnte sie, machte ihr Geschenke.« Wie zum Beweis deutete Tamara auf die zahlreichen Rechnungen, die immer noch prominent auf dem Esstisch lagen.

»Er brachte es nicht fertig, ihr reinen Wein einzuschenken. Er hielt sie mit falschen Versprechungen hin. Durch die Tat seiner Frau wurde er die Geliebte los, die keine Ruhe mehr gab und nur noch Schwierigkeiten machte. Und das Schöne daran: Er hatte jetzt die eigene Frau in der Hand. Sie war plötzlich erpressbar. Im ersten Moment fühlte er nur einen maßlosen Triumph, gestand mir Franco in der Nacht. Und er dachte, dass er straffrei aus der Sache herauskommen würde. Konnte er doch den Mord an Renata glaubhaft den Räubern unterschieben. Deshalb brauchte er einen anderen Tatort. Er packte die bewusstlose Mancini und schleifte sie ins Vestibül, wo er sie dann erschlagen hat.«

»Von dieser brutalen Tat hat er Ihnen erzählt?« Antonio war fassungslos, obwohl der Tathergang, wie ihn die Russin schilderte, absolut glaubhaft war.

»Franco stand seit Wochen unter enormem Druck. Renata wollte, dass er sich scheiden ließ. Franco wusste, dass er sich das nicht leisten konnte. Der Raub der Bilder und der Mordversuch an Renata durch die eigene Frau wiesen ihm einen Weg aus der Misere. Er meinte mir gegenüber: ›Wie sollten die Räuber beweisen, dass sie die Kuratorin nicht erschlagen hatten?‹ Doch je länger die Party dauerte, je mehr Alkohol er trank, desto mehr grauste ihm vor sich selbst. Und seine Herzprobleme machten ihm schwer zu schaffen. Am Tag seines Todes ging es ihm miserabel.« Tamara warf Claudia Di Primavera einen bösen Blick zu. Sie war in ihren Augen die allein Schuldige.

»Und die Contessa erkannte ihre Chance, den Erpresser im eigenen Haus loszuwerden«, ergänzte Georg mehr zu sich selbst, der den Ausführungen der Russin gebannt gefolgt war. Ungläubig schüttelte er den Kopf.

Avvocato Vivani wandte sich unvermittelt an die Zeugin: »Und wo ist Dmitrji Koslow?« Tappte sie dieses Mal in die Falle, die er ihr erneut stellte? Er hoffte es.

Tamara erschrak und wurde ganz bleich im Gesicht. Aber sie ließ sich nicht von ihm überrumpeln.

»Warum fragen Sie immer wieder nach ihm? Ich habe Ihnen doch schon alles erzählt!«

»Wer betreibt die *Rooftop-Bar*?«

»Es gibt einen Geschäftsführer. Das wissen Sie doch!«

»Ein Russe?«

»Ist das so außergewöhnlich, dass Sie das so betonen? Wir leisten gute Arbeit, wir Russen.« Der blonde Zopf flog nach hinten und sie sah die Kommissare einen nach dem anderen mit hochgezogenen Augenbrauen an. »Mehr kann ich Ihnen dazu nicht sagen, Avvocato.«

»*Grazie!*« Michele Vivani schenkte ihr sein charmantes Lächeln. Offenbar sah er ein, dass aus ihr keine Namen herauszulocken waren, denn eine weitere Frage stellte er ihr nicht.

Aber Antonio war noch nicht fertig. «Contessa, haben Sie der Aussage von Tamara Petrowskaya etwas hinzuzufügen?«

»Ich will meinen Anwalt sprechen!«

Der Commissario stand vom Stuhl auf und gab Enrico und Lavinia einen Wink, sich um Claudia Di Primavera und Tamara Petrowskaya zu kümmern. Da bekamen der Staatsanwalt und der Haftrichter eine spannende Aufgabe.

Die beiden Kommissare verließen mit Vivani das Gebäude und standen im Innenhof des Palazzo noch einen Moment beisammen.

»Wann reisen Sie zurück, Avvocato?«, fragte Antonio.

»Sie wollen mich schnellstens loswerden, oder, Commissario?« Vivani lachte. »Aber Sie haben natürlich recht. Morgen in der Früh geht mein Flieger. Bitte schicken Sie mir die abschließenden Protokolle und Zeugenaussagen nach Rom. Und dann warte ich auf Vittorio Todisco, um ihn wegen Koslow nochmals genauer zu befragen. Der ist der eigentliche Drahtzieher. Davon bin ich mehr denn je überzeugt und ich gebe die Hoffnung nicht auf, den verbrecherischen Russen zu fassen. Irgendwann!« Er gab ihnen die Hand. »Signori, es hat mich gefreut.«

Dann verschwand Avvocato Michele Vivani um die nächste Hausecke. Georg und Antonio sahen sich an. Sie waren müde und erschöpft.

»Marissa wartet seit Stunden mit dem Abendessen auf uns. Wir sollten uns beeilen.« Antonio schlug Georg aufmunternd auf die Schulter. Sie hatten eine Schlacht geschlagen, wenn das Ergebnis auch nicht vollständig zufriedenstellend war. Doch die Morde in den Veroneser Palazzi hatten sie aufgeklärt. Diesen Erfolg konnten die Kommissare der Mordkommissionen von Verona und Traunstein für sich verbuchen.

54

Zwei Monate später
Rom

Die verzweigten Äste der ausladenden Schirmpinien auf dem *Pincio* zeichneten sich dunkel vor einem stahlblauen Winterhimmel ab. Mitte Januar zeigte das Thermometer auch in Rom nur wenige Grad über Null. Michele Vivani stand am Fenster seiner Stadtwohnung, die ihm auch als Anwaltskanzlei diente, und genoss die Aussicht und die Ruhe um sich herum. Er hatte die Weihnachtstage in Neapel bei seinen Eltern und Neujahr mit Cinzia in Rom verbracht. Die junge Frau hatte sich dieses Mal nicht mehr von seinen Geschichten überzeugen lassen, ihn als Lügner bezeichnet und ihn gefragt, wie es mit ihnen weitergehen solle. Längst hatte er ein solches Gespräch gefürchtet und längst wusste er auch, dass er die Beziehung beenden musste, doch noch hatte es keine Gelegenheit gegeben, mit Anstand und ohne großes Theater aus der Sache herauszukommen. Er hasste aufgeladene Szenen mit Vorhaltungen. Auch diesmal hatte er wichtige Mandantengespräche und Gerichtstermine vorgeschoben und Cinzia vertröstet.

Nachdenklich ging er zu seinem Schreibtisch zurück und las die E-Mail, die er von Antonio Fontanaro erhalten hatte, nochmals durch.

»*Gentilissimo* Avvocato Vivani«, begann der Commissario, »ich hoffe, Sie hatten angenehme Feiertage.« Es folgten weitere höfliche Floskeln zum neuen Jahr. Dann kam Fontanaro zum Punkt: »Leider ist der Anlass meines Schreibens ein trauriger und wird Sie wenig erfreuen. Vittorio Todisco hätte morgen endlich dem Ermittlungsrichter vorgeführt werden sollen. Die Beweisaufnahme hatte sich hingezogen, dann kamen noch die Feiertage dazwischen. Es hat gedauert, bis das Gericht einen Termin festlegte. Wir waren alle sehr gespannt darauf, was Todisco aussagen würde, doch leider ist es nicht dazu gekommen. Gestern hat man den Häftling tot in seiner Zelle aufgefunden. Bislang Unbekannte haben ihm den Schädel eingeschlagen. Ob wir den oder die Täter ermitteln können, frage ich mich. Auch über Dmitrij Koslows derzeitigen Aufenthaltsort haben wir keine neuen Hinweise bekommen. Hier baue ich auf Ihre Kenntnisse der Kunstszene, Avvocato. Nach wie vor sind wir natürlich daran interessiert, den Raub unserer Bilder vollständig aufzuklären. Mir genügt es nicht, dass sie im *Museo Civico d'Arte* hängen, als wäre nichts geschehen. Sollten Sie wieder einmal in unserer schönen Stadt Verona sein, so zögern Sie bitte nicht, meine Kollegen und mich zu besuchen. Wir würden uns sehr freuen!«

Michele schaltete den Computer aus und sah auf den schwarzen Bildschirm. Es würde nicht lange dauern und der Commissario in Verona würde, trotz aller guten Vorsätze, das Interesse an diesem Fall verlieren. Er war für die Mordkommission zuständig. Sein Fall war aufgeklärt. Koslow und seine Leute spielten dabei keine Rolle. Weshalb sollte Antonio Fontanaro seine Energie darauf verschwenden und einen flüchtigen Oligarchen suchen, der der Stadt viele Millionen Euro gebracht hatte? Der Hauptzeuge, der gegen ihn hätte aussagen können, war tot. Risi, der Mitwisser, ebenfalls. Und Tamara war froh, weiter in der Bar an der *Piazza Brà* arbeiten zu können. Sie würde über ihn schweigen wie bisher. Sie hatte die Contessa ans Messer geliefert. Mehr konnte die Polizei nicht von ihr erwarten. Und so blieb es an ihm und seinen Kollegen des *Comando C.T.P.C.*, an dem Russen dranzubleiben und auf einen unvorsichtigen Schritt, auf einen nächsten Coup zu warten.

Michele Vivani verließ sein Büro, ging ins Wohnzimmer hinüber und legte eine CD ein. Verdis Ouvertüre zu Nabucco ertönte und begleitete ihn in die Küche, wo er anfing, Tomaten kleinzuschneiden und mit den Fingern vorsichtig Basilikumblättchen zu zerreißen.

edition tingeltangel

Die spannenden Seiten des Lesens

Entdecken Sie mehr Krimis und Thriller:

Des Glückes dunkle Seele von Bettina Brömme und *Wer kennt diese Frau?* von Nicole Eick (erscheint 2021).

Dazu Alpen-Mystery von Alexandra Kolb: *Rindviehdämmerung* und die Neuschwanstein-Thriller-Trilogie von Markus Richter: *Ins Herz, Ohne Herz, Königsherz* (geplant für 2022)!

Aktuelle Informationen finden Sie auf *www.edition-tingeltangel.de* und auf der *Facebook*-Seite der *edition tingeltangel*.

Lust auf mehr von Marta Donato?

Marta Donato
Schnee vom Gardaseee
Ein Italien- & Bayern-Krimi
Der vierte Fall von Fontanaro & Breitwieser

390 Seiten
Broschur mit Klappen
16,00 € (D)
ISBN 978-3-944936-46-8
(auch als E-Book erhältlich)

Maurizio Boscos Transporter ist beladen mit besten Espressobohnen, edler Naturkosmetik und feinstem, weißem Pulver zur Stimmungsaufhellung. Doch die Lieferung für eine Wohlfühloase am Chiemsee kommt nicht an. Maurizios Verlobte fürchtet Schlimmstes: Ist er Opfer des eigenen Familienclans geworden?.

Marta Donato
Tod am Gardasee
Ein Italien- & Bayern-Krimi
Der zweite Fall von Fontanaro & Breitwieser

368 Seiten
Broschur mit Klappen
14,90 € (D)
ISBN 978-3-944936-31-4
(auch als E-Book erhältlich)

Matthias Holzinger, Bürgermeister einer Chiemsee-Gemeinde, wird am Ufer des Gardasees jäh aus dem Leben gerissen. Die Kommissare aus Verona und Traunstein stoßen auf ein Netz aus Korruption, Immobilienschwindel und Rivalität bei den Opernfestspielen der Arena di Verona.

Der erste Fall, *Veroneser Finale*, ist bei *Rowohlt* erschienen.

Ihren Traunsteiner Kommissar Georg Breitwieser schickt Marta Donato in der Anthologie *Mordsgipfel – Krimis aus den bayerischen Bergen* für einen Extra-Fall auf den Hochfelln über dem Chiemsee. Das Buch mit Kurzkrimis u.a. von Heidi Rehn, Harry Kämmerer, Friederike Schmöe, Bettina Brömme, Markus Richter, Alexandra Kolb und Nicole Eick erscheint 2021.